twisted LIES

À propos de ce livre

Cette histoire contient un héros alpha dont la morale est… grise, des contenus sexuellement explicites, des jurons, de la violence et des sujets qui pourraient choquer certains lecteurs.

Publié par Sourcebooks, 2022
Autopublié par Ana Huang en 2021
Couverture : © Sourcebooks © E. James Designs © Tomert/deposit photos, york/depositphotos
Dessin de couverture : Ashley Holstrom/Sourcebooks

Ouvrage dirigé par Bénita Rolland
Traduit de l'anglais par Charline McGregor

Pour la présente édition

34-36, rue La Pérouse
75116 – Paris
www.hugopublishing.fr

ISBN : 9782755670387
Dépôt légal : avril 2024
Imprimé en France par CPI Brodard et Taupin

NEW ROMANCE®

ANA HUANG

Twisted LIES

Tome 4

Traduit de l'anglais (américain)
par Charline McGregor

Hugo Roman

À tous ceux dont la couleur favorite
est le gris de l'ambiguïté morale.

Playlist

« Tears of Gold (Slowed) » – Faouzia
« Made to Love » – John Legend
« God Is a Woman » – Ariana Grande
« Infinity » – Jaymes Young
« Style » – Taylor Swift
« Crazy in Love » – Sofia Karlberg
« Coffee » – Miguel
« Heat Waves » – Glass Animals
« I Know You » – Skylar Grey
« Earned It » – The Weeknd
« Beautiful » – Bazzi
« Die for You » – The Weeknd
« Harleys in Hawaii » – Katy Perry
« Said I Loved You… But I Lied » – Michael Bolton

1

STELLA

– Stella !

Mon rythme cardiaque s'accélère. Rien ne déclenche chez moi une envie de fuir comme le son de la voix de Meredith. Je cache pourtant mon inquiétude derrière un masque neutre.

– Oui ?

– J'espère que tu pourras rapporter tous les objets au bureau. J'ai une réservation pour le dîner que je ne peux absolument pas manquer.

Elle enfile son manteau et jette son sac à main sur son épaule.

– Bien…

Elle franchit la porte et disparaît.

– … sûr que je peux, je termine.

Le photographe interrompt ce qu'il est en train de faire et fronce les sourcils à mon intention. Je lui réponds par un haussement d'épaules las. Je ne suis pas la première assistante de presse à souffrir aux mains d'un patron tyrannique, et je ne serai pas la dernière.

Il fut un temps où travailler pour un magazine de mode aurait été un rêve. Aujourd'hui, après quatre années passées à *DC Style*, la réalité de mon travail a terni l'éclat que le poste revêtait autrefois à mes yeux.

Le temps de remballer le matériel de la séance photo, d'aller tout déposer au bureau et de prendre à pied le chemin de chez moi, j'ai le front en sueur et les muscles en passe de se transformer en gelée.

Le soleil s'est couché il y a une demi-heure, et les lampadaires jettent une lueur orangée et brumeuse sur les trottoirs enneigés.

La ville est en alerte blizzard, mais le mauvais temps n'est annoncé que pour plus tard dans la soirée. Et puis, il est plus rapide pour moi de rentrer à pied que de prendre le métro, qui tombe en panne dès qu'il y a un centimètre de neige.

On pourrait penser la ville mieux préparée, vu qu'il neige chaque année, mais non. Pas Washington.

Je ne devrais pas regarder mon téléphone en marchant, surtout vu le temps qu'il fait, mais je ne peux pas m'en empêcher.

J'affiche le mail que j'ai reçu cet après-midi et je le regarde fixement, dans l'espoir que les mots vont se réorganiser en un message moins terrifiant. Raté.

« *À compter du 1er avril, le coût d'une chambre privée à Greenfield Senior Living passera à 6500 dollars par mois. Nous vous prions par avance de nous excuser pour tous les désagréments que cela pourrait entraîner, mais nous tenons à vous assurer que ces changements se traduiront par une qualité de soins encore plus élevée pour nos résidents…* »

Le smoothie vert que j'ai avalé au déjeuner clapote dans mon estomac.

Des « désagréments », disent-ils. Comme s'il ne s'agissait pas d'une augmentation de plus de vingt pour cent, dans un établissement censé aider des personnes à conserver une vie autonome. Comme si ce n'étaient pas des êtres humains, vivants et vulnérables, qui allaient souffrir de la cupidité de la nouvelle direction.

Inspire, un, deux, trois. Expire, un, deux, trois.

Je tente d'évacuer mon anxiété grandissante à l'aide de profondes respirations.

Maura m'a pratiquement élevée. Elle est la seule à avoir toujours été là pour moi, même si elle ne sait plus qui je suis maintenant. Je ne peux pas la transférer dans un autre centre. Greenfield est le meilleur de la région, et c'est devenu sa maison.

Personne, parmi mes amis et ma famille, ne sait que c'est moi qui paie pour ses soins. Je ne veux pas qu'ils posent les questions inévitables que ça va soulever.

Je dois simplement trouver un moyen de couvrir le surcoût. Je pourrais peut-être accepter plus de partenariats ou négocier des tarifs plus élevés pour mon blog et Instagram. J'ai un dîner à venir avec Delamonte à New York, qui, selon mon manager, serait en fait une audition pour un poste d'ambassadrice de leur marque. Si je…

– Mademoiselle Alonso.

La voix profonde et riche effleure ma peau comme du velours et m'arrête dans mon élan. Un frisson court dans son sillage, né à parts égales du plaisir et de l'inquiétude que cette voix suscite en moi.

Je la reconnais.

Je ne l'ai entendue que trois fois dans ma vie, mais c'est suffisant.

Comme l'homme qui la possède, elle est inoubliable.

L'inquiétude palpite dans ma poitrine avant que je la fasse taire. Je tourne la tête pour parcourir du regard les puissants pneus neige, les lignes aussi élégantes que caractéristiques de la McLaren noire arrêtée à côté de moi, avant d'atteindre la vitre du côté passager, baissée, et le propriétaire de la voix.

Mon cœur ralentit imperceptiblement.

Des cheveux bruns. Des yeux couleur whisky. Un visage si délicieusement ciselé qu'il aurait pu être sculpté par Michel-Ange en personne.

Christian Harper.

P.-D.G. d'une société de sécurité d'élite, propriétaire du Mirage, l'immeuble où j'habite, et très probablement l'homme le plus beau et le plus dangereux que j'aie jamais rencontré.

Je n'ai rien d'autre que mon instinct pour confirmer l'aspect « dangereux » de mon diagnostic, mais mon instinct ne m'a jamais trompée.

J'inspire une petite bouffée d'air. L'expire. Et je souris.

– Monsieur Harper.

Ma réponse polie est accueillie par un petit rire sec.

Apparemment, lui seul est autorisé à s'adresser aux gens par leur nom de famille, comme si nous vivions tous dans une salle de réunion géante et étouffante.

Les yeux de Christian passent sur les flocons de neige qui tombent sur mon épaule avant de croiser à nouveau les miens.

Mon cœur ralentit encore imperceptiblement.

De minuscules crépitements d'électricité fusent sous le poids de son regard, et je dois déployer d'immenses efforts pour ne pas reculer et me débarrasser ainsi de cette étrange sensation.

– Un temps magnifique pour une promenade.

Le constat est encore plus ironique que son regard.

La chaleur s'engouffre dans mon cou.

– Il ne fait pas si mauvais que ça.

C'est seulement à ce moment-là que je remarque la vitesse alarmante à laquelle la neige s'épaissit. Peut-être que les prévisions météo se sont « un peu » trompées dans leurs estimations.

– Mon appartement n'est qu'à vingt minutes, j'ajoute pour…

Je ne sais pas pourquoi. Prouver que je n'ai pas été stupide en traversant la ville sous une tempête de neige, sans doute.

Réflexion faite, j'aurais peut-être dû prendre le métro.

Christian pose son avant-bras sur le volant… Mince, ce geste n'a pas le droit d'être aussi sexy.

– Le blizzard est déjà là, il y a des plaques de verglas sur tous les trottoirs. Je vous ramène, conclut-il.

Il habite lui aussi au Mirage, c'est donc logique. Et pour tout dire, son appartement ne se trouve qu'à un étage au-dessus du mien.

Pourtant, je secoue la tête.

L'idée de m'asseoir dans un espace confiné avec Christian, même pour quelques minutes, me remplit d'un étrange sentiment de panique.

– Ça va. Je suis sûre que vous avez mieux à faire que de me servir de chauffeur, et marcher me permet de m'éclaircir les idées.

Les mots sont sortis à toute vitesse. Je ne divague pas souvent, mais là, il faudrait au moins une explosion nucléaire pour m'arrêter. Et voilà que je continue :

– C'est un bon exercice, et j'ai besoin de tester mes nouvelles bottes de neige de toute façon. C'est la première fois que je les porte cette saison. (*Tais-toi.*) Donc, même si j'apprécie énormément votre offre, je vais devoir la décliner poliment.

Je termine presque hors d'haleine mon mini-discours aux frontières de l'incohérence.

J'arrive de mieux en mieux à dire « non », mais je me sens encore tenue chaque fois de trop me justifier.

– Est-ce que vous avez compris ? j'ajoute devant le silence de Christian.

Une rafale de vent glacial choisit cet instant pour me balayer. Elle rabat la capuche de mon manteau et s'insinue jusque dans mes os, déclenchant une vague de frissons involontaires.

Je transpirais à grosses gouttes dans le studio, mais maintenant j'ai si froid que même le souvenir de cette chaleur s'est recouvert de givre bleuté.

– J'ai compris, oui, répond enfin Christian.

Son ton et son expression sont indéchiffrables.

– Tant mieux, je lâche entre mes dents qui claquent. Dans ce cas, je vais vous laisser…

Le petit « clic » d'une porte qui se déverrouille me coupe dans mon élan.

– Montez dans cette voiture, Stella.

Alors je monte dans cette voiture.

Je m'en explique en décrétant que la température a réussi à chuter de dix degrés en l'espace de cinq minutes, mais je sais que je me mens à moi-même.

C'était mon nom prononcé par cette voix avec une telle autorité que mon corps a obéi avant que je puisse protester

Pour un homme que je connais à peine, il a plus de pouvoir sur moi que presque n'importe qui d'autre.

Christian redémarre et tourne un bouton sur le tableau de bord. Une seconde plus tard, la chaleur jaillit des ventilateurs et réchauffe ma peau glacée. La voiture, qui sent le cuir de luxe et les épices coûteuses, offre le spectacle d'une propreté presque irréelle. Pas d'emballages, pas de tasses de café à moitié vides, pas même une petite peluche.

Je m'enfonce plus profondément dans mon siège et je jette un coup d'œil à l'homme à côté de moi.

– Vous arrivez toujours à vos fins, n'est-ce pas ?

J'ai posé la question sur un ton léger, histoire de dissiper la tension inexplicable qui s'est installée.

Il glisse un bref regard dans ma direction avant de se reconcentrer sur la route.

– Pas toujours.

Au lieu de se résorber, la tension s'est épaissie et s'infiltre à présent dans mes veines. Chaude et agitée, comme une braise qui n'attendrait qu'une bouffée d'oxygène pour s'enflammer.

Échec de la mission.

Je tourne la tête et je fixe mon regard par-delà le pare-brise, trop décontenancée par les événements de la journée pour tenter d'entamer une autre conversation.

La nervosité qui s'est frayé un chemin dans ma poitrine et jusque dans ma gorge n'aide pas.

Je suis censée être une personne calme et sereine, celle qui voit le bon côté des choses et ne perd pas la tête, quelle que soit la situation. C'est l'image que j'ai projetée pendant la majeure partie de ma vie, parce que c'était ce qu'on attendait de moi en tant que membre de la famille Alonso.

Un Alonso ne souffre pas de crises d'angoisse et ne passe pas ses nuits à s'inquiéter de ce qui risquerait de mal tourner le lendemain.

Un Alonso ne suit pas de thérapie ni ne lave son linge sale devant un étranger.

Un Alonso est censé incarner la perfection.

J'entortille mon collier autour de mon doigt jusqu'à ce qu'il me coupe la circulation.

Mes parents adoreraient Christian, probablement. Sur le papier, il est aussi parfait que possible.

Riche. Bel homme. Bien élevé.

Je lui en veux pour ça presque autant que pour la façon qu'il a de dominer l'espace autour de nous : sa présence occupe chaque recoin et chaque renfoncement jusqu'à devenir la seule chose sur laquelle je parviens à me concentrer.

Je garde les yeux fixés sur la route, mais l'odeur de son eau de toilette m'emplit les poumons, et je frémis, consciente en permanence de la façon dont ses muscles fléchissent chaque fois qu'il tourne le volant.

Je n'aurais pas dû monter dans cette voiture.

En plus de la chaleur, ce trajet a un autre avantage, unique : je vais rentrer plus tôt chez moi pour prendre ma douche et me coucher. J'en brûle d'envie…

– Les plantes se portent bien.

Il a lancé cette déclaration de façon si désinvolte et inattendue qu'il me faut plusieurs secondes pour réaliser que, primo, l'un de nous a rompu le silence et que, secundo, ce quelqu'un est bel et bien Christian et non le fruit de mon imagination.

– Pardon ?

Il s'arrête à un feu rouge.

– Les plantes de mon appartement. Elles se portent bien.

Qu'est-ce que… Ah…

Ça y est, j'ai pigé. Une pointe de fierté me saisit.

– J'en suis ravie. Elles ont juste besoin d'un peu d'amour et d'attention pour s'épanouir.

Je lui adresse un sourire timide, maintenant que la conversation s'est lancée en territoire sûr et neutre.

– Et d'eau.

Je tique devant l'évidence et l'impassibilité de sa précision.

– Et d'eau, je confirme.

Les mots restent suspendus entre nous un moment avant qu'un rire ne monte de ma gorge et que la bouche de Christian esquisse le plus infime des sourires.

L'atmosphère s'est enfin allégée, et le nœud dans ma poitrine un peu desserré.

Lorsque le feu passe au vert, le puissant grondement du moteur noie presque ses mots.

– Vous avez la main verte.

Le rouge me monte aux joues, mais je réponds par un petit haussement d'épaules.

– J'aime bien les plantes.

– Vous êtes donc la personne parfaite pour le job.

Ses plantes étaient sous assistance respiratoire quand je me suis chargée de leur entretien en échange du maintien de mon loyer actuel.

Après que mon amie et ex-colocataire Jules a déménagé le mois dernier pour aller vivre avec son petit ami, les options qui s'offraient à moi étaient les suivantes : soit je trouvais une autre colocataire, soit je quittais le Mirage, car je n'avais pas les moyens de payer sa part du loyer en plus de la mienne. Je me suis attachée au Mirage, mais j'aurais préféré habiter dans un logement plus modeste plutôt que de cohabiter avec un étranger. Je suis trop anxieuse pour pouvoir supporter une épreuve pareille.

Christian avait déjà baissé le loyer mensuel quand nous avions visité l'appartement la première fois, en précisant bien que le prix normal aurait été au-delà de notre budget. J'ai donc été sidérée lorsqu'il a proposé notre arrangement actuel, après que je l'ai informé que j'envisageais de déménager.

C'était un peu suspect, mais il est ami avec le mari d'une autre amie, Bridget, si bien que je n'ai pas eu trop de réticences à accepter son offre. Je m'occupe de ses plantes depuis cinq semaines et aucune catastrophe ne s'est produite. Je ne le vois jamais quand je monte à l'étage. Je me contente d'entrer, d'arroser les plantes et je repars.

– Comment avez-vous su que c'était dans mes capacités ?

Il aurait pu me proposer n'importe quelle autre tâche : faire ses courses, sa lessive, le ménage de son appartement (bien qu'il emploie déjà une femme de ménage à plein temps). Cette idée des plantes était étrangement spécifique.

– Je n'en savais rien. Une heureuse coïncidence, en quelque sorte.

L'indifférence et un fil de quelque chose d'imperceptible s'entremêlent dans sa voix.

– Vous n'avez pas l'air de quelqu'un qui croit aux coïncidences.

Le manque de sentimentalité de Christian transparaît dans tout ce qu'il fait et porte, depuis les lignes nettes de son costume jusqu'à la précision impassible de ses mots en passant par le détachement froid de son regard.

Ce sont les traits de quelqu'un qui vénère par-dessus tout la logique, le pouvoir et un pragmatisme froid et dur. Rien d'aussi nébuleux qu'une coïncidence.

Sans que je comprenne pourquoi, Christian trouve ma remarque amusante.

– J'y crois plus que vous ne le pensez.

Son ton plein d'autodérision ne manque pas d'éveiller ma curiosité. Bien qu'ayant accès à son appartement, j'en sais très peu sur lui. Son penthouse est un sommet de luxe design, mais il ne contient que peu ou pas d'effets personnels.

– Ça vous dérangerait de partager ça avec moi ? je tente.

Christian se gare dans le parking souterrain privé du Mirage, à la place qui lui est réservée, près de l'entrée de service.

Pas de réponse.

Remarquez, je n'en attendais pas vraiment.

Christian Harper est un homme enveloppé de rumeurs et d'ombres. Même Bridget ne sait pas grand-chose de lui, à part sa réputation.

C'est sans un mot que nous pénétrons dans le hall de l'immeuble.

Du haut de son mètre quatre-vingt-dix, Christian mesure dix bons centimètres de plus que moi, mais je suis tout de même assez grande pour me caler sur ses longues enjambées. Nos pas sont parfaitement synchronisés sur le marbre du sol.

J'ai toujours été un peu complexée par ma taille, mais la présence puissante de Christian m'enveloppe d'une sorte de couverture de sécurité en détournant l'attention de mon allure d'amazone.

– Plus de marche dans le blizzard, Mademoiselle Alonso. Je ne peux pas laisser une de mes locataires mourir d'hypothermie. Ce serait mauvais pour les affaires.

Nous nous trouvons face à face, près des ascenseurs. Son ébauche de sourire est revenue, toute en assurance et charme paresseux.

Un autre rire auquel je ne m'attendais pas monte de ma gorge.

– Je suis sûre que vous trouverez quelqu'un pour me remplacer en un rien de temps.

Je ne sais pas si je dois mon léger essoufflement au froid qui persiste dans mes poumons ou au choc d'une telle proximité avec lui.

Je ne suis pas intéressée par Christian sur le plan romantique. Par personne, en fait. Entre le magazine et mon blog, je n'ai pas même le temps de penser à une relation amoureuse.

Mais cela ne veut pas dire que je suis immunisée contre sa présence.

Je crois voir quelque chose s'enflammer dans ces yeux couleur whisky avant de refroidir aussitôt.

– Probablement pas.

Le léger essoufflement se transforme en quelque chose de plus lourd qui étrangle ma voix. Chaque phrase qui sort de sa bouche est un code que je ne parviens pas à déchiffrer, imprégnée d'un sens caché que lui seul comprend, tandis que je dois me débrouiller pour déambuler dans l'obscurité.

J'ai parlé à Christian trois fois dans ma vie : le jour où j'ai signé mon bail, une fois en passant, pendant le mariage de Bridget, et le jour où nous avons discuté de mon loyer post-Jules.

À chaque occasion, je suis repartie plus déstabilisée qu'à mon arrivée.

De quoi parlions-nous déjà ?

Il s'est écoulé moins d'une minute depuis la réponse de Christian, mais cette minute a égrené si lentement ses secondes qu'elle aurait tout aussi bien pu durer une éternité.

– Christian.

Une voix grave, teintée d'un léger accent, a tranché le fil qui maintenait notre moment suspendu en l'air. Le temps reprend sa cadence habituelle et je relâche mon souffle d'un seul coup avant de tourner la tête.

Grand. Cheveux foncés. Peau olivâtre.

Le nouveau venu n'a pas la beauté classique de Christian, mais il emplit son costume Delamonte avec tant de masculinité brute qu'il est difficile de détourner le regard.

– J'espère que je ne te dérange pas.

Costume-Delamonte jette un coup d'œil dans ma direction.

Je n'ai jamais été particulièrement attirée par les hommes plus âgés que moi, et il doit avoir entre trente-cinq et quarante ans, mais waouh !!

– Pas du tout. Tu es pile à l'heure.

Une pointe d'irritation durcit la réponse par ailleurs aimable de Christian. Il se place devant moi, me bloquant ainsi la vue de Costume-Delamonte et vice versa.

L'autre homme hausse un sourcil avant que son masque d'indifférence ne disparaisse au profit d'un sourire en coin. Il contourne Christian, si délibérément que cela revient presque à le narguer, et me tend la main.

– Dante Russo.

– Stella Alonso.

Je m'attendais à ce qu'il me serre la main, au lieu de quoi, à ma grande surprise, il la soulève et effleure mes phalanges de ses lèvres. Venant de n'importe qui d'autre, ce geste aurait été ringard, mais un picotement de plaisir naît sur ma peau. Peut-être un effet de son accent. J'ai un faible pour tout ce qui est italien.

– Dante. Nous sommes en retard pour notre réunion.

Sous la surface lisse de la voix de Christian se cache une arête assez tranchante pour couper les os.

Dante ne semble pas perturbé pour autant. Sa main s'attarde sur la mienne une seconde supplémentaire avant qu'il ne la relâche.

– J'ai été ravi de vous rencontrer, Stella. Je suis sûr que nous nous reverrons.

Il y a une pointe de rire dans sa voix traînante. Amusement dont je soupçonne qu'il n'est pas dirigé vers moi mais vers l'homme qui nous observe avec des yeux de glace.

Je suis à deux doigts de sourire en retour, mais quelque chose me souffle que ce ne serait pas très malin, dans la situation présente.

– Merci. Moi aussi, j'ai été ravie de vous rencontrer. Passez une bonne soirée. Et vous aussi, Monsieur Harper, je lance à Christian. Merci de m'avoir raccompagnée.

J'ajoute une petite note enjouée à ma voix, espérant que ce rappel de l'entame cérémonieuse de notre conversation fissurera son masque de granit par son absurdité.

Mais il ne frémit même pas lorsqu'il incline la tête.

– Bonne soirée, Mademoiselle Alonso.

Au temps pour moi.

Je laisse Christian et Dante dans le hall, où ils sont la cible de plus d'un regard admiratif de la part des passants, et je prends l'ascenseur jusqu'à mon appartement. Compte tenu de la limite de hauteur des immeubles à Washington, c'est le plus proche d'un appartement-terrasse que je puisse obtenir sans déménager chez Christian, dont le penthouse se situe au dixième étage, juste au-dessus de moi.

Je ne sais pas ce qui a provoqué le changement d'humeur soudain de Christian, mais j'ai déjà assez de soucis sans ajouter les siens à mon programme.

Je fouille dans mon sac en quête de mes clés parmi le fouillis de maquillage, de reçus et d'élastiques à cheveux.

Il faut vraiment que j'organise mieux mon sac.

Après plusieurs minutes de recherche, ma main se referme enfin sur la clé métallique. Je viens de l'insérer dans la serrure quand un frisson familier court sur ma peau et me hérisse les petits cheveux de la nuque.

Je relève la tête d'un coup sec.

Il n'y a pas le moindre signe d'une présence dans le couloir, pourtant le ronronnement tranquille du système de chauffage a soudain pris une tonalité inquiétante.

Le souvenir de messages dactylographiés et de photos prises à mon insu accélère le rythme de ma respiration, avant que je ne le chasse d'un battement de cils.

Arrête d'être parano.

Je ne vis plus dans une vieille maison non sécurisée près du campus. Je suis au Mirage, l'un des immeubles résidentiels les mieux gardés de Washington, et je n'ai pas eu de nouvelles de *lui* depuis deux ans.

Les chances qu'il surgisse ici sont faibles, voire nulles.

N'empêche, cette soudaine mise en alerte a rompu le charme qui figeait mes membres. Je déverrouille rapidement la porte d'entrée et la referme derrière moi. Les lumières s'allument à l'instant où je fais coulisser le pêne dormant dans son encoche.

Ce n'est qu'après avoir vérifié chaque pièce de mon appartement et m'être assurée qu'aucun intrus ne se cachait dans mon dressing ou sous mon lit que je peux me détendre.

Tout va bien. *Il* n'est pas revenu et je suis en sécurité.

Malgré mon assurance, une petite partie de moi ne peut se défaire du sentiment que mon intuition a eu raison : quelqu'un m'observait dans le couloir.

2

CHRISTIAN

La porte de la bibliothèque se referme derrière moi sur un petit « clic ».

Je traverse la pièce à pas délibérément lents, jusqu'au salon où Dante s'est installé confortablement avec un verre de scotch.

Un muscle pulse dans ma mâchoire. Si nous n'étions pas unis par une si longue histoire et si je ne lui étais pas redevable d'un service, sa tête serait déjà éclatée sur le chariot de bar près de lui.

Non seulement pour s'être servi dans ma réserve d'alcool mais aussi pour le spectacle de mauvais goût qu'il a donné dans le hall d'entrée de mon immeuble.

Je n'aime pas que les gens touchent à ce qui m'appartient.

Dante boit lentement une gorgée de sa boisson.

– Arrête de grimacer, Harper. Un jour, tu vas rester coincé comme ça et les femmes n'aimeront plus autant ton beau visage.

Mon sourire froid suffit à lui expliquer à quel point je m'en tape.

– Peut-être que si tu suivais ton propre conseil, tu ne ferais pas chambre à part avec ta fiancée.

J'ai la satisfaction de le voir plisser les yeux. Si Stella est ma faiblesse, Vivian est la sienne. Les tenants et les aboutissants de leur relation ne m'intéressent pas, mais ça m'amuse de le voir perturbé chaque fois que j'évoque la fiancée qu'il prétend détester.

Je pense avoir des problèmes. Ceux de Dante pèsent deux milliards de dollars.

Toute trace d'humour s'est évanouie chez lui pour laisser place au connard impassible avec lequel j'ai l'habitude de traiter.

– Tu marques un point, réplique-t-il sèchement. Mais je ne suis pas venu ici pour discuter de Vivian ou de Stella, donc venons-en au vrai problème. Quand est-ce que je pourrai me débarrasser de ce putain de tableau ? C'est une horreur.

Je repousse les boucles sombres et les yeux verts qui surgissent dans mon esprit à l'évocation de l'autre femme énigmatique de ma vie.

Magda, le fléau de mon existence depuis que ce portrait est entré en ma possession. Non pas à cause de ce qu'il est mais à cause de ce qu'il représente.

– Personne ne t'a demandé de l'accrocher dans ta galerie. Tu peux le remiser au fond de ton placard, pour ce que ça m'intéresse.

Je me dirige vers le bar et me sers un verre. Dante, ce connard, n'a même pas rebouché la bouteille de mon meilleur scotch.

– Je paie une blinde pour *Magda* et ce serait seulement pour la mettre au fond de mon placard ? Ça ne paraîtrait pas du tout suspect.

Son sarcasme pourtant évident ne réussit qu'à me faire hausser les épaules avec désinvolture.

– Tu as un problème. Je t'ai proposé une solution. Ce n'est pas ma faute si tu ne veux pas l'adopter. Et au cas où tu aurais oublié… c'est moi qui ai payé le tableau.

Je m'installe sur le siège en face du sien.

Secrètement en tout cas. Aux yeux du public, Dante Russo est l'heureux propriétaire de l'une des œuvres d'art les plus laides de la création. Pourtant, les gens pensent que cette œuvre hideuse est un tableau inestimable qui vaut la peine qu'on tue et qu'on vole pour la posséder, grâce à une simple série de documents falsifiés.

Je ne veux pas que des gens cherchent à mettre la main dessus, mais j'ai besoin d'une excuse pour expliquer pourquoi j'ai dépensé autant d'argent pour la mettre en lieu sûr.

Malgré ce que tout le monde pense, le tableau ne recèle pas de terribles secrets d'affaires, il renferme quelque chose de personnel que je ne partagerai jamais.

Dante m'examine par-dessus son verre.

– Pourquoi tu te soucies encore autant de cette histoire ? Tu as obtenu ce dont tu avais besoin et tu as trouvé ton traître. Brûle ce fichu truc. Une fois que je te l'aurai revendu, ajoute-t-il. Histoire de sauver les apparences.

– J'ai mes raisons.

Une seule, pour être exact, mais il ne me croirait pas si je le lui disais. Je ne peux pas supporter de détruire le tableau. Il est bien trop mêlé aux fragments déchiquetés de mon passé. Je ne suis pas sentimental, mais il y a deux domaines de ma vie qui échappent à mon pragmatisme habituel : Stella et *Magda*.

Malheureusement pour Axel, l'ex-employé qui a volé *Magda* et l'a donné en gage à Sentinel, mon plus grand putain de concurrent, il ne faisait pas partie de la catégorie des exceptions.

Il pensait que le tableau contenait des secrets d'affaires hautement confidentiels, et donc très lucratifs, parce que c'est ce que j'avais dit aux quelques personnes à qui j'avais confié la garde du tableau.

Ils étaient loin de se douter que la valeur du tableau provenait de quelque chose de bien plus personnel et de bien moins utile pour eux.

Je me suis occupé d'Axel, j'ai attendu le temps nécessaire pour que la vigilance de Sentinel s'émousse, puis j'ai suffisamment bousillé leur système cybernétique pour faire baisser leur valeur en Bourse de plusieurs millions de dollars. Pas assez pour les détruire, car le risque aurait été alors, face à des dégâts d'une telle ampleur, qu'on remonte jusqu'à moi, mais assez pour leur faire passer un message.

Les idiots qui dirigent Sentinel sont si naïfs qu'ils ont essayé de voler une nouvelle fois le tableau après l'avoir vendu, parce qu'ils pensaient pouvoir l'utiliser en représailles contre moi.

Ils n'ont pas trouvé de secrets d'affaires sur *Magda*, cependant ils savaient que le tableau était important à mes yeux. Ils étaient sur la bonne piste, je le reconnais. Mais ils auraient dû engager quelqu'un d'autre qu'une petite frappe de seconde zone, sortie d'un gang de l'Ohio, pour faire le travail.

La tentative de Sentinel pour brouiller leurs pistes s'est avérée si minable qu'elle en a presque été insultante.

Maintenant, le tableau est sous la garde de Dante, ce qui a un double objectif : je n'ai pas à le regarder et personne, pas même Sentinel, n'osera essayer de le lui voler.

La dernière personne à avoir tenté quelque chose a passé trois mois dans le coma, avec deux doigts en moins, un visage mutilé et des côtes brisées.

Dante manifeste son impatience, mais il est assez intelligent pour ne pas insister.

– D'accord, mais je ne vais pas le garder éternellement. Ça ruine ma réputation de collectionneur, grommelle-t-il.

– Tout le monde pense qu'il s'agit d'une pièce rare du XVIIIe siècle. Tu t'en tires bien, je réplique sèchement.

En réalité, le tableau existe depuis moins de deux décennies.

Il est incroyable de voir la facilité avec laquelle on peut créer des œuvres d'art « inestimables » et les documents attestant leur authenticité.

Dante se passe un pouce sur la lèvre inférieure.

– Je vais devenir aveugle à force de regarder cette monstruosité tous les jours… En parlant de monstruosité, Madigan a été officiellement expulsé du Valhalla ce matin.

L'atmosphère change sous le poids de ce nouveau sujet.

– Bon débarras.

Je n'ai jamais porté ce magnat du pétrole dans mon cœur. Il est actuellement poursuivi par une demi-douzaine d'ex-employées pour harcèlement et agression sexuels.

Madigan a toujours été une raclure. C'est juste la première fois qu'on lui demande des comptes.

Le Valhalla Club s'enorgueillit de ses adhésions exclusives, sur invitation seulement, adressées aux personnes les plus riches et les plus puissantes du monde. Un bon nombre de ces membres, dont je fais partie, se livrent à des activités qui sont tout sauf légales.

Mais même ce club a ses limites, et il ne tient certainement pas à être entraîné dans le cirque médiatique entourant le procès Madigan.

Si je suis surpris, c'est qu'on ne l'en ait pas exclu plus tôt.

Dante et moi discutons du procès et des affaires pendant un moment, jusqu'à ce qu'il s'excuse pour prendre un appel.

En tant que P.-D. G ; du groupe Russo, conglomérat de produits de luxe qui englobe plus d'une trentaine de marques de mode, beauté et style de vie, il passe la moitié de ses heures de veille au téléphone pour le travail.

Faute d'interlocuteur, mon esprit dérive vers une certaine brune.

Si mes pensées sont chaotiques, elle est mon ancre.

Elles reviennent toujours à elle.

L'image d'elle marchant dans la rue enneigée, les cheveux soulevés par le vent et ses yeux vert jade étincelants, s'attarde dans mon cerveau. La chaleur qui émane d'elle, comme un rayon de soleil après une tempête, s'attarde partout ailleurs.

Je n'aurais pas dû baisser son loyer quand elle est venue visiter l'immeuble, et j'aurais encore moins dû la laisser rester après que Jules a déménagé. En échange de l'entretien de mes putains de plantes, pas moins, parce qu'une concession désintéressée de ma part aurait été trop suspecte.

Je n'en ai rien à faire de ces plantes. Elles ne sont là que parce que mon architecte d'intérieur a insisté : elles « seraient la touche finale » de l'appartement. Mais je sais que Stella aime les plantes, et c'était mieux que de lui demander de classer mes papiers.

Vivre dans le même immeuble qu'elle est la pire des distractions. Mais je n'ai personne d'autre que moi à blâmer à ce sujet.

Deux flammes jumelles de ressentiment et de frustration brûlent dans ma poitrine. Je me suis montré faible avec Stella Alonso, et je déteste ça.

Je sors mon téléphone et je suis à deux doigts d'ouvrir l'app d'un certain réseau social avant de me ressaisir. À la place, j'entre le code de mon réseau mobile crypté.

Il n'est pas aussi puissant que celui de mon ordinateur portable, mais il fait à peu près le travail.

Ma frustration a besoin d'un exutoire et John Madigan en est aujourd'hui la cible providentielle. Je ne pouvais penser à quelqu'un qui le mérite davantage.

Je fais apparaître une liste de ses appareils. Téléphones, ordinateurs, même son réfrigérateur connecté et son réveil Bluetooth, ainsi que tous les comptes associés.

Il me faut moins de cinq minutes pour trouver ce que je cherche : une vidéo qu'il a stupidement prise de lui-même en train de forcer son assistante à le sucer et une série de messages dégoûtants qu'il a ensuite envoyés à l'un de ses amis golfeurs.

Je transfère ces documents à l'accusation en utilisant l'adresse électronique de l'ami golfeur. S'ils sont suffisamment efficaces dans leur travail, ils réussiront à convaincre le juge qu'il s'agit d'une preuve recevable.

J'envoie aussi les messages aux principaux médias, parce que… pourquoi pas ?

Ensuite, juste parce que la tronche de Madigan ne me revient pas, j'échange ses actions les plus rentables contre des actions pourries et je fais don d'une grande partie de son argent à des organisations de lutte contre les violences sexuelles.

La tension libère mes muscles un peu plus chaque fois que je presse sur un bouton.

Le cyber-sabotage est plus efficace qu'un massage profond.

Je range mon téléphone juste au moment où Dante regagne la bibliothèque.

– Je dois retourner à New York. Une… affaire personnelle dont je dois m'occuper.

Visiblement irrité, il attrape sa veste sur le dossier du canapé.

– Désolé, je réponds d'un ton léger. Je te raccompagne.

J'attends qu'il ne soit plus très loin de la porte pour ajouter :

– Cette affaire personnelle, ce ne serait pas par hasard l'ex-petit ami de Vivian qui s'est pointé chez vous ?

Il y a d'abord une étincelle de surprise dans ses yeux, bientôt suivie d'éclairs de fureur.

– Qu'est-ce que tu as foutu, Harper, bordel ?

– Je n'ai fait que faciliter les retrouvailles entre ta fiancée et un vieil ami.

Un petit texto de « Vivian », et l'ex accourt. Pathétique, mais utile.

– Puisque tu t'es tellement amusé à m'emmerder, je me suis dit que j'allais te rendre la pareille. Oh, à ce propos, Dante…

Je marque une pause, la main sur la poignée. La colère de Dante pulse jusque dans le couloir, mais il s'en remettra. Il n'avait qu'à s'abstenir de son petit spectacle dans le hall.

– Touche encore Stella une fois, et tu n'auras plus de fiancée.

Je lui claque la porte au nez.

Dante est mon premier client et un vieil ami. Je ne le provoque pas souvent.

Mais comme je l'ai dit, je n'aime pas que les gens touchent à ce qui m'appartient.

Je rajuste mes manches de chemise et retourne dans la bibliothèque, où mon regard balaie toute la pièce pour se poser sur le puzzle géant encadré et accroché au-dessus du manteau de la cheminée.

Ses dix mille pièces minuscules forment un dégradé d'arc-en-ciel à couper le souffle, dont les lignes créent un effet sphérique tridimensionnel. Il m'a fallu quatre mois pour le terminer, mais ça en valait la peine.

Mots croisés, puzzles, cryptogrammes, tous nourrissent mon insatiable besoin de défis. De stimulation. Quelque chose pour égayer l'ennui d'un monde qui a toujours cinq pas de retard.

Plus l'énigme est difficile, plus je désire et redoute sa résolution.

Il n'y a qu'une seule énigme qui me résiste. Pour l'instant.

Je passe mon pouce sur la petite bague en turquoise nichée dans ma poche.

Une fois que je l'aurai vaincue, je pourrai mettre derrière moi une bonne fois pour toutes mon obsession perturbante pour Stella Alonso.

3

STELLA

25 février

Ça fait trois jours que j'ai appris que Greenfield augmente ses tarifs et je n'ai toujours pas trouvé de solution.

Je cherche un autre emploi, mais pour l'instant mon plus grand espoir, c'est le dîner Delamonte qui s'annonce. Brady est convaincu qu'il s'agit d'un entretien pour le poste d'ambassadrice de la marque et que le contrat pourrait être à six chiffres... Si et seulement SI je le décroche.

Je crois que je n'ai jamais autant voulu conclure une affaire. Non seulement ça résoudrait mon problème avec Greenfield, au moins pour la prochaine année civile, mais Delamonte est une marque avec laquelle je veux travailler depuis toujours. C'est la première marque de créateur que j'ai achetée pour moi.

D'accord, c'était un parfum, et c'était au lycée, mais quand même. J'ai adoré cette fragrance, et je renoncerais honnêtement à tous mes autres partenariats si ça me donnait la possibilité de travailler avec eux.

J'aimerais juste savoir ce qu'ils recherchent pour pouvoir me préparer en conséquence. Je ne sais même pas combien d'autres blogueurs seront présents au dîner ni qui ils ont invité.

J'imagine que je le découvrirai une fois là-bas.

En attendant, souhaitez-moi bonne chance. J'en aurai besoin.

Petits plaisirs du jour :

Croissants

Trains Washington-NYC

Brady (ne lui dites pas que j'ai dit ça, sinon il ne va jamais arrêter d'en parler)

Mon voyage à New York est une série de catastrophes.

Je prends le train ce samedi-là et, quand j'arrive à l'hôtel particulier où se tient le dîner Delamonte, je comprends que Brady, mon manager, avait raison. C'est bel et bien un entretien.

Outre le personnel de Delamonte, les seules personnes présentes ici sont des blogueurs.

Cependant, même si nous sommes six au dîner, Luisa, la P.-D.G. de Delamonte, passe toute l'heure du cocktail à s'extasier sur Raya et Adam, les derniers chouchous du monde des influenceurs et, accessoirement, le seul couple présent au dîner.

Je peux à peine placer un mot entre son enthousiasme pour Raya, qui a atteint la semaine dernière un million quatre cent mille followers, et le prochain voyage du couple à Paris.

La seule fois où je tente d'intervenir en posant des questions sur la nouvelle ligne de la marque, Luisa répond en deux mots avant de reporter son attention sur Raya.

Si mes parents étaient là, ils me renieraient, tellement ils seraient déçus que je ne me montre pas à la hauteur du nom d'Alonso et que j'échoue à capter l'attention générale.

Première catastrophe, donc.

La catastrophe numéro deux arrive une fois que tout le monde est assis et que les amuse-gueules sont servis.

– Désolé, je suis en retard. La circulation…

Voix traînante et paresseuse… Je reçois un choc en pleine poitrine.

Non. Impossible !

J'avais plus de chances d'être frappé par une météorite que de croiser Christian Harper deux fois dans la même semaine en dehors du Mirage. À New York en plus.

Pourtant, quand je lève les yeux, il est là.

Pommettes ciselées et yeux couleur whisky, le péché mêlé au danger, le tout enveloppé dans un costume impeccable.

Ma nourriture prend un goût de cendres sur ma langue. De toutes les personnes que je ne voulais pas avoir pour témoins de ma déconfiture, il figure en tête de liste.

Non parce que je pense qu'il me jugera mais parce que j'ai peur du contraire. Un quasi-inconnu me traitant mieux que ceux qui sont censés m'aimer inconditionnellement.

Je ne pourrai pas le supporter.

Luisa se lève et le salue en le serrant dans ses bras avec effusion, mais je n'entends pas grand-chose de ce qu'elle dit pour le présenter, tant mes oreilles bourdonnent.

– … P.-D.G. de Harper Security… vieil ami…

Christian conserve une expression polie, presque indifférente, pendant que Luisa parle, toutefois il n'y a rien d'indifférent dans la façon dont ses yeux sont posés sur les miens.

Sombres et connaisseurs, comme s'ils pouvaient ôter tous les masques que je montre au monde et trouver les morceaux brisés de la fille qui se cache en dessous.

Comme s'ils trouvaient le résultat beau de toute façon, brisés ou pas.

Le malaise me vrille le ventre et je romps la connexion d'un clignement d'yeux.

Non, il ne peut pas penser ce genre de choses. Il ne me connaît même pas.

Luisa termine ce qui doit être la plus longue présentation de l'histoire des présentations, mais c'est seulement en voyant Christian se diriger vers moi que je prends conscience d'une chose : il n'y a plus qu'un seul siège vide à la table.

À côté de moi.

– Stella. Quelle agréable surprise !

Le timbre profond et harmonieux de sa voix fait naître un doux frisson le long de ma colonne vertébrale.

Je serre, puis relâche ma prise sur la fourchette, en rythme avec ma respiration.

– Christian.

Je ne peux pas vraiment l'appeler « Monsieur Harper » alors qu'il vient d'utiliser mon prénom.

C'est la première fois que je prononce son prénom, et les syllabes se sont attardées plus longtemps que prévu sur ma langue. Pas désagréable, mais beaucoup trop intime à mon goût.

Je résiste à l'envie de gigoter sur mon siège pendant qu'il me regarde fixement. Il conserve une expression détendue, mais ses yeux coulent sur moi comme de l'ambre chaud, depuis le sommet de mon crâne jusqu'au décolleté de ma robe. L'examen dure moins de cinq secondes, mais une traînée de feu s'enflamme dans son sillage.

Cool, calme, sereine.

– Je n'avais pas réalisé que vous étiez… je cherche le mot juste, affilié à Delamonte.

Ce n'est pas le bon terme, mais je ne sais pas comment formuler la chose autrement. Toutes les personnes présentes autour de la table sont des blogueurs de mode ou des membres de l'équipe Delamonte. Christian n'est clairement ni l'un ni l'autre.

– Je ne le suis pas, réplique-t-il avec ironie.

J'écarquille les yeux et m'arrange pour que mon souffle paraisse coupé par la surprise.

– Secrètement blogueur de mode alors ? Ne me dites rien. Votre blog s'appelle… *Costumes et whisky*. Non ? *Guns and Roses*. Attendez, non, ça, c'est un groupe. Je tape du doigt sur la table, *Cravates et…*

– Quand vous aurez fini… changez de siège avec moi.

Je ne pensais pas que c'était possible, mais la voix de Christian est devenue encore plus sèche.

Mon tapotement s'arrête.

– Pourquoi ?

Il a une place de choix à côté de Luisa, qui est trop occupée à parler à Raya – à qui d'autre ? – pour remarquer que Christian ne s'est pas encore assis.

– Je n'aime pas être en coin de table.

Je le dévisage, décontenancée.

– Qu'est-ce que vous faites si c'est une table pour quatre ? Parce que dans ce cas, chaque siège se trouve à un coin de table.

Ma question est accueillie avec agacement. Je soupire et change de place avec lui. Nous commencions à attirer l'attention du reste de la tablée et je ne tiens pas à faire de scène.

J'avais peur que Luisa soit contrariée de me voir prendre la place de son invité spécial, mais à mesure que la soirée avance, l'étrange caprice de Christian se révèle très avantageux pour moi.

J'ai maintenant un accès direct à Luisa qui, loin de sembler contrariée, se tourne finalement vers moi après que Raya s'est excusée pour aller aux toilettes.

– Merci d'être venue à New York. Je sais que c'est plus compliqué pour vous que pour les autres filles.

La bague de Luisa scintille sous les lumières tandis qu'elle sirote son verre.

– Je n'aurais manqué ça pour rien au monde.

Comme si quelqu'un allait refuser une invitation à un dîner privé organisé par Delamonte.

– Je suis curieuse de savoir pourquoi vous ne déménagez pas à New York. Il y a plus d'opportunités ici qu'à Washington quand on veut se lancer dans la mode.

Son ton est aussi curieux que désapprobateur, comme si je faisais exprès de me montrer irréfléchie en n'allant pas chercher l'herbe plus verte qui pousse ailleurs.

Une boule de coton se forme dans ma gorge à ce rappel indirect de Maura et de ce qui est en jeu.

– Je tiens à rester proche de ma famille. Mais j'envisage de déménager bientôt.

Maura étant comme ma famille, je ne mentais pas vraiment. Et je n'ai pas non plus menti en affirmant que j'envisage de déménager. Simplement, ça ne se fera pas de sitôt.

Le temps est venu de changer de sujet, histoire de passer à quelque chose de plus pertinent. Je ne suis pas ici pour parler de ma vie personnelle, mais pour décrocher un contrat.

– Au fait, félicitations pour votre merveilleuse Fashion Week. J'ai vraiment aimé les gabardines pastel.

Luisa s'illumine à l'évocation de la dernière collection automne/hiver de la marque, et nous sommes bientôt plongées dans une conversation sur les tendances que nous avons repérées à la Fashion Week new-yorkaise la semaine dernière.

Je n'ai pas pu y assister en personne à cause de mon travail – seuls les rédacteurs en chef de *DC Style*, comme Meredith, sont budgétés pour y assister –, mais j'ai pallié ce manque en regardant les défilés qui me faisaient envie en ligne.

Lorsque Raya revient des toilettes, elle s'assombrit en constatant que Luisa et moi discutons avec animation.

Je fais de mon mieux pour l'ignorer.

Il fut un temps où Raya et moi étions amies. Elle a créé son compte il y a deux ans et m'a demandé des conseils. J'ai été heureuse de partager avec elle ce que je savais, mais à partir du moment où elle m'a dépassée en nombre de followers, il y a quelques mois, elle a cessé de répondre à mes messages. Les seuls contacts que nous avons depuis se résument à un bonjour occasionnel lors d'un événement.

Son ascension fulgurante est peut-être directement liée à sa relation avec Adam, qui est lui-même un influenceur important dans le domaine du voyage. Lorsqu'ils ont commencé à sortir ensemble l'année dernière, leurs contenus sont devenus viraux et leurs deux comptes ont explosé.

Rien de tel que la promotion croisée et l'aptitude à alimenter le désir voyeuriste du public, avide de suivre la vie amoureuse de gens qu'il ne connaît pas.

De mon côté, je blogue depuis près d'une décennie, et mon compte stagne à un peu moins de neuf cent mille followers depuis plus d'un an. C'est quand même un public énorme, et je suis reconnaissante à chacun d'eux (à l'exception des bots et des tordus qui considèrent Instagram comme une application de drague), mais je ne peux nier la vérité.

Mon réseau social végète et je n'ai aucune idée de la façon de le relancer.

J'hésite et perds le fil de mes pensées au milieu d'une phrase. Raya s'engouffre dans l'accalmie comme un vautour en quête d'une proie.

– Luisa, j'aimerais beaucoup que vous me parliez des entrepôts de tissus que Delamonte possède à Milan, intervient-elle pour ramener l'attention de la P.-D.G. sur elle. Adam et moi comptons visiter l'Italie ce printemps, et…

La frustration m'enflamme les veines. Raya a réussi à détourner la conversation à son profit. J'ouvre la bouche pour les interrompre. Je me vois le faire dans ma tête, mais dans la vraie vie, les mots ne passent pas le filtre de mon éducation et de mon anxiété sociale de toujours.

Catastrophe numéro trois.

Pour quelqu'un d'autre, l'intervention de Raya n'aurait pas pris les dimensions d'un désastre, mais mon cerveau ne peut pas toujours démêler la différence entre un contretemps et une catastrophe.

– Vous vous êtes bien débrouillée.

Mon cœur manque un battement quand j'entends la voix de Christian.

– Avec ? je parviens à demander dès que j'ai recouvré un pouls à peu près normal.

– Luisa.

Il me la désigne d'un petit signe de tête. Je ne m'étais pas rendu compte qu'il prêtait attention à notre conversation, puisqu'il parlait avec l'invitée de son autre côté pendant tout le temps qu'a duré notre échange.

– Elle vous apprécie, ajoute-t-il.

Je le considère d'un air dubitatif.

– Nous avons parlé cinq minutes.

– Il suffit d'une seule pour faire bonne impression.

– Une minute n'est pas suffisante pour apprendre à connaître quelqu'un.

– Je n'ai pas dit « apprendre à connaître », j'ai dit « faire bonne impression ».

Sur ces propos, détendus mais perspicaces, Christian porte son verre de vin à ses lèvres.

– Et quelle impression ai-je faite sur vous ?

La question crépite et grésille comme un fil électrique entre nous, consommant suffisamment d'oxygène pour que chacune de mes respirations soit une lutte.

Christian repose son verre d'un geste sûr qui envoie des pulsations dans mes veines.

– Ne posez pas de question dont vous ne voulez pas connaître la réponse.

Une surprise teintée de vexation s'épanouit dans ma poitrine.

– Si mauvaise que ça ?

D'après mes souvenirs, notre première rencontre a été assez classique. Je ne lui ai pas dit plus de deux mots.

– Non. Bonne.

Le mot a l'effet d'une caresse rugueuse sur ma peau, suivie d'une bouffée de chaleur.

– Oh… je fais en tâchant de ravaler l'essoufflement de ma voix. Eh bien, au cas où vous vous le demanderiez, je me suis dit en vous voyant que vous étiez très bien habillé.

En fait, ça a été ma deuxième impression. La première, c'est son visage qui me l'a donnée. Si parfaitement ciselé et symétrique qu'il devrait être inscrit dans les manuels scolaires comme l'exemple parfait du nombre d'or.

Mais je ne l'admettrais jamais, même si Christian me mettait un pistolet sur la tempe.

Sinon, il pourrait penser que je flirte avec lui, et ça ouvrirait une boîte de Pandore que je ne veux pas avoir à gérer.

– C'est bon à savoir.

Son ton est redevenu sec.

Les serveurs apportent le dessert, qu'il refuse d'un geste de la tête.

Je prends une bouchée de gâteau au chocolat avant de demander, aussi décontractée que possible :

– Comment vous savez que Luisa m'aime bien ?

– Je le sais.

Si c'est ainsi que Christian conduit toutes ses conversations, je suis surprise que personne n'ait encore essayé de le poignarder en pleine salle de réunion. Ou peut-être qu'on a essayé et échoué.

– Cela ne répond pas à ma question.

– Lu, tu viens bientôt à Washington ? demande-t-il, ignorant ma pique et interrompant la conversation entre Luisa et Raya, comme si la blogueuse n'était même pas là.

– Rien de prévu pour l'instant, répond Luisa qui le regarde, intriguée. Pourquoi ?

– Stella était en train de me parler d'un endroit qui serait parfait pour ton shooting de vêtements pour hommes.

Je manque m'étouffer avec une bouchée de gâteau.

Et Luisa me regarde avec un intérêt renouvelé.

– Vraiment ? Le timing serait parfait. Notre *scout* a le plus grand mal à trouver un endroit qui soit dans le thème sans être pour autant exagéré. Où est-ce ?

– C'est…

Je me creuse la cervelle pour trouver une réponse tout en maudissant silencieusement Christian de me mettre ainsi dans l'embarras.

Quel est l'endroit le plus approprié pour un shooting de vêtements pour hommes à Washington ?

– Vous m'avez parlé d'un vieil entrepôt quelque part, insiste Christian.

Le jour se fait dans mon esprit.

Il y a un vieux bâtiment industriel à la périphérie de la ville, que j'ai photographié plusieurs fois. C'est une usine qui grouillait d'activité jusqu'aux années 1980, avant que son propriétaire ne déménage le siège social à Philadelphie. En l'absence de nouveaux propriétaires, le bâtiment est tombé en ruine puis s'est fait envahir par les mauvaises herbes et le lierre.

C'est un véritable parcours du combattant pour y parvenir, mais le contraste entre le vert et le vieil acier offre une toile de fond saisissante pour les séances photo, en particulier dans le domaine du luxe.

Comment Christian est-il au courant ?

– Bon, j'attaque en relâchant mon souffle, avant de sourire à Luisa. L'endroit n'a pas exactement d'adresse, mais si cela vous intéresse, je serais ravie de vous indiquer comment y aller, à vous ou à un membre de votre équipe.

Toute à ses réflexions, elle pianote du bout des ongles sur la table.

– C'est plus que possible. Auriez-vous des photos à me montrer ?

Je ressors quelques-unes de mes vieilles photos. Luisa hausse les sourcils en signe d'approbation.

– Oh, elles sont magnifiques. Vous pouvez me les envoyer ? Je dois les montrer à notre *scout*…

Mon cœur fait un bond quand Luisa me donne son numéro de portable afin que je puisse lui envoyer le lien par SMS ! Mais lorsque je lève les yeux, le frisson disparaît. Raya et Adam chuchotent furieusement tout en jetant des regards en coin dans ma direction.

L'anxiété bourdonne sous ma peau comme un essaim d'abeilles.

Ces chuchotements me ramènent à l'époque du collège où tout le monde gloussait et chuchotait en douce lorsque j'entrais dans une pièce. J'ai eu une poussée de croissance précoce et, à l'âge de treize ans, j'étais assez grande, maigre et maladroite pour être une cible facile pour les harceleurs.

Depuis, je me suis habituée à mon physique, mais l'anxiété n'a jamais disparu.

– Pourquoi ne pas partager votre blague avec nous ? Elle doit être sacrément drôle.

La désinvolture de Christian masque un sous-entendu sinistre qui fait disparaître tout sourire des visages de Raya et d'Adam. Raya lève les yeux au ciel, mais son expression trahit une pointe de nervosité.

– Nous parlions de quelque chose de personnel.

– Je vois. La prochaine fois, abstenez-vous de le faire lors d'un événement public. C'est un manque de respect.

Le contenu de la réprimande de Christian est léger, mais il a parlé avec un tel mépris que le visage de Raya a viré au cramoisi.

Au lieu de défendre sa petite amie, Adam est devenu blême et fixe son assiette.

L'échange a été si bref et s'est déroulé à voix si basse que le reste de la tablée n'y a pas prêté attention. Même Luisa n'a rien remarqué : elle est trop occupée à envoyer un texto à quelqu'un (probablement son *scout*).

– Merci, je souffle, regrettant de ne pas avoir eu l'audace d'interpeller Raya moi-même.

– Ils m'agaçaient, me répond Christian, toujours aussi laconique.

Néanmoins, la chaleur qui s'est installée dans mon ventre reste avec moi jusqu'à la fin du dîner et les au revoir qui le concluent.

Lorsque je sors de l'hôtel particulier une demi-heure plus tard, je suis un peu plus optimiste quant à mes chances d'être ambassadrice, mais c'est loin d'être gagné. Je suis toujours convaincue que Luisa préfère Raya, quoi qu'en dise Christian.

En parlant de ça…

Je lui jette un coup d'œil en coin alors qu'il me rattrape. Je loge dans un boutique-hôtel non loin de chez Luisa, mais je doute que Christian y soit descendu lui aussi. Il a probablement un appartement en ville ; ou il séjourne au moins dans un endroit comme le Carlyle ou le Four Seasons, et non dans un hôtel de huit chambres sans meubles de créateurs.

– Vous me suivez ? je demande d'un ton léger alors que nous tournons dans une ruelle.

La présence de Christian domine le trottoir, s'imprègne dans les ombres si bien que l'air autour de nous paraît invincible. Si silencieux et mortel que même les ténèbres n'osent pas le toucher.

– Je m'assure simplement que vous rentrez saine et sauve à votre hôtel.

Cette voix traînante…

– D'abord le trajet en voiture l'autre jour, et maintenant ça. Est-ce que vous fournissez toujours à vos locataires un service de garde du corps ?

Ses yeux couleur whisky s'embrument légèrement et me font monter le rouge aux joues, mais Christian s'abstient de la plaisanterie évidente.

– Non.

Court et simple, lâché avec l'assurance de qui n'a jamais eu à s'expliquer. Nous marchons en silence pendant une autre minute avant qu'il n'ajoute :

– Pour répondre à votre question précédente, je sais qu'elle vous apprécie, parce que je connais Luisa. Cela semble contre-intuitif, mais chaque fois qu'elle est impressionnée par quelqu'un, elle le relègue au second plan. Elle préfère mettre ceux dont elle n'est pas certaine sur le gril.

Je suis déjà tellement habituée à ses brusques changements de sujet que je ne bronche même pas.

De toute façon, je le croirai quand je le verrai, c'est-à-dire quand j'aurai conclu l'affaire.

– Peut-être. Comment se fait-il que vous la connaissiez aussi bien ?

Luisa a vingt ans de plus que Christian, mais cela ne veut rien dire. Les femmes qui couchent avec des hommes plus jeunes, ça arrive tout le temps. Ça expliquerait la façon dont elle s'est illuminée en le voyant.

Pour une raison que je ne saurais identifier, je plisse légèrement les sourcils.

– Je suis ami avec son neveu. Et non, je n'ai jamais couché avec elle.

Une pointe d'amusement s'est glissée dans sa voix.

Mes joues s'enflamment aussitôt mais, heureusement, ma voix reste froide et égale quand je réplique, le menton levé telle une reine :

– Merci pour ces informations, mais votre vie amoureuse ne m'intéresse pas.

– Je n'ai pas parlé d'amour, Mademoiselle Alonso.

– Très bien, alors je ne suis pas intéressée par votre vie sexuelle.

– Hmm. C'est bien dommage.

La pointe d'amusement s'est intensifiée. S'il cherche à m'exciter, il en sera pour ses frais.

– Seulement pour vous, je réponds gentiment.

Nous arrivons devant mon hôtel. La lumière des fenêtres traverse le visage de Christian, dont une moitié reste dans l'ombre. Lumière et obscurité.

Deux faces d'une même pièce.

Mon souffle projette de minuscules bouffées dans l'air.

– Encore une chose. Pourquoi vous êtes venu au dîner ce soir ?

Pas pour bavarder avec Luisa, il lui a à peine adressé la parole de la soirée.

Une ombre traverse son regard avant de tomber dans leur froide surface ambrée.

– Je voulais voir quelqu'un.

Les mots imprègnent la poche d'air qui nous sépare. Je n'avais pas réalisé à quel point nous nous tenions proches l'un de l'autre jusqu'à cet instant.

Cuir, épices, hiver. C'est tout ce qui existe avant que Christian ne recule et n'incline la tête vers l'entrée de l'hôtel. Une fin de non-recevoir sans équivoque.

J'ouvre la bouche, puis je la referme avant de lui passer devant.

C'est seulement après avoir franchi les portes vitrées tournantes que ma curiosité prend le dessus sur mes hésitations.

Je me retourne, m'attendant plus ou moins à ce que Christian soit déjà parti, mais il est resté au pied de l'escalier. Cheveux bruns, manteau sombre et visage qui est d'une certaine manière encore plus dévastateur quand il est partiellement caché dans l'obscurité.

– Vous vouliez voir qui ?

Il fait si froid que mes poumons brûlent, pourtant j'attends quand même sa réponse.

Quelque chose d'amusé et de dangereux apparaît dans ses yeux avant qu'il ne se détourne.

– Bonne nuit, Stella.

Les mots ne parviennent à mes oreilles que lorsque la nuit l'a déjà complètement avalé.

Je relâche un souffle rauque et chasse les picotements d'électricité qui courent sur ma peau.

Cependant, Christian, Luisa et même Delamonte disparaissent de mes pensées quand, j'entre dans ma chambre, vérifie mon téléphone… et suis frappée par la catastrophe numéro quatre.

J'ai gardé mon portable dans mon sac à main toute la soirée parce que je ne voulais pas être le genre de personne qui envoie des textos à table. Luisa l'a fait, mais c'était notre hôtesse, elle pouvait faire ce qu'elle voulait.

Maintenant, je me rends compte que ma tentative de paraître professionnelle s'est peut-être retournée contre moi, parce que mon écran est plein de notifications d'appels manqués et de textos de Meredith. Le dernier remonte à vingt minutes

Oh, mon Dieu !

Qu'est-ce qui se passe ? Depuis combien de temps essaie-t-elle de me joindre ? Une dizaine de possibilités se bousculent dans ma tête pendant que je la rappelle, le cœur dans la gorge et les paumes moites de sueur.

Peut-être que le bureau est en feu ou que j'ai oublié de renvoyer le sac Prada à…

– Stella. Quel plaisir d'avoir enfin de tes nouvelles !

Son accueil glacial glisse le long de mon dos comme la peau froide d'un reptile.

– Je suis désolée. J'avais mis mon téléphone en mode silencieux et je viens de voir…

– Je sais où tu étais. Je t'ai vue en arrière-plan des Stories Instagram de Raya.

Malgré son mépris pour les blogueurs, Meredith suit religieusement leurs réseaux sociaux. En invoquant la concurrence pour se justifier et la nécessité de rester à la pointe des tendances.

Il semble que je sois la seule à percevoir l'ironie de la situation.

– Quelque chose ne va pas ? je parviens à demander malgré ma gorge nouée. Comment je peux t'aider ?

Peu importe qu'il soit près de minuit un samedi soir. L'équilibre entre vie professionnelle et vie privée n'existe pas pour les employés juniors des magazines.

– On a eu un problème avec la séance photo de la semaine prochaine, mais on a réglé ça pendant que tu faisais la fête, répond Meredith d'un ton froid. On en discutera lundi. Sois dans mon bureau à 7 h 30 tapantes.

La communication est coupée, tout comme l'espoir qu'elle passe l'éponge sur ma transgression de la soirée.

J'ai bien peur de ne plus avoir de travail, lundi à 8 h.

4

STELLA

– Tu es virée.

Trois mots. Quatre syllabes. Je m'y suis préparée mentalement depuis le fiasco de samedi soir, mais ils me frappent quand même comme un coup de poing en plein ventre.

Respire, un, deux, trois. Expire, un, deux, trois.

Ça ne fonctionne pas. L'oxygène ne parvient pas à contourner le nœud dans ma gorge, et de minuscules points noirs constellent mon champ de vision tandis que je fixe la silhouette assise de Meredith.

Elle sirote son café et feuillette le dernier *Women's Wear Daily* comme si elle ne venait pas de réduire ma vie en miettes en l'espace de dix secondes.

– Meredith, si je…

– Stop, me coupe-t-elle, en levant une main manucurée, l'air ennuyée. Je sais déjà ce que tu vas dire, et ça ne me fera pas changer d'avis. Ça fait un moment que je t'observe, toi et ton manque d'enthousiasme, Stella, et samedi soir, c'est juste la goutte d'eau qui a fait déborder le vase.

Je me mords si fort la langue que j'ai le goût cuivré du sang dans la bouche.

Mon manque d'enthousiasme ? Mon manque d'enthousiasme ?!

Je suis la première arrivée et la dernière à repartir du bureau. Je fais quatre-vingts pour cent du travail sur les shootings, pour une fraction de crédit. Je ne me suis jamais plainte, même lorsqu'elle m'a soumis les demandes les plus extravagantes, comme demander à Chanel de nous expédier une robe couture en édition limitée depuis Paris avec un préavis de moins de vingt-quatre heures.

Si ça, c'est un « manque d'enthousiasme », je tremble à l'idée de ce qu'elle considère comme un niveau de dévouement approprié.

– Oui, je l'ai bien remarqué, ajoute Meredith qui prend manifestement mon silence pour un accord. Je reconnais que tu as le sens du style, mais c'est aussi le cas d'un millier d'autres filles qui tueraient pour être à ta place. De toute évidence, tu n'as pas très envie d'être ici. Je le vois dans tes yeux chaque fois que je te parle. Honnêtement, on n'aurait pas dû t'embaucher pour commencer. Ton blog génère assez de trafic pour être considéré comme un concurrent, et notre contrat interdit à nos employés de s'engager dans des pratiques commerciales concurrentielles. Si on ne t'a pas renvoyée plus tôt, c'est uniquement parce que ton activité annexe n'interférait pas avec ton travail. Samedi soir, en revanche, tu as franchi le cap, assène-t-elle en prenant une autre gorgée de café. Tu recevras un mail et les documents officiels de licenciement d'ici la fin de la journée.

La panique me comprime les poumons quand je songe que je suis sur le point de perdre mon emploi, mais je détecte également un noyau de quelque chose d'autre.

De la colère.

Meredith peut trouver toutes les excuses qu'elle veut, nous savons elle et moi qu'elle meurt d'envie de me virer depuis des années. Elle fait partie de la vieille garde qui n'aime pas les changements que les blogueurs introduisent dans le domaine, et elle déverse son ressentiment sur moi.

Peut-être que si tu traitais mieux tes employés, je serais plus enthousiaste. Peut-être que si tu n'étais pas si peu sûre de toi, tu verrais comment mon blog peut aider *le magazine, et non lui nuire. Au passage, tu devrais consulter le guide des carnations que j'ai publié la semaine dernière, parce que la couleur de ton haut ne te flatte absolument pas.*

Toute une série de récriminations qui ne me ressemblent pas du tout se précipitent sur le bout de ma langue, mais je les ravale avant qu'elles ne se répandent et ne m'affichent sur la liste noire de l'industrie.

Tout ce que je veux, c'est travailler dans la mode et être proche de Maura. C'est pour ça que je suis restée à Washington et que j'ai trouvé un emploi chez *DC Style*, malgré l'insistance de mes parents pour que je trouve un travail « plus digne d'une Alonso ».

J'ai renoncé à beaucoup de choses pour d'autres personnes, mais à mon rêve, c'est hors de question… à moins qu'il soit hors de ma portée et que je sois licenciée.

– Je comprends.

Je me force à sourire et parviens à un rictus dont la crispation correspond à l'étau qui m'enserre la poitrine.

– Aie débarrassé tes affaires d'ici cet après-midi, ajoute Meredith sans lever les yeux de son ordinateur. Des cartons t'attendent dans ton bureau.

L'humiliation me submerge quand je sors de son bureau pour gagner le mien. Tout le monde est au courant de mon renvoi. Certains me jettent des regards de pitié, d'autres ne cachent pas leur sourire.

Mais aucune de leurs réactions ne saurait se comparer à celle de mes parents, une fois que je leur aurai annoncé la situation. Ils n'appréciaient déjà pas que je « gâche » mon diplôme de l'université de Thayer en faisant carrière dans la mode. Si maintenant ils apprennent que je suis renvoyée…

Mes mains tremblent, mais je réussis à me reprendre et les immobilise. Je refuse de donner à mes collègues la joie de me voir transpirer pendant que je rassemble mes cartons, et je sors du bureau avec autant de dignité que possible.

Tout ira bien. Tout va bien.

Mon trajet en Uber jusqu'à la maison s'effectue dans le brouillard. Je n'arrête pas d'imaginer la tête de mes parents lorsqu'ils découvriront ce qui s'est passé. Leur déception, leur réprobation et, pire encore, les « je t'avais prévenue » silencieux qui constitueront sans aucun doute la moitié de notre conversation.

« *Je t'avais prévenue que travailler dans un magazine de mode n'était pas viable.* »

« *Je t'avais prévenue qu'il fallait arrêter de passer autant de temps sur ton blog. C'est un hobby, pas un travail.* »

« *Je t'avais prévenue qu'il fallait faire quelque chose de plus utile avec ton diplôme. Deviens avocate spécialisée dans l'environnement comme ta mère, ou travaille au moins pour un journal respectable.* »

Et ça, ce n'est qu'une des conséquences de mon licenciement.

Je n'ai même pas encore calculé son impact sur mes finances ou ma capacité à trouver un autre emploi.

La pression enfle dans ma poitrine, mais je réussis à regagner mon appartement avant de m'effondrer. Les cartons contenant les objets que je rapporte de mon bureau atterrissent à côté de moi dans un bruit sourd, tandis que je me laisse tomber sur le sol du salon en fermant les yeux.

Tout va bien.

Tout va bien.

Tout va bien.

Le mantra silencieux parvient à calmer ma respiration.

Ce n'est pas la fin du monde. Des gens se font licencier tous les jours, et j'ai encore de l'argent qui rentre grâce à mon blog et à mes collaborations avec des marques.

Je peux aussi vendre une partie de ma garde-robe pour avoir un peu plus de liquide. L'argent que je recevrai de cette façon sera minable, même pour des vêtements de créateur, mais ce sera mieux que rien.

Dans le pire des cas, je pourrai accepter certains des partenariats bien rémunérés que j'ai refusés par le passé. Je refuse de collaborer avec des marques dont je n'aime pas vraiment les produits, ce qui rend Brady dingue, parce que je suis très pointilleuse sur les vêtements que je porte et les produits que j'utilise. Cette attitude a considérablement nui à mes gains potentiels, mais je préfère gagner moins et être sincère plutôt que de vanter les mérites de quelque chose en quoi je ne crois pas contre un chèque.

Bien sûr, ça, c'était à l'époque où j'avais un emploi à plein temps en complément de mon activité secondaire.

Tout va bien.

Tout va bien.

Tout va…

Le son familier de la sonnerie de mon téléphone me tire de mes pensées avant que je ne m'enfonce trop loin dans ma spirale.

Je me force à rouvrir les yeux et regarde l'écran.

Brady.

Je suis tentée de laisser son appel passer dans la boîte vocale, mais il a peut-être une information concernant l'une de mes collaborations en cours. Je suis prête à donner mon accord tout de suite pour tout ce qui sera payé.

Enfin, presque tout.

– Allô ?

Ma voix est éraillée et rauque, mais au moins je ne pleure pas.

– Comment ça s'est passé ? Tu n'as répondu à aucun de mes appels ! Donne-moi les détails, et fissa.

Une voiture klaxonne en arrière-plan, noyant presque la voix de Brady.

Une migraine s'épanouit au niveau de mes tempes.

– Comment quoi s'est passé ?

– Delamonte ! (Le « tu rigoles ou quoi ? » est sous-entendu.) Mon petit doigt m'a confirmé que le dîner était bel et bien un entretien, alors raconte. Est-ce qu'ils t'aiment ou est-ce qu'ils t'adorent ?

Le rappel de Delamonte ne fait rien pour améliorer mon humeur.

– Ils m'aiment. Mais pas autant que Raya.

Quoi qu'en dise Christian, je suis convaincue que le contrat Delamonte est tombé à l'eau. Si je ne parviens pas à garder un emploi dans un petit magazine, comment pourrais-je devenir l'ambassadrice d'une des plus grandes marques de mode au monde ?

Techniquement, il n'y a pas de lien de cause à effet direct, mais dans mon esprit engourdi par le choc et la panique, si.

Une courte pause suit ma déclaration avant que Brady n'explose.

– Tu te fous de moi ? Tu as vu les bottes que Raya portait dans son dernier post ? Tu parles d'une vulgarité ! Pas du tout le style de Delamonte. Toi, tu es Delamonte ! Ton esthétique est absolument parfaite pour eux. C'est comme s'ils… comme s'ils t'avaient créée dans leur laboratoire top-secret ou quelque chose comme ça.

– Oui, eh bien, Raya a plus de followers que moi, et elle a Adam. C'est en quelque sorte deux pour le prix d'un.

Je déteste m'apitoyer sur mon sort, mais maintenant que j'ai commencé, je ne peux plus m'arrêter.

Ça fait des années que j'essaie d'atteindre un million de followers, et Raya y est parvenue en moins de deux en postant des articles sur son nouveau petit ami et en utilisant les astuces que je lui avais données.

Ça ne me dérange pas de partager ce que je sais. La plupart du temps, la vie n'est pas une compétition. Mais je mentirais si je disais que ça ne me pique pas un peu.

– Sa progression, elle ne la doit qu'à Adam et vice versa, grommelle Brady. Je déteste dire ça, mais les couples d'influenceurs sont à la mode en ce moment. Tu vois rarement des influenceurs individuels atteindre des sommets comme ça. Les gens adorent suivre la vie amoureuse des autres. C'est à vomir.

Je lâche un petit rire sec.

– Dommage que je ne sois pas en couple.

Question rencontres à Washington, faute d'un meilleur mot, je dirais que c'est lamentable.

Mais bon, je n'ai plus de travail qui me prenne mon temps, alors c'est cool, je vais pouvoir m'y atteler !

Je parlerai à Brady de *DC Style* après avoir eu le temps d'y réfléchir. Si je lui raconte mon licenciement maintenant, ça rendra les choses réelles, or j'ai bien besoin d'un peu d'irréel en ce moment.

Il est silencieux depuis si longtemps que je me demande si la communication n'a pas été coupée, parce qu'il n'est jamais silencieux. Une vérification rapide m'indique qu'il est toujours en ligne. Je suis sur le point de le relancer lorsqu'il reprend enfin la parole.

– En effet, mais tu pourrais l'être… lâche-t-il lentement.

Ma migraine s'intensifie.

– De quoi tu parles ?

– De te trouver un petit ami. Réfléchis-y, ajoute-t-il d'une voix devenue plus aiguë sous l'effet de l'excitation. Tes followers ne t'ont jamais vue sortir avec quelqu'un. Tu n'as pas de mec, on est d'accord ? Imagine si tu en avais un. Ils deviendraient fous ! Et regarde tous les contenus sur les couples qui deviennent viraux. Les gens raffolent de ce genre de conneries. En un rien de temps, tu auras un million de followers ! Si tu franchis ce cap, Delamonte s'en apercevra. Si j'en crois la rumeur, ils ne prendront pas de décision avant quelques semaines. Crois-moi, ils t'aiment déjà. Je le sais. Il faut juste que tu leur donnes un petit coup de pouce supplémentaire.

Ma mâchoire se décroche.

– Tu plaisantes ? Je ne vais pas embobiner quelqu'un et sortir avec lui dans le seul but d'avoir plus de followers et un contrat avec une marque !

– Alors, sois honnête. Annonce-lui la couleur dès le départ. Trouve un faux petit ami. Quelqu'un qui aura aussi quelque chose à gagner dans cette histoire.

– Un autre influenceur ?

L'idée me fait grimacer.

Mais ça n'a aucune importance, car il est hors de question que je suive la suggestion de Brady. L'idée de devoir me trouver un petit ami pour être jugée « intéressante » me donne la chair de poule.

Nous avons progressé depuis l'époque où les femmes ne pouvaient aller nulle part ou faire quoi que ce soit sans l'approbation de leur mari, mais la triste vérité, c'est que notre valeur est toujours liée à notre capacité à « décrocher » un partenaire, du moins aux yeux de la société.

Le nombre de gens qui me demandent pourquoi je n'ai pas encore de petit ami en est la preuve. Comme si mon célibat était un problème que je dois résoudre plutôt qu'un choix de ma part. Comme si mon absence de partenaire signifiait en quelque sorte qu'il me manque quelque chose.

Je n'ai rien contre les rencontres. Je suis heureuse pour mes amies qui ont trouvé l'élu de leur cœur, et je serais ouverte à une relation si je rencontrais la bonne personne.

Mais je suis à peu près sûre que la bonne personne ne se trouvera pas grâce à une ruse pour obtenir plus de followers sur les réseaux sociaux et faire avancer ma carrière.

– Peut-être un autre influenceur, continue Brady d'un ton pensif. Ou quelqu'un qui tirerait profit à se promener avec une belle femme à son bras.

Mon ventre se serre.

– Ça sonne vraiment sordide. Pas question, je décrète en secouant la tête. Je n'ai ni le temps ni l'énergie pour une vraie ou une fausse relation.

– Stella, je te dis ça en tant qu'ami et manager : tu veux le contrat Delamonte ? Tu veux un million de followers ? Tu veux montrer à Raya et à toutes les filles qui meurent d'envie de te voir échouer que tu as encore ce qu'il faut pour rester au sommet ? Trouve-toi un mec.

Je ne l'ai jamais entendu parler sur un ton aussi sévère et ses paroles retentissent encore dans mon esprit longtemps après que j'ai raccroché.

On est au XXIe siècle. Je ne devrais pas avoir à sortir avec quelqu'un pour rester crédible.

N'empêche, même si je déteste l'admettre, il a raison. Ce n'est pas pour rien que les célébrités se mettent toujours en couple comme par magie avant la sortie d'un album ou la première d'un film, et ça s'explique, si les politiciens non mariés gagnent rarement les campagnes électorales.

Je me frotte la tempe.

L'idée d'un faux petit ami semble absurde, mais est-elle aussi absurde que ça ?

Si les stars de cinéma consentent à « sortir » avec quelqu'un pour se faire de la publicité, pourquoi pas moi ? Que je ne sois pas une célébrité n'a aucune importance, le principe est le même.

Je n'arrive pas à croire que j'envisage de faire ça.

J'ouvre mon compte Instagram et je fixe le nombre en haut de mon profil : 899K. Je suis coincée à ce niveau-là depuis plus d'un an, et ça me rappelle où va ma vie, à savoir nulle part. La même ville, la même routine jour après jour.

Le million de followers, et ce que ça représente, brille devant moi comme un diamant étincelant.

Confirmation. Opportunité. Succès.

Juste un peu plus haut…

Le « 899 000 » me regarde fixement, me nargue.

Je sais qu'il ne faut pas déduire une quelconque valeur de mon nombre de followers, mais il a un impact sur mes revenus et mes moyens de subsistance.

C'est peut-être une question d'ego. Peut-être que je veux prouver à tout le monde, y compris à moi-même, que le sang, la sueur et les larmes que j'ai versées pour développer mon compte n'ont pas été vains.

Ou peut-être que Brady a raison et que j'ai besoin de faire bouger les choses.

Quoi qu'il en soit, la stimulation est assez puissante pour me pousser à quitter l'application et à ouvrir ma liste de contacts.

Je regarde défiler la liste des noms, en portant instinctivement les yeux sur les hommes.

Je n'arrive pas à croire que j'envisage de faire ça.

Mais je n'ai plus de travail et rien à perdre… sauf mon intégrité.

Malheureusement, l'intégrité ne paie pas les factures, et ce n'est pas non plus comme si je m'apprêtais à assassiner ou à voler. Ce sera juste un petit mensonge pour vendre le spectacle qu'est ma présence en ligne.

Je mordille ma lèvre inférieure.

Puis, sans me laisser le temps de revenir sur ma décision, j'appelle le premier candidat qui me paraît convenir.

– Salut, Trent, c'est Stella. Je sais, ça fait un bail, mais j'aurais une question à te poser…

5

STELLA

J'ai surestimé le nombre d'hommes célibataires et hétérosexuels dans ma vie.

Après avoir passé mes contacts au crible, j'en ai trouvé trois qui peuvent potentiellement remplir le rôle de faux petit ami, et après deux rendez-vous test désastreux, le nombre se réduit à un seul.

Mon premier rencard n'a cessé d'essayer de me vendre de la cryptomonnaie, tandis que le second m'a demandé de lui faire une fellation dans les toilettes, entre l'entrée et le dessert.

Lorsque j'entame mon troisième rendez-vous, mon optimisme n'est plus qu'une braise mourante, mais je m'accroche à cette flamme vacillante comme à mon dernier espoir.

Car ça l'est bel et bien.

Personne ne sait quand Delamonte prendra sa décision, mais ça ne va pas tarder. Je dispose d'un temps limité pour me dégoter un faux petit ami, publier quelques photos de couple et prier pour que mon compte sorte de sa stagnation. Lorsqu'il s'agit de décrocher des contrats avec des marques compétitives, chaque petit geste compte.

Ce n'est pas le meilleur plan du monde ni le plus réfléchi, mais c'est un plan. Même s'il est ridicule, il me donne l'impression de prendre le contrôle de ma vie. La sensation de n'être pas complètement impuissante, mais toujours en mesure de façonner mon avenir, il n'y a que ça qui me maintienne à flot pour l'instant.

– La troisième fois sera la bonne.

Ces mots vibrent à parts égales d'espoir, de lassitude et d'une touche de dégoût de soi.

Je me suis lancée dans le plan « Petit ami », comme l'appelle Brady, parce que je n'ai pas le choix, mais une partie de moi frémit chaque fois que je songe à ce qu'il impliquerait en cas de réussite.

Tromperie. Mensonge. Feindre d'être quelqu'un que je ne suis pas.

Au fil des ans, j'ai tissé des relations assez étroites avec mes followers. Certains me suivent depuis que j'ai décroché mon diplôme universitaire, à une époque où je postais des photos granuleuses de mes looks sur le campus.

L'idée de trahir cette confiance me retourne le ventre.

N'empêche, je ne peux pas laisser tomber Maura. Et pour être honnête, j'ai vraiment envie de l'avoir, ce million de followers.

C'est une étape capitale. La porte qui m'ouvrira un millier d'autres possibilités et prouvera que je ne suis pas la déception que mes parents voient en moi.

Mes amis pensent que j'ai la famille parfaite, et je ne leur ai jamais dit la vérité parce que le problème semble insignifiant. Les familles où l'on se juge sont légion.

Mais ça ne veut pas dire que ça ne fait pas mal.

Mes parents ne le verbalisent pas toujours, cependant je vois la déception dans leurs yeux chaque fois qu'ils me regardent.

Je prends une grande inspiration, lisse le devant de ma robe et vérifie une dernière fois mon reflet dans le miroir du couloir.

J'ai entortillé mes cheveux en un élégant chignon, des boucles d'oreilles ajoutent une touche de glamour à l'ensemble et un rouge à lèvres illumine ma peau ternie par l'hiver.

Parfait.

Je prends l'ascenseur tout en vérifiant mes mails, guettant des nouvelles de Delamonte ou une réponse à la dizaine de jobs pour lesquels j'ai postulé au cours de la semaine dernière.

Rien.

Pas de nouvelles, bonne nouvelle, non ? Peut-être pas pour les emplois, mais au moins du côté de Delamonte.

Jusqu'à ce que je reçoive un mail ou un communiqué de presse annonçant l'identité de la prochaine ambassadrice de leur marque, je ne m'attarderai sur aucun point négatif. Pas question de manifester accidentellement que j'ai laissé cette campagne m'échapper.

Les portes de l'ascenseur s'ouvrent sur leur « ding » habituel. Je sors et passe mon pouce sur les cristaux de mon pendentif. Du quartz rose pour la chance en amour, de la citrine pour les bonnes vibrations en général.

Espérons que ça fonctionne.

– Bonjour, Stella !

L'enthousiasme de cette voix attire mon attention sur la réception. Le concierge m'adresse un sourire rayonnant, dents étincelantes et yeux de cocker.

Je relâche mon collier et lui rends son sourire.

– Bonjour, Lance. Vous êtes encore de nuit ?

– C'est ce qui arrive quand on est le plus jeune dans une équipe, répond-il en poussant un soupir exagéré, avant de m'examiner. Vous êtes bien élégante, ce soir. Un rendez-vous ?

J'ai brièvement envisagé de lui demander de jouer mon faux petit ami, avant de rejeter l'idée. Ce serait trop compliqué pour une multitude de raisons, dont la moindre est qu'il occupe un poste dans mon immeuble.

– Avec un peu de chance…

Une pirouette espiègle fait virevolter ma jupe gris métallisé autour de mes genoux. Je l'ai associée à un pull noir ajusté et à des bottes, pour un premier rendez-vous élégant mais simple.

– Comment je suis ?

– Vous êtes magnifique. Comme toujours…

Il y a une note mélancolique dans sa voix.

Il n'a pas le temps d'achever sa phrase que je me heurte à un mur de briques. Je trébuche et tends instinctivement la main pour conserver mon équilibre.

Mes doigts rencontrent de la laine douce et une chaleur toute masculine.

Ce n'est pas un mur, note mon esprit étourdi.

Mes yeux remontent le long des revers d'un costume noir, passe sur le col ouvert d'une chemise blanche impeccable, puis la colonne bronzée d'un solide cou masculin avant de se poser sur un visage magnifiquement sculpté, ombré de désapprobation.

– Mademoiselle Alonso. Vous distrayez encore mon personnel ?

La voix froide de Christian me donne la chair de poule. Disparu le convive semi-joueur de la soirée new-yorkaise.

« Encore ? » Je n'ai jamais distrait personne de quoi que ce soit, sauf peut-être la fois où Lance m'a aidée à porter un paquet jusqu'aux ascenseurs et où le résident derrière moi a dû patienter deux minutes de plus.

Je retire ma main du torse de Christian. Sa chaleur est si intense que je la sens dans mes os, même lorsque je recule et augmente l'intensité de mon sourire.

Cool, calme, sereine.

– Je faisais la conversation. Je voulais l'avis de Lance sur quelque chose, mais puisque vous êtes là, je pourrais tout aussi bien vous demander. Qu'est-ce que vous en pensez ? je demande en pivotant à nouveau sur moi-même. Est-ce que cette tenue est digne d'un rendez-vous ?

Je n'ai même pas terminé ma première pirouette que la main de Christian se referme sur mon bras.

Quand je lève les yeux, la vague désapprobation s'est muée en quelque chose de plus ténébreux. De plus dangereux.

Puis je cille et les ténèbres ont disparu, remplacées par son habituelle impassibilité polie.

Bizarrement, ça me déstabilise encore plus.

– Vous allez à un rendez-vous.

Christian a le don pour transformer chaque question en... eh bien, en non-question.

Un souffle de malice inhabituelle s'épanouit en moi.

– Oui. Vous savez, c'est quand on emmène quelqu'un dîner, boire un verre, peut-être même en lui prenant la main. Ça peut sembler un concept étranger, mais vous devriez essayer de temps en temps, Monsieur Harper. Cela vous ferait du bien.

Peut-être que ça le détendrait un peu.

Malgré tout son charme et sa richesse, il est plus tendu que le ressort de sa montre Audemars Piguet. Ça se voit à la raideur de sa démarche, à la droiture de ses épaules et à la perfection peu naturelle de son apparence.

Pas un cheveu qui dépasse, pas une peluche sur ses vêtements.

Christian Harper est un homme qui s'épanouit en contrôlant tout, y compris ses sentiments.

Il me fixe, la mâchoire si crispée que je peux pratiquement entendre ses dents grincer.

– Je ne prends la main de personne.

– Très bien, donc pas de main dans la main, alors. Un câlin dans ce cas, sur un banc surplombant le fleuve, suivi de quelques mots doux chuchotés et d'un baiser en guise de bonne nuit. Ça ne vous tente pas ?

J'étouffe un rire en voyant sa lèvre se retrousser. À en juger par son expression, ma suggestion lui semble aussi agréable que de se jeter dans une cuve d'acide bouillonnant.

– Vous n'avez pas l'habitude des rencards, à ce que je vois.

Mon amusement s'estompe, remplacé par une pointe d'agacement. Il s'imagine tout savoir.

– Vous n'en savez rien. Si ça se trouve, j'ai pu avoir une centaine de rendez-vous depuis que j'ai emménagé ici, et vous n'en avez rien su.

– C'est le cas ?

Bon sang ! Je ne peux pas mentir, même quand chaque cellule de mon corps me donne envie de faire disparaître le petit air arrogant dans ses yeux.

– Ce n'est pas la question, je réponds. Il n'y en a peut-être pas eu cent, mais quelques-uns.

Deux, et des rendez-vous tests, par-dessus le marché, qui m'ont rappelé pourquoi je détestais les rendez-vous. Mais il n'a pas besoin de le savoir.

– Et où est votre rendez-vous ce soir ?

– Dans un bar.

– Voilà une réponse bien précise.

– Ça ne vous regarde pas.

Je lui décoche un regard acerbe.

Le sourire de Christian s'avère sans effet pour adoucir le tranchant de sa voix.

– Amusez-vous bien à votre rendez-vous, Stella.

Fin de la conversation, ce qui est tout aussi bien. Je suis déjà en retard.

Mais alors même que je pars, je n'arrive pas à me concentrer sur l'homme que je vais rencontrer.

J'ai l'esprit trop occupé par des yeux couleur whisky et un certain costume noir.

Une demi-heure plus tard, je regrette de ne pas être restée dans le hall avec Christian, car mon rendez-vous se déroule aussi bien que prévu, c'est-à-dire mal.

Klaus est l'un des rares blogueurs de mode masculins à vivre à Washington, et je l'ai apprécié lors de nos rares conversations pendant des évènements.

Malheureusement, ça ne m'a pas permis de réaliser ce qui ne tarde pas à devenir évident après un échange prolongé.

Klaus est un gros connard enragé.

– Je leur ai dit que je ne travaillais pas gratuitement. Je comprends que c'est une association caritative, mais je suis un blogueur de luxe, m'explique-t-il en ajustant sa Rolex d'occasion. Qu'est-ce qui a bien pu leur faire croire que j'étais du genre « Posts gratuits pour sensibiliser les gens au cancer » ? Bien sûr, c'est une noble cause, s'empresse-t-il d'ajouter. Mais ça me prend du temps de photographier et de poster, tu vois ? Je leur ai même proposé une réduction de dix pour cent sur mes honoraires habituels, mais ils ont refusé.

– C'est pour ça qu'on parle d'association caritative.

Je finis mon verre. Deux verres de vin en vingt minutes. Un record pour moi et la preuve de mon peu d'envie d'être ici. Mais Klaus étant mon dernier espoir, je me montre plus coulante qu'avec ses prédécesseurs. Peut-être qu'il veut bien faire, mais n'arrive pas à l'exprimer de la bonne manière.

– Ils ne peuvent pas se permettre de payer des milliers de dollars pour chaque post.

– Je ne leur ai pas demandé de payer pour chaque post. Je leur ai demandé de me payer, moi.

Mon Dieu, donnez-moi la force.

– J'ai fait cette campagne gratuitement. Ça m'a pris moins d'une heure et je n'en suis pas morte, je souligne.

J'ai un faible pour les organisations caritatives et j'accepte presque toutes ces collaborations si l'organisation est légitime. Brady déteste, principalement parce qu'elles ne sont jamais rémunérées et qu'il ne gagne rien avec ces contrats.

Klaus s'esclaffe.

– Oui, eh bien, c'est là la différence entre les hommes et les femmes, visiblement ?

Je me raidis.

– Qu'est-ce que ça veut dire ?

Son haussement d'épaules désinvolte me fait tressaillir.

– Ça veut dire que la plupart des hommes se font payer à leur juste valeur alors que la plupart des femmes, non. Ce n'est pas une insulte, simplement un constat. Remarque, il faut bien qu'il y ait quelqu'un qui gagne moins d'argent, non ?

Je serre le pied de mon verre à vin.

En regrettant soudain qu'il soit vide. Je n'ai jamais été aussi tentée de jeter une boisson au visage de quelqu'un.

Il n'a pas tort de se faire payer à sa juste valeur, mais son ton est si condescendant qu'il éclipse tout le reste. Sans parler du fait qu'il parle d'une association de lutte contre le cancer.

– Klaus. Merci pour ce verre, mais notre rendez-vous est terminé.

Ma voix n'a nullement trahi la colère qui bout dans mon sang.

Il s'arrête de triturer une mèche de ses cheveux pour me fixer.

– Pardon ?

– On n'est pas compatibles, et je ne veux ni te faire perdre ton temps ni perdre le mien.

Je préférerais me planter un talon Christian Louboutin dans l'œil plutôt que de passer une minute supplémentaire avec toi.

Le visage de Klaus vire au violacé. Furax, il se lève et arrache son manteau du dossier de sa chaise.

– Peu importe. Je ne suis resté que par pitié de toute façon. Tu es loin d'être aussi sexy que tout le monde le dit.

Dixit le gars qui achète des followers et utilise un faux compte pour commenter ses propres posts et s'extasier de son côté torride. La réplique me démange le bout de la langue jusqu'à ce que mon aversion pour toute confrontation ne l'étouffe.

Si je gagnais un centime pour chaque réplique que je garde pour moi, je n'aurais pas besoin du contrat avec Delamonte. Je serais déjà millionnaire.

J'attends que Klaus sorte en trombe dans un nuage d'eau de toilette et d'indignation avant de gémir et d'enfouir mon visage entre mes mains. Maintenant qu'il est hors concours, je n'ai plus la moindre perspective d'un faux petit ami décent, c'est officiel.

Pas de faux petit ami, pas d'augmentation du nombre de followers, pas de contrat avec Delamonte, pas d'argent, pas de soins pour Maura...

Mes pensées s'enchaînent en un flot désordonné.

Existe-t-il un autre moyen de faire grossir mon compte, à part me dégoter un faux petit ami ? Peut-être.

Et est-ce qu'une augmentation assez rapide de mon compte me garantira le contrat avec Delamonte ? Non.

Mais une fois que mon cerveau s'est accroché à une idée, essayer de l'en détacher, c'est comme vouloir ouvrir un coffre-fort avec un cure-dent. Par ailleurs, sans emploi ni personne qui s'intéresse à mon CV, je commence à désespérer.

L'idée du petit ami m'a peut-être mise mal à l'aise, mais elle m'a aussi offert une lueur d'espoir. Aujourd'hui, cette lueur s'est ternie et n'est plus qu'un affreux brun délavé.

Je vide mon eau, en espérant qu'elle soulagera la sécheresse dans ma gorge. Tout ce qu'elle parvient à faire, c'est à déclencher une petite quinte de toux en passant dans le mauvais tuyau.

– J'en conclus que les mots doux chuchotés et le baiser en guise de bonne nuit ne sont plus à l'ordre du jour.

Ma peau s'échauffe au son de la voix familière qui retentit dans mon dos.

Cool, calme, sereine.

J'attends que mes poumons se remplissent d'air avant de répondre.

– Une fois, c'est le hasard ; deux fois, une coïncidence. Mais trois fois, qu'est-ce que c'est, Monsieur Harper ? je demande en tournant la tête vers lui.

Il y a d'abord eu le trajet en voiture jusqu'à l'immeuble. Ensuite, le dîner chez Delamonte. Je ne compte pas notre rencontre de ce soir, dans le hall d'entrée, puisque nous vivons à la même adresse, mais il n'empêche que j'ai croisé Christian un nombre de fois suspect, au cours des deux dernières semaines.

– Le destin, répond-il.

Il se glisse sur le tabouret voisin du mien et adresse un signe de tête au barman, qui le salue avec respect et approche, moins d'une minute plus tard, avec un verre plein d'un riche liquide ambré.

– Ou alors Washington est une petite ville et nos cercles sociaux se chevauchent.

– Vous pourrez peut-être me convaincre que vous croyez aux coïncidences, mais vous n'arriverez jamais à me faire gober que vous croyez au destin.

C'est une notion pour les romantiques et les rêveurs. Christian n'est ni l'un ni l'autre.

Les romantiques ne regardent pas quelqu'un comme s'ils voulaient le dévorer jusqu'à ce qu'il n'en reste plus que cendres et extase. Ténèbres et soumission.

Quelque chose de chaud et d'inconnu s'enroule dans mon ventre avant que les cloches au-dessus de la porte d'entrée ne tintent et ne rompent le charme.

– Depuis combien de temps vous êtes ici ?

Je n'ai pas remarqué son arrivée.

– Assez longtemps pour vous voir lorgner mélancoliquement sur ces piques à cocktail pendant que votre chevalier servant jacassait.

– Ça n'a pas été un rendez-vous raté. Il a juste dû partir plus tôt pour… une urgence.

Le mensonge est flagrant, mais je ne veux pas admettre mon échec. Pas devant Christian.

– Oui, l'ambiance avait vraiment l'air pétillante. J'ai vu vos yeux se perdre dans le vague et tomber comme par hasard toutes les cinq secondes sur votre téléphone. Le signe infaillible d'une femme éprise.

Sa voix est plus sèche qu'un gin martini.

Mon agacement me comprime les poumons.

– Il paraît que le sarcasme est la forme la plus basse de l'esprit.

Christian esquisse un sourire devant mon ironie.

– Mais la forme la plus élevée de l'intelligence. Oscar Wilde. Je connais la citation complète, moi.

Pourquoi ne suis-je pas surprise ?

– Ne perdez pas votre temps avec moi, je réplique d'un ton tranchant. Je suis sûre que vous avez mieux à faire de votre vendredi soir que de boire avec la fille qui s'occupe de vos plantes.

– Je partirai quand vous m'aurez expliqué pourquoi vous avez eu l'air si malheureuse après son départ. Parce que, je ne sais pas pourquoi, mais je doute que vous ayez été navrée qu'il s'en aille.

Christian s'installe sur son tabouret, image même de l'élégance décontractée, mais son regard acéré montre qu'il attend ma réponse. Je passe le pouce sur la buée de mon verre, réfléchissant à ce que je dois lui dire.

– J'avais besoin de son aide pour quelque chose.

La honte s'insinue dans ma poitrine.

– Pour quoi ?

Cet homme est un cobra en costume de roi, il ne montre aucun signe de patience.

Contente-toi de cracher le morceau.

– J'ai besoin d'un faux petit ami.

Voilà, c'est dit. Et je ne suis pas morte, bien que la gêne m'embrase le cou.

À sa décharge, Christian ne rit pas et ne me couvre pas non plus de reproches.

– Expliquez-moi ça.

L'alcool et le désespoir m'ayant délié la langue, je déballe tout. Maura, Delamonte, *DC Style*. Je lui avoue même que je me suis fait virer.

Une partie de moi redoute qu'il ne m'expulse, puisque je n'ai plus de revenus réguliers, mais je ne peux plus empêcher les mots de sortir. La pression à l'intérieur de moi a trouvé une soupape temporaire, et j'en profite pleinement.

Mes amis, qui savent que j'ai été licenciée, ignorent en revanche que je paie les soins de Maura. Personne n'est au courant, à l'exception du personnel de Greenfield… et maintenant de Christian.

Pour une raison qui m'échappe, l'aveu que je lui fais me semble naturel, presque facile. Peut-être parce qu'il est plus aisé de partager mes secrets avec quelqu'un qui ne me connaît pas bien et qui, par conséquent, sera moins enclin à me juger.

Lorsque j'achève mon récit, Christian me fixe d'un long regard évaluateur.

Le silence se prolonge si longtemps que je crains de l'avoir perdu dans l'absurdité même de mon idée.

Je coince une mèche de cheveux égarée derrière mon oreille.

– Je sais que ça a l'air ridicule, mais ça aurait pu marcher. En théorie ?

Le doute a transformé mon affirmation en question.

Christian repose son verre désormais vide. Le barman réapparaît en un éclair et le remplit à nouveau, avant de faire de même avec mon verre, sur un regard appuyé de mon voisin.

– Ça n'a pas l'air ridicule, non. En fait, j'ai une proposition à vous faire, qui nous serait mutuellement bénéfique.

En général, ces mots ne signifient qu'une chose.

– Je ne suis pas intéressée par coucher avec vous.

Je suis désespérée, mais pas à ce point. C'est une chose d'avoir un faux petit ami. C'en est une autre de coucher avec quelqu'un pour de l'argent, même si cette personne est riche et magnifique.

Une lueur d'agacement traverse de nouveau les yeux de Christian.

– Ce n'est pas ce que je vous propose, rétorque-t-il d'une voix qui masque à peine son irritation. Vous avez besoin d'argent, et moi d'une… cavalière qui m'accompagne à des réceptions. Lesquelles sont une partie nécessaire et, malheureusement, fréquente de mon activité.

Quelque chose qui ressemble à de la déception s'installe dans mon ventre.

– Donc vous voulez une potiche à votre bras. Je suis sûre que vous pourriez en trouver une en claquant des doigts. Vous n'avez pas besoin de moi pour ça.

Rien qu'en ce moment, toutes les femmes du bar reluquent Christian avec des expressions hébétées et rêveuses.

– Je n'ai pas seulement besoin d'un rencard, Stella. Il me faut quelqu'un avec qui je puisse avoir une vraie conversation. Qui mette les gens à l'aise et qui puisse œuvrer avec moi. Quelqu'un qui ne veuille pas plus, une fois le rendez-vous terminé.

Je tapote mes doigts sur la table.

– Et si je fais ça…

Christian sourit.

– Passons un marché, Mademoiselle Alonso. Vous acceptez d'être ma cavalière en cas de besoin, et je paie l'intégralité des soins de Maura.

J'arrête de tapoter la table.

Il me propose de payer l'intégralité des soins de Maura ?

Mon premier réflexe est un « oui » enthousiaste et sonore. Ne plus avoir à me soucier des factures de Greenfield me soulagerait d'un poids. Mais mon exaltation ne dure qu'une minute avant que des sonnettes d'alarme ne retentissent à mes oreilles.

Si quelque chose semble trop beau pour être vrai, c'est probablement le cas.

– Merci, mais je ne peux pas. Payer tous les frais de Maura… c'est trop.

Les mots sont douloureux à prononcer, mais c'est pour le mieux.

Est-il stupide de ma part de refuser son offre alors que j'en ai désespérément besoin ? Peut-être. Surtout quand je sais que cette somme ne mettra en aucun cas ses finances en danger ? Probablement.

S'il était quelqu'un d'autre, j'aurais peut-être accepté, compte tenu de ma situation. Mais entre le loyer initial, qu'il a réduit et notre accord risible pour un loyer encore plus bas après le déménagement de Jules, à savoir les soins que je prodigue à ses plantes et qui ne remboursent nullement les milliers de dollars qu'il laisse filer chaque mois, je lui dois déjà trop.

Et mon instinct me souffle qu'avec des hommes comme Christian Harper, moins on leur doit, mieux c'est.

Parce qu'un jour ou l'autre, il faudra rembourser, et cela coûtera plus cher que tout l'argent du monde.

Christian accepte mon refus sans sourciller.

– Je comprends. Alors modifions le contrat. Vous devenez ma compagne occasionnelle, et moi votre petit ami.

Mon cœur fait un bond. L'arrangement est plus équilibré.

Pourtant, je ne devrais pas.

C'est fou, absurde et complètement ridicule si j'y réfléchis trop, mais… Christian Harper devenant mon (faux) petit ami… si ça ne fait pas exploser mon nombre de followers, alors rien n'y fera.

– Avec une condition, bien sûr, ajoute-t-il.

Le contraire m'aurait étonnée.

– Laquelle ?

– En aucun cas vous ne montrez mon visage sur les réseaux sociaux.

Mon excitation s'éteint plus vite qu'un feu d'artifice dans l'eau.

– Cela va à l'encontre de l'objectif de ce que j'essaie d'atteindre.

Le visage de Christian pourrait faire vendre des stades et des théâtres. Ne pas le montrer en ligne serait un gâchis monumental.

– D'après ce que vous m'avez dit, c'est la relation telle qu'elle est perçue qui compte, pas l'identité du partenaire. Les réseaux sociaux sont une forme de voyeurisme, et les couples sont plus intéressants que les individus, ajoute-t-il en tapotant mon téléphone d'un doigt. C'est la triste vérité. Mais les gens aiment aussi un peu de mystère. Vous pouvez montrer ma main, mon dos, n'importe quelle partie de moi sauf mon visage. Cela ne nuira pas à ce que vous essayez de faire. Cela pourrait même vous avantager.

– Mais… (*Votre visage est si beau.*) Les gens sauront que c'est vous si nous assistons ensemble à des événements, alors quel est l'intérêt de ne pas montrer votre visage ?

– Je n'ai aucun problème à ce que les gens sachent que nous sommes ensemble. Cependant, je garde les détails de ma vie privée et mon empreinte numérique aussi propre que possible.

La douceur de ses mots m'enveloppe comme une écharpe de soie. Je ne devrais pas être surprise. Christian est un expert en cybersécurité, son aversion pour les réseaux sociaux et le partage de données en ligne est donc tout ce qu'il y a de logique.

Pourtant, j'ai du mal à croire que quelqu'un, à notre époque, puisse empêcher la publication de toute photo de lui sur Internet.

Bon, trop tard pour moi. Mon empreinte numérique est si vaste qu'elle peut prétendre à son propre code postal.

– Hmm. Ne pas vous identifier.

Un sourire se dessine sur ses lèvres.

– On est d'accord alors ?

– Seulement si vous acceptez aussi mes conditions. Vous ne pensiez pas être le seul à édicter les règles, si ?

Cette fois, c'est moi qui souris devant la surprise qui traverse son visage. Puis un amusement décontracté brille dans ses yeux.

– Bien sûr que non. Et quelles sont donc ces conditions ?

Je les énumère en dépliant mes doigts un à un. Le barman est en train de servir des clients à l'autre bout du bar et personne n'est assis près de nous, je ne crains donc pas les oreilles indiscrètes.

– Primo, nous n'avons de contact physique que lorsque c'est nécessaire. Se tenir la main, ça va. Les baisers, ce sera au cas par cas. Et pas de sexe.

Je jette un coup d'œil à Christian pour voir s'il considère ce dernier point comme rédhibitoire. Son expression demeurant impassible, je continue :

– Secundo, nous poursuivons l'arrangement tant qu'il est bénéfique pour tous les deux. Si l'un de nous veut y mettre fin pour quelque raison que ce soit, il donne à l'autre un préavis de deux semaines. Et enfin… j'ajoute en prenant une profonde inspiration, nous n'oublions pas ce que c'est. Une fausse relation. Ça signifie qu'il n'est pas question de sentiments et qu'on ne tombe pas amoureux l'un de l'autre.

Je ne pense pas que Christian risque de tomber amoureux de moi, et je doute de tomber amoureuse de lui, mais mieux vaut être clair sur les attentes de chacun. Cela permet d'éviter que les choses ne s'enveniment par la suite.

Il me répond par un petit rire.

– J'accepte ces conditions. Je rédigerai le contrat ce soir.

– Un contrat écrit, ça me semble exagéré.

– Je ne conclus jamais de marché sans. C'est un obstacle pour vous ? dit-il en haussant un sourcil.

Une partie de moi n'est pas à l'aise avec un contrat formel pour quelque chose d'aussi souple, mais une autre partie convient que c'est une précaution intelligente. Cela permettra d'établir les règles de base en termes clairs et de nous protéger l'un et l'autre.

Au cas où.

– Non. Un contrat, c'est très bien.

Il porte son verre à ses lèvres.

– Parfait. Et ne vous inquiétez pas, Mademoiselle Alonso, reprend-il d'une voix où l'amusement est toujours perceptible. Je ne crois pas en l'amour.

6

STELLA

13 mars

Je crois que j'ai signé un pacte avec le diable.

D'accord, la formulation est un peu exagérée, mais vous saisissez l'idée. Christian est super gentil et serviable depuis qu'on s'est rencontrés, mais il n'est pas arrivé là où il est aujourd'hui en n'étant que chaleur et douceur.

Ça fait quatre jours qu'on a signé. (Je n'arrive toujours pas à croire qu'il m'ait fait signer un accord formel, mais je suppose que c'est pour ça qu'il est P.-D.G.) Et chaque fois que je pense au premier post de couple, j'ai un peu la nausée.

Je me suis faite à l'idée de devoir mentir à mes followers, mais mes amis et ma famille verront aussi le message. Enfin, pas mes parents directement, mais Natalia, si, et elle le dira à papa et maman. Et je vais devoir expliquer l'apparition soudaine d'un petit ami à mes amies, qui SAVENT que je ne veux sortir avec personne. Elles vont péter les plombs, surtout Jules qui déteste ne pas être au courant de tous les potins.

Ensuite, il y a cette histoire de devoir cacher le visage de Christian quand je ferai notre post officiel. Je peux peut-être mettre un émoji par-dessus. C'est tellement ringard que ça pourrait être drôle...

Idées d'émojis pour le visage de Christian :

Diable (pour des raisons évidentes)

Visage neutre (en gros, son expression quatre-vingts pour cent du temps)

Visage en forme de cœur (c'est logique s'il est censé être mon petit ami, mais peut-être trop cucul ?)

– Je suis trop contente qu'on ait enfin l'occasion de discuter, lâche Jules avec un soupir en se fourrant une frite dans la bouche. Je me sens vraiment larguée depuis que je suis rentrée.

Il y a quelques semaines, Jules et son petit ami, Josh, sont partis passer une semaine en Nouvelle-Zélande et c'est la première fois que je la vois depuis son retour. Entre son emploi du temps chargé d'avocate et les voyages incessants d'Ava en tant que photographe pour le magazine *World Geographic*, difficile pour nous toutes de nous retrouver au même endroit en même temps.

Nous programmons tout de même au moins une rencontre par mois, même si elle doit être virtuelle. Au moins dans ce cas, Bridget, qui vit en Europe, peut se joindre à nous.

Les amitiés adultes demandent du travail et des efforts pour être entretenues, mais celles qui se maintiennent sont celles qui comptent le plus.

C'est pour cette raison qu'il m'est si difficile de mentir à Jules, Ava et Bridget. Elles savent que j'ai été licenciée, mais elles ignorent pour Christian.

En même temps, je ne veux pas les accabler avec un trop grand nombre de mes problèmes, et plus je leur cache des choses, moins j'ai envie de leur expliquer pourquoi j'ai gardé le silence au départ.

Les tacos au poisson que j'ai mangés à midi font des remous dans mon ventre.

– Tu n'as rien manqué d'important me concernant, la rassure Ava en écartant une mèche de son œil. Jusqu'en octobre, ma vie va se résumer au travail et aux préparatifs du mariage.

Malgré la désinvolture avec laquelle elle parle, son visage rayonne d'excitation.

Alex, son petit ami, l'a demandée en mariage l'été dernier et ils prévoient de s'unir à l'automne dans le Vermont. Connaissant Alex, ce devrait être le mariage le plus somptueux que l'État ait jamais vu. Il a déjà engagé le wedding planner le plus célèbre du pays pour coordonner une armée de fleuristes, traiteurs, photographes, vidéographes et toutes les personnes impliquées dans les noces.

Jules a l'air déçue qu'aucune nouvelle plus juteuse ne l'attende.

– Hmm. Et toi, Stel ? Tu n'as pas mis le grappin sur une célébrité pendant un événement ? Gagné un million de dollars ? On ne t'a pas encore offert un voyage à Venise pour un shooting photo de tes pieds ?

Je l'interromps d'un petit rire crispé.

– Désolée de te décevoir, mais non.

En revanche, j'ai décroché un faux petit ami.

Les mots sont sur le bout de ma langue, mais je les ravale avec une gorgée d'eau.

J'ai besoin de plus de temps pour digérer ma situation avant d'en parler.

– Bon, fait Jules avec une moue. L'année ne fait que commencer. Et oh, mince ! En parlant de célébrités… s'écrie-t-elle, les yeux à nouveau pétillants. Vous n'allez jamais croire qui on a vu à l'aéroport en revenant à Washington. Nate Reynolds ! Il était avec sa femme…

Je me détends dans mon siège pendant qu'elle parle de sa star de cinéma préférée. C'est un sujet plus sûr que tout ce qui concerne ma vie.

Malgré la honte qui continue à me picoter la peau, je me console en me disant que je ne mentirai pas éternellement à mes amies.

Je leur parlerai bientôt de Christian.

Mais pas aujourd'hui.

Nous restons au restaurant encore une demi-heure avant qu'Ava ne doive aller retrouver Alex pour l'organisation de leur mariage et que Jules n'aille « surprendre » Josh après son service à l'hôpital. Je suis presque sûre que c'est un mot code pour désigner une partie de jambes en l'air, mais je choisis sagement de ne pas demander.

Après nos adieux, je prends le train pour Greenfield.

C'est à une heure de route de la ville. Quand je travaillais à *DC Style*, je devais y courir après le travail. Parfois, je n'y arrivais pas à temps et quand j'y arrivais, je n'avais généralement que dix ou quinze minutes à passer auprès de Maura avant la fin des heures de visite.

C'est l'un des avantages du chômage, sans doute. Je n'ai plus à prendre le train pour aller et revenir du milieu de nulle part à la nuit tombée, et je n'ai pas non plus à m'inquiéter de ne pas avoir le temps de la voir.

Je joue distraitement avec mon collier en observant les trottoirs en béton et l'architecture européenne de la ville laisser place aux champs et aux plaines.

Je n'ai pas parlé à Christian depuis notre accord, bien qu'il m'ait envoyé un texto dès le lendemain pour me demander de l'accompagner à une collecte de fonds. Collecte dont je ne connais même pas le destinataire, seulement qu'il s'agit d'un événement chic qui se déroulera au Smithsonian National Museum of Natural History.

La secousse du train lorsqu'il s'arrête en gare de Greenfield coïncide avec une montée d'angoisse qui me tord le ventre.

Tout va bien se passer. Ce n'est qu'une soirée. Tu as assisté à des tas d'événements chics.

J'inspire, j'expire.

Tout va bien se passer.

Je reste plantée là, à laisser passer un groupe de banlieusards à l'air fatigué avant de leur emboîter le pas pour descendre du train. Je n'ai pas fait la moitié du chemin qu'un frisson me glisse dans la nuque et me fait lever la tête. Exactement le frisson que j'ai ressenti dans mon couloir, le soir où Christian m'a raccompagnée chez moi.

Je balaie le wagon du regard, mais il est vide, à l'exception d'un vieil homme qui ronfle dans un coin et que le contrôleur essaie de réveiller.

Je sens mes épaules se détendre un peu.

Tout va bien. Je suis juste sur les nerfs à cause de la collecte de fonds et du faux rendez-vous.

Greenfield se trouve à dix minutes de marche de la gare et, quand j'arrive, j'ai chassé mes appréhensions du train. Je ne peux pas vivre ma vie en regardant par-dessus mon épaule, surtout quand il n'y a rien.

Greenfield est composé de trois bâtiments sur un terrain de plusieurs hectares dans la banlieue du Maryland. Avec ses baies vitrées, ses sols en bambou et son abondante verdure, l'endroit ressemble plus à un hôtel de charme haut de gamme qu'à une résidence pour personnes âgées. Je n'ai donc pas été surprise de découvrir qu'il était classé parmi les meilleurs établissements de luxe du pays en matière d'aide à la vie autonome.

Le jour, Greenfield a également un aspect différent, et pas seulement à cause de la lumière. L'air y est plus calme et les parfums plus doux, même au plus sombre de l'hiver.

C'est un nouveau jour, et chaque nouveau jour est porteur d'espoir.

L'optimisme enfle dans ma poitrine quand je m'arrête devant la chambre de Maura et que je frappe à la porte. Aujourd'hui, elle se souviendra de moi. J'en suis sûre.

Je frappe encore. Pas de réponse. Je n'en attendais pas, mais je frappe toujours deux fois, au cas où. Elle vit peut-être dans un établissement de soins, n'empêche que sa chambre est sa chambre. Elle mérite d'avoir son mot à dire sur les personnes qui pénètrent dans son espace personnel.

J'attends une seconde supplémentaire avant de tourner la poignée et de faire un pas à l'intérieur.

Maura est installée sur une chaise près de la fenêtre, occupée à observer l'étang à l'arrière de l'établissement. L'eau est gelée, et les arbres et les fleurs de l'été ne sont plus que branches dénudées et pétales flétris pendant l'hiver, ce spectacle ne semble pourtant pas la déranger.

Petit sourire aux lèvres, elle fredonne un air en sourdine. Quelque chose de familier, quoiqu'impossible à identifier, à la fois joyeux et nostalgique.

– Bonjour, Maura, je dis doucement.

Le fredonnement s'interrompt.

Elle se retourne. Et manifeste un intérêt poli tout en m'examinant.

– Bonjour, répond-elle en inclinant la tête sous mon regard plein d'attente. Est-ce que je vous connais ?

La déception qui m'enserre la poitrine est aussitôt suivie par une douleur aiguë.

La maladie d'Alzheimer varie beaucoup d'une personne à l'autre, même chez celles qui en sont à un stade intermédiaire, comme Maura. Certains oublient leurs capacités motrices de base, comme tenir une cuillère, mais se souviennent de leur famille ; d'autres ne savent plus identifier leurs proches, mais peuvent fonctionner assez normalement dans la vie quotidienne.

Maura relève de cette dernière catégorie.

Je devrais être heureuse qu'elle puisse encore communiquer clairement, quatre ans après avoir été diagnostiquée. Cependant, je souffre qu'elle ne me reconnaisse pas.

C'est elle qui m'a élevée pendant que mes parents passaient le plus clair de leur temps à construire leur carrière. Elle est venue me chercher et me déposer à l'école tous les jours, elle a assisté à toutes mes pièces de théâtre et m'a consolée quand Ricky Wheaton m'a larguée pour Melody Renner l'année où je suis entrée au collège. Ricky et moi n'étions « sortis » ensemble que deux semaines, mais la jeune fille de onze ans que j'étais en avait eu le cœur brisé.

Dans mon esprit, Maura est toujours aimante et pleine de vie. Mais les années et la maladie ont fait des ravages, et sa silhouette est si frêle que j'en ai les larmes aux yeux.

– Je suis une nouvelle bénévole, je réponds après m'être éclairci la gorge et collé un sourire sur les lèvres pour ne pas assombrir notre visite. Je vous ai apporté du *tembleque*. Mon petit doigt m'a dit que c'était votre plat préféré.

Je fouille dans mon sac et en sors le pudding à la noix de coco réfrigéré.

C'est un dessert portoricain traditionnel que Maura et moi préparions ensemble lors de nos soirées d'« expérimentation ». Chaque semaine, nous essayions une nouvelle recette. Certaines étaient excellentes, d'autres moins. Le *tembleque* était l'une de nos préférées, cependant, et nous prétextions vouloir le tester avec des saveurs différentes pour nous justifier de le refaire encore. Cannelle une semaine, orange la semaine suivante, puis citron vert.

Voilà ! C'était une nouvelle recette.

Dans l'esprit de la fillette de huit ans que j'étais, rien de plus logique.

Les yeux de Maura s'illuminent.

– Vous essayez de vous mettre dans mes petits papiers dès votre premier jour. Ça marche, admet-elle en gloussant. Je vous apprécie déjà.

Je m'esclaffe.

– Ravie de l'entendre.

Je lui tends le dessert que j'ai préparé hier soir et j'attends qu'elle s'en soit saisie fermement avant de m'installer en face d'elle.

– Comment vous appelez-vous ?

Elle porte une cuillerée de pudding à sa bouche, et je m'efforce de ne pas remarquer la lenteur de son mouvement ni la force de ses tremblements.

– Stella.

Une lueur qui ressemble à de la reconnaissance s'allume dans ses yeux. L'espoir renaît, mais se dégonfle lorsque la confusion étouffe cette lueur, une seconde plus tard.

– Joli nom, Stella, constate Maura qui mastique, l'air pensive. J'ai une fille, Phoebe. Elle a à peu près votre âge, mais je ne l'ai pas vue depuis longtemps…

Parce qu'elle est morte.

La douleur dans ma poitrine revient en force.

Il y a six ans, Phoebe et le mari de Maura rentraient de l'épicerie quand un camion a percuté leur voiture de plein fouet. Tous deux sont morts sur le coup. Maura a sombré dans une profonde dépression, d'autant qu'elle n'avait plus aucun parent vivant sur lequel s'appuyer.

Même si je déteste la maladie d'Alzheimer pour l'avoir privée de sa vie, il m'arrive d'en être reconnaissante. Parce que l'absence de bons souvenirs signifie aussi l'absence des mauvais. Au moins peut-elle oublier le chagrin d'avoir perdu ses proches.

Aucun parent ne devrait jamais avoir à enterrer son enfant.

Maura ralentit sa mastication, sourcils froncés. Je vois qu'elle s'efforce de se rappeler pourquoi elle n'a pas vu Phoebe depuis un moment.

Sa respiration s'accélère, comme toujours avant que l'agitation ne s'installe.

La dernière fois qu'elle s'est souvenue de ce qui est arrivé à Phoebe, elle est devenue si agressive que les infirmières ont dû l'endormir.

Je chasse d'un battement de paupières les picotis dans mes yeux et je souris encore plus gaillardement.

– J'ai entendu dire qu'il y avait une soirée bingo, aujourd'hui, je m'empresse d'ajouter. Vous aimez ?

La diversion fonctionne.

Maura se détend à nouveau et notre conversation passe du bingo aux caniches et à *Des jours et des vies*.

Ses souvenirs sont inégaux et varient d'un jour à l'autre, mais aujourd'hui, sa mémoire est à son meilleur. Elle possédait un caniche et adorait regarder *Des jours et des vies*. Je ne suis pas sûre qu'elle comprenne la signification de ces sujets aujourd'hui, mais elle sait au moins qu'ils sont importants à un niveau subconscient.

– Moi, j'ai un bingo ce soir, mais vous, qu'est-ce que vous avez au programme ? Une belle fille comme vous doit avoir des projets amusants pour un vendredi soir.

Elle a brusquement changé de sujet après un monologue de dix minutes sur le lavage du linge à la main.

On est samedi, mais je ne la corrige pas. Et puis, « amusant » n'est pas l'adjectif que j'aurais utilisé.

– Je vais à une grande fête, je réponds. Au Smithsonian.

Mes nerfs, soudain en pelote, me donnent la nausée. La signature d'un contrat, c'est une chose ; son exécution, une autre.

Et si je me conduis de façon lamentable lors de l'événement ? Et si je trébuche ou dis quelque chose de stupide ? Et s'il se rend compte que je ne suis pas la compagne qu'il espérait, finalement, et qu'il met fin à notre accord ?

Instinctivement, j'attrape mon pendentif en cristal. J'ai choisi le jaspe unakite, aujourd'hui, pour ses vertus curatives, et je le serre entre mes doigts jusqu'à ce que la pierre froide réchauffe et calme mes nerfs.

Tout va bien. Tout va bien se passer.

Maura, qui ne se doute pas une seconde de mon trouble, s'illumine et se penche à la mention d'une fête.

– Ooh, quelle classe ! Qu'est-ce que vous allez porter ?

En cet instant, elle ressemble tellement à celle qu'elle était autrefois que mon cœur se serre. Elle me taquinait tout le temps à propos des garçons. La préadolescente que j'étais se plaignait, mais je lui confiais quand même tous mes béguins secrets.

– Je n'ai pas encore décidé, mais je suis sûre de trouver quelque chose. La vraie question, c'est de savoir ce que je dois faire de mes cheveux, je précise en désignant mes boucles. Je les remonte ou je les laisse lâchés ?

Rien ne l'anime plus que le sujet des cheveux. Les siens sont lisses, mais elle a dû apprendre à soigner la texture particulière de mes cheveux quand j'étais petite et, au fil des ans, elle est devenue une experte officieuse en la matière.

J'utilise encore la routine capillaire d'après-douche qu'elle a mise au point pour moi quand j'avais treize ans : une application de crème pour les boucles, un démêlage au peigne à dents larges, une pression pour chasser l'excès d'humidité, une application d'huile d'argan et j'attache le tout en haut pour leur donner une forme.

La méthode fonctionne comme un charme.

J'esquisse un petit sourire devant le « Oh ! » offusqué de Maura.

– C'est une fête au Smithsonian. Vous devez les relever. Venez ici, ordonne-t-elle en me faisant signe d'approcher. Je dois tout faire moi-même, décidément.

J'étouffe un rire et déplace ma chaise pendant qu'elle retire les épingles de son chignon afin de pouvoir faire montre de son talent.

Je ferme les yeux. Le silence paisible et les tiraillements familiers et apaisants de ses doigts m'envahissent. Ses mouvements sont lents et hésitants. Ce qu'elle réussissait en quelques minutes quand j'étais enfant lui prend trois fois plus de temps aujourd'hui. Mais je ne me soucie ni du temps que ça lui prend ni du résultat : ce qui m'importe, c'est de passer un moment privilégié avec elle pendant que c'est encore possible.

– Voilà. C'est terminé.

La voix de Maura vibre de satisfaction.

J'ouvre les yeux et surprends nos reflets dans le miroir accroché au mur opposé. Elle a torsadé mes cheveux en une coiffure haute et déséquilibrée. La moitié des boucles tombent déjà, et le reste suivra probablement à la seconde où je bougerai.

Maura se tient à côté de moi, l'air fière, et je repense à la nuit de mon tout premier bal de l'école : nous nous tenons exactement dans la même position aujourd'hui, sauf que nous avions treize ans de moins à l'époque, et mille ans de plus d'insouciance.

Elle m'avait aussi coiffée ce soir-là.

– Merci, je murmure. C'est magnifique.

Je tends la main pour serrer doucement la sienne, qui repose sur mon épaule. Elle est si fine et si fragile que je crains de la briser.

– De rien, Phoebe.

Elle me tapote de son autre main. Son expression s'adoucit, devient plus floue, comme si elle se souvenait de quelque chose.

L'oxygène n'arrive plus jusqu'à mes poumons.

J'ouvre la bouche pour répondre, mais aucun mot ne franchit les sanglots qui montent dans ma gorge.

Au lieu de quoi, je baisse le regard vers le sol et tente de respirer, malgré le poing qui me serre le cœur.

« *De rien, Phoebe.* »

Je sais que Maura m'aime, même si elle ne se souvient plus de moi, et qu'elle me traite comme sa propre fille quand elle se souvenait de moi.

Seulement, je ne suis pas sa fille, et je ne pourrai jamais remplacer Phoebe.

Je ne le veux pas.

En revanche, je peux m'occuper d'elle et lui offrir une vie aussi confortable que possible. Voilà pourquoi je dois faire tout ce qui est en mon pouvoir pour la garder à Greenfield, y compris en passant un accord avec Christian.

Mon ventre se tord. Fini de tergiverser : il est hors de question que je ne sois pas à la hauteur à la fête de ce soir avec lui. Je dois rapidement annoncer notre relation si je tiens à décrocher le contrat avec Delamonte.

Maura a pris soin de moi quand je n'avais personne d'autre sur qui m'appuyer. Il est temps que je fasse la même chose pour elle.

Elle vaut tous les sacrifices du monde.

7

STELLA

Je reste encore une heure à Greenfield, à discuter et à faire des puzzles avec Maura. Une fois que j'ai maîtrisé mes émotions, nous nous rendons dans la salle commune et nous passons le reste du temps à assembler un paysage de montagne de cinq cents pièces.

Je serais bien restée plus longtemps, mais je dois me préparer pour la collecte de fonds. Je suis déjà en retard : quand j'arrive chez moi, il me reste un peu moins de deux heures avant que Christian passe me prendre.

Une vague de nervosité me noue le ventre et noie la mélancolie persistante de ma visite à Maura.

Ce sera la première fois que je passerai une soirée entière avec Christian. Le dîner Delamonte ne compte pas, puisque nous n'avons pas beaucoup parlé.

J'allume la douche et j'entre sous le jet d'eau chaude en m'efforçant de ne pas trop paniquer à l'idée de ce qui m'attend.

Christian Harper n'est qu'un homme. Pas un roi, même s'il est plus riche qu'un roi, et pas un dieu, même s'il en a l'apparence.

Je n'ai aucune raison d'être nerveuse.

Comme je suis pressée par le temps, je me lave les cheveux, me douche, me rase et m'exfolie à une vitesse record au lieu de m'attarder sous la douche comme j'en aurais eu envie.

Malgré tous les efforts pour faire vite, je suis encore en peignoir, en train de me maquiller, quand on sonne à la porte.

Christian n'est pas censé arriver avant une demi-heure. *À moins que…*

Mon rythme cardiaque s'accélère lorsque le frisson déstabilisant que j'ai ressenti dans le train me revient à l'esprit.

Arrête. Ce n'est pas lui.

Je ne sais pas pourquoi je m'inquiète autant alors qu'il ne s'est plus manifesté depuis deux ans, mais la dernière chose dont j'aie besoin, c'est de faire revenir mon harceleur dans ma vie en concentrant trop d'énergie sur lui.

Je sursaute lorsque la sonnette retentit de nouveau.

Est-elle toujours aussi bruyante ?

Je rebouche mon mascara et me précipite vers le salon, mon pouls battant trois fois plus vite que la normale.

Ce n'est pas lui. *Ce n'est pas* lui.

Je m'immobilise devant la porte d'entrée et jette un coup d'œil à travers le judas, la gorge nouée.

Aussitôt, une vague de soulagement me submerge et j'ouvre la porte.

Christian se tient dans le hall, l'air encore plus beau que d'habitude, à tomber, dans un smoking noir. Avec ses cheveux parfaitement ondulés et son visage rasé de près, on pourrait le prendre pour une star de cinéma en route pour les Oscars.

Des picotements courent sur ma peau quand j'en prends conscience, mêlés à de la curiosité : qu'est-ce que cette boîte blanche qu'il tient dans ses mains ? De taille moyenne, plate, elle est fermée par un nœud doré soyeux qui en masque le logo.

Ne te laisse pas distraire par ce qui brille.

Je détourne les yeux et croise les bras.

– Vous êtes en avance.

Me préparer est la partie d'un événement que je préfère. Parfois, je la préfère à l'événement lui-même. Je n'aime pas d'être bousculée, même si c'est ma faute, parce que je n'ai pas quitté Greenfield assez tôt. Pourtant, je pensais qu'il me restait encore une demi-heure.

– Vous n'êtes pas habillée.

Le regard de Christian passe de mon visage à moitié maquillé à mes orteils nus, vernis de rouge. Une expression impénétrable traverse son regard pendant une fraction de seconde avant de disparaître.

– Parce que vous êtes en avance.

Il passe outre ce rappel.

– Je peux entrer ?

Je suis tentée de refuser et de lui dire de revenir à l'heure convenue, mais comme il est techniquement propriétaire de l'appartement, j'ouvre la porte plus grand et je m'écarte pour le laisser passer.

L'air change à la minute où Christian entre. Il devient plus lourd, plus langoureux, comme la première floraison étouffante de l'été après une saison de pluies printanières.

La chaleur s'infiltre à travers l'épais tissu-éponge de mon peignoir et vient se loger en boule au creux de mon ventre tandis que ses yeux balaient la pièce, depuis le bol de cristaux près de la porte d'entrée jusqu'au plant de bambou sur le rebord de fenêtre en passant par le coin confortable et élégant que j'ai aménagé pour mes photos style de vie.

Il s'arrête sur la peluche licorne violette que j'ai appuyée contre les oreillers de mon canapé.

Ses yeux pétillent d'amusement.

– C'est mignon.

– Mignon ? je répète en cherchant à ne pas paraître insultée. M. Licorne n'est pas mignon. Il est magnifique.

Du moins, il l'a été à sa grande époque. Maintenant, un de ses yeux est tordu, la moitié de sa crinière est tombée et des morceaux de rembourrage s'échappent d'une petite déchirure dans son ventre. N'empêche, pour moi il est toujours beau et peu m'importe s'il n'est plus que l'ombre de sa gloire d'antan : il est mon compagnon depuis que j'ai sept ans et je le garderai jusqu'à ce qu'il se réduise en poussière.

– Je vous présente toutes mes excuses, lâche sèchement Christian. Je ne voulais pas insulter le « magnifique » M. Licorne. Bravo pour ce nom très original, d'ailleurs.

Le rouge me monte aux joues.

– J'avais sept ans. Comment j'aurais pu l'appeler autrement ? Lisa Frank dans la nature sauvage ?

Un rire grave caresse ma peau comme du velours.

– En tout cas, ce serait un sacré nom, mais nous pourrons discuter d'autres noms pour votre licorne de compagnie plus tard. C'est pour vous, conclut-il en me tendant la boîte blanche.

Amusée par la subtile allusion à la licorne de compagnie, j'examine la boîte avec autant d'impatience que de méfiance.

– Qu'est-ce que c'est ?

– Votre robe pour ce soir.

Mon cœur bat la chamade lorsque je défais le nœud et vois le nom écrit en lettres d'or sur le dessus. L'une des meilleures maisons de haute couture au monde.

Je ne veux pas accepter de lui plus que ce que j'ai déjà, pourtant je ne peux résister à l'envie d'ouvrir la boîte. Un petit coup d'œil n'a jamais fait de mal…

Oh, mon Dieu !

Ma résistance se désintègre à la seconde où je découvre la robe nichée dans son lit de délicat papier de soie blanc.

Des vêtements magnifiques, j'en ai vu un rayon. J'ai assisté à des dizaines de défilés de mode et reçu des articles vraiment étonnants de la part de créateurs, mais cette…

Cette robe est peut-être la chose la plus éblouissante que j'aie jamais vue.

– Merci. Elle est… incroyable.

Je passe une main révérencieuse sur la soie verte.

– Essayez-la. Qu'on voie si elle vous va. Je ne bouge pas.

Christian s'appuie contre le mur, les yeux brillants de satisfaction.

Il n'a pas besoin de me le dire deux fois. Il me faut toute ma volonté pour ne pas courir jusqu'à ma chambre. À la seconde où je ferme ma porte, j'ôte mon peignoir pour passer la robe.

Waouh !

Je prends une grande bouffée d'air. La couleur vert profond donne à ma peau un éclat éthéré, tandis que l'encolure en V, de bon goût quoique plongeante, transforme mes modestes bonnets B en quelque chose de plus pulpeux. La jupe descend jusqu'au ras du sol en plis gracieux et aurait été presque pudique, n'eût été la fente audacieuse sur un côté.

Le tissu a des chatoiements subtils chaque fois que je bouge, et lorsque je me tourne et tords le cou, j'entrevois les délicates bretelles qui s'entrecroisent dans mon dos.

Pas une once de tissu superflu ou une poche mal taillée.

Christian a choisi exactement les mensurations qui me conviennent. Chaque centimètre carré de soie s'accroche à mon corps comme si la robe avait été taillée spécialement pour moi.

Je ne suis pas encline à l'exagération, mais je ne pense pas en faire trop en affirmant que je mourrais pour cette robe.

Elle est parfaite.

Je m'accorde une minute supplémentaire pour l'admirer, avant de finir de me préparer.

Maquillage ? Fait.

Escarpins et bijoux ? Fait.

Pochette assez grande pour contenir mon téléphone, mes clés, ma carte de crédit, un petit morceau d'agate et mon rouge à lèvres ? Fait.

J'ajoute un châle, au cas où j'aurais froid, je vérifie que je n'ai pas de rouge à lèvres sur les dents et me calme en prenant quelques profondes inspirations avant de retourner au salon.

Christian est toujours adossé au mur, les yeux fixés sur un petit objet dans sa main. Je n'ai pas le temps de distinguer ce dont il s'agit qu'il s'est redressé et l'a glissé dans sa poche.

Nos yeux se croisent… et un incendie s'allume dans mon ventre.

Il ne regarde plus l'objet ni rien d'autre dans la pièce.

Chaque parcelle de son attention est dirigée vers moi, et j'en sens le poids sur ma peau comme la caresse rugueuse d'un amant. De l'électricité liquide coule le long de mon dos et s'enflamme dans mon ventre.

D'un simple regard, Christian m'illumine de l'intérieur.

– Parfaite.

Il y a du respect dans ce constat murmuré.

« *Parfaite.* »

Quels que soient mes efforts, je n'ai jamais été parfaite ni ne le serai jamais. Pourtant, ce simple mot libère les papillons en cage dans ma poitrine avant que je ne tente de les y renvoyer.

Il parle de la robe, bande d'idiots. Ce n'est même pas un vrai rendez-vous. J'ai signé un contrat à cet effet il y a moins d'une semaine.

Les papillons continuent de voleter, insouciants.

– Vous avez l'œil pour les vêtements. Je suis impressionnée.

Je force mes jambes à bouger pour me rapprocher à moins d'un mètre de lui. Son délicieux parfum masculin m'emplit les poumons et supplante les notes apaisantes de ma bougie préférée à la lavande et à l'eucalyptus.

– C'est l'un de mes nombreux talents, lâche Christian.

L'insinuation est subtile, mais elle suffit à me faire monter le rouge aux joues.

Le rire danse dans ses yeux quand je lève le menton et le fixe avec ce que j'espérais être un regard blasé.

Cool, calme, sereine.

– C'est bon à savoir.

Je ne mords pas à son hameçon. C'est une chose que mon corps perde les pédales en sa présence. C'en est une autre de le montrer.

Je souffle la bougie et j'éteins les lumières avant de suivre Christian jusque dans le hall de l'immeuble. Une discrète berline noire nous attend devant l'entrée.

– Pas de McLaren ce soir ?

– Se garer est une plaie, et je ne fais pas confiance aux voituriers.

Je m'installe sur la banquette arrière. Christian se glisse à côté de moi, le chauffeur referme la portière et il n'en faut pas davantage pour que nous nous retrouvions dans un monde feutré de cuir italien et de boiseries élégantes. Une cloison hermétique sépare le siège du conducteur des banquettes destinées aux passagers, ce qui permet de préserver l'intimité de notre conversation.

– J'ai remarqué que vous n'aviez pas encore parlé de nous à vos followers, constate Christian en regardant le téléphone posé sur mes genoux.

Le mot « nous » flotte au milieu des fragrances de mon parfum et de son eau de toilette avant de se dissiper dans un doux soupir. Je hausse un sourcil étonné en entendant cette observation désinvolte mais étrangement soupesée.

– Je croyais que vous n'étiez pas sur les réseaux sociaux.

– Ce n'est pas parce que je ne les utilise pas que je ne suis pas au courant de ce qui s'y passe.

– Vous croyez tout savoir.

– En effet.

Il a le ton assuré de qui est vraiment persuadé de ce qu'il dit.

Pas étonnant qu'il s'appelle Christian. Le gars se prend pour Dieu.

– Si c'était le cas, vous sauriez que je vais l'annoncer. Bientôt.

Je me mordille la lèvre inférieure alors que ma nervosité fait une réapparition inopportune.

– Vous devriez, en effet. Vous allez assister à l'événement de ce soir avec moi. Vous devriez en profiter.

La réponse nonchalante de Christian noie mon accès d'anxiété.

– Oui. J'attends juste la bonne occasion de prendre une photo. Peut-être que je posterai ça ce soir, j'ajoute après avoir pris une profonde inspiration pour me calmer.

Si un gala chic n'alimente pas copieusement les réseaux sociaux, je ne sais pas ce qui y parviendra.

– Bien.

Le soupçon de possessivité dans sa voix me fait prendre conscience de la situation.

Une mèche de cheveux, échappée de mon chignon, s'enroule autour de mon visage. J'ai été tellement déconcertée par l'arrivée de Christian que j'ai oublié de vaporiser de la laque. Heureusement, c'est l'une de ces coiffures d'autant plus jolies qu'elles sont désordonnées, mais un courant étrange scelle mes lèvres et fige mon corps lorsque Christian lève une main pour remettre mes cheveux derrière mon oreille.

Le geste est sensuel, son contact léger comme un murmure, et mes tétons se sont dressés au doux frôlement de sa peau contre ma joue. Durs, sensibles, ils réclament une once de la même attention.

Je ne porte pas de soutien-gorge.

Christian s'immobilise, l'air concentré sur la réaction de mon corps à ce simple contact. Je serais horrifiée si je n'étais pas aussi distraite par le désir qui s'épanouit en moi.

Des flammes embrasent le whisky de ces yeux saisissants.

Sa main s'attarde près de ma joue, mais son regard attentif me touche partout – mon visage, mes seins, mon ventre et mon clitoris douloureusement sensible. Il laisse une traînée de feu si brûlante que je m'attends presque à ce que ma robe se désintègre.

– Attention, Stella. Je ne suis pas le gentleman que vous imaginez.

Cet avertissement énoncé d'une voix grave pulse entre mes jambes. Des images de soie froissée et de costume arraché à la hâte, des mots crus et des caresses encore plus crues, défilent dans mon esprit, fruits de l'instinct, non de l'expérience.

Ma réponse se fraie un chemin par ma gorge desséchée.

– Je ne pense pas du tout que vous soyez un gentleman.

Un sourire lent et paresseux se dessine sur ses lèvres.

– Vous êtes une fille intelligente.

Il s'adosse à la banquette et baisse sa main en même temps qu'il tourne la tête pour regarder par la vitre. Les rues de Washington défilent à toute allure, mais je ne peux penser qu'à cette main chaude et possessive sur ma jambe.

La main de Christian est posée nonchalamment sur ma cuisse, comme si c'était naturel et pas comme s'il l'avait prévu.

La fente de ma robe dénude la plus grande partie de ma jambe droite, et la vue de sa main forte et bronzée sur ma peau nue ne fait rien pour atténuer la pression liquide qui monte au creux de mon ventre.

Plus je regarde, néanmoins, plus la brume sensuelle s'estompe, remplacée par l'instinct esthétique.

Soie émeraude. Costume noir. Des boutons de manchette et une montre coûteuse qui brille dans les rayons mourants du soleil.

La photo parfaite et naturelle d'une soirée en couple.

Avant de pouvoir revenir sur mon impulsion, je braque mon téléphone et prends la photo.

Je jette un coup d'œil à Christian. Il a le regard tourné vers la vitre, contre laquelle se découpe son profil impeccable. S'il sait que j'ai pris la photo, il ne le montre pas.

Cela dit, je n'ai pas capturé son visage, donc ça ne va pas à l'encontre des termes de notre contrat.

Je finis par trouver le courage de poster le cliché lorsque la voiture s'arrête devant le Smithsonian.

Soirée avec mon amour <3

J'hésite sur le « mon amour », avant d'appuyer sur le bouton « Partager ».

Si je fais ça, autant y aller à fond. « Mon petit ami » n'a pas le même cachet que « mon amour ».

– Prête ? demande Christian au moment où le chauffeur vient nous ouvrir la portière.

Je range mon téléphone dans mon sac à main. Dix secondes et mes notifications explosent déjà, mais je m'en occuperai plus tard.

J'ai un gala auquel je dois assister.

Je lui prends la main et j'affiche un sourire.

Cool, calme, sereine.

– Tout à fait.

Que le spectacle commence !

8

CHRISTIAN

Le noir a toujours été ma couleur préférée.

Silencieuse. Mortelle. Impénétrable.

Je me sens chez moi en noir, telle une ombre qui se confond avec les puits d'encre de la nuit.

Pourtant, en l'espace d'une seconde, elle a bouleversé mes conceptions en la matière, comme tous les autres aspects de ma vie.

Mon sang s'échauffe lorsque Stella passe devant moi et se tourne lentement pour admirer le somptueux décor. Exposé là depuis longtemps, l'éléphant du musée en est la pièce maîtresse, du haut de ses quatre mètres, tandis que des projections de vie marine dansent sur les murs, afin de donner l'illusion que nous sommes sous l'eau. Des serveurs vêtus de noir circulent avec du champagne et des amuse-bouches. Une scène, à l'autre extrémité de la salle, attend que notre hôte y monte pour féliciter l'assistance de la somme récoltée à la fin de la soirée.

Les places pour cet événement coûtent huit mille dollars chacune.

J'ai dépensé plus que ça pour sa robe, et elle en valait chaque cent.

– C'est magnifique, souffle Stella, dont l'attention se pose sur quelque chose derrière moi.

Yeux verts. Robe verte. Symbole de la vie et de la nature.

Vert.

Apparemment, c'est ma nouvelle putain de couleur préférée.

– Magnifique, oui.

Je ne me retourne pas pour voir ce qui l'enchante autant, et je ne prête pas attention aux regards curieux que les gens nous jettent.

Ça fait plus d'un an qu'on ne m'a pas vu avec une femme à mon bras. D'ici demain matin, le sujet aura mis la ville en ébullition, mais je m'en moque éperdument.

À la seconde où Stella a fait un pas dans son salon vêtue de cette fichue robe, toutes mes autres pensées ont été réduites en poussière.

La douce flamme de la rancune brûle dans ma poitrine. Je déteste l'emprise qu'elle a sur moi, pourtant je ne peux m'empêcher de la regarder.

La tête tournée ailleurs pendant le trajet en voiture.

Un vol de dernière minute pour un pays lointain, histoire de me tenir à l'écart.

Des semaines et des mois où je me suis jeté dans le travail pour l'oublier.

Quoi que je fasse, quelque chose est toujours là pour m'attirer vers elle : le doux son de sa voix, le parfum des fleurs fraîches et de la verdure. Une bague en turquoise qui continue à forer un trou dans ma poche, longtemps après que je me suis juré de la jeter à la poubelle.

Ce n'est pas de l'amour. Mais ça me rend dingue.

Le regard de Stella glisse vers le mien. Un petit soupir s'échappe de ses lèvres, amené là par ce qu'elle a vu sur mon visage, et l'envie de la plaquer contre le mur, de prendre ses cheveux dans mes mains et de lui faire ouvrir la bouche jusqu'à ce que je l'aie complètement revendiquée, s'embrase dans ma poitrine.

La tension entre nous vrille, telle une corde invisible, si tangible que je sens sa brûlure lorsqu'elle s'enroule autour de ma poitrine.

L'instant dure une seconde d'éternité avant que Stella ne détourne le regard.

Ses phalanges sont devenues blanches autour de sa pochette, pourtant c'est d'une voix calme et égale qu'elle reprend la parole :

– Vous ne m'avez jamais dit quel était le but de cet événement. La préservation des océans ?

Elle évite mon regard en observant la salle. L'étau se desserre autour de ma poitrine, mais cette libération me laisse étrangement insatisfait.

– Pas loin. La sauvegarde des bébés tortues.

Je souris en la voyant tourner la tête.

Ma réponse a soulagé la tension qui régnait entre nous, et Stella a visiblement décrispé ses doigts sur son sac à main.

– Je ne pensais pas que vous aimiez les tortues, Monsieur Harper… Qu'est-ce qu'on fait maintenant ?

On nourrit les canards ? On adopte des chiots ?

Ses questions enjouées m'arrachent un sourire encore plus large.

– Ne tirez pas de conclusions trop hâtives sur ma personnalité. J'ai regardé beaucoup d'épisodes de *Franklin* quand j'étais petit.

Son visage s'illumine.

– Ah, tout s'explique. J'ai moi-même été une fan d'*Arthur*.

J'emmagasine l'information pour plus tard. Il n'existe pas de détails insignifiants en ce qui concerne Stella.

– Les oryctéropes sont sous-estimés, mais malheureusement, ils ne sont pas une cause qui tient au cœur de la femme de Richard Wyatt.

Une lueur complice apparaît dans ses yeux.

– J'en déduis que Richard Wyatt est important pour vos affaires. C'est un client potentiel ?

Je cache un autre sourire devant la rapidité avec laquelle elle a assemblé les pièces du puzzle.

– Oui. C'est un gros investisseur privé, avec beaucoup d'argent, qui cherche une nouvelle équipe de sécurité. Sa femme est son point faible.

Dès notre entrée dans la salle, j'ai repéré les Wyatt avec une précision laser. Ils se tiennent dans le coin nord-est, entourés d'admirateurs, dont l'équivalent humain d'un bloc de charbon.

Mike Kurtz, le P.-D.G. de Sentinel Security.

Ma bonne humeur s'évanouit. Je savais qu'il serait là, mais sa présence m'agace quand même.

Cet enfoiré démarche chacun de mes clients. Il n'y a pas une seule idée originale sous ces cheveux trop gominés.

Kurtz lève les yeux, et un sourire visqueux s'étale sur son visage avant qu'il se détache du groupe et se dirige vers moi à grands pas.

Nous avons tous les deux une trentaine d'années, mais je repère déjà les traces de la chirurgie esthétique qui vient soutenir son apparence déclinante : une augmentation du menton ici, un peu de Botox là.

À côté de moi, Stella regarde le nouvel arrivant avec curiosité, ce qui accentue mon humeur massacrante. Kurtz ne mérite pas une once de son attention.

– Christian ! Quel plaisir de te revoir !

Il lisse sa cravate d'une main, dégageant autant de sincérité qu'un vendeur de voitures en manque de commission.

– Je suis ravi que tu ne sois pas en train de lécher tes plaies à cause de ta déconfiture avec Deacon et Beatrix, ajoute-t-il. J'espère que tu ne m'en veux pas trop d'avoir débauché tes clients. N'y vois rien de personnel. C'est juste du business.

Son gloussement me racle la peau comme des ongles sur un tableau noir.

Mon irritation est à son comble. J'ai perdu deux comptes au profit de Sentinel en une semaine. Deacon et Beatrix étaient insignifiants par rapport aux VIP qui figurent dans la liste de mes clients, mais ces défections m'énervent quand même.

Je n'aime pas perdre. Mais que je sois damné si je montre ne serait-ce qu'un soupçon de faiblesse devant Kurtz.

– Bien sûr que non, je réplique avec désinvolture. Je ne leur reproche pas de tester d'autres services, mais la qualité finit toujours par l'emporter. À ce propos, comment se passe la reconstruction de ton système ? C'est terrible ce qui peut arriver quand on utilise un outil médiocre.

Le visage de Kurtz se crispe. C'est une nullité, mais il est assez intelligent pour comprendre que j'ai contribué à la défaillance de système qui a fait perdre des millions à la valeur de Sentinel l'année dernière.

Il ne peut tout simplement pas le prouver.

– Très bien, déclare-t-il finalement. Mais la force d'une entreprise se mesure à la fidélisation des clients, pas aux défaillances ponctuelles. Je suis sûr que Richard Wyatt serait d'accord.

– Oui, tout à fait.

Il sourit. Je souris.

La perforation d'une balle au milieu de son front serait le complément parfait à sa vanité. Il mourrait jeune et ne connaîtrait pas les ravages de la vieillesse.

Trente-trois ans pour toujours.

Ce serait d'un acte de miséricorde, exécuté avec la rapidité d'un coup de feu silencieux.

40320 Eastshore Drive. Code de sécurité 708.

Ce serait si facile.

Une balle au milieu de la nuit, un rival éliminé à jamais.

La tentation lèche les bords de ma conscience avant que je l'étouffe.

Il est de notoriété publique que Sentinel et Harper Security sont concurrents. Si Kurtz était victime d'un acte criminel, je serais l'un des premiers suspects, et je n'ai pas le temps de m'occuper de la putain de paperasse que cela entraînerait.

Kurtz se tourne vers Stella, qui a observé notre échange d'un air amusé.

– En parlant de qualité… Qui est ton éblouissante cavalière ?

Elle répond après plusieurs secondes d'hésitation, en le gratifiant d'un sourire timide.

– Je suis Stella.

Quelque chose de sombre et d'explosif s'enflamme au creux de mon ventre.

– Et moi, Mike, se présente-t-il.

Avec sa main tendue, il dégage un charme minable. Je ne laisse pas à Stella l'occasion de la lui serrer : je m'interpose entre eux pour récupérer deux coupes de champagne sur le plateau d'un serveur qui passe par là.

– J'ai failli oublier de te présenter mes condoléances, je lâche en tendant un verre à Stella avant de réunir nos mains libres. J'ai entendu parler du… malheureux accident survenu à l'un de tes clients. C'est regrettable, cette pénurie de gardes du corps fiables de nos jours, mais au moins le client a encore la plupart de ses doigts.

Stella coule un regard dans ma direction.

Elle est le genre de personne qui a un sourire et des mots gentils pour tout le monde, qui paie les soins de sa vieille nounou et qui vous donnerait sa chemise.

La malveillance qui sous-tend ma conversation avec Kurtz lui est probablement aussi étrangère que sa charité désintéressée l'est pour moi.

Je ne peux qu'imaginer sa réaction si elle découvrait certaines des choses que j'ai faites.

Non pas que le risque existe.

Il y a des choses qu'elle ne pourra jamais savoir.

La chaleur de sa paume rayonne jusque dans mon bras et apaise un peu l'énergie noire et tourmentée qui emplit ma poitrine.

Je me sens mal de la toucher quand je suis à bout de nerfs, comme si mes ténèbres allaient s'infiltrer à travers ma peau et dévorer sa lumière. Alors je me force à atténuer mon hostilité, ne serait-ce que pour son bien à elle. Je ne veux pas salir notre premier « rendez-vous ».

N'empêche, je ne peux résister au plaisir d'envoyer une dernière pique à Kurtz.

– Tu devrais quand même revoir la formation de tes employés…

Je laisse ma phrase en suspens, le temps de boire une lente gorgée de ma boisson.

– Parfois, je reprends, la plus grande menace pour une entreprise, ce n'est pas la concurrence extérieure. C'est l'incompétence interne.

Le visage de Kurtz prend une nuance cramoisie qui me comble.

– Un plaisir, comme toujours, Harper, dit-il d'une voix dégoulinante de sarcasme. Stella, ajoute-t-il avec un signe de tête, ravi de vous avoir rencontrée. J'espère vous revoir bientôt, avec un cavalier plus aimable.

Ma main se crispe autour de ma coupe de champagne.

Plutôt crever.

– Un de vos amis ? ironise Stella après que Kurtz a décampé.

– Pas mon préféré. Mike Kurtz, P.-D.G. de Sentinel Security…

– Le plus gros concurrent de Harper Security, achève-t-elle.

Une chaleur agréable vient faire refluer mon irritation.

– Vous m'avez cherché sur Google, Mademoiselle Alonso ?

Elle relève le menton, les joues tout à coup d'un adorable rouge brique.

– Je ne m'engage pas dans une relation fictive sans avoir fait mes petites recherches.

Je m'efforce de ne pas rire devant tant de dignité.

– Hmm. Alors vous savez que j'ai étudié au MIT. Mike était un de mes condisciples. On était en compétition pour tout : les notes, les filles, les stages. J'avais toujours une longueur d'avance, et il détestait ça. Il s'est donné pour mission de me surpasser en tout. Ce en quoi il n'a pas encore réussi, j'achève, ironique.

À moins qu'il ne compte les dossiers Deacon et Beatrix, qui ne sont rien dans le grand ordre des choses.

Pour lui, je suis un concurrent. Pour moi, il est un caillou dans ma chaussure.

Stella fronce les sourcils.

– Ça m'a l'air d'être une façon épuisante de vivre.

– Peut-être.

Les gens comme Kurtz étant trop étroits d'esprit pour concevoir leurs propres objectifs, ils se tournent vers ceux qui réussissent mieux qu'eux pour se caler sur leur feuille de route. Pas d'originalité. Pas de véritable but ni de motivation. Juste le besoin irréfléchi de caresser leur ego devant un unique spectateur.

Ce serait triste si je me souciais de ce genre de personnes.

L'espièglerie fait pétiller le regard de Stella.

– Eh bien, je suis sûre que c'est vous qui décrocherez le job. Personnellement, je ne confierais pas mon bien-être à quelqu'un qui porte un costume bleu clair à un événement chic.

Cette fois, je ne cache pas mon rire.

Stella et moi déambulons dans la pièce pendant l'heure qui suit avant de nous retrouver enfin devant Richard Wyatt.

Après les banalités d'usage, j'oriente la conversation vers ses besoins en matière de sécurité, mais il semble plus intéressé par ma relation avec Stella.

– Christian Harper en compagnie d'une femme. Je n'aurais jamais cru voir ça un jour, s'esclaffe Richard. Comment vous êtes-vous rencontrés ?

– Au mariage de la reine Bridget, je réponds en douceur. Je l'ai vue à l'autre bout de la salle et je l'ai invitée à danser. La suite, la voilà.

En vérité, nous n'avons échangé que de brèves salutations au mariage de Bridget, mais l'histoire que Stella et moi avons concoctée à propos de notre rencontre répond à plusieurs objectifs : elle est simple, facile à retenir, plus intéressante que la vérité, à savoir que nous nous sommes rencontrés lors d'une visite d'appartement, mais suffisamment proche de la vérité pour ne pas nous faire trébucher si quelqu'un s'avisait de creuser un peu plus.

Par ailleurs, le nom de Bridget impressionne toujours les clients, même si le visage de Richard reste indéchiffrable.

Je ramène la conversation sur le sujet qui m'occupe.

– En parlant d'histoire, j'ai cru comprendre que vous aviez eu de mauvaises expériences avec vos services de protection par le passé. Mais étant donné votre profil public, un garde du corps est une nécessité, pas un luxe.

Richard me jette un regard ironique.

– C'est toujours le business business avec vous, Harper.

Oui, je ne participe pas à cette collecte de fonds pour mon putain de plaisir. Les bébés tortues ? Mignons, mais pas assez pour que je passe un samedi soir à les sauver ou à faire ce que cette fête est censée faire.

Je n'ai pas besoin d'avoir Richard comme client. La majeure partie de mon argent provient du développement de logiciels et de matériel, et non des services de protection. Mais sa perspicacité en matière d'embauche est légendaire, et je m'épanouis quand il est question de défi.

– Vous devriez passer plus de temps en famille, reprend-il. Détendez-vous un peu. J'ai emmené ma femme et mes enfants skier le mois dernier, et ça a été le meilleur…

Je fais mine de l'écouter pendant qu'il jacasse à propos du talent naturel de son fils pour les sports de glisse. Je n'ai rien à foutre de ses vacances en famille, et ses enfants semblent insupportables.

Stella, en revanche, semble sincèrement intéressée. Elle pose des questions sur les loisirs de ses enfants et propose de le mettre en contact avec une marque de vêtements écologique qui pourrait être un bon partenaire pour le défilé de mode caritatif que sa femme organise chaque année.

Tout est si cordial que j'ai envie de flinguer quelqu'un juste pour animer la soirée.

– Où avez-vous passé vos dernières vacances en famille ? s'enquiert Richard, ramenant de ce fait mon attention sur lui.

– Je ne pars pas en vacances en famille.

Même si les membres de la mienne étaient en vie, je préférerais me couper un bras plutôt que de participer à une quelconque croisière de groupe dans les Caraïbes.

Richard fronce ses sourcils broussailleux, Stella exerce une petite pression sur ma main dans ce qui ressemble à un avertissement.

– Christian peut être un bourreau de travail, mais il a d'autres centres d'intérêt que les affaires, s'empresse-t-elle d'intervenir. Détail amusant : nous avons dansé au mariage, mais je n'ai accepté de sortir avec Christian que plus tard. Quand je l'ai rencontré par hasard en faisant du bénévolat dans un établissement pour personnes âgées.

Mon sourire se fige. *Qu'est-ce que c'est que ce bordel ?*

Ce n'était pas l'histoire dont nous étions convenus.

– Christian ? Du bénévolat ?

Richard paraît pour le moins sceptique.

Je ne lui en veux pas. Mon sens de la charité ne va pas plus loin que la signature d'un gros chèque.

– Oui, confirme Stella dont le sourire ne faiblit pas. (Elle ignore mon regard censé lui intimer de suivre le scénario convenu.) Il était un peu mal à l'aise au début, mais il s'y est fait. Il a un don. Les résidents l'adorent, surtout pendant les soirées bingo. Il refuse de l'admettre, poursuit-elle en baissant la voix, mais il les laisse gagner exprès. Je l'ai vu cacher une carte gagnante une fois.

Une soirée bingo ? Je les laisse gagner ? Pour l'amour du ciel.

– Eh bien, dites donc ! s'exclame Richard qui me regarde avec un intérêt renouvelé. Je ne me doutais pas que vous aviez ça en vous, Harper.

– Croyez-moi, je réplique d'un ton aussi sec que le Sahara, moi non plus.

Nous bavardons encore quelques minutes avant que la femme de Richard ne s'approche de nous. Stella et elle engagent d'emblée la conversation, nous laissant, Richard et moi, parler affaires.

Il m'écoute lui expliquer pourquoi il a besoin d'une équipe de protection professionnelle, mais il m'interrompt avant que je puisse me lancer dans une présentation officielle.

– Je sais pourquoi vous êtes venu, Harper, et ce n'est certainement pas pour les bébés tortues. Non pas que je le dirais à ma femme. Elle était ravie quand vous avez accepté son invitation.

Richard jette un regard affectueux à l'intéressée, en pleine discussion avec l'ambassadeur d'Eldorra.

Mes épaules se raidissent. *Où est passée Stella, bon sang ?*

Elle parlait à la femme de Richard il y a à peine dix minutes.

Je balaie la salle des yeux, sans arriver à la repérer avant que Richard ne reprenne la parole.

– Depuis que j'ai lâché mon ancienne équipe, je croule sous les appels d'offres de sécurité. Et oui, je sais que Harper Security est la meilleure…

Je m'apprête à intervenir, mais il lève une main.

– Cependant j'aime quand je m'entends bien avec les gens avec qui je travaille. J'ai besoin de leur faire confiance. Vous avez toujours été un salaud glacial à mes yeux, toutefois… peut-être que j'avais tort, admet-il en se passant une main sur la mâchoire.

Je comprends soudain pourquoi Stella s'est éloignée de notre scénario.

Elle a dû vouloir profiter du besoin déconcertant de Richard d'avoir des contacts personnels.

Aucun de mes partenaires commerciaux ou de mes clients actuels ne se soucie des relations personnelles. Tout ce qui les intéresse, c'est que le travail soit fait.

Il faut un début à tout, je suppose.

Je dissimule un petit sourire avant de conclure l'affaire que Stella a engagée pour moi.

Je l'ai sous-estimée.

Une fois que j'ai l'ouverture, il me faut moins de dix minutes pour arracher un accord verbal à Richard. Il aura le contrat dans sa boîte de réception avant la fin de la soirée.

Kurtz est hors-jeu avant même d'être monté sur le ring.

Lorsque Richard s'éloigne pour accueillir un autre invité, je scrute de nouveau la pièce à la recherche de Stella.

La femme de Richard et l'ambassadeur parlent encore près de l'éléphant. Kurtz drague une blonde malchanceuse au bar.

Pas de Stella en vue.

Même si elle est allée aux toilettes, elle devrait être de retour maintenant.

Cela fait trop longtemps.

Il y a quelque chose qui cloche.

Les battements de mon cœur ralentissent jusqu'à n'être plus qu'un lointain martèlement dans mes oreilles.

Je fends la foule, ignorant protestations et regards noirs dans ma quête des boucles sombres et de la soie verte que j'aimerais voir.

Rien.

Une image d'elle allongée sur le sol, blessée et en sang, me traverse fugacement l'esprit. La panique enfle, si étrangère que mon corps lutte contre son intrusion jusqu'à ce que sa poussée brûlante et frénétique finisse par vaincre ma résistance et déferle dans mes veines.

La plupart des gens ne passeraient pas aussitôt en mode « elle est en danger », mais je travaille dans la sécurité personnelle. C'est mon putain de travail.

Par-dessus le marché, j'ai accumulé une longue liste d'ennemis au fil des années. Nombre d'entre eux n'hésiteraient pas à m'atteindre par l'intermédiaire de quelqu'un à qui je tiens, et Stella et moi avons fait nos débuts en tant que couple ce soir.

Merde. J'aurais dû être plus prudent. Cela dit, j'ai quand même vérifié la liste des invités. À part Kurtz, qui est aussi compétent qu'un gamin manipulant des engins de chantier, je n'ai repéré personne d'inquiétant.

Bien sûr, quelqu'un aurait facilement pu se glisser parmi les serveurs, les ouvreurs ou les dizaines d'autres personnes travaillant à l'organisation de la fête.

J'ai la mâchoire crispée lorsque je pénètre dans un couloir faiblement éclairé, sur le côté de la salle principale.

Si quelqu'un a touché à un seul de ses cheveux…

Une porte s'ouvre au bout du couloir et, comme si je l'avais conjurée par la seule force de ma volonté, Stella sort, l'air calme et indemne.

La surprise se peint sur son visage quand elle me voit.

– Coucou ! Tu as conclu le…

Sa phrase s'interrompt dans un petit cri lorsque je réduis la distance entre nous et l'oblige à reculer jusqu'à ce qu'elle soit plaquée contre le mur.

– Où tu étais passée ?

Mon pouls bat un rythme endiablé, je l'examine de la tête aux pieds, à la recherche de blessures ou de signes de détresse. Elle me dévisage comme si j'étais un extraterrestre ayant atterri en catastrophe sur terre.

– J'étais aux toilettes.

Elle parle lentement, comme si elle s'adressait à un enfant.

C'est à ce moment-là seulement que je remarque les panneaux indiquant les toilettes sur les portes.

Elle fronce les sourcils.

– Tout va bien ? Tu agis bizarrement.

Non, ça ne va pas bien depuis le jour où je t'ai vue pour la première fois.

– J'ai cru qu'il t'était arrivé quelque chose.

La rudesse de ma voix me sidère presque autant que l'intensité de mon soulagement.

Je ne devrais pas m'en préoccuper autant. Il n'y a rien de bon à laisser d'autres personnes contrôler ses émotions.

Mais bon sang, c'est le cas, peu importe à quel point je me déteste pour ça.

– La prochaine fois, préviens-moi avant de t'enfuir.

La rudesse s'est transformée en un ordre.

Je n'ai aucune envie de revivre la terreur qui a été la mienne au cours des dix dernières minutes. C'était moche, étranger à mon caractère et complètement inacceptable.

– Je ne me suis pas enfuie. Je suis allée aux toilettes. Et je n'ai pas à te prévenir chaque fois que je vais aux toilettes. Ce n'est pas prévu dans notre accord. De plus, tu étais occupé.

Le feu couve sous les mots de Stella.

– Tu es restée une demi-heure aux toilettes ?

– Quelqu'un a renversé du champagne sur ma robe. J'essayais de réparer le désastre.

Mon regard tombe sur la petite tache sombre sur sa jupe. Elle se mordille la lèvre.

– Ça n'a pas marché. Je suis vraiment désolée. Je sais qu'elle a dû te coûter très cher. Je trouverai un moyen de te rembourser…

– Rien à foutre de la robe.

Elle a coûté près de dix mille dollars, mais je me moque éperdument de ce qui lui est arrivé. S'il ne tenait qu'à moi, je la lui arracherais moi-même.

Une idée chaude et folle remplace ma panique. Il n'y a personne d'autre dans le couloir, et le parfum de Stella – frais, subtil, mais sacrément enivrant – m'embrume la tête.

Je la revois dans la voiture, me fixant de ses grands yeux verts, ses lèvres entrouvertes, ses tétons durs me suppliant de les prendre dans ma bouche et de goûter à leur douceur…

Elle me fixe un peu comme ça maintenant, sauf que cette fois-ci, une pointe de défi vient aiguiser sa douceur.

Et putain, c'est excitant.

La chaleur déferle sur mon entrejambe jusqu'à ce que mon sexe soit parcouru d'une douloureuse palpitation.

– Ce que je veux…

Je presse un pouce sur la veine à la base de son cou. Son battement sauvage m'indique qu'elle n'est pas aussi indifférente qu'elle le prétend à l'attirance entre nous.

– C'est que tu sois en sécurité. Il y a des gens mauvais dans ce monde, Papillon, et certains d'entre eux se trouvent dans la pièce juste à côté. Alors la prochaine fois, je me fiche d'être en pleine conversation avec le roi de cette putain d'Angleterre. Interromps-moi. Tu piges ?

Stella me considère d'un air étonné.

– Papillon ?

Magnifique. Insaisissable. Difficile à attraper.

Comme je ne réponds pas, elle pousse un soupir qui caresse ma poitrine et tend mes couilles jusqu'à la douleur.

– C'est tout ce que tu veux ?

– Loin de là.

La brusquerie de ma réponse la fait frissonner.

– Parce que tu refuses de te donner la peine de trouver une autre compagne pour assister avec toi à ces événements.

– Parce que je refuse d'être emprisonné pour meurtre si quelqu'un touche à un cheveu de ta tête.

Un sourire sinistre se dessine sur mes lèvres quand je la vois écarquiller les yeux. Elle n'a aucune idée de qui je suis et de ce dont je suis capable.

En attendant, j'en sais plus sur elle que je ne veux l'admettre.

La frustration et le dégoût crépitent sous ma peau.

Je me repousse du mur et recule d'un pas. J'ajuste mes boutons de manchette.

Je tente d'apaiser le besoin incessant et martelant dans ma poitrine.

– Il est temps de retourner à la fête, je déclare d'une voix glaciale. On y va ?

Nous retournons à la fête en silence.

Je ne la quitte pas des yeux le reste de la soirée, soi-disant pour ne pas revivre la peur de tantôt.

Après tout, j'ai toujours été doué pour me mentir à moi-même.

9

STELLA

– Stella ! Je sais que tu es là. Ouvre !

Oh non !

J'enfouis mon visage dans ma taie d'oreiller en soie en espérant que la voix s'en ira. Connaissant sa propriétaire, hélas, je devine qu'elle campera dans le couloir jusqu'à ce que je sois obligée de sortir pour prendre l'air et manger.

Car ma visiteuse matinale compte l'entêtement parmi ses principaux traits de caractère.

– Stella Alonso ! Tu ne m'échapperas pas.

Une pause, suivie d'un plus conciliant « j'ai un matcha ».

J'étouffe un gémissement dans mon oreiller.

Je n'aurais pas dû inscrire Jules dans la liste de mes visiteurs autorisés, mais je ne m'attendais pas non plus à ce qu'elle frappe à ma porte à… je lève la tête et jette un coup d'œil à mon horloge numérique… 7 h 58.

Puisqu'elle est là et que les chances de la voir repartir sans réponse sont minces, je me force à sortir du lit et à me rendre au salon.

J'aurais aimé avoir plus de temps pour me préparer à une interaction humaine. Je n'ai même pas encore eu l'occasion de me laver le visage, et encore moins de méditer ou de pratiquer mon yoga matinal.

J'étouffe un bâillement en ouvrant la porte. Il me faut cligner plusieurs fois des yeux pour faire le point sur la silhouette vêtue de violet duveteux qui se trouve devant moi.

– Pas trop tôt. Cinq minutes de plus et je défonçais ta porte.

Jules se tient dans le couloir, une main plantée sur sa hanche, l'autre tenant un plateau de boissons provenant d'un café voisin.

– Avec tes petits bras ? J'en doute.

Je me fends d'un sourire devant son petit cri offusqué.

– Qui es-tu et qu'as-tu fait à Stella ? Mon amie n'aurait jamais dit quelque chose d'aussi blessant.

– La Stella dont tu parles n'a généralement pas des gens qui frappent à sa porte à 8 h du matin.

Je me passe une main sur le visage. J'ai l'impression d'avoir la tête truffée de boules de coton et je n'arrive pas à me concentrer sur autre chose que mon envie de retourner au lit.

– D'abord, il est 8 h 05. Deuxio, comment tu peux m'en vouloir après la bombe que tu as lâchée sur Instagram hier ? Tu... Non, décrète Jules après un brusque soupir en lissant sa veste duveteuse. On ne va pas faire ça dans le couloir. Parlons à l'intérieur. Je peux entrer ?

– Tu partirais si je refusais ?

Le laser de son regard, derrière ses lunettes de soleil géantes, me brûle la peau.

C'est bien ce que je pensais.

Je soupire et j'ouvre la porte plus grand.

– Tu as parlé de matcha ?

J'ai abandonné le café il y a des années parce qu'il aggravait mon anxiété. Les latte au matcha sont ce qui se rapproche le plus d'un expresso ces derniers temps.

Jules me tend la boisson en entrant d'un pas dansant et remonte ses lunettes de soleil sur le sommet de son crâne.

– Tiens. Considère ça comme un pot-de-vin pour obtenir tous les détails croustillants. Alors... attaque-t-elle après une profonde inspiration, tu sors avec quelqu'un ? Que tu as appelé « mon amour ». Comment se fait-il que je n'aie pas été mise au courant ? Depuis combien de temps vous sortez ensemble ?

Je grimace sous l'avalanche de ses questions tandis qu'une équipe de maçons envahit ma tête.

Bang. Bang. BANG !

Chaque coup de marteau se répercute dans mon crâne avec une force qui me fait trembler les os.

J'ai bu combien de verres, hier soir ? Pas tant que ça, quand même ? J'ai l'habitude de limiter ma consommation d'alcool à trois verres en soirée, mais je n'aurais pas une telle gueule de bois après trois verres seulement.

Je me pince l'arête du nez et je tente de rassembler les bribes floues de la soirée.

Bébés tortues. Yeux couleur whisky. Champagne, robe de soirée et…

« *C'est tout ce que tu veux ?*

– *Loin de là.* »

Le souvenir de ma soirée avec Christian me frappe avec une telle force que j'en ai le souffle coupé.

Tout me revient en mémoire : notre accord, la photo que j'ai postée, la sensation délicieuse de sa main rugueuse dans la mienne lorsque nous discutions avec Mike Kurtz, et l'odeur enivrante de son parfum lorsqu'il m'a plaquée contre le mur.

Une partie de moi est agacée par sa réaction ultra-protectrice : je suis seulement allée aux toilettes, bon sang !

Une autre partie, plus importante et plus honteuse, frémit à l'idée qu'il se soucie de moi.

Pathétique ? Probablement.

Vrai ? Indéniablement.

Personne ne s'est autant soucié de moi depuis Maura, et Christian et moi ne sortons même pas vraiment ensemble.

– … qui c'est ?

– Hmm ?

Christian est-il chez lui, ou déjà parti pour la journée ?

Je tente de l'imaginer en train de manger et de dormir comme une personne normale et je n'y arrive pas.

– Qui est ton petit ami ? répète Jules. Tu ne l'as pas tagué, mais cette montre… ajoute-t-elle, sourcils froncés. Je peux dire rien qu'à sa main qu'il est sexy.

Une autre pièce de la soirée d'hier se met en place.

Mon post Instagram. J'ai été tellement occupée au gala que je n'ai pas vérifié mes notifications.

Je déglutis, la gorge soudain nouée.

– Je…

– Bonjour !

Un coup rapide frappé à ma porte entrouverte me coupe en pleine réponse. Ava entre, les yeux bien trop brillants et le visage bien trop frais pour cette heure matinale.

– Je suis en retard ? J'ai raté quelque chose de croustillant ? Des pâtisseries pour le petit déjeuner, explique-t-elle en posant un sachet blanc de Crumble & Bake sur une table d'appoint.

Elle a suivi la direction de mon regard. Ouvrant le sac, elle distribue des muffins.

L'odeur me met déjà l'eau à la bouche.

Au moins mes amies ne viennent-elles pas m'interroger sans apporter de la nourriture. Et je ne suis pas imperméable aux pots-de-vin. Je gémis presque lorsque le goût du muffin tout chaud explose sur ma langue. *Non, en effet, je ne suis pas imperméable aux pots-de-vin.*

– Stella était sur le point de me dire qui est son homme mystère, annonce Jules qui détache un morceau de muffin aux myrtilles et se le fourre dans la bouche.

Le visage d'Ava s'illumine.

– Je parie qu'il est sexy, dit-elle. Ça se voit à la montre.

– C'est exactement ce que j'ai dit ! exulte Jules. Les grands esprits se rencontrent.

Le muffin à la banane tourne à l'aigre dans ma bouche tandis qu'elles me regardent avec impatience.

C'est une chose de mentir sur les réseaux sociaux, c'en est une autre de mentir en regardant mes amies droit dans les yeux. Je ne leur ai pas tout dit sur ma vie : elles pensent que j'entretiens d'excellentes relations avec ma famille, et ne savent pas pour Maura. Incarner la « famille parfaite » est si important pour mes parents que partager quoi que ce soit qui n'aille pas dans ce sens me semble plus difficile que ça le devrait.

Ava et Jules sont mes meilleures amies, pourtant je garde énormément de choses de ma vie pour moi.

Mais est-ce que je me vois leur raconter que Christian et moi sortons ensemble quand ce n'est pas le cas ? Pas vraiment en tout cas ?

Chaque chose en son temps.

Elles ne m'ont demandé que son nom, pas les détails de notre relation. On verra ça le moment venu.

– C'est…

Je suis interrompue à nouveau, cette fois par la sonnerie insistante de mon téléphone.

Je n'ai pas besoin de vérifier l'identité de l'appelant pour savoir de qui il s'agit. Un coup d'œil rapide au FaceTime entrant me prouve d'ailleurs que j'avais raison.

Je me frotte encore le visage. Je tuerais pour quelques minutes de yoga en ce moment. Je ne me sens jamais bien quand je commence la journée sans ma séance.

– Salut, Bridget. Je suppose que tu appelles pour rejoindre le tribunal de l'Inquisition ?

– Très drôle, réplique l'intéressée en haussant un élégant sourcil blond. Mais puisque tu en parles, oui. C'est la deuxième fois que je suis tenue à l'écart de vos vies amoureuses. Je n'apprécie pas trop.

L'été dernier, Jules nous a toutes choquées en annonçant qu'elle sortait avec Josh, le frère d'Ava. Or Josh et Jules se détestaient depuis le jour de leur rencontre, et une relation amoureuse entre eux semblait aussi probable que des chutes de neige à Miami.

Cependant, ils se portent toujours comme des charmes après avoir officialisé les choses, il y a sept mois, ce qui m'incite à supposer que le vieil adage est vrai : la frontière entre l'amour et la haine est vraiment mince.

Malgré la nervosité lovée dans mon ventre, j'ai du mal à m'empêcher de rire devant cet accès de mauvaise humeur, si inhabituel chez Bridget.

– Je suis sûre que vous avez d'autres chats à fouetter, plutôt que de vous occuper de nos vies amoureuses, Votre Majesté, je la taquine.

Elle avait le rang de princesse pendant nos années d'université, mais elle est devenue reine après l'abdication de son frère aîné et celle de son grand-père pour raisons de santé.

Je n'en reviens toujours pas d'être l'une des meilleures amies d'une véritable reine, mais Bridget est si simple que j'ai tendance à oublier qu'elle est une personne de sang royal.

Elle plisse le nez.

– D'autres chats à fouetter ? Oui. Des choses plus intéressantes ? C'est discutable.

– Les filles, s'il vous plaît. Revenons à nos moutons, intervient Jules. Quel est donc cet être que tu nous as caché, Stel ? Donne-nous un nom. Une photo. N'importe quoi. S'il te plaît, j'ai besoin de savoir, sinon je vais mourir de curiosité.

Elle s'effondre sur le canapé dans une posture théâtrale.

Je secoue la tête.

Si je cherchais « *drama queen* » dans le dictionnaire, je trouverais le visage de Jules Ambrose en guise d'illustration, mais je l'adore quand même. Au moins, elle aime les comédies, pas les tragédies avec coups de poignard dans le dos.

– Très bien. Je vais vous le dire, mais pas d'hystérie, je les préviens, avant de me mordiller la lèvre. C'est Christian Harper.

Trois paires d'yeux stupéfaits accueillent mon aveu.

Je ne me rappelle pas la dernière fois où mes amies sont restées aussi muettes. D'habitude, elles jacassent plus que des animateurs de talk-show de l'après-midi.

Je me mords si fort la lèvre que j'ai le goût cuivré du sang dans la bouche.

– L'ancien patron de Rhys ?

Bridget fronce les sourcils, confuse.

Son mari, Rhys, a effectivement travaillé pour Harper Security. C'est d'ailleurs comme ça qu'ils se sont rencontrés. Il lui avait été attribué après que son précédent garde du corps était rentré à Eldorra pour un congé de paternité.

– Oui.

– Qu'est-ce qu'il a à voir là-dedans ? intervient Jules, l'air tout aussi confuse.

– C'est mon petit ami.

Toujours rien. Je pourrais tout aussi bien parler à leur version de cire au musée de Madame Tussaud, vu leurs réactions.

– Qui est ton petit ami ? insiste Ava.

Oh, pour l'amour du ciel !

– Christian Harper, je répète en levant les bras au ciel. C'est le gars sur la photo que j'ai postée hier soir. On sort ensemble. Enfin, pour de faux, mais c'est une autre histoire.

Le silence se prolonge pendant une longue seconde stupéfaite avant que le chaos n'éclate.

– Christian Harper ?

– Qu'est-ce que tu veux dire par « sortir avec lui pour de faux » ?

– Il est dangereux…

– Depuis combien de temps ça dure…

– Est-ce qu'il te force à faire ça, parce que j'ai vu la façon dont il te regardait…

– Arrêtez !

Je me pince l'arête du nez.

C'est la raison pour laquelle je ne partage pas souvent des informations sur ma vie. Non parce que je ne veux pas rendre des comptes mais à cause des réactions et des attentes des autres, quelles qu'elles soient.

Je prends une grande inspiration avant d'aborder un par un les points soulevés par mes amies.

– Oui, Christian est mon faux petit ami. Comme je l'ai dit, c'est une longue histoire. Il n'est pas dangereux… Bon, il est un peu intense, mais il dirige une société de sécurité. Son travail consiste littéralement à protéger la vie des gens. En plus, vu qu'il est ami avec Rhys, il ne peut pas être aussi mauvais que ça. On a eu notre premier faux rendez-vous hier soir, et non, il ne m'a forcée à rien.

La dernière partie est tout à fait vraie. Le reste est discutable, mais je le garde pour moi.

– Je ne dirais pas qu'il est ami avec Rhys. Ils ont… commence Bridget avant de marquer une pause. Ils ont une relation intéressante.

– Oublie Rhys, réplique Jules. Sans vouloir te vexer, Bridge. Il est génial et tout, mais je veux en savoir plus sur cette histoire de faux petit ami. Stel, tu ne veux même pas d'une vraie relation. Pourquoi tu t'es fourrée dans une fausse ? Tu as des ennuis ?

L'inquiétude voile un peu l'éclat de ses yeux.

La culpabilité se réveille dans ma poitrine.

Je déteste accabler les gens avec mes problèmes, mais j'aurais dû anticiper leur inquiétude. Toute relation amoureuse est inhabituelle chez moi. Je n'ai rien contre le fait de sortir avec quelqu'un, mais… je ne suis pas intéressée, c'est tout.

L'idée en soi me séduit. Quand je lis de la romance, que je regarde une scène romantique ou que je vois de jolis couples en train de dîner, le désir ardent de vivre quelque chose de similaire me tiraille les tripes. Mais une fois le livre ou le film terminé, lorsque je reviens à la lumière éclatante de la réalité, ce désir disparaît.

Idéaliser l'amour ? Rien de plus facile. Tomber amoureux est plus difficile, d'autant plus que mes relations précédentes manquaient toutes de... quelque chose. Une sorte de connexion émotionnelle qui vaudrait le risque qu'on prend en tombant amoureux.

Et puis, je me suis habituée à être célibataire, et je doute que la réalité de l'amour puisse être à la hauteur de mes fantasmes, alors je n'essaie même pas.

– Je n'ai pas d'ennuis, promis, je réponds en remarquant l'expression sceptique de Jules. J'ai juste...

Besoin de plus de followers sur les réseaux sociaux pour pouvoir gagner plus d'argent. Je rougis en remarquant la superficialité d'une telle déclaration.

La vérité est plus compliquée, mais je ne peux pas l'exposer sans parler de Maura à mes amies, et c'est une conversation que je ne suis pas préparée à avoir à 8 h 30 du matin.

– Je suis en lice pour un énorme contrat avec une marque, mais je n'ai pas autant de followers que certaines des autres filles. Je me suis dit que je pourrais augmenter mes chances si j'atteignais le million.

Le froncement de sourcils de Bridget s'accentue.

– Quel est le rapport avec le fait d'avoir un petit ami ?

J'explique à contrecœur le reste de mon plan. Il semble encore plus ridicule quand je l'expose à haute voix à des personnes qui ne connaissent pas le monde des influenceurs, mais je ne vois pas l'utilité de leur cacher quoi que ce soit.

Lorsque j'en termine, le silence qui m'accueille est mille fois plus assourdissant que le précédent.

– Waouh, lâche finalement Ava. C'est... waouh.

Comme je m'y attendais, c'est Jules qui est la première à surmonter son choc et à sauter directement à la partie grivoise.

– Le sexe fait partie du contrat ? Si ce n'est pas le cas, c'est une erreur. Christian m'a l'air d'être une bête au lit. Sans vouloir te vexer, tu aurais bien besoin d'un peu d'amour dans ta vie. Même si on t'adore, il y a des choses qu'on ne peut pas t'offrir.

– Non, ça ne fait pas partie du deal et ça ne sera jamais le cas, je déclare fermement.

J'ai clairement fait comprendre à Christian que notre arrangement n'inclurait aucune démonstration d'affection à moins qu'elle ne soit nécessaire pour vendre notre image publique en tant que couple.

Le sexe n'entre pas dans l'équation. *Pas du tout.* Peu importe que Christian soit magnifique ou potentiellement bon au lit.

Je rougis en le visualisant nu…

Ne t'engage pas sur cette voie.

Voilà ce qui se passe quand je ne peux pas suivre ma routine matinale. Mon cerveau panique et se met à imaginer des choses qu'il n'est pas autorisé à visualiser.

Je ne me souviens même pas de la dernière fois où j'ai fantasmé sur le sexe, et encore moins de la dernière fois où j'ai couché avec quelqu'un.

– Tu es sûre que tout va bien ? insiste Ava avec une inquiétude palpable. Tu ne t'es jamais autant souciée de ton nombre de followers avant.

Je n'en ai pas fait une obsession comme d'autres blogueurs, mais affirmer que je m'en fiche serait mentir.

Tous ceux qui essaient de développer une plate-forme sur les réseaux sociaux s'en soucient, et ceux qui prétendent le contraire mentent.

Ces petits chiffres sont capables de causer des ravages sur la santé mentale de n'importe qui.

– Je n'essaie pas de t'embêter, ajoute doucement Ava. Si c'est ce que tu veux, on te soutiendra. Ça me semble juste un peu…

– Étranger à ton caractère, achève Bridget.

Je fixe le gobelet à moitié vide dans ma main.

– Peut-être. Mais il est peut-être aussi temps d'essayer quelque chose de nouveau.

J'ai vingt-six ans. J'ai occupé un seul « véritable » emploi depuis que j'ai obtenu mon diplôme, sans connaître aucun développement significatif dans ma vie personnelle ou professionnelle. Je considère le blogging comme mon deuxième boulot, mais beaucoup de gens ne le considèrent pas comme tel et, même si je déteste ça, je laisse leurs opinions contaminer les nombreuses heures de vrai travail que je consacre à l'écriture, au style, à la photographie et aux réseaux sociaux.

Je fais fondamentalement la même chose que depuis l'université, sauf que je suis plus âgée et un peu plus blasée.

Pendant ce temps, Ava a déménagé à Londres (même si ça n'a été que temporaire), s'est fiancée et a décroché le travail de ses rêves qui consiste à parcourir le monde en tant que photographe ; Bridget s'est mariée avant de devenir reine ; et Jules, qui a passé l'examen du barreau, est devenue une avocate de haut niveau et a emménagé avec son petit ami.

Toutes ont ouvert un nouveau chapitre de leur vie alors que je suis toujours coincée dans le prologue, à attendre que mon histoire commence.

Je ravale le goût amer sur ma langue. Si je ne bouscule pas les choses, je resterai à jamais un manuscrit inachevé. Des milliers de mots potentiels qui n'arriveront jamais sur la page. Quelqu'un qui aurait pu être quelque chose au lieu d'être quelqu'un qui a fait quelque chose.

– C'est compréhensible. Le changement, c'est le piment de la vie, convient Jules dont le visage s'adoucit avant qu'elle n'ajoute : Comme l'a dit Ava, on n'essaie pas de te dissuader. On veut juste s'assurer que c'est ce que tu veux vraiment. Si tu es heureuse, on le sera aussi.

– Je sais, j'acquiesce avec un petit sourire. Au risque de paraître complètement nunuche… je vous aime, les filles.

– Vous avez entendu ça ? fait Jules en plaçant une main sur sa poitrine et en regardant Ava. Elle nous aime. Elle nous aime vraiment !

– Tu sais ce que ça veut dire, dit Ava d'un ton solennel.

– Les filles…

J'ai à peine le temps de poser mon verre avant qu'elles viennent m'enlacer.

– Arrêtez ! je m'esclaffe.

Ma mélancolie de tout à l'heure fond sous le feu de leur affection.

– Faites comme si je n'étais pas là, hein. Je suis juste à Eldorra, pas du tout jalouse, proteste Bridget.

Je lève mon téléphone pour qu'on puisse la voir à nouveau. Elle arbore une expression mi-amusée, mi-envieuse.

– Il faut que tu nous rendes visite bientôt. Tu nous manques.

Nous ne l'avons pas vue en personne depuis l'anniversaire d'Ava l'année dernière, où elle a fait une apparition surprise.

– Bien sûr, promis, déclare Bridget en redevenant sérieuse. En attendant, méfie-toi de Christian. Il n'est pas du genre à faire quoi que ce soit par bonté d'âme.

En effet. Mais je n'ai pas besoin de Bridget pour le savoir.

Une heure plus tard, mes amies partent en promettant de garder le secret de mon accord avec Christian, sauf avec leur cher et tendre. Je prends une douche et je me prépare une nouvelle théière avant de prendre mon téléphone. Je fixe l'icône Instagram sur mon écran et je retiens mon souffle en ouvrant mon profil.

Oh. Mon. Dieu.

Je fixe les chiffres, persuadée que je suis en train d'halluciner.

Plus de cent mille likes, quatre mille commentaires et dix mille nouveaux followers du jour au lendemain.

Je me pince et je tressaille sous l'effet de la douleur. *Je ne suis pas en train d'halluciner.*

Je m'attendais à des répercussions après la photo avec Christian, mais pas à… ça !

Le vertige s'empare de moi et mon esprit se met à envisager toutes les possibilités. Est-ce qu'une autre photo avec Christian deviendra virale de la même manière, ou celle-ci a produit un effet pareil parce que c'est la première ?

Il n'y a qu'une seule façon de le savoir.

Le million de followers, les contrats de marque à six chiffres et le paiement en une seule fois d'une année de soins pour Maura grâce aux économies restantes, voilà ce qui danse dans ma tête.

J'ai peut-être signé un accord avec le diable quand j'ai accepté cet arrangement avec Christian…

Mais ça ne veut pas dire que le jeu n'en vaut pas la chandelle.

10

CHRISTIAN

Je regarde fixement le dernier post Instagram de Stella, résultat de notre trajet jusqu'à la collecte de fonds, le week-end dernier. Ma main sur sa cuisse nue, le vert vif de sa robe contrastant avec la manche noir charbon de mon costume.

Certaines photos valent mille mots. Cette photo n'en dit qu'un seul.

Mienne.

Une sensation étrange naît dans ma poitrine avant que je la balaie d'un revers de main, pour faire défiler les commentaires sous le post. Les réactions vont de la curiosité à la joie en passant par le désespoir de centaines d'hommes désemparés d'avoir perdu leur chance avec elle.

Jayx098 : Comment as-tu pu me tromper comme ça ? J'ai déjà dit à mes parents que nous allions nous marier :(

Brycefitness : Laisse tomber ton copain et sors avec moi à la place. J'en vaux la peine, tu verras ;)

Threetriscuits : Moi aussi, je peux aussi porter un costume et des boutons de manchette.

Mauvais, je clique sur le profil de Brycefitness et je l'étudie. Gros muscles. Petit cerveau. Le sportif qui pense être un cadeau de Dieu pour les femmes.

Combien de kilos d'haltères faut-il pour écraser quelqu'un ?

Hmm…

Un texto arrive, perturbant mes calculs.

Luisa : Christian Harper, tu es un cachottier.

Luisa : Pourquoi tu ne m'as pas dit que tu sortais avec Stella ?

Je fronce les sourcils. Je regarde le profil de Brycefitness une dernière fois avant de fermer l'application. Il a eu de la chance. Une partie de moi, celle qui frissonne à l'odeur cuivrée du sang et de la peur, reconnaît que ma réaction n'est pas normale. On ne réagit pas comme ça à un commentaire sur Instagram, bordel de merde.

J'ai une entreprise à gérer, et pourtant je suis là, à faire défiler des putains de réseaux sociaux sur mon compte fictif.

Pas de photo de profil, pas de bio, pas de followers. Un seul compte suivi.

La bague turquoise brûle au fond ma poche pendant que je tape une réponse à Luisa.

Moi : Ce n'était pas pertinent.

Stella n'a pas montré mon visage sur la photo, mais suffisamment de gens nous ont vus ensemble au gala pour que la nouvelle se répande. Et apparemment, elle s'est depuis échappée des limites de la bonne société de DC et a gagné New York.

Luisa : Tu as fait comme si tu ne la connaissais pas au dîner !

Moi : Je ne voulais pas influencer ta décision.

Un bon moment s'écoule avant qu'elle ne réponde.

Luisa : Quelle décision ?

Moi : Ne mens pas, Lu. Je suis meilleur que toi dans ce domaine.

Luisa : Tu es un vrai con.

Luisa : Bref, ça n'aurait pas influencé ma décision. Je suis fixée à 95 % sur l'identité de la prochaine ambassadrice de notre marque.

Je fixe le texto, tout en pianotant distraitement sur l'accoudoir.

Après un autre moment d'hésitation, je réponds :

Moi : Je suis content. Ça faisait longtemps qu'on l'attendait.

Neutre, quasi désintéressé.

Elle mord à l'hameçon, comme je l'avais prévu.

Luisa : Tu ne me demandes pas qui c'est ?

Moi : J'étais au dîner, moi aussi. La réponse est évidente.

J'en reste là. Luisa est assez intelligente pour savoir de qui je parle.

Un coup retentit dans le silence.

Je lève les yeux.

– Entrez.

Kage débarque, si grand et si large qu'il passe à peine par le cadre de la porte de mon bureau. Il ne perd pas de temps et va droit au but.

– J'ai entendu dire que tu avais une petite amie. Comment ça se fait que je ne sois pas au courant ?

Une note accusatrice s'est glissée dans sa voix.

C'est mon plus ancien employé et, maintenant que Rhys est parti, le plus recherché par les clients. Il est aussi la seule personne chez Harper Security qui me tutoie et ne me lèche pas le cul, deux libertés que je lui octroie pour m'avoir sauvé la vie en Colombie, il y a une dizaine d'années.

– Je dirige une entreprise de sécurité, pas un magazine people. Ma vie personnelle ne regarde personne.

Une pointe d'émotion apparaît sous mon ton qui se voulait indifférent. La liberté que je lui concède s'arrête là.

Kage soutient mon regard pendant une seconde avant de détourner les yeux.

– Compris. Mais l'équipe est curieuse. Que tu sortes avec une influenceuse est… inattendu.

Je m'adosse à ma chaise et je passe une main sous mon menton. Mon téléphone a sonné toute la journée : des appels incessants de personnes exprimant des sentiments similaires. Chaque nouveau message ou nouvel appel entame ma patience, et l'observation de Kage produit le même effet.

– Tu as jeté un œil sur son compte, c'est ça ? je demande froidement.

Les réseaux sociaux de Stella sont accessibles à tous, mais l'idée que mes gars se penchent sur des photos et des vidéos d'elle me fait monter une vague d'irritation dans le sang.

Kage se passe une main penaude dans la nuque.

– Euh, eh bien… on s'est renseignés sur elle pendant le déjeuner.

Merde alors ! Tous les employés de Harper Security sont d'anciens militaires ou d'ex-membres de la CIA, et pourtant ils échangent des ragots comme des lycéens ?

– Elle est sexy, commente Kage en s'enfonçant dans la chaise en face de la mienne. D'une certaine façon, je ne suis pas surpris que ta copine ressemble à un putain de top model. C'est l'avantage de la vie d'un P.-D.G. milliardaire, conclut-il avec une pointe d'amertume.

Une flamme sombre s'allume dans ma poitrine avant que je ne l'étouffe.

– La seule chose dont j'ai envie de discuter en ce moment, c'est de la raison pour laquelle nous avons perdu les comptes de Deacon et Beatrix, je réplique froidement. Pas de ma petite amie.

Ma remarque dégrise aussitôt mon interlocuteur.

– J'ai creusé l'affaire, et ça ressemble à un cas classique de concurrence déloyale. En gros, Sentinel leur a promis plus pour moins cher. Deacon et Beatrix ont toujours été des gros radins et des connards. Pas étonnant qu'ils aient quitté le navire.

C'est vrai, mais je ne veux pas que des rumeurs circulent, comme quoi Harper Security serait incapable de garder ses clients.

– Tu penses que c'est grave ? demande Kage qui a correctement évalué mon silence. Est-ce qu'on doit les récupérer ?

Règle numéro un pour survivre dans un business coupe-gorge : ne jamais montrer sa faiblesse, pas même à sa propre équipe.

– Non. Laisse-moi m'occuper de la stratégie commerciale. Et toi, occupe-toi de ce que tu sais faire le mieux.

– Botter des fesses et être d'une beauté dévastatrice ?

– Si c'est ce que tu penses, tu as besoin d'un nouveau miroir, parce que le tien te ment.

– On ne peut pas tous être comme toi, Monsieur le beau gosse, mais aucune femme ne s'est jamais plainte de mon physique, affirme-t-il en agitant les sourcils. À ce propos, ça te dit de sortir ce soir ? Ça fait un moment qu'on n'est pas allés au bar ensemble. Je sais que tu es un homme pris maintenant, mais tu pourras attirer les femmes et moi conclure l'affaire.

Je me lève et ajuste la manche de mon costume.

– J'ai déjà un engagement.

Kage se déplie de sa chaise.

– Pourquoi je ne suis pas surpris ? On n'est pas sortis ensemble depuis des mois. Tu vas me dire quel mystérieux engagement tu as déjà ?

Je lui réponds par un regard sarcastique

– Très bien. Je n'insiste pas, grommelle-t-il. Amuse-toi bien avec ton « engagement ».

Après le départ de Kage, je range mon bureau pour le remettre dans son état méticuleux d'avant travail, puis je m'en vais.

Dix minutes plus tard, je fonce sur Connecticut Avenue quand mon téléphone sonne.

J'ai à peine accepté l'appel qu'un grognement agacé emplit l'habitacle.

– Mais qu'est-ce qui t'est passé par la tête, putain ?

Je tourne en douceur sur une route privée bordée d'arbres.

– Bonjour à toi aussi, Larsen. C'est dommage que tes manières ne se soient pas améliorées maintenant que tu appartiens à une famille royale. Les cours d'étiquette du palais sont d'une insuffisance crasse.

Je m'arrête au portail et je montre ma carte de membre au vigile armé. Il l'examine et hoche la tête. Les scanners de sécurité enregistrent les caractéristiques de ma voiture, avant que les portes ne s'ouvrent en douceur.

– Très drôle, rétorque Rhys. Les clients devraient payer un supplément pour ton sens de l'humour.

– La remarque vaut son pesant d'or, venant d'un type qui n'en a aucun !

Je ne peux m'empêcher de sourire à son deuxième grognement, encore plus agacé.

Rhys Larsen était mon meilleur garde du corps jusqu'à ce qu'il devienne la proie de cette maladie que les gens appellent l'amour. Aujourd'hui, il est le prince consort d'Eldorra.

Je lui envoie parfois des photos de lui, l'air blasé et grincheux à diverses cérémonies diplomatiques, juste pour l'emmerder. Je n'ai pas besoin de dire quoi que ce soit pour qu'il comprenne l'essentiel.

Tu es subjugué par cette nana et c'est pathétique.

Mon obsession pour Stella devient peut-être incontrôlable, mais moi, je n'assiste pas à des cérémonies d'inauguration pour une œuvre de bienfaisance qu'elle apprécie et je ne plante pas d'arbres pour une séance de photos à l'occasion de la Journée de la Terre.

– N'essaie pas de changer de sujet. Qu'est-ce qui te prend de sortir avec Stella ? demande Rhys.

Je gare la voiture dans le garage privé et je me dirige vers l'entrée. Les lourdes doubles portes s'ouvrent dès que j'agite ma carte devant le lecteur.

– J'obéis aux mêmes lois que tous les hommes qui s'engagent dans une relation.

– Arrête tes conneries, Harper. C'est la meilleure amie de Bridget. Si elle est contrariée, Bridget est contrariée. Et si Bridget est contrariée…

Une note d'avertissement s'est glissée dans sa voix.

Mes chaussures claquent sur le sol poli où, dans son écrin de marbre noir, brille un « V » d'or.

– Tu vas faire quoi ? M'assommer avec ta couronne de cérémonie ? C'est noté, Ton Altesse. Maintenant, si je ne me trompe pas, tu assistes à un événement de bonne heure demain matin. Tu ferais mieux d'aller te coucher. Tu as besoin de te reposer avant tes séances photos.

– Va te faire foutre !

– Malheureusement, même si je suis sûr que les femmes d'Eldorra se pâment devant toi, tu n'es pas mon genre. Transmets mes salutations à la reine.

Je passe devant le restaurant et l'entrée du *gentleman's club* avant d'atteindre la bibliothèque, où je raccroche avant qu'il ne puisse répondre.

J'aurais dû me douter que cette histoire avec Stella le mettrait en colère. Il est complètement sous la coupe de sa femme, et elle cherche à protéger Stella. C'est compréhensible, mais ce n'est pas mon problème. Je n'ai pas signé pour subir le harcèlement de ses amies quant à mes intentions.

J'ouvre les portes de la bibliothèque et j'y trouve la personne que je suis censé rencontrer, assise à notre table habituelle, près de l'une des fenêtres à vitrail. Des livres reliés de cuir s'élèvent sur trois étages jusqu'au plafond cathédrale. Seul le faible murmure des conversations trouble le silence respectueux qui règne par ailleurs.

Il n'y a pas de bibliothécaire sévère qui houspille les visiteurs trop bavards ici, mais une cotisation annuelle de trente mille dollars accorde aux membres du club plus de liberté que dans n'importe quel espace public.

La bibliothèque du Valhalla Club est l'endroit où des accords sont conclus et des alliances forgées. Tous les acteurs du pouvoir à Washington le savent.

– Tu es en retard.

Des yeux verts froids ont suivi ma progression pendant que je m'approchais de la table. Un échiquier rare du XVIIIe siècle trône sur le chêne épais à côté de deux verres en cristal vides et d'une carafe pleine de scotch Glenfiddich single malt de quarante ans d'âge.

– Tu es tellement pressé de perdre ?

J'enlève ma veste et la suspends sur le dossier de ma chaise avant de m'asseoir. Sans me presser, délibérément. Je retrousse mes manches et me sers un scotch. Rien de tel qu'un bon verre pour commencer la soirée.

Alex Volkov me fixe d'un regard désabusé.

– On est à égalité pour les victoires.

– Pas après ce soir.

Tous les mois depuis cinq ans, Alex et moi jouons aux échecs au Valhalla. Nos parties sont toujours âprement disputées et encore plus âprement gagnées.

Nous interagissons rarement en dehors des confins feutrés du Valhalla et des rares occasions où il a recours à mon aide pour un problème de cybernétique, mais nos réunions mensuelles sont l'un des rares engagements sociaux que j'apprécie vraiment.

– Ton orgueil démesuré finira par te perdre, Harper.

Alex remplit son verre à moitié et le porte à sa bouche.

– Peut-être, je concède. Mais pas aujourd'hui.

– On verra bien.

En règle générale, nous jouons en silence pour favoriser la concentration, mais Alex me prend au dépourvu lorsqu'il déplace son pion en e4.

– Alors, Stella et toi.

– Oui.

Une non-réponse à une non-question.

– Quelle menace tu fais planer sur elle ?

Je marque une fraction de seconde de pause avant de contrer son coup.

L'Alex Volkov que j'ai connu n'en avait rien à foutre de la vie privée des autres.

– Tu m'interroges pour le compte de ta fiancée ?

Tout comme Bridget, la femme de Rhys, Ava, la fiancée d'Alex, est l'une des meilleures amies de Stella.

– Stella n'a jamais été intéressée par une relation, reprend Alex, ignorant ma question. Elle ne t'a pas non plus évoqué une seule fois, ni toi ni un quelconque petit ami, avant de poster cette photo. Par conséquent, il est logique de supposer que tu la fais chanter. Et toi non plus tu n'es pas intéressé par une relation, ajoute-t-il, en braquant son regard vert sur moi. Autrement dit, soit tu veux l'utiliser, soit vous avez tous les deux conclu un accord mutuellement bénéfique.

C'est ce que j'apprécie dans la compagnie d'Alex. Je dois sans cesse rester vigilant avec lui.

– Ne laisse pas les théories du complot obscurcir ton cerveau, je réplique. Tu es en train de perdre.

Mensonge flagrant. Nous sommes pour l'instant à égalité dans cette partie.

– Tes tactiques de diversion laissent à désirer, ce n'est donc pas mon cerveau qui est obscurci, ironise Alex. Peut-être que Stella sera celle qui fera craquer ta carapace du type qui « ne croit pas en l'amour ». Ce sont toujours celles auxquelles on s'attend le moins…

Je ne l'avais jamais entendu proférer autant de mots en si peu de temps.

Mon amusement s'accentue.

– Peut-être, mais j'en doute.

Mes sentiments à l'égard de Stella sont… inhabituels, mais ce n'est pas de l'amour. Il est difficile de ressentir quelque chose que je méprise ouvertement.

L'amour fait tourner le monde, dit-on. En cycles interminables et fastidieux qui produisent des chansons nulles, des films encore plus nuls et des abominations annuelles comme la Saint-Valentin.

Je l'ai rarement jugé autrement que toxique.

Je pousse mon chevalier en position défensive.

– Depuis quand tu es devenu si bavard ? Ne me dis pas que tu as fini par devenir un véritable être humain. On devrait publier un bulletin dans la lettre d'information du Valhalla. Les autres membres seront ravis.

Le Valhalla Club n'a pas de bulletin d'information, mais ses membres ont leurs propres méthodes pour suivre la vie de leurs amis comme de leurs ennemis.

– Aussi ravis qu'ils le seront d'apprendre ton nouveau statut relationnel, j'en suis sûr.

Ses yeux brillent d'un humour sombre. Encore un changement par rapport au Volkov stoïque que j'ai rencontré il y a des années.

Nous continuons à jouer, mais maintenant que Stella a été remise sur le tapis, je ne peux empêcher mes pensées de s'égarer sur des chemins qu'elles n'ont pas à emprunter.

Elle n'a rien posté sur les réseaux sociaux depuis la soirée de la collecte de fonds. D'habitude, elle le fait tous les jours. Elle ne m'a pas non plus contacté pour d'autres photos malgré le succès de son premier post.

Est-ce qu'elle veut revenir sur notre arrangement ?

Un filet de quelque chose de froid qui m'est complètement étranger ruisselle le long de ma colonne vertébrale. Il me faut plusieurs secondes pour identifier le sentiment.

De l'incertitude.

Quelque chose d'aussi peu familier pour moi qu'un déluge de pluie en plein désert.

Nous avons un contrat. Elle ne reviendra pas sur sa parole.

Pourtant, l'envie de vérifier ça avec elle s'empare de moi et détourne mon attention des pièces d'ébène et d'ivoire sculptées disséminées stratégiquement sur le plateau.

– Échec et mat.

La voix tranquille d'Alex me ramène dans la bibliothèque.

Je chasse les images de ses yeux verts et de ses lèvres sensuelles pour examiner la disposition finale des pièces. Alex m'a mis en échec en recourant à une tactique que j'aurais dû flairer à un kilomètre.

– Ça a été rapide, constate-t-il, l'air déçu. Tu n'es pas dans ton assiette aujourd'hui.

– On ne fait que commencer, Volkov, je réplique en débarrassant le plateau. On en reparle après la revanche.

Mais il a raison. Je ne suis pas dans mon assiette, tout ça parce que je suis préoccupé par quelqu'un qui ne devrait pas envahir mes pensées comme elle le fait. Elle pense que son loyer au Mirage est bas ? Ce n'est rien comparé à l'hébergement gratuit dont elle bénéficie sous mon putain de crâne.

Stella paraît peut-être douce et gentille, mais elle est plus dangereuse pour moi que n'importe quelle arme ou rival.

Après une deuxième partie avec Alex, où je me rachète grâce à un échec et mat magnifiquement exécuté après deux heures de jeu, je rentre chez moi à 20 h 45 précises.

Il me faut moins d'une minute pour constater que quelque chose cloche.

La porte de mon bureau est ouverte, or je la ferme toujours avant de partir.

Je n'autorise que très peu de personnes à accéder à mon appartement quand je ne suis pas là. Aucune d'entre elles ne viendrait aussi tard.

L'adrénaline chasse la confusion provoquée par le scotch qui circule dans mon sang.

J'ai profité du service de voiture privée du Valhalla pour rentrer, vu la quantité d'alcool que j'ai bue, mais j'ai assez de présence d'esprit pour feutrer mon pas en me dirigeant vers mon bureau.

J'entrevois des cheveux noirs par l'ouverture avant de pousser la porte, de traverser la pièce en deux longues enjambées et de plaquer l'intrus au mur, d'une main que j'enroule autour de son cou.

Une rage glacée brouille ma vision.

Je n'apprécie pas qu'on envahisse mon espace personnel. Qu'on touche à mes affaires sans permission. Qu'on s'introduise chez moi et qu'on défie mon autorité.

Mes doigts se referment autour de la colonne souple de cette gorge.

Les vibrations d'un souffle chargé de peur tremblent sous mes mains avant de se répandre dans l'air.

– Christian.

La tonalité familière de ce doux plaidoyer dissipe la brume qui trouble ma vision jusqu'à ce que je ne voie plus que du vert.

D'immenses yeux d'un vert vif, encadrés par des cils d'encre rendus brillants par la panique.

Merde.

Je la reconnais dans un éclair glacé et ma main s'arrache de son cou.

Nous nous dévisageons, le souffle court. Entre nous, l'espace est devenu silencieux : elle a peur, je subis l'effet conjugué de l'adrénaline et des regrets.

Une vrille de colère s'y fraie un chemin et communique une grande tension à mes paroles.

– Mademoiselle Alonso, tu veux bien m'expliquer ce que tu fabriques ici ?

Elle est l'une des rares personnes sur terre à avoir la clé de mon appartement, mais je lui ai demandé de ne venir que sur des plages horaires précises. Le vendredi soir n'en fait pas partie.

Elle a eu de la chance que je ne sois pas du genre à tirer d'abord et à poser des questions ensuite, comme certains de mes hommes.

Une image de Stella touchée par une balle traverse mon esprit, et une sensation de froid s'accumule au creux de mon ventre.

Elle relève le menton, visiblement peu impressionnée par mon entrée en matière et mon ton tranchant.

– J'arrosais tes plantes comme tu me l'avais demandé.

Malgré le soupçon d'acrimonie dans sa voix, sa respiration demeure haletante et de petits frissons la traversent, constat qui dissipe bien vite ma colère.

C'est à ce moment-là seulement que je remarque l'arrosoir. L'eau qui s'en est échappée forme une petite flaque scintillante sur les lattes savamment travaillées du parquet, et les tessons brillants de la céramique noire dont était fait l'arrosoir me renvoient mon visage.

Une centaine de visages différents, morcelés aux bords déchiquetés et aux traits déformés.

Je remonte les yeux jusqu'à ceux de Stella.

– Tu arroses mes plantes à 21 heures ?

– J'ai oublié de venir plus tôt, parce que j'étais occupée. Tu m'as dit de ne venir qu'en semaine, et je ne voulais pas les laisser tout un week-end sans eau. Elles sont très sensibles à...

– Occupée à faire quoi ?

Je n'en ai plus rien à faire des plantes.

Au lieu de s'effondrer sous le poids de mon regard, elle se redresse et relève encore le menton.

– Des choses personnelles. On n'est pas vraiment ensemble, je te rappelle. Tu n'as pas à connaître mes moindres faits et gestes.

Ce rappel m'agace.

– Si, quand tes activités t'amènent à entrer par effraction dans mon appartement à 21 h.

– Je ne suis pas entrée par effraction. J'ai une clé !

– Utilisée en dehors des créneaux horaires autorisés. Un bon avocat pourrait plaider ce cas en ma faveur.

Stella me fusille du regard. Sa respiration s'est enfin stabilisée et je soupçonne que le rouge qu'elle a aux joues n'est pas dû à l'embarras.

– C'est toi l'expert en sécurité. Si tu es si inquiet, tu devrais peut-être créer une clé utilisable seulement pendant les plages horaires que tu as spécifiées. Ça ne serait pas bien difficile pour un génie comme toi, n'est-ce pas, Monsieur Harper ?

Je laisse échapper un petit rire.

L'insolence de Stella a le côté brusque et soudain d'un éclair. Chaque fois qu'elle apparaît, elle m'électrise, parce que c'est à ce moment-là que j'entrevois sa vraie personnalité. Celle qui repose dans un demi-sommeil sous son calme soigneusement cultivé et son désir désespéré de plaire. Quelque part dans ce cocon de manières douces, il y a un papillon étincelant qui aspire à se libérer.

Mon regard s'intensifie à mesure que je l'examine de la tête aux pieds.

– Ce ne serait pas difficile du tout. Mais dans ce cas, je ne rentrerais pas chez moi pour te trouver en train de m'attendre.

J'aperçois un morceau de ventre tonique sous son sweat-shirt gris coupé court, un short en tissu-éponge assorti lui moule les hanches et les cuisses. Des jambes sans fin, d'un beau brun doré tout lisse, mènent à des pieds nus aux ongles vernis de rouge.

J'ai la gorge sèche, tant je brûle de faire courir mes mains sur son corps, de l'entendre soupirer de plaisir pendant que j'explorerais les contours sensuels de ses courbes.

Elle est habillée pour aller au lit, sans une touche de maquillage ni le moindre bijou pour rehausser ses traits, pourtant elle brille d'un éclat tel qu'il atteint les recoins les plus sombres de mon âme.

– Je croyais que tu ne voulais pas de ça.

La nervosité refait surface dans sa réponse.

– Ne présume pas de ce que je veux, Mademoiselle Alonso.

Je garde une voix posée, presque désintéressée, mais le courant qui crépite dans l'air n'a rien de calme.

Il suffirait d'un simple contact pour que la pièce s'enflamme.

– C'est noté.

Les doigts de Stella s'enroulent autour de la ceinture de son short, qu'elle agrippe si fort que ses phalanges blanchissent.

Je porte mon regard sur ses cuisses, et le désir fuse dans mes veines en les voyant se contracter sous mes yeux.

Un mouvement quasi imperceptible, rien de plus qu'une tension subtile des muscles, mais l'effet n'aurait pas été différent si elle avait tendu la main et caressé l'érection qui rend mon entrejambe douloureux.

– Tu devrais partir, je murmure, d'une voix que la retenue a rendue rauque.

Elle ne bouge pas.

Je lève la main et lui effleure le cou jusqu'à sentir le battement frénétique de son pouls.

– Tu veux rester.

Je devrais arrêter de la toucher et garder mes distances, mais je suis hypnotisé.

Dans le silence épais et dense de la pièce, les efforts de Stella pour s'éclaircir la gorge sont audibles.

– Non.

– Non ?

J'effleure sa peau avec mon pouce. La brûlure de ce petit point de contact me traverse la chair et les os et sa chaleur se répand dans mon sang. Je relève les yeux vers les siens, pour demander, d'une voix plus dure :

– Pourquoi es-tu encore là, dans ce cas ?

Distraction. Obsession. Confusion.

Elle est tout ça et bien plus encore.

Elle devrait n'être qu'un simple puzzle à défaire et refaire, au lieu de quoi elle s'avère plus compliquée que prévu. Comme s'il manquait une pièce au puzzle en question. J'ai beau chercher, je ne trouve pas la pièce manquante, et tant que je ne l'aurai pas trouvée, elle continuera à hanter mes pensées.

Il y a bien sûr une autre explication, mais je l'écarte à la seconde où elle fait surface.

Celle qui me souffle que si je ne veux pas résoudre l'énigme Stella Alonso, c'est parce qu'une fois le mystère percé, le fil qui nous relie sera intense.

Or pour une raison inconnue et exaspérante, je ne veux pas qu'il le soit.

Elle ouvre la bouche pour répondre, mais je la relâche et recule d'un pas, ce qui lui coupe la parole sans que j'aie besoin de parler.

– Il est temps que tu partes, je déclare alors, non sur le ton de la suggestion mais de l'ordre. Et que je ne te trouve plus dans mon appartement en dehors des horaires autorisés, sans quoi tu découvriras qu'il y a des limites à ma générosité.

Je n'aurais pas dû être indulgent avec elle ce soir. J'ai déjà enfreint trop de règles pour elle.

Si j'avais trouvé qui que ce soit d'autre dans mon bureau, je l'aurais puni pour sa transgression, au lieu de fantasmer sur la sensation de sa peau contre la mienne.

Une étincelle de feu s'allume dans les yeux de Stella.

Je m'attends à ce qu'elle riposte, je le savoure d'avance comme un alcoolique sa prochaine gorgée d'alcool. Mais le feu s'éteint presque aussitôt, étouffé sous une couche de glace toute neuve.

– Compris. D'ailleurs tu ne me trouveras plus jamais dans ton appartement, point barre.

Elle fouille dans sa poche et en sort une clé en laiton qu'elle me fourre de force dans la main. Je ne me rends pas compte de la force avec laquelle je la serre jusqu'à ce que son bord dentelé s'enfonce dans ma paume.

Le claquement de la porte d'entrée résonne dans le silence qui suit son départ.

D'habitude, j'apprécie le silence. Il est paisible et réparateur, mais il me semble à présent oppressant, comme un poids invisible pesant sur ma poitrine.

La clé s'enfonce plus profondément dans ma peau avant que je desserre la main et la fourre dans ma poche.

Je contourne l'arrosoir cassé et je gagne ma chambre, où j'enlève ma cravate et la jette sur le lit.

Ce qui n'atténue en rien la tension grandissante dans ma gorge.

Sous son apparence glaciale, Stella a été blessée. Je l'ai entraperçu avant que ses défenses ne se mettent en place.

Une étrange douleur me frappe en pleine poitrine avant que je grogne d'impatience.

Pour l'amour du ciel.

J'ai eu une journée d'enfer. Pas seulement à cause du travail mais aussi avec tous les fouineurs qui pullulent autour de moi maintenant que je « sors » enfin avec quelqu'un. Je n'ai pas de temps à perdre à analyser les micro-expressions.

Je retire mes boutons de manchette et ma montre, que je dispose en deux lignes parallèles sur ma table de nuit.

« *Compris. D'ailleurs, tu ne me trouveras plus jamais dans ton appartement, point barre.* »

Qu'est-ce que ça veut dire ? Si elle revient sur notre accord de location…

Je serre les mâchoires.

Je ne devrais pas m'en préoccuper. Je ne les aime même pas, ces satanées plantes. Je les garde uniquement parce que mon architecte d'intérieur a affirmé qu'elles « unissaient l'esthétique », et je refuse d'admettre mon échec en les laissant mourir.

Mais c'est une question de principe. Je refuse de créer un précédent où quelqu'un peut se retirer d'un accord sans en payer les conséquences.

Le souvenir de la blessure qui a traversé fugacement les yeux de Stella refait surface comme un moucheron agaçant qui refuse de s'en aller.

– Putain de merde !

Avec un grognement agacé, je renonce à suivre ce que me souffle mon bon sens. Je claque la porte de la chambre derrière moi et je descends l'escalier.

11

STELLA/CHRISTIAN

STELLA

Christian Harper a un sacré culot.

La colère mijote dans mon ventre quand j'ouvre mon appartement et en pousse la porte avec plus de force que nécessaire.

Ce n'est pas une émotion que je ressens souvent, et elle me ronge de l'intérieur comme de l'acide.

Je ne sais pas pourquoi j'ai réagi si vivement lorsque Christian m'a renvoyée chez moi. J'ai entendu bien pire de la part de Meredith et des trolls dans les commentaires à mes posts.

Mais il y a quelque chose dans sa façon de faire qui me déchire les entrailles. À un moment, j'ai cru qu'il allait m'embrasser. Et la seconde d'après, il me mettait à la porte de son appartement. Cet homme fait couler le chaud et le froid plus souvent qu'un robinet cassé.

Pire encore, il y a eu un instant où j'ai voulu qu'il m'embrasse. Où la curiosité de savoir quel goût aurait cette bouche ferme et sensuelle a pulsé au même rythme que la tension soudaine entre mes cuisses.

La frustration vient se mêler à ma colère.

Je ne sais pas comment il s'arrange pour faire jaillir de moi autant d'émotions en sommeil.

Est-ce un effet de son physique ? De sa richesse ? Aucune de ces choses ne m'a tellement titillée jusqu'à présent. J'ai rencontré trop de connards riches et beaux pour me laisser séduire par leur charme fallacieux.

Je pose mon sac sur une table et j'oblige mes poumons à se dilater pour contrecarrer la pression. La moindre confrontation me met toujours sur les nerfs. Même quand je ne suis pas en tort, j'ai l'impression de l'être.

« *Tu ne me retrouveras plus jamais dans ton appartement, point barre.* »

Le souvenir de mon explosion finale annule l'effet calmant que mes respirations auraient pu avoir.

J'ai « démissionné » dans le feu de l'action. Mais aussi stupide qu'ait été notre marché, je lui ai bel et bien promis de m'occuper de ses plantes en échange d'une baisse de loyer. Alors maintenant… Et s'il augmente mon loyer ou, pire, s'il m'expulse ? Et s'il met fin à notre arrangement ? Je n'ai pas encore reçu de nouvelles de Delamonte, mais j'ai déjà gagné dix mille followers depuis que j'ai posté la photo de nous en route pour la collecte de fonds.

Mon compte gagne en visibilité pour la première fois depuis un an et je risque d'anéantir cet élan en mettant fin prématurément à notre arrangement.

Pas d'élan implique pas de croissance, implique moins d'argent.

Le regret fait passer mes palpitations en surrégime.

C'est pour ça que je me suis entraînée à étouffer les explosions émotionnelles. Leurs conséquences éclipsent toujours le soulagement temporaire.

Je ferme les yeux et tente de renouveler mes respirations profondes.

En vain.

Bon sang !

Je suis trop fatiguée et trop agitée pour une séance de yoga, alors je fouille dans mon sac pour trouver mon téléphone. Les réseaux sociaux ne sont pas le meilleur moyen qui soit pour réduire l'anxiété, en revanche c'est une excellente distraction. Je dois juste m'en tenir à mon flux YouTube soigneusement filtré pour ne me soumettre que des animaux mignons, des conseils mode et des tutoriels coiffure et maquillage.

Toute autre application est un champ de mines pour moi, quand je suis dans cet état.

Brillant à lèvres, crème hydratante, ticket de caisse d'un café...

Je m'immobilise en effleurant une enveloppe blanche ordinaire.

Je ne me souviens pas de l'avoir mise dans mon sac. Je ne possède même pas d'enveloppes, puisque je fais toute ma correspondance par mail.

Je prends l'enveloppe et passe un doigt sous le rabat pour l'ouvrir. Elle ne porte aucune mention de destinataire, d'expéditeur, pas de timbre.

Une feuille de papier blanc tout aussi ordinaire a été glissée à l'intérieur.

Un mauvais pressentiment me glace le dos quand je la déplie. Je crois d'abord qu'elle est vierge, puis mes yeux s'arrêtent sur la ligne de caractères noirs en haut.

« *Tu devais m'attendre, Stella. Tu ne l'as pas fait.* »

Pas de menace directe, mais le message est suffisamment inquiétant pour que j'aie le cœur au bord des lèvres.

De vilains souvenirs d'il y a deux ans me submergent en quelques instants.

Des photos de moi en ville, riant avec des amies, prises à travers la vitre d'un restaurant, moi faisant défiler l'écran de mon téléphone pendant que j'attends le métro, moi faisant du shopping dans une boutique de Georgetown. Des lettres qui oscillent entre déclarations d'amour démonstratives et fantasmes crus de ce que l'expéditeur a l'intention de me faire.

Le tout envoyé à mon adresse personnelle.

Ça a duré des semaines jusqu'à ce que je devienne tellement paranoïaque et stressée que je ne pouvais plus me doucher si Jules n'était pas assise juste devant, dans le salon. Et même à ce moment-là, je faisais des cauchemars où je voyais mon harceleur entrer en trombe chez moi et lui faire du mal avant de s'en prendre à moi.

Puis un jour, les lettres et les photos ont cessé, comme si l'expéditeur avait disparu de la surface de la terre. Je me suis dit qu'il s'était lassé de moi ou fait arrêter.

Mais maintenant…

La terreur transforme mon sang en glace.

Je me rends vaguement compte que je n'ai pas bougé depuis que j'ai lu le mot. Je devrais pourtant. Je devrais vérifier qu'il n'y a pas d'intrus dans l'appartement et appeler la police, même si elle ne m'a pas été d'une grande aide la dernière fois que ça s'est produit.

Mais je suis paralysée, figée par l'incrédulité et le goût âpre et métallique de la peur.

Ça faisait deux ans que je n'avais pas eu de nouvelles de mon harceleur. Pourquoi est-il de retour maintenant ? A-t-il toujours été là, à me guetter en attendant son heure ? Ou était-il parti, puis revenu pour une raison quelconque ?

Et si le message était dans mon sac à main…

Ma respiration s'accélère. De minuscules points noirs dansent devant mes yeux alors que la conclusion s'impose à moi.

L'absence de timbre et d'adresse sur l'enveloppe signifie que le harceleur s'est approché assez pour glisser l'enveloppe dans mon sac. Il était tout près. Il m'a probablement touchée.

Des araignées invisibles rampent sur ma peau.

J'ai vidé mon sac hier soir et je n'ai pas vu le mot, donc ça a dû se passer dans la journée.

Mon cerveau fait défiler la liste des endroits où je suis allée aujourd'hui.

Un café. Sur le front de mer de Georgetown pour photographier une campagne publicitaire avec mon trépied. L'épicerie. Le métro. L'appartement de Christian.

La liste n'est pas longue, mais à l'exception de l'appartement de Christian, chaque endroit était suffisamment fréquenté pour que quelqu'un puisse glisser le message dans mon sac sans que je m'en aperçoive.

Le silence de l'appartement se transforme en quelque chose d'épais et de sinistre, que rompent seulement mes respirations saccadées.

J'ai beau essayer, je n'arrive pas à faire entrer assez d'oxygène dans mes poumons, et je…

La sonnette de la porte, brutale, dissonante, déchire le silence et hérisse tous mes poils.

C'est mon harceleur. Forcément. Personne ne viendrait si tard sans prévenir.

Oh, mon Dieu !

Il faut que je me cache, que j'appelle le 911, que je fasse quelque chose, mais mon corps refuse d'obéir aux ordres de mon cerveau.

La sonnette retentit de nouveau, et je réagis enfin.

Je me dirige d'un pas chancelant vers la cachette la plus proche : une table d'appoint coincée entre le canapé et le climatiseur. Mon harceleur me souffle son haleine fantôme dans le cou alors que je me glisse sous la table.

Je le sens derrière moi, présence malveillante dont les doigts glacés griffent mon chemisier et expulse l'oxygène de mes poumons.

Le sol penche dangereusement, je heurte de la tête l'un des pieds de la table en essayant de m'enfoncer le plus profondément possible dans l'obscurité. La douleur du choc n'est qu'un murmure, comparée aux frissons qui courent sur ma peau.

Un autre coup de sonnette, suivi de coups.

– Stella !

Je ne parviens pas à identifier à qui appartient la voix. Je ne sais même pas si elle est réelle.

Je veux juste que ça s'arrête.

Je ramène mes genoux contre ma poitrine et je les entoure de mes bras. La climatisation est éteinte, pourtant je n'arrête pas de trembler.

Je ne suis pas prête à mourir. J'ai à peine eu le temps de vivre.

Les coups continuent, de plus en plus forts et de plus en plus fréquents, jusqu'à ce qu'ils s'arrêtent enfin. Dans le silence qui s'ensuit, j'entends le bruit d'une clé qu'on tourne dans la serrure.

Les pas font grincer le parquet, mais ils s'arrêtent lorsqu'un gémissement monte de ma gorge.

Quelques secondes plus tard, une paire de mocassins en cuir noir s'arrête devant moi.

Je ferme les yeux, aussi rencognée que possible, le dos plaqué contre le mur.

S'il vous plaît s'il vous plaît s'il vous plaît s'il vous plaît.

– Stella.

J'ai un Taser dans mon sac. Pourquoi ne l'ai-je pas sorti ? Je n'ai gardé que la lettre en main, jusqu'à la laisser tomber par terre à côté de moi. Une arme bien inutile, sauf si j'ai l'intention de taillader l'intrus au papier jusqu'à ce que mort s'ensuive.

Stupide, inutile, décevant…

Des larmes brûlent mes paupières closes.

Mes parents me pleureront-ils si je meurs ? Ils seront peut-être tristes au début, mais ils finiront par être soulagés que la plus grande déception de la famille ne soit plus là. Ils ne voulaient même pas de moi. J'ai été un accident, un dérangement dans leur plan de longue date de n'avoir qu'un seul enfant.

Si je meurs, ils pourront enfin remettre leur plan sur les rails. Si je…

Une main saisit mon menton et le relève.

– Stella, regarde-moi.

Je ne veux pas. Je veux rester au fond de mon puits de déni pour toujours.

Si je ne vois pas le monstre, il n'existe pas.

Mais la voix ne semble pas appartenir à un monstre. Elle est profonde, veloutée et trop autoritaire pour que je n'y obéisse pas.

J'ouvre lentement les yeux.

Whisky. Feu. Chaleur.

Mes frissons fuient devant la fureur qui scintille sous ces sombres lacs d'inquiétude, mais le visage de Christian s'adoucit à l'instant où nos regards se croisent.

– Tout va bien.

Seulement trois mots, mais ils véhiculent une telle assurance, un tel calme, que les vannes cèdent. Un sanglot s'échappe de ma gorge et mes yeux s'emplissent tant de larmes que son visage se brouille.

J'entends un juron avant que des bras puissants ne se referment sur moi et que mon visage ne soit pressé contre quelque chose de dur et de solide. Immuable, comme une montagne dans la tempête.

Je me pelotonne dans l'étreinte de Christian et je laisse couler des semaines de stress et d'anxiété jusqu'à ce que je n'aie plus rien. Il n'y a pas que ce message, bien qu'il ait été le la goutte qui a fait déborder le vase. C'est *DC Style*, ma famille, Delamonte, mes réseaux sociaux et le sentiment profondément ancré que peu importent mes efforts, je ne serai jamais à la hauteur des attentes de ceux qui m'entourent. Que je serai toujours une déception.

Telle est ma vie.

En cours de route, elle a tellement dévié de sa trajectoire que je ne vois même plus le chemin principal.

J'ai l'impression d'être une ratée complète.

Christian n'a pas ouvert la bouche pendant que je sanglotais ma frustration contre son torse. Il s'est contenté de me tenir dans ses bras jusqu'à ce que mes larmes soient suffisamment taries pour que la mortification s'infiltre dans le vide laissé par les émotions.

– Je suis désolée.

Je relève la tête et essuie mes joues humides du revers de la main. Ma gêne s'accentue lorsque je vois les traînées qu'ont laissées mes larmes sur sa chemise à col boutonné d'apparence coûteuse.

– Je… j'ai abîmé ta chemise.

De tous les innombrables scénarios que j'ai pu envisager pour la fin de cette soirée, avoir une mini-crise de nerfs dans les bras de Christian Harper n'en faisait pas partie.

Il ne jette pas un œil à sa chemise.

– C'est une chemise. J'en ai plein.

Nous sommes toujours par terre, et je rirais de le voir installé de façon si décontractée à même le parquet, dans ses vêtements de marque, si ses paroles n'avaient ouvert une autre source d'humidité derrière mes yeux.

Il y a une heure, j'aurais pensé que c'était le plus gros connard du monde. À présent…

Je chasse d'un battement de cils les larmes qui me montent à nouveau aux yeux. Je me suis déjà assez ridiculisée, merci bien, et je ne peux pas continuer avec mes montagnes russes émotionnelles.

D'abord ma dispute avec Christian, puis la découverte du message.

Le message.

La peur refait surface comme une vague lente et insidieuse qui emporte avec elle mon bref soulagement. Celui qui a envoyé ce message est toujours là. Jusqu'à présent, il ne représentait pas une menace physique, mais…

Mes yeux se posent malgré moi sur la lettre à l'apparence inoffensive.

Christian suit mon regard. Son visage se durcit, et je ne l'empêche pas de ramasser le papier et de lire le message dactylographié.

Lorsqu'il relève les yeux, leur teinte ambrée s'est assombrie pour virer à l'obsidienne.

– Qui t'a envoyé ça ?

Son ton calme, presque agréable, contraste avec le danger qui palpite dans l'air.

Je m'en enveloppe, étrangement réconfortée par sa fureur contenue.

Malgré ma gorge nouée, je parviens à répondre :

– Je ne sais pas. Je suis rentrée chez moi, j'ai regardé dans mon sac et je l'ai trouvé. J'ai… j'ai déjà reçu des messages similaires, à une époque. Mais ça faisait un moment qu'il n'y en avait pas eu.

La lueur de danger se mue en flamme. Son intensité imprègne chaque molécule d'air, mais au lieu de m'angoisser, elle me communique un sentiment de sécurité, comme s'il s'agissait d'un mur de titane qui me protégeait du monde extérieur.

Je n'ai jamais parlé de mon harceleur à quelqu'un d'autre que Jules. Je veux en parler à Christian, ne serait-ce qu'en raison de sa profession d'expert en sécurité, qui aura forcément des idées sur la façon de traquer ce sale type. Mais je m'effondre maintenant que l'adrénaline liée à la découverte du message est retombée.

L'épuisement pèse sur mes yeux, et chaque fois que j'ouvre la bouche pour expliquer la situation, un bâillement s'en échappe.

Christian doit comprendre que je n'ai pas l'énergie nécessaire pour faire autre chose que dormir, car il n'insiste pas. Non, à la place, il se lève et me tend la main.

Après une brève hésitation, je m'extirpe de sous la table et je m'en saisis.

Une fois sur pied, j'ai la tête qui tourne, mais quand le vertige est passé, je reste presque bouche bée devant l'apparence absolument normale de mon appartement.

La même bougie d'aromathérapie est posée sur la table basse. La même couverture en cachemire posée sur le dossier du fauteuil. Aucune trace de la panique sauvage qui s'est emparée de moi il y a moins de trente minutes.

On s'attend toujours à ce que son monde extérieur reflète son monde intérieur, mais ce sont des situations comme celles-ci qui me rappellent que le monde continuera de tourner quoi qu'il arrive à chacun d'entre nous.

C'est à la fois rassurant et déprimant.

Je m'enfonce dans le canapé pendant que Christian passe rapidement l'appartement en revue. Mes jambes ne pouvaient plus supporter mon poids, et je me suis presque endormie, profondément enfouie dans les coussins crème, lorsqu'il revient au salon.

– Tu ne peux pas rester ici. L'appartement est sécurisé, ajoute-t-il quand je me redresse, alarmée. Mais la personne qui a écrit le message est toujours dans la nature et sait probablement où tu habites. Tu dois déménager.

L'anxiété me noue le ventre.

– Mais où ? C'est chez moi, ici.

– Ce n'est pas sûr.

– Je pensais que le Mirage avait le meilleur système de sécurité de la ville.

Pour toute réponse, Christian serre la mâchoire.

Je prends une profonde inspiration. Le brouillard de la terreur s'est suffisamment dissipé pour que la rationalité reprenne ses droits.

– Le coupable, quel qu'il soit, a eu accès à moi à l'extérieur du bâtiment. Je ne serai pas plus en sécurité qu'ici, où que j'aille. Et puis… je ne laisserai pas un lâche qui se cache derrière des lettres anonymes me chasser de ma propre maison.

Je serre de toutes mes forces le bord du canapé. J'ai passé trop d'années sur le siège passager de ma vie, à laisser d'autres personnes me conduire là où elles voulaient que j'aille. À vivre en redoutant leurs commentaires sur mes actes et à me faire toute petite pour entrer dans la boîte où elles entendaient me ranger. Les attentes de mes parents, les exigences de ma patronne, les messages de mon harceleur, qui m'ont rendue si paranoïaque que je sursautais à chaque claquement de porte et à chaque craquement de brindille.

Ils ont agi, j'ai réagi.

J'en ai assez. Il est temps de reprendre le contrôle, et apprendre à dire « non » est la première étape.

– Je ne bougerai pas d'ici, je répète.

Si le harceleur s'était introduit dans mon appartement, la situation aurait été différente, mais ce n'est pas le cas. De plus, je le sais. Il n'existe aucun endroit où je pourrais déménager qui soit plus sûr que le Mirage.

Christian me regarde fixement, le visage de marbre.

Je me force à ne pas détourner le regard alors même que mon corps lutte contre le poids du sien.

Il m'a vue vulnérable, mais je refuse qu'il me voie faible.

Je retiens ma respiration, et c'est seulement au moment où Christian incline la tête pour acquiescer que je libère mon souffle.

Soulagement et fierté déferlent pour combler le vide.

Il n'a pas prononcé un mot, mais j'ai le sentiment inébranlable que je viens d'affronter un lion et de remporter la bataille.

– Très bien, mais tu ne resteras pas ici sans une protection supplémentaire.

Oui, ça, je peux le supporter. Je m'en réjouis même, du moment que la protection en question n'est pas trop intrusive.

Pendant une seconde, je m'imagine que Christian va me proposer de passer la nuit avec moi, et je déteste le petit sursaut de mon cœur à cette idée.

– Kage, j'ai besoin de toi pour une mission… oui. Pour la nuit. (Plusieurs secondes s'écoulent avant qu'il ne reprenne la parole, la voix dure.) Je me fous que tu dînes avec le pape ou que tu couches avec cette putain de Margot Robbie. Je veux que tu sois au dixième étage du Mirage dans vingt minutes.

La déception pointe le bout de son nez avant que je ne l'écrase. Bien sûr que Christian ne va pas rester avec moi. Il est le P.-D.G. de son entreprise. Ce type de travail est probablement indigne de lui.

Il raccroche. Une chose me vient à l'esprit dans le silence qui suit.

– Pourquoi tu es venu me voir ? Avant que tu… (*me surprennes en pleine crise de panique.*) avant que tu comprennes ce qui se passait ?

Christian glisse son téléphone dans sa poche.

– Je voulais mettre les choses au clair après notre échange.

Une réponse lisse et neutre. Presque trop lisse.

– Pourquoi ?

– J'ai besoin d'une raison ?

– Tu as une raison pour tout, sinon tu ne serais pas venu.

Il ébauche un sourire, sans pour autant développer sa réponse.

Il a parlé de vingt minutes, mais quelqu'un frappe à la porte moins de dix minutes plus tard.

Ce quelqu'un s'avère être une montagne tout en muscles et tatouages. Et beau gosse avec ça, d'une façon qui doit probablement être irrésistible pour les femmes qui ont un faible pour les mauvais garçons.

Kage, je suppose.

Christian le met au courant de la situation, mais ils parlent d'une voix si basse que je ne comprends pas ce qu'ils disent. Toujours est-il que Kage fronce les sourcils, avant d'adoucir son expression quand il se tourne finalement vers moi.

– Ne vous inquiétez pas, ma belle. Je vais rester toute la nuit. Personne n'entrera chez vous. Ce n'est pas pour rien qu'on m'a surnommé la « Montagne » dans l'armée.

Son doux accent du Sud dénoue comme par magie les nœuds de mes épaules. À côté de lui, la mâchoire de Christian se crispe, une réaction si succincte que je pourrais l'avoir imaginée. J'esquisse un petit sourire.

– J'aurais cru pour ma part que c'était dû à votre taille.

Les coins des yeux de Kage se plissent avec son sourire.

– Ça aussi.

– Kage est l'un de mes meilleurs éléments. Comme il l'a dit, personne ne passera, avec lui devant ta porte.

Le visage de Christian demeure impassible, pourtant quand il pose les yeux sur Kage, le sourire de ce dernier disparaît. Et Kage s'écarte de moi, aussi vite que si je venais de prendre feu.

Je bâille à nouveau, trop fatiguée pour réfléchir plus avant à leur étrange manège.

Le sommeil tire sur les bords de ma conscience, et je ne résiste pas quand Christian me soulève du canapé, de ses mains fermes mais étonnamment douces.

– Ne sombre pas sur le canapé. M. Licorne n'aime pas qu'on empiète sur son espace de sommeil.

– Très drôle. Si tu fais faillite dans la sécurité, tu devrais devenir… acteur comique, j'achève après un énième bâillement alors que nous nous dirigeons vers ma chambre.

– J'y penserai.

La réponse sèche de Christian prend le pas sur le ricanement de Kage derrière nous.

Sitôt dans ma chambre, je tombe dans mon lit plus que je n'y grimpe. Je suis en plomb, et la gravité est une ancre qui m'entraîne vers mon matelas.

– Bonne nuit, je marmonne. Et merci. Pour…

Mes yeux sont déjà fermés, pourtant je sens la présence de Christian dans la pièce, comme une chaude couverture de sécurité.

Je n'ai jamais terminé ma phrase.

La dernière chose que je me rappelle, c'est une main chaude qui écarte mes cheveux de mon visage avant que l'obscurité ne m'entraîne dans ses profondeurs.

CHRISTIAN

Une fois Stella endormie, je retourne dans le salon où je trouve Kage en train d'examiner le message anonyme.

– Celui qui a mis ça dans son sac savait comment couvrir ses traces, déclare-t-il. Il n'y a vraiment rien de particulier là-dedans. Le papier, la typographie, l'encre… à moins qu'il ait été assez imprudent pour laisser des empreintes digitales dessus, on n'a aucun moyen de remonter jusqu'à lui avec ça.

Il fait écho à tout ce que j'ai déjà déduit.

S'il s'était agi d'un message numérique, j'aurais pu traquer l'expéditeur en un rien de temps. Les preuves physiques sont beaucoup plus difficiles à pister. La personne qui a envoyé le message est intelligente, mais elle finira par commettre un faux pas. Tout le monde finit par en faire un.

Je serre le poing au souvenir de la terreur de Stella, de ses yeux écarquillés. La fureur crépite en moi, une brûlure froide qui me transperce de l'intérieur.

Je l'ai étouffée tout à l'heure pour pouvoir me concentrer sur Stella, mais elle revient maintenant comme un raz-de-marée.

Je vais trouver l'enfoiré qui lui a écrit ce mot.

Et je vais le faire payer.

Pas en lui logeant une balle dans la tête, ce serait trop doux. Il mérite quelque chose de plus douloureux. De plus long.

Mais en attendant, je dois veiller à la sécurité de Stella.

– Je veux que Brock et toi la filiez jusqu'à ce qu'on trouve cet enfoiré, j'ordonne à Kage. Ne vous faites pas voir.

Après Kage, Brock est l'un de mes meilleurs gars, et il vient de rentrer d'un travail de trois mois à Tokyo.

Kage paraît sceptique.

– Elle va être d'accord ?

– Elle ne le saura pas.

Si je demande à Stella, elle dira non. Elle a déjà refusé de déménager, je ne vais pas lui donner une nouvelle occasion de mettre sa sécurité en danger. Si j'ai cédé sur la question du déménagement, c'est uniquement parce qu'elle était déjà assez traumatisée sans que je me dispute avec elle juste après sa crise de panique.

Où aurait-elle déménagé de toute façon ? Comme elle l'a dit, le Mirage est l'immeuble le plus sécurisé de la ville, me nargue une voix dans ma tête.

Il existe une réponse évidente à cette question, mais comme elle ne veut pas déménager pas, la discussion est stérile.

– Très bien. C'est toi le patron, lâche Kage qui jette un coup d'œil à la porte fermée de la chambre de Stella. Ça m'étonne que tu ne restes pas avec elle. C'est ta copine, et tu habites juste au-dessus.

Je serre les dents.

Je suis tenté. *Tenté à mort, putain.* C'est bien le problème.

Je ne me fais pas confiance en présence de Stella. J'ai déjà enfreint trop de règles pour elle et passer la nuit chez elle reviendrait à franchir la ligne invisible que je me suis tracée.

Ça a toujours été une espèce de danse : me tenir assez proche pour rassasier la bête en moi, mais suffisamment loin pour ne jamais perdre le contrôle. Une guerre constante entre le désir et la préservation.

Cependant, j'étais descendu pour… non pas m'excuser, évidemment, je ne donne pas dans les excuses, mais pour mettre les choses au clair entre nous.

Comme elle ne répondait pas, je me suis dit qu'elle était sous la douche, mais plus j'attendais sa réponse, plus les scénarios se bousculaient dans mon esprit : Stella blessée, un intrus ayant réussi à passer la sécurité hermétique du Mirage et à pénétrer chez elle.

Je n'ai jamais ressenti le genre de panique qui m'a submergé quand j'ai cru qu'il lui était arrivé quelque chose, et ce n'était pas beau à voir du tout.

Elle est déjà un point faible pour moi, je ne peux pas laisser ce point s'agrandir encore.

– Je sépare ma vie professionnelle de ma vie personnelle. Là, c'est du professionnel, je rétorque sèchement. Touche-la pour une raison autre que celle de lui sauver la vie, et tu meurs.

Mon regard fait crépiter l'air entre nous. Je me moque de savoir depuis combien de temps Kage et moi sommes amis.

Personne ne la touche, à part moi.

Il grimace.

– Tu me connais mieux que ça, non ?

Il n'était pas content que je l'éloigne de la femme qu'il avait ramenée chez lui, tout à l'heure, pourtant il s'est pointé comme je savais qu'il le ferait. Je ne fais confiance à personne d'autre pour veiller sur Stella ce soir, pas même à moi.

– Envoie-moi toutes les heures un compte rendu par texto. Je me fiche qu'il soit 4 h du matin. Je veux recevoir un point de ta part.

Je ne m'autoriserai pas à rester plus proche d'elle.

Kage soupire.

– Ça marche.

Je jette un dernier coup d'œil à la porte de la chambre de Stella.

Toutes les cellules de mon corps me crient de ne pas partir. Je déteste l'idée que Kage la surveille à ma place. Quand il l'a appelée « ma belle » et qu'elle lui a souri, j'ai failli me priver de mon meilleur employé.

Dans un rare moment de faiblesse, j'ai utilisé notre fausse relation pour me rapprocher d'elle, mais une partie de moi espérait secrètement que ce stratagème dissiperait le mystère et mettrait fin à mon obsession pour elle.

Au lieu de ça, c'est le contraire qui se produit. Plus je passe de temps avec Stella, plus je veux être près d'elle. La laisser pénétrer dans des endroits que je n'ai jamais montrés à personne.

C'est inacceptable.

Je passe devant Kage, prends l'ascenseur jusqu'à mon appartement et fonce droit jusqu'au bar.

Les lumières de Washington scintillent comme un tapis d'étoiles par-delà mes baies vitrées, mais je suis incapable d'apprécier le spectacle. Je suis trop tendu.

Si quelque chose était arrivé Stella…

De la glace s'infiltre dans mes veines.

Je remplis mon verre plus copieusement que d'habitude.

Je m'assieds.

Et j'attends le premier texto de Kage.

12

STELLA

Il y a quelque chose à propos du lendemain matin qui rend toujours surréalistes les événements de la nuit précédente.

Il y a moins de douze heures, j'étais recroquevillée sous une table de mon salon, convaincue de vivre mes derniers instants sur terre.

Maintenant, je bois mon smoothie quotidien à l'herbe de blé et je mange des toasts dans la cuisine comme si c'était une journée normale.

Sans la présence de Kage, j'aurais pu penser que la nuit dernière n'a été qu'un rêve. Ou plutôt un cauchemar.

– Vous êtes sûr que vous ne voulez pas manger ?

La culpabilité me saisit quand je remarque les cernes violets sous ses yeux. Il a dû rester éveillé toute la nuit, puisque son intervention d'hier soir n'était pas prévue. À quand remonte la dernière fois qu'il a dormi ?

– Oui, je dois partir bientôt de toute façon. Christian m'a donné son feu vert quand je lui ai dit que vous étiez debout. Ça va aller ? me demande-t-il, l'air inquiet.

– Oui, oui.

J'ai mis un peu plus de peps dans ma voix. Si j'agis comme si tout allait bien, tout ira bien. D'ailleurs, à la lumière éclatante du jour, ma panique d'hier soir semble disproportionnée par rapport à la situation.

Ce n'était qu'un message.

Je vis dans un immeuble hautement sécurisé, je suis entourée de gens quand je sors, et Christian va faire examiner la lettre de près. Il est le meilleur dans son domaine, il trouvera le coupable en un rien de temps. J'en suis sûre.

Kage ne semble pas totalement convaincu par ma réponse, mais il ne discute pas.

Après son départ, je suis ma routine matinale du mieux que je peux. Quarante-cinq minutes de yoga, suivies de quinze minutes de méditation, de la tenue de mon journal intime et de nombreuses heures à me demander quoi dire à Christian, si tant est que je lui dise quoi que ce soit.

Je devrais le remercier pour ce qu'il a fait hier soir, mais chaque fois que je sors mon téléphone, je suis paralysée par le doute.

J'ai l'impression que ça signifie beaucoup, le fait qu'il soit resté à mes côtés et qu'il ait demandé à Kage de s'occuper de moi, mais si ce n'était pas le cas ? Il travaille dans la sécurité depuis des années. Il compte parmi ses clients des milliardaires et des personnalités de sang royal, bon sang. Ce qui m'est arrivé n'est probablement même pas un bip sur son radar.

Par ailleurs, il ne m'a pas contactée de la journée. Pas de textos ni d'appels, mais je n'aurais pas dû m'attendre à autre chose. De toute évidence, Christian a des choses plus importantes à faire que de jouer les baby-sitters avec moi. Il dirige une entreprise de plusieurs millions de dollars, et nous ne sortons même pas vraiment ensemble. Il en a déjà fait beaucoup en demandant à Kage de passer la nuit auprès de moi.

Je ne veux pas me mettre dans l'embarras en faisant de la nuit dernière une affaire plus importante qu'elle ne l'est, alors je me ressaisis et je me prépare pour un événement lié à mon activité d'influenceuse, avec un créateur de mode en devenir, cet après-midi.

Je suis tentée de ne pas y participer, mais j'ai besoin de me changer les idées, d'arrêter de gamberger sur le message et ses conséquences.

« *Tu devais m'attendre, Stella. Tu ne l'as pas fait.* »

Un frisson court le long de ma colonne vertébrale quand je referme la porte de mon appartement derrière moi. Je n'ai pas bu de café depuis des années, mais je suis si nerveuse qu'on pourrait penser que je viens d'avaler cinq expressos.

Ça va. Tu seras en public. Tout va bien se passer.

L'événement se révèle plus amusant que ce à quoi je m'attendais. Il s'agit d'un premier aperçu de la nouvelle collection de la créatrice Lilah Amiri, et ses vêtements sont incroyables. Un mélange parfait d'élégance et de sex-appeal. Lilah elle-même a l'air vraiment sympathique, ce qui est rare dans le monde de la mode. Nous échangeons même nos coordonnées afin de pouvoir nous retrouver autour d'un café, un de ces jours.

Après qu'elle s'est excusée pour parler à son attaché de presse, je m'arrête devant une superbe robe noire semi-transparente qui scintille de subtils fils d'or. La jupe tombe jusqu'au sol en un somptueux drapé, et la façon dont elle brille sous les lumières donne l'impression qu'elle a été tissée avec des étoiles.

Cette robe est un modèle de qualité, tant du point de vue de la conception que de sa réalisation.

Mon esprit dérive vers la pile de croquis de mode inachevés enfouis au fond de mon tiroir. La culpabilité me prend aux tripes quand je tente de me rappeler la dernière fois où j'ai fait un croquis.

C'était il y a deux ou trois ans ?

J'ai toujours voulu créer ma propre marque de mode. C'est l'une des raisons pour lesquelles j'ai commencé à bloguer et accepté le poste à *DC Style*. Je voulais d'abord me faire un nom dans le milieu et nouer les bonnes relations.

Mais en cours de route, j'ai été tellement prise par les « urgences » quotidiennes, les partenariats avec les marques et le nombre de mes followers que j'ai perdu de vue mon objectif final.

Ce constat ne fait rien pour atténuer ma culpabilité, au contraire.

Je me suis dit que je n'avais pas l'argent nécessaire pour lancer ma propre marque, mais la vérité, c'est que je n'ai pas vraiment essayé de faire fonctionner quelque chose.

Le bourdonnement de mon téléphone me tire de mes pensées.

Natalia.

L'effroi éteint toutes les autres émotions plus vite qu'une bougie sous la pluie.

Je ne devrais pas avoir ce genre de réactions face aux appels de ma sœur, mais ils sont presque aussi stressants que ceux que je recevais de Meredith.

Je prends une profonde inspiration.

Cool, calme, sereine.

– Salut, Nat.

Je baisse la tête et je me dirige vers un coin tranquille près de la sortie.

– Salut. Il y a un changement pour le dîner, enchaîne ma sœur, droit au but et pragmatique comme d'habitude. Papa a un voyage d'affaires de dernière minute demain, donc le dîner est déplacé à ce soir. Tu peux être là à 19 h ?

Les battements de mon cœur se font erratiques. Je regarde l'horloge. Il est un peu moins de 17 h.

– Ce soir ? Nat, c'est dans deux heures ! J'assiste à un événement en ce moment.

Qui se termine bientôt, et il ne me faudra pas longtemps pour me rendre chez mes parents, en banlieue de Virginie, mais je ne suis pas prête. Je pensais qu'il me restait une semaine pour me préparer mentalement à notre dîner familial mensuel.

Ma peau se couvre d'un voile de sueur à l'idée de me rendre à un dîner Alonso sans préparation.

– Même si je suis sûre que tes engagements d'influenceuse sont une question de vie ou de mort… (*Que de sarcasme dans les paroles de Natalia !*)… nous sommes tous occupés. Papa va littéralement négocier un accord de paix. Tu peux venir ce soir, ou je dois leur annoncer que tu es trop prise ?

Dois-je leur annoncer que tu vas les décevoir une fois de plus ?

Natalia et moi avons beau ne pas être proches, je peux quand même lire les sous-entendus derrière ses paroles.

Je serre mon téléphone si fort que j'entends un petit craquement.

– Non. Je serai là.

– Bien. Ils veulent aussi que tu amènes ton petit ami.

Mon ventre fait un saut périlleux.

– Quoi ?

– Ton petit ami, répète Natalia lentement. Celui dont tu as posté des photos sur Instagram. Papa et maman veulent le rencontrer.

Plutôt mourir.

Il est hors de question que j'emmène Christian à quelque chose d'aussi intime qu'un dîner de famille. Ça brouillerait trop les lignes de notre accord.

– Il ne peut pas venir. Il a un important dîner d'affaires ce soir.

Je suis en train de devenir dangereusement douée pour le mensonge.

D'abord à mes followers et maintenant à ma famille.

La boisson que j'ai avalée tout à l'heure clapote dans mon estomac et me donne la nausée.

– Très bien, répond Natalia d'une voix neutre. Juste toi alors. Ne sois pas en retard.

Elle raccroche.

– Moi aussi, j'adore discuter avec toi, je murmure.

Je range mon téléphone dans mon sac à main et prends un autre cocktail sur le plateau d'un serveur qui passe par là. Je suis un peu barbouillée, mais si je dois affronter ma famille ce soir, j'ai besoin de tout le courage liquide possible.

Comme prévu, mes parents ne sont pas ravis de me voir arriver sans Christian. Ils ont l'habitude qu'on se plie à leurs desiderata, et quand ce n'est pas le cas, ce n'est agréable pour personne.

Maman dépose délicatement dans son assiette une cuillerée de maïs à la crème.

– C'est dommage que ton compagnon n'ait pas pu venir. Je me serais attendue à ce qu'il fasse plus d'efforts pour nous rencontrer. Surtout si l'on considère que nous ignorions son existence jusqu'à ce que Natalia nous en informe.

Ses paroles transpirent la réprobation.

Mes parents n'étant pas actifs sur les réseaux sociaux, je ne suis pas surprise qu'ils s'en remettent à Natalia pour les tenir au courant de mes faits et gestes.

Je bois une gorgée d'eau, qui s'avère sans effet, ni sur ma gorge desséchée ni sur mes nerfs à vif.

– Il ne pouvait pas annuler son dîner, et je ne voulais pas parler de notre relation tant qu'elle n'était pas sérieuse.

Mon père hausse les sourcils.

– Alors c'est sérieux ?

Du haut de son mètre quatre-vingt-dix tout en muscles, Jarvis Alonso est intimidant par sa stature comme par sa présence. Il jouait au football à Yale, avant de sortir major de sa promotion et d'occuper diverses fonctions dans les secteurs privé et public, puis d'accéder à son poste actuel de chef de cabinet du secrétaire d'État.

Ma mère, quant à elle, est l'une des meilleures avocates de la ville, spécialisée en droit de l'environnement et requin notoire en salle d'audience.

Ensemble, ils gèrent la maison comme leur bureau : d'une poigne de fer.

– Attendez, on ne va pas se marier de sitôt, je réplique d'un ton léger, pour éluder la question.

– Tu l'as appelé « mon amour » dans ton post, intervient Natalia en passant une main manucurée sur ses cheveux. Ça me donne l'impression que c'est du sérieux. Rappelle-moi depuis combien de temps vous sortez ensemble ?

Je la fusille du regard et elle répond en battant innocemment des cils.

– Trois mois.

Christian et moi sommes convenus que c'est un délai décent pour notre « relation ». Assez long pour que les gens la voient comme sérieuse, mais assez court pour ne pas soulever trop de questions sur la raison de notre silence jusqu'à la semaine dernière.

– Il vient à notre prochain dîner, déclare ma mère de sa voix d'avocate à laquelle personne ne se hasarde à désobéir, pas même mon père. Un mois, ça devrait être un préavis suffisant pour qu'il nous réserve un créneau dans son emploi du temps.

Je veille à répondre d'un ton égal.

– Oui, bien sûr.

Hors de question.

Je trouverai une autre excuse à l'approche de la date. Pour l'instant, il est plus facile d'apaiser mes parents que de me disputer avec eux.

Ma mère se redresse. J'ai hérité de sa taille et de ses yeux verts, mais, à sa grande déception, pas de sa passion pour la carrière d'avocate.

– Parfait. Puisque l'affaire est réglée, faisons un tour de table et partageons nos réalisations du mois dernier. Je commence. J'ai remporté le procès contre Arico Oil…

Je repousse ma nourriture dans mon assiette pendant que mes parents et ma sœur partagent leurs derniers triomphes professionnels. C'est la partie du dîner que tout le monde préfère, sauf moi. À eux, ça leur donne l'occasion de se vanter et à moi, des crampes d'estomac.

Quand mon père a fini de nous parler de la tournée qu'il a organisée dans de nombreux pays, c'est au tour de ma sœur.

– Comme vous le savez, j'étais en lice pour une promotion au travail. J'avais affaire à une forte concurrence mais… je l'ai eue ! s'écrie Natalia en nous dévisageant tour à tour, le visage rayonnant d'excitation. J'ai eu la promotion ! Vous avez devant vous la toute nouvelle vice-présidente de la Banque mondiale.

Elle irradie et mes parents l'acclament et la félicitent. Mon estomac est tombé, comme une ancre au fond de l'océan.

– Félicitations, Nat, je lâche en ravalant la boule dans ma gorge et en me forçant à sourire. C'est incroyable.

Je suis heureuse pour elle, vraiment. Mais comme toujours, le poids de mes lacunes mine toute la joie que les succès de ma famille auraient pu m'inspirer.

Ma mère sauve l'environnement, mon père négocie la paix dans le monde et ma sœur est en passe de devenir la plus jeune présidente de l'histoire de la Banque mondiale.

Et moi, qu'est-ce que je fais ?

Je place mes espoirs dans une campagne que je n'obtiendrai peut-être pas, je fais semblant de sortir avec un homme que je ne suis même pas sûre d'apprécier et je mens à plus de neuf cent mille personnes sur mon statut relationnel.

Pendant que ma famille sirote des daïquiris sur le luxueux paquebot de croisière de la vie, je garde à grand-peine la tête hors de l'eau.

Après le brouhaha autour de la promotion de Natalia, tous les regards se braquent sur moi.

– Stella, demande mon père. Qu'est-ce que tu as accompli ce mois-ci ?

J'ai été licenciée, parce que je n'ai pas répondu à mon téléphone pendant quelques heures un samedi soir. Mais, du côté positif, j'ai gagné dix mille followers après avoir posté une photo de moi et de l'homme avec qui je sors dans un objectif publicitaire.

Je me racle la gorge et cherche quelque chose de sûr à partager.

– Eh bien… mon blog est présenté comme l'un des meilleurs…

La sonnerie du téléphone de mon père m'interrompt en pleine phrase.

– Excusez-moi, dit-il en levant un doigt, il faut que je décroche. (Il se lève pour aller au salon.) Allô… Monsieur ? Non, vous ne me dérangez pas…

Je jette un coup d'œil à ma mère et à Natalia, qui se sont lancées dans une discussion visant à déterminer comment fêter la promotion de Natalia.

Je pourrais tout aussi bien être invisible.

Le soulagement me submerge et je pique une tomate cerise à la pointe de ma fourchette pour la porter à ma bouche.

Ça me dispense au moins d'avoir à inventer un quelconque exploit pour satisfaire mes parents. Pour une fois, leur manque d'intérêt vis-à-vis de ma carrière est plus une bénédiction qu'une malédiction.

Je parviens jusqu'au dessert sans avoir à répondre à une seule question quand mon téléphone s'allume sur l'arrivée d'un texto.

Christian : Comment se passe le dîner ?

Un rapide battement d'ailes agite ma poitrine.

Moi : Comment tu sais que je suis en train de dîner ?

Christian : C'est l'heure du dîner. Appelle-moi madame Irma.

Un petit sourire se dessine sur mes lèvres.

Gros malin.

Moi : La nourriture est excellente. La compagnie pourrait être meilleure.

Moi : Comment s'est passée ta journée ?

Nous échangeons des textos pendant un moment à propos de mon événement et de sa journée au bureau (ennuyeuse, selon lui). C'est notre première conversation depuis hier soir et elle est étonnamment normale.

Aucun de nous deux ne parle du message jusqu'à la fin du dessert.

Christian : J'ai quelques informations concernant hier soir.

Christian : Quand est-ce que tu seras chez toi ?

Je peux pratiquement entendre son changement de ton dans le texto.

Le ventre serré, je tape ma réponse.

Moi : Dans une heure ou deux.

Moins de trains circulent à cette heure de la soirée.

Christian : Donne-moi l'adresse et je t'enverrai une voiture. Jusqu'à ce qu'on trouve la personne qui t'a envoyé le message, tu ne devrais pas prendre le métro toute seule si tard dans la nuit.

Une étrange chaleur se diffuse dans mes veines.

En temps normal, j'aurais refusé, mais je n'ai aucune envie de reprendre le métro seule. La station la plus proche de la maison familiale est toujours un désert sinistre après l'heure de pointe, et appeler un Uber me reviendrait trop cher.

Je lui envoie l'adresse comme il me l'a demandé.

Christian : La voiture sera là dans vingt minutes.

Christian : À très vite.

Un autre battement d'ailes vient perturber ceux de mon cœur.

La simple promesse contenue dans son dernier texto ne devrait pas m'exciter autant, mais pour des raisons que je ne m'explique pas, c'est bel et bien le cas.

13

CHRISTIAN

J'ai dormi en tout et pour tout trois heures la nuit dernière. Toutes les heures j'attendais le texto de Kage et ça m'a empêché de fermer l'œil davantage. Je me suis effondré ce matin après qu'il m'a confirmé que Stella avait passé une bonne nuit.

Je vis selon un schéma précis. Sept heures de sommeil par nuit, des séances d'entraînement le soir, trois fois par semaine, dans ma salle de sport privée, les missions complexes et les réunions importantes le matin quand je suis le plus vif, suivies de tâches plus ennuyeuses l'après-midi.

C'est la discipline qui m'a catapulté où je suis aujourd'hui : P.-D.G. d'une société classée au Fortune 500, disposant d'un vaste réseau de renseignements et d'une ligne directe avec presque tous les grands hommes de pouvoir à travers le monde.

En l'espace de vingt-quatre heures, Stella a semé le chaos dans ce schéma bien organisé.

J'ai dormi jusqu'à midi, reprogrammé mes réunions dans l'après-midi et sauté ma séance d'entraînement pour pouvoir effectuer un examen plus approfondi de son appartement à la recherche de caméras secrètes ou de dispositifs de surveillance avant qu'elle ne rentre chez elle.

La perturbation de mon emploi du temps devrait m'agacer, pourtant le bouillonnement dans mes veines quand sa porte d'entrée s'ouvre m'évoque beaucoup moins la colère que l'impatience.

Malgré ma résolution de rester loin d'elle, je me rends compte que son absence s'avère une source de distraction plus nuisible que sa présence. J'ai passé toute la journée à harceler

Brock pour avoir des nouvelles, jusqu'à ce que je craque et que je lui envoie moi-même un texto.

Je suis appuyé contre le mur quand Stella entre, la tête penchée sur son téléphone.

– Conseil de sécurité numéro un : ne regarde pas ton téléphone avant d'avoir vérifié que l'endroit est sûr.

Elle sursaute et pousse un petit cri, avant de me voir.

– Christian ! Qu'est-ce que tu fais ici ?

Elle porte une main à sa poitrine. Son visage est encore plus pâle que d'habitude.

– Je passais ton appartement en revue, à la recherche de caméras cachées. Il n'y en a pas, j'ajoute en la voyant pâlir encore.

– Tu ne peux pas entrer dans mon appartement sans prévenir ! C'est une atteinte à ma vie privée.

– La vie privée n'existe pas en matière de sécurité.

Tout le monde veut une vie privée, jusqu'à ce que les ennuis surviennent. Ensuite, on abandonne clés et mots de passe sans sourciller.

J'ai juste éludé l'inévitable échange avec Stella au sujet de mon accès pour sauter directement à la partie concernant sa protection.

– Ce genre de propos ne déparerait pas dans la bouche d'un tyran.

– Ravi que tu comprennes.

Le regard glacial qu'elle m'envoie traduit son exaspération.

– Christian, laisse-moi te le dire en termes clairs : il est illégal de pénétrer dans un logement privé sans autorisation préalable, même si le bâtiment t'appartient.

Hmm. Je suppose qu'elle n'a pas tort.

Dommage que je n'en aie rien à foutre, de la loi.

La légalité n'est pas synonyme de bien, et l'illégalité de mal. Il suffit de regarder notre putain de système judiciaire pour se rendre compte que la loi n'est rien d'autre qu'un château de cartes, créé pour donner aux citoyens un sentiment de sécurité illusoire et affaibli par des portes qui ne s'ouvrent que pour quelques privilégiés.

Je dois garder l'apparence d'un citoyen poli et respectueux des lois, mais comme tout le monde le sait, les apparences peuvent être trompeuses.

Et parfois, il faut se faire justice soi-même.

– Est-ce que tu sais combien… commence Stella qui serre tant son téléphone que ses articulations sont devenues blanches. Est-ce que tu sais combien de cauchemars j'ai faits où je rentre chez moi pour tomber nez à nez avec un intrus ? Où on m'attaque pendant que je suis sous la douche ou que je dors ? Nos maisons sont censées être un refuge, mais je… Comment je pourrais me sentir en sécurité en sachant que quelqu'un est susceptible d'entrer ici à tout instant et que je ne… je ne…

Le petit tremblement dans sa voix fait naître une étrange torsion dans ma poitrine, d'autant que ses paroles font place à des respirations saccadées. Je vois l'anxiété fleurir dans ses yeux, jusqu'à ce que le noir de ses pupilles engloutisse le vert de ses iris.

Merde.

Je savais qu'elle risquait de s'énerver, mais je me suis dit aussi qu'elle apprécierait que quelqu'un s'occupe d'elle, prenne les rênes et gère sa sécurité pour qu'elle n'ait plus à s'en préoccuper. Je veux… non, j'ai besoin de veiller sur elle.

L'une de mes rares erreurs de calcul.

Je passe un pouce sur le cadran de ma montre, étrangement préoccupé à la fois par mon erreur et par la détresse palpable de Stella. Comprendre ses réactions relève du défi permanent.

Un étau commence à m'enserrer le torse, au point que je dois me repousser du mur et marcher vers elle pour que son emprise se relâche.

– Tu es en sécurité. Il ne va rien t'arriver, je ne le permettrai pas. Stella, cela ne se reproduira plus. Maintenant, respire, veux-tu ?

Je pose les mains sur ses épaules, pour la stabiliser. J'ai adouci le ton de ma voix, pour que mon ordre passe pour une requête.

L'air est lourd de récriminations, et quelque chose de pointu et d'étranger me transperce les tripes quand je me rends compte des petits frissons qui la secouent.

De quoi s'agit-il ? Culpabilité ? Remords ? Regrets ?

Faute d'être en mesure de le déterminer, je me concentre plutôt sur Stella.

– C'est ça, je murmure lorsque sa respiration redevient normale et que la couleur renaît sur ses joues. Comme ça.

Elle ferme les yeux et relâche une dernière grande expiration avant de reculer d'un pas. Je frissonne, maintenant que je suis privé de sa chaleur.

– Je sais que tu cherches à m'aider, et j'apprécie, dit-elle. Mais tu dois me dire ce qui se passe. C'est ma vie.

Une brève seconde s'écoule avant que je réponde.

– Je comprends.

– Merci.

Et sur ce simple mot, la tension dans l'air disparaît.

La capacité de Stella à se débarrasser de sa rancune aussi rapidement qu'elle l'a ressentie est aussi déconcertante qu'impressionnante

Je n'oublie jamais rien. Jamais.

– Tu as dit que tu avais des nouvelles à me communiquer. Tu as identifié l'auteur du mot ?

J'éprouve un petit pincement à la poitrine en entendant sa voix vibrer d'espoir. Hélas, l'analyse criminalistique ne m'a rien appris.

– Pas encore, je réponds, mâchoire serrée. Mais on va le trouver. Ne t'inquiète pas.

Je lui indique le canapé d'un petit signe de tête et j'attends qu'elle soit assise avant de passer aux choses sérieuses.

– Tu m'as dit hier soir que ce n'était pas la première fois que tu recevais un message de ce type. Raconte-moi ce qui s'est passé, les fois précédentes.

Pour retrouver ce connard, j'ai besoin d'autant d'informations que possible. L'information, c'est de l'or, et pour l'instant, je ne m'accroche qu'à des fétus de paille.

– N'oublie rien, j'ajoute. Même les plus petits détails peuvent avoir leur importance.

Stella entortille son collier autour de son doigt, comme perdue dans ses pensées. Plusieurs secondes s'écoulent avant qu'elle ne reprenne enfin la parole.

– Ça a commencé il y a deux ans, murmure-t-elle. Je suis rentrée chez moi un jour et j'ai trouvé la première lettre dans ma boîte aux lettres. Grosso modo, son expéditeur disait qu'il me trouvait belle et qu'il aimerait me proposer un rendez-vous. J'ai tout de suite flippé, parce qu'il savait où je vivais, mais le contenu de la lettre n'était pas particulièrement alarmant. On aurait dit un lycéen écrivant à son amour secret. Les lettres ont continué à arriver, et il a commencé à y joindre des photos de moi prises à mon insu. Et à ce moment-là, j'ai vraiment eu la trouille. J'ai fait installer un nouveau système d'alarme et acheté un Taser, mais je n'avais toujours pas l'impression que c'était suffisant. Chaque fois que je quittais mon appartement ou que j'y revenais, je…

Un petit hochement de tête vient perturber les lignes délicates de sa gorge.

– Je vivais avec Jules à l'époque, ce qui m'a un peu aidée. Mais je craignais aussi qu'elle soit prise entre deux feux si quelque chose arrivait. Je lui ai parlé des messages et elle a insisté pour qu'on aille voir la police, seulement ils ont traité la chose par-dessus la jambe. En substance, ils m'ont dit d'arrêter de publier autant d'informations sur ma vie et mes déplacements sur les réseaux sociaux si je ne voulais pas que des maboules me contactent.

Sa voix devient de plus en plus inaudible à chaque mot, à l'image de son corps qui se recroqueville au point qu'elle se retrouve en position fœtale.

Pas besoin d'être devin pour lire le sous-entendu.

Une partie d'elle pense que ces connards n'avaient pas tort.

– C'est ce qu'ils t'ont dit ?

La douceur de ma question est en totale contradiction avec la brûlure froide de la colère qui envahit mes veines. Il est temps que j'appelle le commissaire principal.

– Le harceleur s'est arrêté peu après, donc ça n'a pas grande importance.

Stella resserre son collier autour de son doigt. J'ai les muscles crispés devant l'incertitude que je lis dans ses yeux.

– Bien sûr que si. La police avait un travail à faire, et elle ne l'a pas fait. Ce qu'ils t'ont dit, c'est des conneries. Ce n'est pas ta faute. Tous les jours, des millions de personnes postent sur les réseaux toutes les putains de choses qu'elles font. Ça ne veut pas dire qu'elles invitent les autres à les harceler. Est-ce que tu reprocherais à une femme de s'être fait agresser si elle portait une jupe courte ?

Elle tressaille.

– Bien sûr que non.

– Exactement. Les gens font leurs propres choix. Tu as le droit de vivre ta vie comme tu l'entends sans t'inquiéter des connards qui ne peuvent pas réfréner leurs pires pulsions.

– Je sais. C'est juste que… dit Stella d'une voix hésitante, avant de secouer la tête. Je sais.

Elle reste silencieuse un moment avant de m'adresser un sourire timide qui dégèle une partie de la glace dans mon sang.

– C'est le plus gros juron que je t'aie entendu prononcer depuis notre rencontre.

Un petit rire s'échappe de ma poitrine où la rage s'estompe.

– Parfois, la situation l'exige, je réplique en tendant le bras. Viens ici, Papillon.

Je n'aime pas réconforter les gens, autant qu'il me déplaît de les avoir dans mon espace personnel, mais compte tenu de tout ce qu'elle traverse, je peux faire une entorse à mes règles pour cette fois.

Comme toutes les fois où tu as contourné les règles pour elle, me nargue une voix dans ma tête. *Je croyais que tu voulais rester loin de cette fille ? Hmm ?*

Je repousse cette voix au fond d'une boîte métallique, dans les recoins les plus sombres de mon esprit, et j'en claque le couvercle.

Espèce d'enfoiré arrogant.

Après une brève hésitation, Stella se rapproche de moi jusqu'à ce que je puisse l'attirer sur mes genoux. Elle ne résiste pas, et sa chaleur pénètre ma peau quand je passe mon pouce sur la ligne élégante de sa mâchoire.

– Tu as encore les lettres d'il y a deux ans ? je lui demande.

Plus j'ai de preuves physiques, mieux c'est.

Elle acquiesce.

– Elles sont dans ma chambre. Je peux aller les chercher.

– Super. Je les prendrai plus tard.

Je n'étais pas prêt à la laisser partir pour l'instant. Je ne me rappelle pas la dernière fois où quelqu'un s'est assis sur mes genoux, mais la sensation est étrangement apaisante.

– Je déteste ça, dit Stella d'une voix qui confine au murmure. Je déteste me sentir impuissante. J'aimerais savoir ce qu'il veut. Il n'arrête pas de raconter ce qu'il… ce qu'il aimerait me faire, mais pour autant que je sache, il ne m'a jamais approchée. Aucun des mecs qui m'ont draguée n'avait l'air capable de me traquer et de me harceler, mais sans doute qu'on ne sait jamais. Il a disparu pendant des années, et maintenant il est de retour. Pourquoi ?

Un petit tremblement court le long de son dos. J'ai une réponse à cette question.

– À cause de moi. Regarde le timing, je réplique en réponse à sa perplexité manifeste. Tu as posté une photo de nous sur les réseaux sociaux : c'est la première fois que tu annonces officiellement avoir un petit ami. Quelques jours après, il t'envoie un message en te disant que tu ne l'avais pas attendu. Je ne sais pas où il était passé ces deux dernières années, mais il est évident que c'est notre relation qui l'a perturbé.

L'explication la plus simple est généralement la bonne, et l'enchaînement des événements est trop parfait pour relever de la coïncidence.

Le visage de Stella se vide de ses couleurs.

– Oh, mon Dieu ! Ça veut dire que je devrais arrêter de poster sur nous ? Si ça se trouve, ça va encore aggraver les choses la prochaine fois.

– Non, je dis fermement. On va renforcer ta sécurité, mais on a besoin de nouveaux messages pour l'attirer. Plus vite on le trouvera, plus vite on pourra envoyer ce salaud derrière les barreaux. (*Ou six pieds sous terre.*) Fais-moi confiance. Il ne t'arrivera rien, je ne le permettrai pas.

Même si je dois prendre une balle pour ça. Je pose une main rassurante dans son dos, malgré mes muscles contractés à l'idée que quelqu'un puisse la menacer.

– C'est vrai. C'est logique, admet Stella, qui inspire profondément avant de froncer à nouveau les sourcils. Et si…

J'attends, intrigué par le rouge qui lui monte aux joues.

– Et s'il s'en prend à toi et que tu es blessé ?

Un feu s'embrase dans ma poitrine, de façon si soudaine et si inattendue qu'il m'aurait mis à genoux si j'avais été debout.

Mon pouls tambourine sous la chaleur inconnue qui coule dans mes veines, mais je garde un visage impassible, tout en passant une main dans sa nuque.

– Je sais prendre soin de moi, mais je note ton inquiétude, je lâche en ralentissant le débit de mes paroles. Je n'avais pas conscience que tu te préoccupais autant de ma sécurité.

– Je m'en fiche. Enfin, non, mais je… tu vois ce que je veux dire.

– Je ne suis pas sûr.

J'étouffe un rire devant son adorable grognement de frustration.

– Tu es insupportable.

– On m'a traité de pire.

Stella est assise en travers de mes genoux, si près que je peux compter chaque cil encadrant ses magnifiques yeux verts et repérer le minuscule grain de beauté derrière son épaule droite.

Chaleur, lumière et grâce, le tout parfaitement emballé et posé là à portée de ma main.

Le désir se répand dans mes veines, mais je le repousse. Malgré notre badinage, les muscles de Stella restent tendus et ses lèvres sont à vif tant elle les mord fort.

Elle n'est pas aussi calme qu'elle veut le faire croire.

Nos boussoles morales pointent dans des directions opposées, mais nous portons tous deux des masques pour protéger nos vraies natures. La seule différence réside dans la raison pour laquelle nous trompons notre entourage et nous mentons à nous-mêmes.

Stella relève le menton.

– Je suis sûre qu'on t'a traité de toutes sortes de choses, mais tu n'es pas aussi effrayant que tu veux le faire croire, Christian Harper.

Je la scrute, intrigué.

– Non ?

– Tu as baissé mon loyer, tu as accepté d'être mon faux petit ami et tu m'aides à trouver le harceleur gratuitement. Ce ne sont pas les actes de quelqu'un qui n'a pas de cœur.

Si seulement elle savait.

– Je n'ai pas fait ça par pur désintéressement.

– Peut-être pas concernant les deux premiers gestes, mais qu'est-ce que tu gagnes à m'aider avec le harceleur ?

– Le monde entier pense que tu es ma petite amie. Il ne faut pas qu'il t'arrive quelque chose, sinon ça ferait mauvais effet pour moi. Je suis P.-D.G. d'une société de sécurité après tout.

Le mensonge m'est venu sur la langue aussi facilement que mon propre nom.

Ça, et puis un monde sans Stella est un monde qui ne mérite pas d'exister.

C'est ma soif de reconstituer son puzzle qui me raccroche à la raison et nourrit la petite partie de moi qui croit encore à la bonté et à l'humanité.

C'est l'ordre dans mon chaos, la flamme dans ma glace.

Sans ça, je serais désarçonné, et ce serait le danger ultime, à la fois pour moi et pour les gens qui m'entourent.

Le doute s'insinue dans les yeux de Stella.

– C'est ta seule raison d'agir comme tu le fais ?

Elle a l'air moins sûre d'elle qu'il y a une minute.

Ma main s'immobilise sur sa nuque.

L'air entre nous est si tendu qu'il vibre contre ma peau. Le changement soudain d'atmosphère nous a entraînés dans un endroit où n'existent ni message menaçant, ni harceleur, ni relation factice.

Il y a juste son poids sur mes genoux, son parfum dans mes poumons et sa chaleur dans mon âme.

C'est brut, réel et addictif, putain.

– Tu voudrais qu'il y ait une autre raison ?

Une question et un défi, déguisés sous un manteau de douceur.

Stella écarte les lèvres et relâche une expiration. Une dizaine de mots inconnus dévorent ce simple souffle, et je veux garder chacun d'entre eux pour moi, les serrer contre ma poitrine comme un dragon garde son trésor.

Mais au lieu de me donner le coup que j'attends si désespérément, elle secoue lentement la tête.

– Ne me mens pas, Stella.

Je frotte mon pouce dans sa nuque, caresse pleine d'une paresse langoureuse.

Le bruit de sa déglutition remplit l'espace entre nous. Ses dents se plantent dans la chair rebondie de sa lèvre inférieure. L'envie de tirer ses cheveux pour lui renverser la tête en arrière et piller la douceur de sa bouche me ravage.

Juste une fois.

Le raisonnement d'un toxicomane désespérément en quête de sa prochaine dose.

Je ne l'ai pas encore goûtée, mais j'imagine qu'elle sera encore plus douce que dans mon imagination.

Nos respirations s'entrechoquent sur un rythme erratique.

Une seule fois. Alors je pourrai assouvir la faim qui ne cesse de me tarauder.

Une seule fois, et…

Le son tranchant d'une sonnerie vient rompre la tension dans l'air et me laisse sous le choc.

L'espace d'une fraction de seconde, Stella paraît hébétée, puis elle bondit de mes genoux comme si j'avais soudain pris feu.

Bon sang !

Cette interruption consolide l'irritation dans ma poitrine. Je me lève pour aller décrocher. Puis je me dirige dans un coin de la pièce où je lui tourne le dos pour qu'elle ne puisse pas voir le mécontentement qui assombrit mon visage.

– Il y a intérêt à ce que ce soit important.

– C'est le cas. J'ai appris que Rutledge pourrait quitter le navire pour Sentinel, répond Kage qui ne perd pas de temps à tourner autour du pot. C'est pas bon, putain, surtout après le départ de Deacon et Beatrix. Ça va jaser.

Mon irritation augmente encore.

Contrairement à Deacon et Beatrix, Rutledge est l'un de nos plus gros clients. Le perdre est inenvisageable.

– Explique-moi ça.

Je passe en mode professionnel pendant que Kage m'expose ce qu'il a entendu. Le monde de la sécurité des chefs d'entreprise est petit, et on apprend beaucoup de choses si on a des yeux et des oreilles aux bons endroits.

– Ce n'est pas encore confirmé, dit-il après avoir terminé. Mais je me suis dit que tu voudrais savoir. S'il part…

Le départ de Rutledge ne serait pas un coup fatal, mais il ferait passer Harper Security pour une entreprise affaiblie. Et dans mon milieu, se montrer faible revient à pisser le sang dans une piscine pleine de requins.

– Il ne partira pas. Je vais avoir une petite conversation avec lui. En attendant, garde un œil sur Sentinel. Je veux être mis au courant dès qu'un membre de leur équipe éternue.

Ils mijotent un truc. Une fois, c'est de la chance, deux fois, une coïncidence, mais trois ? C'est un schéma récurrent, et je ne l'apprécie pas particulièrement.

– Ça marche, dit Kage.

Je raccroche, l'esprit travaillant déjà sur les implications de la perte d'un autre compte au profit de Sentinel. Je ne le permettrais pas, bien sûr. Je connais bien Rutledge, y compris ses points faibles. Mais j'ai toujours aimé avoir un plan de secours au cas où tout partirait en vrille.

Un de ces jours, je devrai m'occuper de Sentinel pour de bon.

J'aurais dû détruire tout leur système comme j'en avais envie.

Ça demanderait plus de travail, mais je pourrais effacer mes traces, suffisamment bien pour que personne ne soit en mesure de me désigner comme coupable.

– Tout va bien ? Ça avait l'air intense.

La voix de Stella me tire de mes sombres pensées. Je fais disparaître toute trace de contrariété de mon visage pour le rendre placide avant de me retourner.

– Oui. Juste un contretemps au travail. Rien d'important.

Si j'avais été seul, j'aurais déjà mis en place les instruments de la chute de Sentinel. Comme ce n'est pas le cas et que je suis avec Stella, je mets ces éléments de côté.

Pour l'instant.

– J'espère que tu ne prémédites pas la ruine d'un concurrent, déclare-t-elle, solennelle. Parce que ce serait un peu lourd pour un vendredi soir.

Je suis à deux doigts de sourire, à la fois parce qu'elle a visé juste et parce que je distingue une lueur de son habituelle étincelle au fond de ses yeux.

Elle a retrouvé son calme pendant mon appel. Ses joues ont repris leur coloration normale, et elle est blottie sur le canapé à côté de cette ridicule licorne violette, un léger sourire aux lèvres.

– Ne t'inquiète pas. Je limite les destructions aux heures de bureau, du lundi au vendredi.

Devant son sourire qui s'élargit et se teinte d'espièglerie, je hausse un sourcil.

– Tu as l'intention de m'expliquer la blague ?

L'étincelle au fond de ses yeux s'illumine.

– Va jeter un œil à ma story.

– Je ne suis pas sur les réseaux sociaux.

C'est un mensonge qui sort de ma bouche, même si ce n'en est pas au sens strict.

Christian Harper n'a pas de compte sur les réseaux sociaux ; CP612 si.

– Sérieusement ? dit-elle en secouant la tête. Il va falloir qu'on règle ce problème, mais pour l'instant… vérifie tes textos, ajoute-t-elle en tapant sur son téléphone.

J'ouvre son message et suis obligé de cligner des yeux à deux reprises pour m'assurer que je vois clair.

Elle m'a envoyé une capture d'écran d'un sondage qu'elle a posté en story. Une photo de moi, le dos tourné et le téléphone à l'oreille, occupe le côté gauche de l'écran ; une licorne violette que je connais bien domine le côté droit.

La question qui va avec est simple : « *Avec qui préféreriez-vous faire un câlin ? M. Harper ou M. Licorne ?* »

– Tu es en train de perdre, d'ailleurs, dit Stella. M. Licorne te bat par cinquante-trois contre quarante-sept pour cent.

Je la dévisage, sûr d'avoir mal entendu. Elle n'a tout de même pas eu la putain d'audace de me confronter à un animal en peluche à l'œil de travers et qui part lambeaux par-dessus le marché, dans un sondage absurde sur les réseaux sociaux ?

Je suis tout aussi sûr qu'une défaite est exclue contre ledit animal en peluche.

– Ce sondage doit être biaisé, parce que c'est ridicule.

Je tente de ne pas paraître aussi insulté que je le suis.

– Pas du tout, mais tu as vingt-trois heures et cinquante et une minutes pour te rattraper. « Attire-le avec d'autres posts », c'est bien ce que tu m'as dit ? ajoute-t-elle, le sourire moins large tandis que la nervosité refait surface dans ses yeux.

Son harceleur.

Elle n'est peut-être pas prête à admettre l'attirance qui existe entre nous, mais elle me fait suffisamment confiance pour suivre implicitement ma recommandation.

Je mets la douleur fugace dans ma poitrine sur le compte de brûlures d'estomac. Mon médecin va avoir fort à faire lors de mon prochain check-up.

– C'est exact. Et pour ce que ça vaut, dis-je en tapotant l'écran de mon téléphone, il te faut des followers ayant de meilleurs goûts s'ils choisissent une licorne plutôt que moi. Je porte du Brioni, bordel de merde.

Le rire de Stella m'arrache finalement un sourire.

Malgré ce qui s'est passé la nuit dernière, sa lumière brille toujours, et elle est plus résiliente que beaucoup de gens, moi y compris, se l'imaginent.

Une fille selon mon cœur.

14

STELLA

25 mars

Un mois s'est écoulé depuis mon dîner chez Delamonte, et je n'ai aucune nouvelle de leur part sur l'ambassadrice qu'ils entendent choisir pour leur marque. Brady m'assure que ça ne va plus tarder, mais ça fait des semaines qu'il me le répète. À ce stade, je suis convaincue de n'avoir pas été retenue.

Le bon côté des choses, c'est que je continue à gagner des followers et que j'ai décroché deux nouveaux contrats avec des marques au cours de la semaine dernière. Ils ne paient pas autant que Delamonte, mais chaque cent compte. De plus, j'ai presque atteint les 930 000 followers, ce qui est à la fois fou et un peu déprimant. Il s'avère que tout ce dont j'avais besoin, c'était me trouver un petit ami pour être plus intéressante [insérer un soupir].

En parlant de ça… j'ai posté une autre photo de Christian l'autre jour. Celle que j'ai prise de lui lorsqu'il était au téléphone. (Il ne s'est toujours pas remis d'avoir perdu contre une licorne dans mon sondage. Je lui ai dit qu'il aurait gagné s'il avait montré son visage, ce qui a été reçu comme on pouvait s'y attendre.) Ce n'est pas mon travail le plus créatif, mais je crains toujours que mon harceleur ne voie une photo de nous deux et qu'il pète les plombs.

Je sais, Christian a dit qu'il fallait l'attirer, ce qui est logique. Et je lui fais confiance pour me protéger. Je lui ai remis les vieilles lettres du harceleur, et son équipe… fait ce que font les professionnels de la sécurité quand il s'agit de traiter des messages anonymes effrayants.

Pourtant, j'ai le sentiment que la situation pourrait TRÈS vite mal tourner.

Je ne veux pas laisser ce harcèlement régir ma vie, HORS DE QUESTION.

Je vais quand même rester à l'appartement et travailler sur mon blog jusqu'à ce que Christian m'informe des derniers développements. Juste au cas où.

Mieux vaut prévenir que guérir.

Remerciements du jour :

Les livraisons de nourriture et d'épicerie

Les adorables vêtements d'intérieur

Les systèmes de sécurité des bâtiments

– Habille-toi. On part dans une heure.

Bouche bée, je regarde Christian qui se tient dans l'embrasure de ma porte, vêtu d'une chemise noire impeccable et d'un jean foncé. C'est la première fois que je le vois autrement qu'en costume, et l'effet est tout aussi dévastateur, quoique d'une manière complètement différente.

– Pardon ?

Je tente de ne pas trop reluquer sa chemise tendue sur ses larges épaules et ses bras musclés.

– On part dans une heure, répète-t-il. Je dois assister à l'inauguration d'une galerie d'art. Le code vestimentaire est décontracté. Je suppose que tu as une tenue appropriée.

Je porte un sweat-shirt et un short. Les chances que quelqu'un me tire de mon appartement alors que j'ai déjà enfilé mes vêtements de nuit étaient proches de zéro.

– Ça ne figurait pas à notre agenda et je suis occupée.

Je garde la main sur la poignée de la porte pour l'empêcher d'entrer.

Il ne peut pas se pointer et exiger que j'aille quelque part avec lui à la dernière minute. J'ai besoin de temps pour me préparer mentalement à des sorties qui impliquent un contact social intense avec des inconnus.

Christian me fixe d'un regard dubitatif.

– Oui, tu as l'air positivement débordée par…

Son regard se pose au niveau de mon épaule et ma peau s'échauffe quand je me rends compte de ce qu'il a entrevu. Un pot de glace Ben & Jerry's, *Le diable s'habille en Prada* à l'écran et les restes d'une salade à emporter.

– Produits laitiers et tyrannie des magazines de mode. Ton ancien travail te manque déjà ?

Je cramponne la poignée de la porte pour me donner de la force.

– Je le regarde pour m'inspirer des tenues. Désolée, mais la prochaine fois que tu veux que je t'accompagne à un événement, préviens-moi plus d'une heure à l'avance.

Christian n'a pas l'air perturbé le moins du monde par l'aigreur de ma suggestion.

– Il y a encore trente minutes, j'ignorais que Richard Wyatt assisterait à cette inauguration.

Wyatt. Le client avec qui il avait espéré signer un contrat lors de la collecte de fonds.

– Je croyais que tu avais déjà conclu l'affaire.

– À quatre-vingt-dix pour cent. Il est revenu avec des objections après avoir examiné le contrat, et je préférerais les aborder en personne ce soir. Quand as-tu quitté ton appartement pour la dernière fois ? demande-t-il, les sourcils froncés. Tu es en train de te flétrir.

Ma bouche s'est ouverte sous le choc de l'impolitesse totale de son commentaire.

– Je ne me flétris pas. Disons plutôt que je suis… en hibernation.

Le mot « flétrir » est utilisé pour décrire des plantes mourantes, pas un être humain en bonne santé. Je ne me suis jamais sentie aussi insultée, même s'il n'a pas tout à fait tort.

Je n'ai quitté mon appartement qu'une seule fois au cours de la semaine écoulée et c'était pour m'occuper des plantes de Christian. Nous avons surmonté notre dispute dans son bureau la semaine dernière, et j'ai récupéré les clés de son appartement ainsi que mes responsabilités en matière d'arrosage.

Je me nourris de smoothies et de plats livrés, ce qui n'est bon ni pour mon portefeuille ni pour mon tour de taille, et ma peau a besoin de la chaleur naturelle du soleil. Mais chaque fois que j'essaie de sortir, mon esprit, emporté par une spirale infernale, me remet en mémoire le message et tous les endroits où mon harceleur pourrait m'atteindre.

J'ai épuisé l'élan de courage que j'ai eu le matin où j'ai trouvé la note, et je n'ai aucune idée de la façon de le convoquer à nouveau.

– Appelle ça comme tu veux. Le résultat est le même, déclare Christian, visiblement peu impressionné par mon euphémisme. Tu as cinquante minutes pour te préparer.

– Je n'y vais pas.

– Quarante-neuf minutes et cinquante-sept secondes.

– Rien n'a changé au cours des trois dernières secondes. Je. N'y. Vais. Pas.

– C'était notre accord, rétorque-t-il d'une voix froide qui porte mon indignation à son comble. Tu m'accompagnes à des événements ; je pose sur tes photos et j'agis comme ton petit ami. Tu ne voudrais quand même pas couper ce bel élan quand tout marche si bien, si ?

Il a raison, mais ça ne veut pas dire que j'apprécie que Christian me dicte ma conduite.

– Tu me fais du chantage ?

Son sourire n'est que charme paresseux et amusement.

– Il ne s'agit pas de chantage. Je cherche à te persuader.

Voilà qu'il aime les euphémismes, maintenant.

– Dans ton monde, c'est la même chose.

– Tu apprends vite, ironise Christian qui tapote le cadran de sa montre. Quarante-sept minutes.

Nos yeux s'affrontent dans une bataille qui oppose le défi à l'indifférence.

Je n'ai aucune envie de quitter mon appartement. Je pourrais vivre ici pour le reste de ma vie et être heureuse. L'endroit est sûr, calme et parfaitement équipé de films, glaces et Internet. Qu'est-ce qu'une fille peut vouloir de plus ?

La compagnie d'un autre être. Le soleil. Une vie, me chuchote une voix.

Je serre les dents. *Tais-toi.*

Essaie de m'empêcher de parler. Je vois pratiquement la voix désincarnée me tirer la langue.

J'ai l'impression d'être une élève de primaire, à me disputer ainsi avec moi-même. Je ne pense pas pouvoir tomber plus bas.

Les yeux de Christian scintillent de la douce lueur du danger qui approche.

– Quarante-six minutes, Stella. J'ai une affaire à conclure, alors si tu insistes pour te terrer comme un ermite effrayé, dis-le-moi maintenant, que je puisse mettre fin à notre accord.

« *Un ermite effrayé* ». Les mots glissent le long de ma colonne vertébrale comme une provocation.

Est-ce ainsi qu'il me voit ? Est-ce là ce que je suis ? Quelqu'un de si déstabilisé par un message anonyme qu'il le laisse gouverner sa vie ?

Où est passée la fille du lendemain matin, celle qui est sortie de chez elle en jurant de ne pas laisser la peur l'emporter ? Elle a été aussi éphémère que la pluie du matin et les rêves de perfection. Toujours en train de se battre pour vivre et toujours en train de mourir sous la lame de son anxiété.

La poignée de la porte glisse dans ma main.

Je m'empresse de parler avant d'avoir pu changer d'avis.

– Très bien. Je viens.

Ne serait-ce que pour prouver que je ne suis pas aussi faible que le monde le pense.

Pas de sourire, mais la lueur dangereuse s'atténue jusqu'à n'être plus que quelques braises.

– Bien. Quarante-quatre minutes.

Je pince les lèvres.

– Tu es, sans aucun doute, le compte à rebours le plus insupportable qui ait jamais existé.

Le rire de Christian me suit dans ma chambre, où je passe mon armoire en revue avant d'opter pour un caraco soyeux sous un blazer, un jean et des chaussures plates en velours.

L'appréhension me met les nerfs à vif, mais je garde une expression neutre en regagnant le salon.

Cool, calme, sereine.

Christian ne dit pas un mot quand il me voit, mais son regard a une insistance qui me réchauffe de l'intérieur.

Nous faisons le trajet jusqu'à la galerie en silence, exception faite de la douce musique classique qui sort des haut-parleurs. Je suis contente qu'il n'essaie pas de faire la conversation. J'ai besoin de rassembler toute mon énergie pour la soirée alors que mon corps était déjà en mode détente à la maison.

Ma nervosité monte encore d'un cran quand la galerie est en vue.

Je vais bien. Tu vas bien. Nous allons bien.

Je suis avec Christian, et mon harceleur ne s'en prendrait pas à moi au milieu d'un évènement public.

Je vais bien. Tu vas bien. Nous allons bien, je me répète.

Heureusement, le vernissage est moins bondé que la collecte de fonds. Il y a une quarantaine d'invités au maximum, mélange de créatifs et de gens de la haute société. Ils se promènent dans l'espace blanc et austère, en bavardant tranquillement autour de leurs coupes de champagne.

Christian et moi faisons le tour de la salle en discutant de tout et de rien avec des gens, depuis le temps qu'il fait jusqu'à la saison des cerisiers en fleurs. J'interviens quand je le peux, mais contrairement à la soirée caritative, je le laisse prendre l'initiative.

Je suis trop fatiguée pour montrer de l'esprit et du charme, même si cela me fait du bien d'être à nouveau en public, pour la première fois depuis une semaine.

Je reste collée à Christian jusqu'à ce que Wyatt arrive avec sa femme.

– Fais ce que tu as à faire, je lui glisse. Je vais aller voir le reste de l'exposition.

Si je reste à les écouter parler affaires, je vais m'endormir.

– Interromps-moi si tu as besoin, réplique Christian qui me fixe d'un regard sombre. Je suis sérieux, Stella.

– Promis.

Certainement pas. L'idée d'interrompre quelqu'un en plein milieu d'une conversation me donne de l'urticaire. C'est maladroit et impoli, et je préférais me jeter dans une piscine glacée en plein hiver. Pendant qu'il s'entretient avec Wyatt, je me fraie un chemin à travers l'exposition, pièce après pièce. L'artiste, Morten (il n'a qu'un prénom), s'est spécialisé dans le réalisme abstrait. Ses peintures sont luxuriantes, parfois obsédantes, et toujours magnifiques. Des touches de couleur audacieuses traduisent les émotions les plus sombres : rage, envie, culpabilité, impuissance.

Je m'arrête devant une toile à moitié cachée dans un coin. Une magnifique jeune fille y observe le lointain avec une expression mélancolique. Son visage est si réaliste qu'il pourrait s'agir d'une photo, sans les traînées de couleur qui coulent le long de ses joues et sur son torse abstrait. Des traînées qui se rejoignent pour former une flaque sombre au bas de la peinture, et ses cheveux noirs s'éloignent de son visage et s'estompent dans une représentation du ciel nocturne.

L'œuvre n'est pas aussi grande ou tape-à-l'œil que les autres peintures, mais quelque chose en elle me touche au plus profond de mon âme. Peut-être est-ce son regard, comme si elle rêvait d'un paradis qu'elle savait ne jamais pouvoir atteindre. Ou bien la mélancolie de la scène, le sentiment que malgré sa beauté, sa vie est plus faite de jours sombres et de nuits solitaires que d'arcs-en-ciel et de soleil.

– Tu l'aimes, celui-là ?

La voix de Christian me fait sortir de ma rêverie. Je contemple le tableau depuis si longtemps que je n'ai pas vu qu'il avait achevé sa conversation avec Wyatt.

Je ne me retourne pas, mais la chaleur de son corps enveloppe le mien en même temps que la chair de poule s'empare de mes bras. C'est un paradoxe, à l'image de l'homme derrière moi.

– La fille. Je… (*M'identifie à elle.*) Je la trouve belle.

– Elle l'est.

La petite inflexion pleine de sous-entendus de sa voix me pousse à me demander s'il parlait du tableau ou d'autre chose.

Une drôle de sensation fleurit à cette idée, qui grandit quand il pose une main sur ma hanche. Si légèrement que c'est une promesse plus qu'un véritable contact, pourtant le geste me fait vibrer.

Je ne me souviens plus de la dernière fois où j'ai eu envie du contact d'un homme.

– Tu as conclu l'affaire ?

L'émotion dans ma voix est douloureusement audible dans ce coin tranquille où rien n'existe à part la chaleur, l'électricité et l'impatience.

L'éclat des lumières diminue, puis s'évanouit dans l'obscurité quand mes yeux se ferment, sous la main de Christian qui glisse lentement sur la courbe de ma hanche puis jusqu'à ma taille.

Son doux grondement de satisfaction vibre à travers mon corps et s'installe tout en bas, au niveau de mon entrejambe.

– Oui.

Il effleure l'autre côté de ma taille de sa main, avant de la poser elle aussi.

Je n'aurais pas dû fermer les yeux. En l'absence de distraction visuelle, il me consume. Mon monde se réduit au poids de ses mains sur ma peau, à son odeur dans mes narines et à la caresse veloutée de ses mots qui se fraient un chemin dans mon cou, sur mes seins endoloris et jusqu'au désir pulsant entre mes cuisses.

L'agacement que j'ai pu éprouver à son égard disparaît, remplacé par un désir si féroce et si inattendu qu'il me coupe le souffle.

– Tu penses toujours au tableau, Stella ?

Son amusement complice s'est transformé en quelque chose de plus sombre, de plus malicieux.

Le frôlement de la bouche de Christian contre mon cou fait naître une autre vague de chair de poule sur ma peau. Un doux gémissement monte dans ma gorge et éclate, sans prévenir, dans l'air épais et alangui.

La mortification me fait rougir, mais elle s'évapore elle aussi lorsqu'il fait glisser sa main de ma taille à mon ventre. Ses doigts passent sur la soie de mon haut, sous mon sternum pour s'arrêter juste au-dessus de mon jean.

Les pulsations du désir s'intensifient, si fortes et si insistantes que je serre les cuisses pour tenter d'atténuer mon besoin.

Ça ne fait qu'empirer les choses.

Je suis tout près de m'effondrer, et Christian m'a à peine touchée. Un frisson me parcourt l'échine à l'idée de ce qu'il pourrait faire s'il essayait vraiment.

La courbe de ses lèvres se pose dans mon cou, comme pour le marquer avec une satisfaction toute masculine.

– Je vais prendre ça pour un non.

Il plonge son pouce, très brièvement, dans le petit espace entre mon ventre et la ceinture de mon jean.

– Ouvre les yeux, Stella. Le photographe nous regarde.

Mes yeux s'ouvrent juste au moment où j'entends le déclic caractéristique de l'obturateur d'un appareil photo.

Le photographe de l'événement.

Le son vient de ma gauche, ce qui signifie que l'angle était parfait pour capturer un moment intime entre Christian et moi sans montrer le visage de Christian, enfoui dans le côté droit de mon cou.

Un seau d'eau glacée vient éteindre le feu qui bouillonnait dans mon sang quand je prends conscience de la situation.

Ce n'est pas réel. Rien de tout cela n'est réel, même si Christian est un très bon acteur. C'est du business, et je ferais bien de m'en souvenir.

Je le repousse et me tourne enfin vers lui, passant une main sur mon front pour tenter d'effacer le souvenir persistant de son contact.

– Beau travail. C'était la configuration parfaite. Tu penses que le photographe me laissera poster la photo ? En le créditant, bien sûr.

Christian plisse les paupières. Ses pommettes sculptées sont légèrement empourprées, mais une froideur sardonique transpire dans sa réponse.

– Je suis sûr que oui.

– Parfait.

Un silence gênant vient remplacer l'air précédemment chargé avant que son regard ne dérive à nouveau vers le tableau au-dessus de mon épaule.

– Tu ne l'aimes pas simplement parce qu'il est beau.

Ce n'est pas une question, mais j'apprécie le changement de sujet. C'est plus sûr que ce qui s'est installé entre nous il y a quelques minutes. La femme hors d'haleine et mue par le désir qui s'est liquéfiée sous un simple contact m'apparaît maintenant comme un rêve fiévreux qui a mal tourné.

Les hommes ne me font pas perdre la tête. Je ne pense pas à leurs mains sur moi et je ne me demande pas quel goût auraient leurs baisers.

– C'est l'œuvre qui me parle le plus, je réponds après une brève hésitation.

J'ai trop mal pour la femme du tableau pour le considérer comme ma toile favorite, mais cette peinture m'a envoûtée comme peu de choses le font. J'ai l'impression que l'artiste s'est glissé dans mon esprit et a étalé mes peurs sur la toile à la vue du monde.

Le résultat est à la fois libérateur et terrifiant.

– Intéressant, lâche Christian sur un ton indéchiffrable.

– Et toi ? Quelle est ton œuvre préférée ?

Les goûts artistiques d'une personne en révèlent beaucoup sur elle, mais il n'a pas montré plus qu'un intérêt superficiel pour les œuvres de la galerie.

– Je n'en ai pas.

– Il doit bien y en avoir une que tu aimes plus que les autres, j'insiste.

Son regard pourrait geler l'intérieur d'un volcan.

– Je ne suis pas amateur d'art, Stella. Je suis ici uniquement pour les affaires, et je n'ai aucune envie de perdre du temps à classer des objets qui ne signifient rien pour moi.

D'accord. J'ai touché un point sensible, mais je ne sais pas lequel.

Christian n'est pas de nature expressive, mais je ne l'ai jamais vu se renfermer aussi rapidement. Toute trace d'émotion a disparu de son visage, ne laissant à sa place qu'une expression neutre soigneusement étudiée.

– Désolée. Je n'avais pas conscience que l'art était un sujet aussi sensible, j'ironise, espérant réchauffer le froid soudain de l'air. La plupart des gens adorent.

Du moins, ils ne détestent pas.

– La plupart des gens aiment beaucoup de choses. Le mot n'a pas de sens.

Le ton de Christian dit tout ce qu'il a besoin de dire sur ce qu'il pense du sujet.

« *Ne vous inquiétez pas, Mademoiselle Alonso. Je ne crois pas en l'amour.* »

Les mots qu'il a prononcés le soir de notre arrangement me reviennent à l'esprit.

Une histoire se cache là-dessous, mais il serait plus facile de faire saigner une pierre que de lui soutirer cette histoire ce soir.

– Pas un passionné d'art ni un passionné d'amour. Noté.

Je n'examine aucune autre œuvre et Christian ne parle à personne d'autre. Au lieu de quoi, nous nous dirigeons vers la sortie, liés par un accord tacite, et il est temps d'en finir.

C'est seulement quand nous sommes dehors que ses épaules se détendent. Il me coule un regard en biais pendant que nous marchons vers sa voiture.

– Ça fait du bien de quitter la maison, non ?

J'aspire une bouffée d'air frais, bien que froid, et je lève la tête vers le ciel. La lune est haute et brille fort, baignant le monde de sa magie argentée.

Des dangers se tapissent dans la nuit, mais ces ombres semblent disparaître dès que Christian est là.

Même lorsqu'il se montre lunatique et intraitable, il est source de sécurité.

– Oui, je réponds. C'est vrai.

15

STELLA

Malgré mes réticences à assister au vernissage à la galerie d'art, la semaine dernière, ça a brisé l'interdiction que je m'étais imposée de ne pas quitter la maison.

Je n'ai pas non plus entendu quoi que ce soit de mon harceleur depuis le premier message, évidemment ça aide. Le mercredi suivant, je suis assez détendue pour m'aventurer à nouveau seule en public.

C'est ce qui caractérise les humains. Nous sommes programmés pour la survie, et nous saisissions toutes les occasions pour nous convaincre que nos problèmes ne sont pas aussi graves que nous le pensions.

L'espoir et le déni. Les deux faces d'une même pièce. Qui nous empêche de sombrer dans un puits d'abattement, même dans nos périodes les plus sombres.

Je rends visite à Maura, je fais des courses et je retrouve Lilah dans un café, où je lui demande son avis sur tout ce qui concerne la mode.

La seule personne que je ne vois pas, c'est Christian, qui est occupé par son travail. C'est du moins ce qu'il prétend. Peut-être qu'il est aussi perturbé que je le suis par notre échange à la galerie.

Mon crayon s'immobilise à ce souvenir. La rudesse de sa voix, le parfum capiteux du cuir et des épices, son contact qui me brûlait la peau à travers mes vêtements…

L'inquiétude fleurit dans ma poitrine.

Je me déplace sur mon siège et secoue la tête avant de canaliser ce bourdonnement incessant vers la tâche que je me suis fixée, à savoir une pile de croquis de mode inachevés que j'ai déterrés des profondeurs de mon tiroir après ma rencontre avec Lilah.

J'en ai amassé des dizaines au fil des ans. Je commençais chacun d'eux avec l'intention de le terminer et d'en faire la pièce qui lancerait ma marque, mais le doute et le syndrome de l'imposteur finissaient inévitablement par me frapper, et je l'abandonnais au profit d'une séance photo ou d'un article de blog. Des choses pour lesquelles je savais que j'étais douée et qui avaient fait leurs preuves.

Mais pas cette fois.

« *Essayer et échouer, c'est mieux que de ne pas essayer du tout.* »

Les mots prononcés par Lilah me hantent. C'est la première fois que quelqu'un me dit qu'il n'est pas grave d'échouer. L'échec n'était pas une option quand j'étais petite. C'étaient des A ou rien. Une fois, j'étais tellement anxieuse à cause du dix-neuf sur vingt que j'avais obtenu à un contrôle de mathématiques que j'en avais fait une crise d'urticaire qui m'avait envoyée à l'infirmerie.

Thayer n'a pas beaucoup arrangé les choses : l'école grouillait d'élèves surdoués. Quant à *DC Style*… eh bien, regardez ce qui s'est passé après ma dernière erreur.

Mais je ne vis plus chez mes parents, je ne suis plus à l'université et je ne travaille pour personne d'autre que moi-même.

Je peux faire ce que je veux, surtout avec les accords de partenariat que je viens de signer.

Je ne veux pas échouer, mais le fait que ça pourrait arriver sans que ce soit la fin du monde a libéré ma créativité.

La dernière fois que j'ai essayé de faire un croquis, je suis restée bloquée, traçant et retraçant les mêmes lignes jusqu'à ce que, frustrée, je jette le tout. Maintenant, mon crayon vole sur la page alors que je détaille les motifs de dentelle d'un chemisier et la forme élégante d'une robe de soirée.

C'est un autre type d'exutoire créatif que mon blog et les réseaux sociaux.

Ceux-là, je les fais pour d'autres personnes.

Ça, je le fais pour moi.

J'aime la mode depuis qu'à l'âge de huit ans, j'avais planqué un exemplaire du *Vogue* de ma mère dans ma chambre. Ce n'étaient pas seulement les vêtements eux-mêmes, c'était la façon dont ils transformaient la personne qui les portait en ce qu'elle voulait être. Une princesse éthérée, un P.-D.G glamour, un rocker dur à cuire ou une icône vintage. Rien n'était interdit.

Moi qui vivais dans un foyer où les règles étaient inflexibles et où le chemin de la réussite passait forcément par l'Ivy League pour aboutir à l'une des dix carrières jugées « acceptables », j'ai été appelée par le monde chaotique et coloré de la mode comme par le chant d'une sirène.

Je termine mon premier croquis et je passe au deuxième.

Une petite graine de fierté germe à chaque croquis que je réalise. Pour les autres, ce ne sont que des dessins, mais pour moi, c'est la preuve de ma persévérance après des années de retenue.

Parfois, la victoire réside tout simplement dans l'achèvement d'une tâche.

Je suis tellement absorbée par mon travail que je ne sens pas le temps passer jusqu'à ce que mon ventre m'en informe d'un grognement.

Un coup d'œil à l'horloge m'apprend qu'il est déjà 14 h. Je fais des croquis sans arrêt depuis 9 h du matin.

Une partie de moi est tentée de sauter le déjeuner et de continuer à dessiner pour ne pas perdre mon élan, mais je me force à me changer et à aller chercher à manger au café situé à côté du Mirage.

L'heure du déjeuner a beau être passée, la minuscule boutique grouille d'activité. Comme je n'ai pas envie de m'aventurer plus loin pour un thé et un sandwich, je prends place dans la file derrière une femme renfrognée en tailleur gris et j'attends.

Par habitude, je sors mon téléphone et j'ouvre mon profil.

Ma dernière photo est celle que le photographe a prise de Christian et moi à la galerie d'art. Elle produit encore plus d'effet que celle de nos débuts et le nombre de mes followers a monté à 950 000. À ce rythme, j'atteindrai le million avant l'été.

Au lieu d'être excitée par cette perspective, je ne parviens qu'à me concentrer sur l'image des bras de Christian qui m'entouraient.

Nous ressemblons tellement à un vrai couple. Parfois, comme le soir où il m'a réconfortée après que j'avais trouvé le mot, ou qu'il m'a attirée sur ses genoux quand je lui ai parlé de mon harceleur, j'ai eu la sensation de former vraiment un couple avec lui.

Un sentiment de malaise m'envahit.

Cette histoire de harceleur a mis notre arrangement à mal. Ça nous a rapprochés, Christian et moi, mais plus que nous ne l'avions prévu au départ, et j'ai…

Une notification d'appel entrant remplace la photo de nous sur mon écran.

Delamonte New York.

Mes poumons se vident de leur air, et toutes mes pensées de Christian s'envolent alors que je réponds à l'appel.

– Allô ?

Le calme de ma voix est en contradiction complète avec ma nervosité. L'espoir surgit de la masse qui s'agite en moi, mais je l'oblige à retourner dans l'ombre. Je ne veux pas me faire de faux espoirs et être déçue quand – si – Delamonte me dit qu'ils ont choisi de prendre une autre direction.

– Bonjour Stella, je suis Luisa de chez Delamonte. Comment allez-vous ?

– Très bien. Et vous ? je réplique en essuyant ma main libre sur le côté de ma cuisse.

– Moi aussi, je vais très bien, dit Luisa. Excusez-moi de vous appeler à l'improviste comme ça, mais je me suis dit que ce serait bien après le mail que nous vous avons envoyé ce matin.

Mon ventre se serre. J'ai été tellement occupée par mes croquis que je n'ai pas consulté mes mails depuis mon réveil.

Évidemment, le seul jour où je n'ai pas relevé ma boîte mail de façon obsessionnelle, c'est le jour où un message important m'y attend.

– Je ne sais pas si vous l'avez déjà vu. Au cas où… (J'entends le sourire dans la voix de Luisa.) Je veux vous proposer officiellement d'être l'ambassadrice de la marque Delamonte pour l'année à venir. Nous n'avons pas officiellement annoncé que le processus de sélection était lancé, parce que nous voulions choisir nos candidats sans être submergés de propositions non sollicitées, mais après mûre réflexion, nous pensons que vous feriez un merveilleux atout pour la famille Delamonte…

Un bourdonnement sonore noie le reste de ses paroles, et je fixe sans le voir le menu sur le tableau noir tandis que la file d'attente avance.

« *Proposer officiellement… l'ambassadrice de la marque Delamonte pour l'année à venir… un merveilleux atout pour la famille Delamonte…* »

J'ai envie de me pincer, mais je ne suis pas prête à réintégrer la réalité au cas où ce serait un rêve.

La campagne représente une somme faramineuse, ce qui signifie que je pourrai facilement payer les soins de Maura et financer les frais de démarrage d'une ligne de mode, ce qui signifie…

Le ronronnement bruyant de la machine à café me tire de mes pensées effrénées, suffisamment tôt pour que je saisisse la fin de la phrase de Luisa.

– … lire le contrat et nous donner votre réponse. La date limite d'acceptation ou de refus est la semaine prochaine, donc prenez le temps d'y réfléchir.

Je n'ai pas besoin d'y réfléchir ! J'accepte !

– Merci beaucoup. Je reviens vers vous.

La partie logique de mon être sait que je ne dois pas accepter quoi que ce soit sans avoir d'abord lu les petits caractères, même s'il s'agit d'un contrat de rêve.

– Formidable, dit chaleureusement Luisa. J'espère qu'on pourra travailler ensemble. Votre esthétique est l'incarnation de notre marque, et votre compte se porte à merveille. Cinquante mille nouveaux followers en seulement quelques semaines ! C'est incroyable. Et… avant de vous dire ceci, je veux que vous sachiez que ça n'a rien à voir avec notre décision… mais Christian a toujours eu un goût exquis. Je ne suis pas surprise que cela s'étende à sa vie amoureuse. Il n'a jamais eu de véritable petite amie, par conséquent le fait que vous sortiez ensemble est assez révélateur.

Mon sourire perd de son éclat. La culpabilité ralentit les petites bulles de vertige qui pétillaient dans mes veines, il y a encore une seconde.

J'ai gagné ces followers parce que j'ai menti à mon public. Certes, ce n'était pas un mensonge malveillant et il n'a blessé personne, mais la culpabilité me ronge tout de même.

– Comme je l'ai dit, ça n'a en rien influencé notre décision. Mais c'est un bonus, insiste Luisa qui s'éclaircit la gorge. Bon, je dois courir à une réunion, mais regardez le contrat et discutez-en avec Brady. Nous lui en avons envoyé une copie, alors faites-nous savoir si vous avez des questions.

– Je n'y manquerai pas, merci.

Je raccroche à temps pour passer ma commande. J'ai enfin atteint le début de la file d'attente, mais je suis tellement sonnée que je n'ai plus faim. Je commande juste un thé et un croissant.

Quand je retourne au Mirage, j'ai noyé la culpabilité née de ma fausse relation sous les justifications vaseuses et l'euphorie d'avoir décroché le contrat Delamonte.

Je vais être la nouvelle ambassadrice de leur marque. Moi, Stella Alonso, l'égérie de l'une des plus grandes marques de luxe au monde.

Non seulement c'est un contrat à six chiffres mais il va m'ouvrir plus de portes que je ne peux en rêver. Je pourrai augmenter mes tarifs de base, travailler en réseau avec…

Il me suffit de tourner la poignée de ma porte pour retomber brutalement sur terre.

La porte est déverrouillée, ce qui veut dire qu'elle a été ouverte avant que je n'y insère ma clé.

Mon euphorie s'évapore soudain, remplacée par une étrange sensation de fourmillement dans ma nuque.

Je suis sûre à quatre-vingt-dix pour cent d'avoir fermé ma porte à clé en sortant. Est-ce que ma mémoire me trahit ? Le Mirage n'a jamais été cambriolé, mais…

Je jette un coup d'œil dans le couloir vide. La sensation sinistre s'intensifie. Je prends mon Taser dans mon sac avant de pousser la porte et de pénétrer dans mon appartement sur la pointe des pieds. Une partie de moi me dit que je suis ridicule ; l'autre me crie de rester sur mes gardes.

Je ne trouve rien d'anormal dans le salon, la cuisine, la salle de bains ou l'ancienne chambre de Jules. Le seul endroit qu'il me reste à vérifier est ma chambre.

Je pousse lentement la porte.

Au début, tout semble normal. Lit intact, fenêtres fermées, pas de tiroirs ouverts ni de meubles renversés.

Je suis sur le point de me détendre lorsque mon regard tombe sur ce qui m'attend sur ma table de nuit.

Et je hurle.

16

CHRISTIAN

Luisa : Pour info, ta nana a décroché le contrat.

Je fixe mon téléphone, soudain plus intéressé par le texto de Luisa que par le briefing de Kage sur la situation de Rutledge.

Je lui avais demandé de me tenir au courant lorsqu'elle prendrait sa décision, et elle a fait le bon choix, comme je le savais.

Mon seul regret est de ne pas avoir vu le visage de Stella et ses yeux s'illuminer quand elle a appris la nouvelle.

Nous devrions fêter ça plus tard, pour coller à nos personnages, bien sûr, puisque c'est ce que ferait un vrai couple. Peut-être un dîner à New York ou un week-end à Paris…

– … pourrait garder le compte de Rutledge, mais nous ne savons pas si Sentinel… Christian, tu m'écoutes ?

Une pointe d'agacement s'est glissée dans la voix de Kage.

– Oui. On a gardé le compte Rutledge, Sentinel va essayer de nous voler d'autres clients et a priori ils sont sur un gros coup, mais on ne sait pas encore de quoi il s'agit. Continue. Et ne me pose plus de questions, je conclus en levant les yeux vers lui, le visage dur.

Kage pince les lèvres, mais il poursuit, comme je le lui ai ordonné.

– On recueille encore des informations sur le projet secret de Sentinel, mais on pense…

Je laisse tomber mes yeux sur mon téléphone et j'ouvre le profil de Stella. Comme elle n'a rien posté de nouveau ces derniers jours, je me contente d'examiner la photo de nous à la galerie d'art.

Même de profil, elle est sublime.

Des boucles sombres et luxuriantes, une peau impeccable et de longues lignes élancées qui transforment les vêtements les plus ordinaires en chef-d'œuvre.

Quelque chose me tiraille les tripes au souvenir de ce que j'ai ressenti en posant les mains sur elle. En emplissant mes poumons de son parfum quand j'ai enfoui le visage dans son cou et en entendant son petit cri quand je l'ai touchée.

Elle avait l'air tellement enchantée par ce tableau que j'ai hésité à l'interrompre, mais je n'ai pas pu m'en empêcher.

Il m'aurait été aussi impossible de rester loin d'elle qu'à l'océan de s'éloigner du rivage.

Impossible.

Je passe mon pouce sur l'écran du téléphone pendant que Kage continue son laïus.

En vérité, je n'ai pas eu besoin de convaincre Wyatt de quoi que ce soit lors du vernissage à la galerie. Il avait déjà accepté d'engager Harper Security ; il ne nous restait plus qu'à signer le contrat, ce que j'aurais pu programmer pendant les heures de bureau.

Mais Brock m'avait rapporté que Stella n'était pas sortie de chez elle depuis son dîner chez ses parents, et elle avait besoin d'un coup de pouce pour sortir. Elle brillait trop pour rester enfermée par peur d'un connard.

– Quelles sont les dernières nouvelles sur les vérifications d'antécédents ?

J'ai interrompu Kage pour me concentrer sur le sujet le plus important : le harceleur de Stella. Comme prévu, il fait profil bas, et il s'est montré prudent dans tous les messages qu'il lui a envoyés. Ils sont tous vagues, c'en est exaspérant, sans le moindre indice matériel pour nous orienter dans la bonne direction.

En l'absence de nouvelles preuves, j'ai demandé à Kage de dresser une liste de toutes les personnes qui font partie de la vie de Stella, y compris ses anciens camarades de classe, ses collègues de travail et les autres influenceurs. La majorité des victimes de harcèlement connaissent leur harceleur d'une manière ou d'une autre, c'est donc le meilleur point de départ.

Kage fronce les sourcils, mais a la sagesse de ne pas se plaindre.

– Rien de suspect pour l'instant. Je te préviendrai dès qu'on aura une piste. Écoute, ajoute-t-il après un temps d'hésitation, je sais que c'est ta copine, mais on utilise beaucoup de ressources sur…

Il est de nouveau interrompu, cette fois par un appel entrant sur mon téléphone.

Stella.

C'est comme si je l'avais invoquée par mes pensées.

Je décroche, m'attendant à ce qu'elle me parle de l'affaire Delamonte. Elle me prend d'emblée à contre-pied.

– Christian.

Sa voix se brise.

Une vague glacée éteint la chaleur qu'avait fait naître l'apparition de son nom.

Il y a quelque chose qui cloche.

Je saute les questions inutiles : « Ça va ? Qu'est-ce qui se passe ? » et je vais droit au but.

– Tu es où ?

Si je parviens à parler d'une voix calme, ma main serre si fort mon téléphone qu'il émet un craquement de protestation.

– Chez moi, répond-elle d'une voix à peine audible.

– J'arrive tout de suite.

Je ne prends pas la peine d'enfiler une veste avant de partir : la seule chose à laquelle je pense, c'est au bouleversement qui doit être le sien pour qu'elle m'appelle.

Dans la mesure du possible, elle garde tous ses problèmes pour elle et essaie de les régler seule. Elle passe son temps à aider les autres sans jamais rien demander pour elle-même. Le fait qu'elle n'ait pas…

Les battements de mon cœur ralentissent pour devenir un grondement profond et menaçant. Mon poing se serre, mû par le brusque besoin d'étrangler quelque chose – quelqu'un – avant que je me force à le desserrer.

Jusqu'à ce que je découvre exactement ce qui s'est passé, je dois garder la tête froide et ne tuer personne, notamment Brock, qui est censé s'occuper de Stella.

Kage me regarde, bouche bée, ouvrir la porte d'un coup sec. Je n'ai jamais quitté un briefing, jamais. J'aime savoir tout ce qui se passe dans mon entreprise, même si c'est ennuyeux à mourir.

– Où tu…

– Le briefing est terminé.

Je claque la porte derrière moi, sans attendre la fin de sa phrase.

Mes pas claquent sur un rythme aussi froid que furieux, j'appelle Brock sur le chemin du garage.

Pourquoi ne m'a-t-il pas prévenu que quelque chose n'allait pas ? Quel est l'intérêt d'avoir quelqu'un qui suit Stella s'il n'est pas capable de faire son putain de boulot ?

– Stella. Qu'est-ce qui s'est passé ? j'attaque, dès qu'il décroche.

Il y a une courte pause, effrayée, avant qu'il ne réponde.

– Rien, Monsieur.

– Rien, je répète, d'une voix qui a chuté en dessous du zéro. S'il ne s'est rien passé, alors pourquoi elle vient de m'appeler au bord des larmes ?

Une autre pause, cette fois-ci pleine d'incertitude.

– Elle a passé la matinée chez elle. Puis elle est allée au café, où elle a reçu un appel qui a eu l'air de la mettre en joie. Elle souriait toujours quand elle a regagné son appartement. Je ne sais pas ce qui s'est produit ensuite. Vous m'avez dit de ne pas la surveiller quand elle était chez elle, me rappelle-t-il, non sans s'éclaircir la gorge.

C'est vrai, et c'était une putain d'erreur. *Au diable les lignes rouges.* Elles ne s'appliquent pas lorsqu'il s'agit de sa sécurité.

J'entends presque Brock transpirer au bout du fil.

– Patron, je vous jure, je n'ai pas…

– On en parlera plus tard.

Je mets fin à l'appel et monte dans ma voiture. S'il n'a pas d'informations utiles à me communiquer, je ne vais pas perdre mon temps à lui parler. Mon seul objectif est de rejoindre Stella le plus vite possible.

La fureur pulse dans ma poitrine, sa brûlure glacée est un baume pour la panique incendiaire et si peu familière qui envahit mes poumons pendant que je file vers le Mirage.

Grâce à ma McLaren et aux rues à moitié vides, je suis sur place en cinq minutes chrono.

Quand j'arrive à l'appartement de Stella, je la trouve dans le salon, fixant la feuille de papier qu'elle tient dans ses mains.

Je n'ai pas besoin de lire ce qu'il y a dessus pour savoir qu'il s'agit d'un autre message de son harceleur.

Je vois rouge, mais je conserve une expression neutre quand Stella lève la tête pour me regarder.

– J'ai découvert ça dans ma chambre, murmure-t-elle. Il est entré chez moi. Il n'a jamais… c'est la première fois qu'il…

Le bruit de son souffle court emplit le silence qui accueille cette déclaration.

Je reconnais ce rythme erratique et les petits frissons qui secouent son corps.

Elle est au bord de la crise de panique.

Je traverse la pièce et retire la lettre de ses mains glacées. La douceur de mes mouvements est en contradiction avec le rugissement violent du sang dans mes oreilles.

Un coup d'œil rapide me révèle les trois mots dactylographiés.

« *Je t'avais prévenue.* »

Le grondement s'intensifie.

– Il n'est plus là, mais je vais passer l'appartement au peigne fin, au cas où. Reste ici.

Je m'oblige à parler d'une voix apaisante, même si j'ai envie de traquer cet enfoiré et de l'écorcher vif.

J'enfile une paire de gants et je passe l'appartement au peigne fin, à la recherche d'autres signes d'intrusion. Je n'en trouve aucun, mais il faudra que je fasse une vérification plus approfondie plus tard.

Pour l'instant, je dois faire sortir Stella d'ici.

Je regagne le salon où j'ôte mes gants dans un claquement. Mon examen des lieux a calmé une partie de la rage accumulée dans mes tripes, mais la vue de Stella recroquevillée sur le canapé, les genoux ramenés contre sa poitrine et le visage vide, la ravive aussitôt.

– Tout paraît en ordre, mais tu emménages chez moi jusqu'à ce que la question soit réglée, je déclare d'une voix calme mais ferme.

J'aurais dû suivre mon instinct, qui me soufflait de la loger chez moi après le premier message, mais je n'avais pas voulu la pousser trop loin, trop tôt.

Mais là, ce tordu est entré dans son appartement, dans mon immeuble…

Je serre à nouveau le poing.

J'ai envie de l'enrouler autour de la gorge de l'agresseur et de lui arracher la vie pendant qu'il implore ma pitié. Je veux voir la lumière s'éteindre dans ses yeux quand il réalisera à quel point il a merdé.

Ces images apaisantes de torture s'accordent bien au goût métallique du sang sur ma langue. Je sens déjà le goût de la vengeance. Une fois que j'aurai trouvé ce salaud, je vais prendre du plaisir à lui faire regretter chaque seconde de sa misérable existence.

J'inspire, malgré le froid qui monte de ma poitrine, et je plie la lettre en un carré bien net que je glisse dans ma poche.

Je m'agenouille devant Stella pour que nos yeux soient au même niveau.

– Mon appartement est impénétrable. Personne ne peut y entrer sans mon autorisation. Tu as vu les systèmes que je mets en place, je précise avec l'air plus doux. Tu y seras en sécurité. Tu comprends ?

Après un long silence, elle me répond d'un petit hochement de tête presque imperceptible.

Elle a bougé. Nous progressons.

Quand nous arrivons chez moi, je conduis Stella dans la seule chambre d'amis meublée.

Comme je n'autorise jamais personne à passer la nuit chez moi, j'ai transformé les autres pièces en quelque chose de plus utile : un centre de cybersurveillance, un deuxième bureau pour les vidéoconférences, un placard supplémentaire pour mes costumes.

Avec son lit *king-size*, son dressing et sa salle de bains attenante, la seule véritable chambre d'amis pourrait être une chambre principale, mais Stella se laisse tomber sur le lit sans examiner son nouvel environnement.

– Repose-toi un peu, lui dis-je. Je me charge de transporter tes affaires ici.

Pas de réponse.

Je reconnais un état de choc quand j'en vois un. Même si je veux rester avec elle, ce que j'ai de mieux à faire, c'est de lui donner le temps de digérer la situation pendant que je règle le reste.

Ma première tâche après avoir quitté sa chambre, c'est de rappeler Brock, pour lui ordonner d'apporter chez moi l'essentiel des affaires de Stella : ses vêtements de nuit, ses affaires de toilette, cette licorne hideuse qu'elle aime tant.

J'appelle ensuite le chef de la sécurité du Mirage.

Charles décroche après une demi-sonnerie.

– Monsieur ?

– Je veux que toutes les vidéos de sécurité de la journée me soient envoyées dans l'heure.

Je fais l'impasse sur les civilités et frotte mon pouce sur la bague turquoise qui se trouve dans ma poche. Peu importe la température ambiante ou le temps qui s'est écoulé depuis que je l'ai touchée, la pierre est toujours chaude.

– Bien sûr. Pour quelle caméra ?

– Toutes.

Stella habitait au dixième étage, mais son agresseur est forcément entré et sorti ailleurs dans le bâtiment.

– Toutes ? Monsieur, c'est…

– Quelqu'un s'est introduit dans l'appartement de ma petite amie aujourd'hui, Charles. Tu devrais déjà le savoir puisque tu es mon chef de la sécurité. Peut-être même que tu as une piste sur la personne en question. Alors dis-moi. Quelles caméras je dois vérifier si ce n'est pas toutes ?

Mon ton léger ne correspond pas au danger qui se profile à la surface. Le silence tonne pendant une fraction de seconde avant qu'il ne réponde :

– Je vous apporte tout ça dans trente minutes.

– Bien. À propos, Charles…

Son raclement de gorge fait vibrer la ligne.

– Oui, Monsieur ?

– Renvoie tout le personnel de sécurité qui était de service aujourd'hui.

Je raccroche avant d'avoir à écouter ses fastidieuses protestations. L'équipe de sécurité du Mirage est bonne, mais elle n'est pas irremplaçable. Ce n'est pas pour rien que ces gars surveillent un immeuble et pas mes clients VIP.

Et s'ils n'arrivent même pas faire ça correctement, alors ils n'ont rien à faire à mon service. J'offre à mon personnel un salaire et des avantages exceptionnels, mais j'attends en retour un travail exceptionnel.

Brock arrive peu après mon appel à Charles avec un sac de sport et la licorne. Il les dépose dans le salon avant de se retourner et de passer une main sur la brosse de ses cheveux.

– Patron, je…

– Tu es renvoyé pour la nuit.

Ma colère s'est suffisamment calmée pour que je reconnaisse que ce n'est pas la faute de Brock si le harceleur s'est faufilé dans l'appartement de Stella. Son travail consistait à garder un œil sur elle, pas sur son appartement.

Pourtant, mon irritation est suffisamment vive pour transformer mes mots en lames.

Le soulagement se peint sur le visage de Brock avant qu'il ne se crispe à nouveau.

– Juste pour la nuit, c'est ça ? Pas renvoyé tout court ?

Je pince les lèvres.

– D'accord. J'ai compris.

Il hoche la tête et se dirige vers la sortie d'un pas traînant.

– Bonne nuit.

Je relâche un long souffle et me pince l'arête du nez.

Parfois, je méprise vraiment les gens.

Et les objets.

Je fusille du regard l'animal en peluche dépenaillé qui pollue mon salon. Je ne comprends pas pourquoi Stella l'aime tant ni pourquoi ses followers préféreraient le câliner, lui, plutôt que moi – je déteste les câlins, mais j'en fais une question de principe. Cela étant, puisqu'elle l'adore, je ravale mon dégoût et je l'emporte dans la chambre d'amis avec ses bagages.

– Tu as de la visite.

Je laisse tomber la chose sur le lit à côté d'elle tout en résistant à l'envie d'aller me désinfecter les mains.

Stella cligne des yeux en regardant la licorne, mais ne la touche pas.

– Je pensais que tu aimerais avoir sa compagnie. (*Dieu seul sait pourquoi.*) Je t'ai aussi apporté quelques vêtements et des affaires de toilette.

Face à son silence obstiné, je sens des picotements de gêne courir sur ma peau.

Putain, je déteste ça. Elle est chez moi depuis moins d'une heure, et elle m'a déjà déstabilisé.

Mais savoir qu'elle est en sécurité mérite bien que je passe outre cet inconfort. En ce moment, je ne fais confiance à rien ni à personne pour la protéger, sauf à moi-même.

Je me racle la gorge en désignant sa salle de bains d'un petit signe de tête.

– Une douche chaude pourrait te faire du bien. Ça te laverait de ta journée.

Pas de réponse.

Moins Stella réagit, plus la pression dans ma poitrine augmente.

Je ne sais pas d'où elle vient, mais je déteste cette sensation autant que je déteste le polyester, l'incompétence et les desserts.

Comme elle ne semble pas vouloir bouger de sitôt, j'ouvre la porte de la salle de bains pour allumer la douche, mais je grimace aussitôt.

Merde alors !

Je ne suis pas entré dans cette pièce depuis que j'ai emménagé il y a des années. Je suppose donc que l'odeur nauséabonde des lieux a quelque chose à voir avec le siphon inutilisé depuis longtemps.

Ma femme de ménage veille à ce que les sols et les paillasses en marbre soient d'une propreté impeccable, mais elle ne m'a pas parlé de l'odeur.

Personne ne peut donc faire son travail correctement ?

Je serre les dents pendant que je réfléchis aux différentes options qui s'offrent à moi. De toute évidence, Stella ne peut pas utiliser cette salle de bains tant que je n'aurai pas réglé cette histoire d'odeur. Il y a d'autres salles de bains d'invités, mais elles n'ont pas été utilisées depuis longtemps non plus.

Après une minute d'indécision douloureuse, je vais jusqu'à ma salle de bains et je tourne les robinets de la baignoire. Je maudis silencieusement l'univers en ouvrant une bouteille de bain moussant inutilisée que je ne me souviens même pas d'avoir achetée et j'en verse lentement quelques gouttes dans l'eau.

Je ne sais pas comment je me retrouve à faire couler un bain pour quelqu'un d'autre que moi, comme un foutu domestique du XIXe siècle, mais au moins il n'y a pas de témoins à mon indignité. Si quelqu'un me voit en train de faire ça, je n'y survivrai pas.

Stella ne proteste pas lorsque je regagne la chambre d'amis et que je la porte dans ma salle de bains avec ses affaires de toilette. Je la pose sur le banc recouvert d'un coussin qui jouxte la baignoire et je désigne du menton le bain parfumé à l'eucalyptus.

– L'endroit est tout à toi jusqu'à ce que je règle un petit problème dans ta salle de bains, j'explique. Il y a aussi une salle de bains pour les invités de l'autre côté du couloir et à ta gauche si tu as besoin d'utiliser les toilettes pendant la nuit.

Je me retourne et je suis presque à la porte quand elle m'arrête.

– Christian. Je ne… je ne veux pas être seule, là.

Sa petite voix me plante une flèche pile entre les côtes.

Bordel !

Ma main s'enroule autour de la poignée de la porte au point que le métal s'enfonce dans ma chair.

– Qu'est-ce que tu suggères ?

Ma voix s'est teintée d'un avertissement qu'elle ne relève pas.

Malgré mon étrange désir de protéger Stella, je ne suis pas protecteur par nature. Ma version de la protection a toujours été enveloppée dans les morceaux d'une vie étouffée et nouée à l'aide d'un nœud sanglant.

Malheureusement pour elle, Stella est trop innocente et confiante pour reconnaître un vrai danger quand elle en voit un.

– Tu peux rester avec moi ? demande-t-elle d'une voix où perce l'embarras. Juste pour ce soir.

Mes muscles se contractent. Je me retourne, je vois son visage livide, la méfiance avec laquelle elle considère la baignoire, comme si elle s'attendait à voir un monstre surgir de ses profondeurs et l'avaler tout entière.

– La salle de bains est sûre, et je serai juste devant la porte.

Je ne suis pas à l'abri d'une mauvaise idée, mais rester dans la pièce pendant qu'elle prend son bain est probablement la pire du monde.

– Je sais. C'est juste que… balbutie-t-elle. Non, tu as raison. C'était… je ne sais pas à quoi je pensais.

Elle frissonne, mais ne bouge pas du banc.

Je ferme les yeux un bref instant pendant que mes malédictions silencieuses visant l'univers s'intensifient. Je ne devrais pas. Je ne devrais vraiment pas, putain.

J'ai déjà dépassé les bornes en l'accueillant chez moi, dans ma putain de salle de bains, mais l'expression de son visage…

Je lui tourne à nouveau le dos, me détestant davantage à chaque seconde qui passe.

– Dis-moi quand tu seras prête.

Malgré la sécheresse de mon ton, j'entends un soupir de soulagement dans mon dos, qui me crispe les mâchoires.

Je ne change pas de position avant d'entendre le clapotis de l'eau, signe qu'elle est entrée dans la baignoire.

Stella est nue dans ma salle de bains.

Dans des circonstances normales, mon cerveau se raccrocherait à ce qui est évident : la couleur rosée de ses joues, le scintillement de sa peau dans l'eau, le fantasme de ses courbes harmonieuses sous la mousse.

Au lieu de quoi, un profond malaise s'installe en moi en la voyant si petite et si vulnérable, dans cette baignoire géante. Anéanti, l'oasis de calme qu'elle présente au monde, elle est désormais le théâtre d'une tempête sur le point de se déchaîner.

Elle tend la main vers son shampoing, mais je l'arrête avant qu'elle l'atteigne.

– Je vais le faire.

Au lieu de protester comme je m'y attendais, Stella reste silencieuse jusqu'à ce que je tire le banc au bord de la baignoire et que j'ouvre son shampooing.

– Tu vas mouiller ton costume, murmure-t-elle alors.

Je ne daigne même pas gratifier mon Brioni sur-mesure d'un regard.

– Je survivrai.

Je lui lave les cheveux, passant chaque mèche avec une méticulosité pointilleuse et massant son cuir chevelu à coups de mouvements fermes et profonds, tant et si bien qu'elle s'adosse et ferme les yeux. Ses cils forment un éventail sombre sur ses joues, et ses respirations redeviennent peu à peu régulières.

La chaleur a embué les miroirs et plongé la pièce dans une brume sulfureuse.

Porter un costume dans une salle de bains où il fait si chaud, c'est un putain de calvaire, mais je ne prends pas pour autant la peine d'ôter ma veste.

C'est la première fois que je touche Stella aussi longtemps et je compte en savourer chaque seconde. Ça n'a rien de sexuel, mais le simple glissement de ses cheveux contre mes mains ralentit le rythme de mon pouls à une lenteur torturante avant d'accélérer comme un fou.

La toucher me tue, puis me ramène à la vie.

Le grondement silencieux de mon cœur résonne dans mes oreilles. Je rince le shampooing et fais pénétrer l'après-shampooing dans sa chevelure.

L'ironie de la scène ne m'a pas échappé. Stella est l'âme la plus pure que je connaisse, et j'ai du sang plein les mains.

L'ange et le pécheur.

Deux forces opposées que rien ne lie sauf une feuille de papier et le besoin inextinguible de mon âme.

Je ne mérite pas de la toucher, mais j'ai trop envie d'elle pour m'en soucier.

Après avoir fini de lui laver les cheveux, je prends son éponge végétale que je plonge dans l'eau avant de l'enduire de savon. Le doux clapotis contre les parois de la baignoire noue quelque chose dans mes tripes.

– Penche-toi en avant.

J'ai la voix rauque à force de lutter contre moi-même. Stella s'exécute.

Je passe l'éponge sur son dos, suivant des yeux chaque centimètre de son lent voyage sur sa peau lisse et nue. L'air pulse d'une énergie tangible pendant que je la fais glisser sur ses épaules et sur ses clavicules. Assez bas pour frôler le haut de ses seins, mais pas assez pour enfreindre les règles de la décence.

Le corps de Stella se tend quand mon bras effleure son cou. Je marque une pause, en remarquant l'accélération soudaine de sa respiration. Son rythme est différent de celui d'avant, plus profond, plus lourd

La chaleur fait des étincelles dans mes tripes, et je me lève si brusquement qu'elle sursaute.

– C'est terminé.

Il y a quelque chose de malsain dans le fait de baver sur quelqu'un de traumatisé, même moi, je m'en rends compte.

J'arrache un peignoir à une patère et je le lui tiens ouvert, les yeux détournés et la mâchoire serrée.

Après un moment d'hésitation, Stella sort de la baignoire et s'y glisse.

Je serre la ceinture si fort qu'elle pousse un petit cri, mais au moins ce peignoir surdimensionné la couvre-t-il du cou jusqu'aux mollets.

Je lui sèche énergiquement les cheveux et m'apprête à lui faire traverser ma chambre vers le couloir quand sa requête refait surface dans mon esprit.

« *Tu peux rester avec moi ? Juste pour ce soir.* »

Une nouvelle salve de jurons me brûle la langue avant que je ne la ravale.

– Tu veux rester ici pour la nuit ? je demande d'un ton bourru.

Elle resserre ses bras autour de sa taille et, après une autre seconde d'hésitation, acquiesce.

J'emmerde ma vie.

Pourtant, je rabats mes couvertures et désigne le lit d'un signe de tête.

– Repose-toi un peu. On s'occupera de tout demain matin.

Il est encore tôt, mais l'épuisement se lit sur son visage et projette des ombres sous ses yeux.

Je quitte la chambre pour aller chercher ses vêtements de nuit afin qu'elle puisse passer quelque chose de plus propice au sommeil, mais lorsque je reviens, Stella dort déjà profondément. Je ne l'ai pas vue aussi apaisée depuis des semaines.

Je n'ai jamais laissé quiconque dormir dans mon lit auparavant. Je pensais que la voir lovée dans la soie noire et grise de mes draps serait étrange, mais ça me semble normal.

Je pose les vêtements sur la table de nuit à côté d'elle et je tente de m'atteler à mon travail en retard, mais je n'arrive pas à me concentrer.

Alors que la sécurité de mon immeuble est compromise, que ces connards incompétents mais agaçants de Sentinel sont sur mes talons et que j'ai un millier de mails à lire, je ne pense qu'à la femme endormie à quelques mètres de moi.

Elle est chez moi depuis moins de deux heures, et elle cause déjà des ravages dans ma vie.

Je me frotte la mâchoire. Mon exaspération se débat avec mon désir de la protéger à tout prix.

J'avais tort.

Stella n'est pas une distraction. Elle représente un danger, non seulement pour mon entreprise mais pour moi-même et pour des parties de moi dont j'ignorais l'existence.

17

STELLA

Je me réveille avec le soleil et une légère odeur de cuir et d'épices. C'est le premier signe que quelque chose cloche, puisque j'utilise uniquement des senteurs de lavande dans ma chambre à coucher.

Le deuxième signe, c'est la couleur des draps. De la soie gris ardoise, luxueuse dans sa simplicité et froissée par le sommeil, mais bien loin des doux draps crème que j'ai achetés il y a deux ans.

La brume du sommeil s'attarde, le temps que je fixe la trace sur l'oreiller à côté du mien et que je tente de reconstituer ce qui s'est passé la nuit dernière.

Je me trouve clairement dans une chambre d'homme. Les couleurs sombres, la montre et les boutons de manchette posés sur la table de nuit me le confirment sans doute aucun.

Est-ce que je suis sortie boire un verre et que j'ai suivi un type chez lui ? Peu probable.

Est-ce que j'ai passé la nuit chez Ava ? Non, sa chambre d'invités ne ressemble pas à ça, et…

– Tu es réveillée.

Un cri rauque monte dans ma gorge au son inattendu de cette voix derrière moi.

Je me retourne, paniquée, le cœur battant à tout rompre, jusqu'à ce que celui qui a parlé sorte de la salle de bains.

Cheveux foncés. Yeux couleur whisky. Visage ciselé.

Christian.

C'est sa chambre. Pourquoi suis-je dans…

Les souvenirs d'hier me percutent si vite et si fort que j'en ai le souffle coupé.

Le message dans ma chambre, mon coup de fil à Christian, mon déménagement chez lui, le bain qu'il m'a donné…

Oh, mon Dieu !

L'effroi et la mortification envahissent mon estomac. Je pourrais vomir si j'avais mangé plus qu'un croissant hier.

– Tu ne voulais pas être seule, alors je t'ai laissée passer la nuit dans ma chambre.

Christian ajuste sa manche. Il est 8 h, mais il a déjà revêtu un de ses costumes et les mocassins qui font sa marque de fabrique. Ses cheveux sont parfaitement coiffés, son visage affûté et rasé de près.

– Une exception à laquelle j'ai consenti compte tenu de ce qui se passe, mais qui ne se renouvellera pas. Tu dormiras dans la chambre d'amis à partir de maintenant. Elle est là pour ça.

Je fronce les sourcils, essayant de faire coïncider l'homme froid qui se tient en face de moi et celui d'hier, qui m'a portée dans sa chambre avant de prendre soin de moi.

Je m'empourpre au souvenir de la chaleur de son corps dans mon dos et du frôlement de ses mains sur ma peau nue. Ça n'avait rien de sexuel, et j'étais trop sous le choc pour réagir sur le moment, mais le souvenir allume une douce brûlure qui me réchauffe de l'intérieur.

Les yeux de Christian se sont assombris, comme s'il lisait dans mes pensées.

– Le petit déjeuner sera servi dans une demi-heure. On se voit à ce moment-là.

Il sort avant que je puisse répondre. Il n'est pas du matin, on dirait.

Une migraine palpite sous mes tempes alors que je m'efforce de donner un sens aux vingt-quatre dernières heures. Hier matin, je me suis réveillée dans mon lit, assez optimiste concernant cette histoire de harceleur. Maintenant, je vis dans l'appartement de Christian Harper parce que le harceleur s'est introduit chez moi.

Qui qu'il soit, il sait où j'habite et comment s'introduire dans l'un des bâtiments les plus sécurisés de la ville.

La peur ralentit les battements de mon cœur.

Tout va bien. Tu vas bien.

Il est peut-être capable de s'introduire au Mirage, mais pas dans l'appartement de Christian. Si ?

Je vais pour attraper mon pendentif, avant de me rendre compte que je ne le porte pas. Christian n'a déménagé que le strict nécessaire hier soir, ce qui signifie que mes cristaux se trouvent en bas, dans ma chambre.

La morsure de la peur s'intensifie à l'idée de retourner dans mon ancien appartement. Je l'adore, mais je n'imagine pas y remettre les pieds, maintenant que cette infraction en a brisé le sanctuaire.

Je déteste mon harceleur pour avoir détruit cette paix presque autant que je le déteste pour ses messages.

Après toutes ces années, je n'arrive toujours pas à comprendre pourquoi il m'a prise pour cible. Est-ce en raison de ma présence sur les réseaux sociaux ? De mon physique ? Ou ai-je simplement eu la malchance d'attirer l'attention d'un sale type qui a trop de temps à perdre ?

Je me force à respirer profondément.

Tout va bien. Tout ira bien.

Nous sommes en plein jour et Christian est tout près. Aussi lunatique soit-il, il ne laissera rien m'arriver.

Je ne sais pas pourquoi, mais j'en suis convaincue au plus profond de moi.

Tout ira bien.

Je répète cette phrase en boucle tout en me rendant dans la chambre d'invités, c'est-à-dire ma nouvelle chambre pour l'avenir proche, et je quitte mon peignoir pour enfiler des vêtements décontractés pour une journée de détente.

Quand j'entre dans la salle à manger, Christian est assis en bout de table avec une tasse de café, un stylo et le journal du matin ouvert sur les mots croisés.

La table elle-même ploie sous le poids d'un petit déjeuner complet. Des pichets en verre remplis de café, jus de fruits, eau et thé étincellent à côté de plateaux contenant tous les types d'aliments imaginables : des œufs préparés de six façons différentes, du bacon croustillant, des crêpes moelleuses à la ricotta et au citron, des gaufres et du pain perdu. Croissants, muffins et scones garnissent deux grands paniers d'osier, et une section invitant à se concocter son propre smoothie regorge de tous les fruits et de toutes les garnitures auxquelles je peux penser.

C'est un buffet pour vingt personnes, pas pour deux.

– Tu organises un brunch ? je demande, étonnée que quelqu'un puisse avoir besoin d'autant de nourriture pour lui-même ?

– Non, mais Nina a mis le paquet, alors autant en profiter.

Avant que je puisse demander qui est Nina, une femme brune au visage rond, coiffée d'un chignon et affichant un sourire joyeux, entre dans la pièce.

– Je suis Nina. Un smoothie à l'herbe de blé, c'est bien ça ?

– Oui, merci. Comment le saviez-vous ?

Elle jette un regard désapprobateur à Christian avant de me tendre un verre rempli d'une crème verte. Sa chaleur et son amabilité me détendent. Ce doit être la gouvernante de Christian, qui est aussi sa cheffe cuisinière à temps partiel. Je ne l'avais jamais rencontrée, mais je sais qu'elle est la seule personne à part moi à avoir les clés de son appartement.

– M. Harper m'a dit que c'était votre préféré.

Elle m'adresse un clin d'œil sous le regard noir de Christian.

– Ce sera tout pour l'instant. Merci.

La politesse avec laquelle il la congédie ne masque qu'à moitié le tranchant de sa voix.

Nina étouffe ce qui ressemble à un rire avant de partir.

– Je constate que la caféine n'a pas amélioré ton humeur. J'espérais qu'elle ramènerait le Dr Jekyll. Mr Hyde est beaucoup moins ma tasse de thé.

Je garnis une assiette de nourriture et m'assieds à côté de lui. Il a toujours été froid, mais ce matin, je ressens la distance entre nous avec une acuité particulière.

– C'est drôle. Je vois que de ton côté, une nuit de sommeil a vraiment amélioré ton humeur. Comment tu te sens ?

Christian replie ses mots croisés et les met de côté.

– J'ai faim, j'admets. Je n'ai rien mangé depuis hier matin.

Je sais que ce n'est pas ce qu'il me demande, mais je n'ai pas envie de parler du message pour l'instant. Je veux juste manger et faire comme si tout était normal.

J'arrache un morceau de mon croissant, que je fourre dans ma bouche. Un soupir de plaisir me monte à la gorge. Les croissants sont un cadeau du ciel. J'en suis persuadée.

– Bien. Comme je ne savais pas trop ce dont tu aurais envie, j'ai demandé à Nina de faire un peu de tout, lâche-t-il d'un ton bourru.

La chaleur se réveille dans ma poitrine. Je lui adresse un sourire timide, touchée par son geste même si ce n'est pas lui qui a préparé le repas.

Un léger soupçon de rose colore ses pommettes. Est-ce qu'il… rougit ?

Avant que je puisse m'expliquer cette vision stupéfiante, le rose disparaît et le masque de granit se remet en place.

– Puisque tu es là, on devrait revoir les règles.

Je fronce les sourcils.

– D'accord…

– Tu es ici parce que tu es en danger, et puisque tu es maintenant entièrement sous ma protection, il faut que nous prenions les mesures appropriées pour assurer ta sécurité, décrète-t-il d'un ton ferme. Rester ici jusqu'à ce qu'on attrape celui qui te laisse ces messages est la première étape. Mon équipe déménagera le reste de tes affaires aujourd'hui. Pendant que tu es ici, tu dormiras dans la chambre d'amis et tu respecteras les règles de la maison. Pas d'amies ou d'hommes… (Sa voix est devenue glaciale au mot « hommes ».) Et on ne touche pas aux appareils qu'on ne connaît pas. Il y a une chance sur deux pour qu'ils te tuent. À part ça, considère que c'est ta maison le temps que tu resteras ici.

Une chance sur deux pour qu'ils me tuent ? Quel genre d'appareils possède-t-il ?

– Oh ! je fais en m'obligeant à lui adresser un sourire radieux. Eh bien, qui pourrait résister à un accueil pareil ? Tu sais vraiment comment mettre une fille à l'aise.

Christian ignore mon sarcasme.

– C'est une bonne chose que tu n'indiques pas où tu te trouves en temps réel, mais je veux que tu attendes vingt-quatre heures pour poster quelque chose, au lieu de tes trois ou quatre heures habituelles. Change ton emploi du temps et fais en sorte qu'il soit imprévisible, y compris les itinéraires que tu empruntes pour rentrer chez toi. Tu auras aussi un garde du corps. Brock veillera sur toi quand tu ne seras pas avec moi. Il sera si discret que tu ne sauras même pas qu'il est là, sauf si tu as besoin d'aide. Enfin…

– Mon Dieu, j'avais peur que ce soit tout. Continue.

– Tu dois dire la vérité à tes amies, lâche Christian en me fixant d'un regard dur. Si elles ne savent pas que tu es en danger, elles peuvent te mettre en danger par inadvertance ou se mettre elles-mêmes en danger. L'ignorance n'est pas toujours une bénédiction.

Mon sourire disparaît. Une protestation se fraie un chemin sur le bout de ma langue avant que je ne la ravale.

Christian a raison.

Même si je déteste que mes amies s'inquiètent pour moi et qu'un garde du corps surveille chacun de mes mouvements

– un peu comme un harceleur, en fait, même si c'est avec des intentions moins malveillantes –, j'ai besoin de cette protection.

De plus, je ne peux pas laisser mes amies penser que tout va bien alors que ce n'est pas le cas. Et si le harceleur les ciblait, faute de pouvoir m'atteindre ? Je ne me pardonnerais jamais qu'il leur arrive quelque chose parce que je ne les ai pas mises en garde.

Mes ongles ont creusé des demi-lunes rageuses dans mes genoux.

Cool, calme, sereine.

Cool, calme, sereine.

– D'accord, je finis par répondre. Je les préviendrai. Mais j'ai quelques règles personnelles à te soumettre.

Pour que ce nouveau mode de vie fonctionne, il faut que j'aie mon mot à dire. Christian est expert en sécurité, certes, mais c'est ma vie.

– Le contraire m'aurait étonné.

La voix de Christian est sèche. Il se remémore sans doute l'ensemble de règles que j'ai tenu à édicter concernant notre pseudo-relation.

– C'est ta maison, et je respecterai tes règles. Mais je te demande aussi de respecter ma vie privée. Ça signifie que tu ne dois pas entrer dans ma chambre sans ma permission, même – surtout – quand je ne suis pas là. Ne fouille pas dans mes affaires, quand bien même elles se trouveraient dans un espace commun. Ne me dis pas où je peux aller ni qui je peux voir, à moins qu'il ne s'agisse d'une menace directe pour ma sécurité. Et…

Je me mordille la lèvre inférieure tout en réfléchissant à ma dernière requête.

– Et ?

Il hausse un sourcil sombre.

Je m'enfonce plus profondément les ongles dans la peau.

– Ne ramène pas de femmes à la maison. Je me fiche que tu couches avec elles, mais qu'elles ne viennent pas ici tant que je suis là. Ce n'est pas… ça ne me semble pas correct.

L'exclusivité était implicite, mais pas explicitement mentionnée dans notre contrat. Je n'ai aucun problème à rester célibataire, mais je doute de pouvoir en dire autant de quelqu'un comme Christian. Il a probablement des femmes qui se jettent à son cou tous les jours, quel que soit son statut relationnel.

Un étrange pincement me tord le cœur et le laisse tout desséché lorsque je l'imagine avec une autre femme. Je me dis que c'est une question d'apparences, rien à voir avec… quoi que ce soit d'autre.

L'amusement de Christian disparaît sous deux flaques d'ambre glacée.

– Je ne trompe pas, Stella.

– Il ne s'agit pas de tromperie, puisqu'on ne sort pas vraiment ensemble.

Qu'est-ce que je raconte ? Ce n'est pas comme si je *voulais* qu'il couche avec d'autres femmes. C'est trop risqué, et…

Une crampe me serre le ventre. J'ai dû engloutir mon croissant trop vite.

Tic. Tic. Tic. Je regarde le muscle tressauter dans sa mâchoire avec une fascination nerveuse. La colère de Christian est une vague, une déferlante, lente et insidieuse, qui engloutit tout sur son passage. Pourtant, lorsqu'il reprend la parole, son ton est aussi lisse et paisible qu'un lac d'été.

– C'est noté.

Noté ? C'est la réponse la plus vague qu'il puisse donner, mais j'ai trop peur pour demander des précisions.

Nous n'échangeons plus une parole pendant le reste du repas.

Cet après-midi-là, pendant que Christian travaille dans le bureau de son appartement et que les déménageurs apportent le reste de mes affaires, j'explore les sept cents mètres carrés de ce luxueux appartement de célibataire qui va devenir ma maison pour Dieu sait combien de temps.

Je suis venue ici chaque semaine pour m'occuper de ses plantes, mais je repartais aussitôt après. Je n'ai jamais pris le temps d'étudier mon environnement.

Le penthouse de Christian occupe tout le onzième étage du Mirage, qui est la hauteur maximale autorisée des immeubles à Washington. Des sols en marbre gris clair, des canapés et autres fauteuils en cuir noir, des baies vitrées offrant une vue à trois cent soixante degrés sur la ville. L'appartement est à l'image de l'homme : élégant, décoré de façon exquise et sobre d'une façon aussi froide qu'impersonnelle.

L'endroit comporte les éléments extravagants qui vont de pair avec un propriétaire fortuné, comme une piscine privée sur le toit et une salle de sport ultramoderne au bout du couloir du salon, mais ma pièce préférée reste la bibliothèque.

Des piles de coussins transforment les profonds rebords de fenêtres en coins lecture baignés par le soleil, et des canapés orange modernes ajoutent une touche de couleur inattendue à la pièce. Des centaines de livres s'alignent sur les étagères noires faites sur-mesure, et leur dos usé témoigne de ce que Christian les a vraiment lus au lieu de les utiliser comme accessoires.

C'est là que j'ai choisi de franchir le pas et d'appeler mes amies. J'ai repoussé l'échéance toute la journée, mais je ne peux plus continuer à tergiverser.

J'appelle Ava en premier. Bridget vit à Eldorra, sous protection, et Jules est déjà au courant pour le harceleur, il ne me faudra donc pas longtemps pour la mettre au parfum.

– Hey ! Quoi de neuf ?

Malgré ma situation pour le moins délicate, je souris en entendant la voix lumineuse d'Ava.

Beaucoup de choses.

– Pas grand-chose. Tu es chez toi ?

Je tiens à m'assurer qu'elle n'est pas en déplacement quand je vais lâcher ma bombe.

– Oui, je viens de rentrer.

Je l'entends refermer une porte et une voix masculine assourdie en arrière-plan. Sans doute Alex, son fiancé.

Je me sens mieux en le sachant à ses côtés.

Alex Volkov est une force en soi, et même s'il me met un peu mal à l'aise – je suis à peu près certaine qu'il a des tendances psychopathes –, il mettrait sa vie en jeu pour protéger Ava.

J'entortille le bas de mon tee-shirt. J'aurais dû préparer la façon dont j'allais lui annoncer la nouvelle, mais il est trop tard maintenant.

– Super. Comment ça se passe, le boulot ?

– Super, mais plus que chargé. On a notre rubrique annuelle « Best Of », qui se profile, et…

Je l'écoute d'une oreille distraite me parler de sa dernière mission photo et de son mariage prochain avant de mentionner brièvement l'affaire Delamonte. Il faut que je discute du contrat avec Brady, mais avec tout ce qui s'est passé au cours des dernières vingt-quatre heures, ça m'est complètement sorti de l'esprit. Cette sélection Delamonte m'a accaparée pendant des mois. Maintenant que j'ai enfin été choisie, c'est à peine si j'y pense.

L'univers a un sens du timing assez merdique.

– Et quoi de neuf, à part Delamonte ? Comment ça se passe avec Christian ? demande Ava. Tu n'as rien posté à son sujet depuis la photo à la galerie d'art. C'était super mignon, d'ailleurs.

La voilà, l'ouverture que je cherchais.

Mon téléphone glisse dans ma main quand j'oblige les mots suivants à franchir la boule dans ma gorge.

– À propos de ça. Je, euh… je commence en toussotant. J'ai emménagé chez lui hier.

S'ensuivent quelques secondes de silence avant qu'un « Quoi ?! » incrédule ne retentisse au bout de la ligne.

Je grimace et j'éloigne l'appareil de mon oreille. Pour quelqu'un d'aussi petit, Ava a une voix très puissante.

– Tu as emménagé chez lui ? Je croyais que vous étiez… (Elle baisse la voix : Alex ne doit pas être loin.)… que ce n'était qu'une fausse relation. Pourquoi tu vis chez lui tout à coup ?

Ma poitrine se dilate sur une profonde inspiration pour me donner du courage.

– Ben voilà, l'autre truc, c'est que je…

Je me fais harceler.

Les mots sont sur le bout de ma langue, mais je n'arrive pas à les sortir. Je garde mon secret depuis si longtemps que l'idée de le partager avec mes amies fait battre mon cœur comme un animal pris au piège contre les barreaux de sa cage.

Christian et Jules connaissent la vérité, mais seulement parce que j'y ai été contrainte et forcée : Christian parce qu'il m'a trouvée la nuit où j'ai découvert le message, Jules parce que nous cohabitions quand le harceleur a fait sa première apparition. Et elle ignore qu'il est de retour.

Je me lève et je fais les cent pas, trop agitée pour rester assise.

– Je, hum… (*Vas-y, dis-le.*) J'ai emménagé chez lui parce que… je me fais harceler. Et le type s'est introduit dans mon appartement hier.

Les mots se sont enfin déversés et ils atterrissent sur le sol avec un bruit sourd. La force de ce bruit se répercute jusque dans mes os, mais le silence qui suit est si lourd que j'en sens le goût par-delà la ligne téléphonique.

– Quoi ? hoquette enfin Ava.

Plus doucement cette fois, comme étourdie par le choc. Je m'arrête à côté de la fougère en pot dans un coin. Les odeurs de terre et de végétation se fraient un chemin dans mes poumons, m'enracinent et me donnent la force d'expliquer la situation. Je commence par les messages d'il y a deux ans et je termine par ma découverte d'hier.

Plus je parle, plus ça devient facile, même si une sensation de malaise s'attarde dans mon ventre. Je déteste inquiéter mes amies.

– Voilà pourquoi j'ai emménagé chez Christian, je conclus. C'est ce qu'il y a de plus sûr tant que mon harceleur est en liberté.

Je passe un pouce distrait sur mon pendentif – de l'améthyste pour apaiser les énergies et soulager le stress. Je me suis empressée de le chercher juste après que les déménageurs ont apporté mes affaires. J'ai besoin de tout l'apaisement possible.

– Oui, mais… commence Ava, avant de pousser un soupir. Je suis désolée. Je n'arrive toujours pas à me remettre du fait que ça a débuté il y a trois ans et que tu ne m'as rien dit. Il ne s'agit pas d'un petit ami secret ou… ou d'un travail au noir en tant que danseuse, Stella. Tu es ma meilleure amie et ta vie était en danger. Je t'aurais aidée.

Elle n'a pas l'air en colère, elle a l'air blessée, ce qui est encore pire.

– Tu n'aurais rien pu faire. Si quelque chose t'était arrivé à cause de moi, je ne me le serais jamais pardonné.

Encore une longue pause.

– Jules et Bridget sont au courant ?

Je mordille ma lèvre inférieure.

– Jules est au courant pour les premières lettres, puisqu'on vivait ensemble à l'époque. Bridget ne sait rien. Les messages ont cessé d'arriver après quelques mois, j'ajoute. Ça n'a donc pas été un problème pendant très longtemps.

Jusqu'à ce qu'ils reprennent.

– Mon Dieu, souffle Ava. C'est dingue !

– Pas plus dingue que de se faire kidnapper par l'oncle psychopathe de ton copain, non ?

Je cache ma nervosité derrière un rire tremblotant.

Malgré sa personnalité solaire, Ava a vécu plus d'événements traumatisants que moi.

– C'est vrai. On pourrait faire une série à partir de nos vies, admet-elle. Écoute, viens habiter chez moi jusqu'à ce que tu attrapes ce type. Alex n'y verra pas d'inconvénient et il arrangera les choses. En fait, attends, je l'appelle. Alex, crie-t-elle, tu peux venir ? J'ai…

– Non ! Ne lui dis pas.

Impliquer Alex dans une affaire comme ça est une mauvaise idée. Ce gars est capable de tuer quelqu'un pour vous aider.

– Je maîtrise la situation. D'abord, Christian est expert en sécurité et puis tu as déjà assez à faire avec le mariage.

– Rien à foutre du mariage, merde. Attends. (Ava a dû couvrir le haut-parleur car ses paroles me parviennent assourdies.) Non, mon cœur, bien sûr que je veux toujours me marier ! Je parlais à Stella de l'organisatrice du mariage… non, ne la vire pas. Elle est géniale. Je suis juste contrariée en ce moment. Un caprice de mariée, tu vois ? Tout va bien. Oui, je te le jure… Pourquoi je t'ai appelé ? Euh, j'ai hyper envie des nouveaux biscuits au citron et à la framboise de Crumble & Bake. Tu pourrais aller m'en chercher, s'il te plaît ? Merci ! Je t'aime. (Ava reprend notre échange, visiblement essoufflée.) Je suis désolée. Alex est à cran avec cette histoire de mariage. Il a fait pleurer la fleuriste l'autre jour… On est en train de travailler sur ses compétences relationnelles, avoue-t-elle sur un soupir.

Habituellement, ce sont les mariées qui sont obsédées par les moindres détails, mais Alex est un alpha jusqu'au bout des ongles.

– Bref, reprend Ava, redevenue sérieuse, tu es sûre que tu n'as pas besoin d'aide ? Je sais que Christian gère probablement ça très bien, mais Alex connaît tout le monde.

– Je n'en doute pas, mais ce n'est pas la peine d'entraîner plus de gens que nécessaire dans ma galère.

La situation est déjà devenue incontrôlable, avec le déménagement, un garde du corps et Dieu sait quoi d'autre. La dernière chose que je veux, c'est que le cirque s'amplifie encore.

– Tu ne nous entraîneras nulle part. On veut être là pour toi. Tu es notre amie, Stella, dit doucement Ava. Si tu es en danger, on veut t'aider. C'est ce que font les amis. C'est ce que tu ferais pour nous.

Un nœud d'émotions se forme dans ma gorge. Natalia et moi sommes sœurs par le sang, mais Ava, Jules et Bridget sont ma famille de cœur.

Nous avons été là les unes pour les autres dans les hauts comme dans les bas, et même si je les ai protégées des pires moments de ma vie, le simple fait de savoir qu'elles étaient là m'aidait à passer la journée.

Parfois, tout ce dont on a besoin, c'est de savoir que quelqu'un quelque part se soucie de nous.

– Je sais. Si j'ai besoin de quelque chose, je te le dirai. Promis.

– D'accord, lâche Ava qui, malgré sa réticence palpable, n'insiste pas. Fais attention à toi. Et je ne parle pas seulement du sale type qui t'envoie des messages.

« *Je parle aussi de Christian.* »

Elle ne l'a pas dit, mais je l'ai entendu haut et fort.

– D'accord, je promets avec une autre grande inspiration. Je dois te laisser, mais je t'adore.

Je vois bien qu'Ava veut en dire plus, mais elle se retient.

– Je t'adore, moi aussi.

Je raccroche.

Une de moins, plus que deux.

J'appelle ensuite Jules. Elle va péter un plomb, mais elle est déjà au courant pour le harceleur, donc peut-être qu'elle les pétera moins ?

Oh, de qui je me moque ? J'aurai de la chance si elle ne se pointe pas à ma porte en brandissant une machette et un plan pour fouiller tous les quartiers de Washington jusqu'à ce qu'on trouve le gars.

– Salut, J, je lance quand elle décroche. Tu es chez toi ? Tu n'as pas d'objets pointus à portée de main ? Tant mieux, parce que j'ai quelque chose à te dire…

18

CHRISTIAN

Je passe la journée à visionner les vidéos de surveillance d'hier. Il y a des heures d'enregistrements inutiles, mais je reviens toujours au même endroit : l'« incident technique » d'une demi-heure qui a coïncidé avec l'aller-retour de Stella au café.

Le harceleur ne s'est pas seulement introduit dans son appartement, il a aussi piraté le système de surveillance en circuit fermé du Mirage. C'est normalement impossible, pourtant les trente minutes de parasites qui ont remplacé ce qui aurait dû être une vue claire et nette du couloir devant l'appartement de Stella le confirment.

J'ai déjà ordonné une révision complète du système de sécurité du bâtiment. Tous les codes ont été changés, tous les coins et recoins inspectés à la recherche de traces d'effraction. Rien de suspect, ce qui ne peut signifier qu'une chose.

Soit il s'agit d'un coup monté de l'intérieur, soit le harceleur a eu de l'aide de l'intérieur.

Mon sang se glace à cette idée.

Chaque employé passe un examen approfondi avant que je l'embauche, mais la vie vous fait changer. Il suffit d'une dette ou d'un proche en danger pour qu'une personne se révèle vulnérable à la corruption et à la pression.

Je le sais, ayant moi-même souvent soudoyé et fait pression.

J'inspire à pleins poumons, j'expire et je me débarrasse de ma fureur en roulant doucement les épaules.

Il y a un temps et un lieu pour les affaires. Un dîner avec Stella n'en fait pas partie.

Je suis déjà en train de procéder à une deuxième série de vérifications sur toutes les personnes qui travaillent pour le Mirage et pour Harper Security. D'ici demain, je saurai si quelqu'un présente des faiblesses que des personnes extérieures pourraient exploiter.

En attendant, je garderai pour moi les vilains détails de l'enquête.

Apparemment, Stella a rebondi après l'intrusion, mais elle est douée pour cacher ses véritables émotions. Même ses amies les plus proches la croient inébranlable alors que les signes de son anxiété sont si évidents : changement dans le rythme de sa respiration, prunelles qui s'assombrissent, pendentif qu'elle entortille autour de son doigt chaque fois qu'elle est perturbée.

Elle ne montre plus aucun de ces signes pour l'instant, mais ça ne signifie pas qu'elle ait relégué ce qui s'est passé derrière elle. Ça ne faisait que vingt-quatre heures, bordel de merde !

– Au fait, Luisa m'a dit, pour le contrat Delamonte, je dis pour combler un blanc dans notre conversation. Félicitations.

Depuis le début du repas, elle a parlé de tout sauf de l'effraction. Elle n'a même pas évoqué la façon dont ses amies ont pris la nouvelle. Quoiqu'au fond, ça ne m'intéresse pas. Tout ce qui m'importe, c'est qu'elles ne la mettent pas en danger en faisant quelque chose de stupide.

Et si elle ne veut pas aborder ce qui s'est passé, ce n'est pas moi qui la forcerai.

Au lieu de s'asseoir à côté de moi comme elle l'a fait au petit déjeuner, elle occupe la chaise à l'autre extrémité d'une table pour huit personnes.

La distance m'irrite plus qu'elle ne le devrait, mais j'ébauche un minuscule sourire en voyant ses yeux s'illuminer à la mention de Delamonte.

– Merci. Je n'arrive pas à croire que j'ai décroché le contrat. Je dois encore parler à mon manager et signer l'accord, mais… Eh bien, tu sais ce qui s'est passé…

Son sourire s'atténue. Elle se racle la gorge et boit une gorgée d'eau.

– Bref, reprend-elle, je suis enthousiaste. La campagne peut m'ouvrir beaucoup de portes.

– C'est ce que tu veux ? Travailler avec des marques à plein temps ?

D'un point de vue logique, installer Stella chez moi est l'une des pires décisions que j'ai prise.

Elle est ma plus grande distraction. Ma faiblesse.

C'est pour ça que j'ai essayé de garder mes distances ce matin, mais je n'ai pas apprécié sa déclaration, comme quoi elle se fichait que je sorte et que je baise avec d'autres femmes. Comme si j'avais pu me concentrer sur une autre femme depuis que je l'ai rencontrée.

J'ai tenu moins d'une journée loin d'elle.

– Je pense que c'est une bonne chose à court terme, déclare Stella en guise de réponse. Je ne suis pas sûre que ce soit viable sur le long terme. En fait…

Je vois l'indécision se peindre sur son visage. C'est l'air de quelqu'un qui a un secret qui lui tient à cœur et qu'il craint de révéler.

– Il se peut que je lance ma propre marque de mode un jour ou l'autre. Ce n'est pas une certitude, s'empresse-t-elle de dire. C'est juste une idée que j'ai eue. On verra bien.

Je hausse les sourcils, plus curieux que surpris.

Stella qui lance une ligne de mode, voilà qui a plus de sens que Stella qui travaille pour un magazine. Certains sont des leaders, d'autres des suiveurs. Stella se voit peut-être comme appartenant à la deuxième catégorie, mais elle est trop talentueuse et brillante pour se laisser enfermer dans le carcan des attentes des autres.

– Je trouve que c'est une excellente idée.

Elle cille, visiblement étonnée par ma réponse.

– Vraiment ?

Elle a l'air d'en douter.

– Tu as déjà construit une marque avec ton blog et tes réseaux sociaux. En construire une deuxième ne devrait pas être difficile, j'affirme avant de lui adresser un sourire fugace. Je corrige : ça ne devrait pas être aussi difficile.

Stella fronce les sourcils.

– Je n'avais jamais vu les choses sous cet angle.

– Fais-moi confiance. Même si tu n'as pas encore de production physique pour l'instant, tu es probablement plus avancée que tu ne le penses.

Elle connaît le milieu et le marketing, ce qui est souvent la partie la plus difficile. La création du produit proprement dit est facile.

– Tu as un business plan ?

Le ton calme de ma question est à mille lieues de refléter le bouillonnement de mon sang. Je fais durer la conversation, mais parce que c'est la première fois que nous parlons de quelque chose de réel qui ne soit ni mon travail, ni son harceleur, ni notre arrangement.

Stella a beau partager la majeure partie de sa vie en ligne, je veux l'entendre racontée de sa bouche. Je désire comprendre sa façon de penser, de ressentir et de voir le monde.

Je veux démêler tous les fils qui font d'elle la femme qu'elle est et les mettre à nu pour pouvoir les examiner. Afin de savoir ce qu'il y a de particulier chez cette femme, quelle qualité chez elle m'envoûte alors qu'il y en a des milliers qui sont objectivement aussi belles et qui me désirent davantage.

– Est-ce que ça compte, si je te dis : dessiner, coudre et prier pour le meilleur ?

Un autre sourire menace de se dessiner sur mes lèvres quand j'entends son ton plein d'espoir.

– Impressionnant, mais je crains que tu n'aies besoin de quelque chose de plus concret.

Elle soupire.

– C'est bien ce que je craignais. Pour ce qui est du créatif, je me débrouille, mais je déteste les maths. Tout ce qui dépasse les calculs de base me passe au-dessus de la tête.

– Quand tu auras atteint un certain niveau de succès, tu pourras embaucher quelqu'un pour gérer ces choses-là à ta place. En attendant…

Je tape les doigts sur la table. Une fois, deux fois.

– Je vais t'aider.

Les mots planent entre nous, aussi choqués que moi par leur existence.

Entre la fuite interne, son harceleur et Sentinel qui me cherche des noises, j'ai déjà un million de problèmes à régler. Je n'ai pas besoin d'ajouter une putain de ligne de mode au mélange.

Enfin, maintenant que l'offre est lancée, je ne peux plus la retirer. Et pour être honnête, je n'en ai pas envie.

Stella écarquille les yeux.

– Tu vas m'aider… personnellement ?

– Je crois que c'est sous-entendu par « je vais t'aider », oui.

– Pourquoi ?

– Est-ce que ça a de l'importance ?

Elle hausse un sourcil têtu. Je soupire.

– Je ne vais pas rédiger le plan à ta place, Stella. Je t'enverrai un modèle et tu le rempliras au fur et à mesure. Ça ne prendra pas beaucoup de temps.

En fonction de son brouillon, ça pourrait au contraire prendre un sacré paquet de temps, mais je garde ça pour moi.

– En plus, je pourrai dire que j'ai assisté à tes débuts quand tu deviendras la prochaine styliste que tout le monde s'arrache, j'ajoute.

– Tu as l'air très sûr du résultat.

– J'en suis certain.

J'ai vu des entreprises se monter et péricliter au fil des ans. Celles qui prospèrent sont souvent dirigées par des personnes ayant des qualités communes : créatives, passionnées, disciplinées et désireuses d'apprendre.

Stella possède ces qualités à la pelle. Elle a juste besoin de le découvrir par elle-même.

Le regard timide par lequel elle me répond fait naître une étrange chaleur dans ma poitrine.

– J'ai… En fait, j'ai esquissé quelques modèles. Tu veux les voir ?

Mon sourire s'épanouit enfin pleinement, lent et langoureux.

– J'aimerais beaucoup.

Nous gagnons sa chambre dans un silence confortable. Elle sort une liasse de feuilles du tiroir de son bureau et me les tend.

– Je voulais une ligne qui corresponde aux types de vêtements que je couvre déjà sur mon compte. De la qualité avec une large gamme de prix pour différents porte-monnaie. Et beaucoup de robes, ajoute-t-elle. J'adore les robes.

Elle enfonce ses dents dans sa lèvre inférieure pendant que j'examine les croquis et fait tourner son collier autour de son doigt.

– Ce ne sont que des ébauches. Je n'ai pas dessiné depuis longtemps, alors je suis rouillée…

– Ils sont magnifiques.

Les croquis de Stella sont luxuriants et très détaillés, pleins de couleurs riches et de silhouettes parfaitement coupées. Ces créations auraient leur place sur les podiums de Milan et de Paris, et pas entassées dans un coin à Washington.

Elle hésite.

– Vraiment ?

– Oui, et sache que je ne suis pas du genre à mentir pour ménager qui que ce soit. S'ils étaient affreux, je te le dirais. Ce n'est pas le cas. Tu as du talent, j'insiste en lui rendant les croquis. Ne laisse personne, y compris toi-même, prétendre le contraire.

Stella donne l'impression de vouloir parler, mouvement infime que repèrent mes yeux accrochés à son visage comme un aimant à l'acier.

L'air s'épaissit, nous suffoque sous une tension qui fait entendre le tic-tac d'une bombe prête à exploser.

– Tu comprends ?

J'ai parlé à voix basse, mais ma question flambe entre nous comme du petit bois arrosé d'essence.

Les lignes délicates de sa gorge palpitent sous l'effort d'une déglutition difficile.

– Oui.

Le souffle délicat de sa réponse effleure ma peau et provoque aussitôt des tiraillements dans mon entrejambe.

Elle est si proche.

Je pourrais mettre fin à ce petit jeu dès maintenant, la plier à ma volonté et attiser les braises de l'attirance entre nous jusqu'à ce qu'elles s'enflamment Lui donner un avant-goût de ce qu'elle pourrait avoir si elle succombait à ce qui semble inévitable dans notre situation.

Tout.

– Tant mieux.

Je penche la tête et, dans un mouvement subtil, presque involontaire, mes lèvres touchent les siennes. Deux secondes. Deux mots. Un instant électrique qui enflamme chaque centimètre carré de ma peau.

Quelque part au loin, une liasse de feuillets voltige jusqu'au sol.

J'avale le petit hoquet de Stella comme s'il s'agissait de ma dernière once d'oxygène, et un grognement se fraie un chemin dans ma gorge quand je découvre son goût sucré.

C'est à peine un baiser. Nous n'avons même pas bougé, et pourtant notre bref contact m'a consumé. L'air dans mes poumons, les battements de mon cœur. Pendant ce bref instant,

Stella a été la seule réalité au monde. Je l'ai inspirée. Je l'ai expirée. Et je me suis écarté.

Nous nous regardons.

Notre presque baiser n'a pas duré plus d'une seconde et, pourtant, nous sommes tous les deux aussi rouges et haletants que si nous avions couru un marathon.

La surprise et quelque chose de plus pesant assombrissent ses yeux qui deviennent des flaques d'émeraude.

– Christian…

Mon nom entrecoupé de ses petits halètements déverse de la lave en fusion directement dans mes veines. La tension augmente au niveau de mon entrejambe.

Je n'arrive pas à y croire : je bande après quelques secondes seulement d'un contact aussi chaste ! C'est pourtant bel et bien le cas.

Je retrousse mes manches et veille à parler d'une voix froide, histoire de masquer les flammes qui me lèchent la peau. Depuis quand fait-il si chaud ici ?

– Notre première réunion d'affaires aura lieu la semaine prochaine. Sois prête. Bonne nuit, Stella.

Je suis parti avant qu'elle ne puisse répondre.

Chaque molécule de mon corps réclame que je reste et que je finisse ce que j'ai commencé, mais c'est trop tôt. Quelqu'un s'est introduit chez elle hier, pour l'amour de Dieu.

Pourtant, quand j'entre dans ma salle de bains et que je baisse au maximum la température de ma douche, la brûlure dans mon sang refuse de refluer.

19

STELLA

31 mars

Je...

Qu'est-ce. Qui vient. De se passer ?

Une semaine après avoir emménagé chez lui, je découvre le vilain petit secret de Christian.

Dans un coin sombre de sa tanière, rangé entre des DVD de *Reservoir Dogs* et du *Parrain*, il possède une édition collector de *Spice World*.

Eh oui. Christian Harper, le P.-D.G. de Harper Security et probablement l'homme le plus terrifiant que j'aie jamais rencontré, possède une édition spéciale d'un film mettant en scène un groupe de filles des années 1990 qui, par coïncidence, est l'un de mes préférés, pour la seule raison qu'il est très kitsch.

Je ne savais pas que les gens possédaient encore des DVD, mais je ne renonce pas à l'occasion de revoir l'une de mes obsessions d'enfance sur son écran plat dernier cri.

D'après ce que j'ai pu observer de son emploi du temps, Christian ne sera pas à la maison avant deux heures. Je m'autorise donc à me laisser aller.

Je chante et danse pendant le film, en ne m'interrompant que pour prendre une cuillerée de la glace posée sur la table basse. N'étant pas la meilleure chanteuse ou danseuse qui soit, j'ai probablement l'air ridicule, mais je suis trop heureuse pour m'en soucier.

La journée a été bonne.

J'ai officiellement signé le contrat avec Delamonte, et notre première séance photo est prévue pour la semaine prochaine à New York. Il s'agit d'un petit tournage, ce qui explique pourquoi les délais sont si courts, mais je suis enthousiaste à l'idée d'entamer le partenariat et de retourner dans cette ville.

J'ai également terminé une nouvelle série de croquis et je commence à remplir le modèle de business plan que Christian m'a envoyé. Ce n'est pas aussi ennuyeux que je l'avais craint, même si certaines parties, comme l'analyse financière et le plan de production, me donnent la migraine.

Aucun de nous deux n'a mentionné notre presque baiser depuis qu'il s'est produit. Nos conversations restent cantonnées à des banalités, au travail et à ma ligne de vêtements, ce qui me convient parfaitement.

En fait, les choses ont été si normales entre nous que j'en viens à me demander si le « baiser » a vraiment eu lieu. Peut-être n'est-ce que le fruit de mon imagination, né de la folie qui m'a poussée à lui montrer mes croquis ?

Je ne les avais jamais montrés à personne avant.

En attendant, la peur que m'inspire mon harceleur s'est estompée, enfermée derrière les vitres pare-balles et les murs en béton armé du penthouse de Christian. Si j'y pense trop, l'anxiété revient en force, heureusement je suis assez occupée pour ne pas avoir le temps d'y penser. Je peux me perdre dans ma bulle d'illusion pour… bon, pas pour toujours, mais pour un moment.

Donc comme je l'ai dit, la journée a été bonne.

Je virevolte, une cuillère à glace dans la bouche, en dansant pieds nus sur le marbre frais du sol.

Je suis tellement emportée par ma chanson et ma danse que je n'ai pas remarqué que quelqu'un est entré… jusqu'à ce qu'une silhouette apparaisse sur un tour de piste improvisé.

Un cri de surprise explose dans l'air avant que mon cerveau n'analyse la silhouette mince et musclée, le costume taillé sur-mesure. La cuillère s'échappe de ma bouche et atterrit par terre, non sans avoir éclaboussé le devant de ma chemise de crème glacée parfum *dulce de leche.*

– Ce n'est pas le genre d'accueil que je reçois habituellement des femmes, mais c'est une amélioration par rapport à tes hurlements de l'autre fois.

Sous le sarcasme, une pointe d'amusement vient adoucir les lignes finement ciselées du visage de Christian. Ses yeux, cependant, sont tout sauf doux. Ce sont deux lames enveloppées de soie noire, dont les bords sont si froids qu'ils me brûlent la peau.

Ils suivent les lignes de mon cou, descendent le long de mon buste jusqu'à mes jambes et mes pieds nus avant de remonter jusqu'à mon visage.

Lentement et tranquillement, comme un chat qui joue avec une souris.

Pendant tout ce temps, je reste immobile, de peur que le moindre mouvement ne me coupe en deux et mette à nu mon cœur sauvage dans l'air électrique.

Je prends soudain conscience que mon short est bien trop court, que mon sweat-shirt découvre un sacré morceau de peau et que je dois avoir l'air ridicule avec mes patchs de gel contour des yeux et mon masque sans rinçage sur les cheveux. Et je ne parle même pas du fait que je dansais et chantais sur la musique de ces fichues Spice Girls, en plein milieu du salon.

La gêne chasse les flammes allumées par son examen minutieux, mais je m'accroche quand même aux lambeaux de ma dignité du bout de mes doigts ensanglantés.

– Je ne hurlais pas. J'exerçais mes cordes vocales. Et je me croyais seule. Tu ne rentres jamais à la maison aussi tôt.

Je me penche et je récupère la cuillère poisseuse sur le sol, aussi gracieusement que la situation le permet.

– Je n'imaginais pas que tu accordais autant d'attention à mon emploi du temps.

Sa voix traînante et veloutée m'effleure la peau comme la plus sensuelle des caresses.

Christian sort de la pénombre et se dirige vers moi. Il est habillé de la tête aux pieds de vêtements de marque, mais ses yeux d'ambre brillants et la grâce prédatrice avec laquelle il se déplace me font penser à une panthère traquant paresseusement sa proie. Une bête qui fait durer le plaisir parce qu'elle est lasse de la facilité avec laquelle elle capture tout ce qu'elle veut.

– Je ne sais pas, mais on vit ensemble depuis une semaine. Je n'ai pas besoin d'étudier tes allées et venues pour connaître ton emploi du temps.

Christian est un lève-tôt. Moi aussi, mais à l'heure où je monte sur le toit de son immeuble pour faire mon yoga au lever du soleil, j'entends déjà sa douche couler et je sens l'odeur du café en train de couler dans la cuisine. Il part à 7 h 30 pile et revient douze heures plus tard, l'air aussi impeccable que lorsqu'il a franchi la porte le matin.

Ce n'est pas humain.

Boum. Boum. Boum.

Mon pouls tambourine dans mon poignet, ma poitrine et mes oreilles quand Christian s'arrête devant moi. Épices et cuir. Lignes noires, nettes, et boutons de manchette en argent. Intimidants dans leur perfection, mais réconfortants dans leur familiarité.

– Tu sais pourquoi je rentre tôt aujourd'hui ?

Christian lève sa main et, pendant une seconde aussi grisante que terrifiante, je m'attends à ce qu'il prenne mes seins dans sa main.

Au lieu de quoi, il passe son pouce sur la tache de crème glacée au-dessus.

Un contact léger, mais qui réussit à s'insinuer, brûlant, jusque dans mes veines et à se concentrer entre mes jambes.

– Non.

Je m'entends à peine par-dessus l'orage qui gronde dans l'air. La bande-son du film est inaudible, elle a été remplacée depuis longtemps par le tambour frénétique de mon cœur.

– On a un rendez-vous, lâche-t-il, visiblement amusé par ma confusion. Notre première réunion professionnelle.

Je cille, mon cerveau est trop brumeux pour assimiler ses mots en temps réel.

Une réunion professionnelle…

« Notre première réunion d'affaires aura lieu la semaine prochaine. Sois prête. »

– Oh. Oh !

Mon business plan. Celui que je n'ai rempli qu'à moitié. La réalité balaie le voile de phéromones tombé sur ma vision et ramène ma respiration à la normale.

– Je n'ai pas encore terminé mon plan, j'admets. Je n'en suis qu'à la moitié.

Réfléchir à ce que je veux pour mon entreprise prend plus de temps que de le mettre sur le papier.

Je m'attends à un sermon ou au moins à un soupir de déception, au lieu de quoi Christian se borne à lâcher :

– Montre-moi ce que tu as jusqu'à présent.

Je récupère les papiers sur la table basse et je les lui tends. Le fantôme de son contact s'attarde sur ma peau, mais la tension passée se transforme en nervosité alors que je guette ses réactions.

Après un silence interminable, il me rend le document.

– Bien.

– Bien ?

C'est tout ?

– Oui, bien. Le résumé est clair et succinct, et tu as clairement fait ton étude de marché. Ton projet pourra être légèrement retouché, mais on s'en occupera une fois que ton premier jet sera terminé. Je ne m'attendais pas à ce que tu mettes au point un plan complet en une semaine, Stella, ajoute-t-il avec un petit sourire. D'autant que tu n'en as jamais fait auparavant.

Le soulagement desserre le nœud dans ma poitrine.

– Tu aurais pu me le dire plus tôt. J'étais à deux doigts de la crise cardiaque !

J'étais l'élève qui avait toujours fait ses devoirs à temps. L'idée de rater un devoir me donnait la chair de poule.

Déception. Échec.

Je secoue les voix insidieuses avant qu'elles ne plantent leurs griffes, mais leurs échos demeurent, freinant mon enthousiasme.

– Si je te l'avais dit, est-ce que tu aurais avancé à ce point ?

Je soupire devant sa logique.

– Probablement pas.

Le regard de Christian glisse vers la télévision.

– Exactement. Cela dit, je suis désolé d'avoir interrompu ton époustouflante chorégraphie avec les Spice Girls. Tu as vraiment manqué ta vocation en tant que membre d'un girls band.

Je fronce les sourcils. Je n'ai pas oublié que ma prof de musique au collège a un jour comparé mes capacités vocales à celles d'un chat mourant. elle n'était pas une enseignante très sympa.

– Ce spectacle n'était destiné qu'à moi, pas à toi. Tu t'y es immiscé par effraction.

Tout en parlant, j'enlève mes patchs contour des yeux avec la plus grande désinvolture possible. Entre le chant, la danse et la crème glacée, je suis assez embarrassée comme ça. Inutile de rajouter un patch qui glisserait tout seul par-dessus le marché.

– On est chez moi, ici.

– Il serait tout de même poli d'annoncer ta présence.

– C'est ce que je voulais faire, mais j'ai été trop fasciné par l'éléphanteau ivre qui déambulait en chancelant dans mon salon.

Et il éclate de rire quand je pousse un cri indigné. Je ne suis pas une danseuse hors pair, mais je me déhanche tout de même mieux qu'un éléphanteau ivre. Probablement. Peut-être.

– Mais d'une manière charmante, bien sûr, ajoute-t-il.

Ma dignité ne s'en remettra jamais.

– Bien sûr. Je me sens beaucoup mieux avec cette précision.

Je lève le menton et change de sujet avant d'imploser pour cause de mortification absolue.

– En parlant de spectacle, j'ai ma première séance photo avec Delamonte la semaine prochaine. À New York.

Le rire de Christian s'éteint, même si des traces d'amusement s'attardent autour de sa bouche.

– Les dates ?

Je les lui indique.

– C'est noté. Nous prendrons mon jet.

Je le regarde fixement, sûre d'avoir mal entendu.

– Tu viens avec moi ?

– C'est ce qu'implique le « nous », oui.

En public, il est toujours poli et aimable, mais en privé, il peut se comporter en connard sarcastique.

– Tu n'as pas une entreprise à gérer ?

Il doit avoir des choses plus importantes à faire que d'accompagner sa fausse petite amie à une séance photo.

– Si mon entreprise ne peut pas survivre deux jours sans moi, alors je n'ai pas fait mon travail de P.-D.G. Sans compter que ton admirateur secret, pas si sympa que ça, est toujours dans la nature. Il y a peu de chances qu'il te suive à New York, mais on ne va pas prendre le risque.

– Brock peut m'accompagner. Je l'aime bien. Il est gentil.

Certes, je ne l'ai rencontré qu'une fois et ne l'ai plus jamais revu, mais je sens sa présence chaleureuse et rassurante chaque fois que je quitte la maison. La présence d'un garde du corps n'est pas aussi pénible que ce j'avais imaginé.

Et puis, je ne suis pas tentée de faire l'amour avec lui, ce qui est un gros avantage.

L'expression de Christian ne change pas, pourtant, la température plonge soudain de vingt degrés.

– Brock ne t'accompagnera pas. C'est moi qui viens. (Ces mots sont si froids que je pourrais faire une sculpture sur glace avec.) Son travail consiste à rester à l'abri des regards et à assurer ta sécurité. Rien d'autre. Est-ce qu'il a bien fait son travail, Stella ?

Je sens que c'est une question piège.

– Oui ? je hasarde.

Je ne comprends pas ce qui met Christian en colère, mais je ne veux surtout pas que Brock soit renvoyé.

– Bien.

Je commence à détester ce mot.

Je croise les bras, à la fois pour cacher ma nervosité et pour me protéger des vagues glaciales du mécontentement de Christian.

– Ta journée de travail s'est mal passée ? je demande. Ou bien la métamorphose en bête lunatique fait partie de ta routine du soir ?

Pour toute réponse, il me considère d'un regard encore plus appuyé. Je plaisantais, mais maintenant que je l'observe plus attentivement, je décèle de minuscules signes de stress. La tension aiguise la lame de sa mâchoire, et un petit sillon s'est creusé au milieu de son front. Son corps vibre d'une frustration sombre et agitée.

– Tu as passé une mauvaise journée ? je répète, plus doucement cette fois.

Je m'attends à ce que Christian balaie mon inquiétude d'un revers de la main. À ma grande surprise, il me répond franchement.

– Un client difficile.

– J'imagine que ce n'est pas une première.

La liste des clients de Harper Security est composée de P.-D.G., de célébrités et autres membres de familles royales. Autant dire, des tonnes d'ego à gérer pour une seule entreprise.

– Pas autant qu'on se l'imagine.

Il retire sa veste et la pose sur le dossier du canapé. Comme sa chemise est tendue sur ses larges épaules, on voit ses muscles se dessiner à chacun de ses mouvements.

Arrête. Ce n'est pas le moment de le reluquer.

– Si quelqu'un s'obstine à être pénible, on lui montre la porte et il n'est jamais autorisé à revenir. Je dirige une entreprise de sécurité, pas une garderie. Je n'ai pas le temps de m'occuper d'ego surdimensionnés. Cela dit… Certains ego sont attachés à des contacts utiles, avoue-t-il avec une pointe d'ironie. Le client en question est furieux parce que j'ai signé un contrat pour fournir des services à son concurrent. Il menace de me retirer son compte si je ne me débarrasse pas de ce concurrent.

Les hommes adultes sont vraiment plus mesquins que des lycéens.

– Je suppose que c'est un gros client ?

– L'un de mes plus gros.

– Tu ne veux pas perdre le compte, mais tu ne veux pas non plus ternir ta réputation ou créer un mauvais précédent en laissant tomber l'autre, je raisonne tout en me mordillant la lèvre. Parce que bon, c'est une question de fierté. Il ne veut pas que son concurrent ait ce qu'il a, alors pourquoi ne pas lui offrir quelque chose en plus ? Fais-le bénéficier d'un forfait VVIP en lui laissant bien entendre que son concurrent n'a pas le même niveau de prestations.

Le statut de VIP est la norme pour ses clients, mais VVIP est le niveau au-dessus.

– Je ne propose pas de forfait VVIP.

– Eh bien, maintenant, si. Au moins, fais-lui croire que c'est le cas, je nuance. Ajoute quelques éléments de sécurité supplémentaires, emmène-le boire un verre. Dis-lui de ne pas ébruiter la chose, parce que ce forfait n'est accessible qu'à quelques rares clients privilégiés. Un peu comme un club secret. Ça calmera son ego, et il sera ravi d'avoir quelque chose de plus que son concurrent. Les gens comme ça veulent juste se sentir mieux traités que les autres.

Une leçon que j'ai apprise après des années de travail dans le monde de la mode.

Christian m'examine avec un petit sourire.

– Peut-être as-tu plus le sens des affaires que tu veux bien le reconnaître.

Son murmure grave enveloppe mes sens d'une somptueuse couverture de velours.

– Plus d'empathie que de sens des affaires, j'objecte, gênée. Je suis toujours aussi nulle en négociations et en comptabilité.

« *Apprends à accepter les compliments, bébé. "Merci" est une réponse parfaitement adéquate.* »

C'est la voix de Jules qui retentit dans ma tête.

J'essaie, mais certains compliments sont plus faciles à accepter que d'autres.

– Quoi qu'il en soit, tu peux toujours tenter le coup et voir comment ça se passe. En attendant, j'ajoute après m'être éclairci la gorge, il faut que tu déstresses. Tu fais de la méditation ?

Il me regarde fixement.

– Ça t'aiderait à mieux dormir.

Silence.

OK. Je suppose que c'est un « non ».

– Et le yoga ? je tente. On pourrait le faire ensemble. Je te guiderais tout au long du processus.

Christian a l'air de quelqu'un qui préférerait se noyer dans une cuve d'acide.

– J'apprécie l'offre, mais je vais m'en tenir à une douche chaude et à une bonne nuit de sommeil, réplique-t-il sèchement.

– Ça ne suffira pas.

Pas vu la profondeur des sillons qui creusent son front. Les hommes d'affaires sont tous les mêmes, toujours à la recherche du prochain gros contrat, sans se soucier de leur santé jusqu'à ce qu'il soit trop tard. Je claque des doigts.

– OK, j'ai une idée. Assieds-toi sur le canapé.

– Je ne médite pas.

– Tu l'as déjà dit. (*Pas en mots, mais son silence en disait long.*) Ce n'est pas de la méditation. Contente-toi de t'asseoir. S'il te plaît ?

Malgré la suspicion qui se lit dans ses yeux, il s'exécute.

Mon cœur tambourine assez fort contre ma cage thoracique pour se faire des bleus quand je m'approche de lui et que je pose les mains sur ses épaules.

Ses muscles se contractent immédiatement.

– Qu'est-ce que tu fais ? demande-t-il.

Il y a tellement de danger entrelacé dans sa voix grave que j'en sens le goût dans ma gorge.

– Je te fais un massage. Ne me dis pas que tu es opposé à ça aussi.

Je dissimule ma nervosité sous un vernis de calme. *C'est pour l'aider à se détendre. C'est tout.*

Sa mâchoire se contracte.

La nuit est tombée, drapant la baie vitrée en face de nous d'un noir d'encre. La fenêtre fait office de miroir, tant nos reflets y sont nets.

– Tu me fais un massage.

L'inflexion de ses mots est impossible à interpréter.

– C'est ce que j'ai dit. Maintenant, détends-toi.

Je garde ma voix aussi basse et apaisante que possible en passant mes paumes à plat sur son cou et ses épaules. Ses muscles se contractent davantage, ce qui empêche complètement l'exercice d'atteindre son but. J'adore me faire masser, mais j'aime presque plus quand c'est moi qui masse. Il y a quelque chose de très satisfaisant à sentir la tension fondre sous mes mains et à savoir que j'ai aidé quelqu'un à se sentir mieux, ne serait-ce que temporairement.

Christian met un certain temps à y parvenir, mais il s'enfonce progressivement dans le canapé et bascule la tête en arrière, les yeux fermés.

L'air vibre de la conscience que nous avons l'un de l'autre et des sons mélangés de nos respirations, douces et régulières.

Je tente de me concentrer sur mes mouvements et non sur la puissante carrure masculine, nonchalamment affalée en dessous de moi, telle un léopard au repos après une longue chasse. Les muscles de Christian sont longs et sculptés, tout en lignes sinueuses et force retenue. Comme tout ce qui le concerne, son corps est une machine létale, parfaitement rodée.

Mes yeux remontent vers son visage et l'éventail sombre de ses cils sur ses joues bronzées. Des lèvres fermes et sensuelles, des pommettes ciselées, la lame effilée de son nez et une mâchoire si parfaitement taillée qu'elle aurait sa place dans un musée.

Un tel visage, ça devrait être illégal.

Une mèche d'épais cheveux noirs lui frôle le front. Je ne peux pas me retenir et la repousse en arrière, et je me délecte de la sensation de cette chevelure en massant doucement le cuir chevelu de son propriétaire. Les cheveux de Christian sont d'une longueur parfaite, assez courts pour être faciles à entretenir, assez longs pour qu'une femme puisse y enfoncer les mains pendant que…

Stop. Concentre-toi.

Je déglutis en passant outre la sécheresse de ma gorge et la tension renouvelée dans mon bas-ventre.

En dessous de moi, le rythme de la respiration de Christian se transforme en quelque chose de plus rude, de plus primitif.

Je fais glisser mes paumes le long de son cou et sur son épaule…

Un petit cri brise le silence. Sa main se referme sur la mienne, pour en interrompre les mouvements. Sa poigne de fer marque ma peau d'une telle chaleur que je la sens dans mes os.

– Ça suffit.

Interruption brutale et regard mécontent, couleur whisky.

Il a rouvert les yeux, et je suis déjà en train de me consumer sous leur feu lorsque je me raccroche au peu qui reste de mon instinct de survie et que je m'écarte.

Je retire ma main de la sienne et je recule, la gorge nouée, le pouls qui s'emballe sous des décharges d'adrénaline pure.

– Tu as raison. Ça devrait suffire. J'espère que ça t'a aidé. (*Cool, calme, sereine.*) Bref, à demain. Bonne nuit.

Pour la deuxième fois de la semaine, je me réfugie dans ma chambre dont je ferme la porte derrière moi. Je ferme les yeux et je m'appuie contre le bois frais jusqu'à ce que les battements de mon cœur reprennent un rythme normal.

Qu'est-ce qui ne va pas chez moi ? Jamais un homme ne m'a mise dans cet état. J'ai même consulté une sexologue une fois, pour vérifier si ma faible libido n'était pas inquiétante, mais elle m'a rassurée en m'affirmant que c'était normal. Tout le monde ne ressent pas d'attirance sexuelle tout le temps ou de la même façon.

À moins, apparemment, qu'on ne vive avec Christian Harper. Je n'arrive pas à déterminer ce qui a changé.

Je l'ai toujours trouvé séduisant, mais mes réactions à son égard n'étaient pas aussi intenses ni aussi fréquentes avant qu'il me retrouve après le premier message. Bien sûr, la nuit du gala a été intense, mais je pensais que c'était un hasard.

Peut-être mon cerveau perturbé pense-t-il que notre fausse relation est réelle ? Ou peut-être que je confonds la gratitude avec quelque chose de plus profond ?

Quelle qu'en soit la raison, je voudrais que ces sensations étranges disparaissent.

Je me brosse les dents et je grimpe dans le lit, mais le sommeil m'échappe, en raison de la tension persistante qui enflamme mon entrejambe.

Finalement, je craque.

Je glisse une main entre mes jambes, et ma bouche libère un souffle silencieux au premier frôlement de mes doigts sur mon clitoris.

Je n'ai pas souvent besoin de cette libération sexuelle, mais cet unique contact enflamme des mois de frustration refoulée jusqu'à ce que la seule chose qui compte soit la poursuite d'un soulagement doux et enivrant.

Mon dos se cambre sur le matelas tandis que je joue avec mon clitoris d'une main et mon téton de l'autre. Comme ça fait une éternité que je ne me suis pas touchée, je suis hypersensible et des étincelles de plaisir fusent à travers mon corps, affolant chacune de mes terminaisons nerveuses.

De petits gémissements se mêlent aux frottements humides de mes doigts sur mon clitoris, tandis que mon esprit déroule pour moi le scénario érotique que j'affectionne particulièrement.

Moi attachée, la griffe rugueuse des cordes qui mordent ma peau, pendant qu'un inconnu sans visage fait son affaire avec moi. Des mains qui me serrent la gorge, des morsures sur ma peau, un rythme dur et implacable qui m'arrache des cris inhibés.

Des fantasmes sombres auxquels je ne m'adonne que sous le couvert de la nuit.

Je ne les ai jamais révélés à mes précédents amants, parce que je suis trop timide pour les partager et parce que je ne leur faisais pas confiance pour réaliser les scénarios comme je les voulais.

Ironiquement, dans mes fantasmes, l'identité de l'homme importe peu. Mon amant fantôme est resté sans visage depuis toujours, figure sans forme précise qui n'a pas besoin de nom pour me fournir ce que je veux : une perte de contrôle sans danger et une mise à l'écart des soucis qui m'assaillent. Rien d'autre que les piqûres aiguës du plaisir et de la douleur qui l'accompagne.

Mais alors que mes doigts se trempent de mes fluides et que la pression monte entre mes cuisses, la silhouette sans visage se dessine pour toute la première fois.

Des yeux d'un marron doré. Un sourire d'une douceur mortelle. Le frôlement incandescent de ses lèvres sur les miennes et une poigne impitoyable qui s'enfonce dans ma peau avec juste assez de pression pour m'étourdir.

Le nœud de pression explose avec une telle force que je n'ai pas le temps de crier avant de basculer, emportée par une vague de béatitude orgasmique, sans rien d'autre à quoi me raccrocher si ce n'est des visions de whisky, de mains rugueuses et d'un homme que je ne devrais pas désirer, mais que je ne peux pas m'empêcher de convoiter.

20

STELLA

Pendant la semaine précédant le voyage à New York, j'évite Christian avec la détermination d'un évadé qui fuit le FBI.

C'est étonnamment facile, étant donné qu'il part tôt le matin et rentre tard le soir. Je me doute qu'il m'évite aussi, et je m'attends plus ou moins à ce qu'il renonce à m'accompagner à la séance photo.

Hélas, non.

Le matin de mon shooting pour Delamonte, je me retrouve à dix mille mètres au-dessus de la surface du sol, assise en face d'un homme qui semble aussi déterminé à m'ignorer que je le suis à son égard.

À part un échange de bonjours courtois, nous ne nous sommes pas parlé depuis notre départ de l'appartement.

Je sirote mon eau citronnée tout en observant Christian à la dérobée. Il travaille sur son ordinateur portable, les sourcils froncés par la concentration. Sa veste est posée sur le siège à côté de lui et il a remonté ses manches de chemise pour révéler sa montre et ses avant-bras bronzés et musclés.

Comment ai-je pu ne pas me rendre compte à quel point des avant-bras pouvaient être sexy jusqu'à maintenant ?

Je regarde sa Patek Philippe qui brille sur sa peau bronzée. Jules avait raison. Les hommes qui portent des montres ont un petit truc…

– Tu as quelque chose en tête ? lance-t-il sans lever les yeux de son ordinateur.

Je n'ai rien fait de mal, pourtant les battements de mon cœur s'affolent comme s'il venait de me surprendre en train de voler.

– Je pense juste à la séance photo, je lui mens avant de boire une autre gorgée d'eau.

Entre la tension palpable dans l'avion et ma séance photo pour Delamonte cet après-midi, je suis surprise de pouvoir garder quoi que ce soit, même sous forme liquide.

– Qu'est-ce que tu vas faire pendant que je serai sur le plateau ? je demande. Tu vas aller dans tes bureaux de New York ?

Le siège de Harper Security se trouve à Washington, mais l'entreprise possède des bureaux dans le monde entier.

– Je ne prendrais pas l'avion avec toi pour New York si c'était pour me terrer dans un autre bureau. (Il tape quelque chose sur son clavier.) Je t'accompagne sur le plateau.

La surprise me gonfle la poitrine, suivie d'une pointe d'anxiété.

– Mais la séance photo risque de prendre des heures.

– Je sais.

J'attends qu'il développe sa pensée, mais j'en suis pour mes frais. Je ravale un soupir. Christian est plus changeant qu'une girouette.

Faute de mieux, je m'enfonce encore dans mon siège et j'examine le luxe qui nous entoure. Le jet privé de Christian ressemble à un manoir aérien. Les sièges en cuir crème dessinent des espaces intimes, et une élégante moquette marine évoquant les nuages étouffe les pas des deux hôtesses élégamment vêtues, tout droit sorties du dernier numéro de *Vogue*.

À côté de la cabine principale, le jet dispose également d'une chambre à coucher, d'une salle de bains complète, d'un espace de projection pouvant accueillir quatre personnes et d'une table à manger équipée d'assiettes et d'ustensiles magnétiques, conçus pour ne pas bouger en cas de turbulences.

Ça a dû coûter une fortune.

Christian semble aussi à l'aise dans son environnement opulent que quelqu'un qui aurait grandi avec une cuillère en argent dans la bouche, pourtant mes recherches m'ont appris qu'il venait d'une famille normale de la classe moyenne supérieure. D'après la seule interview publique qu'il ait jamais donnée, son père était ingénieur en informatique et sa mère directrice d'école.

– Pourquoi tu as choisi la sécurité privée ? je demande, histoire de rompre le silence. Tu aurais pu te lancer dans n'importe quel domaine.

Christian a décroché son diplôme du MIT avec la mention Très Bien. Il aurait pu trouver un emploi n'importe où, avec un tel bagage : NASA, Silicon Valley, CIA. Au lieu de quoi, il a choisi de créer sa propre entreprise à partir de rien, sans aucune garantie de succès, dans un domaine que les diplômés du MIT touchent rarement.

– J'aime ça, déclare-t-il en levant enfin les yeux, avant de sourire face à ce qu'il a entrevu sur mon visage. Rhys dit que c'est une manière d'assouvir mon complexe de dieu : d'après lui, j'aime avoir des vies entre mes mains, en sachant combien elles sont importantes.

J'ai oublié que Rhys avait travaillé pour lui. Ils sont si différents qu'il est difficile de les imaginer évoluer dans la même sphère. Malgré son côté bourru, Rhys est respectueux des règles (à moins que le sort de Bridget ne soit en jeu). Christian n'a pas l'air de s'en soucier, en dehors des siennes, bien sûr.

– Ce n'est pas vrai.

Je ne connais peut-être pas très bien Christian, malgré notre cohabitation, mais je sais qu'il ne fait rien en vertu de considérations purement égoïstes. Il est trop pragmatique et trop calculateur pour ça.

Il frotte son pouce sur le cadran de sa montre.

– Non, ce n'est pas vrai. Pas tout à fait. Si j'étais seulement intéressé par l'argent, je pourrais l'obtenir de plusieurs façons. En achetant des actions, en vendant des logiciels… ce que j'ai fait pour lever les fonds d'Harper Security. Mais une fois que tu as atteint un certain niveau de richesse, l'argent n'est que de l'argent. Il n'ajoute aucune valeur inhérente au-delà de celle de l'ego. Ce qui est plus important, c'est le réseau. L'accès à la haute société. Les gens que tu connais et les choses qu'ils sont prêts à faire pour toi. Une dette contractée auprès de toi par un contact bien placé vaut plus que tout l'argent du monde.

Un sourire, à la fois sensuel et dangereux, apparaît sur ses lèvres. Un frisson d'inquiétude court le long de mon échine. Ce qu'il dit a du sens, mais la façon dont il le dit le rend plus inquiétant qu'il n'en avait probablement l'intention.

– En parlant d'affaires… comment se passe la préparation de ton business plan ?

Christian change de sujet avec une telle facilité que mon cerveau met une seconde à le rattraper.

– Bien.

Je veux en dire plus, mais le frôlement de son genou contre le mien me distrait. Je ne m'étais pas rendu compte que nous nous étions rapprochés à ce point pendant notre conversation. Un mélange de chaleur masculine et d'odeur épicée décadente vient voler l'air de mes poumons et ne fait qu'accroître ma distraction avant que je ne lâche la fin presque oubliée de ma phrase.

– Mais je n'ai pas envie de parler de ça pour l'instant. Dis-m'en plus sur toi.

Le mini-discours qu'il vient de prononcer me permet de comprendre pour la première fois comment fonctionne son esprit. Christian porte ses costumes coûteux et son charme comme une armure, dans laquelle je cherche désespérément une faille afin d'avoir un aperçu de l'homme derrière le masque.

À quoi ressemblait son enfance ? Quels sont ses loisirs, ses objectifs et ses craintes ? Qu'est-ce qui a fait de lui ce qu'il est ?

J'ignore pourquoi je veux des réponses à ces questions, mais je sais que le petit aperçu que j'ai eu ne me suffit pas. C'est trop enivrant, comme un shot de tequila injecté directement dans le sang d'un alcoolique.

– Je ne suis pas si intéressant que ça.

C'est la réponse lisse et bien rodée de quelqu'un qui passe sa vie à enfermer ses pensées et ses sentiments profonds dans un coffre-fort.

– Tu as tort. Je pense que tu es l'un des hommes les plus fascinants que j'aie jamais rencontrés.

Nos regards se lient comme deux pièces d'un puzzle qui s'emboîtent. Et mon aveu audacieux assombrit l'ambre de ses yeux, qui prend la nuance riche de l'or fondu.

– « L'un des hommes » ?

La douceur langoureuse de sa question attise l'alchimie sauvage qui brûle entre nous. Des flammes sombres dévorent tout l'oxygène de l'habitacle, ne laissant presque rien à mes poumons comprimés.

– Parle-moi un peu plus de toi, et je pourrais te promouvoir en haut de la liste.

Son rire dérobe les ultimes poches d'air dans ma poitrine.

– Touché.

Les yeux de Christian plongent vers ma bouche, et les restes de son rire s'évaporent. Le noir avale l'ambre, ne laissant derrière lui que des promesses de péché et de plaisirs obscurs.

Des picots d'énergie nerveuse bourdonnent sous ma peau. Le souvenir de notre presque baiser, le jour où j'ai emménagé, refait surface, comme il a la mauvaise habitude de le faire régulièrement depuis ce soir-là.

J'enfonce les ongles dans mes genoux et j'attends, sans respirer, sans bouger, que Christian incline la tête…

– Monsieur Harper, je vous prie de m'excuser pour cette interruption. Mais vous vouliez que je vous prévienne quinze minutes avant l'atterrissage.

La voix douce de l'hôtesse brise l'instant en mille morceaux.

Une vague d'oxygène, bien froide, s'engouffre dans ma poitrine, suivie par la piqûre âcre de la déception quand je vois Christian reculer. Le visage impassible, vide de toute trace de désir, comme s'il n'avait jamais existé.

– Merci, Portia.

Parfaitement égal, parfaitement calme, l'exact opposé des battements erratiques de mon cœur tambourinant sous ma cage thoracique.

Portia hoche la tête. Ses yeux passent de lui à moi avant qu'elle ne disparaisse dans une autre partie du jet.

Christian reporte son attention sur son ordinateur, et nous ne parlons plus pendant le reste du vol.

Ce qui est tout aussi bien.

Je n'aurais pas pu trouver les mots justes si j'avais essayé. Je suis trop perturbée par le fait que Christian Harper a été de nouveau sur le point de m'embrasser… et que j'ai désespérément voulu qu'il le fasse.

Aussi nerveuse que je sois à l'idée de la séance photo pour Delamonte, je suis heureuse de la pause qu'elle m'offre dans l'analyse de mes sentiments embrouillés à l'égard de Christian.

J'ai envie de lui, mais je ne veux pas sortir avec lui (ni avec personne d'autre). Nous vivons ensemble, mais nous nous connaissons à peine. Tout le monde pense que nous sortons ensemble, mais nous nous sommes à peine embrassés. Ces contradictions suffiraient à rendre n'importe quelle fille folle.

Une fois de retour à Washington, il faudra que je discute dès que possible avec Ava et Jules. Je suis trop rouillée dans le domaine des garçons pour faire le tri toute seule dans mon désordre intérieur.

Pour l'instant, quelque chose de plus urgent requiert mon attention : ne pas foirer la première séance photo liée au contrat de marque le plus important de ma vie.

Lorsque Christian et moi arrivons au studio, l'endroit est déjà en pleine effervescence. Le photographe, le maquilleur, le coiffeur, divers assistants et membres du personnel de Delamonte s'affairent, passant les vêtements à la vapeur, réglant éclairage et accessoires. Une chanson pop passe en arrière-plan, mais toute cette agitation s'arrête quand j'entre.

Les araignées de l'anxiété rampent sur ma peau.

Je n'ai aucun problème à faire des séances photo en solo ou à me retrouver devant la caméra quand je ne vois pas les gens me regarder. Être le centre d'attention lors d'une séance photo in situ, c'est une tout autre affaire.

– Stella ! s'écrie Luisa qui, ayant rompu le silence, me gratifie de baisers enthousiastes sur les deux joues. Tu es magnifique. Et Christian est avec toi…, constate-t-elle alors que ses sourcils se haussent sur son front expertement botoxé. Pour une surprise, c'est une surprise.

– Je suis en ville pour raisons professionnelles. Et puis… ajoute-t-il en posant une main dans le creux de mes reins. J'ai été incapable de résister à l'envie d'assister à la première séance photo de Stella.

Il a l'air si crédible en petit ami fier et dévoué que j'oublie presque que nous faisons semblant.

Presque.

Luisa le regarde, fascinée.

– Hmm… C'est ce que je vois.

Pour ma part, je suis plus surprise de la voir sur le plateau qu'elle ne l'est d'y découvrir Christian. En tant que P.-D.G. de la marque, superviser des séances photo n'est pas dans son domaine d'activité. Elle a dû lire la confusion sur mon visage, car ses yeux pétillent de complicité.

– Eh bien, je n'ai pas pu résister à l'envie de passer, moi aussi. Les gens disent que je suis incapable de déléguer, mais cette campagne est mon bébé. Je suis déterminée à en faire la meilleure de l'histoire de Delamonte, et vous, ma chère…

(Elle me tapote la main.) Vous allez m'aider à faire en sorte que cela se produise.

Le sandwich que j'ai mangé à midi fait des remous dans mon ventre.

D'accord. Je n'ai pas la pression du tout.

Christian s'éloigne pour prendre des appels professionnels pendant que je passe à la coiffure et au maquillage et que je rencontre tout le monde sur le plateau, y compris Ricardo, le photographe de la marque. C'est un bel homme d'une quarantaine d'années, à la peau bronzée et au sourire enjôleur. Il m'en accorde un, qui ne tarde pas à s'estomper. Je suis la direction prise par son regard soudain méfiant et j'avise Christian, qui se tient près de la sortie, téléphone à l'oreille mais l'œil rivé sur nous.

– Ton petit ami est intense, hein ? laisse échapper Ricardo avec un petit rire nerveux, puis il s'éclaircit la gorge. Peu importe. Il est temps de commencer, ma belle. On a de la magie à créer !

Il est assez charmant pour pouvoir sortir une réplique aussi ringarde sans se ridiculiser, et pendant l'heure qui suit, je fais de mon mieux pour suivre ses conseils, posant, tournant et contorsionnant mon corps dans des positions étranges et peu naturelles jusqu'à ce que la sueur dégouline le long de mon dos.

Les projecteurs dégagent une chaleur insensée, et j'imagine mon maquillage en train de fondre et de me donner des allures de clown dément.

Et puis, est-ce que c'est moi ou Ricardo perd-il un peu de son enthousiasme ? Ses cris d'encouragement – « Superbe ! », « Magnifique ! » – sont remplacés progressivement par « Tourne à gauche » et « Trop à gauche ». Bientôt, on n'entend plus dans le studio que les clics et les vrombissements de son appareil photo.

Personne ne parle, mais le poids des regards pèse sur moi comme une deuxième couche de vêtements.

Le doute s'insinue dans le vide laissé par leur silence.

Imagine que tu es chez toi. Ton appareil photo est sur un trépied, face à toi. Tu as optimisé les réglages et tu es prête pour les photos. Tu as fait ça des milliers de fois, Stella…

Une instruction de Ricardo vient briser le fantasme : non, je ne suis pas toute seule chez moi comme j'avais réussi à l'imaginer.

– Lève encore le menton… Laisse tomber ta main… un peu plus… détends-moi ces épaules…

Ça ne marche pas.

Il ne le dit pas, mais je la sens, la piqûre épaisse et acide de la déception qui suinte dans l'air ambiant. Celle que j'ai tellement l'habitude de goûter chaque fois que je rentre chez mes parents.

Je travaille enfin avec la marque de mes rêves et je fais tout foirer.

Les larmes me montent aux yeux, mais je serre la mâchoire et je les refoule. Je ne pleurerai pas dans le studio. Je suis capable de tenir bon jusqu'à la fin du shooting.

Par-dessus le marché, il ne s'agit que de la première séance. Il y en a trois autres à suivre. Je m'entraînerai avant la prochaine et je m'améliorerai… si jamais ils me gardent.

Le poing impitoyable de l'anxiété étrangle mes poumons.

Que se passera-t-il si Delamonte met fin à mon contrat ? Ont-ils le droit de le faire ?

Je parcours mentalement les clauses du contrat, cherchant frénétiquement celle qui permettrait à la marque de me virer si je ne suis pas à la hauteur de ses exigences.

Pourquoi n'ai-je pas regardé tous les articles de plus près ? J'étais tellement enthousiaste que j'ai signé après avoir survolé le texte avec Brady, pour m'assurer de l'absence de signaux d'alarme majeurs. Mais si…

– Stella, ma chérie, on fait une pause, d'accord ? Promène-toi, bois un peu d'eau. On se retrouve dans dix minutes.

Traduction : tu as dix minutes pour te ressaisir.

La patience dont Ricardo est obligé de faire preuve a mis sa voix à rude épreuve.

Je perçois des murmures et j'aperçois un froncement de sourcils sur le visage de Luisa avant qu'elle ne se détourne.

Les larmes affluent avec une vigueur redoublée pour faire pression sur le barrage de ma volonté.

Cool, calme, sereine. Cool, calme, sereine. Cool…

Un parfum épicé, chaud et masculin emplit mes narines. Une seconde plus tard, le noir profond de la veste de costume de Christian apparaît devant moi.

Il me tend un verre d'eau.

– Bois.

Je m'exécute. La sueur qui perlait le long de mon échine s'assèche, mais l'air est encore trop étouffant et les lumières trop vives. J'ai l'impression d'être un insecte bourdonnant emprisonné dans une ampoule fluorescente, dont il cherche à s'échapper avant de mourir brûlé.

– Qu'est-ce que tu fais ? je demande quand Christian prend mon verre vide, le pose sur la table la plus proche et revient se placer devant moi.

Il m'évalue, comme il le ferait pour un investissement potentiel ou une énigme non résolue.

– Je viens te rappeler pourquoi tu es ici.

Le ton est doux, mais assez autoritaire pour noyer les méchants sarcasmes qui se pressent dans ma tête. *Déception. Échec. Imposture.*

– Pourquoi es-tu ici, Stella ?

– Pour une séance photo.

Je n'arrive pas à trouver assez d'énergie nécessaire pour une meilleure réponse, moins inepte.

– Là, tu réponds à la question : « Qu'est-ce que tu fais ici ? », réplique Christian qui saisit mon menton et le lève jusqu'à ce que mes yeux rencontrent les siens. Je te demande *pourquoi*. Pourquoi, parmi toutes les personnes qui pourraient se trouver à ta place, c'est toi qui es ici ?

– Je…

Parce que j'ai passé la dernière décennie à cultiver une image qui est devenue une cage autant qu'une bouée de sauvetage. Parce que je trompe mes followers et presque tous ceux que je connais pour coller à une mesure de succès stupide et arbitraire. Parce que je tiens désespérément à prouver que je peux réussir à des gens qui ne s'en soucient même pas.

J'ai la gorge nouée.

– Parce qu'ils t'ont choisie, répond Christian d'une voix froide qui tranche la masse embrouillée de mes pensées. Toutes les blogueuses du monde tueraient pour se trouver à ta place, mais Delamonte t'a choisie, toi. Pas Raya. Ni aucune des autres jeunes femmes présentes au dîner ou dans les pages des magazines. Il s'agit d'une marque qui pèse plusieurs milliards de dollars, et ils n'auraient pas investi sur toi s'ils ne pensaient pas que tu étais à la hauteur.

– Mais je n'y arrive pas. Tu vois bien comment ça se passe. Je suis en train de tout faire foirer.

Mon murmure révèle une vérité déchirante. Je suis une imposture, une gamine qui joue à se déguiser en grande personne.

– Tu n'es pas en train de tout faire foirer.

La précision contrôlée de son affirmation vient percuter la coquille d'incertitude dans ma poitrine. Elle l'enfonce, mais sans la détruire.

– Ça fait une heure. Une heure ! Pense au temps que tu as investi pour arriver là où tu es maintenant. Combien de choses tu as accomplies ? À combien de personnes tu as survécu ? Tu minimises tes réussites en les qualifiant d'ordinaires alors que tu les trouverais extraordinaires chez n'importe qui d'autre.

Christian maintient sa prise sur mon menton tout me caressant la joue du pouce. Il est suffisamment proche pour que je puisse distinguer les paillettes d'or dans ses yeux, telles des étoiles déchues nageant dans des bassins d'ambre en fusion.

– Si tu te voyais comme les autres te voient, murmure-t-il, tu ne douterais plus jamais.

La curiosité et quelque chose d'infiniment plus doux et plus dangereux prennent vie dans mon cœur.

– Et comment les autres me voient, d'après toi ?

Les yeux de Christian ne quittent pas les miens.

– Comme la chose la plus belle et la plus remarquable qu'ils aient jamais vue.

Ces mots enflamment chaque molécule de mon corps et les dissolvent dans une mare de chaleur aussi exquise qu'insupportable.

Nous ne parlons pas de qui que ce soit d'autre, et nous le savons tous les deux.

Une autre caresse de son pouce, un autre galop de mon cœur.

– C'est une séance photo, Papillon. La première partie, c'était un entraînement. La deuxième moitié, elle est à toi. Est-ce que tu comprends ?

Il est impossible de ne pas se laisser emporter par l'assurance de Christian.

Au lieu d'en rajouter à mes craintes de ne pas être à la hauteur des attentes, sa foi en moi m'a suffisamment boostée pour que je renferme ces vilaines voix moqueuses dans la boîte qu'elles n'auraient jamais dû quitter au fond de ma tête.

– Oui, je lâche, toujours oppressée, mais la respiration plus facile que durant tout l'après-midi.

– Bien.

Il penche ses lèvres vers moi et effleure les miennes du plus doux des baisers.

Ce n'est pas la première fois que nous sommes aussi proches, mais ça semble plus naturel.

C'est moins un baiser qu'une promesse.

Ma nervosité s'apaise, tandis que tout ce qui m'entoure disparaît pendant un long moment. Puis le moment disparaît, et Christian aussi, mais la chaleur de sa présence et le frôlement fantôme de sa bouche persistent.

Une autre agitation perturbe les battements de mon cœur.

Cool, calme, sereine.

Je me redresse et me tourne à nouveau vers Ricardo, sourire aux lèvres.

– Je suis prête.

Si la première moitié de la séance photo a été un désastre, la seconde est une révélation. Ce qui me bloquait s'est débloqué, et les clics rapides de Ricardo emplissent le studio avec un enthousiasme renouvelé.

Clic. Clic. Clic.

Et nous avons terminé.

Je n'ai pas bougé de plus de quelques centimètres pendant toute la durée de la séance, pourtant mon cœur bat la chamade comme si je venais de courir le marathon de New York.

– Parfait ! Tu es éblouissante, ma chérie, malgré tes... hmm... débuts difficiles. Tu es faite pour la caméra, décrète-t-il en me lançant un clin d'œil. Les photos vont être magnifiques !

– Merci, je murmure.

Mais j'entends à peine le reste de son flot de paroles.

Mes yeux fouillent la salle d'un blanc immaculé jusqu'à ce qu'ils trouvent Christian.

Il se tient en retrait, dans un coin. Toujours au téléphone pour son travail, toujours magnifique dans son costume et sa cravate et toujours en train de me regarder avec ces yeux de whisky sur glace.

Malgré le téléphone collé à son oreille et les regards affamés de toutes les femmes et de plusieurs hommes de la pièce, il ne détourne pas les yeux quand je lui adresse un clin d'œil et un sourire amusés.

C'est un geste improvisé, né de l'instant, et pas le genre de comportement que j'adopte habituellement avec un homme que je n'ai même pas vraiment embrassé. Mais je suis en pleine forme après la séance photo, et Christian est d'un calme si imperturbable que j'ai envie de le déstabiliser.

Juste une fois, juste un peu.

Rien, cependant, n'aurait pu me préparer aux ravages que le sourire paresseux par lequel il me répond provoque dans mon cœur.

Les papillons qui sommeillaient dans mon ventre s'affolent, et je sais soudain, avec toute la certitude du monde, qu'ils sont là pour rester.

21

STELLA

Ce soir, n'ayant pas d'autres projets, j'accompagne Christian dîner chez son ami Dante.

Je l'ai rencontré la nuit du blizzard, mais j'avais oublié à quel point il était intimidant. Même vêtu d'une simple chemise et d'un pantalon noirs, il en impose par son autorité, d'une manière certes différente de celle de Christian, mais tout aussi puissante.

Christian est une fine lame parfaitement aiguisée dans un fourreau de velours ; Dante, un marteau chauffé à blanc d'intentions mortelles. Létal et percutant, sans laisser planer aucune ambiguïté sur les dégâts qu'il pourrait infliger si nécessaire.

Sa fiancée, Vivian, en revanche, a un visage ouvert et amical, avec de beaux yeux sombres et un sourire chaleureux.

Curieusement, elle s'empresse de gratifier tout le monde de ce sourire, à l'exception de Dante. Les deux fiancés n'ont pas échangé un seul regard depuis que Christian et moi sommes arrivés.

– J'ignorais que vous sortiez avec Christian quand je vous ai rencontrée. Maintenant, tout s'explique.

La voix grave de Dante me tire de mes réflexions et fait courir un agréable frisson le long de mon dos. *Ah, l'accent italien !* Il me fait chaque fois le même effet.

Dante regarde fixement Christian, qui bâille. Pour deux hommes qui se prétendent amis, ils n'agissent pas de façon particulièrement amicale l'un envers l'autre.

– Qu'est-ce qui s'explique ? je demande.

– À quel point il est distrait ces derniers temps, répond Dante qui fait tournoyer son vin dans son verre. Tu n'es pas d'accord, Christian ?

– Les bénéfices records que j'ai enregistrés ce trimestre disent le contraire, réplique ce dernier.

Il pose une main sur ma cuisse. Un geste si décontracté et pourtant si possessif qu'il fait grimper ma température jusque dans mon entrejambe.

– Ce ne sont pas tes affaires qui sont en difficulté, rétorque sèchement Dante.

Christian le considère avec autant d'intérêt que quelqu'un en train d'écouter les boniments d'un vendeur d'assurances. Il passe son pouce sur ma peau nue. Doucement, juste une fois, mais c'est suffisant pour embrumer mes pensées. Je suis tellement concentrée sur la pression chaude de sa main que je ne peux me focaliser sur rien d'autre, pas même sur le délicieux repas.

Qu'est-ce qui ne tourne pas rond chez moi ?

Je n'ai jamais perdu la tête pour un mec comme ça. C'est déroutant.

Vivian coupe court à la tension naissante en intervenant pile au bon moment.

– Stella et toi formez un beau couple, commente-t-elle en lui lançant un regard amusé. Je n'aurais jamais cru voir un jour Christian Harper avec une petite amie.

– Moi non plus, mais Stella m'a pris au dépourvu.

Sa réponse est si chaleureuse et si intime que j'y crois presque. Mon rythme cardiaque s'accélère tandis que les papillons de mon ventre se déchaînent à nouveau.

Je prends une grande gorgée de vin pour les calmer.

C'est uniquement pour la galerie. Ça n'a rien de réel.

Christian enfile le costume de l'affection naturelle aussi facilement que ses vêtements taillés sur-mesure. Je n'ai aucune raison de croire que ses faits et gestes soient le fruit d'autre chose que de la comédie que nous jouons.

À part notre presque mais pas vraiment baiser d'il y a deux semaines, il n'a jamais laissé entendre qu'il aimerait donner une réalité à notre relation.

Bien sûr, il s'implique énormément s'agissant du harceleur, mais bon, là, c'est une question de vie ou de mort. Ça ne veut pas dire qu'il m'apprécie.

Qu'il soit attiré par moi ? Ça, c'est possible, cependant je ne pense pas qu'il veuille autre chose que du sexe.

J'ai la tête qui tourne. Tout me semble trop confus depuis qu'il m'a embrassée aujourd'hui, même si c'était juste pour me distraire de ma nervosité.

Je suis fermement persuadée que si quelqu'un vous montre qui il est, on doit le croire. Et Christian m'a indiqué à maintes reprises qu'il n'était pas intéressé par une vraie relation. Le jour où les gens cesseront de penser qu'ils peuvent changer une personne qui refuse de l'être, il y aura moins de cœurs brisés.

Je veux une vraie relation, un jour, mais je ne pense pas une seconde pouvoir changer Christian Harper.

C'est uniquement pour la galerie. Ça n'a rien de réel.

Heureusement, la tension tendue au-dessus de la table se dissipe progressivement au fil du dîner, noyée par d'excellentes boissons et des plats tout aussi savoureux.

Une fois l'entrée servie, même Vivian et Dante se parlent, même si leurs échanges consistent avant tout à demander à l'autre de lui passer la nourriture. Mais quel que soit celui qui parle, la moitié de mon attention demeure focalisée sur Christian. Il est assis à quelques centimètres sur ma droite, distraction vivante qui encombre mes poumons et embrouille mes pensées.

Sourires faciles, regards taquins et peau dorée par la lumière tamisée et les vapeurs de l'ivresse. C'est la première fois que je le vois dans un contexte aussi détendu et je comprends enfin comment les gens peuvent se laisser berner par son charme et le sous-estimer.

Malgré toute l'attention et la sollicitude dont il fait preuve à mon égard, je n'ai jamais douté une seule fois du caractère impitoyable qui se tapit sous son vernis civilisé. Pourtant ici, en le regardant rire et plaisanter avec cette grâce naturelle, je suis à deux doigts de croire qu'il n'est rien d'autre qu'un riche play-boy qui ne pense qu'à l'argent et à prendre du bon temps.

Christian se retourne pour répondre à une question de Vivian, et son pouce m'effleure à nouveau lentement la peau.

C'est uniquement pour la galerie. Ça n'a rien de réel.

Une petite perle de sueur se forme sur mon front. Je porte une robe sans manches, mais je meurs de chaud.

– Comment vous vous êtes rencontrés, Christian et toi ? je demande à Dante.

J'ai envie de détourner mon attention des caresses de Christian, mais je suis aussi vraiment curieuse. Je n'ai rencontré aucun des autres amis de Christian (Brock et Kage ne comptent pas, puisqu'ils travaillent pour lui), et je meurs d'envie de connaître leur histoire.

– Je suis son premier client, répond Dante, qui s'adosse à sa chaise. C'était un gamin tout juste sorti de l'université…

– Tu as trois ans de plus que moi, le coupe Christian.

Notre hôte l'ignore.

– J'ai tenté ma chance avec lui. La meilleure et la pire décision que j'aie jamais prise.

– La pire ? ironise Christian. Tu te souviens de ce qui s'est passé à Rome ?

Il se tourne vers moi et Dante lève les yeux au ciel.

– On transportait des bijoux dans un nouveau magasin de la ville…

Un sourire se dessine sur mes lèvres pendant qu'il raconte comment il a empêché le groupe Russo de perdre des millions de dollars en diamants. Non parce que l'histoire est drôle mais parce que Christian n'a jamais été aussi détendu.

Il est tellement calculateur et en contrôle tout le temps que le voir se détendre avec ses amis, c'est comme jeter un coup d'œil derrière le rideau sur le vrai lui.

C'est agréable.

Mieux qu'agréable.

S'il se comportait ainsi tout le temps…

Je prends une autre gorgée de vin avant d'achever ma pensée.

Ne t'engage pas dans cette voie-là.

– S'il y a une chose que tu dois savoir sur lui, Stella, ajoute Dante une fois qu'il a terminé, c'est qu'il a une conscience exagérée de sa propre importance. Nous aurions pu gérer la situation des bijoux sans son aide.

– Crois-moi, je le sais.

Un rire me monte à la gorge lorsque Christian glisse un regard mi-amusé, mi-exaspéré dans ma direction.

– De quel côté tu es ?

– Facile, je réponds en souriant. Du côté de Dante.

La table éclate de rire tandis que Christian serre ma cuisse et se penche vers moi, jusqu'à ce que sa bouche frôle mon oreille. Mon pouls s'accélère.

– Ce n'est pas très gentil de la part d'une petite amie, murmure-t-il.

– Si tu ne peux pas supporter une petite taquinerie, tu n'es pas prêt pour une petite amie, je murmure en retour.

Son rire me caresse comme un ruban de velours sombre. Je me détends, et un petit sourire s'attarde sur mes lèvres. Les taquineries, les plaisanteries, ce coup d'œil sur son passé (même s'il était lié au travail)… nous donnons presque l'impression d'être un vrai couple.

Après le dîner, Vivian me fait visiter le penthouse pendant que Dante et Christian discutent affaires.

Si l'appartement de Christian est tout en lignes épurées et minimalisme moderne, celui des Russo est une ode de bon goût à la décadence. Des riches velours aux soies luxuriantes, jusqu'à la porcelaine magnifiquement modelée, le tout disposé de manière extravagante mais jamais vulgaire. La seule chose qui paraît déplacée dans cet ensemble s'avère le tableau hideux de leur galerie d'art.

J'ai un grand respect pour toutes les œuvres d'art, mais honnêtement, celle-là ressemble à un chat qui a vomi sur la toile.

– Je ne sais pas pourquoi Dante a acheté ça, lâche Vivian, visiblement embarrassée. D'habitude, il a un goût plus sûr.

Le compliment sort à contrecœur, comme si elle était réticente à reconnaître des qualités à son fiancé. J'étouffe l'envie de lui demander ce qui se passe entre eux. Il est impoli de se mêler des affaires d'autrui, surtout quand il s'agit de mes hôtes et que je viens de les rencontrer.

Nous sommes presque de retour dans la salle à manger quand nous entendons des voix s'échapper par l'entrebâillement de la porte du bureau de Dante.

– … ne peut pas garder éternellement *Magda*, déclare Dante. Tu devrais t'estimer heureux que je ne l'aie pas jetée à la poubelle après le coup que tu as fait avec Vivian et Heath.

Vivian se fige et je fronce les sourcils, décontenancée.

Qui sont Magda et Heath ? Quel coup ?

– C'est un putain de tableau, pas un animal sauvage, réplique Christian d'une voix ennuyée. Pour ce qui est de Vivian, ça fait des mois, et ça s'est bien passé. Laisse tomber. Si tu es toujours en colère, tu n'aurais pas dû m'inviter à dîner.

– Remercie le ciel que les choses se soient « bien passées » avec Vivian, lâche froidement Dante. Si…

Il s'arrête en entendant Vivian tousser. Elle s'est empourprée, sans que je comprenne pourquoi. Une seconde plus tard, la porte s'ouvre, révélant un Dante surpris et un Christian impassible.

– Je vois que tu as terminé la visite plus tôt que prévu.

Le ton sec de Dante a tranché le silence qui s'est installé. Ses pommettes sont légèrement colorées de rouge quand il jette un coup d'œil à une Vivian silencieuse. Mes propres joues se sont échauffées, car nous avons été surprises à écouter aux portes.

– Désolée, je bredouille. On retournait à la salle à manger et on a entendu…

Je m'interromps. Je ne vais tout de même pas confirmer que nous avons écouté leur conversation, même si c'est clairement le cas.

– Nous étions en train de conclure, déclare Christian d'une voix douce d'où toute trace de colère a disparu. Dante, Vivian, c'était charmant.

Je leur fais mes adieux moi aussi, et nous prenons en silence l'ascenseur qui nous ramène au hall d'entrée. Mais une fois sur le trottoir, je n'y tiens plus.

– *Magda*, c'est quoi ?

Maintenant que nous avons quitté les Russo, je peux cesser de faire semblant de ne pas avoir entendu sa conversation avec Dante.

Christian a dit qu'il s'agissait d'un tableau, mais je ne comprends pas pourquoi c'est Dante qui le garde pour lui. En plus, Christian n'apprécie même pas l'art.

– Rien dont tu aies à t'inquiéter.

Sa réponse sèche est plus froide que l'air du soir qui tourbillonne autour de nous. Le Christian chaleureux et facile à vivre du dîner a disparu, remplacé par son jumeau distant.

Je fais une nouvelle tentative.

– Quel coup as-tu fait avec Vivian et Heath ?

Et puis, qui est Heath, bon sang ?

Normalement, je ne suis pas aussi curieuse, mais ce soir, c'est ma meilleure chance d'amener Christian à s'ouvrir. Il a révélé une parcelle de ce qu'il est derrière son masque de perfection ; je dois juste creuser plus profondément.

– Rien non plus dont tu doives t'inquiéter.

– Ce n'est pas une réponse.

Nous arrivons à son immeuble, qui n'est situé qu'à quelques rues de celui de Dante.

– Tu sais tout de moi et je ne sais rien de toi, j'insiste. Ça te paraît juste ?

– Tu en sais beaucoup sur moi. Où j'habite, où je travaille, comment je prends mon café le matin.

Christian fait un signe de tête au portier, qui incline son chapeau en guise de salut.

– Tout le monde peut trouver ces renseignements avec une simple recherche sur Google. Je voudrais…

– Laisse tomber, Stella.

Il n'y a plus le moindre semblant de douceur, seulement le tranchant d'une lame qui me déchiquette en rubans.

– Je ne veux pas en parler.

Ma mâchoire se crispe.

– Très bien.

Malgré la froideur de ma réponse, c'est de la frustration qui bouillonne de façon incontrôlée dans mes veines.

J'ai rencontré Christian l'année dernière. Nous vivons ensemble et faisons semblant d'être un couple depuis des semaines, et pourtant, je ne connais rien sur lui au-delà de quelques informations superficielles.

De son côté, il sait des choses sur moi que je n'ai jamais partagées avec personne. Mon histoire avec mon harceleur. Mon anxiété chronique. Mon rêve de créer une ligne de vêtements. Les choses importantes de ma vie que j'ai tues, même à mes amies les plus proches.

Je lui fais confiance, mais la réciproque n'est manifestement pas vraie. Quelque chose de plus amer se cache sous la frustration.

Je suis blessée.

Christian est un maître dans l'art de faire croire aux gens des choses qui n'existent pas.

C'est uniquement pour la galerie. Ça n'a rien de réel.

Nous n'ouvrons plus la bouche jusqu'à son appartement où je lui souhaite une « bonne nuit » raide, avant de me retirer dans la chambre d'amis sans lui laisser le temps de répliquer.

Faute d'arriver à dormir, je reste à fixer le plafond pendant que le silence frais et sombre me dépouille de ma frustration, pour révéler la blessure sous-jacente.

Je suis plus attirée par Christian que par n'importe quel autre homme depuis des années. Et par-dessus le marché, je commence à l'apprécier vraiment. La façon dont il m'a réconfortée après que j'ai trouvé le message dans mon appartement, ses sourires qui font naître des papillons dans mon ventre et la foi inébranlable qu'il a manifestée à mon égard pendant la séance photo… tout ça a usé ma résistance, si lentement que je n'avais pas conscience de m'être mise à nu jusqu'à ce que je sente la piqûre de son rejet.

Ça brûle comme de l'acide sur une peau à vif, et c'est ma faute. Je n'aurais jamais dû baisser ma garde.

Malgré toute mon aversion pour les relations, je suis une romantique dans le secret de mon cœur, et je suis terrifiée en songeant que, à l'instar de tout ce que j'ai gardé caché, Christian va détricoter cette partie de moi jusqu'à ce qu'il soit impossible de la reconstituer.

C'est un être dangereux, non seulement pour ses ennemis mais aussi pour ses proches.

Alors la seule façon de sauver ma peau, c'est de veiller à rester le plus loin possible de lui.

22

STELLA

Un pas en avant, deux pas en arrière.

Voilà qui résume ma relation avec Christian.

Je croyais que nous progressions vraiment. Mais vu la facilité avec laquelle il m'a repoussée après le dîner chez Dante, ce n'est manifestement pas le cas.

Je ne suis pas souvent rancunière, mais ça fait une semaine que nous sommes rentrés à Washington et je n'ai toujours pas évacué ma peine.

Il n'y a rien de plus déstabilisant que de considérer quelqu'un comme un ami pour se rendre compte qu'il ne ressent pas la même chose. Le déséquilibre dans une relation, quelle qu'elle soit, me met mal à l'aise.

Laisse tomber, Stella. Je ne veux pas en parler.

Ce n'est pas comme si je lui avais demandé de me dévoiler son secret le plus sombre et le plus profondément enfoui. Vu que Dante sait de quoi il retourne pour *Magda* et Vivian, ça ne doit pas être si grave.

Certes, je n'ai pas une histoire aussi longue que lui avec Christian, mais tout de même.

Je passe ma carte à la caisse automatique avec plus de force que nécessaire.

J'ai rendu visite à Maura ce matin et, sur le chemin du retour, je me suis arrêtée à l'épicerie afin de me ravitailler en poudre d'herbe de blé pour mes smoothies.

Conseil de pro : ne pas faire ses courses lorsqu'on est énervée.

Je suis entrée pour acheter de la poudre et je suis repartie avec deux sacs de pop-corn, un pot de crème glacée, une barre de chocolat king-size et un pack de six yaourts grecs.

L'air conditionné fonctionne à plein régime, mais un froid plus profond et plus sinistre souffle sur ma peau quand je me retourne pour partir.

Les poils de mes bras et de ma nuque se hérissent.

Le rugissement du sang dans mes oreilles noie tous les autres bruits, je scrute mon environnement en serrant mon téléphone à m'en faire blanchir les articulations.

Je ne remarque personne de suspect, mais le changement inquiétant de l'atmosphère est si tangible que j'en sens le goût au fond de ma gorge.

Quelqu'un t'observe. L'avertissement, doux et chantant, me traverse l'esprit.

Et ce quelqu'un n'est pas Brock, dont la présence est invisible mais toujours chaleureuse et rassurante.

Un frisson me parcourt l'échine.

Je n'ai pas eu de nouvelles de mon harceleur depuis le cambriolage et pas non plus d'informations supplémentaires de la part de Christian. Je ne les ai pas demandées, car une partie de moi ne veut pas savoir.

Loin des yeux, loin du cœur, sauf que ce n'est évidemment pas vrai.

Qui que soit le sale type, il est là, attendant probablement l'occasion de bondir.

Je n'ai pas mentionné mon déménagement sur les réseaux sociaux, mais je vis toujours dans le même immeuble. S'il a pu s'introduire dans mon appartement…

Arrête. Il ne peut pas s'introduire chez Christian.

Il ne peut pas non plus me faire de mal quand je suis en public. Brock est là. Je ne le vois pas, mais il est là.

Tout va bien. Tu vas bien.

Malgré tout, je m'oblige à avancer et je regagne le Mirage aussi vite que possible.

La sensation de froid s'évapore sous l'éclat du soleil de l'après-midi. Lorsque je referme la porte de l'appartement de Christian derrière moi, je me sens presque idiote en constatant qu'une simple sensation m'a paralysée au milieu d'une épicerie bondée et en plein jour.

Tout va bien. Tu vas bien.

Je fais tourner mon collier autour de mon doigt et prends de lentes et profondes inspirations, jusqu'à ce que les vestiges de la peur se dissipent.

Oui, mon harceleur était là, seulement il ne pouvait pas m'atteindre. Je suis peut-être en colère contre Christian en ce moment, mais au moins je lui fais confiance pour me protéger.

Il trouvera bientôt mon harceleur. Ensuite, toute cette situation disparaîtra et je pourrai retourner à ma vie normale.

J'en suis sûre.

Je cesse d'éviter Christian ce soir-là, lorsqu'il rentre si tôt que le soleil est encore bas dans le ciel et répand des éclats de lumière dorée sur les lattes gris clair du plancher.

Je viens de terminer une pré-interview avec Julian, le chroniqueur lifestyle du *Washington Weekly*. Il est en train de préparer un portrait détaillé de moi et de mon rôle d'ambassadrice de Delamonte, et nous avons passé la dernière demi-heure à parler sujets d'article et logistique.

Je n'ai pas besoin de voir Christian pour le sentir. Il envahit toutes les pièces où il entre.

Ne regarde pas, ne regarde pas...

Je regarde.

Bien sûr qu'il est là, traversant la pièce à grandes enjambées comme un roi gagnant son trône.

Épaules larges. Pommettes ciselées. Costume de luxe.

Je me lève et range mon carnet de croquis sous mon bras. Je n'aime pas rester assise à proximité de Christian. Je me sens encore plus petite que je ne le suis déjà par rapport à lui.

– Tu tires au flanc ? Parce qu'on est encore en plein dans les horaires de travail, là.

Ce sont les premiers mots que je lui adresse depuis New York, et je mentirais si je disais qu'ils ne déclenchent pas en moi une poussée d'adrénaline.

Il ralentit jusqu'à s'arrêter devant moi.

– Je pensais que tu voudrais fêter ça.

Je fronce les sourcils, perplexe.

– Fêter quoi ?

– Tu as atteint le million de followers, Stella. Il y a une heure.

Christian m'observe sans sourire, mais ses yeux brillent d'un éclat légèrement amusé.

Un million de followers.

Ce n'est pas possible que j'aie déjà atteint ce palier. Quand j'ai vérifié hier soir, je n'en étais qu'à… 996 000, à quelques centaines près.

Oh mon Dieu !

Compte tenu de la vitesse à laquelle mon compte se développe depuis que j'ai commencé à « sortir » avec Christian, quatre mille nouveaux followers du jour au lendemain relèvent tout à fait du domaine du possible.

– Si tu ne me crois pas, vérifie par toi-même.

On dirait qu'il a lu dans mes pensées.

Je détourne les yeux des siens et sors mon téléphone. C'est d'une main légèrement tremblante que j'ouvre mon profil et que je me concentre sur le nombre en haut de l'écran.

1M.

Un million de followers.

Oh. Mon. DIEU !!!

L'émotion que me procure la vue de ce nombre est si forte que j'en ai le vertige. Je savais que ça finirait par arriver, mais franchir cette barre est quand même surréaliste en soi.

Un frisson me parcourt.

J'y suis arrivée.

J'ai réussi !

Un sourire me monte aux lèvres, et je dois déployer de gros efforts pour ne pas sauter et crier comme une enfant de douze ans au concert de sa chanteuse pop préférée.

Un million, c'était mon objectif depuis que j'ai ouvert mon compte. Ce n'était pas le seul, mais c'était le plus important. Le ticket d'or validant mon succès, m'assurant que je n'avais pas commis d'erreur en poursuivant dans cette voie, que les gens aimaient mes contenus et m'appréciaient, moi.

Après des années de création de contenus et des milliers de posts, j'ai enfin atteint mon but.

Je ne peux détourner les yeux de la page. Le ciel va s'ouvrir, les anges se mettre à chanter et les confettis à pleuvoir autour de moi en guise de félicitations. À tout le moins, je m'attends à ce que les dieux d'Instagram surgissent et m'incrustent une étoile d'or sur la main pour avoir franchi une étape aussi importante.

Rien.

L'exaltation d'avoir rejoint le club de ceux qui ont dépassé le million de followers est toujours là, mais je m'attendais à… plus.

Un sentiment d'accomplissement qui validerait le travail acharné que j'ai consacré à ce compte et le sentiment d'avoir réussi, même si je ne sais pas très bien quoi.

Pourtant, à part un texto surexcité et rempli d'émojis de Brady et une boîte de réception débordant de MP, je suis la même personne qu'une heure plus tôt, avec les mêmes inquiétudes et les mêmes insécurités.

Quelque chose de déchiqueté et de sombre vient doucher mon enthousiasme et je redescends lentement sur terre.

D'une certaine manière, il est pire d'accomplir quelque chose et de se sentir insatisfait que de ne pas l'accomplir du tout.

J'ai un million de followers, et pourtant je ne me suis jamais sentie aussi vide.

Je range mon téléphone dans ma poche et tente de cacher ma déception.

– Je n'avais pas réalisé que tu surveillais mon nombre de followers de si près, je lâche.

Christian ne mord pas à l'hameçon. Il préfère fouiller dans sa poche et récupérer une boîte rouge et or caractéristique.

– Pour toi, dit-il. Un cadeau de félicitations.

La curiosité et l'hésitation se disputent en moi.

Dois-je la prendre ? Je ne me sens pas à l'aise d'accepter un cadeau de sa part alors que notre relation n'est guère plus qu'un arrangement d'affaires, mais qu'est-ce qu'il a bien pu m'offrir ? Vu la taille et la marque, il doit s'agir d'un bijou.

À la fin, c'est la curiosité qui l'emporte.

Je prends la boîte et l'ouvre lentement, m'attendant à moitié à ce que quelque chose me saute à la gorge, mais mon souffle se bloque quand je vois ce qui est niché dans le velours noir.

Merde alors !

C'est une montre, la plus belle et la plus extravagante que j'aie jamais vue. Des diamants et des émeraudes forment de délicats papillons sur le cadran poli, et des diamants plus petits ornent le bracelet de platine.

– C'est une pièce en édition limitée qui n'a pas encore été mise sur le marché, explique Christian avec autant de désinvolture que s'il s'agissait d'un jouet en plastique acheté dans un centre commercial. Il n'y en existe que cinq dans le monde. L'une d'elles t'appartient désormais.

Je passe les doigts sur le cadran orné de pierres. Cette montre doit valoir une fortune.

– Comment tu te l'es procurée ?

La question est un murmure dans la lumière mourante du soleil.

Je connais la réponse avant qu'il ne réponde.

Ce que Christian Harper veut, Christian Harper l'obtient.

– J'ai mes méthodes.

La poussée de sérotonine déclenchée par la sensation de tenir ce superbe bijou dans ma main s'estompe, remplacée par de la méfiance.

Je n'arrive pas à me raccrocher à des sentiments heureux, ces jours-ci.

Je referme ma main autour de la montre, si fort ce que les joyaux s'impriment dans ma peau.

– Pourquoi tu me donnes ça ?

– Je te l'ai dit. C'est un cadeau de félicitations.

– Tu as dit que j'avais atteint le million de followers il y a une heure. Tu as réussi à dénicher cette montre et à rentrer dans ce laps de temps ?

Il répond par un élégant haussement d'épaules.

– J'ai de bons contacts.

Mon défaut a toujours été la confiance, mais je sens le goût amer de son mensonge sur ma langue.

Les diamants creusent des sillons plus profonds dans ma peau avant que je ne détende ma main.

– Elle est magnifique, et j'apprécie l'intention, mais je ne peux pas l'accepter.

Je lui tends la montre. J'aurais aimé pouvoir la garder, mais j'ai toujours voulu des choses que je ne pouvais pas avoir. Amour. Affection. Mérite. Quelque chose de profond et d'inconditionnel que je pourrais appeler mien.

Dans le grand ordre des choses, une montre n'est rien. Elle est belle, et je déteste constater à quel point j'ai envie de quelque chose qui ne signifie rien, qui n'est qu'un accessoire. Qu'on peut acheter si on en a envie.

Ces autres choses, aucune somme d'argent ne peut les acheter.

L'expression de Christian vacille pour la première fois depuis qu'il est rentré.

– Je te l'ai donnée. Elle est à toi.

– Je te la rends. C'est trop, je déclare d'une voix ferme. C'est une montre en diamant, Christian. Elle doit valoir des dizaines de milliers de dollars.

– Quatre-vingt-douze mille six cents.

Je cille, autant à cause du chiffre que de la froideur de son ton.

Christian fronce les sourcils.

– Ce n'est que de l'argent. J'en ai énormément. J'ai pensé qu'elle te plairait. Tu as dit que tu avais besoin d'une nouvelle montre.

En effet. Un commentaire spontané lâché il y a plusieurs semaines. Je n'arrive pas à croire que Christian s'en soit souvenu.

– Si je porte ça, je vais me faire voler à l'instant où je mettrai un pied hors de chez moi. Et même si ça n'arrive pas…

Je parviens à faire entrer un souffle d'air dans mes poumons oppressés. L'oxygène attise les flammes d'une vieille frustration jusqu'à incinérer mes inhibitions et que le reste de mes mots puisse se déverser.

– Ce n'est pas seulement la montre. C'est tout. Notre arrangement, mon garde du corps, ma vie ici sans payer de loyer, le voyage à New York dans ton jet. J'ai l'impression d'être ta maîtresse, sauf qu'on ne couche pas ensemble. Tu n'es pas mon petit ami. Je ne suis même pas sûre qu'on soit amis. Alors dis-moi, pourquoi tu fais tout ça ? Et ne me dis pas que c'est pour me féliciter du nombre de mes followers ou parce que tu te sens coupable de l'intrusion dans mon appartement. Je suis optimiste, mais pas idiote.

Si je n'avais pas affaire à Christian, je le soupçonnerais de chercher à m'embringuer dans un arrangement sexuel tordu.

Mais il est assez riche et beau pour ne pas avoir besoin de piéger qui que ce soit dans quoi que ce soit. Les gens font la queue pour lui obéir sans qu'il ait à le demander.

Pourquoi me réserve-t-il un traitement de faveur alors qu'il me connaît à peine ?

Tic-tac. Tic-tac. Tic-tac.

L'horloge murale égrène le défilé assourdissant des secondes au même rythme que la contraction du muscle dans la mâchoire de Christian.

Pas un mot, seulement le silence.

Il est un coffre-fort, débordant de secrets et verrouillé par une serrure que même un maître voleur ne parviendrait pas à crocheter. Le danger pulse autour de lui, me criant de m'arrêter et de faire demi-tour avant qu'il ne soit trop tard.

En folle téméraire que je suis, je continue à avancer.

– Je ne m'attends pas à ce que tu répondes. Tu ne le fais jamais. Mais même si je te suis reconnaissante pour l'aide que tu m'apportes avec le harceleur, je ne peux pas accepter encore autre chose de toi.

Je lui tends la montre à nouveau. Il garde les mains baissées, mais le poids de son regard exerce une pression physique sur ma peau.

– On a signé un contrat, dont les limites se sont brouillées depuis que j'ai emménagé. Il est temps de revenir aux termes initiaux de notre accord. Nous ne sommes ensemble qu'en public, pour des raisons mutuellement bénéfiques, et nous sommes colocataires jusqu'à ce que nous trouvions mon harceleur et que nous le mettions derrière les barreaux. C'est tout ce que nous sommes. Rien de plus, rien de moins.

Les mots se sont empilés comme des briques dans le mur que je construis entre lui et mon cœur qui s'est égaré.

Tic-tac. Tic-tac. Tic-tac

Seules mes respirations irrégulières entrecoupent l'écoulement atrocement lent du temps.

Je suis restée quasi immobile depuis que Christian est rentré, pourtant ma poitrine se gonfle comme si je venais de gravir l'Everest.

– Rien de plus, rien de moins.

Sa répétition paresseuse de mes dernières paroles fait courir un frisson de malaise le long de mon dos.

Ma gorge est trop serrée pour laisser passer assez d'air. Tout bourdonne autour de nous, bruit incessant et dangereux, comme un avertissement avant une tempête.

Il fait un pas vers moi. Je recule instinctivement d'un pas, puis d'un autre et encore d'un autre, jusqu'à ce que le bas de mon dos heurte le canapé et que mon cœur batte assez fort pour se faire des bleus.

– C'est ce que nous sommes, Stella ? Des colocataires qui se fréquentent pour des raisons « mutuellement bénéfiques » ?

Sa question a la douceur du velours, mais ses yeux brillent comme le tranchant d'une lame fraîchement aiguisée. Ses mains s'enfoncent dans les coussins de chaque côté de moi, m'enferment efficacement dans une cage.

Je dois lutter farouchement pour ne pas me recroqueviller afin d'éviter son contact. Un seul effleurement et je m'enflammerai. J'en suis sûre.

Mais je refuse de lui donner la satisfaction de me cacher. Alors je lève le menton et je tente de ne pas penser aux quelques centimètres qui séparent mon corps du sien.

– C'est tout ce qu'on est censés être.

– Je ne t'ai pas demandé ce qu'on est censés être. Je te demande ce qu'on est.

– Tu ne réponds jamais à mes questions, je rétorque d'un air de défi. Pourquoi je devrais répondre aux tiennes ?

Le bourdonnement s'intensifie, nous balayant comme un raz-de-marée sur le rivage. Les yeux de Christian s'assombrissent, ses pupilles cachent presque l'or fondu de ses iris. Le rictus cruel qui lui retrousse les lèvres injecte de la glace dans mes veines. Je regrette soudain de lui avoir demandé quoi que ce soit.

– Tes questions... Tu veux savoir pourquoi, Stella ? Pourquoi je t'ai offert la montre, pourquoi je t'ai installée chez moi, dans mon sanctuaire, alors que je vis seul depuis plus de dix ans et que j'avais prévu de continuer pour le reste de ma vie ?

Chaque mot fait fuser l'adrénaline dans mon sang jusqu'à ce que je me noie dedans. En lui. Dans le tourbillon sauvage où je nous ai aspirés sans la moindre issue en vue.

– Parce que tu ne m'as pas regardé dans les yeux depuis New York. Parce que tu es tout ce à quoi j'arrive à penser, putain, peu importe où je suis ou avec qui je suis, et l'idée que tu sois blessée ou contrariée me donne envie de raser cette ville. Je n'ai jamais autant désiré quelqu'un, et je ne me suis jamais autant détesté pour ça.

Une férocité douce et presque désespérée enrobe sa voix. Le tourbillon m'entraîne plus profondément, me submergeant sous les vagues d'un millier d'émotions différentes. Les mots que j'aurais pu prononcer sont trop emmêlés dans ma poitrine pour pouvoir s'en échapper.

Un sourire amer se dessine sur ce visage dont la vue me fend le cœur.

– Voilà pourquoi, putain.

Et dans un souffle d'air frais, Christian a disparu.

La porte claque derrière lui et je m'effondre contre le canapé, la montre entre mes doigts et les ruines du monde tel que je le connaissais à mes pieds.

23

CHRISTIAN

Le Valhalla un vendredi soir, c'est de la débauche à l'état pur. Mais au lieu de participer à la partie de poker à gros enjeux au casino ou de me laisser tenter par le gentlemen's club au sous-sol, je m'envoie mon sixième verre au bar.

Scotch, dégoût de soi et colère me brûlent le sang pendant que la brune à côté de moi jacasse.

Trois heures et deux fois plus de verres n'ont pas fait fondre la glace noire qui emprisonne mes veines depuis que j'ai laissé Stella seule dans l'appartement. Pas plus que les femmes qui papillonnent autour de moi, toutes belles et accomplies dans leur genre.

Une reine des cosmétiques. Une héritière de la confiserie. Une top model qui semble prête à abandonner le magnat des médias au bras duquel elle est arrivée.

Elle se penche vers moi, suffisamment près pour que sa voix grave et sourde traverse le vacarme jusqu'à mes oreilles.

– Je loge dans un hôtel à proximité. Peut-être que tu aimerais m'y rejoindre ?

Je passe un pouce sur le bord de mon verre et je l'observe en silence. Elle rougit légèrement sous mon regard. Une partie de moi est tentée d'accepter son offre et de noyer mes frustrations dans la chaleur et le sexe. C'est ce que j'ai prévu quand j'ai commencé à flirter avec elle.

Mais c'est le problème. Aucun mannequin ni aucune partie de jambes en l'air ne peuvent effacer Stella de mon esprit une seule putain de seconde.

Mes veines fourmillent d'irritation.

– Ça ne m'intéresse pas.

J'ai répondu d'un ton plus sec que d'habitude, ce qui ne fait qu'accentuer encore mon irritation.

Il faut que je me tire d'ici. Je suis trop à cran. Si je reste, je risque de faire quelque chose que je vais regretter.

Avant que le mannequin ne puisse répondre, son cavalier remarque enfin qu'elle s'est éloignée, maintenant qu'il a terminé sa conversation avec un autre membre du club. Il fonce vers nous, le visage assombri par le mécontentement.

– Sasha. Je t'ai dit de rester à côté de moi.

Il referme une main de propriétaire autour de son poignet et me lance un regard noir. Je lui réponds d'une œillade blasée.

Victor Black, P.-D.G. d'un empire médiatique composé de dizaines de journaux et de sites Internet trash mais très lus.

Il est aussi l'un des membres les plus agaçants du Valhalla.

– Désolée, lâche Sasha qui n'a pas du tout l'air désolée.

– Harper, dit Victor en m'adressant un sourire mauvais. Tu ne devrais pas passer ton vendredi soir avec ta copine au lieu de flirter avec celle d'un autre ?

Mon sourire se glace à la mention indirecte de Stella.

Si on n'était pas en public…

– Tu as raison, je concède d'un ton amical. Amuse-toi bien avec ton rencard.

Le sourire de Victor perd de son assurance devant l'amabilité de ma réponse. Une pointe de panique passe dans ses yeux quand je me lève et dépose un billet de cent dollars dans le pot à pourboires.

– Où tu…

Je pars sans écouter la suite de son insipide question et je fais un arrêt près de son onéreuse voiture de sport.

Je n'ai certes pas d'arme sur moi puisque le Valhalla n'autorise pas les armes à l'intérieur du club, mais ça ne veut pas dire que je n'ai pas d'autres armes moins évidentes à ma disposition.

Deux minutes et la pose d'un petit appareil plus tard, je monte dans ma voiture et je rentre chez moi.

Lorsque je me gare devant le Mirage, je regarde sur mon téléphone les images de sécurité de l'extérieur de la maison de Victor. Comme prévu, il est parti peu après moi : sa voiture s'arrête dans son allée moins de dix minutes après que je me suis garé.

Sasha et lui sortent de la voiture et entrent dans sa maison.

J'attends que la porte se referme derrière eux pour activer l'appareil. Je n'ai pas le son qui va avec les images, mais j'entends le « boum » dans ma tête quand sa voiture explose.

Le temps que Victor accoure, sa précieuse bagnole n'est plus qu'un morceau de métal tordu et noirci dévoré par des flammes enragées.

Pour la première fois de la soirée, j'esquisse un véritable sourire.

Ça va beaucoup mieux.

Je range mon téléphone dans ma poche et je rajuste ma veste en sortant de la voiture.

Il va probablement deviner qui est à l'origine de la mort prématurée de sa voiture, mais il ne fera rien. Il devrait s'estimer heureux que je ne l'aie pas fait exploser quand il était dedans.

Malheureusement, le soulagement que me procure mon règlement de comptes avec Victor est de courte durée.

Chaque pas vers mon appartement me rappelle ce qui s'est passé avec Stella.

Nous vivons dans le même appartement, et pourtant je la sens s'éloigner.

« *Tu n'es pas mon petit ami. Je ne suis même pas sûre qu'on soit amis.* »

Je serre les dents.

Je lui ai acheté la montre en espérant qu'elle comblerait la distance qui s'est creusée depuis New York. Et voilà que ça se retourne contre moi.

Je suis allé au Valhalla dans l'espoir de me changer les idées. Ça s'est également retourné contre moi.

Je pourrais rentrer chez moi avec toutes les femmes que je veux, et je choisis de rentrer auprès de celle qui ne veut pas de moi.

Un rire caustique me brûle la gorge. Le destin est un putain de salaud.

Je desserre le nœud de ma cravate en entrant chez moi. Le dégoût que j'ai éprouvé plus tôt envers moi-même s'enflamme dans ma poitrine.

J'ai fait carrière, parce que je savais conserver mon sang-froid, mais j'ai perdu ce sang-froid quand Stella a essayé de rendre la montre.

« *C'est tout ce que nous sommes. Rien de plus, rien de moins.* »

« *Pourquoi fais-tu tout ça ?* »

« *Je n'ai jamais autant désiré quelqu'un et je ne me suis jamais autant détesté pour ça. Voilà pourquoi, putain.* »

Les échos de notre conversation imprègnent encore l'atmosphère.

J'ai l'intention d'aller directement dans ma chambre, mais je m'arrête en apercevant des boucles de cheveux bruns dépasser du haut du canapé et l'odeur de la bougie préférée de Stella, celle qui est parfumée à la lavande. La flamme scintille sur la table basse, à côté de longues jambes nues et de crayons à dessin.

Je laisse mon regard glisser sur l'étendue de peau lisse qui s'achève sur un short en coton, puis je croise une paire d'yeux verts pleins de méfiance.

– Tu es encore debout.

L'alcool et le désir rendent ma voix rauque.

D'habitude, Stella est déjà au lit, ou du moins dans sa chambre. Je ne crois pas une seconde qu'elle s'endorme si tôt. Pourquoi m'évite-t-elle ? Ça ne peut pas s'expliquer par mon refus de lui parler de *Magda* et de Vivian. C'était un échange banal.

– Je n'arrivais pas à dormir, alors je me suis dit que j'allais dessiner un peu, répond-elle en reportant les yeux sur son carnet de croquis. Tu étais où ?

Malgré la décontraction de son ton, il y a une tension visible dans ses épaules.

Une partie de la glace fond enfin dans mes veines. Des gouttes de chaleur s'y infiltrent et m'arrachent un sourire sombre.

– Pourquoi tu me poses cette question ?

– Tu es parti pendant des heures. Il est normal que ça m'intrigue.

Si elle est douée pour le bluff, je suis encore plus doué pour détecter les mensonges.

Je traverse la pièce pour me planter derrière elle. La fenêtre nous renvoie nos reflets, si nets que je pourrais suivre du doigt chaque détail de son visage : le long éventail de ses cils épais, la légère inclinaison de ses yeux verts de chat, la délicatesse de son menton et la courbe élégante de ses pommettes.

– Je suis sorti boire un verre.

Ma voix traînante et décontractée est à l'exact opposé des battements de mon pouls. J'ai envie d'enrouler ses cheveux dans ma main et de tirer sa tête vers l'arrière jusqu'à ce que ses yeux plongent dans les miens. De marquer cette peau parfaite de mes dents et revendiquer sa bouche dans un baiser si profond qu'il effacerait l'idée que nous ne sommes « que » des colocataires.

Je serre les poings, avant de m'obliger à les desserrer. *Pas encore.*

J'ai attendu trop longtemps pour gâcher tous les progrès réalisés sur un coup de tête.

Si Stella a senti le danger derrière elle, elle n'en montre rien au-delà d'une nouvelle crispation de ses épaules. Son crayon vole sur la page, esquissant et ombrant sans le moindre temps d'arrêt les détails d'une robe longue.

– Oui. Je sens une odeur d'alcool, répond-elle, et la tension prend le pas sur un ton qui se veut cool. Du scotch… et du parfum ?

– Jalouse ?

Mon ton doux et moqueur est enveloppé de soie. Elle continue son esquisse, mais ses coups de crayon sont plus rapides, plus rageurs.

– Je n'ai aucune raison de l'être. Nous ne sommes que colocataires.

Je glisse une mèche de ses cheveux derrière son oreille. Ses traits de crayon ralentissent

– Ce n'est pas une réponse. Demande-moi ce que tu veux vraiment savoir, Stella.

Elle ferme légèrement les yeux avant de les relever et ils croisent les miens dans la fenêtre.

Stella peut toujours afficher un air froid, mais elle a du cœur et ne sait pas cacher ses sentiments. Je distingue la douzaine d'émotions différentes qui tourbillonnent sous ces profondeurs de jade : colère, frustration, désir, et quelque chose de plus sombre, plus inconnu.

– Tu étais avec qui ?

Elle a beau feindre l'indifférence, mais son flegme est suffisamment en lambeaux pour que je repère la vulnérabilité sous-jacente. Ça la touche et ce soupçon d'émotion me tue plus que n'importe quel coup d'épée ne saurait le faire.

– Trois femmes.

Elle sursaute et j'appuie ma main sur son épaule, pour la forcer à rester immobile.

– Elles étaient dans le même bar que moi, je continue. J'aurais pu baiser n'importe laquelle d'entre elles. Leur faire faire les choses sales et débauchées qui me seraient passées par la tête. Leur bouche sur mon sexe, mes mains dans leurs cheveux…

Stella pince les lèvres. L'orgueil allume une étincelle de défi dans ses yeux, mais la crudité de mes propos a fait naître une tension sur son visage, et je détecte un petit tremblement sous mes doigts.

– Pourtant, je ne les ai pas touchées. Je n'en avais pas envie. Même pas un tout petit peu, putain.

Je baisse la tête, la poitrine en feu tant elle est proche. Chaque respiration la rapproche de mon orbite, mais je les échangerais toutes si cela signifiait que je pouvais l'avoir, elle, tout entière, pour un seul instant.

– Peut-être que j'aurais dû. Peut-être que ça te ferait comprendre ce que je ressens.

Je caresse sa joue de mon souffle tout en faisant glisser ma main sur la courbe de son épaule et le long de son bras.

– Je ne suis pas quelqu'un de jaloux, Stella. Je n'ai jamais envié quelqu'un pour ses biens ou sa compagne, et pourtant… j'ajoute en faisant glisser mes doigts sur son poignet. Je suis jaloux de chaque personne à qui tu souris. (Légère caresse sur ses doigts.) De chaque rire que je n'entends pas.

Ma main plonge jusqu'à son genou et fait un voyage lent et langoureux le long de sa cuisse.

– De chaque brise qui touche ta peau et de chaque son qui se déverse de tes lèvres. C'est… à devenir dingue.

Je m'arrête à l'ourlet de son short. Mon cœur bat à tout rompre, sur un rythme primitif qui colle à la rudesse de ma voix. L'air tourbillonne de désirs non maîtrisés, si puissants qu'ils menacent de nous consumer tous les deux.

Stella a complètement cessé de dessiner. Sa main s'est relâchée sur son crayon. Elle est immobile, parfaitement immobile, si l'on excepte la musique frénétique de son pouls.

Je l'entends par-dessus la ruée torride du sang dans mes veines. C'est le chant d'une sirène qui m'appelle pour me perdre, et il est si beau que je pourrais succomber même en sachant qu'il me mènera en enfer.

– Christian…

Chacun de mes muscles se tend quand je l'entends murmurer mon prénom. Il sonne très doux dans sa bouche, comme si c'était le son du salut et pas celui de la ruine.

Elle est la seule personne qui ait jamais prononcé mon prénom de cette façon.

Ma main s'enroule autour de sa cuisse. Une poigne rugueuse qui s'enfonce dans sa chair tendre avant que je la relâche et me redresse. Je me déteste un peu plus à chaque seconde qui passe.

– Va dans ta chambre, Stella. Et ferme ta porte à clé.

La sévérité de mon ordre a brisé l'intimité brute du moment.

Un temps d'hésitation. Une expiration saccadée.

Puis un bruissement de feuilles qu'on rassemble et la disparition de sa chaleur lorsqu'elle s'enfuit de la pièce.

J'attends d'entendre sa porte se fermer avant de relâcher ma propre respiration.

Mes pas martèlent le sol au rythme de mon cœur quand je me dirige vers ma salle de bains, me déshabille et règle la douche à une température aussi basse que possible.

Les jets d'eau glacés mitraillent ma peau, mais ne calment pas le désir qui fait rage en moi et consume tout sur son passage jusqu'à ce qu'il ne subsiste plus que des visions d'yeux de jade et de boucles sombres et luxuriantes. Le parfum fantôme de fleurs vertes tourbillonne dans la douche, aussi invisible et pourtant tangible que la sensation de la soie chaude sous ma main.

Stella s'est gravée si profondément dans ma conscience que je ne sens plus qu'elle. Et même quand je ferme les yeux, je ne vois qu'elle.

Le désir ne fait que pulser plus fort au niveau de mon entrejambe.

Chier !

Je pousse un juron avant de céder et d'empoigner mon sexe. Dur et gonflé, il libère déjà les gouttes annonciatrices du plaisir, et mes mouvements sont rudes, presque furieux, pour me permettre d'atteindre la libération dont j'ai grand besoin.

J'aurais pu l'embrasser. J'aurais pu serrer ses cheveux dans ma main et la marquer avec ma bouche pour lui prouver qu'il n'y a rien de « faux » dans le feu obscur qui brûle entre nous.

La seule chose qui m'a retenu, c'est le fil ténu du contrôle que j'exerce sur moi, tissé à partir d'une logique froide et d'infimes lambeaux de ma conscience détruite depuis longtemps.

Je sais pertinemment que si l'un de nous deux cède, je me condamnerai non seulement moi, mais elle aussi, à l'enfer.

Je la toucherais avec des mains souillées de sang et je l'embrasserais avec la bouche d'un imposteur. Elle serait en train de grimper dans le lit d'un monstre, sans même le savoir.

Une partie de moi la désire tellement que je m'en fiche ; l'autre partie est assez protectrice pour m'obliger à l'envoyer dans un endroit où même moi je ne pourrais pas la trouver.

C'est un paradoxe, comme tout ce qui se rapporte à elle dans ma vie.

Mais si ce fil se rompt…

Je ferme les yeux, resserre ma prise, le souffle de plus en plus haletant.

Elle pourrait être sous moi maintenant, à me griffer le dos de ses ongles et à gémir mon nom…

Mon orgasme s'enroule à la base de ma colonne vertébrale, lentement d'abord, puis plus rapidement jusqu'à ce qu'il explose en un éclair aussi aveuglant qu'assourdissant.

– Putain !

La force de ma jouissance noie mon juron, mais quand je redescends, il ne reste que de l'eau froide et l'éclat brillant et moqueur de la lumière du plafond.

J'appuie mon front contre le carrelage glacé et je compte les profondes inspirations que je prends.

Un. Deux. Trois.

La chambre de Stella se trouve à l'opposé de la mienne. Malgré ce que je lui ai dit, une porte verrouillée ne lui sera pas une grande protection.

Quatre. Cinq. Six.

Je continue à compter jusqu'à ce que les battements de mon cœur aient retrouvé un rythme normal et qu'une clarté nouvelle ait chassé le scotch de mon sang et le brouillard de mon cerveau.

Ce n'est pas le bon soir pour avancer mon pion.

J'ai attendu longtemps. Je peux attendre encore un peu.

Parce que lorsque je revendiquerai Stella, je le ferai avec tant de minutie qu'il ne subsistera plus le moindre doute dans nos esprits sur l'homme à qui elle appartient… ou sur la femme à qui j'appartiens en retour.

24

STELLA

Pour info, je ne suis pas jalouse des femmes que Christian a vues hier soir. Je m'inquiétais simplement de son absence pendant des heures, car c'est mon petit ami… enfin, mon faux petit ami, et ça me donnerait la migraine s'il lui arrivait quelque chose.

C'est tout.

Ma peau se hérisse à cette idée alors que nous attendons que Josh ou Jules nous ouvre leur porte.

C'est leur pendaison de crémaillère en retard, et Christian s'est débrouillé pour s'y faire inviter, puisque Rhys et Bridget sont en ville à la fois pour la fête et pour un événement diplomatique. Sous prétexte qu'il voulait voir Rhys et n'aurait pas pu le rencontrer seul.

Et moi qui prévoyais d'éviter soigneusement Christian jusqu'à ce que je mette de l'ordre dans mes sentiments confus à son égard, me voilà obligée de passer une journée entière avec lui alors que sa confession-mise en garde tourne comme un disque rayé dans ma tête.

« *Je n'ai jamais autant désiré quelqu'un, et je ne me suis jamais autant détesté pour ça.* »

« *Va dans ta chambre, Stella. Et ferme ta porte à clé.* »

Mon esprit ne peut s'empêcher d'imaginer ce qui se serait passé si je n'étais pas partie après son avertissement… ou si je n'avais pas fermé ma porte à clé comme il me l'avait demandé.

Des mains rugueuses. Des baisers au goût de whisky. Des pas dans l'obscurité.

La chaleur fuse dans ma poitrine et s'accumule entre mes cuisses.

Je serre mon cadeau de pendaison de crémaillère contre moi et ma respiration s'accélère.

Malgré mon amour des cristaux, du tarot et de tout ce qui est mystique, je ne crois pas à la magie. En tout cas, pas celle des sorts et des balais. En cet instant, pourtant, je suis certaine que Christian est capable de se glisser dans mon esprit et d'y dénicher tous les fantasmes cochons et pervers que j'ai eus à son sujet.

Son regard de feu creuse un trou dans ma joue et l'après-midi un peu frais d'avril se transforme en fournaise. Le soleil trace un chemin incendiaire impitoyable sur ma peau exposée et ralentit les battements de mon cœur tandis que le silence m'enserre la gorge de ses mains solides.

J'aurais fini par suffoquer là, sur le perron, si Jules n'avait pas enfin ouvert la porte et ne m'avait pas sauvée.

– Stella ! Christian ! Il me semblait bien vous avoir entendus ! s'enthousiasme-t-elle. Je suis tellement contente que vous ayez pu venir !

La tension se relâche, le regard de Christian se détache de moi et la ficelle qui me tenait debout me lâche. Je m'affaisse à moitié, entre soulagement et déception, contre le coffret de bougies que je compte leur offrir.

– On n'aurait manqué ça pour rien au monde.

Je tends le cadeau à mon amie en espérant qu'elle ne se rendra pas compte de mon agitation. Dès que Jules flaire le moindre ragot, elle se met en chasse tel un chien après un os.

– C'est pour toi. Bonne installation dans ta nouvelle maison.

Ses yeux s'illuminent. Jules vit pour les cadeaux. Elle m'a dit un jour que c'était dommage que le Père Noël n'existe pas, parce que même aussi vieux, elle coucherait avec lui si cela signifiait qu'elle se réveille avec un cadeau différent tous les matins.

Certes, c'était après trois laits de poule pendant les vacances, mais tout de même. L'esprit de Jules Ambrose fonctionne de façon fascinante.

Elle s'empare du cadeau d'une main et ouvre plus grand la porte de l'autre.

– Merci ! Entrez, entrez. Tout le monde est déjà dans le salon. Enlevez simplement vos chaussures et laissez-les près de la porte. Personnellement, je m'en fiche, mais Josh est maniaque sur la question.

Elle lève les yeux au ciel, mimant une exaspération qui n'en est pas vraiment une.

– Je ne veux pas que les gens rapportent la poussière et la crasse de cette ville partout sur nos sols, espèce de barbare, lance Josh qui arrive derrière elle et l'embrasse sur la joue avant de nous saluer de son large sourire à fossettes. Salut, vous. Bienvenue dans notre humble demeure.

Il désigne d'un geste théâtral leur maison de ville à deux étages.

J'ai déjà visité l'endroit, j'en connais donc les parquets de bois massif et le charmant décor dépareillé : tapis roses duveteux de Jules à côté des meubles en cuir noir de Josh, les coussins rouges de mon amie, en forme de lèvres, contrebalançant les peintures hideuses accrochées aux murs.

Josh est tout à fait agréable à regarder, mais ses goûts en matière d'art sont pour le moins discutables.

– Belles œuvres d'art, commente Christian.

– Merci, lâche notre hôte, rayonnant. C'est moi qui les ai choisies.

– Ça se voit.

Je jette un rapide coup d'œil à Christian, mais il reste impassible.

– Je ne suis pas une barbare, grommelle Jules, toujours bloquée sur le petit nom que Josh vient de lui donner. Pour ce qui est de la poussière et de la crasse, c'est à ça que sert le ménage.

– Ah oui ? Et qui fait le ménage ? demande-t-il pendant que nous nous dirigeons vers le salon.

Il contourne en souplesse une paire de skis bizarrement posée contre la porte ouverte du placard du vestibule et la boîte vide de Crumble & Bake dangereusement proche du bord d'une table d'appoint.

Josh est médecin urgentiste à l'hôpital universitaire de Thayer, mais avec ses cheveux noirs en bataille, sa peau mate et ses pommettes ciselées, il pourrait en jouer un dans une série télé.

– Moi, réplique Jules d'un ton guindé. Quand j'ai le temps.

– La dernière fois que tu as eu du temps, tu l'as passé à te faire un soin du visage à domicile.

Elle rejette ses cheveux derrière son épaule.

– Ma peau a besoin d'être dorlotée. Être avocate, c'est stressant. Et est-ce que je peux te rappeler que la dernière fois que tu as eu du temps, tu l'as passé à te faire botter les fesses aux échecs par Alex ?

Josh se renfrogne.

– Je ne me suis pas fait botter les fesses. J'étais en train de tâter le terrain. Je jaugeais ses faiblesses.

Jules lui tapote le bras d'une main apaisante.

– Voilà, voilà, mon chéri. Ce n'est pas grave. Je t'aime, même si tu es nul en stratégie.

Je ravale un rire devant leurs chamailleries. Certaines choses ne changent jamais.

Nous entrons dans le salon, où les autres invités se sont installés sur deux canapés en cuir.

Dès qu'elle me voit, Bridget se lève d'un bond pour me serrer dans ses bras.

– Stella ! Comme je suis contente de te voir !

– Moi aussi.

Je l'étreins en retour. Pour le reste du monde, c'est une reine, mais pour moi, elle sera toujours la fille avec qui je regardais le *Bachelor* en boucle et discutais de la philosophie de la vie en état d'ivresse, lorsque nous étions à l'université.

– Comment la royauté te traite-t-elle ? Tu as décapité quelqu'un dernièrement ? je la taquine.

Elle pousse un soupir exagéré.

– Malheureusement non, même si j'ai été tentée de condamner le ministre de l'Intérieur à la guillotine. Rhys m'en a dissuadée.

Elle jette un regard amusé à son mari, dont la carrure musclée et le mètre quatre-vingt-dix donnent au canapé où il est assis des allures de meuble de poupée.

– Disons que je n'ai eu à t'en dissuader qu'à moitié, étant donné que plus personne n'utilise de guillotine.

L'amusement adoucit ses yeux gris endurcis par le combat.

– Je pourrais remettre ça au goût du jour. Je suis la reine. Ce que je dis fait force de loi.

Bridget se laisse retomber sur le siège à côté de lui avec une hauteur toute royale, bien que son visage rayonne d'espièglerie. Un sourire se dessine aussi sur les lèvres de son époux.

– Bien sûr, princesse.

Il murmure quelque chose d'autre, trop bas pour que je puisse l'entendre. Quoi qu'il en soit, les joues de Bridget rosissent de plaisir.

Jules donne un coup de coude dans les côtes de Josh.

– Pourquoi tu ne m'appelles pas princesse, moi ? fait-elle avec un souvenir rêveur. C'est trop mignon.

– Parce que tu n'es pas une princesse. Tu es une diablesse, dit-il, s'attirant un regard noir. Et c'est exactement comme ça que je t'aime.

Il l'attire contre lui et dépose un baiser théâtral sur ses lèvres. Jules fait mine de le repousser, mais un rire jaillit de sa gorge.

– Tu t'es bien raccroché aux branches, Chen.

Cette atmosphère joyeuse apaise la tension qui m'habitait et je me penche pour serrer Ava dans mes bras. Elle est pelotonnée à côté d'Alex qui, un bras protecteur autour de ses épaules, observe d'un air vaguement dégoûté les interactions affectueuses des autres couples.

– Si tu veux donner toi aussi dans les marques d'affection en public, c'est le moment, je plaisante.

Elle éclate de rire.

– Noté, mais c'est bon pour l'instant. Alex est allergique aux marques d'affection en public, ajoute-t-elle sur le ton de l'aparté.

– Je ne suis pas allergique. Ça me dérange, c'est tout.

Il grimace quand Jules passe ses bras autour du cou de Josh et lui dit quelque chose qui adoucit son expression.

– Alex a une forme d'anxiété liée à ses performances, dit Josh sans détourner le regard de Jules. Ce n'est pas grave, mec. Ça arrive aux meilleurs. Peut-être que tu pourrais investir dans le développement d'une pilule qui t'aiderait à résoudre ton problème. Comme du Viagra pour les baisers.

– Si je devais investir dans le développement de quelque chose, ce serait une muselière sur-mesure pour te faire taire.

Une fossette malicieuse se creuse dans la joue de Josh.

– Alex Volkov dépensant tout cet argent en recherche et développement sur ma personne ? J'en serais honoré.

Jules enfouit le visage contre son torse, les épaules secouées de rire.

Ava pose une main sur le bras d'Alex.

– Ne les tue pas, le met-elle en garde. On ne peut pas perdre une demoiselle d'honneur et un garçon d'honneur si près du mariage.

– Le terme « d'honneur » relève de la publicité mensongère en l'occurrence, grommelle Alex, qui épingle Josh d'un regard noir. Je devrais t'échanger avec quelqu'un d'autre.

– Tu peux essayer, mais je suis ton seul ami, et qui pourrait organiser un meilleur enterrement de vie de garçon que moi ? Ben voilà, personne, conclut Josh, répondant à sa propre question. D'ailleurs, j'ai déjà versé l'acompte pour le flotteur banane géant et les cartes de poker personnalisées avec un dessin d'Ava au bras d'un robot en costume.

Je détourne la tête pour qu'Alex ne puisse pas voir mon sourire.

À part Ava, Josh est la seule personne qui peut s'en tirer en provoquant Alex de la sorte.

Ou pas.

– Christian, ça fait plaisir de te revoir ! pépie Ava avant que son fiancé n'étrangle son frère au milieu du salon. Je ne savais pas que tu venais.

Ils se sont rencontrés une fois au mariage de Bridget, mais une unique interaction ne l'a jamais empêchée de traiter la personne rencontrée comme un vieil ami.

– Je ne manquerais pas une occasion de traîner avec les amis de Stella, répond aimablement Christian.

Il pose une main dans le creux de mes reins. Je suis à deux doigts de fuir sa chaleur torride avant de me rappeler que nous sommes censés sortir ensemble.

J'ai craqué et autorisé mes amies à parler de Christian et moi à leurs chéris, si bien que tout le monde ici sait que nous faisons semblant, même si personne n'en parle.

Alors est-ce que je dois continuer à jouer la comédie par souci de simplicité ou non ?

Faute de parvenir à trancher, je me crispe.

Christian a dû percevoir mon hésitation, car il contracte la mâchoire et sa main s'attarde une seconde de plus avant de se retirer.

Soulagement et déception se disputent la primauté dans ma poitrine.

Pendant ce temps, la pièce devient silencieuse et six paires d'yeux vont et viennent de lui à moi. Je ne suis pas la seule à ne pas savoir comment traiter notre relation. Je vois la confusion se peindre sur le visage de mes amies.

Une ombre gênante assombrit l'ambiance, avant que Jules ne tape dans ses mains.

– Puisque tout le monde est là, commençons l'*happy hour* ! J'ai une nouvelle recette de margarita que je meurs d'envie de vous faire essayer.

Personne ne lui fait remarquer qu'il est à peine midi.

Plusieurs margaritas maison et beaucoup trop de chips plus tard, je me retrouve sur un canapé avec Ava, Jules et Bridget, tandis que Christian, Alex, Josh et Rhys sont assis en face de nous.

Je m'en suis tenue à la règle des deux verres par soirée, mais Josh a été si généreux en remplissant les verres que j'ai l'impression d'avoir avalé une demi-douzaine de shots de tequila.

– Il faudrait qu'on se fasse une virée entre filles, bientôt, lance Bridget qui bâille, la tête en arrière. Quelque chose d'amusant. J'en ai par-dessus la tête des voyages diplomatiques. Je fais des milliers de kilomètres pour sourire et serrer la main d'une bande de vieillards. Je pourrais faire la même chose au Parlement et ça m'épargnerait le décalage horaire.

– Oui ! s'écrie Jules, tout émoustillée à la perspective d'un week-end de folie à l'étranger. Ava, ton enterrement de vie de jeune fille approche. Faisons les choses en grand. Rendons-le inoubliable. Rendons-le…

– Sûr et légal, déclare fermement Ava. Je n'ai pas besoin d'atterrir encore une fois en prison.

Ava, Jules et moi nous sommes fait arrêter pendant l'enterrement de vie de jeune fille de Bridget, après que Jules avait donné un coup de poing dans la tête d'un sale type qui avait tripoté Ava. Heureusement pour Bridget, elle était déjà partie, mais notre séjour dans une cellule froide d'Eldorra ne fait pas partie de mes meilleurs souvenirs.

– Encore une fois ? s'étonne Bridget en relevant la tête. Quand est-ce que tu as été en prison ?

– Euh… fait Ava, rougissante. C'était une façon de parler…

Nous n'avons jamais raconté à Bridget ce qui s'est passé parce qu'elle aurait paniqué. De plus, Alex nous a tirées d'affaire et a géré les conséquences, c'est-à-dire qu'il s'est arrangé pour que la presse n'en parle pas, donc ni vu ni connu, je t'embrouille.

– Tu as dit « encore une fois ».

La suspicion assombrit les traits raffinés de Bridget.

– Elle parle de la fois où on s'était introduites dans la tour de l'horloge à l'université et où on s'est heurtées à la sécurité du campus, intervient Jules. Quoi qu'il en soit, bien sûr que cet enterrement de vie de jeune fille se fera en toute sécurité et en toute légalité. J'aime vivre sur le fil, mais je ne veux pas qu'Alex m'assassine, merci bien.

Nous regardons Alex, qui écoute Josh détailler les trente-six possibilités d'utilisation d'un flotteur banane géant. Il a l'air affligé. À l'autre bout du canapé, Rhys et Christian sont en pleine conversation, à voix trop basse pour que je puisse les entendre. Rhys fronce les sourcils, Christian a l'air amusé.

Il devrait être illégal que tant de beauté soit réunie dans un si petit espace. Mais même si chacun des hommes présents est d'un charme dévastateur à sa façon, mon regard est irrésistiblement attiré par la silhouette élancée qui paresse le plus près de la porte.

Christian tourne la tête au moment précis où mon attention se pose sur lui. Nos regards se croisent, et le courant électrique d'une sensation animale m'échauffe le sang.

Le brouillard qui obscurcit ma tête n'a soudain plus rien à voir avec les margaritas.

– Oublie le voyage pour l'instant. Qu'est-ce que c'était que ça ?

La voix de Jules ramène mon attention sur elle, bien que les yeux de Christian continuent à imprimer leur marque brûlante sur ma peau.

– Qu'est-ce que c'était quoi ?

Mon cœur fait des ricochets dans ma poitrine. L'arrière-goût persistant de fraise et de tequila se transforme en épices et en whisky sur ma langue. C'est le goût que je lui ai imaginé : un goût de chaleur torride, de péché, de masculinité pure et sans filtre.

– Ça.

Les yeux de Jules, telles deux lames couleur noisette, transpercent mon ignorance simulée. Elle incline sa tête d'une fraction de centimètre vers Christian.

– La tension sexuelle entre vous est si palpable que je pourrais la couper avec un couteau à beurre.

– Il n'y a pas de tension sexuelle.

À moins de prendre en compte la tension dans mon bas-ventre et la conscience que j'ai de lui, qui m'irrite la peau.

– Oh que si. Même moi, je la sens, lâche Ava qui soulève ses cheveux de son cou. Si ça monte encore d'un cran, je vais devoir obliger Alex à revoir sa règle anti-marques d'affection en public.

– Exactement.

Jules se lève d'un bond, ce qui attire l'attention des hommes et interrompt Josh qui en était à la vingt-cinquième utilisation possible du flotteur banane.

– Tout va bien ? demande-t-il.

– Oui. On a juste besoin d'aller aux toilettes. Et ne mangez pas toutes les chips pendant qu'on est parties !

Elle saisit mon poignet et m'entraîne vers le fond de la maison, Ava et Bridget sur nos talons.

– Je suis médecin, et je n'arrive toujours pas à trouver une explication médicale au besoin qu'ont les filles d'aller toujours aux toilettes en même temps, j'entends Josh s'étonner pendant que nous nous éloignons.

– Tu es un idiot, réplique Alex.

Leurs voix s'estompent quand Jules nous fait entrer dans la salle de bains des invités et ferme la porte derrière nous.

– Pourquoi j'ai l'impression qu'il s'agit d'un interrogatoire du FBI ?

Je m'appuie contre le lavabo et regarde mes amies avec méfiance.

Jules plante les mains sur ses hanches et enchaîne, avec sa voix d'avocate :

– Parce que c'en est un. Maintenant, dis-nous la vérité. Est-ce que toi, Stella Alonso, tu as ou tu as eu des relations sexuelles avec Christian Harper ?

– Non.

– Est-ce que tu en as envie ?

Deux secondes d'hésitation suffisent pour faire naître de petits cris dans la pièce. Le triomphe fait pétiller les yeux de Jules.

– Je le savais ! Je suis trop contente pour toi ! Enfin, quelqu'un qui t'attire. Christian est super sexy, et vous vivez dans le même appart. C'est la configuration parfaite pour une aventure torride.

Bridget se montre moins enthousiaste.

– Je pensais que c'était une fausse relation, objecte-t-elle d'une voix douce. Qu'est-ce qui a changé ?

– Comme Jules l'a dit, il est plutôt séduisant.

J'ai instinctivement saisi le cristal de mon pendentif. La pierre chaude et claire est censée m'éclaircir l'esprit et m'aider à me concentrer, au lieu de quoi mes pensées s'emballent comme… une machine à laver en mode essorage.

– Et puis…

Après une autre seconde d'hésitation, je déballe tout ce qui s'est passé.

New York, l'aversion bizarre de Christian pour l'art, la montre, son aveu sur le fait qu'il me désire. Au moment où je termine, trois paires d'yeux m'épinglent au comptoir de marbre, à divers degrés de sidération (Ava), d'inquiétude (Bridget) et de ravissement (Jules).

– J'ai eu l'impression que tu lui plaisais depuis le jour où on l'a rencontré, déclare Jules, toujours sagace. La façon dont il te regardait quand on a signé le bail ? Waouh ! (Elle s'évente.) Écoute, si tu veux écourter la soirée pour filer te le taper, je ne serai pas vexée. C'est une nouvelle saison pour toi, bébé. Il est temps de nettoyer les toiles d'araignée de ta vie sexuelle. Ce sera comme un grand nettoyage de printemps pour ton vagin.

Je grimace en imaginant la chose.

– Je ne me lancerais pas dans quoi que ce soit aussi rapidement, nuance Bridget, les sourcils froncés. Christian est… eh bien, tu sais déjà ce que je pense de lui. Je lui serais éternellement reconnaissante de nous avoir aidés, Rhys et moi, à résoudre notre problème de fuite de photos, mais ce n'est pas quelqu'un vers qui se tourner si on cherche une relation sérieuse.

– C'est pour ça que j'ai parlé de se le taper et pas de sortir avec lui, précise Jules. Je parie que c'est une bête au lit. Il en a vraiment l'air.

Je sens le rouge me monter aux joues.

– Que dirait Josh s'il savait que tu évalues secrètement les prouesses sexuelles des autres hommes ?

– Il dirait que de toute façon il est meilleur qu'eux, et il aurait raison. Notre vie sexuelle est fantastique, fanfaronne Jules avant de jeter un regard d'excuse à Ava. Désolée.

Ava a accepté la relation entre Josh et Jules à la condition expresse qu'ils ne discutent jamais de leur vie sexuelle devant elle.

– Je vais faire comme si je n'avais pas entendu la dernière partie. Stella, la question est de savoir si toi, tu veux juste coucher avec lui. Ou si tu attends quelque chose de plus.

Elle a posé sur moi ses yeux noirs, où brillent une inquiétude et une curiosité pleines de chaleur.

– Ne sois pas ridicule, dit Jules. Stel n'a pas envie de sortir avec qui que ce soit. Je me trompe ?

Le cristal flambe contre ma paume. Je ne réponds pas, mais mon silence en dit long.

Le sourire de Jules s'estompe lentement, à mesure qu'elle prend conscience de la vérité.

– Oh, fait-elle. Oh…

« Oh », c'est le mot exact.

Je ne sais pas si j'ai envie de sortir avec Christian, mais je sais que j'ai envie de lui.

Et je sais que ce n'est qu'une question de temps avant que l'alchimie entre nous n'explose en quelque chose dont nous pourrions bien ne pas revenir, ni lui ni moi.

25

CHRISTIAN

– Qu'est-ce que tu es en train de faire, là ?

Je lève mon verre.

– Je bois et je profite de votre délicieuse compagnie. C'est un plaisir de te revoir, Larsen.

– J'aimerais pouvoir en dire autant.

Rhys ronchonne et broie du noir depuis mon arrivée, ce qui n'est pas très éloigné de son comportement habituel, mais maintenant que les filles sont sorties de la pièce, il déverse sa fureur sur moi.

– Il t'a suffi d'un an dans le rôle de prince consort pour oublier notre histoire. Notre amitié. Je pensais que tu étais différent, mais c'est vrai ce qu'on dit. Le pouvoir absolu corrompt absolument.

J'ai adopté une intonation déçue soigneusement élaborée et j'ai utilisé le terme « amitié » dans son sens le plus large. Notre relation chaotique et compliquée a commencé lorsque Rhys m'a sauvé la vie et s'est terminée quand il a quitté Harper Security pour vivre avec Bridget. Le chemin qui relie ces deux points a été semé de désaccords, de coups de gueule et d'un étrange mélange de respect mutuel et de suspicion.

Le regard noir de Rhys crépite d'irritation. Du Larsen pur jus. S'il continue de ruminer comme ça, il faudra un chirurgien esthétique pour lui lisser le front.

– Arrête tes conneries, Harper. Je t'ai dit de ne pas t'approcher de Stella. Je me fiche de savoir si c'est faux. Elle vit sous le même toit que toi, et ça ne m'inspire pas confiance.

– Tu as l'air terriblement préoccupé par sa vie amoureuse, je réplique. Il y a quelque chose que Bridget devrait savoir ?

L'air se charge d'un danger silencieux, mais personne ne paraît inquiet, à l'exception des gardes du corps royaux qui s'agitent, mal à l'aise, au fond de la pièce.

Assis de l'autre côté de Rhys, Josh observe notre échange avec fascination, pendant qu'Alex fait défiler son téléphone, l'air de s'ennuyer ferme.

– Je suis inquiet à cause de Bridget, grogne Rhys. Stella est sa meilleure amie. Si tu merdes avec elle, Bridget sera contrariée. Et par voie de conséquence, je serai contrarié.

Je fais tourner ma boisson dans mon verre avant d'en prendre une gorgée.

– Ah, je vois. Ça doit être fatigant d'avoir ses émotions si intimement liées à celles d'une autre personne. Est-ce que ça marche dans l'autre sens, ou est-ce une laisse à sens unique qu'elle est la seule à pouvoir tirer ?

Josh s'esclaffe.

– Ça te fait marrer, lâche Rhys sans le regarder. Comme si Jules et Ava n'allaient pas vous botter les fesses s'il arrivait quelque chose à Stella.

Le sourire de Josh disparaît. Alex lève les yeux de son téléphone. Ses yeux verts et froids se plantent dans ma peau pour la première fois depuis mon arrivée.

Nous n'avons pas échangé au-delà du signe de tête obligatoire.

Nous ne cachons pas notre quasi-amitié, mais nous ne la proclamons pas non plus au monde entier, parce qu'il n'y a rien à proclamer. En dehors de nos parties d'échecs mensuelles et d'une interaction professionnelle occasionnelle, nous nous voyons rarement.

– Évidemment, je suis inquiet, déclare Josh, avant d'effectuer un virage à cent quatre-vingts degrés pour m'adresser la question suivante. Quelles sont tes intentions avec Stella ?

– Je n'ai pas à me justifier auprès de toi. Je ne te connais même pas.

Mensonge. *Magda* est tombée par inadvertance entre ses mains avant que Dante ne la lui achète, ce qui signifie que je connais tout sur Josh Chen. Ses antécédents familiaux, ses notes à l'école de médecine, son équipe de basket préférée et la façon dont il boit son café.

C'est un garçon en or avec un côté sombre, mais dont je n'ai pas besoin de me préoccuper maintenant que *Magda* n'est plus en sa possession.

– Tu es dans ma maison, tu sors avec l'une des meilleures amies de ma sœur et de ma petite amie, donc oui, tu dois t'expliquer, rétorque Josh. Si ça ne te plaît pas, n'hésite pas à partir.

Je soupire, regrettant ma décision d'assister à cette maudite fête. Si Stella n'avait pas tenu à venir, j'aurais pu passer la journée à faire quelque chose de plus productif, comme traquer son harceleur, réorganiser ma bibliothèque ou finir mes mots croisés d'hier.

N'importe quoi plutôt que cette insupportable conversation.

– Tu sais… reprend Rhys d'un air professoral, Bridget m'a parlé de tout ce que tu as fait pour Stella. En baissant son loyer, en acceptant de sortir avec elle, en l'installant chez toi quand un sale type l'a effrayée. (Sa prétendue réflexion se transforme en un air entendu qui tire une dizaine de sonnettes d'alarme en moi.) Je pensais que tu n'aimais pas avoir des gens dans ton espace personnel. Il y a une raison pour que tu lui accordes ce traitement spécial ?

– J'ai mes raisons.

J'ôte une peluche de ma manche, incarnation du calme imperturbable alors même qu'un malaise s'insinue dans ma poitrine.

Rhys est un emmerdeur de classe royale, non seulement parce qu'il est l'une des rares personnes à ne pas avoir peur de me tenir tête, mais aussi parce qu'il est observateur comme pas deux et qu'il me connaît mieux que quiconque, à l'exception de Dante.

Mon agacement monte d'un cran quand il me regarde d'un air amusé. Qu'est-ce qu'il y a de si drôle ?

– Je n'en doute pas. Tu as des sentiments, Harper ?

Son accent traînant est renforcé par l'amusement.

– Seulement de l'irritation quand on m'interroge. (Je serre les dents avant de me reprendre et de me détendre.) Ce que je fais de ma vie et de mon temps ne vous regarde pas.

Le sourire de Rhys s'élargit.

– Tentative de diversion. Ce qui veut dire que j'ai raison. C'est extra ! Je n'aurais jamais cru voir ce jour arriver.

Son petit rire ne fait qu'aiguiser mon mécontentement. À côté de lui, les doigts de Josh survolent son téléphone à une vitesse alarmante.

Je le dévisage d'un air soupçonneux.

– Tu envoies un texto à Jules ?

– Bien sûr que non. Mais au cas où tu te poserais la question, les filles vont rester à la salle de bains pendant… (Il vérifie son téléphone.)… au moins une demi-heure de plus.

Mon Dieu.

De toutes les personnes avec lesquelles Stella pouvait être amie, il a fallu qu'elle choisisse ces personnes-là.

– Il n'y a pas de honte à avoir des sentiments. Tu t'y habitueras.

Un petit sourire fissure la glace de l'expression d'Alex. L'Alex Volkov que j'ai connu il y a quatre ans n'aurait jamais sorti une chose pareille, même pour plaisanter.

Encore un signe que l'amour transforme les gens les plus équilibrés en imbéciles. Il n'en faut pas plus pour vous donner envie de traquer Cupidon et de pendre ce petit enfoiré avec la corde de son arc.

L'irritation gonfle dans ma poitrine.

– Ne commence pas. Moi au moins, je n'ai pas abandonné mon entreprise pour suivre une fille pendant un an dans l'espoir qu'elle m'accorde une deuxième chance.

– N'empêche, maintenant, j'ai la fille et tu es assis sur un canapé en train de te disputer avec les moitiés de ses meilleures amies, réplique Alex avec douceur. Si tu n'avais pas de sentiments pour Stella, tu ne te prendrais pas la tête pour ça.

– Exactement.

Josh opine comme s'il me connaissait alors que nous n'avions pas échangé plus de cinq mots avant aujourd'hui.

Le sourire que je lui adresse est glacial.

– Si j'étais toi, je passerais plus de temps à m'améliorer aux échecs et moins à me préoccuper des affaires des autres, Josh. J'ai déjà battu Alex. Et toi ?

Le sourire de Josh disparaît.

– Comment ça, tu as battu Alex aux échecs ? Quand est-ce que vous avez joué aux échecs ensemble ? Et toi, tu joues aux échecs avec quelqu'un d'autre que moi ? s'insurge-t-il en tournant la tête vers Alex.

Alex ferme brièvement les yeux avant de les rouvrir et de me lancer un regard noir. Un venin glacé s'est peint sur ses traits.

Mon sourire s'élargit.

– On a un rendez-vous mensuel autour des échecs. Il ne te l'a pas dit ?

Je fais tourner ma boisson dans mon verre.

Josh prend un air effaré.

– Tu as un autre meilleur ami secret ? Mais… je suis ton meilleur ami ! Je t'ai acheté un flotteur banane pour ton enterrement de vie de garçon !

– Je ne veux pas de flotteur banane, et ce type n'est pas mon meilleur ami.

Le regard d'Alex devient de plus en plus noir.

Je hausse les épaules, histoire d'être bien clair. *Qu'est-ce que tu peux faire ? C'est la vie.*

Ce n'est pas ma faute s'il est asocial au point que son meilleur ami panique parce qu'il passe du temps avec quelqu'un d'autre que lui.

– Je n'arrive pas à y croire. Des rendez-vous réguliers pour jouer aux échecs, marmonne Josh, furieux. C'est pour ça que tu n'as pas voulu regarder le dernier Marvel avec moi ? Parce que tu sais que je meurs d'envie de voir ce film depuis des semaines…

Rhys est trop occupé à rire pour prêter attention au drame qui se déroule à moins d'un mètre de lui.

– Attendez que je raconte le truc à Bridget. Elle va adorer.

Ma bonne humeur temporaire s'évapore.

– Tu ne vas rien lui raconter du tout !

– Bien sûr que non.

Sa grande carcasse est secouée par le rire. Je serre les dents de rage.

S'il y a une chose que je méprise, à part l'incompétence et la Saint-Valentin, c'est bien les gens qui se mêlent de mes affaires personnelles. Il fut un temps où Alex et Rhys auraient été d'accord. Aujourd'hui, ils sont trop entichés de leur compagne pour se conduire avec un minimum de respect de soi. Alex qui fait une blague ? Rhys qui renonce à sa vie privée pour une vie entourée de paparazzis et d'inaugurations ?

Il y a de quoi avoir la nausée.

Stella et moi, c'est différent.

Je ne l'aime pas, mais je la désire avec une intensité qui réduit en poudre le concept fragile et galvaudé de l'amour. Ce n'est ni sucré ni édulcoré. Il n'y a pas d'arc-en-ciel ou de licorne, seulement un puissant désir aux bords rugueux et obscurs.

Journées de juin torrides. Sourires secrets. Turquoise.

J'attendrai longtemps.

Je finirai par l'attraper, et une fois que ce sera fait, je ne la lâcherai plus.

26

STELLA

Je termine la première pièce de ma collection quatre jours après la pendaison de crémaillère de Josh et Jules.

Elle est accrochée au dos de ma porte, cascade de soie et de lignes sinueuses, dont la couleur dorée contraste vivement avec le fond de bois sombre.

Ce n'est pas parfait, et le tissu étant cher, j'ai besoin d'une meilleure option de vente en gros si je veux augmenter la production, mais c'est fait. La première preuve tangible que mes rêves ne sont pas que des rêves et que je prends enfin des mesures concrètes pour les réaliser.

Un premier jet complet, aussi imparfait soit-il, vaut toujours mieux que pas de premier jet du tout.

Et il s'agit de mon propre patron, de ma propre conception. Ce n'est pas seulement une robe rapidement exécutée à partir d'un patron du commerce, que j'aurais réalisée pendant les vacances de Noël. C'est la mienne.

« *Trop de planification, c'est une forme de procrastination.* » Les mots de Lilah lors de notre rendez-vous au café résonnent dans ma tête tandis que je passe la main sur le corsage de la robe. Le contact du tissu sur ma peau me donne des frissons. « *Si tu veux une marque, tu as besoin d'un produit. Crée un excellent produit, et occupe-toi de tout le reste ensuite.* »

Ce « tout le reste » englobe les prix, l'approvisionnement, la sensibilisation de la clientèle et un millier d'autres détails qui me submergent chaque fois que je regarde ma liste de tâches, mais j'ai un produit et un plan.

Tout le reste découlera de là.

Une émotion étrange me noue la gorge, si peu familière qu'il me faut une minute pour l'identifier : la fierté.

Je ne l'ai pas ressentie quand j'ai atteint un million de followers ou quand je me suis réveillée le lendemain avec un flot de propositions de collaboration de la part de marques. Mais maintenant, debout devant une robe que j'ai mis une journée à coudre et toute une vie à créer, la lueur chaude de la fierté m'envahit.

Toute ma vie, j'ai créé pour d'autres. Mes articles de blog étaient destinés à mon public ; mes photos, à mes followers, mes bonnes notes visaient à satisfaire mes parents, et mes idées allaient à *DC Style* quand j'y travaillais.

C'est la première fois depuis longtemps que je fais quelque chose pour moi, et honnêtement ? Ça me fait un bien fou.

Un sentiment d'apesanteur me gonfle la poitrine et m'arrache un immense sourire. Je ne suis même pas perturbée par la perspective du dîner familial mensuel ce soir. Rien ne peut m'abattre…

Mon téléphone s'allume sur un appel entrant de Natalia.

… à l'exception d'une conversation avec ma sœur.

Mon sourire s'estompe, mais j'ai encore suffisamment le vertige pour que ma voix soit plus joyeuse que d'habitude lorsque je décroche.

– Salut, Nat.

– C'est pour te rappeler que papa et maman s'attendent à ce que tu amènes ton petit ami ce soir, attaque d'emblée Natalia, sans s'embarrasser de circonvolutions. Et rappelle-lui de se préparer à partager une de ses réussites avec nous.

Oui, les invités doivent partager leurs succès lorsqu'ils dînent avec la famille Alonso. Sinon, comment ma famille pourrait-elle juger s'ils méritent une autre invitation ?

– Christian ne pourra pas être là.

Je mets Natalia sur haut-parleur afin de pouvoir finir de me préparer. J'ai perdu la notion du temps en admirant ma robe, et je dois me rendre chez mes parents dans une heure.

– Il avait vraiment très envie de venir, mais il vient de tomber malade. Fièvre, frissons, tout ça.

C'est effrayant de voir avec quelle facilité le mensonge sort de ma bouche. Il s'écrase sur le sol dans un doux tintement, rejoignant les dizaines d'autres contre-vérités que j'ai proférées au cours des derniers mois.

– Ah oui ? répond Natalia d'un ton que le soupçon rend monocorde. Comme c'est pratique.

J'enroule mes cheveux en chignon, tout en espérant qu'elle n'entend pas les battements rapides de mon cœur.

– C'est très dommage, oui, mais la maladie ne prend pas en compte nos agendas personnels.

Encore des mensonges. Je pourrai faire une vendeuse de voitures épatante si ma ligne de vêtements ne marche pas.

La culpabilité me pince la poitrine, mais je tiens bon. Il est hors de question que je soumette même mon pire ennemi à un dîner avec les Alonso. Par ailleurs, j'ai besoin d'un esprit clair et de toutes mes facultés pour gérer mes parents, et s'il y a bien un domaine où Christian excelle, c'est obscurcir mon jugement.

– Maman et papa ne vont pas être contents, me prévient Natalia. Ils avaient hâte de rencontrer ton petit ami.

Ils avaient plutôt hâte de le cuisiner, oui. Jarvis et Mika Alonso ont une liste de critères qu'ils exigent d'un futur gendre, et bien que Christian coche presque toutes les cases – riche, bien éduqué, cultivé –, l'interrogatoire lui-même serait une véritable torture.

– Vu le nombre inouï de messages que tu publies à son sujet, ça doit être du sérieux.

Ma sœur est tellement transparente dans sa pêche aux informations que j'aurais ri si je n'étais pas à bout de nerfs.

– On prend les choses au jour le jour, je réplique tout en me mettant du blush sur les joues. Je suis sûre que maman et papa comprendront. Et puis, tu sais comment est maman avec les microbes. Elle ne voudrait pas d'un invité malade au dîner…

– En fait, je me sens beaucoup mieux.

Je me retourne et mon pouls grimpe en flèche à la vue de Christian appuyé contre le cadre de bois, débarrassé de sa veste de costume et une main dans la poche. Une mèche de cheveux noirs lui tombe sur l'œil, me suppliant de la remettre en place.

– J'étais hors service hier, mais je suis comme neuf aujourd'hui, lance-t-il à l'adresse de Natalia via le haut-parleur, sans que ses yeux quittent les miens. Alors, Stella, ma chérie, je vais finalement pouvoir t'accompagner au dîner.

Dites-moi que ce n'est pas en train d'arriver.

Christian nous a entendues, la seule fois où je mets Natalia sur haut-parleur. Quelqu'un au plus haut des cieux doit me détester. Je n'aurais peut-être pas dû sécher autant l'église depuis que j'ai déménagé de la maison familiale.

– Qu'est-ce que tu fais ? je lui lance silencieusement, espérant que mon regard glacial traduise toute l'étendue de mon mécontentement.

Sa seule réponse est un sourire en coin qui m'amène à reconsidérer ma position sur la non-violence.

Tu ne tueras point… sauf si ton faux petit ami essaie de s'incruster à un dîner avec ta famille super autoritaire.

Cela étant, le dîner devrait être une punition suffisante. Un repas avec les Alonso fera fuir jusqu'au puissant Christian Harper.

– Oh ! s'exclame Natalia qui manifeste une surprise bien inhabituelle chez elle avant de se ressaisir. Quelle agréable nouvelle ! On se voit dans une heure alors.

Ses mots se sont adoucis maintenant qu'elle sait qu'une autre personne est à mes côtés.

– Oui. J'ai hâte d'y être, réplique Christian.

Je raccroche avant de verbaliser l'irritation qui bouillonne dans mes veines.

– C'était quoi ça ?

Cool, calme, sereine. Cool, calme...

Christian se redresse et passe une main sur sa cravate.

– C'était accepter une invitation à dîner chez les parents de ma petite amie. Ça fait des mois qu'on sort ensemble. Il est temps que je rencontre tes parents, tu ne crois pas ?

– On ne sort pas vraiment ensemble.

– Ça, ils ne le savent pas, objecte-t-il avec un calme qui ne fait que m'exaspérer davantage. Il faut bien que je finisse par les rencontrer. Tu ne vas pas pouvoir trouver des excuses indéfiniment. Comme ça, on résout le problème de la rencontre et ils arrêteront de te harceler.

Il n'a pas tort. Pourtant, je déteste la façon dont il s'y est pris.

Le dîner est dans moins d'une heure, et je ne suis pas préparée psychologiquement pour un repas avec Christian et ma famille.

Comment mes parents vont-ils se comporter avec lui ? Comment lui réagira-t-il face à eux ? J'ai vu Christian charmer une tablée à New York, mais c'étaient des amis.

La dernière fois que j'ai ramené un garçon à la maison – Quentin Sullivan, pour le bal de fin d'année du lycée –, mes parents l'ont tellement interrogé sur sa moyenne, les universités où il avait été accepté et ses projets sur les cinq ans à venir qu'il a fondu en larmes pendant le trajet en limousine jusqu'au bal. À la seconde où nous sommes arrivés, il a marmonné un truc à propos d'une erreur et passé le reste de la soirée à danser avec une autre fille.

Christian n'a aucune idée de ce dans quoi il s'embarque.

Le trajet jusqu'à la maison de mes parents se fait dans le même silence que celui qui nous a conduits chez Josh et Jules, pendant le week-end. Son aveu du désir qu'il éprouve pour moi est l'éléphant dans chaque pièce où nous nous trouvons ensemble, pourtant aucun de nous ne l'évoque.

Je ne sais pas comment aborder le sujet. Ce serait peut-être plus facile si je ne le désirais pas, moi aussi, en tout cas chaque fois que j'essaie d'en parler, mes nerfs prennent le dessus.

Je jette un coup d'œil à Christian. L'air entre nous bourdonne d'une centaine de mots non échangés. Ils emprisonnent mes poumons et coupent l'afflux d'oxygène au point que j'ai la tête qui tourne.

Malgré l'air conditionné, je baisse la vitre et j'aspire une petite bouffée d'air frais.

Nous nous arrêtons à un feu rouge.

Christian ne dit pas un mot à propos de la vitre, mais la chaleur de son regard laisse comme une marque sur ma peau.

Je garde les yeux tournés vers la fenêtre (et surtout pas sur lui) jusqu'à ce que nous arrivions chez mes parents, où des soucis plus importants noient la tension entre nous.

Comme prévu, ma famille lui accorde le même traitement qu'à n'importe quel invité : polie et accueillante en apparence, mais pour mieux juger subrepticement chacun de ses mouvements et chaque mot qui sort de sa bouche.

Il a apporté un vin rouge millésimé à deux mille dollars sorti de sa vaste cave, ce qui l'a rendu sympathique à ma mère, mais mon père est plus difficile à impressionner. D'ailleurs, le ton sur lequel il entame vraiment la conversation ne laisse pas de place au doute : ses propos ne sont pas particulièrement flatteurs pour Christian :

– J'ai entendu parler de vous. Harper Security, c'est bien ça ?

– Oui, Monsieur.

Christian me passe le plat de purée de pommes de terre. Il a enfilé une tenue plus décontractée que ses costumes de dîner habituels, mais dans un certain sens, sa chemise et son jean le rendent encore plus intimidant – un loup déguisé en mouton.

Un soupçon de défi masqué derrière un sourire taquine la commissure de ses lèvres.

– Je travaille pour le gouvernement à l'occasion. Je connais bien le secrétaire d'État Palmer.

Le visage de mon père se fige – ce n'est plus qu'un masque sinistre – à la mention de son patron.

– Ça ne m'étonne guère.

Le tintement des assiettes et des verres remplace la conversation jusqu'au plat principal. Cette accalmie me donne l'occasion de répéter la réponse que je compte donner lorsqu'il faudra, conformément à la tradition, partager nos réussites.

J'ai terminé la première pièce de ma collection de mode. Oh, je ne vous l'ai pas dit ? Je lance une marque de mode. J'ai un…

– Comment se passe ton travail chez *DC Style* ?

La question de Natalia vient trancher ma rêverie.

Je n'ai toujours pas dit à ma famille que j'ai été licenciée. Chaque fois que je tente de leur dire, les mots arrivent à mi-chemin dans ma gorge avant de se flétrir et de mourir.

– Bien.

Je porte mon verre d'eau à mes lèvres en espérant que personne ne détecte le léger tremblement de ma main.

Le raclement de la fourchette de Natalia contre son assiette ressemble à des ongles sur un tableau noir.

– Hmm. C'est drôle, j'étais dans le quartier l'autre jour. J'avais une réunion près de ton bureau, alors je me suis dit que j'allais passer te dire bonjour. Mais quand je suis arrivée, la réceptionniste m'a dit que tu ne travaillais plus là-bas. Depuis presque deux mois.

Toute la pièce se fige comme si elle avait appuyé sur « Pause ». Nous ne sommes plus des personnes mais des statues de cire, pétrifiées dans un tableau grotesque de choc et de déni.

Christian est le seul à manifester un soupçon de vie. Il caresse de ses doigts chauds et bienveillants ma peau soudain glacée, et les mouvements réguliers de sa poitrine apaisent un peu ma nervosité.

Je pensais que sa présence au dîner me déstabiliserait, au lieu de quoi elle produit exactement l'effet inverse.

Je ne pourrais pas en dire autant de mes parents.

La peau de mon père s'est vidée de ses couleurs, et la bouche de ma mère forme un « O » rouge de surprise. Il en faut beaucoup pour prendre Jarvis et Mika Alonso au dépourvu, et une partie folle et insensée de moi a envie de sortir mon téléphone et de fixer le moment pour la postérité.

Les yeux de Natalia m'épinglent comme un insecte au sol.

– Je leur ai dit que ça devait être une erreur. Ce n'est pas possible que tu te sois fait virer et que tu nous l'aies caché. N'est-ce pas, Stella ?

J'ai comme un goût de bile sur la langue, tellement je regrette. L'envie de mentir à nouveau est si puissante qu'elle m'entraîne presque sous son charme, mais je ne peux pas prolonger la mascarade indéfiniment. Ils finiraient par découvrir la vérité.

Il est temps d'arrêter de se cacher et d'avouer ce qui s'est passé.

– Ce n'était pas une erreur. Je ne travaille plus pour *DC Style*. J'ai été licenciée mi-février.

Le silence se cramponne à la pièce pendant encore un instant avant qu'elle n'explose en jurons et en cris.

– Mi-février !? Comment tu as pu nous cacher ça aussi longtemps ? exige ma mère en japonais.

Elle a grandi à Kyoto et revient à sa première langue lorsqu'elle est contrariée.

– J'attendais le bon moment, je réponds en anglais.

Je n'ai pas pratiqué le japonais depuis des années, mais ses inflexions me sont si familières que j'ai l'impression de me retrouver à l'école du week-end. Mes parents étaient trop occupés pour nous enseigner les bases, à Natalia et à moi, si bien qu'ils nous ont inscrites à des cours d'espagnol, d'allemand et de japonais quand nous étions enfants. Soi-disant pour nous aider à nous rapprocher de notre héritage mélangé, mais je soupçonne que c'était plutôt parce que la maîtrise des langues étrangères est valorisée dans les demandes d'inscription à l'université.

– Et qu'est-ce que tu fais depuis tout ce temps ? Tu n'as pas trouvé de nouveau travail en deux mois ?

Le grondement silencieux de la colère de mon père s'est insinué dans tous les coins de la pièce. J'entortille mon collier autour de mon doigt jusqu'à ce qu'il me coupe la circulation.

Cool, calme, sereine.

– Je n'ai pas postulé pour un autre emploi de bureau. Je gagne beaucoup d'argent grâce à mon blog, je viens d'ailleurs de signer un contrat avec une grande marque. Un salaire à six chiffres. Je gagne un revenu à temps plein.

Mon père pince ses lèvres si fort qu'elles ne sont plus qu'une ligne blanche sur sa peau brune.

– Peut-être, mais ce n'est pas un revenu stable. Qu'est-ce qui se passera quand les affaires se tariront ? Ou si tu perds tes contrats ? Tu as un fonds d'urgence ? Combien as-tu d'économies ?

Il me mitraille de ses questions comme avec des balles.

– Je…

Je jette un coup d'œil à Christian, qui incline le menton en signe de soutien silencieux. Si son expression demeure impassible, quelque chose de trouble se dissimule au fond de ses yeux. Un frisson me descend le long de la colonne vertébrale, puis j'affronte à nouveau le peloton d'exécution.

– Je n'ai pas l'intention de devenir influenceuse à plein temps. En fait… (*Vas-y, dis-le.*) Je vais créer mes propres modèles. Pour une ligne de vêtements. Et il me reste un peu d'économies, mais je les reconstituerai une fois que j'aurai reçu mon prochain paiement pour la campagne Delamonte.

Une guillotine de silence reste suspendue au-dessus de la table avant de fendre l'air et de déclencher une nouvelle explosion.

– Tu n'es pas sérieuse ! s'écrie ma mère qui a saisi sa fourchette d'une main blanche. Créatrice de mode ? Stella, tu es diplômée de Thayer. Tu peux faire tout ce que tu veux ! Pourquoi diable choisirais-tu la couture ?

Mon père reste bloqué sur l'autre partie de ma bombe.

– Comment ça, il te reste « un peu d'économies » ? Où est passé le reste ?

La sueur me ruisselle dans la nuque.

Fais les choses en grand ou rentre chez toi.

Mes parents sont déjà en colère contre moi. Alors autant arracher le sparadrap de mon autre secret d'un seul coup et en assumer les conséquences.

– J'ai payé pour les soins de Maura dans un centre d'aide à l'autonomie.

Je relâche mon collier pour pouvoir glisser mes mains sous mes cuisses et les empêcher de trembler, mais mon genou droit tressaute sous l'effet de la nervosité. Heureusement que ma mère ne peut pas le voir, sinon elle m'enguirlanderait aussi pour ça. Selon les superstitions japonaises, agiter sa jambe invite les fantômes de la pauvreté ou quelque chose comme ça. C'est l'une des plus grandes bêtes noires de ma mère.

J'enroule la main autour du bord de ma chaise pour y trouver du soutien.

– Elle est atteinte de la maladie d'Alzheimer, je poursuis. C'est moi qui ai payé son hébergement et ses soins, ces dernières années. Voilà où est passé l'essentiel de mon argent.

Cette fois, le silence n'est pas une lame, c'est un boa constrictor qui s'enroule autour de mes membres et m'étrangle au point que je ne respire plus que par petites bouffées.

Ma mère pâlit tant qu'elle ressemble à une silhouette d'elle-même découpée dans du papier.

– Pourquoi tu fais ça ?

– Parce qu'elle n'a personne d'autre, maman. Elle s'est occupée de moi…

– Elle n'est pas de la famille, crache ma mère. Nous lui sommes reconnaissants des nombreuses années qu'elle a passées avec vous, les filles, et je comprends ton attachement. Mais elle n'est plus ta nounou depuis plus de dix ans, et tu ne croules pas sous l'argent, Stella. Tu es au chômage, pour l'amour du ciel. Même lorsque tu travaillais à *DC Style*, ton salaire était dérisoire. Dépenser des dizaines de milliers de dollars par an pour une ancienne employée de la famille alors que tu n'es pas financièrement stable, c'est la chose la plus irresponsable, la plus stupide…

La colère enflamme une allumette dans mon ventre et supprime toute once de culpabilité liée à mes mensonges.

Je déteste que mes parents considèrent Maura comme une simple « ancienne employée de la famille », alors qu'elle a été tellement plus que ça. Elle m'a endormie avec ses chansons lorsque j'étais enfant, m'a guidée pendant les années turbulentes de la puberté et a traversé avec une patience remarquable la tempête de mes angoisses, au début du lycée. Elle a été là pour tous les genoux écorchés de l'enfance et toutes les peines d'amour de l'adolescence, et elle mérite plus qu'une vague reconnaissance pour tout ce qu'elle a fait.

Sans elle, mes parents ne seraient pas là où ils sont aujourd'hui. Elle a assuré la cohésion du foyer pendant qu'ils bâtissaient leurs carrières pour en faire des légendes.

– Maura fait partie de la famille. Elle est plus une mère pour moi que tu ne l'as jamais été !

Les mots ont jailli avant que je ne puisse les ravaler.

Le petit cri que pousse Natalia noie le cliquetis de sa fourchette contre son assiette. Elle n'a pas dit un mot depuis qu'elle a révélé mon licenciement de *DC Style*, mais c'est avec des yeux comme des soucoupes qu'elle me dévisage.

Aucune de nous n'a plus jamais répondu à nos parents depuis nos années d'adolescence rebelle. Même à cette époque, notre rébellion a été sage : un commentaire sarcastique par-ci, une nuit passée en cachette à la fête d'une amie par-là.

Nous ne sommes pas des exemples de mauvais comportement, mais je… oh, mon Dieu. Je viens pratiquement de dire à ma mère qu'elle a été une mère de merde. Devant un invité et le reste de notre famille. Au cours d'un dîner.

Les pâtes que je viens de manger font des remous dans mon ventre, et je dois affronter la possibilité très réelle de vomir sur le service Wedgwood préféré de ma mère.

Ma mère vacille comme si je venais de la gifler. Si elle était pâle tout à l'heure, c'est un fantôme maintenant. Ses joues se sont complètement vidées de leurs couleurs, comme si quelqu'un en avait aspiré toute vie.

Pour une fois, Mika Alonso, l'une des avocates les plus redoutées de la ville, la femme qui a réponse à tout et une réfutation pour chaque argument, reste sans voix.

Je regrette de ne pouvoir savourer cet exploit, car tout ce que je ressens, c'est une vague de nausée. Je ne voulais pas la blesser. Je ne m'attendais pas à ce que mes paroles la blessent, parce qu'elles révèlent la vérité. Ma mère n'a jamais été là quand j'étais enfant. Elle a même dit en plaisantant un jour que Maura était notre mère de substitution.

Pourtant, la douleur qui emplit ses yeux et transforme son visage en une version méconnaissable d'elle-même est indéniable. À côté d'elle, le visage de mon père est lui aussi méconnaissable, sauf que le sien est sombre, envahi d'une fureur à peine contenue.

– Tu as dépassé les bornes, Stella. Excuse-toi auprès de ta mère. Tout de suite.

Sa voix grave déclenche une nouvelle vague de nausée dans mes entrailles. L'arrière de mes cuisses se presse sur mes mains tandis que ma tête tourbillonne de mille réponses.

Je pourrais m'excuser et arranger les choses. Faire tout ce qu'il faut pour effacer la blessure de ma mère et la colère de mon père.

La petite fille qui sommeille en moi grimace encore à l'idée de mettre mes parents en colère, mais tout ce qui ne relèverait pas d'une honnêteté totale ne serait qu'un baume temporaire sur une plaie qui s'envenime.

– Je suis désolée si je t'ai blessée, maman, je commence d'une voix dont la fissure est l'écho de celle qui tiraille ma poitrine. Mais Maura m'a pratiquement élevée. Nous savons toutes les deux que c'est vrai, et elle n'a personne d'autre pour s'occuper d'elle. Elle a passé sa jeunesse à s'occuper de moi et à me traiter comme si j'étais sa propre fille. Je ne peux pas la laisser seule maintenant alors qu'elle a besoin de moi.

Je ne regarde pas Natalia, qui aimait bien Maura mais n'a jamais eu le même lien avec elle. La carrière de mes parents n'a vraiment décollé qu'autour de mes cinq ans et des dix ans de Natalia. À ce moment-là, elle était déjà trop grande pour s'attacher à notre nounou comme moi.

Elle ne prendra pas mon parti. Elle ne l'a jamais fait.

Ma mère ne réagit pas à mes paroles, si l'on excepte un petit frémissement. Mon père, quant à lui, n'est que plus furieux encore. Jarvis Alonso n'apprécie guère que l'on désobéisse à ses ordres. L'orage envahit le marron habituellement chaud de ses yeux jusqu'à ce qu'ils deviennent d'un noir dur et implacable. Je n'ai jamais eu peur de mon père, du moins pas au sens physique du terme. Mais en cet instant, il me terrifie.

Lorsqu'il reprend la parole, c'est avec la voix de tonnerre qu'il réserve d'ordinaire aux discussions sur les dictateurs étrangers et les cellules terroristes.

– Stella Rosalie Alonso, si tu ne t'excuses pas auprès de ta mère sur-le-champ, je…

– Je vous suggère de ne pas achever cette phrase.

La voix calme de Christian tombe tel un couperet sur les vapeurs toxiques de la colère de mon père, comme si elles n'existaient pas.

À l'instar de Natalia, Christian est resté silencieux depuis que le dîner a dérapé, mais la tension qui se dégage de lui en dit long.

Si la fureur de mon père est une tempête qui fait rage, la colère de Christian est un tsunami sombre et silencieux. Lorsque ceux qui se trouvent sur son chemin perçoivent le danger, il est trop tard.

Et tandis que mes yeux passent de la mâchoire serrée de mon père au regard mortel de Christian, j'ai l'impression que cette soirée, déjà mal partie, ne va faire qu'empirer.

27

CHRISTIAN

– Vous me menacez dans ma propre maison ?

La voix de Jarvis Alonso est froide comme l'acier.

– Je ne vous menace pas, Monsieur. Je suggère.

Le contraste entre mon ton poli et la tension qui crépite dans l'air imprègne de moquerie une adresse par ailleurs déférente.

Je pose une main sur la cuisse de Stella, sous la table, pour l'apaiser. Elle effectue un travail admirable pour garder un visage calme, pourtant je sens de petits frissons sous ma paume.

Je me suis retenu d'ouvrir la bouche aussi longtemps que j'ai pu. Ce n'est pas dans ma nature de rester silencieux quand on me traite de manière injuste, or chaque putain d'affront fait à Stella est un affront qu'on m'adresse. Mais pour elle, il s'agit d'un problème personnel avec sa famille. Elle doit leur tenir tête et dire ce qu'elle a à dire sans que personne d'autre n'intervienne.

Je peux supporter que ses parents se fâchent, même s'ils m'ont énervé toute la soirée. Ce que je ne tolère pas, en revanche, c'est que quelqu'un, même s'il est de la chair et du sang de Stella, la fasse culpabiliser pour qu'elle présente des excuses imméritées.

Je soutiens le regard de Jarvis avec un sourire aimable que dément le froid glacial de ma voix.

– Si vous vous demandez pourquoi votre fille vous cache des choses, regardez-vous dans un miroir, je lâche. Observez vos réactions. Au lieu de la soutenir, vous l'avez attaquée. Au lieu d'être fiers de son dynamisme et de sa passion, vous la forcez à entrer dans une case qui ne lui convient pas. Stella est l'une des personnes les plus altruistes, créatives et brillantes que je connaisse, et pourtant vous la rabaissez parce qu'elle ne se conforme pas à vos définitions étriquées de la réussite. Pourquoi ? Parce que vous êtes gênés d'avoir une enfant qui a osé s'écarter du chemin que vous avez vous-mêmes emprunté ? Votre fierté vous importe plus que son bonheur, et pourtant vous vous étonnez de la voir considérer le seul adulte qui a été là pour l'aider à grandir comme un parent plus important que vous ne l'avez été l'un et l'autre.

J'adresse la dernière phrase à la fois à son père et à sa mère, qui n'a pas bougé depuis l'explosion de Stella.

La femme doit être en état de choc. Tant mieux. Elle le mérite.

La rage est un monstre dans mes tripes, visant à la fois les parents de Stella pour lui avoir sauté à la gorge à propos de ses putains de finances, sans une seule pensée pour ce qu'elle ressentait, et sa sœur pour avoir révélé son départ de *DC Style* d'une manière aussi cruelle et vindicative.

Parmi les insécurités de Stella, combien proviennent de ce foyer où l'on juge en permanence tout le monde ?

La plupart, je suis prêt à le parier.

Le seul frein à ma colère est la présence de Stella et le fait qu'il s'agit de sa famille. Malgré ses relations tendues avec eux, elle ne réagirait probablement pas bien si je vidais leurs comptes bancaires ou infectais leurs appareils avec des virus destructeurs. L'année dernière, comme je m'ennuyais, j'ai mis au point un code particulièrement vicieux, qui pouvait collecter et détruire toutes les données d'un appareil infecté jusqu'à ce que ledit appareil ne soit plus qu'un tas de métal inutile en moins de dix minutes.

Jarvis me jette un regard noir, une veine palpite si fort dans sa tempe que je m'attends à la voir éclater d'une seconde à l'autre.

– C'est une affaire de famille, grogne-t-il. Je me fiche de savoir depuis combien de temps vous sortez avec Stella. Vous ne faites pas et ne ferez jamais partie de cette famille. Je connais votre réputation, Monsieur Harper. Vous prétendez être un homme d'affaires intègre, mais vous êtes un serpent tapi dans l'herbe. Vous avez du sang sur les mains, et si vous croyez que je vous laisserai approcher ma fille après ce soir, vous vous trompez lourdement.

Je le dévisage avec un léger sourire.

Peu de choses m'amusent plus que les gens qui essaient de me menacer.

Son statut de père de Stella lui offre un certain degré de protection, cela dit. Mais quels secrets se dissimulent dans les cyber-égouts de sa vie numérique ? Il suffit de creuser assez profondément, on déniche toujours quelque chose. L'historique des recherches sur Google, les photos, les clics sur les liens, les courriels et les discussions privées. La vie en ligne des gens regorge d'informations. La plupart d'entre elles sont jetées avec désinvolture à la poubelle, sans que leur propriétaire réfléchisse à la façon dont elles pourraient l'incriminer.

C'est une mine d'or pour quelqu'un comme moi.

Si Jarvis Alonso pense pouvoir se servir de Stella comme moyen de pression, il découvrira avec quelle rapidité et quelle facilité je peux sortir les cadavres de son placard.

– Laisse Christian en dehors de ça, lâche Stella d'une voix à la douceur féroce qui interrompt le cours de mes pensées. Je me fiche des rumeurs infondées ou de ce que tu crois savoir sur Christian. Voici ce que je sais de première main : il ne fait que m'aider depuis que nous nous sommes rencontrés. Il m'a encouragée à poursuivre mes rêves et a cru en moi quand je n'y croyais pas moi-même. Il m'a plus soutenue depuis quelques mois que vous ne l'avez fait pendant toute ma vie, et je ne te laisserai pas l'insulter parce qu'il prend ma défense.

Je suis tellement surpris que j'en tressaille presque avant de me ressaisir. Quelque chose de chaud et d'inconnu s'agite dans ma poitrine, rongeant les barrières d'acier que j'ai érigées.

Personne ne m'a défendu jusqu'à maintenant. Jamais.

Je n'en ai jamais eu ni besoin ni envie, mais Stella a toujours été l'exception à toutes mes règles, et la voir si forte et si lucide dans ses convictions enflamme une allumette de fierté dans ma poitrine.

Ses affirmations sont déplacées, cependant, parce que je suis exactement celui que son père a dépeint : un serpent tapi dans l'herbe, un monstre aux mains ensanglantées et au passé encore plus sanglant. Mais après m'être vu à travers les lunettes teintées de rose de Stella, je souhaite, pour la première fois de ma vie, être l'homme qu'elle pense trouver en moi.

Impitoyable, peut-être, mais honorable à la base.

En réalité, les seules parcelles d'honneur que je possède ces jours-ci sont celles qui se reflètent dans ses yeux.

– Fiche le camp.

Jarvis n'a même pas tiqué en écoutant la tirade de Stella. Sa fureur est silencieuse, mais d'une intensité inouïe. Il est exclu de raisonner avec lui ce soir.

– Si tu préfères te ranger du côté d'un étranger que tu connais depuis quelques mois plutôt que du côté de ta famille, tu n'as plus rien à faire à cette table.

Stella se raidit tandis que sa mère prend une brusque inspiration.

– Jarvis…

Il ignore l'intervention brisée de sa femme.

– Tout de suite, Stella. Pars avant que je te jette dehors moi-même.

Natalia remue, trahissant enfin un certain malaise devant le merdier qu'elle a déclenché.

– Papa…

– Ça tombe bien. Nous allions justement nous retirer. Stella…

Je plie ma serviette en un carré bien net et la laisse sur la table avant de repousser ma chaise. Puis je pose doucement une main sur son épaule, pour la tirer de sa stupeur.

Elle se lève et, après un dernier coup d'œil à sa famille pétrifiée, elle me suit jusqu'à la porte.

Le silence nous accompagne jusque dans la voiture et sur la route, comme un intrus indésirable, mais je le laisse perdurer jusqu'à ce que Stella le rompe elle-même.

Elle regarde par la vitre, hébétée.

– Il m'a mise à la porte. Mon père ne m'avait jamais crié dessus.

– Tu as touché un point sensible. Il n'aurait pas réagi aussi brutalement si une partie de lui ne savait pas que tu avais raison.

Elle laisse échapper un rire entremêlé de larmes.

– Oui, eh bien, maintenant, tu sais pourquoi je ne voulais pas que tu viennes dîner dans ma famille. Elle a inventé le « dys » de « dysfonctionnement ».

Un sourire sinistre passe sur mes lèvres. Si elle pense que sa famille est dysfonctionnelle, attendez qu'elle en sache plus sur la mienne.

Non que ça risque d'arriver.

Je m'arrête à un feu rouge et je coule un regard à Stella, ce qui, je le sens, adoucit aussitôt mes traits.

– J'ai vu pire. Tu n'avais pas à prendre ma défense, tu sais.

– J'en avais envie. (La conviction dans sa voix déclenche un étrange pincement dans ma poitrine.) Tu ne méritais pas d'être attaqué comme ça. Tu prenais ma défense, donc il était normal que je fasse pareil, déclare-t-elle, les pommettes légèrement rouges. En plus, ce que j'ai dit était vrai. Même si tu m'emmerdes parfois… tu es quelqu'un de bien au bout du compte.

Son utilisation si peu caractéristique, et du même coup adorable, d'« emmerder » me fait sourire. J'aurais même ri de son évaluation si elle n'aiguisait mon pincement au cœur en une lame qui se glisse entre mes côtes.

– Tu fais trop confiance aux gens. Je ne suis pas le preux chevalier que tu vois en moi, je dis doucement.

C'est un avertissement autant qu'un compliment.

Je me moque habituellement de ceux qui sont assez naïfs pour croire les gens intrinsèquement bons alors que le mal est si répandu à travers le monde. Il suffit d'allumer les journaux télévisés pour se rendre compte de la profondeur des vices dans lesquels l'humanité peut et va sombrer.

Mais pour une raison qui m'échappe, la croyance inébranlable de Stella en la bonté humaine touche une corde sensible en moi dont j'ignorais jusqu'à l'existence.

Elle n'est pas la seule lumière d'optimisme autour de moi, mais elle est la seule qui compte.

– Peut-être pas. Mais tu n'es pas non plus le méchant que tu crois être.

Les lampadaires qui défilent donnent à son visage une chaude lueur dorée, mettant en valeur ses traits délicats et la confiance qui brille dans ses magnifiques yeux de jade.

Si tu savais…

Le feu passe au vert. Mes yeux s'attardent sur elle une seconde supplémentaire avant que je braque le regard devant moi et que j'appuie sur l'accélérateur.

Nous ne reparlons pas pendant le trajet, mais au feu rouge suivant, je prends sa main dans la mienne, sur la console centrale, et je l'y laisse jusqu'à ce que nous arrivions à la maison.

28

STELLA

27 avril

Il y a une chance sur deux pour que mon père m'ait reniée ce soir. Je ne l'ai jamais vu aussi furieux, pas même quand j'ai rayé sa Mercedes toute neuve après avoir obtenu mon permis de conduire et l'avoir secrètement empruntée. (Pour ma défense, cette bordure avait surgi de nulle part.)

Mais le plus grave, à mon sens, ce n'est pas la douleur dans les yeux de ma mère ou la façon dont ma sœur m'a dénoncée. Ce n'est même pas que mon père m'ait mise à la porte.

C'est le fait que je n'aurais pas changé mon comportement d'un iota, même si j'en avais imaginé le résultat.

J'ai toujours été la fille silencieuse et obéissante. Celle qui faisait tout ce que mes parents demandaient, qui s'excusait même quand ce n'était pas nécessaire et qui se mettait en quatre pour s'assurer que tout le monde était content.

Mais chaque personne a une limite, et j'ai atteint la mienne.

Je suis presque sûre que rien de ce que je fais ne sera jamais assez bien pour ma famille, alors pourquoi seulement essayer ? Autant leur dire la vérité sur ce que je ressens. J'aurais dû le faire il y a longtemps. Mais honnêtement, je ne pense pas que j'aurais trouvé le courage de le faire ce soir si Christian n'avait pas été là.

C'est ironique. Je ne voulais pas qu'il vienne, et il a fini par constituer le meilleur de ma soirée. Il y a quelque chose chez lui… je ne sais pas comment l'expliquer. Il me donne l'impression de pouvoir être qui je veux.

Mieux encore, il me donne l'impression de pouvoir être qui je suis. Ça sonne nunuche ? Probablement.

J'ai eu un pincement au cœur en relisant cette phrase à l'instant, mais ce n'est pas grave. De toute façon, tu es le seul à voir ça, cher journal, et je sais que tu ne me jugeras pas.

En fait, ça décrit parfaitement ce que je ressens à l'égard de Christian : il ne me juge pas, quoi que je dise ou fasse. Et dans un monde où je suis constamment jugée – en ligne comme dans la vraie vie –, c'est la sensation la plus agréable au monde.

Remerciements du jour :

1. Réalisation de la première pièce de ma collection
2. La fonction haut-parleur du téléphone
3. Christian. Les soirées qui finissent tôt. Christian

– Tu fais tes valises pour trois jours ou pour trois mois ?

Christian regarde la montagne de bagages que j'ai accumulée.

Je coince un autre maillot de bain dans ma valise déjà trop pleine.

– C'est Hawaï, Christian. Mes soins pour les cheveux prennent à eux seuls un sac entier. Tu ne connais pas les ravages que la plage et l'humidité font sur les cheveux bouclés ?

– Non, concède-t-il avec un regard illuminé par l'amusement.

– C'est bien ce que je disais.

Je me lève pour reprendre mon souffle.

J'ai les muscles endoloris par les heures passées à faire mes valises. J'ai repoussé la corvée jusqu'à la dernière minute, mais je devais le faire aujourd'hui puisque je pars demain pour la grande séance photo de Delamonte à Hawaï.

Ça ne me dérange pas. Faire mes valises est finalement une distraction bienvenue face à la nervosité qui m'habite et au spectre de ma famille.

Je n'ai plus eu de nouvelles d'eux depuis notre dîner d'il y a deux semaines, et je ne leur ai pas non plus tendu la main.

L'ancienne Stella les aurait appelés le lendemain matin, pour s'excuser abondamment et se complaire dans la culpabilité après ce qui s'est passé.

Certes, je me sens coupable, mais pas assez pour capituler dans la bataille silencieuse qui fait rage au sein de la famille Alonso. Même si je regrette d'avoir blessé mes parents, je suis blessée de voir qu'ils n'essaient même pas de me comprendre. De plus, je n'ai toujours pas digéré que ma mère ait traité Maura d'« ancienne employée » et que mon père ait insulté Christian.

Je suis plus surprise que quiconque de l'instinct protecteur qui s'est éveillé en moi pendant la crise de colère de mon père. Christian sait très bien se défendre tout seul. Je ne pense même pas qu'il ait été offensé : les insultes rebondissent sur lui comme des balles de caoutchouc sur du titane.

N'empêche, j'ai détesté la façon dont mon père lui a parlé. Il n'avait pas mérité ça.

– Comment tu te sens à l'idée d'aller à Hawaï ? demande Christian.

Il travaille de la maison aujourd'hui, mais il est tout de même vêtu d'un costume et d'une cravate.

Typique.

– Super ! je réponds d'une voix plus aiguë que d'habitude. Très enthousiaste.

J'essuie mes mains sur mes cuisses et je tente de calmer les battements rapides de mon cœur.

C'est à moitié vrai. Je suis excitée. Hawaï est un endroit magnifique et cette séance photo est la pierre angulaire de la nouvelle campagne de Delamonte. Les photos seront partout en ligne, dans les magazines, peut-être même sur les panneaux d'affichage.

Je ne veux pas devenir mannequin professionnel, mais la campagne d'Hawaï pourrait faire beaucoup pour ma carrière. J'ai déjà gagné pas mal d'argent grâce à mes partenariats avec des marques le mois dernier, assez pour couvrir mes dépenses jusqu'à la fin de l'année. La campagne presse de Delamonte fera encore grimper mon profil en flèche.

Cependant, une séance photo aussi importante s'accompagne immanquablement d'une tonne de pression. Elle pèse sur mes épaules et rogne mon excitation au point que mon cerveau se met à envisager les pires scénarios.

Je suis plus à l'aise pour poser devant les appareils d'autrui depuis ma première séance photo chez Delamonte à New York, mais Hawaï, c'est différent. Hawaï, c'est LE gros truc.

Et si je me retrouve bloquée et que je n'arrive pas à me sentir comme à New York ?

Et si toutes les photos étaient horribles ?

Et si je tombais malade et ne pouvais pas participer au shooting, et si je me cassais la jambe en allant sur le plateau ou quelque chose comme ça ?

La marque dépense des sommes astronomiques pour ce voyage, et nous n'avons que trois jours pour faire les choses comme il faut.

Si je fiche tout en l'air…

Je baisse la tête et me concentre sur le pliage d'une robe bain de soleil pour que Christian ne voie pas la panique dans mes yeux. Or j'aurais dû savoir que la ruse ne fonctionnerait pas.

– Nerveuse ? demande-t-il, étrangement perspicace comme à son habitude.

Je tente de ravaler la boule dans ma gorge.

– Un peu.

Beaucoup.

Est-ce que Delamonte pourrait me renvoyer pour incompétence en plein milieu de la campagne ? Je devrais parler à Brady et revoir le contrat avec lui. Peut-être qu'ils penseront avoir commis une erreur et qu'ils embaucheront Raya à ma place ou…

– Ne t'inquiète pas. Tu t'en sortiras très bien.

– Tu as trop confiance en moi.

– Et toi trop peu.

Sa voix est plus proche cette fois, une caresse de velours sur la peau nue de mon cou et de mes épaules.

Je me retourne, mon pouls manque un battement quand je le découvre si près.

« *Je n'ai jamais autant désiré quelqu'un et je ne me suis jamais autant détesté pour ça.* »

Le souvenir de ses paroles fait crépiter des étincelles entre nous. Ses yeux flamboient d'une lueur brillante et chaude avant de s'assombrir à nouveau, et mon cœur reprend son rythme normal.

– On part demain matin à 8 h. Je vais engager un sherpa pour toi, ajoute-t-il avec un signe de tête en direction de mes bagages.

– Tu exagères. Je n'emporte pas tant de choses que ça.

Deux grandes valises, un sac de sport et un cabas, ça me semble tout à fait raisonnable pour trois jours à Hawaï.

– On est d'accord pour dire qu'on n'est pas d'accord. En ce qui concerne la sécurité… (L'humour pince-sans-rire de Christian laisse place à quelque chose de plus sérieux.) Ces prises de vues à Hawaï ne sont pas un secret, mais je voudrais quand même que tu n'affiches pas que tu y es jusqu'à ce qu'on soit de retour à Washington.

Mon ventre se noue, mais pour une tout autre raison.

Entre la confession de Christian, mon dîner en famille et la préparation de la séance photo, j'ai relégué au second plan mes inquiétudes concernant mon harceleur. Aujourd'hui, elles reviennent comme une lame de fond.

– On a déjà des pistes ?

Je ne lui ai pas demandé de nouvelles régulièrement, car plus je me focalise sur le sujet, plus je suis anxieuse, mais je ne peux pas résister cette fois-ci.

– Rien de concret, mais on se rapproche. Il ne te suivra peut-être pas à Hawaï, cependant mieux vaut prévenir que guérir.

– C'est vrai. Tu as raison.

Je frotte du pouce le cristal de mon pendentif.

Le visage de Christian s'adoucit.

– Tout va bien se passer, et pour la séance photo et pour le harceleur. Fais-moi confiance.

Le plus effrayant, c'est que je lui fais bel et bien confiance.

– Repose-toi un peu. On a un long vol demain, déclare-t-il. Et… Stella ? Laisse la licorne ici.

– Je n'avais pas l'intention de l'emporter, je grommelle en regardant Christian s'éloigner.

Après son départ, je replace M. Licorne sur son perchoir près de mon lit.

– On visitera Hawaï ensemble une autre fois, je lui promets avec regret.

Il a été mon fidèle compagnon chaque fois que j'ai voyagé en solo, mais comme Christian vient avec moi, je n'ai pas besoin de l'emmener. C'est juste que j'aime bien avoir quelques éléments familiers lorsque je vais dans des endroits que je ne connais pas.

Je finis de boucler mes valises.

Mes émotions passent de l'excitation à la crainte, puis à la nervosité, mais je me sens mieux en sachant que Christian sera à mes côtés.

Les papillons dans mon ventre s'agitent à nouveau à la perspective de trois jours au paradis avec lui.

C'est un voyage de travail, mais quand même.

J'ai l'étrange sentiment que ce qui va se passer à Hawaï changera ma vie.

29

STELLA/CHRISTIAN

STELLA

Le lendemain soir, Christian et moi arrivons à Kauai après l'heure du dîner.

Au lieu de nous aventurer au restaurant de l'hôtel, nous sommes trop fatigués pour ça, nous commandons un room service et nous installons dans le salon de la villa.

Fidèle à lui-même, Christian a jeté un coup d'œil à la chambre que Delamonte avait réservée pour moi et nous a surclassés dans la dernière villa restante.

Je le regarde brièvement pendant que nous mangeons en silence.

Il s'est appuyé contre son côté du canapé, toujours aussi sexy – il y a de quoi être exaspéré – avec sa chemise froissée et ses cheveux ébouriffés. Personne n'a l'air au mieux de sa forme après avoir voyagé toute la journée, et pourtant le désordre de sa tenue ne fait que le rendre plus sexy, pas moins.

– Tu aimes ce que tu vois ? demande-t-il.

– Oui.

Je fais mine de balayer des yeux la magnifique villa. Elle offre une vue imprenable sur le Pacifique, et le salon s'ouvre sur une véranda meublée qui, à son tour, mène directement à notre plage privée.

– Cet endroit est époustouflant.

Ce n'est pas ce qu'il m'a demandé, mais inutile de flatter son ego. Il sait que je sais qu'il est sexy, donc à quoi bon le dire ?

Le rire complice de Christian me réchauffe le ventre comme un chocolat chaud éhontément sucré.

Il y a une certaine magie à le voir en dehors des limites de Washington. Comme lors du dîner de Dante, il s'est glissé dans une version plus détendue de lui-même. Pas de costume, le rire facile.

Je porte ma tasse à ma bouche.

– J'aime cette version de toi. Tu es plus… (Je cherche le mot adéquat.) Abordable.

Un sourire se dessine sur ses lèvres.

– Vraiment ?

– Disons les choses comme ça : le Christian de Washington a l'air de vouloir te tuer si tu lui coupes la route dans la rue. Le Christian de Hawaï a plutôt l'air de vouloir t'aider s'il voit que tu es en panne au bord de la route.

Son rire profond emplit à nouveau la pièce.

– On est à Hawaï depuis moins de deux heures.

Je bois une gorgée de thé tout en réfléchissant.

– Exactement. Imagine ce que trois jours au paradis te feront. Tu vas danser dans une chemise à imprimé hawaïen ? Me rejoindre pour faire du yoga au lever du soleil ? Abandonner la viande rouge ? Les possibilités sont infinies.

Il se penche en avant, sérieux.

– Stella, le jour où je porterai une chemise hawaïenne, les poules auront des dents, putain.

– On ne sait jamais, au rythme où la technologie progresse. Ça pourrait arriver, je réponds, sans me laisser décourager. Tu sais quel est ton problème ?

– Je t'en prie, explique-moi. Je ne tiens plus en place.

J'ignore ses sarcasmes inutiles.

– Tu te prends trop au sérieux et tu travailles trop. Tu devrais t'accorder plus de vacances, ou au moins te rapprocher de la nature de temps en temps. C'est bon pour l'âme.

– Il est trop tard pour mon âme, Stella.

Malgré la légèreté de son ton, je sens qu'il ne plaisante pas. Mon sourire s'efface.

– Tu parles comme un vrai pessimiste.

– Réaliste.

– Cynique.

Les lèvres de Christian se retroussent devant mon froncement de sourcils.

– Sceptique… On continue à aligner les adjectifs ou on passe à un sujet plus intéressant ?

– On va passer à autre chose, mais seulement parce que je veux t'épargner la honte de perdre à ce jeu, je réplique avec une magnanimité royale.

– Très aimable de ta part.

Je n'apprécie pas le rire entendu qui s'immisce dans sa voix, mais je laisse passer. Après tout, c'est lui qui paie cette belle villa, et il m'a évité de passer dix heures dans un siège d'avion exigu, à regarder de vieux films et à essayer d'empêcher mes jambes de s'endormir. Il y a peu de choses plus inconfortables qu'un voyage en siège économique quand on est grand.

Je m'enfonce plus profondément dans le canapé et je réfléchis au sujet à aborder avant de lâcher :

– Dis-moi quelque chose sur toi que je ne sais pas déjà.

J'ai pardonné à Christian de m'avoir envoyée promener après le dîner chez Dante, mais je n'ai pas renoncé à essayer de lui soutirer des informations plus personnelles. Peu importe s'il me confie seulement quel était son super-héros préféré quand il était enfant ; je veux juste quelque chose. Ce genre d'informations ne va pas m'aider à protéger mon cœur, mais nous sommes coincés ensemble pour un avenir proche et je veux en tirer le meilleur parti.

Je m'attends à moitié à ce qu'il élude la question comme d'habitude, au lieu de quoi, à ma grande surprise, il répond sans hésiter.

– Je n'aime pas les desserts.

Un cri horrifié s'échappe de ma gorge.

– Tous les desserts ?

– Tous, confirme-t-il.

– Pourquoi ?

– Je n'aime pas les aliments sucrés.

– Il existe des desserts non sucrés.

– Oui, et je ne les aime pas non plus.

Il avale calmement une bouchée de sa nourriture tandis que je le fixe, incrédule.

– Je retire ce que j'ai dit. Ton âme est définitivement suspecte. Ce n'est pas normal de ne pas aimer les desserts. Peut-être que tu n'as pas encore rencontré le bon.

Je cherche une explication plausible. Car qui pourrait détester le baklava, le cheesecake ou la crème glacée ? Le diable, personne d'autre.

– Peut-être que je le rencontrerai en même temps que mon âme sœur, ironise Christian.

– Tu plaisantes, mais ça pourrait arriver. Et quand ça arrivera, je…

Je m'interromps. Les menaces ne sont pas mon fort, décidément.

– Oui ?

On dirait qu'il se retient encore de rire.

– Je vais te le rabâcher jusqu'à la fin de tes jours.

Christian, sans doute par pitié pour moi après ma réponse boiteuse, change de sujet.

– J'ai hâte d'y être, mais il est temps de me rendre la pareille, Papillon. Dis-moi quelque chose que je ne sais pas sur toi.

– Tu ne peux pas trouver tout ce que tu veux savoir sur l'un de tes ordinateurs de luxe ?

Je ne plaisante qu'à moitié.

– Je préfère l'entendre de ta bouche.

Pour une raison que je ne m'explique pas, sa réponse me fait tressaillir.

J'ai prévu de partager quelque chose d'idiot et de léger, comme des vidéos que je regarde sur YouTube montrant des tirages de tarot lorsque je me sens déprimée, parce que ceux qui interprètent les cartes donnent toujours une tournure optimiste à leur tirage, ou les codes couleurs selon lesquelles j'ai organisé mon armoire pour m'amuser parce que le résultat est si esthétiquement plaisant.

Au lieu de quoi, je lâche :

– Parfois, je rêve que je découvre que j'ai été adoptée.

La honte me prend aux tripes. Je n'ai jamais, au grand jamais, partagé ce désir avec qui que ce soit, et l'énoncer à haute voix me hérisse la peau de culpabilité. Je ne viens pas d'une mauvaise famille. Mes parents sont prompts à juger et hyper exigeants, mais ils n'ont jamais été physiquement violents. Ils ont payé la totalité de mes études universitaires et j'ai grandi dans une belle maison, avec de beaux vêtements et de belles vacances. Comparée à la majorité des enfants, j'ai mené une vie incroyablement privilégiée.

Mais notre vie nous appartient. On trouve toujours des gens mieux et moins bien lotis que soi. Nos sentiments n'en sont pas moins valables. On peut avoir conscience des avantages dont on a bénéficié tout en critiquant d'autres aspects de son existence.

À sa décharge, Christian ne me traite pas de sale gosse ingrate. Il ne dit rien du tout. Au lieu de ça, il attend que je termine, sans que son regard trahisse aucun jugement.

– Je paniquerais si ça arrivait vraiment, mais c'est le fantasme d'avoir une autre famille plus… semblable à une famille, qui m'attire, je suppose. Moins de compétition, plus de soutien émotionnel, j'explique en suivant le bord de ma tasse avec mon doigt. Parfois, je me demande si ma sœur et moi serions plus proches si mes parents ne nous avaient pas autant montées l'une contre l'autre. Ils ne passaient pas beaucoup de temps avec nous parce qu'ils étaient très occupés par leur travail, et le peu de temps qu'ils nous accordaient était consacré à l'enfant dont ils pouvaient le plus se vanter. Celle qui avait les meilleures notes, les activités extrascolaires les plus impressionnantes et les inscriptions à l'université la plus prestigieuse… Natalia et moi étions tellement occupées à essayer de nous éclipser mutuellement qu'on ne s'est jamais connectées l'une à l'autre. Maintenant, elle est vice-présidente de la Banque mondiale et je suis au chômage, alors…

Je hausse les épaules pour camoufler mon sourire triste, essayant de ne pas imaginer les dizaines d'autres dîners de famille que je vais passer, honteuse, à écouter mes parents s'extasier sur ma sœur.

À condition que je sois invitée à de futurs dîners. Après ma querelle avec eux, je n'en suis plus si sûre.

– Je n'ai jamais été à ma place dans ma famille, de toute façon, même quand j'avais un travail. Ce sont eux qui ont l'esprit pratique. Moi, j'ai passé mon enfance à regarder par la fenêtre en rêvant de mode et de voyages au lieu d'étoffer mon CV avec des activités susceptibles de favoriser l'entrée à l'université. À quinze ans, j'ai créé un *vision board* pour Parsons, l'université de mes rêves, et je l'ai orné de photos du campus et d'une fausse lettre d'admission que j'avais tapée à l'ordinateur. (Mon sourire devient nostalgique quand je repense à l'optimisme qui était le mien à l'adolescence.) Ça a marché. J'ai reçu une lettre d'admission quand j'étais en dernière année de lycée, mais j'ai dû décliner parce que mes parents refusaient de financer un diplôme aussi peu utile. Voilà comment j'ai fini à Thayer.

Je ne l'ai pas regretté. Si je n'avais pas fréquenté Thayer, je n'aurais jamais rencontré Ava, Bridget et Jules.

N'empêche, je me demande parfois ce qui se serait passé si j'étais allée à Parsons. Est-ce que j'aurais fait l'impasse sur le chapitre *DC Style* ? Peut-être. Est-ce que je serais déjà une créatrice avec plusieurs défilés de mode à mon actif ? C'est moins sûr, mais possible.

– Crois-en quelqu'un qui a vu plein de concurrents aller et venir au fil des ans, intervient Christian en me tirant de mes pensées. Tu ne peux pas mesurer ton succès à l'aune des progrès accomplis par quelqu'un d'autre. Et j'ai rencontré ta famille. Je t'assure qu'il vaut mieux que tu détonnes.

Je laisse échapper un petit rire.

– Peut-être.

Ça me fait du bien de me débarrasser de tout ça, et le fait que Christian et moi ne soyons pas aussi proches que je le suis avec mes amies, ça m'aide à me confier avec moins de gêne.

Le sommeil m'appelle, mais je ne veux pas aller me coucher alors que Christian et moi avons enfin une vraie conversation.

De toute façon, les prises de vues ne commencent que demain en fin de matinée.

Encore une demi-heure. Ensuite, j'irai me coucher.

– Et ta famille à toi ? je demande avant de boire une nouvelle gorgée de thé. Comment elle est ?

Christian ne parle jamais de ses parents, et je n'ai pas vu la moindre photo de famille chez lui.

– Morte.

Ma gorgée de thé passe par le mauvais tuyau. Je suis secouée d'une véritable quinte de toux. Christian achève son dîner comme s'il ne venait pas de lâcher une bombe avec la désinvolture de quelqu'un qui mentionnerait que sa famille n'est pas en ville pour le week-end.

– Je suis vraiment désolée, je bafouille une fois que j'ai repris mes esprits et chassé d'un clignement d'œil les larmes provoquées par ma quinte de toux. Je… je ne savais pas.

Voilà bien une remarque inepte parce que bien sûr que je l'ignorais, sans quoi je n'aurais pas posé la question, mais je ne trouve pas de meilleure réplique. J'avais supposé que les parents de Christian vivaient dans une autre ville et/ou qu'il avait de mauvaises relations avec eux. Je n'aurais jamais imaginé qu'il était orphelin.

– C'est arrivé quand j'avais treize ans, inutile d'avoir de la peine pour moi. C'était il y a longtemps.

Malgré son ton décontracté, sa mâchoire serrée et ses épaules raides me soufflent qu'il n'y est pas aussi insensible qu'il le prétend.

Un profond malaise se développe dans ma poitrine. Treize ans, c'est trop jeune pour perdre ses parents. N'importe quel âge est trop jeune. Si contrariée et frustrée que je sois par ma famille, si je perdais l'un d'eux, je serais anéantie.

– C'étaient tes parents. Il n'y a pas de limite de temps pour le chagrin que cause le deuil d'une famille, dis-je gentiment, avant de demander, après une brève hésitation : Avec qui as-tu vécu après…

Christian répond à ma question inachevée.

– Ma tante m'a élevé jusqu'à ce qu'elle meure, quand j'étais à l'université. Je me suis débrouillé tout seul depuis.

La douleur se répand jusqu'à ce que tout mon corps me démange de le réconforter.

Il ne réagirait pas bien à un câlin, mais les mots peuvent être tout aussi puissants, sinon plus.

– Ne me plains pas, Stella, lâche-t-il, le ton sec. La solitude me va très bien.

– Peut-être, mais il y a une différence entre être seul et solitaire.

Le premier désigne l'absence de compagnie physique, le second l'absence de soutien émotionnel et interpersonnel. J'aime bien être seule, moi aussi, mais uniquement dans le sens premier du mot.

– C'est normal de se sentir triste, j'ajoute doucement. Je te promets que je ne le dirai à personne.

Je ne lui ai pas demandé comment ses parents étaient morts. Je vois bien que nous sommes déjà en train de repousser les limites de ce qu'il est disposé à partager, et je ne veux pas détruire la fragile intimité du moment.

Christian me fixe avec une expression indéchiffrable.

– J'y penserai, dit-il finalement, d'une voix un peu plus rauque que d'habitude.

Je m'attends alors à ce qu'il mette fin à la conversation, mais à ma grande surprise, il continue sans que je l'y incite.

– C'est grâce à mon père que je me suis lancé dans l'informatique. Il était ingénieur en informatique et ma mère directrice d'école. À bien des égards, ils étaient la quintessence de la famille américaine de classe moyenne. On vivait dans une belle maison de banlieue. Je jouais dans la Little League et, tous les vendredis soir, on commandait des pizzas et on jouait à des jeux de société.

Je retiens mon souffle, tellement envoûtée par ce rare aperçu de son enfance que j'ai peur de respirer pour ne pas rompre le charme.

– La seule chose qui ne colle pas avec ce tableau, continue Christian, c'était leur relation. Mes parents s'aimaient. À la folie. Profondément. Plus que n'importe qui d'autre sur la planète.

Parmi tout ce à quoi je me serais attendue, cette déclaration ne fait même pas partie de mes mille premières suppositions, mais je ravale mes questions et je le laisse poursuivre.

– J'ai grandi en entendant les histoires de leur rencontre complètement folle. Pendant ses études à l'étranger, mon père a écrit tous les jours une lettre à ma mère et parcouru trois kilomètres pour se rendre au bureau de poste le matin, parce qu'il n'avait pas confiance dans le système postal de l'université. Elle s'est enfuie de chez elle lorsque ses parents ont menacé de lui couper les vivres si elle ne rompait pas avec lui parce qu'ils voulaient qu'elle épouse plutôt le fils d'un riche homme d'affaires local. Elle s'est finalement réconciliée avec mes grands-parents, mais au lieu d'organiser un grand mariage, mes parents se sont enfuis et ont déménagé dans une petite ville de Californie du Nord. Ils m'ont eu moins d'un an plus tard. (La brume des souvenirs assombrit les yeux de Christian.) Ils se sont installés dans ce qui pourrait passer pour une vie ordinaire, mais ils n'ont jamais perdu leur passion l'un pour l'autre, même après ma naissance.

La plupart des gens rêveraient du genre d'amour que ses parents ont eu, cependant il en parle comme s'il s'agissait une malédiction, pas d'une bénédiction.

– Pourtant, tu ne crois pas en l'amour, je remarque.

Comment est-ce possible ? Le cynisme de la plupart des gens à l'égard de l'amour provient de ce qu'ils l'ont vu se réduire à peau de chagrin. Des divorces peu glorieux, des promesses non tenues, des disputes déchirantes. Apparemment, ses parents ont été un exemple brillant de ce que ça peut être, au contraire.

Le sourire caustique qui fend le visage de Christian couvre mes bras de chair de poule.

– Non. Parce que ce qu'il y avait entre mes parents n'était pas de l'amour. C'était de l'ego et de la destruction déguisés en affection. Une drogue qu'ils ne cessaient de pourchasser, parce qu'elle leur procurait un état d'euphorie qu'ils ne pouvaient obtenir nulle part ailleurs. Elle obscurcissait leur jugement à leur propre détriment et à celui de tous ceux qui les entouraient, et leur donnait un prétexte pour entreprendre des tas de choses irrationnelles parce que personne ne remettait en question le fait qu'il s'agisse d'amour. (Il se penche en arrière, le visage dur.) Il n'y a pas que mes parents. Regarde le monde qui nous entoure. Les gens tuent, volent et mentent au nom de ce sentiment abstrait dont on nous dit qu'il est censé être notre but ultime. L'amour conquiert tout. L'amour guérit tout. Et ainsi de suite, lâche-t-il avec un rictus qui m'indique le peu de respect qu'il a pour de telles platitudes. Alex a renoncé à une entreprise de plusieurs milliards de dollars. Bridget a failli perdre un pays. Et Rhys a renoncé à sa vie privée qui comptait plus pour lui que n'importe quelle somme d'argent. C'est complètement illogique.

– Alex a récupéré sa société, j'objecte. Bridget s'est arrangée pour que ça marche et Rhys n'a pas renoncé à toute intimité. Parfois, les sacrifices sont nécessaires au bonheur.

– Pourquoi ?

Je tique, tellement surprise par la brusquerie de sa question qu'il me faut quelques secondes pour répondre.

– Parce que c'est comme ça que le monde fonctionne. On ne peut pas avoir tout ce qu'on veut sans faire des compromis. Si les humains étaient des robots, je serais d'accord avec toi, mais ce n'est pas le cas. On a des sentiments, et sans l'amour, la race humaine ne survivrait pas. Procréation, protection, motivation. Tous ces comportements en dépendent.

C'est la réponse la moins romantique que je puisse lui donner, et par conséquent la plus efficace.

Le haussement d'épaules de Christian exprime néanmoins la profondeur de son scepticisme plus que des mots ne sauraient le faire.

– Peut-être, concède-t-il quand même. Mais il y a un deuxième problème, c'est que les gens utilisent le mot « amour » si souvent qu'il a perdu toute signification. Ils aiment leurs chiens, leurs voitures, les *happy hours* et la nouvelle coupe de cheveux de leur ami. Ils disent que l'amour est une chose grandiose et merveilleuse, alors que c'est tout le contraire. C'est au mieux inutile et au pire dangereux.

– Il y a différents types d'amour. La façon dont j'aime la mode est différente de la façon dont j'aime mes amis.

– Différents degrés d'une même maladie.

Je vois un amusement sinistre se peindre sur son visage lorsque je grimace au mot « maladie ».

– Donc tu vas essayer de me faire changer d'avis ? ironise-t-il. Me convaincre que c'est l'amour qui, en réalité, fait tourner le monde ?

– Non, je réponds, sincère. Tu as déjà pris ta décision. Rien de ce que je dirai ne te fera changer d'avis. La seule façon dont tu y parviendras, c'est en en faisant l'expérience, pas par des mots.

Un éclair surpris traverse ses yeux avant d'être noyé par quelque chose de plus lourd, de plus alangui.

– Et tu crois que ça va arriver ? dit-il d'une voix grave qui condense l'air entre nous. Que je tomberai amoureux et que je reviendrai sur mes propos ?

Je hausse les épaules, avec une décontraction à l'opposé des battements frénétiques qui agitent mon cœur.

– Peut-être. Je ne suis pas devin.

Secrètement, j'espère que oui. Non pas parce que je m'imagine être celle qui pourrait le « changer » mais parce que tout le monde mérite de connaître le véritable amour au moins une fois dans sa vie.

– L'une des clauses de notre contrat, reprend Christian en m'observant de ses yeux omniscients, c'est que je ne tombe pas amoureux de toi.

Ma bouche s'assèche.

– Oui.

– Pourquoi tu as fait figurer cette condition dans le contrat, Stella ?

– Parce que je ne veux pas que tu tombes amoureux de moi.

Il ne sourit pas à ma petite boutade. Un long silence s'installe avant qu'il ne reprenne la parole.

– Toi et moi, on n'est pas si différents, dit-il doucement.

Une étincelle s'allume et consume tout l'oxygène entre nous. Les pulsations de mon pouls s'évanouissent en un souffle lointain.

Dis quelque chose, Stella.

Mais son regard retient ma voix captive, et avant que je puisse la libérer, son téléphone sonne et fait voler le moment en éclats.

Les yeux de Christian s'attardent sur moi une fraction de seconde supplémentaire avant qu'il ne prenne l'appel. Il se dirige vers la véranda, où le grondement lointain des vagues étouffe sa conversation.

Le poids qui pesait sur ma poitrine s'allège, me laissant avec des vertiges et des étourdissements. J'ai l'impression d'avoir été immergée sous l'océan pendant les deux heures qui viennent de s'écouler et que j'émerge seulement pour prendre une bouffée d'air.

Il m'est toujours difficile de respirer en présence de Christian.

Une soirée à Hawaï de passée, plus que deux.

Je pensais que le voyage serait simple. On arrive, on fait les prises de vues, on repart.

Mais comme je suis en train de le réaliser rapidement, rien de ce qui implique Christian Harper n'est jamais simple.

CHRISTIAN

– Quelqu'un a piraté le système de sécurité du Mirage, m'annonce Kage, la voix grave. Notre équipe cyber a confirmé que c'était le résultat d'un appareil du genre Scylla.

Je retiens un juron fleuri.

La dernière chose dont j'ai envie, c'est discuter travail aussi tard dans la nuit à Hawaï, putain. D'accord, il est encore plus tard pour lui, mais Kage travaille à toute heure du jour et de la nuit et ce qu'il m'annonce fait l'effet d'une bombe dans mon cerveau.

J'ai mis au point Scylla il y a deux ans et l'ai baptisé d'après le monstre grec légendaire qui dévorait les marins naviguant trop près de lui. Le dispositif n'a pas besoin de téléchargement ou d'un port USB pour pirater un système. Il suffit qu'il se trouve à quelques mètres de la cible pour que son propriétaire puisse le contrôler à distance et foutre la merde comme il l'entend.

Personne ne sait que Scylla existe, sauf les gens de Harper Security et Jules, à qui j'ai prêté l'appareil l'année dernière. Elle ne savait pas ce que c'était quand elle l'utilisait, et même si elle l'avait su, elle n'avait pas les schémas nécessaires.

Ce qui signifie une chose.

Le traître est toujours à Harper Security, et il est d'une manière ou d'une autre lié au harceleur de Stella.

Une fureur froide m'envahit.

J'ai effectué une deuxième série de vérifications sur tous mes employés, après le piratage de la surveillance du Mirage, en me concentrant particulièrement sur les personnes les plus proches de moi, y compris Brock et Kage. Ils n'ont rien à se reprocher.

Je me suis débarrassé de quelques employés un peu suspects, mais ils n'étaient pas assez haut placés pour avoir entendu parler de Scylla.

De plus, à moins que le harceleur de Stella ne soit lui-même un développeur, il lui serait pratiquement impossible de reproduire les schémas de Scylla… à moins d'avoir mis la main sur le plan caché dans mon bureau.

Mon esprit se met à mouliner sur un millier de possibilités, mais quand je réponds, c'est d'une voix calme. Solide comme un roc.

– Récupère toutes les vidéos de sécurité de la zone autour du bâtiment. Je veux des enregistrements de tous les coins de rue et de toutes les vitrines qui ont une caméra dans un rayon de cinq pâtés de maisons autour du Mirage. À moins que le hacker ne soit capable de se téléporter, il a dû aller quelque part après l'intrusion. Trouve-le.

Je raccroche dès que j'ai entendu le grognement affirmatif de Kage.

Les vidéos ne sont pas ma priorité. Ma priorité absolue, c'est de découvrir qui, dans mon entreprise, cherche à me saboter, mais en attendant que je retourne à Washington, la collecte et le visionnage des images donneront à mes hommes quelque chose à faire pendant que je traquerai le traître.

Entre ces nouvelles concernant Scylla et l'enquête qui piétine sur le harceleur de Stella, le mois de mai s'annonce comme un putain de mois de merde.

L'irritation monte dans ma poitrine pendant que je réfléchis à mon prochain mouvement.

Si j'étais ici pour une autre raison que Stella, je prendrais l'avion pour Washington dès demain matin, mais je ne peux pas la laisser seule alors qu'un psychopathe en liberté l'a prise pour cible.

J'ai menti en lui disant qu'il n'y avait pas de nouvelles. J'ai intercepté trois autres messages de lui dans sa boîte aux lettres. Ils contenaient des menaces classiques, rien de nouveau, et rien qui permette de remonter à leur auteur… pour l'instant.

Les chances qu'il la suive ici sont minces, mais pas nulles.

C'est du moins ce que je me dis.

Je regagne le salon et je ferme la porte vitrée coulissante derrière moi.

Il est déjà minuit. Je suis complètement réveillé à cause de l'adrénaline qu'ont fait monter les nouvelles de Kage, mais Stella s'est endormie sur le canapé pendant mon appel.

Je récupère doucement sa tasse vide dans sa main et la pose sur la table avant de prendre Stella dans mes bras et de la porter jusqu'à la chambre. Elle est plongée dans un sommeil si profond qu'elle ne remue même pas.

Le clair de lune découpe une bande argentée dans l'obscurité lorsque je l'allonge sur le lit.

Je l'enveloppe dans la couette, des gestes doux qui n'ont rien à voir avec le grondement de mon sang. Il me semble presque obscène de toucher Stella alors que des visions de sang et de démembrement m'envahissent le cerveau, mais je ne peux pas éteindre la partie de moi qui a soif de vengeance.

La douche froide que je prends ensuite atténue ma colère, sans l'effacer complètement. Et comme j'ai besoin d'un exutoire à ma frustration qui n'implique pas un relâchement physique, la première chose que je fais en sortant de la salle de bains, c'est d'ouvrir mon ordinateur portable.

Je referme la fenêtre ouverte sur un mot croisé inachevé – je préfère les versions papier, mais je me contente des numériques quand c'est nécessaire – et j'ouvre le fichier que je garde spécifiquement pour des moments comme celui-ci.

J'ai parcouru la liste des noms avant de me décider pour le président d'une grande banque multinationale. Il n'a jamais été et ne sera jamais un client de Harper Security. Contrairement à ce que l'on pourrait croire, j'ai des putains de normes quant au choix des gens que je fréquente, et ce type est un sale type. Détournement de fonds, fraude fiscale, trois procès pour harcèlement sexuel intentés par ses anciennes assistantes qui ont été réglés à l'amiable, et un goût prononcé pour gifler à la fois sa femme et celles avec lesquelles il la trompe. Et ce n'est que la partie émergée de l'iceberg.

– Tu vas passer une très mauvaise journée à ton réveil, je lance à la photo de son visage rougeaud aux yeux de fouine.

Il me faut moins de cinq minutes pour pirater ses comptes bancaires et réacheminer les fonds vers diverses organisations caritatives par le biais de dons anonymes et d'un réseau de serveurs proxy. La facilité de l'opération est presque embarrassante. Le mot de passe de l'homme est le modèle de sa première voiture et sa date d'anniversaire, bon sang !

Je laisse une grosse somme d'argent à sa femme, ainsi que le nom d'un bon avocat spécialisé dans les divorces avant de transmettre au fisc des informations que le gouvernement américain trouvera très intéressantes. En guise de cerise sur le gâteau, je mets ses infos en vente sur le dark web, j'envoie aux deux cent mille employés de la banque plusieurs photos humiliantes de sa dernière visite à sa maîtresse et, parce que ce connard a un jour essayé de me voler une place de parking, je pirate sa voiture dont je détruis le GPS et j'efface toutes les données du véhicule.

Lorsque j'en termine, je me sens assez calme pour me glisser dans le lit à côté de Stella.

Contrairement à ce qu'elle a dit plus tôt à propos de la nature, rien ne purifie l'âme comme un bon cyber déchaînement.

Je m'immobilise quand Stella laisse échapper un marmonnement et entortille sa jambe autour de la mienne. Elle doit en apprécier la chaleur, car quelques secondes plus tard, elle m'enlace la taille et se blottit contre moi.

Même si elle dort déjà, elle laisse échapper un petit bâillement qui se fond en un soupir satisfait et puis… silence.

Je la regarde fixement, attendant qu'elle se réveille ou au moins qu'elle remue à nouveau.

Mais non.

À en juger par les mouvements réguliers de sa poitrine, elle s'est rendormie et n'a pas l'intention de se détacher de moi de sitôt.

Je déteste les câlins après le sexe et encore plus les câlins sans sexe, mais au lieu de repousser Stella, j'écarte une mèche de cheveux de son visage et je l'examine à la lumière de la lune qui filtre à travers les rideaux.

La lueur argentée caresse sa peau au point de lui donner un aspect éthéré. Un ange dormant dans les bras d'un monstre.

Peu de gens me font assez confiance pour fermer les yeux quand je suis dans la pièce, et elle est là, à se blottir contre moi comme si j'étais un fichu ours en peluche. Complètement inconsciente de la violence qui bout à quelques centimètres d'elle.

Ma main passe de ses cheveux à la courbe élégante de sa pommette. Je la suis jusqu'à son menton, en veillant à ce que mon contact soit aussi léger qu'une plume pour ne pas la réveiller. Je veux graver chaque détail d'elle dans mon esprit jusqu'à ce que je puisse fermer les yeux et l'imaginer aussi clairement que si elle se tenait devant moi.

Peut-être comprendrai-je alors l'emprise que cette femme a sur moi. Comment quelqu'un d'aussi innocent et au cœur si pur a pu se graver si profondément dans ma psyché que j'en ressens l'atroce brûlure longtemps après nos rencontres ?

Ma main s'attarde sur le visage de Stella avant que je la laisse retomber.

Les traces invisibles du sang qui macule mes mains souillent désormais ses joues. Ce sont ces mêmes mains qui se calent sans difficulté autour du métal d'un pistolet et mettent fin à des vies en pressant simplement sur une gâchette. Des mains de menteur au mieux, de tueur au pire.

Je ne devrais pas la toucher ni la salir de mes crimes, passés et futurs. Elle mérite de briller sans que les ténèbres ne menacent de la consumer, et si j'étais un homme meilleur, je la laisserais partir.

Mais ce n'est pas le cas.

Ma conscience vacillante recule devant les taches rouges invisibles sur sa peau, tandis qu'une partie tordue et possessive de moi tressaille à cette vue.

Mais s'il y a une chose sur laquelle ces deux parties sont d'accord, c'est qu'elle est à moi. Et maintenant qu'elle est dans ma vie, il n'est pas question que je la laisse partir.

30

STELLA/CHRISTIAN

STELLA

Je me réveille le lendemain matin dans des draps froissés et le ventre plein de papillons, en partie à cause du shooting et en partie à cause du léger parfum de cuir et d'épices qui flotte dans l'air.

Christian n'est plus là, mais de petits picotements de chaleur m'enflamment la peau à la vue des draps froissés de son côté du lit.

Je sais que la villa n'a qu'une seule chambre. L'assistant de la réception nous a prévenus quand il nous a surclassés. Mais l'idée de partager un espace aussi intime avec Christian, même si j'ai dormi tout le temps, m'électrise bien différemment de la première nuit où nous avons partagé un lit.

Arrête. Vous n'avez fait que dormir.

Je partage souvent le lit de mes amies quand nous voyageons ensemble. Ça n'a rien de très exceptionnel, alors ça ne devrait pas l'être, là non plus.

Bien sûr, je n'ai pas de relations sexuelles avec mes amies, mais c'est une différence insignifiante.

Je force mes yeux à se détourner du lit et je me prépare. Comme Delamonte fournit les vêtements et le maquillage sur le plateau, il ne me faut pas longtemps pour enfiler une simple robe en lin et dompter mes cheveux pour les rendre plus faciles à coiffer.

En entrant dans le salon, je vois Christian qui travaille dans la véranda, l'air bien trop stressé pour une première matinée à Hawaï.

Je m'arrête à côté de sa table. Une tasse de café vide et une tranche de pain grillé à moitié mangée trônent à côté de son ordinateur portable, ainsi qu'une grille de mots croisés terminée.

– Bonjour. Tu t'es levé tôt.

Il relève la tête, ses sourcils se défroncent quand il me voit.

– Je travaille à l'heure de la côte Est. Tu es prête pour le tournage ?

– Oui.

En quelque sorte. Peut-être. Probablement.

Mon manque d'assurance doit être perceptible car son visage s'adoucit encore.

– Tu t'en sortiras très bien.

Je fais tourner ma bague autour de mon doigt avant que ses paroles ne prennent tout leur sens. « *Tu t'en sortiras très bien.* »

– Merci, mais tu ne viens pas avec moi ?

– Pas aujourd'hui. Une urgence professionnelle…

La déception fleurit dans mon ventre jusqu'à ce que je l'écrase. Bien sûr qu'il n'allait pas rester là à me regarder me faire prendre en photo pendant tout le séjour. Il a mieux à faire.

– Ah… Rien de trop grave, j'espère.

– Rien que je ne puisse gérer. Tu veux quelque chose à manger avant ? Je peux appeler la cuisine.

D'un petit mouvement de tête, Christian me désigne le menu du service d'étage posé sur la table. Je risque de vomir si je mange quoi que ce soit avant le shooting, mais ça, je le garde pour moi.

– Non, je suis déjà en retard. Bon, ben, euh… on se voit plus tard ?

Je pars, avec l'impression étrange de dire au revoir à mon petit ami avant un long voyage. Ce qui est ridicule, puisqu'il n'est pas mon petit ami et que notre hôtel n'est qu'à quinze minutes à pied du plateau.

Quand j'arrive, je ne reconnais personne, à part le photographe, Ricardo, et Emmanuelle, la directrice de la mode de Delamonte, qui m'accueille avec une avalanche de baisers sur les joues.

– Stella ! Comment s'est passé ton vol ? Tu es ravissante. Nous sommes si impatients d'entamer cette séance photo… On va te maquiller et te coiffer, d'accord ? On est un peu en retard…

Le tourbillon d'activité qui suit est si chaotique qu'il chasse Christian de ma tête. On me fait passer de la coiffure au maquillage, aux essayages et aux photos d'essai, et quand la vraie séance de photos commence, je ne peux me concentrer sur rien d'autre que de ne pas me planter dans de telles largeurs que Delamonte me renverra sur-le-champ.

Tout va bien. Je peux le faire.

On photographie une ligne différente chaque jour : vêtements de vacances aujourd'hui, chaussures et accessoires demain, bijoux après-demain.

Je suis reconnaissante des coupes vaporeuses qu'ils proposent, car s'il avait fallu encore que je me glisse dans des vêtements plus ajustés, j'aurai pu m'évanouir sur la plage.

– Tourne ta tête vers le soleil… oui, comme ça ! crie Ricardo. Parfait !

C'est peut-être le soleil et la brise marine ou l'excitation d'être à Hawaï pour la première fois. Ou peut-être parce que j'ai déjà travaillé avec Ricardo et que je suis plus à l'aise maintenant avec lui. Quoi qu'il en soit, ma nervosité finit par se résorber et je me détends enfin assez pour chasser les vilaines voix du doute de ma tête.

Pendant le reste de la matinée et le début de l'après-midi, je virevolte et je pose sous la direction de Ricardo. Nous nous arrêtons de temps en temps pour changer de tenue, mais la séance photo se déroule sans encombre.

Emmanuelle est aux anges.

– Tu t'en sors merveilleusement bien ! s'extasie-t-elle pendant l'une de nos pauses. Attends que je montre les épreuves à Luisa. Elle sera ravie.

Je souris et hoche la tête, mais mes yeux sont occupés à chercher un bout de cheveux noirs et de peau bronzée sur la plage.

Rien.

Christian a dit qu'il ne pourrait pas venir, mais j'espérais…

Ça n'a pas d'importance.

Je le verrai plus tard. Nous partageons une chambre, bon sang, et même si j'ai envie qu'il soit là, je n'en ai pas besoin. Je peux y arriver toute seule.

Cette prise de conscience me frappe au moment même où Emmanuelle finit de parler.

– Tu n'es pas d'accord ? demande-t-elle en me fixant du regard, pleine d'expectative.

– Si. Tu as raison.

Je n'ai aucune idée de ce dont elle parlait.

– Exactement ! Les motifs écossais pour l'automne, c'est exagéré. Je pense à de la laine bouillie…

Je peux faire ça toute seule.

Je me répète les mots dans ma tête.

J'ai passé des années à construire ma marque seule, mais depuis l'affaire Delamonte et la réapparition de mon harceleur, je suis déstabilisée. Peu sûre de moi.

J'ai fait confiance à Christian, et une petite partie de moi est convaincue que le shooting de New York aurait été un échec s'il n'avait pas été là. Mais j'ai terminé les prises de vues d'aujourd'hui toute seule, et j'ai fait un sacré bon boulot.

Un sourire s'épanouit sur mes lèvres.

– Stella, on a besoin de toi ici ! m'appelle Ricardo depuis le rivage. Tu es prête ?

J'affiche toujours le même sourire lorsque je retourne à l'endroit qui m'a été indiqué. Mes pas sont plus légers qu'ils ne l'ont été de toute la journée.

– Je suis prête.

CHRISTIAN

Le travail me préoccupe pendant la majeure partie du voyage à Hawaï. Même si je veux accompagner Stella à ses séances photo, j'ai des contrats à négocier, des réunions vidéo auxquelles je dois assister et un putain de traître à attraper.

Mais lorsque notre dernier jour sur l'île se lève, je ne peux pas rester à l'écart plus longtemps. Je reprogramme mes réunions et je prends le bateau de l'hôtel pour me rendre sur la côte de Nā Pali, où se tient son dernier shooting.

Le sable blanc et soyeux crisse sous mes pieds nus pendant que je me dirige vers la plage privée où l'équipe Delamonte a installé son camp.

J'ai visité des centaines d'endroits au fil des ans, mais ce littoral accidenté reste l'un des endroits les plus extraordinaires que j'aie jamais vus. De spectaculaires pentes émeraude s'élèvent à plusieurs centaines de mètres au-dessus du Pacifique, leurs crêtes abruptes et leurs vallées étroites encadrent des plages immaculées à leurs pieds dans une étreinte protectrice. Des cascades auréolées d'un plumage blanc se déversent dans les grottes marines creusées à même les falaises, leur doux grondement se mêlant au clapotis des vagues sur les rivages sablonneux.

La côte est une œuvre d'art forgée par les artisans les plus talentueux de la nature, la plus proche de Shangri-La dans le monde moderne. Pourtant, ce n'est pas la plus belle chose à voir sur cette île.

Il s'en faut de beaucoup.

Je m'arrête au bord du plateau.

Stella est là, les pieds au bord de l'eau. Elle protège sa poitrine dénudée de ses bras et ses boucles forment un nuage sauvage autour de son visage. Son bas de bikini blanc, tout simple, contrebalance l'extravagance du collier d'émeraudes autour de son cou.

Elle est trop concentrée sur l'appareil photo pour me remarquer, ce qui me permet de m'imprégner d'elle à ma guise.

Le soleil de fin d'après-midi dore sa peau et forme un halo autour de ses courbes harmonieuses. Son visage semble presque dépourvu de tout ornement. Pas de maquillage apparent, juste d'immenses yeux verts, des lèvres pulpeuses et une peau qui a pris une teinte brune et chaude après ces journées passées au soleil.

Elle ressemble à Vénus sortant des eaux bleues de la mer, en mille fois plus spectaculaire.

Mon cœur se cale sur le flux et le reflux paresseux de l'eau quand elle se tourne pour poser selon les instructions du photographe. Contrairement à sa première séance photo, elle semble à l'aise, avec le vent qui agite ses cheveux et les vagues qui clapotent sur ses cuisses.

Une déesse dans son élément naturel.

– Et c'est dans la boîte ! s'écrie Ricardo au bout d'un petit moment. Tu es magnifique, ma chérie. La perfection absolue.

Stella répond par un sourire timide. Elle laisse légèrement retomber ses bras, pas assez bas pour se mettre à nu devant l'équipe, mais assez pour que le renflement de ses seins se dessine sous son étreinte.

Un pic mortel de possessivité rugit dans mes veines.

Je m'attarde une seconde de plus sur elle avant de détourner les yeux pour évaluer Ricardo d'un regard froid.

Les mannequins à moitié nus sont de rigueur dans le monde de la mode, mais ça ne m'empêche pas d'avoir soudain envie de crever les yeux du seul membre masculin de l'équipe, parce qu'il regarde Stella d'un air un peu trop appréciateur.

Ricardo Frenelli, quarante-six ans, deux fois divorcé, affublé d'une fille qui a un mauvais penchant pour la cocaïne, employé chez Delamonte depuis huit ans. Il est très respecté dans l'industrie de la mode, mais il cache un problème d'addiction au jeu et doit un paquet d'argent à des gens à qui on préfère ne pas devoir un centime.

J'ai fait mes recherches après la première séance photo.

– Monsieur Harper ! s'exclame Emmanuelle qui me remarque enfin.

Son salut attire l'attention générale, y compris celle de Ricardo dont la tête se retourne vers moi. Il pâlit sous son bronzage devant mon sourire.

Les gens ont si facilement peur de nos jours.

Un mouvement ramène mon attention sur l'océan. Stella n'a pas bougé du rivage, mais elle s'est tournée vers moi. La surprise, le plaisir et un soupçon de quelque chose que je n'identifie pas passent dans ses yeux quand ils rencontrent les miens.

Ma rage envers Ricardo disparaît, noyée dans le crépitement électrique de l'air.

J'ai rencontré beaucoup de belles femmes dans ma vie. Des femmes aux cheveux, à la peau et au corps parfaits. Des top models, des stars de cinéma et des héritières façonnées par ce que l'argent pouvait acheter de mieux.

Aucune d'entre elles n'arrive à la cheville de Stella. Elle rayonne d'une manière qui n'a rien à voir avec sa beauté physique.

Les ténèbres ont toujours été attirées par la lumière, mais je ne suis pas seulement attiré par elle, je suis carrément obsédé, putain. Je me jetterais dans sa flamme et la laisserais me brûler vif si sa chaleur pouvait être la dernière chose que je puisse ressentir avant de mourir.

Ses lèvres s'entrouvrent sur une brusque expiration, comme si la force de mon désir était si grande qu'elle lui arrachait une réaction physique.

– … n'avais pas compris que vous veniez. Vous auriez dû nous prévenir. On aurait…

La voix flagorneuse d'Emmanuelle bourdonne comme un moucheron irritant à mon oreille.

– Partez.

Je ne quitte pas Stella des yeux, elle est tellement immobile qu'elle ressemble à une statue sculptée dans l'océan.

Emmanuelle hésite.

– Excusez-moi ?

– Vous et votre équipe, vous avez cinq minutes pour quitter cette plage. Je ramènerai Stella dans mon bateau.

J'ai affrété un bateau privé à l'hôtel et je l'ai ancré plus loin sur la plage, tout près de l'embarcation Delamonte.

Emmanuelle s'empourpre. Je ne suis pas son patron, mais comme la plupart des gens, elle est sensible à l'autorité, quelle qu'en soit la forme. N'empêche, elle fait un dernier effort pour tenir bon.

– Nous ne pouvons pas plier bagage aussi vite. Nous devons aussi nettoyer et commencer par ranger le collier. Il vaut plus de soixante-dix mille…

Sa nervosité atténue l'impact de sa protestation.

– Facturez-le-moi.

Rien à foutre du prix du collier. Je veux que tout le monde disparaisse, à l'exception de Stella.

Comme la directrice ne bouge pas, je hausse un sourcil.

– Est-ce que je dois me répéter ? je lui demande en regardant ma montre. Quatre minutes, Madame Lange.

Elle comprend enfin l'avertissement voilé par mon ton en apparence aimable et déguerpit.

Deux minutes plus tard, l'équipe est partie, ne laissant rien derrière eux à part des empreintes de pas.

– Je dois m'inquiéter ?

Le vent porte la voix douce et taquine de Stella à mes oreilles. Elle est toujours les pieds dans l'eau, mais le départ de l'équipe a rompu le charme qui la rendait muette.

– Tu n'as pas l'intention de m'assassiner, maintenant que tu as fait fuir l'équipe, n'est-ce pas ?

Je m'approche du rivage jusqu'à la frontière naturelle qui délimite le sable sec de son cousin humide et mouillé par les vagues.

– Ils m'ennuyaient. Et je ne les ai pas fait fuir. Je leur ai simplement demandé de partir.

– Qu'est-ce que tu aurais fait s'ils n'avaient pas obéi ?

Une forte brise rabat une de ses boucles sur son visage. Elle la balaie d'une main tout en gardant son autre bras sur sa poitrine.

Elle a l'air différente ici. Sans la menace du harceleur qui plane au-dessus de sa tête et sans la proximité de sa famille qui la tire vers le bas, elle est plus lumineuse, plus insouciante, avec une étincelle ludique au fond de ses yeux qui brille plus que les émeraudes autour de son cou.

– J'aurais laissé tomber, comme le gentleman que je suis.

Un sourire se dessine sur mes lèvres devant les arcs jumeaux, pleins de scepticisme, que forment ses sourcils.

– Tu as dit que tu n'étais pas un gentleman.

– Je n'ai jamais dit ça. Tu l'as dit.

– Et j'avais raison.

Mon sourire se transforme en un petit rire qui promet de lui donner raison de toutes sortes de façons.

– Viens ici, Stella.

31

CHRISTIAN/STELLA

CHRISTIAN

Stella ne bouge pas, même si un soupçon de désir assombrit ses yeux quand elle reçoit mon ordre de velours.

– Qu'est-ce que tu feras si, moi, je n'obéis pas ?

Son ton reste léger, mais l'électricité dans l'air s'intensifie jusqu'à s'infiltrer sous ma peau et crépiter dans mes veines.

Mon sourire prend une nuance plus dangereuse.

– Reste là où tu es et tu vas le découvrir.

Je lui donne dix secondes avant de fondre sur elle.

Ça fait quarante-huit heures que nous n'avons pas eu de véritable interaction, et je me languis déjà d'elle comme un toxicomane en manque de sa dose.

J'ai abandonné toute notion de distance entre nous. Je ne suis pas seulement fasciné par elle comme une énigme à résoudre. L'obsession me paraît évidente à présent.

J'ai besoin d'elle.

– Tu dois apprendre à dire le mot « s'il te plaît ». Je te promets que ça ne te tuera pas.

Malgré la sécheresse de son observation, Stella finit par bouger. Son grand corps élancé s'avance avec une grâce pleine de fluidité.

Elle s'arrête devant moi, si près que je sens le faible parfum de la crème solaire à la noix de coco et des fleurs vertes mélangées au baiser salé de l'océan.

Je ne crois pas au paradis ni à ma capacité à l'atteindre dans l'éventualité où il existe, mais elle a exactement l'odeur que j'imagine au paradis.

– On ne peut pas promettre quelque chose qui n'a pas encore été testé, chérie.

J'effleure de mes doigts les bijoux chauffés par le soleil qui couvrent son cou. Soixante-dix mille dollars pour un moment seul avec elle. Ça en vaut la peine.

Le rythme de ses respirations se trouble.

– Tu es en train de me dire que tu n'as jamais dit le mot « s'il te plaît » ?

– Je n'en ai jamais eu besoin. Les gens font ce que je veux de toute façon.

Un petit rire secoue ma poitrine devant l'adorable grognement de Stella.

– J'aurais dû rester dans l'eau et t'obliger à dire « s'il te plaît ». Pour te donner une leçon. (Elle me regarde avec curiosité.) Qu'est-ce que tu fais là d'ailleurs ? Je croyais que tu avais du travail.

– J'ai terminé. (*Pas tout, mais le reste peut attendre.*) Je ne pouvais pas partir sans être venu au moins une fois sur le plateau.

– Je ne sais pas si me regarder plantée à faire la moue est particulièrement intéressant, s'esclaffe-t-elle.

Elle resserre ses bras sur sa poitrine, mais aucun de nous ne fait un geste vers ses vêtements qui sont pliés sur une serviette à quelques mètres de là.

– Je pourrais te regarder compter le sable de la plage grain par grain que ce serait passionnant.

Je ne suis pas un homme patient et je ne supporte pas non plus l'agitation. Voilà pourquoi j'aime tant les énigmes. Elles m'apportent la stimulation dont j'ai besoin pour rester sain d'esprit, car Dieu sait que je ne peux pas compter sur les autres pour éveiller mon intérêt bien longtemps.

Stella est la seule exception. Sa simple présence me fascine plus que n'importe quel baratin sur le cinéma, les voyages ou tout autre sujet dont les gens aiment parler.

Son rire s'évanouit pour devenir une respiration saccadée devant la conviction de ma voix.

– Mais si tu veux connaître la vérité… je ne suis pas venu assister à la séance photo.

Ma main passe de son collier à la pente délicate de son épaule. Un léger frisson court le long de son corps quand ma caresse descend le long de son avant-bras.

– Alors pourquoi tu es venu ?

Sa question s'étire entre nous comme si c'était la chose la plus importante de la plage.

– Pour toi.

Je m'attarde sur la peau douce au-dessus de son coude. Le soleil tape fort, mais ce n'est rien comparé aux étincelles qui s'embrasent dans l'air. Des milliers de braises saupoudrent ma peau et allument une traînée de feu sur mon bras et dans ma poitrine.

– Enlève tes bras, ma belle. Je veux te voir.

Je n'ai jamais été aussi proche de la supplique.

Le silence nous enveloppe et étouffe toute trace de légèreté. À sa place, il y a quelque chose de sombre et d'épais qui pèse lourd sur mes épaules pendant que j'attends la réaction de Stella.

La colonne délicate de sa gorge frémit, ses yeux retiennent les miens, comme des fenêtres transparentes, couleur jade, sur ses pensées les plus intimes. Chacune de ses peurs, chacun de ses désirs, chacun de ses rêves et de ses insécurités.

Pour la première fois, je ne parviens pas à déchiffrer ce qu'elle pense en la regardant, mais je perçois l'indécision qui lui tord le ventre.

Nous nous approchons de cette ligne depuis que nous avons signé notre accord, mais nous savons tous les deux que si nous la franchissons, il n'y aura pas de retour en arrière possible.

Mon pouls ralentit à mesure que perdure l'interminable attente. Puis lentement, très lentement, Stella baisse les bras.

Mon pouls passe du ralenti à la vitesse supérieure en palpitant au rythme effréné de mon cœur.

Je ne quitte pas son visage des yeux jusqu'à ce qu'elle se tienne devant moi, les bras le long du corps, et que son bronzage ne se teinte d'une nuance cramoisie. À ce moment-là, je laisse mon regard glisser vers le bas pour me délecter du spectacle qui s'offre à moi.

Des seins fermes et généreux terminés par des mamelons bruns et délicats que j'ai envie de goûter. Des courbes délicates et des membres gracieux qui plongent et s'élèvent sous des kilomètres carrés de peau lumineuse, comme une carte routière vers un paradis que je n'atteindrai jamais. Et un petit triangle de tissu blanc qui dissimule le cœur de son intimité.

Mon sexe se transforme en pierre tandis qu'une bête s'agite dans mon torse, grognant pour que je prenne cette femme et la marque jusqu'à ce qu'il ne subsiste plus aucun doute sur la personne à qui elle appartient.

Moi.

Stella respire par petites bouffées et s'agite sous le regard dont je la couve. Elle n'a manifestement pas l'habitude que quelqu'un l'observe aussi longtemps, mais lorsqu'elle amorce le geste de se couvrir à nouveau, je l'arrête en lui saisissant le poignet.

– Non. Tu n'as pas besoin de te couvrir devant moi.

Le désir rend ma voix râpeuse.

Sa gorge palpite de nouveau.

– Je ne… je ne suis pas… Ça fait un moment que personne ne m'a vue comme ça.

Son aveu se teinte d'embarras.

La flamme féroce de la possessivité embrase mes tripes, mille fois plus incandescente que lorsque j'ai surpris Ricardo en train de fixer Stella après les prises de vues.

Bien sûr, je sais qu'elle a déjà dû se retrouver nue devant d'autres hommes, tout comme je sais que j'ai envie de les écorcher vifs et de les laisser pourrir sous le soleil brûlant pour avoir osé poser les yeux sur elle.

Personne ne sera jamais digne d'elle.

– Sois plus précise sur le « moment » ?

Ma question paresseuse ne dissimule nullement la menace qui s'y tapit.

L'inquiétude se réveille dans ses yeux.

– Des années.

La bête dans ma poitrine est complètement réveillée maintenant, et elle veut que j'insiste encore. Que j'exige le nom de tous les putains d'hommes qui l'ont touchée pour pouvoir leur rendre une gentille visite de suivi.

Il me faut une bonne dose de volonté pour parvenir à enfermer ces désirs en cage.

Je la mets sur les charbons ardents, et je ne veux pas gâcher notre dernier jour à Hawaï en me focalisant sur des êtres insignifiants.

Je ne suis peut-être pas son premier, mais j'entends bien être son dernier. Parce qu'une fois que je l'aurai prise, je ne la laisserai jamais partir.

Ma voix se radoucit pour devenir du velours.

– Je vois. Et quand est-ce que quelqu'un t'a touchée comme ça pour la dernière fois, Stella ?

Je caresse son sein, dont je suis le doux renflement avec ma main avant d'effleurer son mamelon du pouce. Il durcit instantanément, et un sourire se dessine sur mes lèvres quand je l'entends prendre une brusque inspiration.

– Je… je ne me rappelle pas.

Des perles de sueur apparaissent sur son front lorsque mon contact se fait plus rude. Je pince son téton assez fort pour lui arracher un autre petit cri, encore plus aigu.

Elle lève la main pour saisir mon poignet.

– Christian.

Mon nom est tombé de ses lèvres comme un doux plaidoyer essoufflé, mais ça aurait tout aussi bien pu être le coup de pistolet d'un starter.

Un mot, et toute la force de mon désir se libère.

Je veux avaler le son de mon nom à sa bouche, savoir si son goût est aussi suave qu'elle en donne l'impression ou s'il est sale et impudique, le péché devenu mot. Plus que ça, je veux m'enfouir en elle, déverser mon plaisir en elle et la ruiner si complètement que la chute des anges ressemblerait à un jeu d'enfant.

Je ne monterai jamais au paradis, mais ça n'a aucune importance tant qu'elle règne à mes côtés en enfer.

Stella est faite pour être ma reine.

Des falaises imposantes encadrent la plage, dont les parois abruptes ont été polies par les éléments, et un petit cri monte de la gorge de Stella quand je la pousse contre la paroi rocheuse la plus proche.

Mon érection palpite au même rythme que mon pouls lorsque je passe un doigt dans la ficelle qui sert de lien à son bas de bikini et que je l'arrache d'un coup sec.

Un gémissement torturé gronde dans ma poitrine quand je la découvre déjà mouillée et luisante pour moi. Adossée à la roche sombre, elle ressemble à une déesse mythique, toute en peau brunie et courbes sinueuses. Des bijoux ceignent son cou là où je voudrais poser les mains, pour la parer, la caresser, la posséder.

Les palpitations s'intensifient jusqu'à ce que je ne voie et n'entende plus que ça.

Je veux tomber à genoux et l'adorer avec ma bouche. La toucher, la goûter, me noyer en elle, putain. Tous mes désirs et tous mes fantasmes se bousculent, mais j'aurai tout le temps de m'y consacrer plus tard.

Je l'ai enfin entre les mains, et je ne vais bâcler aucune étape.

– Putain, tu es trempée, Papillon.

Le désir rend ma voix méconnaissable. Je plonge une main entre ses jambes. Sa tête repose contre la roche, et le vent emporte un gémissement à la seconde où j'entreprends lentement de jouer avec son clitoris. Je dessine des petits cercles autour de son bourgeon, je passe les doigts dessus jusqu'à ce qu'ils se retrouvent enduits de ses fluides.

– Tu aimes ça hum ? Que je t'écarte et te baise avec mes doigts dans un endroit où tout le monde peut te voir ?

Personne ne la verra. Et le cas échéant, je tuerai l'imprudent avant qu'il ne puisse repartir avec le souvenir de son corps nu incrusté dans son cerveau.

Stella est à moi et à moi seul.

Elle halète si fort que le son couvre presque le rugissement de mon pouls.

Je n'ai jamais perdu le contrôle pendant le sexe. Il s'est toujours agi de rencontres transactionnelles, l'exutoire d'un besoin physique et rien de plus.

Avec elle, je suis fichu avant même qu'on ait commencé.

– Je t'ai posé une question, Stella. Réponds-moi.

La soie dans ma voix trahit le jeu impitoyable auquel je joue avec son excitation, la tirant vers le bord et arrêtant juste avant qu'elle ne bascule dans le vide.

Ses halètements deviennent frénétiques quand j'appuie sur un point particulièrement sensible.

– Je… je ne…

– Mauvaise réponse.

J'enroule mon autre main autour de sa gorge, histoire de la coincer contre la paroi rocheuse tandis que je lui écarte plus largement les jambes avec ma cuisse. Je maintiens la pression de mon pouce sur son clitoris et je glisse un doigt à l'intérieur de sa fente humide et serrée.

Mon désir flamboie, de plus en plus vif à chaque centimètre que je gagne et à chaque halètement de son souffle contre ma peau. Je veux avaler chaque respiration et sentir chaque soupir contre mes lèvres jusqu'à ce que je la consume et que je la fasse mienne dans tous les sens du terme.

– Je vais te reposer la question…

J'enfonce mon doigt jusqu'à la garde et je le retire lentement, lui arrachant un gémissement sonore.

– Tu aimes que je te baise avec mes doigts en plein air, comme une bonne petite salope ?

Stella se tortille, son corps se rebelle contre l'assaut des sensations, mais sa lutte est vaine face à ma poigne de fer.

– Oui. S'il te plaît… oh, mon Dieu…

Son aveu sort sous la forme d'un sanglot étouffé. Sa tête bascule de nouveau en arrière quand je retire mes doigts et dessine avec mon pouce un cercle paresseux sur son clitoris. Puis je les renfonce brusquement.

Stella n'est pas du genre à crier, mais ses petits halètements et ses gémissements sont les bruits les plus sexy que j'aie jamais entendus.

Elle se tord contre le rocher, les paupières lourdes et la bouche entrouverte sur un gémissement qui refuse de cesser. Une de ses mains se déploie contre le rocher tandis que l'autre m'agrippe les cheveux assez fort pour que ça tire.

Il y a tant de luxure dans l'air qu'il suffirait d'un frôlement pour enflammer l'allumette à l'essence de notre désir.

De fines gouttes de sueur qui n'ont rien à voir avec la chaleur tropicale brumisent nos corps, et la nature qui nous entoure – le vent dans mon dos, l'océan à quelques pas – ne fait que renforcer l'érotisme de la scène.

Il n'y a rien d'artificiel dans ce moment. C'est réel, brut et si parfait que je voudrais que nous restions ici pour toujours, loin des problèmes de Washington.

– Hurle pour moi, chérie.

J'enfonce un deuxième doigt en elle, pour l'étirer. Mon sexe a envie de remplacer mes mains. Je suis à deux doigts de perdre la tête, et elle ne m'a même pas touché.

– Laisse-moi entendre à quel point tu aimes ça.

Les sons humides et poisseux de mes doigts qui entrent et sortent d'elle me disent ce que j'ai besoin de savoir, mais je veux l'entendre, elle.

Je veux qu'elle se laisse aller.

Les gémissements de Stella augmentent en intensité, mais elle se retient toujours, ses muscles visiblement tendus par l'effort.

– S'il te plaît, gémit-elle. Je ne peux pas… je…

– Laisse-toi aller, Stella, je lui souffle à l'oreille. Quand je te dis de crier, je veux que tu cries, putain. Sinon, je te penche en avant et je te donne une fessée jusqu'à ce que tu me supplies de te laisser crier.

Un sourire surpris mais coquin effleure mes lèvres lorsque je la sens se crisper autour de mes doigts à cette menace. J'augmente le rythme de mes va-et-vient tout en baissant la tête pour prendre son téton dans ma bouche.

Un grognement m'échappe.

Elle a le goût que j'imaginais. Douce et parfaite, juste pour moi.

Je lape et suce, taquinant le téton jusqu'à ce qu'il devienne aussi dur qu'une pointe de diamant. Je cherche son autre sein, passant de l'un à l'autre, léchant et suçant comme un homme affamé.

Je n'en ai jamais assez.

Son goût sur ma langue est un putain de paradis. Soyeux et addictif, comme une injection de pure luxure dans mon sang.

Je resserre doucement les dents autour d'un de ses tétons, je passe une langue râpeuse sur sa pointe sensible et je tire en même temps que j'appuie sur son clitoris.

Après un instant en suspens, où elle cesse de respirer, elle explose enfin. Le cri de sa jouissance envahit l'air, elle est secouée par un orgasme qui la fait vibrer contre mon corps.

Je lève la tête, ignorant la tension persistante dans mon entrejambe pour m'imprégner de son expression sidérée.

– C'est bien, je murmure en retirant ma main.

Nous ne changeons pas de position pendant que Stella reprend son souffle, adossée au rocher, tandis que mon corps courbé sur le sien lui sert de bouclier protecteur.

Elle tourne ses yeux verts alanguis vers moi, l'air si innocente et si heureuse qu'un poing de fer se resserre autour de mon cœur.

– Embrasse-moi.

Son murmure court sur ma peau et tend mes muscles jusqu'à ce que chaque molécule de mon corps bourdonne d'impatience.

Je ne devrais pas, pour notre bien à tous les deux.

La faire jouir était une chose. L'embrasser en est une autre.

Je pourrais m'approprier chaque orgasme. Je pourrais rester enfoui en elle pour sentir ses tremblements lorsqu'elle s'abandonne à moi. Mais un baiser ? Il risque de toucher une partie de moi que je garde enfouie, cachée.

Un baiser avec elle ne sera pas juste un baiser. Ce sera ma putain de fin.

Une ombre d'incertitude traverse les yeux de Stella quand elle me voit hésiter et c'est cette fraction de seconde d'obscurité qui me tue.

Toute sa vie, elle s'est sentie indésirable parmi ses proches.

Je ne veux pas qu'elle ressente la même chose avec moi.

Pas quand j'ai besoin d'elle plus que de mon prochain souffle, et pas quand je préférerais me couper le bras plutôt que de lui refuser quoi que ce soit.

Ma résistance s'effondre comme un château de sable à marée haute. Je laisse échapper un juron avant de gémir, de lui empoigner les cheveux et de plaquer ma bouche sur la sienne.

Même si j'ai prétendu que l'amour était une drogue, Stella est ma plus grande défonce.

Une tentation sans échappatoire.
Une obsession sans fin.
Une dépendance sans sevrage.

STELLA

Christian embrasse comme j'imagine qu'il baise : torride et autoritaire, avec un soupçon de sensualité qui adoucit son côté impitoyable.

Tous les baisers que j'ai échangés auparavant n'étaient que des contrefaçons, parce que la bouche de Christian Harper sur la mienne n'est rien de moins qu'une révélation.

Les défenses que j'ai construites autour de mon cœur se sont effondrées.

Je suis en train de dégringoler, étourdie par son goût et la façon dont il saisit ma nuque. Chaque inspiration rauque et chaque expiration soupirée donnent lieu à un échange, où je lui cède des parties de moi que je ne savais pas pouvoir donner.

Il me plaque contre lui et enlève les couches dont je me protège, une par une, jusqu'à ce qu'il ne reste plus que moi.

Pas de murs, pas de masques.

Pour la première fois, je me sens libre.

Je plonge les mains dans ses cheveux juste au moment où il passe ses mains sous mes cuisses pour me soulever sans interrompre le baiser. J'enroule instinctivement mes jambes autour de sa taille et je frissonne en sentant son érection contre mon ventre.

Je n'attache pas une grande importance au sexe. Mes expériences précédentes ont été ternes et je ne m'y suis résolue que dans l'espoir qu'un jour, je comprendrais pourquoi on en fait un plat pareil.

Mais en cet instant, la seule chose à laquelle je peux penser, c'est si Christian est aussi habile au lit qu'avec ses doigts ?

« *Quand je te dis de crier, je veux que tu cries, putain. Sinon, je te penche en avant et je te donne une fessée jusqu'à ce que tu me supplies de te laisser crier.* »

Le souvenir de ses paroles répand un feu liquide dans mes veines. Il fait glisser sa langue sur la ligne de mes lèvres, exigeant que je le laisse entrer à nouveau, et je m'exécute. Un soupir de plaisir passe de ma bouche à la sienne lorsque son pouce caresse ma nuque et qu'il me dévore si complètement que je ne sais plus où je finis et où il commence.

Il a le goût de la chaleur et des épices, combinaison si addictive que je pourrais facilement passer le reste de ma vie à le dévorer, lui et seulement lui.

Une pointe de douleur aiguise mon plaisir lorsqu'il mordille ma lèvre inférieure et sourit au petit cri surpris que je pousse.

– Tu as demandé un baiser, Stella. C'est comme ça que j'embrasse.

La voix rude de Christian répand des picotements dans mon ventre. Les mots sont autant de flammes sur ma peau.

J'attire sa lèvre inférieure entre mes dents. Je tire doucement. Puis je la relâche.

– Exactement comme j'aime, je souffle.

Son gémissement me fait sourire. Normalement, je ne suis pas aussi audacieuse, mais j'aime l'idée de pouvoir faire perdre le contrôle à Christian Harper.

Il lève une main et passe un pouce sur ma joue. Ses yeux s'assombrissent à mesure que les ombres remontent à la surface.

– Tu vas me tuer. Tu n'aurais jamais dû me laisser t'embrasser, Stella. Parce qu'une fois, ça n'est pas suffisant, putain.

Ses mots et la caresse de son regard me réchauffent plus que le soleil des tropiques.

– Qui a dit qu'on devait se limiter à un seul baiser ?

Il laisse échapper un autre gémissement avant de m'embrasser à nouveau, avec avidité et minutie, comme un homme affamé.

Le glissement délicieux de sa langue sur la mienne ravive la tension entre mes jambes. Tout s'estompe sauf la chaleur de sa peau, la course de mon cœur et la fermeté de son contact.

Je n'ai jamais désiré quelqu'un autant que Christian, et la pression de mes seins nus contre son torse me fait prendre conscience du choix que j'ai fait quand j'ai laissé tomber mes bras.

Le risque plutôt que la sécurité. Le désir plutôt que le confort.

Aucun regret.

Ce n'est pas lié à ses mots cochons ou à des désirs interdits. Ce n'est pas la façon dont il m'a baisée avec ses doigts ou enroulé sa main autour de ma gorge.

C'est le baiser et ce qu'il m'a fait ressentir, comme si je pouvais être la version la plus vraie de moi-même.

L'habileté de la bouche de Christian me tire un soupir d'aise.

Je pourrais rester là pour toujours, enveloppée dans ses bras sur une plage isolée, mais l'air finit par se rafraîchir et le soleil couchant projette de longues ombres sur nos corps.

– À quelle heure est la soirée de clôture ? murmure-t-il.

La question pénètre le brouillard dans mon esprit.

Le shooting. J'avais presque oublié la fête de clôture de Delamonte qui a lieu ce soir.

Je cherche la réponse à travers la brume de mon cerveau.

– Hmm… 20 h.

Christian promène son pouce sur ma hanche.

– Il est presque 19 h. On ne devrait pas tarder à rentrer.

– C'est vrai.

Je tente de masquer ma déception alors qu'il me repose sur mes pieds.

– Tu dois adorer cette robe, dit-il pendant que je renfile mon maillot de bain et jette par-dessus la robe que j'ai portée pour la séance photo.

La pièce en coton blanc avec des imprimés citron est en effet l'une de mes préférées.

– Tu l'as portée cinq fois depuis le début du printemps, ajoute-t-il.

Mon souffle palpite dans ma poitrine avant de s'échapper dans un petit cri de surprise.

– Je ne pensais pas que tu remarquais ce que je portais

– Je remarque tout chez toi.

Cette fois-ci, il n'y a pas eu de souffle palpitant. Il n'y a pas de souffle du tout, seulement un sourire qui ne peut pas être contenu et un vertige qui m'aurait fait décoller du sol si la présence de Christian ne m'ancrait pas à ses côtés.

Je ne réponds rien, mais mon état d'euphorie perdure jusqu'à notre hôtel.

Cependant, une fois que je commence à me préparer pour la soirée de clôture, la sensation de vertige se dissipe peu à peu, laissant place à un vide où mes doutes s'engouffrent comme des insectes charognards.

J'ai embrassé Christian.

Christian, mon faux petit ami.

Christian, l'homme qui m'a dit sans détour qu'il ne croyait pas à l'amour.

Christian, qui enflamme mon cœur alors même qu'une voix dans ma tête m'avertit que ce feu pourrait me détruire de l'intérieur si je ne prends pas garde.

Non seulement je l'ai embrassé mais je lui ai demandé de le faire après l'avoir laissé m'amener à l'orgasme sur une plage, au cours d'un voyage de travail.

Qu'est-ce que je fabrique ?

Voilà pourquoi je ne dois pas rester seule avec mes pensées.

Je gâche tous les bons moments que je vis à les analyser à mort.

Je mets mes boucles d'oreilles.

Tout va bien. Tout ira bien.

– Tu es magnifique.

Mon cœur manque un battement. Je tourne la tête et mes doutes se retirent à nouveau dans l'ombre quand je vois Christian appuyé contre le cadre de la porte, qui m'observe pendant que je me prépare.

La chaleur alanguie de ses yeux allume une traînée de petits incendies sur ma peau tandis que le souvenir de ce que nous avons fait tout à l'heure pulse entre nous comme une chose vivante.

Si nous n'avions pas dû quitter la plage…

Je me retourne vers le miroir et relève les cheveux de ma nuque.

– Merci. Tu peux remonter ma fermeture Éclair ? je demande, d'une voix plus rauque que la normale.

Le bruit assourdi de ses pas correspond au martèlement sourd de mon pouls.

– J'aime cette robe sur toi.

Son regard glisse sur ma robe en soie dans une caresse électrique.

Respire.

– Je croyais que tu ne croyais pas à l'amour, je le taquine.

– Tu as raison. Ce n'était pas le mot adéquat.

Christian touche le bas de mon dos et ses yeux croisent les miens dans le miroir.

– Parce que l'amour est ordinaire. Banal. Alors que toi, Stella…

Le doux gémissement de la fermeture Éclair emplit l'air quand il la fait coulisser le long de mon dos. Le glissement est exquis, d'une lenteur torturante.

La sensualité du mouvement, jointe à l'intimité crue des mots qu'il prononce ensuite, me coupe le souffle.

– Tu es extraordinaire.

32

STELLA

La fête de clôture de Delamonte aurait dû être le point culminant de mon voyage, une célébration de tout ce que nous avons accompli au cours des trois derniers jours.

Au lieu de quoi, je passe tout mon temps à me repasser cet après-midi dans ma tête.

Le souvenir de mon baiser avec Christian m'accompagne tout au long du dessert, de même que le souvenir de ses caresses. Rien qu'en remontant la fermeture Éclair de ma robe, il a éveillé plus de chaleur en moi que n'importe lequel de mes partenaires précédents en me faisant l'amour.

Je l'ai étouffée pendant le dîner, mais la chaleur en question grimpe à nouveau en flèche dès que la porte de la chambre se referme derrière nous.

Nous n'avons pas échangé une parole depuis la fin de la soirée, mais la simple anticipation de ce qui pourrait arriver frotte sur ma peau aussi sûrement que la caresse de ses mains calleuses.

L'air vibre de mes respirations saccadées quand Christian se dirige vers la commode. Sa silhouette mince, tout en puissance, tranche les ténèbres comme une lame fraîchement affûtée sur de la soie.

Le sang gronde dans mes oreilles et noie tout, sauf les battements de mon cœur et le doux bruissement de ses mouvements.

– Tu n'as pas d'autres engagements ce soir, j'imagine ?

Son ton est détendu, mais quand il se retourne, une telle chaleur brille dans ses yeux que je redoute de prendre feu sous leur intensité.

Un courant électrique lie nos regards pendant qu'il retire ses boutons de manchette avec une précision lente et délibérée qui m'assèche la bouche.

Des mains rugueuses. Des yeux couleur whisky. Contrôle-toi.

– Non.

Son murmure fait sentir ses effets entre mes jambes et durcit tant mes tétons que leur pointe en devient douloureuse. Mes poumons ont toutes les peines du monde à se dilater quand j'inspire et j'expire.

– Bien.

Cling. Cling. Le cliquetis de ses boutons de manchette qui atterrissent sur le plateau d'argent résonne dans l'obscurité et fait naître des palpitations dans mon bas-ventre.

– Enlève ta robe, Stella.

Son ordre faussement doux consume tout l'oxygène de la pièce et enflamme chaque molécule de mon corps.

Je respire avec difficulté.

Ça y est.

La bifurcation sur la route.

Je peux m'en tenir à la voie sûre et lui dire non, ou je peux jeter la prudence aux orties et faire ce que mon cœur et mon corps me crient de faire.

Je soutiens le regard de Christian tout en passant la main dans mon dos.

Une minute plus tard, ma robe forme une flaque de soie blanche autour de mes pieds.

Pas de soutien-gorge, pas d'accessoires, juste un minuscule bout de sous-vêtement et un cœur qui bat trop vite.

Le visage de Christian demeure impassible.

Debout, nue devant lui, je pourrais le croire insensible si je ne voyais ses yeux. Ses pupilles noires en ont avalé l'ambre lorsqu'il réduit la distance entre nous. Et plus il se rapproche, plus je brûle. Le minuscule glissement de son doigt sur ma hanche suffit à faire accélérer mon pouls.

– Dis-moi. Tu veux du sexe ou tu veux être baisée ?

Je serre les cuisses malgré moi, vu la manière dont il a prononcé « baisée ». C'était le ronronnement sombre d'un prédateur jouant avec sa proie, qui en vient à supplier qu'il la détruise avant qu'il bondisse.

La seule différence, c'est que je n'ai pas l'impression d'être une proie.

J'ai le choix, et je ne me suis jamais sentie aussi puissante.

L'humidité s'accumule entre mes cuisses. Je suis tellement mouillée que je sens mes fluides dégouliner sur ma peau, pourtant je suis encore à moitié tentée d'opter pour la voie de la sécurité. Une relation sexuelle facile, ordinaire, où je n'aurai pas à dénuder la moindre parcelle de moi, à l'exception de mon corps.

Mon esprit se bat contre toutes les autres parties de mon corps pour prendre le contrôle.

« *Tu veux du sexe ou tu veux être baisée ?* »

J'ai gardé mes désirs en cage assez longtemps, il est peut-être enfin temps de les libérer. Je ne veux pas de doux baisers et de caresses délicates. Je veux de la peau et du sang. Je veux lui griffer le dos et voir des bleus apparaître sur mes hanches.

Les ordres. La libération. L'oubli.

Je veux tout ça.

– Je veux être baisée, je réponds dans un murmure à peine audible.

– Je ne t'entends pas.

Il passe les doigts sur l'humidité qui imprègne ma culotte, m'obligeant à ravaler le gémissement que fait naître ce délicieux frottement.

La gêne et le désir m'envahissent à parts égales.

– Je veux être baisée, je répète.

Plus fort cette fois, d'une voix plus assurée, mais ce n'est pas suffisant.

Son ton durcit, pour me lâcher ces mots sans pitié.

– Plus fort, Stella. Utilise ta voix. Dis-moi ce que tu veux.

Il appuie un pouce ferme sur mon clitoris, aussi brutal que son ordre. Une sensation de chaleur incandescente me traverse et noie ma gêne.

– Je veux être baisée !

Les mots jaillissent de moi, bruts et sans filtre, suivis d'un gémissement avide lorsque Christian frotte son pouce sur moi.

Son sourire est celui d'un monstre dangereusement séduisant, promettant toutes sortes d'actes obscènes et débauchés.

– C'est bien ce que je pensais.

Il arrache ma culotte d'un coup sec avant que sa bouche ne s'écrase sur la mienne, avalant mon halètement et le gémissement qui s'ensuit quand il enroule mes cheveux autour de son poing, assez énergiquement pour me faire venir les larmes aux yeux.

Le coup sec, puissant, se répercute sur mon entrejambe comme si un fil électrique les reliait. Mon cuir chevelu palpite sur la même cadence que mon clitoris, et mon esprit est tellement embrouillé par le désir que je ne remarque pas que nous nous déplaçons jusqu'à ce que mon dos heurte le lit.

Je regarde Christian se débarrasser de ses vêtements, révélant des épaules larges et sculptées et le V sexy qui descend jusqu'à son…

Oh, mon Dieu.

Ma bouche s'assèche à la vue de son sexe. Long, épais et dur, avec une goutte annonciatrice de son plaisir qui scintille à la pointe. Il est si gros que je me crispe involontairement à l'idée qu'il me remplisse.

Le matelas se creuse sous son poids, et son pouce retrouve mon clitoris, pour y dessiner de petits cercles et le frotter jusqu'à ce qu'il soit gonflé et affamé, qu'il supplie d'en avoir plus.

– Comment aimerais-tu être baisée, Papillon ?

Sans ôter son pouce de mon clitoris, il enfonce un doigt en moi, qu'il fait pénétrer plus profondément à chaque mouvement.

Un gémissement me griffe la gorge et mon corps s'enflamme sous ses manipulations érotiques.

– Sur le dos, offerte, ou à quatre pattes pour bien prendre chaque centimètre de ma queue dans ta petite chatte si serrée ?

Si je n'étais pas aussi perdue dans une brume sensuelle, j'aurais pu être embarrassée par l'obscénité de ses paroles, mais je suis déjà trop loin, et Christian est le seul homme sur lequel j'aie jamais vraiment fantasmé.

Il est toutes les choses sombres qui ne peuvent pas être chuchotées et tous les actes impudiques dont j'ai secrètement envie.

– Les deux.

D'autres gémissements jaillissent de ma gorge lorsqu'il introduit un autre doigt en moi et le fait aller et venir, lentement au début, puis de plus en plus vite jusqu'à ce qu'il adopte un rythme qui me fait tourner la tête.

– Aussi fort que tu peux.

J'entends un grondement, suivi d'un ordre sévère.

– À quatre pattes.

J'obéis. L'air frais effleure mon sexe sensible alors que je me tourne et me positionne. Je suis trempée, mes fluides ruissellent sur mes cuisses et je vais probablement salir les draps avant même que nous ayons commencé.

J'entends le léger déchirement du sachet en aluminium avant que la chaleur du corps de Christian ne m'enveloppe. Il empoigne ma chevelure d'une main et saisit ma hanche de l'autre, assez fort pour y laisser des bleus.

– Rappelle-toi... Tu as dit que tu voulais que j'y aille fort.

Je pousse cependant un petit cri quand il tire ma tête en arrière afin que sa bouche soit à côté de mon oreille. Son gland glisse le long de ma fente, au point que j'en viens presque à paniquer, tant je suis impatiente.

Il relâche mes cheveux et me pousse face contre l'oreiller pour me pénétrer d'une seule et puissante poussée.

Je pousse un petit cri. Je suis suffisamment mouillée pour qu'il glisse facilement à l'intérieur, mais il est si gros que c'en est presque douloureux. La douleur se mêle au plaisir tandis que mes yeux se mouillent et que mes muscles intérieurs s'étirent au maximum.

– Putain, ce que tu es serrée. (Un autre gémissement plus guttural.) Ça y est, chérie. Tu peux me prendre.

Christian m'agrippe par le bassin et caresse la courbe de mes fesses. Ses doigts m'apaisent, pendant que je lutte pour m'adapter à sa taille.

Je ne suis plus capable que de haleter. Je me sens incroyablement remplie, mais peu à peu, la douleur s'estompe, bientôt remplacée par une délicieuse pression.

Je desserre assez les dents pour laisser échapper un faible gémissement.

Et je me presse contre lui, avide de plus.

Plus de friction, plus de mouvement, plus de tout.

J'entends un petit rire, suivi d'un doux « c'est bien, ça ».

Et Christian m'empale une nouvelle fois, avec une telle violence que j'en perds le souffle.

Je pousse un cri, et mon esprit se déconnecte sous la vigueur de cette soudaine invasion. Un plaisir sombre m'envahit. J'ai à peine le temps de reprendre mon souffle qu'il recommence à bouger.

Une de ses mains reste sur ma hanche tandis que l'autre m'appuie sur la nuque, enfonçant encore mon visage dans l'oreiller.

Des mains rugueuses.

Des caresses sauvages.

Un rythme punitif et charnel qui me soutire un gémissement après l'autre.

– C'est tellement bon d'être en toi, putain, grogne Christian. Comme si ta chatte était faite pour moi. Chaque putain de centimètre.

Il se retire jusqu'à ce qu'il ne reste plus que son gland en moi, marque une pause, puis replonge d'une poussée brutale. Encore et encore, au point que la tête de lit cogne contre le mur et couvre mes cris et mes gémissements étouffés.

Des larmes et de la bave trempent mon oreiller pendant que Christian me pilonne sans pitié. Je suis réduite à l'état d'épave, maintenue entière par un plaisir abrutissant et les plus douces piqûres de douleur.

Ce n'est pas du sexe. C'est de la baise pure et dure… Exactement ce dont j'ai besoin.

Les hommes avec lesquels j'ai couché m'ont traitée au lit comme si j'étais une poupée de porcelaine. Leurs intentions étaient louables, mais nos ébats m'ont autant excitée qu'une partie de golf.

Je ne veux pas de douceur. Je veux de la passion dans sa forme la plus brute. Je veux l'oubli qui accompagne le plaisir, tout en sachant que, quelle que soit la forme de ce plaisir, je peux faire confiance à la personne qui me le procure pour ne pas me faire mal.

Parce qu'aussi rude que soit Christian, je ne me suis jamais sentie aussi en sécurité.

Un autre cri s'échappe de mes lèvres lorsqu'il enroule mes cheveux autour de son poing et tire ma tête vers l'arrière.

– Tu dégoulines sur ma queue, chérie. Regarde-toi.

Il passe son pouce sur ma joue humide. Je suis une épave, le visage strié de larmes et le corps tremblant de désir.

– Un ange sur le point de jouir après avoir été baisé comme une pute.

Ces mots déclenchent un frisson électrique à travers mon corps.

– S'il te plaît, je sanglote. J'ai besoin… je ne peux pas… s'il te plaît…

Je ne sais pas de quoi je le supplie. De pouvoir jouir, qu'il y aille plus fort, que cela ne s'arrête jamais.

Tout ce que je sais, c'est qu'il est le seul à pouvoir me le donner.

– S'il te plaît quoi ?

Christian garde une main serrée dans mes cheveux pendant qu'il tend son autre main vers mon sexe hyper sensible.

– S'il te plaît, j'ai besoin de…

Ma réponse se transforme en un cri rauque quand il pince mon clitoris. Un court-circuit éteint mon cerveau, et mon corps est envahi par un plaisir si intense que je tente instinctivement de m'éloigner.

Je n'ai fait que quelques centimètres avant que Christian me ramène en arrière.

– Essaie encore, et je te donnerai une fessée qui t'empêchera de t'asseoir.

Je glapis quand sa paume s'abat sur mes fesses en guise d'avertissement. Après quoi, il lève la main et la referme autour de ma gorge.

– Je veux te sentir jouir sur ma queue, Stella.

Ses doigts s'enfoncent plus fort dans ma peau à chacun de ses mots.

Je ne peux répondre que par une série de gémissements inintelligibles. Le désir tapi sous ma peau me prive de ma voix, menaçant de me faire craquer de toutes parts et de me transformer en ruines de celle que j'étais autrefois. Celle qui a joué la sécurité toute sa vie, qui avait tellement peur d'aller chercher ce qu'elle voulait qu'elle n'osait pas exprimer ses désirs à haute voix.

Elle a volé en éclats au contact de Christian, et je ne veux plus qu'elle revienne.

Je ferme les yeux, visualisant le spectacle obscène que nous offrons probablement. Moi à quatre pattes, la tête tirée en arrière et le dos cambré pendant que Christian me pilonne par-derrière, une main autour de ma gorge, l'autre dans mes cheveux. Et sur ma fesse la légère marque rouge laissée par sa paume…

La chaleur descend le long de ma colonne vertébrale, s'intensifiant jusqu'à ce que j'explose en un millier de points de lumière brillants. Ils courent dans mes veines et enflamment une allumette à chacune de mes terminaisons nerveuses jusqu'à ce qu'elles me consument entièrement.

Oh, mon Dieu ! Pas étonnant qu'on s'extasie autant sur le sexe. Si c'est comme ça que c'est censé se passer…

Je m'accroche encore aux restes de mon orgasme lorsque Christian me fait basculer sur le dos. Il m'enlace et sa bouche frôle la mienne tandis que ses coups de reins ralentissent pour devenir… non pas doux, mais plus doux. Plus sensuels.

Il saisit mon sein et frotte le téton pointé avec son pouce.

– Je sens encore ta chatte se contracter autour de ma bite. C'est aussi beau que je l'avais imaginé.

Il m'embrasse plus fort, sa bouche réclame la mienne et ses mains explorent mes zones les plus érogènes pendant qu'il me baise pour me conduire vers un nouvel orgasme.

– Juste là, je halète quand il touche un point en moi qui me fait frémir de la tête aux pieds.

Je m'accroche à lui, les jambes écartées pour le prendre aussi profondément que possible.

– Plus fort. S'il te plaît, je… oh là là…

Mes gémissements deviennent plus aigus parce qu'il accélère le rythme et que les secousses d'un deuxième orgasme me traversent. Lentement d'abord, puis d'un seul coup lorsque Christian pince mon téton et plonge en moi aussi fort qu'au début.

Je crie, submergée par une déferlante de plaisir.

Je le sens frémir et tressaillir en moi avant qu'il jouisse à son tour dans un grognement, mais je suis balayée par une euphorie si intense qu'elle noie tout le reste. Ça dure pendant ce qui me semble être une éternité avant que je m'effondre, en sueur, le cerveau complètement vide.

Pour une fois, les voix dans ma tête restent silencieuses. Je flotte sur un nuage de bonheur post-orgasmique où j'ai bien l'intention de demeurer éternellement. Pas de doutes, pas d'insécurités, pas d'analyses excessives. Juste les sons doux et irréguliers de mes respirations et la pression de la bouche de Christian sur ma peau quand il m'embrasse dans le cou et sur les seins. La douceur de son toucher est en totale contradiction avec la sauvagerie de nos ébats, mais c'est tellement bon que je ne songe nullement à l'interroger à ce sujet.

Je ronronne presque lorsqu'il me fait rouler sur le côté et passe une main sur mes fesses. Ses doigts puissants pétrissent le muscle jusqu'à ce que je fonde en une flaque amorphe.

– Tu t'es magnifiquement bien débrouillée, murmure-t-il. Bravo.

Ses mots m'enveloppent comme une douce couverture et ravivent une nouvelle fois les braises qui sommeillent dans mon ventre.

Il faut croire que c'est ce qui arrive lorsque les filles en quête de toutes sortes de félicitations scolaires grandissent. Elles développent un penchant pour la louange.

– On devrait faire ça tous les soirs, je lâche d'une voix somnolente. C'est mieux que le yoga.

La journée a été longue, et même si j'ai envie d'un second round, je suis tellement fatiguée que j'ai du mal à garder les yeux ouverts.

Il rit, doux grondement où je n'entends qu'une pure satisfaction masculine. Il remonte dans le lit pour s'allonger à côté de moi et dépose un baiser sur le sommet de mon crâne.

– Je ne peux pas envisager de plus beau compliment. Et loin de moi l'idée de m'en plaindre si tu veux en faire ta routine du soir.

– Hmm.

Je ferme les yeux et me pelotonne contre lui.

Aussi doux que soit ce moment, une partie de moi sait que Christian et moi nous aventurons en territoire dangereux dans notre relation. Et tandis que mon instinct de conservation fait de son mieux pour sonner l'alarme, je sais aussi qu'il n'y aura pas de retour en arrière possible.

33

CHRISTIAN/STELLA

CHRISTIAN

Elle rêve. Je le vois à la façon dont ses lèvres s'incurvent et aux doux bruits qu'elle fait dans son sommeil.

Je me demande de quoi elle rêve et si j'en fais partie. Si ce n'est pas le cas, c'est inacceptable.

Je dépose un baiser sur son épaule et j'enroule un bras possessif autour de sa taille. Que ce soit au paradis ou en enfer, dans les rêves ou dans la vraie vie, Stella est à moi.

Et je ne partage pas, putain.

Elle s'agite et laisse échapper un adorable petit bâillement avant que ses yeux ne s'ouvrent et ne rencontrent les miens.

– Bonjour.

J'esquisse un sourire en percevant la timidité dans sa voix.

– Bonjour, Papillon. Tu as fait de beaux rêves ?

– Hmm-hmm.

Elle s'étire et se blottit plus près de moi.

– De quoi tu rêvais ?

– Je ne me rappelle pas vraiment. Peut-être une histoire de bateau ? J'ai toujours pour projet de rédiger un journal de rêves, mais je les oublie chaque fois.

Je choisis de ne pas demander ce qu'est un journal de rêves.

– Tu étais seule dans ce rêve ? je demande avec désinvolture.

– Hmm, maintenant que tu en parles, il y avait quelqu'un dans le bateau avec moi, dit-elle. Cheveux noirs, peau bronzée, un peu plus âgé que moi mais carrément beau…

Un sourire suffisant se glisse sur mes lèvres.

Stella claque des doigts.

– Je me souviens maintenant. C'était Ricardo !

Elle laisse échapper un petit rire quand je la fais rouler sur le dos et que je lui coince les bras au-dessus de la tête.

– Tu trouves ça drôle, hein ? je grogne.

Mais j'ai bien du mal à ne pas sourire à la vue de l'étincelle dans ses yeux.

– Je ne fais que dire la vérité, me taquine-t-elle. Ne me dis pas que tu es jaloux d'un rêve. Je ne pensais pas que tu étais un de ces gars qui deviennent collants après le sexe.

– Je te l'ai dit, Stella. Je suis jaloux de tout quand il s'agit de toi. Et ce n'était pas qu'une putain de coucherie.

Quelque chose de sombre et de possessif se loge dans ma poitrine.

Le sexe, c'est une transaction, quelque chose que les gens font pour passer le temps et se soulager physiquement. Tout le monde peut coucher. Mais personne ne peut me mettre en pièces et me recoller comme elle le fait.

– Je plaisantais, Monsieur Grincheux, lâche Stella, qui relève la tête et dépose un petit baiser sur ma bouche. Je ne me souviens pas de mon rêve, mais je suis sûre qu'il te mettait en scène.

– Tu dis ça uniquement pour me faire plaisir, je grommelle.

Elle ébauche un sourire.

– Ça marche ?

– Non.

Mais mes épaules se détendent et je relâche ses poignets. Son rire parvient à se frayer un chemin dans ma poitrine.

Je pensais que Stella allait perdre son mystère, au stade où nous en sommes. Nous vivons ensemble depuis deux mois ; j'aurais déjà dû me lasser et passer à autre chose. Mais plus j'apprends à la connaître, plus elle s'incruste sous ma peau.

Elle est une étude en contrastes, l'énigme la plus fascinante devant laquelle je me sois trouvé : force et vulnérabilité, calme et chaos, innocence et débauche. La femme dont le sourire doux apaise la bête sauvage en moi et aussi celle qui la déchaîne avec ses cris et ses suppliques que je lui en donne « plus ». Que je la prenne et que je la marque comme mienne.

Stella Alonso a incendié mon monde d'une manière telle qu'il est impossible de revenir en arrière. Il n'y a qu'un avant et un après elle.

Nous restons allongés un moment et nous sommes imprégnés du silence confortable avant qu'elle ne reprenne la parole.

– Je regrette qu'on ne puisse pas rester comme ça plus longtemps. Je n'ai pas envie de retourner en ville pour le moment. Je n'ai même pas exploré l'île. Je me suis consacrée à Delamonte du matin au soir.

Son soupir nostalgique me serre le cœur.

– Alors restons.

J'ai lâché ma suggestion sans réfléchir. Apparemment, mon réglage par défaut consiste à donner à Stella tout ce qu'elle veut. J'espère que personne ne découvrira jamais cette faiblesse. Ce serait catastrophique pour moi et pour elle.

Elle écarquille des yeux enchantés, avant de secouer la tête.

– On ne peut pas. Tu as du travail et tu t'es déjà absenté trois jours.

J'ai plus que du travail. J'ai un putain de bordel à gérer qui exige une prise en charge immédiate.

La partie froide et rationnelle de mon être insiste pour que je retourne à Washington aujourd'hui, comme prévu initialement. Prolonger mon séjour à Hawaï est la pire décision que je puisse prendre, or je n'ai pas construit un empire en prenant de mauvaises décisions.

Mais c'est la première fois que Stella vient à Hawaï et, malgré ses protestations, je vois la lueur d'espoir dans ses yeux. Elle a vraiment envie de rester, et je préférerais perdre un empire plutôt que de la voir triste quand je peux l'empêcher.

Des murmures sur les secrets que je garde et les mensonges que je raconte se faufilent dans mon esprit avant que je ne les écrase.

– C'est le week-end. On partira lundi. Deux jours de plus ne nous feront pas de mal.

Avec un peu de chance.

Son visage s'illumine.

– D'accord. Enfin, si tu insistes.

Je la regarde en souriant avec indulgence tandis qu'elle commence à énumérer toutes les choses qu'elle a envie de faire.

Hier soir, notre baiser sur la plage…

J'ai accepté mon choix. Il n'est plus question que je me restreigne sur ce dont j'ai envie. Et peu importent mes efforts pour le nier par le passé, c'est ce que je veux depuis que je l'ai vue pour la première fois. Stella dans mes bras, heureuse, en sécurité et mienne.

Mais même si tout est parfait entre nous maintenant, je sais que si elle découvre la vérité, elle me détestera.

C'est pourquoi elle ne la découvrira jamais.

STELLA

Comme nous n'avons que deux jours pour explorer Kauai, Christian et moi avons intégré le plus d'expériences possible à notre itinéraire. Randonnées, bateau à voile au coucher du soleil, tour en hélicoptère, visites de musées locaux et de plages isolées… nous faisons tout.

Nous nous réveillons avec le soleil et regagnons notre hôtel après le dîner, où nous passons des heures à nous explorer mutuellement aussi minutieusement que l'île.

Qu'ils soient lents et doux ou brutaux et durs, nos ébats sont autant une libération émotionnelle que physique.

Cependant, pour notre dernier jour, nous optons pour quelque chose de plus tranquille, car Christian a une réunion du conseil d'administration et nous devons prendre l'avion tôt le lendemain matin.

J'ignore ce qu'est cette activité « tranquille » qu'il a prévue, puisqu'il a annoncé que c'était une surprise, mais je suis intriguée. Comme il est déjà venu à Kauai, c'est lui qui établit notre itinéraire, et il ne m'a encore jamais mal orientée.

– C'est ça la surprise ?

Je regarde la Harley garée à côté de nous pendant que Christian me coiffe d'un casque.

– Je n'aurais jamais cru que tu étais du genre à faire de la moto. C'est plutôt sexy, j'ajoute.

Plus que sexy. Dans un simple tee-shirt blanc et un jean, il est ravageur. Mais il n'y a pas que les vêtements.

Deux jours de soleil et de détente ont fait disparaître son masque soigneusement cultivé pour révéler l'homme enjoué et charmant qui se cache dessous, et je veux m'accrocher à lui aussi longtemps que possible.

– « Plutôt » sexy ?

Il hausse un sourcil sombre avant d'enfourcher la moto. Le rugissement du moteur me fait frissonner.

– Je ne peux pas prendre de décision définitive tant que je n'ai pas constaté tes réelles compétences de conducteur, dis-je solennellement. Alors oui, pour l'instant, c'est « plutôt ».

Son sourcil se hausse encore plus.

– C'est toi qui parles d'aptitudes à la conduite ? Papillon, tu as failli emboutir notre guide hier.

Je savais qu'il ne laisserait pas passer ça.

– Ce n'était pas ma faute, je proteste. Il est sorti de nulle part !

Christian pince les lèvres, et il me faut une seconde pour comprendre qu'il s'empêche de rire. Mes joues s'enflamment.

Je ne suis peut-être pas la meilleure conductrice du monde, mais j'ai essayé.

– Ce n'est pas drôle. Je me sentais mal à l'aise parce que tu nous conduisais partout, alors je t'ai proposé… Arrête de rire.

– Je ne me moquerai jamais de toi, réplique-t-il avec un sourire. Je ne monterai jamais non plus dans une voiture si tu es derrière le volant.

Je monte à l'arrière de la moto et j'enroule mes bras autour de sa taille en fronçant les sourcils de mécontentement.

– Je retire ce que j'ai dit. Tu n'es pas du tout sexy.

Ses épaules tressautent tant il rit, alors que nous nous éloignons de notre hôtel.

– OK. Je suis sûr que je peux te faire changer d'avis.

– J'en doute, je marmonne, mais le vent avale mes paroles, parce que nous filons sur les routes bordées d'arbres de l'île.

Il nous faut vingt minutes pour atteindre notre destination. Il s'agit d'une plage isolée sur la côte Nord, et même si c'est presque le crépuscule, elle est vide, à l'exception du magnifique pique-nique installé sur le sable.

Des oreillers, des coussins et des couvertures entourent une table basse drapée d'un tissu blanc soyeux. De minuscules bougies scintillent à côté d'une bouteille de vin et d'un somptueux dîner.

Je suis ébahie.

– Comment as-tu…

Christian sourit.

– J'ai demandé à l'hôtel d'organiser quelque chose. Ne t'inquiète pas. Ils démonteront tout quand on aura fini de manger. Il ne restera pas le moindre détritus.

– C'est magnifique.

Une étrange boule se forme dans ma gorge. Je commence enfin à réaliser que c'est notre dernière nuit sur l'île. Il s'est passé énormément de choses depuis notre arrivée, et je me suis illusionnée en pensant que ce rêve pouvait durer éternellement.

Car Hawaï est un rêve, pas quelque chose que nous pouvons rapporter avec nous.

Que se passera-t-il quand nous rentrerons à Washington ? Reviendrons-nous au statu quo ?

C'est facile d'agir comme un couple quand il n'y a que nous au paradis, mais nous ne sommes pas un couple. Nous n'avons jamais eu cette conversation, et le sexe ne signifie pas nécessairement grand-chose à notre époque. Certaines personnes font l'amour avec la même personne pendant des mois et ne considèrent toujours pas leur relation comme exclusive.

Christian et moi nous installons à table. Le dîner est objectivement délicieux, pourtant je le savoure à peine tant je suis occupée à imaginer ce qui se passera une fois que nous serons descendus de l'avion demain.

Finalement, je n'y tiens plus. Je déteste rompre le charme, mais si nous n'avons pas LA conversation, l'incertitude me rongera toute la nuit.

Est-ce que nous sortons ensemble ? Est-ce que c'est une histoire d'amis qui couchent ensemble ? Est-ce que tu veux continuer ce truc à Washington ?

Je passe en revue toutes les façons d'aborder le sujet, mais je suis trop terrifiée par sa réponse pour essayer l'une de mes options initiales.

À la place, je choisis la voie de la lâcheté. J'enfonce mes orteils dans le sable frais et je garde les yeux rivés sur la table.

– Merci pour ces derniers jours. C'était exactement ce dont j'avais besoin. On est plutôt bien comme faux couple, non ?

Les mots brûlent comme de l'acide.

– Un faux couple qui couche ensemble, j'ajoute, espérant alléger l'atmosphère soudain tendue.

Je coule un regard à Christian. Son visage semble taillé dans le granit, mais ses yeux flamboient, sombres et intimidants.

– Un faux couple ?

Sa voix soyeuse enveloppe ma gorge de glace. Un frisson parcourt ma peau, mais je continue.

– C'était notre accord. Quelques baisers, et des ébats sexuels n'y changent rien.

Je ne suis pas naïve au point de penser qu'il veut autre chose de moi sous prétexte qu'on a couché ensemble. Nous avons cédé à quelque chose entre nous, mais ça ne signifie pas que j'aie reçu un engagement de sa part.

J'ai vu trop de gens avoir le cœur brisé pour s'être fiés à une telle supposition, et je refuse d'être l'un d'eux.

– Ça ne change rien, tu dis ? (Le ton est plus bas. Plus dangereux.) Alors que signifient exactement ces « quelques baisers » et ces « ébats sexuels » pour toi ?

Quelque chose me souffle que je ne devrais pas répondre, mais je me lance quand même. L'instinct de conservation n'a jamais été mon point fort quand il s'agit de Christian.

– Un fantasme. Rien de tout cela n'est réel, j'ajoute en désignant la plage. Ça n'a jamais été réel. Hawaï est un rêve, mais il se termine demain, et je veux qu'on soit bien clairs l'un avec l'autre avant de rentrer à Washington. Tu l'as dit toi-même, j'insiste, la gorge de plus en plus nouée. Tu ne crois pas en l'amour.

Malgré mon aversion pour les relations, je suis une romantique dans l'âme.

Lorsque je trouverai la bonne personne, je veux être emportée par cet amour grandiose et dévorant. Le type d'amour qui a poussé Alex à déménager dans un autre pays pour Ava, qui a donné à Bridget et Rhys le courage de braver un pays et qui a transformé des années d'animosité entre Josh et Jules en quelque chose de magnifique.

Ce type d'amour existe. Je l'ai vu de mes propres yeux. Mais ce n'est pas quelque chose auquel Christian croit, et même si je sais qu'il me désire, il ne me désire pas assez pour modifier une idée aussi profondément enracinée.

Les hommes comme Christian Harper ne changent pour personne.

– L'amour n'a rien à voir avec ça.

Sa réponse dure suffit à prouver mon propos. Le goût amer de la déception se répand sur ma langue.

– Exactement.

– C'est toi qui m'as dit de ne pas tomber amoureux de toi, Stella. Tu te rappelles ?

Ces yeux sombres percent les miens.

– Oui, et j'étais sincère.

Je résiste à l'envie de faire tourner mon collier autour de mon doigt, comme toujours quand je suis nerveuse. C'est une sorte de tic, et je parie que Christian l'a déjà remarqué.

– Je le pense toujours, j'ajoute.

Parce que si Christian tombe un jour amoureux de moi, je ne me fais pas confiance pour ne pas tomber amoureuse de lui en retour. Or j'ai le sentiment que l'amour avec lui ne serait ni doux ni facile. Il serait catastrophique.

– Les choses sont devenues trop compliquées après mon emménagement, cette histoire de harceleur et ce voyage, je reprends devant le silence de Christian. Les règles initiales de notre arrangement sont devenues floues. Peut-être qu'on a besoin de voir d'autres personnes pour ne pas…

Je n'ai pas le temps de terminer que sa bouche se plaque sur la mienne : il m'embrasse avec une férocité douce et désespérée que je ressens de la tête aux pieds.

– Dis-moi… commence-t-il en enroulant une main autour de ma nuque. Est-ce que tu as l'impression que c'est faux, ça ?

Non. Et c'est là que le bât blesse. Ça semble trop réel, tout comme la possibilité qu'il puisse me briser le cœur.

– Je tiens à mettre certaines choses au clair, continue Christian, dont les lèvres effleurent les miennes à chaque mot. Touche un autre homme, il meurt. Laisse un autre homme te toucher, il meurt. Dis-moi que je ne peux pas te toucher…

Sa poigne se resserre sur ma nuque et il baisse la voix :

– Je meurs, putain.

Une douleur m'attrape le cœur et le tord.

– Christian…

L'intensité des mots qu'il prononce ensuite vole ce qui reste d'air dans mes poumons.

– L'amour n'est rien d'autre qu'un mot. Là, il ne s'agit pas de mots. Il s'agit de nous. Tu penses que je bouleverserais mon emploi du temps et que je m'envolerais pour Hawaï en plein milieu d'une semaine de travail pour quelqu'un d'autre ?

– C'est une belle destination, je réplique d'une voix faible.

Sa main se pose sur ma peau, brûlante de possessivité.

– Je pensais que c'était évident, mais au cas où ça ne le soit pas : tu es à moi, Stella. Je n'ai aucune envie de voir d'autres femmes, et je veux encore moins que tu voies d'autres hommes. (Il y a de la glace dans le mot « hommes ».) Ta place est avec moi. De façon exclusive. Il n'existe pas de monde ou de vie où ça ne soit pas vrai.

L'émotion me pique le fond de mes yeux, mais je réussis à sourire malgré l'oppression de ma poitrine.

– Christian Harper, tu me demandes de sortir officiellement avec toi ?

– Oui.

C'est simple, sans équivoque. *Réel.*

Ça semblerait presque comique que quelqu'un comme lui fasse quelque chose d'aussi banal que de proposer à une fille de sortir avec lui, mais ça n'empêche pas mon ventre de palpiter ou mon esprit de se repasser les deux derniers mois.

Sur le papier, notre relation était fausse, mais il n'y a rien de faux dans la façon dont il m'a protégée, soutenue et cru en moi. Il n'y a rien de faux non plus dans la façon dont je me sens quand je suis avec lui, comme si je pouvais être moi-même sans qu'il cesse de me désirer, avec mes défauts et tout le reste.

Christian effleure ma bouche de la sienne.

– Alors… qu'est-ce que tu en dis, Papillon ? Est-ce que tu veux qu'on essaie ce truc de sortir ensemble ?

Je ne devrais pas. Il y a tellement de façons dont ça pourrait mal tourner, mais n'est-ce pas le cas chaque fois que les gens prennent des risques ?

Pas de risque, pas de récompense.

Pour une fois, j'éteins la partie trop analytique de mon cerveau et je suis ce que mon cœur me dit de faire.

– Oui.

Simple. Sans équivoque. *Réel.*

Je sens son sourire contre mes lèvres avant qu'il m'embrasse à nouveau. Plus doucement cette fois-ci, plus tendrement. « Tendrement » n'est pas un mot que j'aurais cru pouvoir associer à Christian, mais il me surprend sans cesse.

Je fonds contre lui et je laisse son goût, ses caresses et les dernières heures de notre rêve m'emporter dans un endroit où mes soucis n'existent pas.

J'ai l'habitude d'être seule. Même lorsque je suis entourée de gens, une partie de moi s'isole tellement que j'ai l'impression de regarder un film de ma vie au lieu de la vivre.

Je n'ai jamais appartenu à quelqu'un, et personne ne m'a jamais appartenu. L'idée est à la fois excitante et terrifiante.

Mais ce qui est encore plus terrifiant, c'est de réaliser que ça ne me dérange pas d'appartenir à Christian.

Pas même un tout petit peu.

34

STELLA

Christian et moi sortons officiellement ensemble. C'est étrange, non seulement parce que je n'ai jamais pensé que ça arriverait mais aussi parce que pour le monde extérieur, rien n'a changé. À leurs yeux, nous avons toujours été un couple.

J'ai posté mes photos d'Hawaï après notre retour à Washington, et nos clichés de couple ont aussi bien marché que prévu. Je continue à entretenir mon Instagram, même si mon attention est désormais partagée entre ça et ma ligne de mode.

Les seules personnes qui savent que notre relation d'avant Hawaï n'était pas réelle sont Christian, moi et mes amies, qui ont accueilli mon annonce avec beaucoup moins de surprise que la bombe précédente.

D'après Jules, c'était « inévitable » vu la façon dont nous nous « bouffions des yeux » lors de sa pendaison de crémaillère.

Christian et moi avons eu notre premier vrai rendez-vous une semaine après notre retour d'Hawaï. Chacun de nous a entraîné l'autre dans son endroit préféré de Washington : le jardin botanique américain pour moi, l'Eastern Market pour lui.

Rectification : un étal spécifique de l'Eastern Market pour lui.

– Monsieur C !

Le vendeur sourit de toutes ses dents quand il voit Christian.

– Quelle joie de vous revoir ! Et avec une charmante dame à vos côtés en plus, constate-t-il en m'adressant un clin d'œil. Qu'est-ce que vous faites avec un ogre comme lui ?

Il désigne du pouce Christian, qui secoue la tête.

– La beauté ne fait pas tout, je réplique en tapotant la main de Christian. Il a beaucoup d'autres qualités.

Le vendeur s'esclaffe pendant que mon nouveau petit ami soupire d'exaspération, bien qu'une lueur d'humour pétille dans ses yeux.

– Stella, je te présente Donnie. Comédien en herbe et menuisier extraordinaire. C'est pour ça et uniquement pour ça, ajoute-t-il en montrant un puzzle sur la table, que je supporte son vieux cul.

– Mon vieux cul est bien plus sage que ton auriculaire, rétorque Donnie.

Je sens un sourire naître sur mes lèvres pendant que j'examine ses marchandises.

– Vos pièces sont incroyables.

La table compte les ouvrages en bois les plus complexes que j'aie jamais vus, notamment des maquettes de voiliers, des paravents miniatures et une sélection de puzzles époustouflants.

La fierté se lit sur le visage de Donnie.

– Merci. Ça m'occupe, maintenant que je suis à la retraite.

Christian et moi bavardons avec Donnie pendant un moment jusqu'à ce que d'autres clients l'accaparent. Nous finissons par acheter deux puzzles (Christian) et un ensemble de superbes bracelets sculptés (moi).

– Je dirais que notre premier rendez-vous est un succès.

Je balance mon sac de courses alors que nous nous dirigeons vers un restaurant voisin pour dîner.

– Bien sûr que oui. C'est moi qui ai tout organisé.

Cet homme ne cessera jamais de me stupéfier.

– Pardon ? Tu as oublié le jardin tout à l'heure ? On a tous les deux organisé ce rendez-vous, je te rappelle.

– Oui, mais c'est moi qui ai conduit toute la journée.

– Ce n'est pas comme ça que fonctionne la planification !

Christian éclate de rire sous la légère poussée que j'exerce sur son bras.

À part sa fâcheuse habitude de s'attribuer le mérite des rendez-vous que nous organisons tous les deux, Christian est un petit ami génial. Distrait et morose parfois, surtout après une journée stressante au travail, mais attentionné et d'un grand soutien presque tout le temps.

J'ai pratiquement emménagé dans sa chambre et transformé la chambre d'amis en dressing qui déborde. Il travaille à la maison deux fois par semaine pour que nous puissions passer plus de temps ensemble, et même si nous occupons la plupart de ces journées à vaquer à nos propres occupations – lui sur son ordinateur portable, moi sur mes projets de ligne de mode –, c'est agréable de l'avoir près de moi.

En fin de compte, je ne pourrais pas demander une relation réelle plus parfaite.

Pourtant, il me faut encore deux semaines après notre premier rendez-vous avant de proposer à Christian de se joindre à moi pour une visite à Maura.

Je n'ai jamais amené personne la voir auparavant, et cette perspective me met les nerfs à vif. Et si elle ne l'apprécie pas ? Et si lui ne l'apprécie pas ? Et si elle s'agite et…

Arrête. Ça va aller.

Je prends une profonde inspiration et je tente de calmer mon pouls qui s'emballe alors que nous nous arrêtons devant sa chambre.

Je fourre le *tembleque* que nous avons apporté dans les mains de Christian.

– Tiens ça. Je me fiche que tu n'aimes pas les desserts. Tu dois la caresser dans le sens du poil.

– Je pensais que mon charme suffirait, réplique-t-il, mais il prend le dessert sans se plaindre.

Je tourne la poignée de la porte.

– J'en doute. Elle n'est pas facilement charmée par les hommes.

Mais bien sûr, il me prouve que j'ai tort. Maura l'adore, et pas seulement à cause du *tembleque*, même si ça aide. Christian entre dans la pièce comme un prince charmant, lui tend le dessert et la complimente sur son collier. Moins de dix minutes plus tard, ils rient d'une blague qu'il a faite comme s'ils se connaissaient depuis toujours.

Je les regarde, bouche bée.

Maura est dans un bon jour et semble de bonne humeur, mais n'empêche. Il est déconcertant de les voir devenir si vite copains alors que même moi, je dois l'adoucir un peu chaque fois que je lui rends visite.

Je ne sais pas si je dois être contente ou mécontente qu'elle s'entende mieux avec lui qu'avec moi.

– Aujourd'hui, c'est jour de casse-tête, annonce Maura. J'aime bien les casse-tête. Et toi, tu aimes ?

Elle porte un regard attentif sur Christian, comme si sa réponse allait déterminer la suite de leur nouvelle amitié.

– J'adore les casse-tête, répond-il, tout sourire.

– Quel genre ?

– De toutes les sortes. Mots croisés, puzzles, cryptogrammes…

– Ce sont les puzzles qui me plaisent le plus, l'interrompt Maura en plein milieu de sa phrase. C'est…

Elle hésite, et je la vois se creuser la tête pour trouver le bon mot.

Je jette un coup d'œil à Christian alors que les secondes s'écoulent. Il attend qu'elle continue sans une once d'agacement ou d'impatience.

Quelque chose de chaud me remplit le ventre et se répand dans ma poitrine.

– C'est satisfaisant, lâche finalement Maura.

Le mot est sorti lentement, de façon hésitante, comme si elle essayait de déterminer s'il s'agissait du terme adéquat.

– Quand les pièces s'emboîtent et que tu vois l'ensemble du tableau, développe-t-elle.

Christian la fixe avec une expression indéchiffrable.

– Oui, convient-il à voix basse. C'est tout à fait vrai.

J'ai vu plusieurs versions de Christian Harper au cours des trois derniers mois, mais celui qui est assis ici aujourd'hui ? C'est celui dont je me vois le mieux tomber amoureuse.

Je chasse cette émotion indésirable d'un battement de cils et j'affiche un sourire radieux.

– Maura, ça te dirait de faire une promenade dans le jardin ? Il fait beau aujourd'hui.

Son visage s'illumine.

– Oui, s'il te plaît.

– Madame, fait Christian en lui tendant le bras.

Il en fait des tonnes, mais Maura se met bel et bien à glousser en lui prenant le bras. Je ne l'ai jamais entendue rire, pas une seule fois depuis que je la connais.

Incroyable.

Il doit avoir la magie du diable de son côté.

– Comment vous êtes-vous rencontrés ? demande-t-elle alors que nous traversons la roseraie.

C'est son endroit préféré, et nous nous arrêtons tous les deux mètres pour qu'elle puisse s'extasier devant les fleurs luxuriantes.

– Nous…

Je suis tentée de lui servir l'histoire que Christian et moi avons concoctée, mais j'opte pour un semblant de vérité. J'ai l'impression que ce ne serait pas bien de lui mentir.

– Nous vivons dans le même immeuble et nous avons des amis communs. J'ai eu quelques problèmes et Christian m'a aidée.

– Oh. Comme c'est gentil de sa part ! s'enthousiasme Maura, qui lui tapote la main. Tu es un vrai gentleman. Ça se voit.

Il sourit et hausse un sourcil à mon intention, par-dessus la tête de la vieille femme. Je lève les yeux au ciel, incapable, pourtant, de m'empêcher de sourire.

Aussi insupportable qu'il risque d'être pour avoir réussi à charmer Maura sans effort, j'adore la façon dont ils s'entendent. Rien ne me stresse plus que de voir s'affronter des personnes auxquelles je tiens.

C'est la raison pour laquelle mon dernier repas de famille m'a fait tant de mal. Entre Hawaï et ma ligne de vêtements, j'ai été assez occupée pour mettre de côté cette histoire, mais elle me hante toujours.

Pourtant je refuse de céder en premier. Si ma famille veut me parler, elle sait où me trouver.

Maura, Christian et moi nous promenons dans les jardins pendant un certain temps, jusqu'à ce que Maura soit fatiguée et que nous retournions dans sa chambre.

– Je l'aime bien, me glisse-t-elle quand Christian s'absente aux toilettes. C'est un très beau jeune homme. Et charmant avec ça.

Je la regarde fixement.

– Est-ce que tu… as le béguin pour lui ?

Elle pouffe.

– Bien sûr que non ! Je suis trop vieille pour avoir un béguin. En plus, il n'a d'yeux que pour toi.

Mon visage s'échauffe.

– Je ne…

– C'est vrai, me coupe-t-elle en se saisissant de sa tasse de thé. Il ne… il…

Elle toussote et ses mains tremblent quand elle approche la tasse de sa bouche. Le récipient touche presque ses lèvres avant qu'elle ne le laisse tomber et qu'il ne se brise en une dizaine de morceaux.

Maura demeure interloquée, les yeux écarquillés et emplis de cet air affolé que je connais bien.

– C'est bon. Ce n'est rien, je m'empresse de la rassurer. C'est juste une tasse. Je vais demander aux infirmières de…

Sa respiration s'accélère.

– Ce n'est pas qu'une tasse ! Elle est cassée et c'est… c'est…

Son regard fait le tour de la pièce.

– Tout va bien.

Je veille à parler d'une voix calme malgré le nœud dans mon ventre. Son agitation est de plus en plus manifeste et, quand elle dépasse un certain seuil, il est presque impossible de la calmer sans sédatif.

– Je vais appeler une infirmière et elle va nettoyer. Elle…

– … est déjà en route.

La voix de Christian m'interrompt. Je ne l'ai pas entendu entrer, mais il traverse rapidement la pièce et s'agenouille devant Maura.

– Il y a des tasses neuves dans la salle commune, ainsi que des puzzles. Ça vous dirait qu'on en fasse un ensemble ?

La panique étincelle encore dans les yeux de Maura, mais sa respiration ralentit jusqu'à s'approcher de quelque chose de normal.

– Un puzzle ?

– Oui, un puzzle avec des pièces cartonnées, confirme-t-il. Leur tout dernier. Vous serez la première personne à le terminer.

Elle relâche ses doigts serrés autour de son accoudoir.

– Je… oui. J'aime bien les puzzles. J'ai fait le puzzle d'un caniche une fois. J'en avais un, autrefois. C'est ma race de chien préférée…

Elle commence à disserter sur les meilleures et les pires races de chiens pendant que Christian la guide vers la salle commune.

Je les suis, la gorge serrée.

– Merci, je murmure une fois que Maura est joyeusement installée devant son thé et son puzzle. Pour… j'ajoute en désignant le couloir où se trouve sa chambre. Et pour être venu avec moi.

– Il y a pire façon de passer ma journée. Merci de m'avoir invité.

Christian entrelace ses doigts aux miens et pose nos mains sur sa cuisse. Je les regarde, entrelacées, et je ne peux empêcher mon cœur de gonfler à tel point que j'ai du mal à respirer.

Je suis dans la merde jusqu'au cou.

Ce soir-là, après notre visite à Maura, Christian et moi assistons à notre premier événement professionnel pour lui en tant que vrai couple.

La signification de cet événement ne m'échappe pas, même si l'événement lui-même m'ennuie à mourir. Il s'agit d'un rassemblement sur les nouvelles technologies, et je passe la majeure partie du temps à sourire et à hocher la tête en faisant semblant de m'intéresser à ce que les gens disent pendant que Christian développe son réseau.

– L'UE nous tue avec ses réglementations, grommelle son interlocuteur. C'est intenable !

J'étouffe un bâillement pendant que Christian lui répond. La réglementation des nouvelles technologies est loin d'être aussi intéressante que les bébés tortues.

Alors que l'homme blablate sur une loi qui vient d'être adoptée, je pose une main sur le bras de Christian et je lui chuchote :

– Je vais aux toilettes. Je reviens tout de suite.

Il acquiesce et je m'éclipse avant d'avoir à écouter une autre plainte au sujet de l'Union européenne.

Comme il n'y a pas de queue pour les toilettes, j'en profite pour me coiffer, me maquiller et vérifier mes notifications. Le nombre de mes followers continue d'augmenter, mais plus lentement qu'au début de notre « relation ».

Je ne m'en soucie pas autant qu'avant. Maintenant que j'ai rejoint le club des millionnaires en followers, il m'est plus facile de décrocher de gros partenariats, mais ça me permet aussi de réaliser que ce nombre ne signifie pas grand-chose sur le plan personnel.

Je glisse mon téléphone dans ma pochette et je sors des toilettes.

J'ai fait la moitié du chemin jusqu'à Christian quand les poils dans ma nuque se hérissent. Je reconnais ce frisson : c'est ce que je ressens quand quelqu'un m'observe.

Je lève la tête d'un coup sec et je scrute frénétiquement la salle à la recherche de quelque chose – ou de quelqu'un – de suspect.

Rien. Juste des hommes en costume, pestant contre de nouveaux règlements et se vantant de la capitalisation boursière de leurs entreprises.

Tu es paranoïaque. Ton harceleur n'est pas ici. C'est un événement sur invitation…

Un cri veut jaillir de ma gorge, mais y reste coincé quand quelqu'un m'attrape les fesses et serre. Fort.

Je me retourne, incrédule, vers l'homme qui me reluque.

Il m'adresse un clin d'œil et s'éloigne d'un pas nonchalant, comme s'il ne venait pas carrément de me tripoter en plein milieu d'un événement professionnel. Je suis trop abasourdie pour dire quoi que ce soit avant qu'il ne disparaisse.

L'interaction a duré moins d'une minute, mais ce bref laps de temps a suffi à me donner l'impression d'être enduite d'une couche de crasse que je ne pourrai jamais récurer.

– Qu'est-ce qui ne va pas ?

Christian perçoit mon malaise à l'instant où je reviens vers lui.

Il avait le dos tourné, donc il n'a pas vu ce qui s'est passé. L'homme à qui il parlait s'est éclipsé, nous laissant seuls.

– Rien…

Je me trémousse sous son regard sceptique avant d'admettre :

– Quelqu'un m'a tripotée quand je revenais des toilettes.

Christian reste immobile.

– Qui ?

Son ton est calme, presque agréable, mais il contient quelque chose qui fait courir un froid arctique sous ma peau.

Mon corps trahit la petite voix qui m'intime de me taire. Je dirige instinctivement les yeux vers le bar, où l'homme qui m'a tripotée est en train de draguer une femme qui n'a pas l'air intéressée.

Christian suit mon regard.

– Je vois.

Son inflexion ne change pas, mais un pressentiment glisse le long de mon échine comme la peau froide et écailleuse d'un serpent.

Certaines personnes s'enflamment quand elles sont en colère ; Christian, lui, devient glacé. Plus il est calme, plus les gens doivent s'inquiéter.

– Ce n'est pas grand-chose, je plaide, anxieuse. Il m'a juste pelotée en passant. Pas la peine de faire une scène.

Je ne veux pas qu'il fasse quoi que ce soit susceptible de lui attirer des ennuis ou qu'il pourrait être amené à regretter.

Le visage dénué d'expression, Christian pose sa coupe de champagne vide sur une table à proximité.

– Je ne ferai pas de scène. En fait, j'ai fini ce que j'avais à faire ici. Tu es prête à partir ?

J'acquiesce et pousse un soupir de soulagement silencieux. *Dieu merci.*

Entre les conversations abrutissantes et le crétin qui ne peut pas garder ses mains pour lui, je suis prête à reléguer cette soirée aux oubliettes.

Pourtant, lorsque nous sortons du bâtiment et que nous marchons jusqu'à la voiture de Christian, je ne peux me défaire de l'impression que celui qui a déclenché mes alarmes intérieures tout à l'heure n'est pas celui qui m'a tripotée, mais quelqu'un d'autre.

35

CHRISTIAN

La porte se referme derrière moi avec un « clic » silencieux.

Dans le silence de mon bureau annexe, on dirait un coup de feu.

L'homme assis à l'intérieur sursaute, si bien que son genou heurte le plateau de ma table de travail, et il pivote pour me faire face.

Je l'ai identifié lors de l'événement d'hier soir. Un entrepreneur de bas étage qui s'est sournoisement introduit dans la soirée.

Je l'ai laissé attendre seul ici, parce que je ne crains pas qu'il vole ou qu'il fouine. Je réserve mon bureau annexe aux conversations les moins… recommandables, il ne contient rien d'autre que du mobilier de base.

– J'attends depuis une demi-heure.

Il énonce cette putain d'évidence comme si je ne savais pas lire l'heure.

– Ah oui ? Mes excuses.

Je n'en ai rien à foutre du temps qu'il a dû attendre. Frank Rivers est un charognard. Il attendra deux heures si ça me chante.

Je me dirige vers ma table de travail et je prends le siège en face de lui.

Le silence s'installe à nouveau pendant que je l'étudie. Mon regard dépassionné passe de ses cheveux bruns clairsemés à sa chemise verte de mauvais goût. Sa veste s'étire un peu trop sur ses épaules et une fine pellicule de transpiration mouille sa lèvre supérieure.

– Vous savez pourquoi je vous ai fait venir ? je demande sur le ton de la conversation.

– Non. Votre gars ne l'a pas dit.

Frank balaie la pièce des yeux. J'ai demandé à Kage de le faire venir, et j'aurais ri de sa nervosité évidente s'il me restait une once d'humour.

– Je suppose que ça a un rapport avec ma nouvelle entreprise.

Il bombe le torse.

– Votre nouvelle entreprise.

Il se dégonfle.

– Oui. Je… je pensais que vous vouliez parler affaires. Proposer d'assurer ma sécurité.

Cette fois, j'éclate de rire, mais sans le moindre amusement.

Je n'assurerais pas la sécurité de Frank Rivers même s'il me payait un milliard de dollars et me proposait de me torcher le cul tous les jours jusqu'à la fin de ma vie.

– Non. Ce n'est pas pour cela que je voulais vous voir, je réplique en ouvrant le tiroir de mon bureau. J'ai entendu dire que vous étiez un grand amateur de whisky.

La surprise se peint sur son visage, suivie par la confusion.

– Oui…

– Je suis moi-même assez connaisseur.

Je sors une boîte noire aux lettres dorées caractéristiques. À en juger par la brusque inspiration de Frank, il l'a reconnue sur-le-champ.

– Yamazaki vingt-cinq ans d'âge single malt, je confirme avec un sourire. Cette merveille m'a coûté vingt mille dollars.

Je possède une bouteille de Yamazaki de cinquante-cinq ans d'âge qui coûte quarante fois plus, mais je ne la gaspillerais jamais pour une ordure comme Frank Rivers.

– Ça vous tente ? je demande poliment.

Sur le signe de tête empressé de Frank – le mec salive presque –, j'ouvre la bouteille et je remplis les deux verres en cristal posés sur mon bureau.

Je grimace de dédain en voyant Frank se jeter sur sa boisson avant que je ne finisse de verser le mien.

Aucun savoir-vivre. Emily Post, la reine des bonnes manières, doit se retourner dans sa tombe.

– J'avais une question à vous poser, je lui lance avant que le verre n'atteigne complètement ses grosses lèvres. Quand vous avez tripoté ma cavalière, hier soir, quelle main vous avez utilisée ?

Il se fige. Son visage se vide de ses couleurs.

– Qu'est-ce que…

Je m'adosse à mon fauteuil, laissant mon propre verre intact.

– Ma petite amie. Grande, cheveux noirs bouclés, robe noire. La plus belle femme de l'événement.

– Je ne savais pas… je ne savais pas que c'était votre cavalière. Je suis dés…

Les bégaiements de Frank sont presque aussi pathétiques que ses manières.

– Vos excuses ne m'intéressent pas. Ce qui m'intéresse, c'est une réponse.

L'arête finement aiguisée de ma rage tranche mon masque cordial pour révéler la fureur qui mijote en moi. L'idée qu'il puisse ne serait-ce que respirer en présence de Stella, sans même parler de la toucher, m'enflamme les sangs.

– Quelle. Main ?

Des taches de sueur fleurissent sur la chemise de Frank.

– La d… droite.

Mon sourire revient.

– Je vois. Posez le verre.

Il le tient dans sa main droite.

– Je vous jure, je ne savais pas ! J… Je s… suis arrivé en retard et…

Je le fixe d'un regard mauvais.

Après une fraction de seconde d'hésitation, il pose le verre en tremblant. Je jurerais avoir entendu un véritable gémissement.

Mon mépris augmente. *Pathétique.*

J'attends que la paume de Frank touche la surface en bois pour sortir la lame de mon tiroir et la lui planter dans la main. La chair et les os cèdent comme du beurre sous l'acier froid et tranchant comme un rasoir.

Un hurlement inhumain déchire la pièce tandis que je fronce les sourcils, car son sang est en train de former une flaque sur l'acajou d'époque. J'aurais peut-être dû le faire sur une surface moins coûteuse, mais hélas, il est trop tard.

Je reporte mon attention sur Frank. Ses yeux sont exorbités par la douleur, des halètements sifflants montent de sa gorge et ses tempes ruissellent de sueur.

– Vous avez commis une erreur, Monsieur Rivers, je lance sans lâcher ma prise sur le manche de la lame pendant que je me penche en avant. Vous avez mis la main sur ce qui m'appartient. Et s'il y a bien une chose que je déteste…

J'enfonce le couteau plus profondément, laissant le tranchant dentelé déchirer sa chair avec une lenteur atroce jusqu'à ce que ses cris deviennent suraigus.

– … ce sont les gens qui touchent à ce qui m'appartient.

– S'il vous plaît. Je suis désolé. Je… Oh, mon Dieu.

Il laisse échapper un sanglot douloureux. L'odeur âcre de l'urine emplit l'air.

Oh, pour l'amour du ciel ! C'est une chaise en cuir faite sur-mesure.

Je serre les dents, mais un coup d'œil à l'horloge m'indique qu'il est temps de conclure.

– Comme je suis de bonne humeur, je vais vous laisser votre main.

J'aurais pu prolonger notre séance d'une heure, mais nous avons une soirée tacos avec Stella, et je dois acheter les ingrédients en rentrant à la maison. J'enfonce la lame jusqu'à la garde. Frank a perdu sa voix à force de crier et ne peut qu'étouffer un sanglot souffreteux.

– Si jamais vous touchez, regardez ou pensez de quelque façon à Stella, je ne me contenterai pas de vous couper la main.

Je me redresse, puis je marque une pause.

– Oh, j'avais oublié que vous vouliez goûter ce whisky.

Je prends son verre et je l'incline. Le contenu se déverse sur sa main ravagée et les cris de Frank reprennent de plus belle, rebondissant sur les murs.

Hmm. Il faut croire qu'il lui restait un peu de voix tout compte fait.

Rien de tel qu'un peu d'alcool sur une plaie ouverte pour raviver la douleur.

– Ne prenez pas la peine de me rembourser l'alcool gaspillé. Je le prélèverai sur votre compte. Argent Bank, numéro de compte 904058891314, numéro de routage 087945660, c'est bien ça ?

Il me fixe de ses yeux gonflés de larmes et rendus vitreux par la douleur.

– Je prends ça pour un oui, je lâche en lui tapotant la joue. On garde ça entre nous, d'accord ? Je n'aimerais pas qu'on doive avoir une autre discussion.

J'ai presque atteint la porte quand je m'arrête. L'image de cet enfoiré en train d'empoigner le cul de Stella me traverse l'esprit, et la rage refait surface, se transformant en vagues noires et glaciales sous ma peau.

– J'ai changé d'avis, dis-je en me retournant. Je ne suis pas de bonne humeur, tout compte fait.

Le coup de feu déchire l'air. Frank s'effondre sur le bureau, un trou à l'arrière de la tête, les yeux ouverts et sans vie.

Je range l'arme dans ma veste et je sors dans le couloir, où Kage attend patiemment, adossé au mur.

– Ne me dis pas que tu lui as tiré dessus, fait-il quand il me voit. Quel putain de merdier !

Le bureau est insonorisé, mais il a correctement interprété mon expression.

– Il me faisait chier. Nettoie ça pour moi, tu veux bien ?

Je regarde ma montre. *Bon sang.* La seule épicerie qui vend la sauce préférée de Stella ferme dans quinze minutes.

– Comme d'habitude, répond-il sèchement.

Tout le monde à Harper Security ne connaît pas le côté moins légal de l'entreprise, mais Kage a vu assez de saloperies dans sa vie pour avoir une certaine souplesse morale. Le monde n'est pas blanc ou noir, personne ne le sait mieux que quelqu'un qui a vécu dans le gris.

En sortant, je passe me laver les mains dans la salle de bains et j'inspecte mes vêtements pour voir s'il n'y a pas de trace de sang avant de me rendre à l'épicerie.

36

STELLA

– C'est tout bon pour moi, merci, conclut Julian.

Nous venons de terminer notre dernière interview pour mon portrait du *Washington Weekly*. Nous avons eu une série de conversations sur différents aspects de ma vie au cours des dernières semaines, et aujourd'hui, nous avons discuté de ma ligne de vêtements pendant un bon quart d'heure après que je l'ai mentionnée en passant.

C'est officieux, puisque Delamonte n'apprécierait pas que je parle de ma propre marque dans un article censé leur être consacré, mais je suis ravie d'en discuter avec quelqu'un qui n'est pas Christian ou mes amies. Ça rend les choses plus réelles.

– Avec plaisir. Faites-moi savoir si vous avez d'autres questions, je lui réponds chaleureusement.

– Je n'y manquerai pas, et je vous enverrai un mail lorsque l'article sera en ligne. Encore une fois, félicitations pour tout.

Je raccroche et je m'étire en bâillant. C'est la fin de l'après-midi, mais j'ai l'impression d'être debout depuis vingt-quatre heures. J'ai terminé tous les échantillons pour ma collection la semaine dernière et j'ai passé la journée à les photographier pour mes futurs supports marketing.

J'ai l'habitude des séances photo, mais j'ignorais qu'il est bien plus difficile de prendre des photos de produits pour un site Web que pour un blog. Les pièces que j'ai utilisées pendant les prises de vues sont éparpillées, y compris les accessoires, les vêtements et du matériel photographique.

Je me force à quitter le canapé pour ranger le désordre avant que Christian ne rentre à la maison.

Nos dîners sont le moment de la journée que je préfère. Il rentre toujours assez tôt pour m'aider à cuisiner (même si, je soupçonne que c'est en partie parce qu'il ne me fait pas confiance à proximité d'un four, après l'incident du détecteur de fumée), et nous passons les soirées à nous détendre et à parler.

J'aime bien les sorties et les galas, mais rien ne me rend plus heureuse que de passer du temps avec quelqu'un que j…

– Désolé, je suis en retard.

Je me redresse et m'illumine quand Christian entre.

J'ai enfin compris pourquoi mes amies s'extasiaient sur leur cher et tendre. Chaque fois que je le vois ou que j'entends sa voix, les papillons deviennent fous.

– Il fallait que je passe racheter de la sauce.

Il m'embrasse et pose son sac de courses sur la table basse.

Je rayonne de plus belle.

– C'est la marque que j'aime ?

Je reconnais le nom estampillé sur le sac. C'est la seule épicerie de la ville qui propose ma sauce préférée.

– Oui.

Les lèvres de Christian se retroussent quand le coup d'œil que je jette à l'intérieur du sac me tire un couinement. L'épicerie se trouve à l'autre bout de la ville, donc je m'y rends rarement, même si on y trouve certains des produits que j'aime le plus et qui sont les plus difficiles à trouver.

La vue des deux bocaux en verre provoque chez moi un bonheur que je sais disproportionné. Ce n'est pas la sauce en soi, c'est le fait qu'il soit allé jusque là-bas pour m'en acheter.

– Félicitations, tu viens de gagner le prix du Petit ami de la semaine.

Il pose les mains sur mes hanches tandis que je passe les bras autour de son cou.

– Vraiment ? Et qu'est-ce que je gagne ?

– Ça.

Je lui donne un autre baiser, plus long, et je souris à son doux grognement.

C'est seulement quand je passe une main dans son dos que je remarque la tension qui bande ses muscles.

Je m'écarte et je l'examine avec un petit froncement de sourcils.

– Est-ce que tout va bien ? Tu as l'air tendu.

– Oui, répond Christian sans ciller. Juste une petite contrariété au travail.

– Hmm.

Je m'inquiète parfois pour lui. Il a un travail important, mais tout ce stress n'est bon pour personne. Et malgré mes efforts pour le convaincre, il a refusé de se mettre au yoga ou à la méditation.

Une idée germe dans ma tête. Tellement éloignée de mon caractère que je suis tentée de l'écarter d'un revers de la main, mais je suis une nouvelle moi, plus audacieuse. Je peux tenter de nouvelles expériences.

Peut-être.

J'étouffe la nervosité qui enfle dans mon ventre et je garde une voix décontractée.

– Assieds-toi sur le canapé. Je viens de penser à quelque chose qui t'aidera à te détendre.

Christian obtempère.

– Un autre massage ? suggère-t-il.

Son regard s'assombrit quand je m'agenouille devant lui.

– En quelque sorte.

J'attrape sa ceinture. Il me saisit le poignet avant que je ne le touche, et l'air se transforme en quelque chose de plus lourd, de plus condensé.

– Qu'est-ce que tu fais ? demande-t-il.

Sa voix prend une tonalité rugueuse qui me fait automatiquement serrer les cuisses.

– Je te l'ai dit. Je t'aide à te détendre.

Je dégage mon poignet de son emprise et déboucle sa ceinture, le cœur palpitant comme un colibri affolé.

Christian et moi prenons l'initiative de faire l'amour à tour de rôle, mais je n'ai jamais été aussi audacieuse. D'habitude, il suffit d'un certain regard ou d'un sourire de ma part pour qu'il comprenne. Mais là… ça sort de ma zone de confort.

Il ne m'arrête plus, mais la chaleur de son regard s'installe plus bas dans mon ventre.

J'ai la bouche sèche lorsque je réussis enfin à le libérer de son pantalon.

Il est déjà dur et son excitation laisse échapper quelques gouttes annonciatrices du plaisir à la pointe de son sexe épais. Il me laisse installer le rythme quand je le prends lentement dans ma bouche, mais il est si gros que je dois faire une pause toutes les secondes pour m'ajuster.

Je finis cependant par le prendre entièrement et je reste là un moment, les lèvres bien tendues sur la base de son sexe. Je gémis de fierté avant de commencer à bouger. Lentement d'abord, puis plus vite à mesure que je me sens plus à l'aise avec sa taille.

Christian laisse échapper un juron et plonge les mains dans mes cheveux lorsque mon rythme devient plus régulier. Je lèche et suce tant et si bien que ses muscles se contractent sous mon contact. Je tire la langue et la laisse courir sous son sexe quand je me retire, puis je suce doucement son gland puis l'avale à nouveau jusqu'au fond de ma gorge.

Sa poigne se resserre sur mes cheveux.

– Putain, Stella. C'est tellement bon, chérie.

Le gémissement torturé de Christian décoche une autre flèche de désir qui se plante dans mon cœur. Je gémis de satisfaction et redouble d'efforts. De la bave s'échappe de ma bouche pleine à craquer et dégouline sur mon menton, mais je ne m'arrête pas.

Cette pipe, elle est pour lui, mais chaque gémissement et chaque glissement de sa chaleur contre ma langue se répercutent en pulsations entre mes jambes, comme si ce plaisir était pour moi.

J'aime savoir que je peux l'exciter comme ça. Que je peux donner et prendre du plaisir à volonté.

Je suis à genoux, mais j'ai le pouvoir de l'y mettre, lui aussi.

– Je savais que tu saurais m'avaler. Tout entier, juste comme ça. C'est tellement bien, ma belle.

Son compliment roule sur moi alors que je suis bâillonnée autour de la base de sa queue. La tension s'intensifie, je n'y tiens plus. Je change de position pour pouvoir me frotter à sa jambe tout en accélérant mon rythme et en savourant son goût, chaud et érotique.

Il est plus facile pour moi de jouir quand je me frotte sur quelque chose qu'en utilisant mes doigts, et la pression ferme exercée sur mon clitoris, combinée aux sons obscènes et mouillés de la fellation, me rapproche un peu plus à chaque seconde de la libération.

Je suis tellement trempée que je salis probablement son pantalon, mais je suis trop perdue dans un brouillard de luxure pour m'en soucier.

– Je sens comme ta chatte est mouillée.

Christian tire ma tête en arrière pour que je le regarde droit dans les yeux. Je larmoie après l'avoir pris si profondément pendant si longtemps.

– Ça t'excite, hein ? De te frotter contre ma jambe pendant que tu t'étouffes sur ma queue ?

– Mm…

Mon gémissement affirmatif assourdi s'interrompt dans un souffle quand, d'un seul mouvement fluide, il m'arrache brusquement de lui, me soulève et me pousse contre la fenêtre.

Le désir s'accumule entre mes jambes quand je me retrouve la joue plaquée à la vitre, avec sa chaleur à lui dans mon dos.

J'adore quand il est comme ça. Rude. Exigeant. Une bête déchaînée.

Christian arrache les bretelles de ma robe et tire le corsage vers le bas pour dénuder mes seins. Après quoi, il remonte la jupe avec son autre main et passe son doigt dans la ceinture de ma culotte.

– Quand tu jouiras… ce sera avec ma queue dans ta chatte, pas dans ta gorge.

J'entends la dentelle craquer, puis un petit étui d'aluminium qu'on déchire.

Et l'instant d'après il est en moi, à me baiser si profondément et si fort que le salon résonne de mes cris. J'ai les mains plaquées contre la vitre, qui s'est couvert de la buée de mes halètements.

Elle est en verre teinté pour que les gens ne puissent pas voir à l'intérieur, mais il y a tout de même quelque chose de délicieusement dépravé à être prise pendant que les habitants de Washington vaquent à leurs occupations, sans se douter de ce qui se passe au-dessus de leur tête.

Christian me pilonne sauvagement, à coups de boutoir vifs et brutaux qui brouillent mes pensées pour les réduire à néant.

Adieu le P.-D.G. raffiné ! Pas de costume, pas de charme poli, seulement son sexe qui me remplit et sa main autour de ma gorge pendant qu'il me baise par-derrière, comme un animal.

Il étire mes parois internes de toute sa longueur, ça me brûle alors même que je me hausse sur la pointe des pieds pour le prendre plus profondément. Chaque frottement de mes tétons durs comme la pierre contre le verre froid envoie une nouvelle étincelle dans le brasier qui se construit à la base de ma colonne vertébrale.

Des respirations brutales et des grognements avides se mêlent au claquement de nos chairs l'une contre l'autre et aux sons humides et gluants de son sexe qui me perfore. Cette symphonie obscène tourbillonne autour de nous, m'entraînant de plus en plus haut, crescendo vers l'orgasme.

Sa main sur ma gorge vole mes cris et les transforme en suppliques rauques.

– Christian, s'il te plaît. J'ai besoin… je vais…

Je perds le reste de ma phrase, submergée par une autre vague de plaisir quand il vient en plus caresser mon clitoris.

Une fois. Deux fois. Juste assez pour intensifier la pression, mais pas assez pour libérer le plaisir qui enfle.

– J'adore quand tu me supplies aussi gentiment. Est-ce que tu veux jouir ?

Il enfouit son visage dans mon cou et en mordille la peau.

– Oui, je réponds, entre deux sanglots.

– Alors sois gentille et pousse cette jolie petite chatte contre moi.

J'obéis sans réfléchir. Je cambre le dos pour pouvoir le baiser en retour pendant qu'il saisit mes hanches à deux mains et me plaque contre lui. Des cris et des gémissements désordonnés s'échappent de ma gorge alors que mon corps tremble comme celui d'une poupée de chiffon sous la force combinée de nos efforts.

– Comme ça, gémit-il. Tu es si belle comme ça, écartelée par ma queue enfouie dans cette chatte si étroite.

L'électricité remplace le sang dans mes veines. Je suis illuminée de l'intérieur, un fil électrique de sensations qu'il attise plus chaudement à chaque poussée.

La prise de Christian sur ma gorge se resserre, il s'approche de moi et pince mon téton avec son autre main.

– Jouis pour moi, chérie.

Il ne m'en faut pas plus.

Mon orgasme se libère enfin. Il jaillit de ses entraves et me consume tout entière, projetant une vague de chaleur du sommet de ma tête jusqu'à la pointe de mes orteils. Mon corps ploie sous l'intensité du plaisir, et je me serais effondrée sur le sol si Christian ne m'avait pas retenue.

Je suis encore en train de flotter quand il me retourne et me soulève pour que mon dos soit plaqué contre la vitre et mes jambes accrochées autour de sa taille.

Il n'a pas encore joui, mais ses coups de reins ralentissent pour atteindre un rythme plus doux. Il dépose des baisers de mon cou jusqu'à ma bouche.

– J'aime te sentir jouir sur ma queue. Tu es parfaite, putain.

Les mots me touchent quelque part, dans un endroit au fond de moi où je suis vulnérable.

L'émotion se loge dans ma gorge, mais j'enroule les bras autour de son cou et je le chevauche plus rapidement, plus à l'aise pour prendre les devants que pour examiner les sentiments que sa déclaration fait remonter à la surface.

La respiration de Christian s'accélère. Ses muscles se tendent, et je le sens palpiter en moi avant qu'il jouisse finalement dans un gémissement sonore.

Nous nous serrons l'un contre l'autre pendant la descente, la peau luisante de sueur et le front pressé l'un contre l'autre, le temps de reprendre notre souffle.

– Alors ? je demande entre deux halètements. Tu te sens plus détendu ?

Son rire roule sur ma peau et me fait sourire. J'aime réussir à lui arracher un vrai rire. Ça arrive plus souvent ces jours-ci, mais ça demeure une source de fierté.

– Oui, Papillon. En effet.

– Bien.

Je reste accrochée à lui pendant qu'il nous conduit jusqu'à la douche.

Avec n'importe qui d'autre, je n'aurais jamais trouvé le courage de faire ce que je viens de faire. La peur du rejet aurait été trop forte, même s'agissant d'un homme avec qui je sors.

Mais c'est l'une des choses que je préfère chez Christian. Je peux être, à parts égales, qui je suis et qui j'aspire à être.

Je n'ai jamais à m'inquiéter quand je suis avec lui.

37

CHRISTIAN

Mes nuits avec Stella sont mes seuls moments de paix. Mes journées sont un mélange chaotique de travail et de tumulte. J'ai passé le mois dernier à chercher le traître, à comprendre comment quelqu'un a pu créer un appareil semblable à Scylla et quel est le lien entre ce quelqu'un et le harceleur de Stella, puis à traquer ce salopard de harceleur.

J'ai établi une liste de suspects. Chaque nom me glace le sang, mais je dois faire attention à la façon dont je gère la situation. Je ne peux pas agir publiquement tant que je ne suis pas certain de l'identité du traître. La loyauté va dans les deux sens, et les fausses accusations sont le moyen le plus rapide de semer du ressentiment dans les rangs.

J'ai conçu le piège parfait, mais je dois attendre le tournoi de poker annuel de Harper Security pour le mettre en place. D'ici là, je ne peux confier aucune information sensible à qui que ce soit dans l'entreprise.

Pour ce qui est de Scylla, je suis presque certain que c'est Sentinel qui est à l'origine de l'appareil contrefait. Ils imitent tout ce que je fais, copier du matériel déposé est donc la suite logique de leur démarche. Je ne m'étonnerais pas non plus qu'ils aient soudoyé ou fait chanter le traître, quel qu'il soit.

Je m'assieds sur ce soupçon. D'abord, je m'occuperai du traître. Et ensuite seulement, je m'attaquerai à Sentinel.

L'ultime point d'interrogation, c'est leurs liens avec le harceleur de Stella et l'identité de cet enfoiré.

Je passe au peigne fin les contacts de Stella, mais elle a été en relation avec tellement de gens au fil des ans qu'il est impossible de les réduire à un nombre décent de suspects. Le harceleur pourrait être n'importe qui, depuis un ancien collègue jusqu'au serveur qui lui prépare un verre tous les jours.

Une partie de moi admet que j'aurais pu aller plus loin dans toutes mes investigations si je n'avais pas été distrait. Je veux passer du temps avec Stella, ce qui diminue d'autant mes journées de travail ou mes heures supplémentaires au bureau.

Je l'emmène quelque part tous les week-ends, je dîne avec elle tous les soirs et je la baise jusqu'à l'oubli toutes les nuits, tout en sachant que je devrais passer ce temps à faire autre chose.

La capacité de Stella à anéantir ma capacité à prendre des décisions rationnelles s'est cristallisée un peu plus d'une semaine après la disparition opportune de Frank Rivers.

Clic. Clic. Je fais rentrer et sortir la mine de mon stylo tout en fixant le message sur mon bureau.

Le harceleur se terrait depuis Hawaï. Pas de nouveau message ni de contact… jusqu'à aujourd'hui.

Clic. Clic.

Deux phrases dactylographiées et livrées dans une enveloppe toute simple, non marquée, glissée parmi le reste de notre courrier, même si elle ne comportait pas d'adresse.

« *Tu ne peux pas la protéger et tu ne l'auras JAMAIS. Elle est à moi.* »

La rage fait bouillonner mes sens.

Le message en lui-même n'est pas inquiétant. Il ressemble à ce qu'écrirait un enfant capricieux.

Ce qui est inquiétant, ce sont les trois photos qui l'accompagnent : la première montre Stella en train de prendre son petit déjeuner au café près du Mirage ; sur la deuxième, elle prend des photos au National Mall et sur la troisième, elle sort de l'épicerie.

Elles ont toutes été prises au cours des semaines qui ont suivi notre retour d'Hawaï.

La rage enfle et couvre ma peau de glace. Je suis tenté de céder et de m'en prendre à l'un des nombreux noms que je conserve dans ma base de données à cet effet, mais je refoule cette envie pour calculer mon prochain coup.

Je ne peux confier la sécurité de Stella à personne d'autre qu'à moi-même, pas même à Brock. Il ne figure pas sur ma liste de suspects, mais il n'a pas remarqué que le harceleur s'est approché assez près pour prendre ces photos d'elle, ce qui est une putain de négligence.

D'accord, son travail consiste à protéger, pas à surveiller, mais ça me rend dingue.

Le harceleur a refait surface après des semaines de silence radio, et je parie qu'une analyse de son message par la police scientifique donnerait les mêmes résultats que précédemment.

Rien.

Qui que ce soit ce type, il est sacrément doué pour garder les mains propres et assez sournois pour s'approcher aussi près de Stella sans qu'elle ou Brock ne s'en aperçoivent.

Si quelque chose lui arrivait…

Mon ventre se contracte.

Washington n'est pas un endroit sûr tant que je n'aurai pas réglé ce merdier en interne. Je ne peux pas me concentrer sur la traque du harceleur si je ne suis pas en mesure de faire pleinement confiance à mes hommes.

Clic. Clic.

Je prends ma décision au deuxième « clic ».

Je pose mon bic sur mon bureau, glisse le message et les photos dans la poche intérieure de ma veste et je rentre chez moi.

Stella est dans la cuisine quand j'arrive. Elle est tellement occupée à mixer l'atroce smoothie à l'herbe de blé dont elle raffole et à fredonner en écoutant la radio qu'elle ne me remarque pas jusqu'à ce que je l'enlace par-derrière et que je l'embrasse dans le cou.

– Christian ! s'écrie-t-elle, heureuse et surprise. Tu rentres plus tôt que prévu.

– Journée calme au travail, je mens.

J'inhale son odeur, rassuré qu'elle soit en sécurité et dans mes bras. Elle sent le soleil et les fleurs vertes. Je laisse le parfum dissoudre un peu la tension dans mes muscles avant de reprendre la parole.

– J'ai eu une idée.

– Oh oh, dit-elle d'un ton taquin. Est-ce que je dois avoir peur ?

– J'en doute. Ça figure sur ton *tableau de bord.*

J'ai vu la liste qu'elle a épinglée sur le panneau de liège de notre chambre. Elle m'a expliqué qu'elle l'avait créé à l'université et qu'elle ne s'en est jamais débarrassée.

La liste comprend trois choses : un partenariat de marque avec Delamonte, un long voyage en Italie et un dressing. Deux de ces trois items ont été rayés.

Stella se retourne pour me faire face. Ses yeux sont agrandis par la surprise et une pointe d'espoir.

– L'Italie, je confirme. Pendant nos vacances d'été. On pourrait faire un voyage d'un mois à travers le pays. Rome, Milan, la côte amalfitaine…

Lui faire quitter Washington est ce qu'il y a de plus efficace jusqu'à ce que je règle le problème de mon côté, et sa liste de rêves me fournit le prétexte parfait pour ce voyage.

Je n'ai aucune intention de parler à Stella du dernier message du harceleur. Il est dirigé contre moi, pas contre elle, et je ne tiens pas à l'effrayer. Pas alors que je n'ai pas encore de solution claire.

– Un autre voyage ? dit-elle, soudain sceptique. Mais on vient de rentrer de Hawaï.

Elle a raison. Nous sommes rentrés de Kauai il y a seulement un mois. Il est trop tôt pour un autre voyage, surtout avec tout ce que j'ai à régler.

Mais l'idée que ce connard puisse mettre la main sur elle…

Il suffit d'un seul faux pas. D'une distraction, d'une erreur, et je risque de la perdre pour toujours.

Je force mes poumons à se remplir après un rare accès de panique.

– La première moitié ne comptait pas, puisque c'était pour le travail, je réplique. Donc ça n'était qu'un long week-end.

Stella secoue la tête.

– Je commence à soupçonner que tu ne travailles pas vraiment quand tu vas au bureau. Je n'ai jamais rencontré un P.-D.G. qui ait autant de vacances que toi.

Je souris malgré moi.

– C'est un autre type de travail.

Je gagne un salaire décent chez Harper Security, mais l'essentiel de ma fortune provient des logiciels et du matériel secrets que je développe et vends au plus offrant. Il y a certains groupes avec lesquels je ne fais pas affaire : les terroristes, certains gouvernements et quelques individus déplaisants. À part ça, tous les autres sont une cible légitime, et ils paient à prix d'or des technologies que leurs concurrents ne possèdent pas. Je passe cinquante pour cent de mon temps de travail à gérer Harper Security et l'autre moitié au développement.

Des traces de doute subsistent sur le visage de Stella.

– Tu es sûr qu'un mois, ça ne va pas faire trop long ? On ne peut partir aussi longtemps sur un coup de tête.

– Je suis milliardaire. On peut faire ce qu'on veut. Considère que c'est le cadeau que je m'offre pour mon anniversaire.

Je souris devant son air faussement outré.

– On a déjà fêté ton anniversaire, me fait-elle remarquer.

J'ai eu trente-quatre ans la semaine dernière. On l'a célébré par un week-end de nourriture et de sexe, et je me suis repu de sa petite chatte jusqu'à ce qu'elle jouisse sur mon visage.

Ça a été un bon anniversaire.

– En plus, ça n'a pas de sens que tu m'emmènes faire le voyage de mes rêves pour ton anniversaire. On devrait aller quelque part où toi, tu as envie d'aller. Crache le morceau, Harper. Quelle est ta destination rêvée ?

Stella passe ses bras autour de mon cou.

– Je n'en ai pas, et ce qui me fait plaisir, c'est te gâter.

J'appuie mon front contre le sien. Le message et les photos forment comme un trou brûlant dans ma poche.

– Dernière chance, Papillon. Ça te tente ou pas ?

– Si tu le présentes comme ça… ça me tente !

Un sourire étourdissant se dessine sur son visage.

– Parfait.

Je l'embrasse à nouveau, cette fois sur la bouche.

J'emmerde la raison.

Quand il s'agit de la sécurité de Stella, aucune pensée rationnelle n'existe.

38

STELLA

16 juin

JE VAIS EN ITALIE !

Bon, il fallait juste que je dise tout ça, parce que je n'arrive toujours pas à y croire. Ça fait si longtemps que je veux visiter ce pays, mais je repoussais sans cesse l'échéance parce que je ne voulais pas y partir seulement une semaine. Je voulais faire tout le tremblement, comme l'a dit Christian : Venise, Rome, Positano... Je n'ai jamais trouvé le temps ni l'argent, et me voilà en train de faire mes valises pour un voyage d'un mois.

J'ai hâte d'y être. J'ai déjà envoyé un message à Bridget pour lui demander la liste des endroits incontournables selon elle. Je sais que Christian a déjà visité l'Italie des milliers de fois, mais c'est un homme. Ce n'est pas la même chose. (En plus, Bridget connaît tous les cafés les plus mignons et les meilleures boutiques.)

Ça me met un peu mal à l'aise qu'il dépense autant d'argent. J'en ai parlé à Jules l'autre jour et elle m'a dit de ne pas m'inquiéter, parce que Christian a tellement d'argent que les sommes qu'il dépense pour moi sont insignifiantes pour lui. Je pense que c'est vrai.

Chaque fois que j'essaie de payer quelque chose, il refuse sous prétexte que je devrais plutôt investir cet argent dans ma marque. C'est la seule chose limite que je me suis fixée. Je ne veux pas qu'il investisse de l'argent dans ma ligne de vêtements. Si je la crée, je veux m'appuyer sur mes propres mérites. Je ne veux pas réussir juste parce que j'ai un petit ami riche qui peut me financer.

Mais si je suis à cent pour cent honnête, il m'est difficile de trop protester contre ce voyage, parce que j'en ai une envie folle.

Un voyage tous frais payés en Italie ? C'est le rêve de toutes les filles.

Remerciements du jour :
Listes de rêves
Italie
Le meilleur petit ami du monde <3

L'Italie est aussi merveilleuse que je l'avais imaginée. La nourriture, les paysages, la culture… tout est à la hauteur de mes attentes et même plus.

Bien sûr, c'est en partie dû au fait que Christian nous procure un accès VIP partout afin que nous puissions éviter la foule et explorer à notre guise, mais ce n'est pas seulement ça. Il y a quelque chose de magique dans l'air qui fait fondre mon stress et transforme mes soucis en lointains souvenirs.

Contrairement à Hawaï, qui était quand même lié au travail malgré la seconde moitié idyllique du voyage, l'Italie est un pur moment d'évasion.

Je prends des vidéos et des photos, mais elles sont destinées à garder des souvenirs plus qu'aux réseaux sociaux. De toute façon, faute de pouvoir partager que je me trouve actuellement en Italie, je poste de vieilles photos.

À part ça, il n'y a pas de travail, pas de caméras, juste nous.

En Italie, je ne suis pas l'ambassadrice d'une marque ou une créatrice de contenu à la poursuite de la photo parfaite. Je suis juste une fille en vacances avec son petit ami.

C'est libérateur… quand ledit petit ami ne se conduit pas comme un connard à critiquer mes talents de conductrice.

– C'est une Vespa. Comment ça pourrait être difficile ?

Les mains aux hanches, je lance à Christian un regard insulté.

– Je ne dis pas que c'est difficile. Je dis qu'il y a beaucoup de piétons à écraser en ville.

Mon cri offusqué le fait sourire.

– Je ne vais écraser personne. Je n'ai jamais tué personne au volant, je te signale.

– Et ceux que tu as failli tuer ?

Je ne daigne pas répondre.

C'est notre première journée complète à Rome et notre deuxième semaine en Italie. Nous avons pris un vol pour Milan, sommes d'abord passés à Florence, puis arrivés à Rome hier soir.

Une journée entière d'activités nous attend, et j'ai insisté pour que nous louions une Vespa pour nous déplacer. C'est peut-être un cliché, mais peut-on prétendre qu'on a visité Rome sans être monté au moins une fois sur une Vespa ?

Malheureusement, Christian et moi n'avons pas la même opinion sur le nombre de scooters à louer. Je pensais qu'il serait amusant d'avoir chacun le nôtre, tandis qu'il est convaincu que je tuerai quelqu'un si je suis livrée à moi-même.

Apparemment, il ne s'est pas remis de l'incident avec le quad à Hawaï. Ce n'était pas ma faute, j'étais simplement rouillée. J'ai rarement besoin de conduire une voiture à Washington, avec le métro et les bus.

Il soupire devant mon entêtement.

– Faisons un compromis. Tu me laisses t'apprendre à en piloter un, et si tu réussis le test, tu pourras avoir le tien.

– Tu représentes qui, le service des immatriculations ? je grommelle.

N'empêche, j'accepte.

Secrètement, je suis contente qu'il ait proposé de m'apprendre, parce que je n'ai aucune idée de la façon de conduire une Vespa. Ça ne doit pas être bien différent d'une bicyclette, si ? Un vélo avec un moteur, quoi.

Nous louons nos scooters à notre hôtel, et c'est dans la cour que Christian m'explique les bases. Il rectifie ma position jusqu'à ce que je sois installée correctement sur la selle.

– Assieds-toi plus droite et plie tes coudes un peu… un peu plus. Comme ça. Maintenant, trouve ton équilibre en déplaçant ton corps vers la gauche et vers la droite.

Je suis ses instructions jusqu'à ce qu'il me déclare prête pour le test.

– Ne sois pas aussi nerveux, j'ironise alors qu'il serre mon casque. Ça va aller. Je fais juste le tour de la cour.

– Hmm.

Je n'apprécie guère le scepticisme véhiculé par ce seul bruit.

Je mets le scooter en marche et je démarre en trombe.

Vous voyez ? Ce n'est pas si mal. Je me débrouille très bien. Les pavés sont un peu glissants, mais je peux…

– Merde !

Je braque trop tard et heurte l'un des pots de fleurs géants qui bordent la terrasse du café de l'hôtel. Je m'arrête tant bien que mal et coupe le moteur pendant que Christian arrive à mes côtés.

Nous observons la fissure géante dans le pot en terre cuite. Heureusement, il est trop tôt pour que le café soit déjà ouvert, mais le jardinier qui travaille à proximité a tout vu.

Il secoue la tête. Je crois même entendre un discret « *mio Dio* » avant qu'il retourne à son élagage.

Je descends de la Vespa et j'en remets les clés à Christian sans dire un mot.

Mon tout petit accident de Vespa mis à part, notre séjour à Rome se déroule aussi bien que possible jusqu'à notre avant-dernier jour, quand Christian et moi visitons l'un des plus beaux musées d'art de la ville.

J'ai hésité à mettre autant de musées sur notre itinéraire, vu qu'il n'aime pas l'art, mais il a insisté pour que nous en visitions autant que je le souhaitais.

« *On est en Italie, Papillon. Tu ne peux pas visiter l'Italie sans ses musées.* »

À sa décharge, Christian cache bien son déplaisir. Si je n'avais pas connu à l'avance son aversion pour l'art, j'aurais pensé qu'il appréciait les expositions. Je m'arrête devant un tableau qui a attiré mon attention et je tente de décortiquer ce qu'il représente exactement.

– Ce n'est pas possible que ce soit une personne. Les illusions d'optique existaient au XVIIIe siècle ?

À un moment, on dirait le portrait d'un noble. Puis un étalage de fruits sur une table lugubre.

C'est aussi déstabilisant que génial, à sa façon.

– Christian ?

Je me retourne devant son étrange absence de réponse et je le trouve concentré sur quelque chose à l'autre bout de la galerie.

Je suis son regard jusqu'à un endroit où un jeune garçon se tient dans un coin. Il tire avec insistance sur ce que je suppose être la manche de sa mère, mais celle-ci est trop occupée à s'extasier devant les tableaux et à prendre des photos pour lui prêter attention.

Le menton du garçonnet tremblote, mais au lieu de pleurer, il serre la mâchoire et jette un regard noir sur toute la longueur de la galerie. Ses yeux croisent ceux de Christian, qui lui répond par une expression presque compatissante.

Je pose une main sur son bras.

– Christian, dis-je, la voix la plus douce possible. Ça va ?

Il détache ses yeux du gamin et reporte son attention sur moi. La tension se déverse de lui par vagues, et ses épaules sont visiblement plus tendues qu'à notre arrivée.

– Oui. Tout va bien.

Son sourire ne m'abuse pas une seconde.

– Tu le connais ?

Je désigne discrètement le petit garçon, mais quand je regarde à nouveau, sa mère et lui ont disparu.

Christian se passe une main sur la mâchoire.

– Non. Il… il me rappelle quelqu'un. C'est tout.

J'ai l'impression d'avoir une petite idée de qui est cette personne.

– Allons prendre un verre, je suggère. J'ai vu tout ce que je voulais voir ici.

Il ne discute pas.

Nous quittons le musée et nous nous dirigeons vers un café voisin. Niché dans une rue secondaire tranquille, loin des touristes, l'endroit est heureusement vide, à l'exception d'un couple âgé et d'une femme étonnamment chic, coiffée d'un élégant carré noir.

Christian et moi prenons place dans un coin de la terrasse. Les autres clients sont si loin que nous pourrions tout aussi bien être seuls. J'attends que le serveur pose nos boissons sur la table et disparaisse dans la cuisine avant de prendre la parole.

– La personne que ce garçon te rappelle. C'est toi ?

Je garde une voix douce. Je ne veux pas que Christian ait l'impression que je lui tends une embuscade, mais nous sortons ensemble depuis assez longtemps pour que je ne sois plus aussi hésitante qu'auparavant à aborder le sujet de son passé.

Il est naturellement sur ses gardes, et je le comprends. Je ne partage pas non plus les détails de ma vie personnelle avec qui veut bien les entendre. Mais si nous voulons que notre relation fonctionne, il doit se sentir aussi à l'aise pour s'ouvrir à moi que je le suis avec lui.

Je m'imagine que Christian va balayer ma question d'un revers de main, comme il le fait toujours, au lieu de quoi, il me surprend finalement en hochant la tête.

– Avant que tu ne poses la question, je n'ai pas été négligé dans mon enfance, dit-il. Pas de la façon dont tu le penses. Mes parents n'étaient pas abusifs. Comme je l'ai dit, c'était la quintessence de la famille américaine, sauf que…

J'attends, afin de ne pas le pousser trop fort.

– Je t'ai dit que mon père était ingénieur en informatique. Ce que je ne t'ai pas dit, c'est comment il arrondissait ses fins de mois. Tu as déjà entendu parler d'un voleur d'art appelé le Fantôme ?

J'écarquille les yeux, surprise, devant ce changement de sujet apparemment soudain, mais j'acquiesce. J'ai appris son existence en cours de droit et de criminalité artistique à Thayer. Le Fantôme, ainsi nommé parce qu'il a dérobé des dizaines d'œuvres d'art inestimables, est l'un des voleurs d'œuvres d'art les plus célèbres de la fin du XXe siècle. Il a opéré pendant près d'une décennie avant que la police ne l'attrape enfin et ne l'abatte lorsqu'il a tenté de s'enfuir.

Les détails de sa mort sont obscurs et les œuvres d'art qu'il a volées n'ont jamais été retrouvées.

« *Je t'ai dit que mon père était ingénieur en informatique. Ce que je ne t'ai pas dit, c'est comment il arrondissait ses fins de mois.* »

Les paroles de Christian se répètent dans ma tête, et mon souffle se bloque dans ma gorge.

– Ton père était…

– Oui.

Un seul mot, prononcé tout bas, qui atterrit pourtant avec la force d'une bombe nucléaire.

Oh, mon Dieu !

L'identité du Fantôme n'a jamais été révélée publiquement, même après sa mort. Personne ne sait pourquoi, mais les rumeurs sont nombreuses. Certains affirment qu'il avait une famille puissante qui a payé les autorités ; d'autres prétendent que sa vraie personnalité était si ordinaire que les autorités étaient embarrassées de ne pas l'avoir attrapé plus tôt.

En l'espace de cinq secondes, Christian vient d'élucider l'un des plus grands mystères du monde de l'art.

Je suis encore en train d'assimiler cette nouvelle information explosive lorsqu'il reprend :

– Ironiquement, il n'était pas le grand amateur d'art de la famille. C'était ma mère. Il a prétendu avoir volé les tableaux pour lui prouver son amour. Il était prêt à tout risquer pour la rendre heureuse. On aurait pu penser qu'elle essaierait de l'en dissuader, au lieu de quoi elle l'encourageait. Parfois, elle se joignait même à lui. Elle aimait le frisson et l'idée qu'il aille jusqu'à de telles extrémités pour elle. Ils ont essayé de me cacher leurs activités quand j'étais plus jeune, mais j'ai fini par comprendre. Il y avait trop de coïncidences entre les mystérieux voyages d'affaires de mon père et les dates auxquelles il était question de ces objets d'art volés dans la presse. Quand j'ai confronté mon père à ce sujet, il a avoué. (Christian m'adresse un sourire dur.) Même enfant, je n'étais pas du genre à partager les détails sordides de ma vie avec qui que ce soit. Il savait qu'il pouvait me faire confiance pour ne pas révéler son secret.

Ma poitrine se serre à l'idée du jeune Christian plombé par un secret aussi lourd.

Peut-être que ses parents n'ont pas été physiquement violents, mais ils ne se sont visiblement pas du tout souciés de son bien-être émotionnel ou mental.

– Quand j'avais treize ans, il a fait un autre casse. Au lieu d'un musée, il a essayé de cambrioler la maison d'un riche homme d'affaires. Celui-ci avait acquis une grande œuvre d'art lors d'une vente aux enchères et ma mère la voulait absolument. Mon père a failli s'en tirer, mais il a déclenché une alarme et s'est fait prendre en sortant. Comme il a refusé de se rendre, la police l'a abattu alors qu'il essayait de subtiliser l'arme d'un officier et de lui échapper. Il est mort sur le coup. Ma mère a pété les plombs quand elle a appris la nouvelle. Deux jours après la mort de mon père, elle a décidé qu'elle ne pouvait pas vivre sans lui et s'est tiré une balle dans la tête. J'étais à l'école. C'est ma tante qui m'a fait convoquer dans le bureau du directeur et me l'a annoncé. Une version banlieue déglinguée de Roméo et Juliette. Romantique, non ?

Un autre sourire, plus amer, se dessine sur le visage de Christian.

Un mal profond et douloureux se déploie dans ma poitrine.

Je ne peux pas imaginer comment c'était de grandir dans la famille où il a grandi et de perdre ses deux parents à un si jeune âge. Je n'ai pas eu la meilleure relation qui soit avec les miens, mais au moins ils sont en vie.

– Ma mère préférait mourir plutôt que de vivre sans mon père, en revanche elle était parfaitement d'accord pour laisser son fils unique. L'amour d'une mère est le plus fort des amours, comme on dit. Quelles conneries !

Le rire caustique de Christian me brûle les poumons. La douleur se répand et me pique les yeux.

J'attrape timidement sa main et j'enroule la mienne dessus.

– Je suis vraiment désolée, je murmure.

Je ne sais pas quoi dire d'autre. Je regrette qu'il n'existe pas de mots magiques que je pourrais prononcer pour qu'il se sente mieux. Mais rien ne peut changer le passé, et les gens doivent gérer leurs traumatismes à leur rythme. Christian s'accroche au sien depuis des décennies. Il faudra plus que quelques mots gentils pour le guérir. Le mieux que je puisse faire, c'est d'être là pour lui quand il sera enfin prêt à l'affronter.

L'expression hantée s'attarde un instant dans ses yeux avant de disparaître.

– Je n'ai jamais raconté ça à personne. Bon, maintenant que j'ai gâché un bel après-midi italien avec ma pauvre petite histoire larmoyante, on devrait y aller. On a une réservation pour le dîner dans une demi-heure.

Christian se lève. Son visage est redevenu un masque impassible.

– Tu n'as pas tout gâché, je réplique en exerçant une pression sur sa main. Je tiens plus à toi qu'à n'importe quel repas chic ou sortie au musée.

Christian a l'air perdu. Son regard soutient le mien pendant un bref instant brûlant avant qu'il ne se détourne.

– Il faut qu'on y aille, insiste-t-il, la voix rauque d'émotion.

Je laisse passer un moment. Je sens qu'il a atteint sa limite en matière d'introspection personnelle pour aujourd'hui.

Nous payons et quittons le café, mais lorsque nous approchons de la rue principale, il s'arrête.

– Stella.

– Hmm ?

– Merci de m'avoir écouté.

La douleur revient en force.

– Merci de m'avoir parlé.

Christian pense avoir gâché notre après-midi alors qu'en fait, c'est grâce à lui s'il est réussi. Non pas que j'aime entendre les détails déchirants de son enfance, mais parce qu'il m'a enfin laissée entrer dans son intimité.

Plus besoin de se cacher derrière ses murs.

Malgré tous les hôtels de luxe où nous avons séjourné, les repas gastronomiques que nous avons partagés et les activités extravagantes que nous avons faites ensemble, c'est la meilleure partie de notre voyage jusqu'à présent.

Aussi idylliques que soient nos vacances, je les aime non pas parce que je peux visiter l'Italie mais parce que je peux visiter l'Italie avec lui.

Et ça fait toute la différence.

39

CHRISTIAN/STELLA

CHRISTIAN

L'Italie est une étrange dichotomie, calme et chaos. Je passe mes journées à visiter les sites locaux et à faire du shopping avec Stella, et mes nuits à surveiller la situation à Washington après qu'elle s'est endormie.

J'ai demandé à Alex de garder un œil sur tout ce qui se passe pendant mon absence. Il n'a pas de nouvelles inhabituelles à me communiquer, mais je reste sur mes gardes. Mon instinct me souffle que quelque chose se prépare et que je ne vais pas aimer.

Mais tant que je n'ai pas une idée plus claire de ce à quoi je me heurte, je ne peux rien faire.

Je chasse les pensées concernant Washington de mon esprit pendant que Stella et moi marchons dans une rue sinueuse de Positano. Le crépuscule approche et les pastels peignent le ciel dans une douce palette de roses, de violets et d'orange.

Nous en sommes à la troisième semaine de notre voyage en Italie, et nous avons laissé les villes derrière nous pour le charme balnéaire de la côte amalfitaine. Nous avons traversé Salerne et Ravello et sommes arrivés à Positano hier. La prochaine étape, Sorrente, sera suivie de notre dernier arrêt : Capri.

Un sourire me vient aux lèvres quand Stella renverse la tête en arrière avec une expression rêveuse.

Elle est toujours belle, mais en Italie, libérée des pressions de la ville et de la menace de son harceleur, c'est une personne différente. Plus heureuse, plus enjouée et plus insouciante, même par rapport à Hawaï.

J'entrelace mes doigts aux siens lorsque nous reprenons notre marche vers un panorama d'où contempler le coucher du soleil. D'ordinaire, je déteste tenir quelqu'un par la main, mais je peux faire une exception de temps en temps. Nous sommes en vacances après tout.

– Alors, l'Italie est à la hauteur de tes attentes ? je demande.

Elle sourit malicieusement devant mon haussement de sourcils.

– Non. Elle les a dépassées. Cet endroit est… incroyable, achève-t-elle avec un soupir. Je veux dire, regarde.

Mon sourire s'élargit lorsqu'elle lâche ma main et qu'elle virevolte. Sa robe blanche s'évase autour de ses cuisses et le soleil couchant dore sa peau.

Elle a l'air si pleinement satisfaite et apaisée que je regrette de ne pouvoir nous bâtir une vie ici pour toujours, enfermés dans une bulle et à l'abri des dangers qui nous guettent à Washington.

– Je préfère te regarder, toi, je réponds.

Stella s'arrête devant moi, essoufflée par sa pirouette. Son regard se fixe sur le mien et l'air de l'été se fait plus lourd entre nous, gorgé par des fragrances suaves de verveine citronnée et de soleil.

Elle cueille un pétale sur un arbre en fleur à proximité et le glisse dans la poche de ma chemise en lin.

– Pour quelqu'un qui prétend ne pas être romantique, tu dis les choses les plus romantiques qui soient. Je vois qui tu es vraiment, Christian Harper. Sous cet extérieur dur et cynique… tu es un tendre, conclut-elle en appuyant sa main sur ma poitrine.

J'aurais ri si elle n'avait pas à moitié raison.

Seulement avec toi.

Je soulève sa main et j'enroule la mienne autour dans un geste protecteur.

– Si tu le dis à quelqu'un, je devrai le tuer.

Je souris pour adoucir ma déclaration, même si je ne plaisante pas. Dans mon monde, la faiblesse est inacceptable, or Stella est ma plus grande faiblesse.

Elle me jette un regard exaspéré.

– Il faut toujours que tu introduises la mort dans tout.

Je m'esclaffe.

Nous continuons à marcher jusqu'au point de vue. Niché en haut des collines et caché de la circulation touristique, il offre un panorama parfait sur les bâtiments pastel et la mer d'un bleu profond en contrebas.

Stella pose sa tête sur mon épaule et contemple le paysage d'un air rêveur.

– Je suis amoureuse de cet endroit.

Je passe un bras autour de sa taille pour la rapprocher de moi. Mes yeux s'attardent sur les lignes délicates de son profil, depuis les boucles sombres, éparses, qui flottent autour de son visage jusqu'à l'étincelle dans ses yeux et la courbe de ses lèvres.

Je ne m'intéresse pas beaucoup à l'art, mais si je pouvais l'immortaliser à ce moment précis sous forme de portrait, je le ferais.

Le soleil couchant jette une lueur magnifique sur l'île, mais je ne prends pas la peine d'admirer le paysage. Je garde les yeux rivés sur Stella.

– Moi aussi.

STELLA

Ma relation avec Christian se mesure en paliers. Elle a commencé avec mon emménagement au Mirage et s'est poursuivie étape par étape : notre presque baiser, sa confession, le dîner avec ma famille, Hawaï, notre vrai baiser et un million d'autres moments qui nous ont transformés d'inconnus en… beaucoup plus.

Mais notre séjour en Italie, surtout après ce qu'il a partagé sur sa famille, constitue plus qu'un changement à la marge.

J'ai l'impression qu'il s'agit d'un tournant.

Ce tournant aurait peut-être dû être notre premier rapport sexuel ou le moment où nous avons accepté de sortir officiellement ensemble, mais Christian n'a jamais partagé autant de choses sur lui-même qu'à Rome. Et ce n'est pas n'importe quoi, c'est une partie fondamentale de son éducation, quelque chose qui a fait de lui l'homme qu'il est aujourd'hui. Il s'est enfin ouvert. Son passé est laid et désordonné, mais il est réel, et c'est tout ce que je peux demander.

Je tourne la tête et regarde Christian ajuster quelque chose sur le tableau de bord du bateau.

Je l'ai déjà vu officier en tant que capitaine de bateau à Hawaï, mais c'était dans l'obscurité. Sous la lumière du soleil, vêtu uniquement d'un maillot de bain noir Tom Ford qui ne laisse aucun mystère sur ses kilomètres de peau bronzée, il ressemble à un dieu grec descendu du mont Olympe.

– Tu devrais être plus souvent capitaine de bateau. C'est sexy.

Je m'étire, me prélassant au soleil.

C'est quelque chose que j'aurais eu peur de dire à quelqu'un d'autre, mais je n'ai pas à m'inquiéter quand je suis avec Christian. Je peux dire ce qui me passe par la tête, il ne me juge pas et ne se moque pas de moi.

Ses yeux pétillent d'amusement.

– C'est bon à savoir.

Le timbre riche et légèrement rauque de sa voix me procure un délicieux frisson.

Nous avons jeté l'ancre au large de Capri, notre dernière étape en Italie.

Il n'y a personne d'autre que nous, une brise légère et le subtil parfum de la crème solaire à la noix de coco et de l'air marin salé. Les rochers de Faraglioni, qui constituent l'une des curiosités de l'île, se profilent au loin telles des sentinelles montagneuses émergeant des profondeurs bleues de la mer Tyrrhénienne, et le doux balancement du bateau confère un caractère onirique à la scène.

En fait, le mois écoulé a été un rêve d'un bout à l'autre, et j'ai peur de me réveiller et de découvrir que tout ça n'était rien d'autre que le fruit de mon imagination.

Il y a de la magie dans la réalité, même si elle est temporaire.

– Tu réfléchis encore trop.

Christian sait toujours quand je pars en vrille dans les spirales sombres de mon esprit.

– Je ne peux pas m'en empêcher, j'admets. C'est mon réglage par défaut.

Il s'installe à côté de moi et enroule un bras musclé autour de ma taille.

– À quoi tu penses ?

– Au fait que tout ça ne semble pas réel, je murmure. C'est trop beau pour être vrai.

Chaque fois qu'il m'arrive quelque chose de bien, un événement terrible attend son heure en coulisses pour me faire tomber de mon nuage.

Ma relation avec Christian a été parfaite jusqu'à présent, mais une partie de moi attend cette chute inévitable.

Il presse sa bouche sur la base de mon cou.

– C'est réel. Et si ce n'est pas le cas, je trouverai un moyen de le rendre réel. Je ferais tout pour toi, Stella.

Ses baisers dessinent un chemin le long de mon cou jusqu'à ma bouche. Mon cœur se dilate si vite et si fort que je crains de le voir exploser.

– Je sais, je chuchote.

Christian dépose un léger baiser sur ma bouche avant de glisser une main sur ma hanche et de crocheter d'un doigt le cordon de mon bikini.

– C'est bien. Maintenant… calmons ton esprit hyperactif, d'accord ?

L'air change. La chaleur noie la douce émotion d'il y a un instant, et soudain, ma peau rougie ne doit plus rien au soleil qui brûle au-dessus de ma tête.

J'arque un sourcil en essayant de me la jouer cool.

– Qu'est-ce que tu proposes pour y remédier ?

Son sourire malicieux s'enroule comme une volute de fumée sensuelle dans mon ventre.

– Il y a plein de cordes sur le bateau, Papillon.

Cette suggestion envoie des palpitations insistantes et douloureuses dans mon entrejambe. Il sait que j'aimerais être attachée, mais…

– Ici ? je couine.

Nous sommes en pleine mer. Il n'y a personne alentour, mais quelqu'un pourrait passer à tout moment.

– Personne ne nous verra. Je te le promets. Tu me fais confiance ?

Christian m'observe attentivement. Ses yeux ressemblent à deux bassins d'ambre enrobé d'or dans la lumière du soleil. Mon pouls bat à tout rompre, mais après une longue seconde d'hésitation, j'acquiesce.

S'il dit que personne ne nous verra, personne ne nous verra.

Je ne le lui avouerai jamais, parce que je ne veux pas donner à son ego la taille de Jupiter, mais je suis convaincue que Christian pourrait faire tomber les étoiles du ciel, si l'envie le prenait.

Mes réserves fondent quand je sens la première morsure de la corde autour de mes poignets. J'ai retiré mon bikini sur son ordre, et je m'allonge sur le dos sur les matelas rembourré à l'avant du bateau pendant qu'il lie mes poignets ensemble, au-dessus de ma tête.

Plus les liens sont serrés, plus je suis mouillée.

Autrefois, j'avais honte ou j'étais gênée de mes penchants sexuels, mais ma relation avec Christian a mis fin à la plupart de mes inquiétudes. Il ne m'a jamais fait ressentir le moindre inconfort à propos de ce que je veux au lit. Il me pousse à sortir de ma zone de confort et embrasse mes fantasmes si complètement qu'ils me semblent normaux… ce qu'ils sont, d'après mes recherches en ligne, mais il y a une différence entre savoir quelque chose et l'éprouver.

Pourtant, mon corps se raidit de surprise quand je vois le foulard de soie dans ses mains.

– Si tu veux que je l'enlève, dis-le-moi, me rassure Christian.

– D'accord.

Ma voix est plus aiguë que d'habitude.

Je n'ai jamais eu les yeux bandés pendant un rapport sexuel. L'idée de ne pas voir le monde qui m'entoure me serre le ventre, mais ma tension s'apaise lorsqu'il noue le foulard autour de mes yeux.

Le soupçon de lumière qui filtre à travers la soie fine suffit à m'aider à me détendre.

J'attends.

Et j'attends.

J'entends Christian se déplacer sur le bateau, mais il ne me touche pas.

En l'absence de stimulation visuelle, toutes mes pensées se tournent vers la vulnérabilité de ma position. Mains attachées, yeux bandés, corps nu et exposé à son regard.

Il peut me faire tout ce qu'il veut. L'anticipation me fait frissonner.

J'entends un doux tintement et des pas qui se rapprochent.

Mes muscles se tendent, attendant…

Je pousse un petit cri de surprise lorsque quelque chose de froid glisse entre mes seins.

Un glaçon.

Il ne touche pas mes tétons, mais ceux-ci durcissent immédiatement sous l'effet du froid tout proche.

– Il fait chaud aujourd'hui, note paresseusement Christian. Il faut qu'on te rafraîchisse avant de commencer.

Ma respiration devient halètement lorsqu'il fait glisser le glaçon jusqu'à mon ventre, puis remonte, encore et encore, jusqu'à ce que le petit cube de glace ait fondu sur ma peau.

J'entends un autre tintement, suivi du glissement d'un autre glaçon sur mon téton.

Mon corps entier frissonne.

Mes tétons ne sont plus seulement durs, ils sont presque douloureux à force de désir quand il en dessine le pourtour avec le glaçon et le passe sur les pointes dressées.

Au moment où je n'en peux plus, où le plaisir et la douleur se muent en une brûlure insupportable, la chaleur humide de la bouche de Christian remplace le froid.

Le changement soudain de température provoque des ondes de choc à travers mon corps.

– Christian, je halète. Oh mon Dieu !

Ce n'est pas seulement la glace, les liens autour de mes poignets ou la façon dont je tire dessus et me tortille qui rend le tout incroyablement érotique. C'est le jeu entre le chaud et le froid, mes sens aiguisés par le bandeau et la façon dont il prend son temps pour gâter chaque centimètre carré de mon corps.

Mon cou, mes seins, mon ventre… lorsqu'il passe entre mes jambes, je suis déjà trempée et lubrifiée, autant par mes fluides que par la glace fondue.

Un bruit entre halètement et glapissement monte de ma gorge quand il frotte un cube qui a commencé à fondre sur mon clitoris gonflé.

– Tu as la plus jolie petite chatte que j'aie jamais vue, grogne Christian. Ouvre-toi plus grand pour moi, mon cœur.

J'écarte davantage mes jambes et il insinue la glace en moi en même temps qu'il aspire mon clitoris dans sa bouche.

Un glaçon. Un coup de langue. Une main qui pince un téton.

C'est tout ce qu'il me faut.

Ma bouche s'ouvre sur un cri silencieux alors que l'orgasme explose derrière mes yeux et descend le long de mon corps en vagues électriques. Les sensations sont si intenses qu'elles me privent bizarrement de ma capacité à crier, à haleter ou à faire quoi que ce soit d'autre que brûler dans un feu si incandescent que je me désintègre là, sur le pont de ce bateau.

Plus de pensées, plus de mots, juste un tas de plaisir désossé.

L'orgasme semble durer indéfiniment, mais lorsqu'il reflue enfin, le son me revient en une vague assourdissante.

Je m'enfonce plus profondément dans le coussin, la poitrine soulevée de respirations irrégulières. Je suis tellement étourdie que je n'entends pas Christian changer de position avant de hisser mes jambes sur ses épaules.

– Tu es magnifique, attachée, les yeux bandés.

Il frotte son gland sur mon sexe encore sensible, sa voix devient plus rauque.

– Il n'y a personne dans les parages, Stella. Je peux te faire crier aussi fort que je le veux. Te baiser aussi fort que ta chatte peut le supporter jusqu'à ce que tu jouisses sur ma queue.

Je pousse un gémissement affamé.

Je viens de jouir, mais j'ai besoin de l'avoir en moi.

J'aime quand il utilise ses doigts et sa bouche, mais il n'y a rien de mieux que la sensation de Christian qui m'étire et me remplit. La partie la plus intime de lui dans la partie la plus profonde de moi. Rien ne saurait s'y comparer.

– Tu aimes, hein ? me nargue-t-il. Que je détruise cette petite chatte serrée pendant que tu es sans défense et attachée ?

– Oui. S'il te plaît, je supplie. Baise-moi.

Nouveau grognement.

Une pause.

Et son sexe qui plonge brutalement en moi avant qu'il ne se mette à me baiser comme je l'ai demandé. Non, pas me baiser, me ravager. Il me retourne sens dessus dessous, aussi bien avec son corps qu'avec ses mots.

Mon corps est pratiquement plié en deux. Mes chevilles touchent presque mes oreilles et mes mains sont attachées ensemble au-dessus de ma tête pendant que Christian me pilonne.

Brutalement. Sans pitié. À la perfection.

Chaque coup de reins me fait glisser vers le bord du siège, et mon univers se transforme en une brume de sexe, de sueur et de chaleur.

Le bandeau rend toutes les sensations deux fois plus intenses : chaque contact sur ma peau, son sexe en moi, mes cris et mes gémissements affolés mêlés à ses grognements et au claquement obscène de la chair contre la chair.

J'ai envie de jouir, mais je n'ai aucune envie que ça se termine.

Les mains de Christian se resserrent autour de mes chevilles alors qu'il se penche sur moi et pousse encore plus mes jambes en arrière.

Je suis suffisamment souple pour que la position ne me fasse pas mal. Cependant, elle lui permet aussi de plonger plus profondément en moi qu'il ne l'a jamais fait, et je ne peux pas étouffer un cri face à cette nouvelle sensation.

La tension au centre de mon corps atteint un niveau insoutenable.

– Tellement serrée. Tellement mouillée. Tellement à moi. Jouis pour moi, Stella.

La sombre possessivité de sa voix me tire un frisson.

Enfoui en moi, il tend une main pour pincer mon clitoris. Cette fois, mes cris retentissent dans l'air suffocant alors que mon corps est secoué par un orgasme inouï. Je jouis si fort que des larmes jaillissent de mes yeux et coulent sur mes joues derrière le bandeau.

– C'est bien.

Christian embrasse mes larmes et ralentit ses va-et-vient, faisant durer ma jouissance jusqu'à ce qu'il m'ait arraché chaque goutte de plaisir.

C'est seulement lorsque je suis alanguie par le plaisir qu'il jouit lui aussi dans un gémissement sonore.

Nous restons allongés là un moment, haletants et béats. Quand nos respirations s'apaisent enfin, il s'écarte de moi et m'enlève le bandeau. Le monde est à nouveau une explosion de couleurs et je suis obligée de ciller plusieurs fois pour m'adapter à la lumière.

– J'espère que ça t'a aidée à oublier tes ruminations.

Christian me détache les mains. Sa déclaration désinvolte contraste avec la sauvagerie qu'il a mise à me baiser.

Il passe des doigts très doux sur les endroits où la corde a mordu mes poignets jusqu'à ce que la légère brûlure s'estompe.

– Oui, je réponds avec un rire haletant. C'est le meilleur des remèdes.

Christian apparaît dans mon champ de vision, la peau rougie par cette petite séance. Je ne sais pas comment il s'y prend, mais il est encore plus beau qu'avant.

Il hausse les sourcils, intrigué par la fixité de mon regard.

– Qu'est-ce qui ne va pas ?

– Rien, je réponds avec un large sourire. Absolument rien.

Je n'ai aucune envie de bouger, mais je me force à m'asseoir et à renfiler mon maillot de bain au cas où nous croiserions d'autres bateaux plus tard. Christian se laisse tomber sur le siège à côté de moi et enroule un bras autour de mes épaules, je me blottis contre lui.

Le léger balancement du bateau, le doux clapotis des vagues, la satisfaction tranquille et somnolente dans l'air…

Je n'aurais pas pu rêver d'un plus bel après-midi.

Je passe une main paresseuse sur les abdominaux et le torse de Christian. J'ai rarement l'occasion de m'imprégner de lui comme ça. C'est toujours lui qui prend soin de moi, et non l'inverse.

La main toujours sur son torse, j'embrasse la courbe de son épaule, son cou et sa mâchoire.

Christian reste là, paresseusement, à me laisser explorer son corps à ma guise. Le monde le voit comme un riche et beau P.-D.G. – ce qu'il est –, mais il y a un autre Christian Harper sous son apparence soigneusement travaillée.

Je le vois dans la façon dont il me regarde, comme si j'étais la plus belle chose qu'il ait jamais vue.

Je l'entends dans la façon dont il m'encourage et me défend. Et je le ressens dans la façon dont il m'enlace, comme s'il ne voulait plus jamais me lâcher.

Je presse mes lèvres à la commissure des siennes. Mon cœur me fait mal pour une raison que je n'arrive pas à comprendre.

Les hommes riches et beaux sont rares, et ceux qui ont un cœur comme le sien le sont encore plus.

Il n'est peut-être pas parfait, mais il l'est pour moi.

J'effleure ses lèvres des miennes une fois. Deux fois.

C'est peut-être un effet du soleil, l'accalmie rêveuse de cette pause d'un mois en Italie ou ma béatitude post-orgasmique qui se prolonge. Quoi qu'il en soit, la bouteille de courage qui se cachait en moi se débouche et se déverse sur ma langue pour en faire sortir trois petits mots.

– Je t'aime, je murmure.

Je sais qu'il ne croit pas à l'amour. Je sais qu'il y a de fortes chances pour qu'il ne réponde pas. Mais je dois quand même les lui dire.

Il est temps que j'arrête de me brider à cause de la possible réaction d'autrui.

Christian s'immobilise. Même sa respiration semble s'être arrêtée.

Je lève la tête. Une tempête sombre et tumultueuse se prépare dans ses yeux et charge l'air d'électricité.

– Stella… (Sa voix brute s'enroule autour de mon cœur comme une liane.) Je ne mérite pas ton amour.

Les battements de son cœur tambourinent sous ma main.

– Tu le mérites plus que quiconque. Je ne m'attends pas à ce que tu me répondes tout de suite. Mais je voulais que tu le saches.

La poitrine de Christian se soulève et s'abaisse au rythme de ses respirations saccadées. Il enroule sa main autour de ma nuque et appuie son front contre le mien.

– Le jour où je t'ai rencontrée a été le plus chanceux de ma vie. Tu as toujours été la partie la plus lumineuse de mon univers, Papillon. Et tu le seras toujours.

La profondeur de l'émotion dans ses paroles me pique les yeux.

– Tu ne me sembles pas être quelqu'un qui croit à la chance.

– Je crois en tout quand il s'agit de toi.

Y compris l'amour.

Le sous-entendu résonne dans le timbre de sa voix et la façon dont il m'embrasse à nouveau, comme s'il se noyait et que j'étais son unique source d'oxygène. Vitale. Précieuse. Aimée.

Je fonds entre ses bras et je le laisse m'emporter comme il le fait toujours.

Christian a ses freins concernant le mot en « A », donc je comprends pourquoi il lui est si difficile de le dire à voix haute.

Cependant, je n'ai pas besoin de l'entendre quand je le ressens. Et ma foi en notre amour est si forte, le vertige que me procure ma confession si grand, qu'ils noient les petites voix insidieuses qui murmurent que les plus grandes chutes suivent de près les plus grands bonheurs.

40

STELLA

Malheureusement, tous les rêves ont une fin.

Notre excursion en bateau à Capri est notre dernière journée complète en Italie avant que Christian et moi retournions à Washington avec, dans notre sillage, deux nouvelles valises remplies de cadeaux et de souvenirs ainsi que ma déclaration d'amour.

L'ancienne moi se serait sentie gênée de dire ces mots et de ne pas les entendre en retour, mais la nouvelle moi (parce qu'il y a encore des parties de l'ancienne moi là-dedans) est plus à l'aise avec l'idée de laisser les choses se dérouler à leur rythme.

Cela dit, notre retour en ville est plus brutal après l'Italie qu'après Hawaï. Un mois d'absence oblige Christian à se laisser aussitôt emporter par le chaos du travail, et je passe une bonne semaine à venir à bout des mails, du courrier et des autres tâches qui se sont accumulées pendant notre séjour italien.

Je rends visite à Maura, je travaille sur mon plan marketing, je prends un verre avec Ava et Jules, et je fais un million de courses.

La réadaptation à ma vie quotidienne normale est plus difficile, en partie parce que je suis restée absente plus longtemps et en partie parce qu'il y a beaucoup plus à faire cette fois-ci.

À la fin de la semaine, je suis fatiguée, grincheuse et j'ai désespérément besoin d'une très longue séance de yoga réparateur.

J'ai décidé d'aborder le lundi au ralenti et je suis en train de préparer mon smoothie matinal habituel lorsque mon téléphone s'allume sur un appel entrant.

– Allô ?

– Bonjour Stella, c'est Norma.

Ma main se fige sur le mixeur.

Norma est l'une de mes infirmières préférées à Greenfield, mais elle ne m'appellerait pas si tout allait bien.

Je repose la demi-tasse de glace sur le comptoir et j'entortille mon collier autour de mon doigt.

– Maura va bien ?

Elle avait l'air en forme quand je lui ai rendu visite hier, mais il a pu se passer des tas de choses depuis. Elle a pu faire une crise, tomber, se cogner la tête…

Les pires scénarios se bousculent dans ma tête.

– Elle va bien physiquement, répond Norma d'une voix apaisante qui calme un peu mes nerfs. Mais elle… elle s'est souvenue de ce qui est arrivé à Phoebe et Harold, ce matin.

Il n'en faut pas plus pour que ma nervosité revienne à la vitesse grand V.

– Oh non !

Ça n'arrive pas souvent, mais chaque fois que Maura se souvient de son mari et de sa fille, elle est extrêmement agitée. La dernière fois que ça s'est produit, elle a jeté un vase sur une infirmière. Si elle avait été en pleine possession de ses forces, l'infirmière serait dans le coma à l'heure qu'il est.

– Comme je l'ai dit, elle va bien maintenant, me rassure Norma. Malheureusement, on a dû la mettre sous sédatif.

Mon ventre se serre. J'ai demandé à Greenfield de m'appeler chaque fois qu'ils devaient sédater Maura. Ce n'est pas quelque chose qu'ils font à la légère. Ça signifie qu'elle a eu une très mauvaise journée.

– Je viens tout de suite.

Je suis déjà en route vers la porte quand Norma m'arrête.

– Ce n'est pas la peine. Je sais que vous voulez la voir, mais elle dort déjà, et votre dernière visite ne date que d'hier. Je vous ai juste appelée pour vous prévenir, ajoute-t-elle d'une voix adoucie. Ne stressez pas trop, ma belle. Ce sont des choses qui arrivent, et on a tout sous contrôle. Je vous le promets.

Elle a raison. Même si je déteste l'idée de laisser Maura seule après qu'elle a été aussi bouleversée, le personnel de Greenfield est très professionnel. Ces gens sont formés pour gérer de telles situations, et ils savent le faire bien plus efficacement que moi.

Je me force à sourire même si Norma ne peut pas me voir.

– C'est vrai, je réponds. Merci d'avoir appelé. S'il vous plaît, prévenez-moi s'il se passe autre chose.

– Je n'y manquerai pas.

Je raccroche et achève la préparation de mon petit déjeuner, mais je suis trop distraite pour sentir le goût de quoi que ce soit.

Je devrais peut-être passer à Greenfield plus tard, au cas où…

Mon téléphone sonne encore, cette fois pour m'annoncer la réception d'un nouveau texto qui prouve que cette journée peut, en fait, empirer.

Natalia : Stella.

Natalia : Qu'est-ce que c'est que ça ?

Une photo de mon shooting à Hawaï accompagne son message. La campagne presse de Delamonte commence enfin à paraître, ainsi que mon portrait dans le *Washington Weekly*. Julian a fait un excellent travail de rédaction et Luisa est ravie. Elle m'a envoyé un mail hier pour me féliciter de l'article.

Apparemment, ma famille est moins enthousiaste.

Je comprends qu'ils puissent être choqués. Sur la photo envoyée par Natalia, je tourne le dos à l'appareil, mais on voit bien que je suis torse nu. Mon bikini couvre le strict nécessaire et pas un centimètre de plus.

La composition est artistique, sans rien de sordide, mais c'est sans doute la chose la plus scandaleuse à laquelle un Alonso ait jamais été mêlé.

Moi : Une photo.

Je ne suis pas d'humeur à céder aux exigences de Natalia. Je savais que ma famille péterait un plomb à cause des photos d'Hawaï, mais je m'en moque. Nous ne nous sommes pas parlé depuis notre dîner, il y a presque trois mois. Peut-être est-ce la fierté et l'entêtement qui nous séparent, ou peut-être ai-je raison depuis le début. Ils se fichent éperdument de savoir si je fais partie de la famille ou non.

Les seules occasions où ils s'intéressent à ce que je fais, c'est lorsque je les mets dans l'embarras. Je ne suis pas le moins du monde surprise que le premier message de Natalia depuis des mois soit une critique.

Natalia : Tu es NUE.

Natalia : Maman et papa sont en train de criser !

Moi : Je suis à moitié nue. Et si maman et papa paniquent, ils n'ont qu'à me le dire eux-mêmes. Ils sont adultes. Ils n'ont pas besoin que tu leur serves de porte-parole en permanence.

Nous avons beau être en train de nous envoyer des textos, j'entends presque son silence stupéfait.

J'ai passé ma vie à me plier aux exigences de ma sœur et à la laisser me bousculer. J'en ai assez. Si mes parents ont un problème avec moi, ils n'ont qu'à me le dire en face.

Et si Natalia a un problème avec ça, elle n'a qu'à se le fourrer où je pense.

Les trois points indiquant qu'elle est en train de taper une réponse apparaissent, disparaissent, puis réapparaissent.

Natalia : Je ne sais pas ce qui te prend ces derniers temps, mais ce n'est pas joli-joli. Tu es adulte, Stella. Comporte-toi comme telle.

Natalia : Et être à moitié nue ne vaut pas beaucoup mieux que d'être entièrement nue.

Natalia : Papa est le chef de cabinet d'un ministre. À ton avis, comment ça va se répercuter sur lui ?

L'irritation enfonce ses griffes dans ma peau.

Se disputer avec Natalia, c'est comme se disputer avec un mur de briques. Elle ne recule jamais et ne cherche jamais à adopter le point de vue de l'autre. Elle a toujours raison et les autres toujours tort.

Au lieu de lui répondre par texto, je l'appelle.

Quand elle décroche, je ne lui laisse pas le temps de parler.

– Je. M'en. Fiche.

Sur quoi, je raccroche et passe en mode silencieux. Est-ce que j'ai agi en sale gosse ? Peut-être.

Est-ce que je vais regretter ma mini-colère ? Probablement.

Mais je m'en occuperai le moment venu. Pour l'instant, avoir cloué le bec à ma sœur est le point le plus positif de ma matinée.

Pourtant, je n'arrive pas à me concentrer sur mon travail. En désespoir de cause, j'enfile un vieux tee-shirt et un short et je me tourne vers la seule chose qui m'aide à me sentir mieux quand je suis super stressée : un ménage à fond.

Je commence par la cuisine et je progresse à travers le penthouse, époussetant et essuyant chaque coin et chaque anfractuosité. Nina fait le ménage une fois par semaine, mais sa dernière visite remonte à cinq jours, donc ce n'est pas la tâche qui manque.

Mes amis trouvent cette méthode pour soulager le stress étrange, pourtant c'est une activité productive qui ne demande pas de réflexion. Par-dessus le marché, chaque coup de chiffon humide sur une surface poussiéreuse me donne l'impression d'évacuer l'énergie croupie, ce qui est un bonus.

Je finis par arriver au bureau de Christian. J'hésite devant ses portes closes.

Je n'entre dans son sanctuaire que pour arroser ses pauvres plantes, que j'ai continué à entretenir même après avoir emménagé ici. Il m'a proposé d'engager quelqu'un d'autre pour le faire, mais je me suis attachée à elles.

Christian ne se formalisera pas si j'entre alors qu'il n'est pas là, si ? Il est d'accord pour que j'aille arroser les plantes. S'il ne voulait pas que j'entre, il me l'aurait dit.

Après une brève hésitation supplémentaire, j'ouvre les portes.

Je passe plus de temps dans le bureau de Christian que n'importe où ailleurs, car je fais très attention à tout remettre exactement à sa place. La pièce est une étude monochromatique, avec ses murs gris clair, sa chaise en cuir noir et son bureau massif en verre et en métal. Même le globe terrestre dans le coin est noir et gris.

Apparemment, il est aussi allergique à la couleur qu'à l'art.

– Christian ne le sait pas encore, mais on va t'ajouter un peu de vie, je souffle à son bureau. Ce ne sera pas du luxe.

Il est vide, à l'exception de son ordinateur portable, de deux écrans supplémentaires, d'un presse-papiers et d'un support gris mat contenant quatre stylos Montblanc identiques.

J'essuie le bureau et je me concentre tellement pour tenter de comprendre ce que représente son presse-papiers – un jaguar ? un sanglier ? un chat difforme ? – que je renverse accidentellement son porte-stylos.

Je m'agenouille et je récupère les stylos mais, faute d'avoir correctement calculé la distance entre le sol et le bureau, je me cogne accidentellement la tête en me relevant.

– Aïe !

Je grimace à la douleur aiguë qui fuse dans mon crâne.

Les planètes ne doivent pas être pas alignées aujourd'hui, parce que ce n'est pas mon jour.

J'attends que l'étourdissement soit passé avant de me relever. Cette fois, je pose une main sur le côté du bureau, histoire de ne pas répéter l'erreur.

Voilà pourquoi je ne peux pas avoir de bureau en verre. Ils se fondent un peu trop bien dans leur environnement.

Mes doigts frôlent une petite bosse, mais je n'y prête pas attention jusqu'à ce que, redressée, je remarque qu'un des tiroirs s'est ouvert.

Il a l'air différent des autres. Plus petit, il est fait dans un métal noir au lieu de gris, et niché dans un tiroir plus grand, rempli de fournitures de bureau.

Un compartiment secret.

– Oh, mon Dieu !

Je le regarde avec incrédulité.

Je sais que Christian a toutes sortes de gadgets et d'appareils à sa disposition, mais un tiroir secret ? Sérieusement ? Je croyais que ce genre de choses n'existaient que dans les films.

Je devrais le fermer et passer à autre chose. Il contient probablement des informations confidentielles qui ne me regardent pas, mais la curiosité a raison de moi.

Un petit coup d'œil ne peut pas faire de mal, si ? De plus, le contenu a l'air inoffensif. Rien que des classeurs noirs ordinaires.

Je prends le classeur du haut et je l'ouvre.

Ça ressemble à un tas de textes ennuyeux, jusqu'à ce que mes yeux s'arrêtent sur le nom en en-tête.

« *Stella Alonso* ».

Je cille deux fois pour m'assurer que j'ai bien lu, mais je peux les considérer aussi longtemps que je veux, les mots ne changent pas. Je parcours rapidement le reste de la page et je réalise qu'il ne s'agit pas seulement d'un texte contenant quelques informations aléatoires – scolarité, anniversaire et loisirs. Il s'agit de *moi*.

Tout ce qui concerne ma vie – ma date d'anniversaire, mes amis, mes loisirs et les endroits où je suis allée à l'école, depuis la maternelle jusqu'à l'université – est écrit là noir sur blanc.

Pourquoi Christian possède-t-il un dossier sur moi ? Pour fouiller dans mon passé afin d'éliminer mon harceleur ?

Je lui ai déjà dit tout ce que je sais, mais il craint peut-être que j'aie oublié quelque chose.

Cependant, en feuilletant le reste du classeur, je comprends que ce n'est clairement pas le cas. Ma vie entière est concentrée dans ces pages. Tout, depuis les informations de base comme la profession de mes parents jusqu'à mes plats préférés, mes activités extrascolaires et mon professeur dingo préféré à l'université. Il a même une liste de toutes les personnes avec qui je suis sortie.

Je vais vomir.

La bile me remonte dans la gorge, mais je pose ce classeur et m'empare du deuxième avec des mains tremblantes.

Il est pire que le premier. Il contient des dossiers complets non seulement sur moi mais aussi sur tous mes proches, y compris ma famille, mes amies, Maura et mes précédents petits amis.

Le troisième dossier renferme divers supports : des photos de ma remise de diplômes, un article du *Thayer Chronicle* sur la collecte de nourriture que j'avais organisée pour les fêtes, et une photo de moi assistant à mon premier défilé de mode, publiée sur un site de potins d'influenceurs il y a des années, pour n'en citer que quelques-uns.

Les photos et les articles relèvent tous du domaine public. Il n'y a pas de photos privées ou prises à mon insu, mais cette collection jointe au reste des fichiers me donne envie de vomir.

Pendant une seconde, je me dis qu'il pourrait être mon harceleur, mais ça n'a aucun sens d'un point de vue logistique. Je connais aussi suffisamment Christian pour savoir qu'il ne me terroriserait pas comme le fait mon harceleur.

Tu ne le connais pas assez bien, puisque tu n'as pas anticipé qu'il avait un dossier sur toute ta vie, chantonne une voix insidieuse dans ma tête.

Même si Christian a peut-être une bonne raison d'avoir constitué ces dossiers, il s'agit tout de même d'une énorme atteinte à ma vie privée. Il ne s'est pas contenté de fouiller dans ma vie, il a aussi creusé dans celle de toutes les personnes que je connais.

Il l'a fait sans mon consentement et il me l'a caché. Depuis combien de temps tient-il ces fichiers ? Quelques jours ? Des semaines ? Des mois ?

Mon ventre se rebelle, et j'ai à peine atteint la salle de bains la plus proche que mon petit déjeuner fait une réapparition désordonnée. Les larmes me piquent les yeux, je suis secouée de haut-le-cœur.

La semaine dernière, à la même heure, nous étions sur un bateau en Italie. Je lui disais que je l'aimais et il m'embrassait comme s'il m'aimait lui aussi.

Ces sept jours m'apparaissent maintenant comme une éternité : assez longue pour qu'un rêve se transforme en cauchemar.

Peut-être qu'il a besoin de ces informations pour retrouver mon harceleur. Peut-être qu'il voulait s'assurer que personne dans ma vie n'était un tueur en série. Peut-être… peut-être…

Je me raccroche à un fétu de paille, mais tout ce à quoi je parviens à penser, c'est à Christian assis à son bureau, en train de fouiller dans ma vie avec la facilité de quelqu'un qui tape une recherche sur Google.

Même s'il n'est pas mon harceleur, il a franchi les mêmes limites. Il a outrepassé les mêmes bornes.

L'envie de vomir revient. Comme j'ai déjà rendu tout ce que j'avais dans le ventre, je ne renvoie que de la bile dans les toilettes.

Je dois ficher le camp d'ici.

Il ne sera pas à la maison avant quelques heures, mais je ne peux pas courir le risque qu'il quitte son bureau plus tôt et me trouve dans cet état. Je ne pourrais pas prétendre que tout va bien alors que j'ai l'impression que plus rien n'ira jamais bien.

Je m'oblige à me relever du sol et je m'empresse de tout remettre en ordre avant de gagner notre chambre. Même si j'ai une tonne d'affaires stockées dans la chambre d'amis, j'ai pratiquement emménagé dans la chambre de Christian après Hawaï.

Il a vidé une partie de son armoire pour moi, et la vue de mes vêtements suspendus à côté de ses costumes sombres que je connais si bien me noue le cœur d'une douleur atroce.

« Ça t'irait bien de porter autre chose que du noir, du gris et du marine, tu sais. »

Je suis allongée sur le lit, emmitouflée dans la couette et je regarde Christian s'habiller.

Costume. Cravate. Montre. Boutons de manchette.

Je n'aurais jamais cru que regarder un gars mettre ses boutons de manchette puisse être sexy, mais avec lui, tout est sexy.

« Les autres couleurs me font mal aux yeux.

– Je porte d'autres couleurs tout le temps.

– C'est différent. J'aime tout ce que tu portes. »

Mon ventre se serre et je m'effondre sur mon oreiller en soupirant.

« Ce n'est pas juste que tu puisses clore chaque discussion en disant des choses comme ça. »

Le rire de Christian s'attarde dans la pièce longtemps après son départ.

Le souvenir m'arrache un sourire, mais celui-ci s'évanouit lorsque la réalité s'impose à nouveau à moi. Les classeurs. Les secrets. La nécessité de décamper d'ici avant qu'il ne rentre à la maison.

Je ne peux pas l'affronter pour l'instant, pas quand mes émotions sont aussi brutes et aussi dispersées.

J'ai besoin de temps pour réfléchir et d'espace pour analyser les choses loin de lui.

Je me force à détourner les yeux de sa section de l'armoire et je jette quelques affaires essentielles dans un sac de sport. Deux trois vêtements de rechange, des articles de toilette et M. Licorne, que j'attrape en sortant.

À la dernière minute, je griffonne un petit mot à Christian, que je laisse sur son bureau. Ça plus les dossiers, ça devrait lui permettre de comprendre.

Je ne suis pas prête à lui parler, mais je m'inquiète de ce qu'il fera s'il rentre chez lui et me trouve partie sans qu'il sache pourquoi.

Je serre M. Licorne contre ma poitrine dans l'ascenseur jusqu'au hall d'entrée. Je me moque d'être une adulte qui se promène en public avec un animal en peluche. C'est le seul homme qui ne m'a jamais laissée tomber.

Je sais que Brock garde un œil sur moi et qu'il dira à Christian où je suis, mais je m'en occuperai plus tard. Pour l'instant, il n'y a qu'un seul endroit où je puisse aller et qui soit presque aussi sûr que l'appartement de Christian.

– Ava ?

Je l'appelle en sortant du bâtiment. Ma voix tremble, mais je refuse de pleurer. *Pas maintenant, pas ici.*

– Je peux venir ? Il s'est… il s'est passé quelque chose.

41

CHRISTIAN

Le harceleur a fait profil bas pendant notre voyage en Italie, comme prévu. C'est ce que je voulais ; il ne fallait pas qu'il soit dans mes pattes pendant que je réglais le bordel dans mon entreprise.

Alex n'a rien signalé de suspect pendant mon absence, mais mon instinct me souffle que le harceleur prépare quelque chose de plus gros que ses vilains petits messages et qu'il a l'intention de rester sous les radars jusqu'à ce qu'il puisse mener son projet à bien.

Le message qu'il m'a adressé est probablement un faux pas. Une erreur induite par son ego qui l'a poussé à me montrer qu'il n'a pas peur de moi et qu'il n'entend pas renoncer.

Quoi qu'il en soit, je dois d'abord débusquer le traître avant de pouvoir m'occuper de lui efficacement.

Le tournoi de poker annuel de Harper Security aura lieu dans quelques semaines. C'est le seul moment de l'année où presque tous mes employés se retrouvent au même endroit pour une soirée de plaisir et de détente. Les seules personnes qui ne peuvent pas venir sont celles qui sont sur des contrats à long terme, mais ceux que je suspecte seront là. J'y ai veillé.

Je desserre ma cravate quand j'entre dans l'ascenseur, direction mon appartement. Le boulot est un sacré merdier ces jours-ci, et mes nuits avec Stella sont les seules heures qui me permettent de rester sain d'esprit.

« *Je t'aime.* »

Mon cœur s'emballe à ce souvenir.

Ça fait une semaine que Stella a mis mon monde sens dessus dessous, et je suis encore sous le choc.

Je continuais à me dire que je ne croyais pas en l'amour, que ce que je ressentais pour elle n'était pas de l'amour, et elle a brisé cette illusion d'une simple phrase.

À la minute où elle a prononcé ces mots et m'a regardé avec ses magnifiques yeux verts, j'ai su la vérité.

Je suis amoureux d'elle.

C'est arrivé lentement. Petit à petit, pièce par pièce, comme un puzzle qui se complète, jusqu'à ce que je ne puisse plus le nier ou l'ignorer.

Je crois en tout quand il s'agit de toi.

C'est ce que je peux dire tout haut de plus proche de la vérité. L'une de mes certitudes fondamentales s'est brisée et je n'ai pas eu le temps d'y réfléchir. Quand je finirai par prononcer les mots, je veux qu'ils soient réels. Sincères.

Les portes de l'ascenseur s'ouvrent.

Je fais un pas dans le couloir et j'entre dans mon penthouse, mais je m'arrête après deux pas. Les petits poils de ma nuque se hérissent. Quelque chose cloche.

Une étrange immobilité règne dans l'air. D'habitude, Stella se trouve dans le salon, occupée à prendre des photos ou à travailler sur sa collection. Même si elle est ailleurs, je la sens quand je rentre. Sa chaleur, sa présence apaisante emplissent l'espace, où qu'elle se trouve.

Or cette présence a disparu, remplacée par l'odeur citronnée d'un désinfectant.

Nina n'était pas censée venir aujourd'hui, c'est donc Stella qui a dû faire le ménage. Elle ne le fait que lorsqu'elle est particulièrement stressée.

J'accélère le pas et vérifie ses pièces préférées. Elle n'est ni dans la bibliothèque, ni dans la chambre, ni dans la cuisine, ni sur le toit-terrasse où elle fait son yoga. Je n'ai pas d'appels manqués de sa part, et elle ne décroche pas quand je compose son numéro.

– Stella ? je lance, tâchant de conserver une voix calme malgré ma panique grandissante.

Pas de réponse.

Elle va bien.

Elle est probablement sortie prendre l'air ou manger un morceau. Si quelque chose n'allait pas, Brock m'aurait contacté.

Bon sang, pourquoi fait-il si chaud ici ?

Je remonte les manches de ma chemise. L'air conditionné fonctionne à plein régime, et pourtant je brûle.

Je retourne au salon, mais je vois quelque chose qui me fait réfléchir en chemin.

La porte de mon bureau est ouverte.

Je la ferme toujours avant de partir au travail, et Stella n'y entre jamais, sauf pour s'occuper des plantes. Et même là, elle referme la porte en sortant.

Je sors mon arme de ma ceinture et je la garde en main pour entrer dans le bureau.

Un sale pressentiment me glace la nuque.

La première chose que je remarque, ce sont les papiers qui jonchent mon bureau, ainsi que trois classeurs noirs ordinaires, mais que je reconnais bien.

La deuxième chose que je remarque, c'est le message rédigé dans son écriture ample et délicate.

Il faut qu'on parle des dossiers, mais je ne suis pas prête. Je reviendrai le moment venu.

Je laisse échapper une série de jurons.

Je n'aurais pas dû laisser ces dossiers à un endroit où elle puisse mettre la main dessus, mais je tenais à les garder près de moi et je ne pouvais pas me résoudre à les jeter après toutes ces années.

Si elle les a vus et qu'elle a pensé…

– Stella !

Cette fois, ma panique est audible.

Je sais qu'elle n'est pas là, mais ça n'empêche pas mon ventre de se nouer face au silence qui me répond.

Bon sang, ma chérie, où es-tu ?

Je me raccroche à l'espoir qu'elle est sortie pour faire le point et qu'elle sera de retour ce soir, jusqu'à ce que j'entre à nouveau dans notre chambre et que je fasse plus précisément l'inventaire de ce qui manque.

Ses vêtements préférés. Ses articles de toilette. Cette putain de licorne.

Le sang gronde à mes oreilles.

Stella n'est pas partie pour l'après-midi. Stella est partie, point final.

Après mon premier accès de panique aveugle, je me ressaisis et j'appelle Brock. À moins que Stella n'ait échappé à sa surveillance, ce dont je doute, il doit savoir où elle se trouve.

Il me faut moins d'une minute pour obtenir l'information de sa part. Elle est en sécurité, et il a simplement pensé qu'elle rendait visite à une amie.

Si je n'étais pas aussi pressé de rejoindre Stella, je lui en aurais bien collé une pour cette supposition idiote : qui peut bien rendre visite à une amie avec une putain de licorne en peluche ?

Bien sûr, elle a choisi le seul endroit où je ne peux pas facilement me pointer et exiger de la voir.

– Volkov ! je hurle en tambourinant chez lui. Ouvre cette putain de porte !

Ça fait cinq minutes que je frappe et sonne, et j'ai épuisé toute ma patience.

J'ai fait beaucoup de choses peu recommandables pour Alex au fil des ans. Je détiens assez d'informations sur lui pour l'enterrer vivant, alors s'il ne répond pas dans les trente secondes…

La porte s'ouvre enfin.

Au lieu des yeux verts et froids d'Alex, je me retrouve à fixer un mètre soixante-cinq de suspicion à peine voilée.

– Oh. C'est toi. Tu nous déranges en plein déjeuner.

Un froncement de sourcils vient crisper le visage normalement amical d'Ava lorsqu'elle me voit.

– Je veux lui parler.

– Je ne sais pas de qui tu parles.

Je serre les dents.

– Stella.

Ava referme sa main sur la poignée de la porte. Elle se tient en plein milieu pour m'empêcher d'entrer.

– Elle n'est pas ici.

– C'est une putain de connerie. Je sais qu'elle est là. Écarte-toi, Ava, ou je…

Je laisse tomber la méthode douce.

– Fais attention à la façon dont tu finis cette phrase, Harper.

Alex apparaît à côté de sa fiancée. Ses yeux sont deux éclats de glace couleur jade. Il prend note de mon apparence débraillée. Cravate desserrée, pas de veste, cheveux ébouriffés par toutes les fois où j'y ai passé les doigts sous l'effet de la frustration. Je n'ai jamais été aussi négligé depuis que j'ai atteint cette foutue puberté, mais je m'en fous.

Une seule chose m'importe, c'est de voir Stella.

Ma mâchoire se crispe.

– Je ne partirai pas tant que je ne l'aurai pas vue.

Alex répond par un air ennuyé au regard noir dont je le fusille. Il se fiche éperdument des histoires des autres, sauf si elles concernent directement Ava, toutefois il sait à quel point je suis têtu.

Je pense ce que j'ai dit. Je camperai dans cette saleté de couloir jusqu'à ce que je puisse parler à Stella.

J'ai juste besoin de lui expliquer.

Elle comprendra. Il le faut.

Alex jette un coup d'œil à Ava, qui secoue la tête.

– Pas question. Tu as entendu ce qu'il a fait ! Il...

Elle s'arrête, réalisant visiblement qu'elle vient de se trahir. La confirmation que Stella se trouve bel et bien à l'intérieur ravive le feu qui brûle en moi.

– Stella ! je hurle.

Le désespoir et quelque chose de plus lourd, de plus étranger, se logent dans ma poitrine.

La peur.

Non pas la peur que Stella soit en danger physique, mais la peur de ne plus la voir et de la perdre à jamais.

– Laisse-moi juste te parler. Je...

Je ne sais même pas si elle peut m'entendre, mais je dois essayer.

– Va-t'en. Elle ne veut pas te voir.

Ava me repousse. Pour quelqu'un de si petit, elle est étonnamment costaude.

– Les gars, c'est bon.

Nous nous figeons tous au son de la voix de Stella. Je la cherche des yeux par-dessus l'épaule d'Alex jusqu'à ce que je la trouve.

Elle se tient au milieu du salon, le visage blême. Elle s'adresse à Ava, sans un regard pour moi.

– Laisse-le entrer.

– Mais, Stel, et s'il...

– Je veux juste en finir avec cette histoire, lâche Stella. Il ne fera rien tant que vous serez là.

Une pointe de douleur me transperce le cœur.

– Je ne te ferai jamais de mal.

Elle m'ignore.

Ava relâche la poignée de la porte et s'écarte avec une réticence évidente.

Je passe devant elle tout de suite sans accorder la moindre importance aux regards d'avertissement qu'Alex et elle me lancent. Non, je rejoins Stella dans l'appartement.

Elle s'est éloignée avant que j'entre vraiment, mais je la suis facilement jusqu'à ce que nous atteignions ce qui doit être sa chambre. Son sac de voyage est posé sur le sol à côté de la licorne, et ses vêtements sont étalés sur le lit.

Mon ventre se serre à cette vue. Ses affaires ne devraient pas être ici. Sa place est avec moi, dans mon appartement, pas dans la putain de chambre d'amis de sa copine.

Stella ferme la porte et se résout à me faire face.

Maintenant que je suis plus près, je vois le rouge qui cercle ses yeux et colore son nez. L'idée que je suis responsable de ses larmes me fait mal au cœur de la façon la plus douloureuse qui soit.

– Stella…

Elle s'enveloppe de ses bras.

– Stop ! Je veux juste savoir une chose. C'est toi qui me harcèles ?

Sa voix a tremblé sur le dernier mot.

Je blêmis.

– Non !

J'ai fait beaucoup de choses moralement discutables, voire carrément horribles dans ma vie, mais jamais je ne la terrifierais comme ça.

– Alors pourquoi tu as ces dossiers sur moi ? demande-t-elle, le menton tremblotant. On s'est rencontrés l'année dernière, mais ces photos datent d'il y a des années. Les renseignements sur moi, mes amis, ma famille… Pourquoi tu as fouillé comme ça dans ma vie ?

La bague en turquoise pèse lourd dans ma poche, symbole des secrets que je garde et des mensonges que j'ai racontés.

– Parce que la première fois que je t'ai vue, ce n'était pas le jour où tu as signé le bail au Mirage, dis-je. C'était il y a cinq ans.

Stella en reste bouche bée.

La vérité émerge par bribes après avoir été cachée pendant des années.

– J'étais assis dehors dans un café de Hazelburg. Tu passais devant moi, quand quelqu'un t'a arraché ton sac à main et s'est enfui.

Je ne me suis pas soucié d'un vol aussi mineur, mais j'ai été suffisamment intrigué pour rester et regarder la scène se dérouler.

– Je m'en souviens, murmure Stella. C'était pendant ma dernière année d'université. Je rentrais chez moi après les cours.

J'acquiesce.

– Un passant a attrapé le gamin, la police est intervenue, et ça aurait dû s'arrêter là. Mais quand tu as découvert qu'il avait volé ton sac à main parce qu'il lui fallait de l'argent pour manger, tu lui as donné tout l'argent que tu avais sous la main au lieu de porter plainte.

« Vous êtes sûre ? »

Le policier regardait la fille brune comme s'il n'arrivait pas à croire ce qu'il entendait.

« Vous voulez lui donner l'argent ? »

Elle jeta un coup d'œil à l'adolescent acariâtre. Il la fusilla du regard, mais je décelai une infime lueur d'espoir dans ses yeux.

« Oui. Cet argent a plus de valeur pour lui que pour moi.

– Il a essayé de vous voler. »

L'officier avait l'air aussi déconcerté que moi.

Je m'appuyai contre un bâtiment voisin en faisant défiler mon téléphone, mais toute mon attention était concentrée sur la scène qui se jouait à moins de trois mètres.

Je ne savais pas ce qui m'avait poussé à m'attarder dans les parages après l'arrestation du gamin, mais j'étais content de l'avoir fait. Je m'étais ennuyé toute la journée, mais ça… c'était intéressant.

Pourquoi diable quelqu'un donnerait-il de l'argent à la personne qui avait essayé de le voler ?

« Oui, je sais, répondit patiemment la brune. Mais ce n'est qu'un enfant et il a besoin d'argent. Inutile de porter plainte. »

L'officier secoua la tête.

« C'est votre argent. »

Je cessai de l'écouter tandis qu'il bouclait l'affaire et j'examinai la brune, fasciné.

Je l'avais entendue donner son nom à l'arrivée de la police. Stella Alonso.

Je lui donnais une vingtaine d'années, elle avait des cheveux bruns bouclés, des yeux verts et un sourire chaleureux. Elle était magnifique, mais ce n'était pas son physique qui me captivait.

C'était la douceur avec laquelle elle parlait. L'absurdité de son acte. L'optimisme inébranlable dans ses yeux, alors même qu'une tentative de vol en plein jour aurait dû ébranler sa foi en l'humanité.

La façon dont elle avait réagi n'était pas du tout celle à laquelle je m'attendais. S'il y avait bien une chose qui ne manquait jamais de susciter mon intérêt, c'étaient les gens qui prenaient mes attentes à contre-pied.

Un sourire naquit sur mes lèvres pour la première fois de la journée.

Finalement, le policier repartit après avoir adressé un avertissement sévère à l'adolescent. Le jeune s'attarda comme s'il voulait dire quelque chose. Il dut changer d'avis, cependant, car il s'enfuit rapidement sans un mot ni même un remerciement.

Stella n'eut pas l'air perturbée pour autant. Elle remonta simplement son sac sur son épaule et s'éloigna comme si de rien n'était.

Ce faisant, quelque chose glissa de sa main.

Au lieu de la poursuivre pour l'avertir de la perte de l'objet, j'attendis qu'elle disparaisse au coin de la rue avant de m'approcher et de récupérer la bague turquoise sur le sol.

Je sors la bague de ma poche. La pierre habituellement chaude semble glacée dans ma paume.

Stella la fixe une seconde avant de prendre une brusque inspiration.

– Ma bague. Elle tombait toujours parce qu'elle m'était trop grande. Je pensais que… Tu l'as gardée pendant tout ce temps ?

Ses yeux rencontrent à nouveau les miens. J'ai la gorge nouée.

– Elle me fait penser à toi.

Je l'ai gardée comme un gage de sa bonté. Pour me rappeler qu'au milieu de la mort et du chaos, une lumière existe quelque part dans le monde.

Certains jours, cette lumière a été la seule chose qui a gardé mon âme intacte.

– J'étais fasciné, dis-je. Tu étais une énigme que je n'arrivais pas à résoudre. Je ne comprenais pas comment quelqu'un pouvait être… assez bon pour faire ce que tu as fait ce jour-là. Alors j'ai cherché à connaître tes antécédents.

Je ne peux pas déchiffrer l'expression de Stella, mais comme elle ne dit rien, je continue :

– Ça a commencé par les informations générales de base, mais ça a augmenté jusqu'à se transformer en ce que tu as vu. Plus j'en apprenais sur toi, plus je voulais en savoir.

Je ne *voulais* pas. J'en avais *besoin.*

Elle est une contradiction vivante, et elle a consumé mes pensées comme ni rien ni personne ne l'a fait avant ou depuis.

La blogueuse mode qui passe des heures à composer la tenue parfaite et la bénévole qui passe son temps libre à ramasser les déchets dans les parcs.

La star des réseaux sociaux collée à son téléphone, mais qui est toujours là pour ses amis.

L'introvertie qui vit sa vie sous les yeux du public en ligne.

Le calme et le chaos, le silence et l'orage.

Le calme de mon chaos, le silence de mon orage.

Je suis obsédé par Stella Alonso depuis cinq ans, et je ne peux pas me résoudre à le regretter.

– Ça a duré pendant combien de temps ? finit-elle par demander d'une voix blanche.

Ma main se referme autour de l'anneau.

– Presque un an.

Elle pâlit encore plus.

– Un an. Tu m'as espionnée pendant un an ?

La culpabilité et la frustration font un nœud dans ma poitrine.

– Je ne t'espionnais pas. Je… À part les informations générales, tout ce que je sais était de notoriété publique.

Ce n'est qu'une piètre excuse.

Je ne l'ai pas suivie physiquement, mais j'ai utilisé tous les outils à ma disposition pour fouiller dans sa vie. Rien ni personne de son entourage n'était hors limite.

Ce n'était pas du harcèlement au sens traditionnel du terme, mais j'ai tout de même franchi d'énormes limites.

– J'ai arrêté quand j'ai…

Réalisé à quel point je m'attachais à toi. Déjà à l'époque, je savais que Stella était une distraction dangereuse, et je m'en voulais de l'emprise qu'elle avait sur moi. C'était à la fois fascinant et frustrant.

– J'ai arrêté après ça, je conclus. Je n'ai pas creusé plus loin, et je m'en suis tenu à ce que tu postais en ligne. J'ignorais tout de ton harceleur, de Greenfield ou de ce dont tu n'as pas parlé publiquement.

Il m'a fallu déployer d'immenses efforts de volonté pour rester physiquement éloigné d'elle, mais j'ai eu beau essayer de l'oublier, je n'y suis pas arrivé. Je ne lui avais pas adressé un mot, pourtant elle est restée au premier plan de mon esprit pendant des années.

Puis, coup de chance, sa meilleure amie est tombée amoureuse de Rhys, qui a orienté Stella vers mon immeuble, et le reste… on le connaît.

Stella resserre ses bras autour de sa taille.

– Ça ne change rien au fait que tu m'as menti pendant tout ce temps. Tu m'as laissée croire qu'on ne s'était jamais rencontrés avant.

– Parce que c'était le cas. Je n'aurais pas dû te mentir, mais je ne peux pas changer le passé. Si je t'avais dit ce que j'ai fait, tu serais partie.

Après l'avoir désirée pendant si longtemps, j'avais enfin Stella près de moi, et je n'allais pas prendre le risque de la faire fuir.

– Je vais détruire les dossiers, je lui promets, au désespoir devant son silence. Je ne les regarderai plus jamais et on pourra passer à autre chose.

Chaque mot me déchire la poitrine.

Son rire sans humour m'embrase les poumons.

– On ne peut pas passer à autre chose.

Ma frustration augmente encore. Je n'ai pas l'habitude d'être aussi mal à l'aise, et j'ai plus de difficultés que d'habitude à trouver les bons mots.

– Pourquoi bon sang ?

Qu'est-ce qu'elle ne comprend pas ? Pourquoi je n'arrive pas à lui faire comprendre que j'ai changé depuis que nous sommes ensemble ? Que je ne suis plus la personne qui a constitué ce dossier.

– Parce que c'était une atteinte à ma vie privée ! crie-t-elle, les joues striées de larmes. Tu n'as pas eu ma permission pour fouiller dans ma vie comme ça. Mais c'est l'histoire de notre relation, hein ? Tu sais tout de moi, et je ne sais rien de toi. Tu veux que les autres soient un livre ouvert alors que tu gardes le tien fermé. Je te croyais attentionné et perspicace à cause de toutes ces choses que tu savais sur moi. Mes plats préférés, mes fleurs préférées… alors que tu avais ce fichu dossier depuis le début. C'était aussi facile que ça ? Il te suffisait de sortir ton dossier et de voir quelles miettes tu pouvais me lancer pour que je tombe amoureuse de toi ?

Une sensation étrange me brûle les yeux.

– Je n'ai plus consulté ce dossier depuis des années. Je te jure…

– Tu es comme mon harceleur, fait Stella dont les respirations deviennent irrégulières. Non, tu es pire, parce qu'au moins il ne m'a pas fait tomber amoureuse d'un mensonge.

Ses mots me transpercent comme un couteau en plein cœur.

– Je ne te ferai jamais de mal, je répète.

– C'est déjà fait.

Le couteau s'enfonce plus fort.

– Je t'ai fait confiance, murmure-t-elle. Je t'ai fait confiance alors que je te connaissais à peine. C'est ma faute, en fait. (L'amertume de son rire me fait tressaillir.) Tu m'as parlé de ta famille, mais je ne sais même pas si l'histoire est vraie. C'était aussi un mensonge ? Je n'ai aucune idée de qui tu es ou de ce dont tu es capable. Tes rêves, tes peurs…

– Mon rêve est d'être avec toi. Et ma plus grande peur, j'ajoute, la voix basse et éraillée par l'émotion, c'est de te perdre.

Un petit sanglot secoue son corps.

Mon cœur se brise. Ça me tue de savoir que c'est moi qui provoque ses larmes.

Au fond de moi, je sais que je ne mérite pas son pardon, mais ça ne m'empêche pas de tendre instinctivement la main vers elle et de vouloir la réconforter.

Elle s'éloigne avant que j'entre en contact avec elle.

– Ne me touche pas.

Si elle m'a donné vie avec trois mots – « je t'aime » –, elle me tue avec juste un mot de plus. « Ne me touche pas. »

Chaque syllabe traverse mon cœur déjà détruit comme une lame de rasoir fraîchement aiguisée, sans laisser rien d'autre que des lambeaux derrière elle.

– Je ne peux pas faire ça, dit-elle, les yeux brillants de larmes. Je déménagerai le reste de mes affaires demain.

Une panique brute m'assaille les veines.

Je ne peux pas la perdre. Pas comme ça.

Je m'agrippe à la seule paille qui me reste.

– Ce n'est pas sûr. Ton harceleur est toujours dans la nature.

Stella serre la mâchoire.

– Brock peut rester, mais c'est tout. J'ai besoin d'espace. Je ne peux pas réfléchir en ce moment. J'ai juste besoin… J'ai besoin que tu t'en ailles.

Elle inspire, tremblante.

Je me suis brisé des os. On m'a tiré dessus. Je me suis perdu dans un désert pendant des putains de jours avec le soleil qui me brûlait la peau.

Aucune de toutes ces épreuves ne m'a fait aussi mal que ça.

– Ne fais pas ça, je lâche d'une voix qui se brise. Papillon, s'il te plaît.

Je n'ai jamais supplié personne pour quoi que ce soit. Ni quand mes parents sont morts, ni quand j'avais besoin de fonds pour démarrer mon entreprise, ni quand j'ai failli mourir aux mains d'un seigneur de guerre en colère. Mais je me mettrais volontiers à genoux et je supplierais si ça signifie que Stella reste avec moi.

– Je ne veux plus que tu me surveilles, continue-t-elle comme si je n'avais rien dit. Ni via Brock, ni via Alex, ni via Ava, ni via personne d'autre. Ni par le biais de mon blog ou des réseaux sociaux. Je sais que tu pourrais le faire si tu le voulais, mais je te demande… de me laisser tranquille, Christian.

Le dernier mot se brise sur toutes les larmes qu'elle n'a pas versées.

L'air devient silencieux, à l'exception des sons douloureux de nos respirations.

Je me noie dans des émotions que je n'ai jamais ressenties, dans des eaux sombres qui saturent mes poumons et rendent impossible toute tentative de remonter à la surface.

Panique. Honte. Regret.

– Tu veux connaître un autre secret, Stella ? (Ma voix est méconnaissable dans sa crudité.) Je suis incapable de te dire « non ». (*Pas quand il s'agit des choses qui comptent.*) Mais je serai toujours là si tu as besoin de moi, n'importe où, n'importe quand. Je me fiche qu'on soit sur différents continents, si c'est dans cinq ou cinquante ans. Je refuse que tu te réveilles et que tu aies l'impression d'être seule, parce que ce n'est pas le cas. Tu m'auras toujours.

Les yeux me brûlent alors que ma dernière et plus grande vérité sort en m'irritant la gorge.

– Je t'aime. Tellement, putain.

Je pensais que prononcer ces mots pour la première fois me procurerait une sensation étrange.

Ce n'est pas le cas.

On dirait qu'ils ont attendu de trouver leur place pendant toutes ces années et de l'avoir trouvée en elle.

Stella ferme les yeux. Un sanglot brisé franchit ses lèvres, mais elle ne réagit pas autrement à ma confession.

Je m'y attendais, mais ça me tord quand même les tripes.

Je m'autorise à la regarder une dernière fois avant de sortir et de fermer la porte derrière moi.

Il n'y a rien d'autre à dire.

J'ignore les regards curieux d'Alex et d'Ava en quittant l'appartement, le corps engourdi. Des morceaux de mon cœur sont éparpillés dans sa chambre, et mon esprit s'est transformé en une boucle sans fin de ses larmes. Même le sang semble avoir disparu de mes veines, ne laissant derrière lui qu'un vide glacé.

Il ne reste plus rien de moi quand j'enlève toutes les parties qui appartiennent à Stella.

« *Je te demande de me laisser tranquille, Christian.* »

Partir va à l'encontre de tous mes instincts. Chaque molécule de mon corps exige que je reste et que je me batte pour elle, que je la supplie jusqu'à ce qu'elle me pardonne.

Mais j'ai déjà franchi trop de limites avec elle, et je ne peux pas en franchir une autre. Pas quand elle m'a explicitement demandé de ne pas le faire.

Je pense ce que j'ai dit.

Je donnerai à Stella tout ce qu'elle veut, même si ça me tue de le faire.

42

STELLA

J'attends que la porte se referme derrière lui avant de m'effondrer.

Des sanglots me secouent et je me laisse tomber sur le sol, tout en lâchant enfin le flot de mes larmes.

« *Je t'aime. Tellement, putain.* »

Les mots résonnent dans ma tête comme une raillerie, tout comme l'image du visage de Christian avant qu'il ne parte.

La souffrance dans ses yeux. Le tourment dans sa voix. La cassure que je ressens aussi sûrement que si c'était la mienne, parce que *c'est* la mienne.

Mon cœur a éclaté en mille morceaux déchiquetés, et ils me coupent et recoupent jusqu'à ce que je ne puisse plus m'arrêter de saigner.

Il est très possible que je meure là, les genoux ramenés contre la poitrine et la confiance en miettes.

Je le crois quand il dit qu'il est désolé et je le crois quand il dit qu'il m'aime de toutes les façons possibles.

Mais ça ne change rien au fait que notre relation s'est construite sur un mensonge. Il sait à quel point le harceleur me traumatise. À quel point je déteste l'invasion de ma vie privée et la perte de contrôle sur ma vie.

Christian a fait ses recherches sur moi avant que le harceleur n'entre en scène, mais il a ces fichiers depuis des années et il ne me l'a jamais dit.

Il avait toutes les cartes en main alors que je n'avais que les miettes qu'il me donnait.

Le déséquilibre de nos pouvoirs n'est pas une question d'argent ou de sécurité : c'est une question de confiance. J'ai toujours donné plus que je n'ai reçu de lui.

L'idée qu'il puisse s'asseoir à son bureau et fouiller dans les parties les plus intimes de ma vie en appuyant simplement sur un bouton me fait à nouveau frissonner.

Je resserre les jambes contre ma poitrine et j'enfouis mon visage dans mes genoux.

Je suis vraiment, vraiment stupide.

J'ai vu tous les signes avant-coureurs et je les ai ignorés, parce que j'étais trop prise par l'excitation de tomber amoureuse pour la première fois.

« *Je serai toujours là si tu as besoin de moi.* »

Je devrais être heureuse que Christian soit parti. Au lieu de quoi, mon cœur se serre dans ma poitrine tandis qu'une flopée de souvenirs se rejoue dans ma tête.

« *Monte dans la voiture, Stella.* »

« *Je n'ai jamais autant désiré quelqu'un, et je ne me suis jamais autant détesté pour ça.* »

« *Parce que l'amour est ordinaire. Banal. Et toi, Stella, tu es extraordinaire.* »

« *Je crois en tout quand il s'agit de toi.* »

Il y a une semaine, nous étions en Italie et nous étions heureux. Une partie de moi regrette d'être tombée sur ce tiroir secret ou d'avoir regardé ces dossiers. Nous serions encore heureux sinon, et je ne serais pas assise dans les ruines de ce que nous étions.

Christian était le seul espace de sécurité que j'avais, et il n'est plus là maintenant.

Mes sanglots haletants remplissent le cocon de mes bras et de mes jambes. Je pleure si fort et depuis si longtemps que mes côtes me font mal et que je n'arrive plus à faire entrer assez d'oxygène dans mes poumons.

Je ne peux plus respirer. Je ne peux… j'ai besoin…

– Stella ?

J'entends la voix d'Ava, suivie d'un coup, mais les sons sont atténués, comme s'ils voyageaient jusqu'à moi sous l'eau.

Je me noie dans le chagrin et je ne sais pas comment m'en sortir.

– Ça va. Oh, ma chérie, tout ira bien. Je te le promets.

La voix d'Ava est plus proche. Elle a dû entrer parce que je n'ai pas répondu.

Elle m'entoure de ses bras et décrit des cercles apaisants dans mon dos pendant que, la tête appuyée contre sa poitrine, je pleure toutes les larmes de mon corps.

Une partie de moi s'attendait à cette catastrophe depuis le début. Ma relation avec Christian était trop parfaite, et rien d'aussi bon ne peut durer éternellement.

Ce que je n'avais pas prévu, c'est que cet accident me briserait complètement.

Pourtant, le plus terrifiant n'est pas mon cœur brisé. C'est la possibilité que je ne puisse jamais recoller les morceaux.

43

CHRISTIAN/STELLA

CHRISTIAN

– Tu as bu sept verres en deux heures, mec.

Le barman me regarde d'un air dubitatif.

– Et je t'en commande un huitième. Ça te pose un problème ?

Je prononce chaque mot avec une froide précision. Je ne bafouille pas, je ne tangue pas. Je pourrais être complètement ivre que personne ne s'en apercevrait.

Il lève les mains et secoue la tête.

– C'est ton foie.

Tu l'as dit.

C'est mon foie et mon argent. Je peux en faire ce que je veux.

Je m'empare du verre qu'il a fait glisser dans ma direction et je le vide cul sec.

L'alcool a cessé de me faire sentir sa brûlure il y a quatre verres, et il a le goût de l'eau maintenant.

Ça me met en colère. À quoi sert l'alcool s'il n'engourdit pas comme il est censé le faire ?

– Cette place est prise ?

Une blonde se glisse sur le tabouret à côté du mien avant que je puisse répondre.

Robe courte. Longues jambes. Des lèvres qui feraient pleurer d'envie Angelina Jolie.

Je ne lui accorde pas un regard.

– Je ne suis pas intéressé.

C'est toujours la même putain de chose. Est-ce qu'un mec ne peut pas boire en paix sans se faire harceler ?

J'aurais pu m'épargner cette peine et boire à la maison, mais l'appartement est trop déprimant ces jours-ci. Je ne veux pas non plus aller au Valhalla, car tout le monde là-bas fourre son nez dans ce qui ne le regarde pas. Personne ne se réjouit plus de la chute d'un membre que les autres membres du club.

Je suis donc là, terré dans un bar miteux près du bureau, en train de noyer mon chagrin dans un scotch tout aussi miteux. Si mon foie se rebelle, ce ne sera pas à cause de la quantité ingérée. Ce sera en raison de sa qualité.

La blonde, offensée, part en soufflant, visiblement peu habituée à se faire éconduire.

Ben tant pis pour sa gueule.

Ça fait deux semaines que Stella et moi avons rompu.

Deux semaines d'un enfer implacable où tout me fait penser à elle. Le mixeur dans lequel elle préparait ses smoothies, la baignoire où elle prenait ses bains, le café où elle achetait ses pâtisseries. Même les putains d'arbres et les plantes à l'extérieur me font penser à elle.

C'est suffisant pour me donner envie de m'enfermer dans une boîte en béton sombre et de ne plus jamais en sortir.

Le tintement des cloches au-dessus de l'entrée me tire de mon pathétique apitoiement et attire mon attention sur la porte.

Mon cœur s'arrête.

Boucles foncées. Yeux verts. Sourire chaleureux.

Stella.

Pendant une seconde, je crois avoir des hallucinations et l'avoir invoquée par la force de mes pensées.

Puis sa voix serpente jusqu'à moi, aussi réelle et tangible que le coussin en vinyle craquelé de mon tabouret et le match de base-ball en sourdine qui passe à la télévision.

Je me redresse, le moral remonté en flèche, jusqu'à ce que je voie le type qui se tient à côté d'elle. Il me semble vaguement familier et il dit quelque chose qui la fait sourire.

Ma main se resserre autour de mon verre alors qu'une vague noire et glacée de possessivité déferle sur moi. Qui que soit ce type, je veux le tuer, putain.

Je les suis des yeux pendant qu'ils vont s'asseoir à une table à l'autre bout de la salle.

Stella ne m'a pas encore remarqué. Elle dit autre chose à l'enfoiré en sursis, mais elle doit sentir le poids de mon regard parce qu'elle lève finalement les yeux.

Nos regards se heurtent comme des étincelles dans l'air.

Notre relation a beau s'être transformée en cendres, le feu entre nous est toujours là, brûlant l'espace et l'oxygène jusqu'à ce qu'il ne reste plus que nous.

Mon sang rugit devant le doux soulagement de la revoir.

Elle m'a demandé de la laisser tranquille, et j'ai obéi. Notre rencontre dans le même bar le même soir aurait pu être une coïncidence, mais rien n'est une coïncidence quand il s'agit d'elle.

C'est le destin.

Le sourire de Stella s'évanouit. Elle se détourne, et les bruits du bar reviennent dans un souffle douloureux.

Je ne sais pas ce qui est le plus grave : la voir et ne pouvoir ni la toucher ni lui parler, ou prendre conscience que son éclat a diminué à l'instant où elle m'a vu.

L'agitation et l'envie de trancher la gorge de l'homme à qui elle parle me parcourent sous la peau.

Au lieu de commander un autre verre, je glisse de mon tabouret et me fraie un chemin à travers la foule jusqu'aux toilettes.

La piqûre de l'eau froide sur mon visage dissipe la brume de ma vision.

L'abandonner est la chose la plus difficile et le plus grand sacrifice qu'elle puisse demander. Ça va à l'encontre de tous mes instincts.

Elle ne le saurait pas si je consultais ses réseaux sociaux ou son blog. Mais chaque fois que je tends la main vers mon téléphone pour consulter son profil, quelque chose me retient.

« *Je te demande de me laisser tranquille, Christian.* »

Je prends une serviette en papier dans le distributeur et je m'essuie les mains avant de ressortir dans le couloir.

Je fais deux pas avant de m'arrêter.

Stella se tient au bout du couloir. Sa silhouette élancée se découpe sur les lumières du bar. Pourtant, je distingue ses lèvres qui s'écartent sous l'effet de la surprise.

Nous nous dévisageons.

La musique retentit à quelques mètres de nous, mais ici, dans ce couloir, il n'y a que le silence et le bourdonnement des paroles que je veux lui dire sans pouvoir le faire.

Je suis désolé.

Tu me manques.

Je t'aime.

Un éclat de rire provenant de la salle rompt le charme. Mon visage s'assombrit lorsque je regarde par-dessus son épaule et que je vois type avec lequel elle est arrivée en train de plaisanter avec le serveur.

Des pulsions de violence se succèdent en moi à l'idée qu'il puisse toucher Stella. La prendre dans ses bras, la faire rire.

Je n'ai jamais autant détesté quelqu'un.

Stella doit percevoir la lueur dans mes yeux parce qu'elle suit mon regard et pâlit.

J'avance dans le couloir, avec l'intention de partir avant de céder à l'envie de la toucher. Elle m'arrête en m'adressant un avertissement à voix basse quand je passe devant elle.

– S'il lui arrive quelque chose, je ne te le pardonnerai jamais.

Ce sont les premiers mots qu'elle m'adresse depuis notre rupture, et c'est pour sauver un autre homme.

Un muscle se contracte dans ma mâchoire avant que je passe devant elle et que je franchisse la porte.

Un froid glacial a envahi ma poitrine. Alors que je pensais avoir expérimenté toutes les façons dont un cœur peut se briser, elle vient de me prouver le contraire.

STELLA

Je m'affaisse avec autant de soulagement que de déception après le départ de Christian.

Je me suis raconté que j'allais prendre un appel dans le couloir, mais j'aurais tout aussi bien pu y répondre dehors, devant le bar. La vérité, c'est que je voulais cette interaction passagère avec lui, et je me déteste pour ça.

Au bout de deux semaines, ma colère s'est estompée pour laisser place à un mal profond et lancinant.

Je ne lui ai pas pardonné, mais il me manque tellement que j'ai du mal à respirer.

Ironiquement, le reste de ma vie a connu une embellie après notre rupture. Comme si, maintenant que ma vie amoureuse est en lambeaux, l'univers faisait des heures supplémentaires pour se rattraper dans d'autres domaines.

Comme prévu, la campagne presse de Delamonte et mon portrait dans le *Washington Weekly* ont ouvert un nouveau flot d'opportunités. Luisa est ravie de la façon dont notre partenariat se déroule. Maura n'a pas eu de nouveaux problèmes depuis sa sédation, le harceleur n'a pas réapparu et mon blog et mes réseaux sociaux sont florissants. Je n'ai pas annoncé publiquement ma rupture avec Christian, mais je ne poste plus rien sur lui. Ça n'a pas nui à ma popularité autant que je le craignais, même si je m'en moque éperdument.

J'ai également commencé à contacter les boutiques locales au sujet de ma collection. En fait, je suis ici pour fêter avec Brady l'accord de l'une d'entre elles qui a finalement accepté de prendre quelques pièces à l'essai.

Dans l'ensemble, ma vie est géniale… à l'exception de Christian et de ma famille.

En parlant de ça…

Je prends une profonde inspiration et je me concentre sur la raison pour laquelle je me suis excusée auprès de Brady. Un rapide coup d'œil m'apprend qu'il parle toujours au serveur et que Christian n'est nulle part en vue.

Peut-être que je suis paranoïaque, mais j'aurais juré qu'à un moment Christian l'a regardé comme s'il s'apprêtait à l'assassiner.

Je compose le numéro de mon dernier appel manqué et je tente de calmer ma nervosité pendant que le téléphone sonne.

Elle décroche à la troisième sonnerie.

– Bonjour, Stella.

– Bonjour, maman.

C'est la première fois que nous nous parlons depuis notre dîner familial d'avril dernier.

Quatre mois.

La période la plus longue que nous ayons passée sans contact. Entendre à nouveau sa voix fait naître une boule dans ma gorge.

J'ai mes raisons pour m'être emportée comme je l'ai fait pendant le dîner, mais elle reste ma mère.

– Comment vas-tu ?

Une pointe d'hésitation, bien inhabituelle, se fait entendre dans sa voix.

J'enroule mon collier autour de mon doigt.

– Ça va. Désolée d'avoir manqué ton appel. Je dîne avec un ami et je n'ai pas vu mon téléphone sonner tout à l'heure.

– Ce n'est pas grave. Ça n'a pas d'importance, dit-elle en s'éclaircissant la gorge. J'ai lu ton portrait dans le *Washington*

Weekly. C'est un excellent article, et tes photos pour Delamonte sont magnifiques.

Il n'y a plus un souffle d'air dans mes poumons. Parmi toutes les paroles que je m'attendais à entendre, celles-ci ne m'avaient même pas traversé l'esprit.

– Tu trouves ? je demande d'une petite voix.

Ma confiance en moi a grandi au cours des derniers mois, mais il y aura toujours une petite fille en moi qui ne veut rien d'autre que l'approbation de ses parents.

– Natalia m'a dit que papa et toi étiez contrariés par les photos.

Ma dernière conversation avec ma sœur me laisse encore un goût amer dans la bouche.

– Eh bien, nous aurions préféré que tu portes plus de vêtements, répond sèchement ma mère. Mais nous avons été plus choqués que contrariés. Le portrait, en revanche… Je ne savais pas que tu avais accompli autant de choses avec ton blog ni que tu t'étais autant intéressée à la mode depuis ton plus jeune âge.

Je ne réplique pas que c'est quelque chose que j'essaie de lui dire depuis que je suis au collège. Je ne veux pas déclencher de nouvelle dispute.

– Ce portrait est la seule raison de ton appel ? On ne s'est pas parlé depuis des mois.

Ça ne me surprendrait pas. Mes parents aiment tout ce qui donne une bonne image de la famille.

Ma mère reste silencieuse une minute.

– Tout le monde a été à fleur de peau après le dîner, lâche-t-elle finalement. Après que les choses se sont calmées, je n'étais plus très sûre que tu veuilles avoir de nos nouvelles. Tu appelles toujours, alors comme tu ne l'as pas fait… tu étais tellement irritée…

« *Tu appelles toujours.* »

Traduction : je suis toujours la première à m'excuser.

Je resserre la main sur mon téléphone.

– Papa m'a dit de partir, et je ne savais pas si mon absence te préoccupait.

Ma mère laisse échapper un lourd soupir.

– Bien sûr que cela nous préoccupe. Tu es notre fille.

Je tords le collier encore plus fort.

– Parfois, on n'en a pas l'impression, je réplique d'une voix à peine audible.

– Oh, Stella. Nous n'avons pas…

Elle semble plus affligée que je ne l'ai jamais vue.

Des acclamations en provenance du bar assourdissent le reste de sa phrase. Les Nationals ont dû marquer, leur match contre les Rangers passe sur toutes les télévisions.

Lorsque le bruit se calme, ma mère reprend la parole.

– Tu es avec un ami, donc ce n'est pas le meilleur moment pour parler. On pourrait peut-être se retrouver en famille bientôt ? Pas pour un dîner. Quelque chose de plus décontracté où nous pourrions simplement parler.

– J'aimerais bien, dis-je doucement.

Je ne veux pas garder de rancune, surtout pas à l'égard de ma famille.

Je ne les ai pas vus depuis longtemps, et je ne suis plus en colère. Juste triste.

Après avoir raccroché, je reste dans le couloir et je tente de faire le point sur les événements de la journée.

Mon appel avec la boutique, avoir vu Christian, ma conversation avec ma mère…

C'est trop à la fois, mais la seule chose sur laquelle je peux me concentrer, c'est mon envie de partager ce qui s'est passé avec Christian. Pas seulement la boutique et ma mère, tout.

Comment j'ai accidentellement utilisé le mauvais lait ce matin pour mon smoothie, et que le goût du breuvage a failli me faire vomir.

Comment Ava et Jules ont proposé d'être les mannequins de ma collection.

La fierté que m'inspirent toutes les démarches que j'ai effectuées auprès des boutiques locales.

Le fait qu'il me manque tant.

Je suis tellement habituée à partager les détails de ma vie avec Christian que même la tenue de mon journal ne comble pas le vide. En fait, je n'y ai pas touché depuis notre rupture ; il est rempli de trop de souvenirs de nous.

Je suis en colère contre lui et je voudrais qu'il soit là. Les deux choses sont vraies en même temps.

Lumière et obscurité. Flamme et glace. Rêves et logique.

Notre relation a toujours été une dichotomie. Il est logique que sa mort le soit aussi.

44

CHRISTIAN

Le tournoi annuel de Harper Security se déroule dans la salle polyvalente de l'entreprise, qui a été transformée en mini-casino avec un accès au bar à volonté et une demi-douzaine de tables de poker.

La soirée est généralement réservée au personnel. Cette année, j'ai enfreint ma propre règle et invité Rhys, qui est pour une fois en ville sans Bridget, à l'occasion d'un événement diplomatique, et Alex, histoire de le remercier d'avoir gardé un œil sur la situation pendant que j'étais en Italie. Josh est invité par défaut puisqu'il a insisté pour venir en apprenant qu'Alex participerait à l'événement.

Je l'y ai autorisé. J'ai trop d'autres chats à fouetter pour lui faire croire que je cherche à lui voler son meilleur ami.

Nous sommes assis tous les quatre à une table près du bar. L'air est animé par des rires, des verres qui s'entrechoquent et des jeux de cartes qui se mélangent, pourtant la gaieté ambiante n'améliore pas mon humeur noire.

– À combien de tournois de poker tu as participé ? demande Josh à Alex d'un air suspicieux.

L'exaspération se lit sur le visage d'Alex.

– Je te l'ai dit, c'est une première pour moi.

– Je voulais juste m'en assurer.

Josh tire une carte de son jeu et la jette sur la table. Roi de cœur.

– Vu que tu as joué des dizaines de parties d'échecs avec lui, reprend-il en me désignant du pouce, et que je ne l'ai pas su pendant littéralement des années.

Alex soupire.

– Si tu continues à poser la même question, tu peux partir, je lâche d'un ton glacial.

Je n'ai pas de temps à perdre avec les conneries de Josh.

– Quelqu'un est de mauvaise humeur, constate-t-il, sourcil haussé. C'est parce que Stella a rompu avec toi ?

Je serre les dents tandis qu'Alex et Rhys dissimulent un sourire derrière leurs cartes.

J'avais réussi à ne pas penser à Stella ce soir, jusqu'à ce que Josh Chen l'évoque.

Tu ne peux pas tuer un de tes invités, me rappelle une voix dans ma tête. En fait si, je peux faire ce que je veux, mais il faudrait alors que je gère Alex. Je suppose aussi que Stella ne serait pas très contente que j'assassine le frère de sa meilleure amie.

– Je ne suis pas de mauvaise humeur. C'est toi qui es pénible.

Je ne sais pas ce que Stella a raconté à ses amis à propos de nous, mais puisqu'elle a emménagé chez Alex et Ava, il est évident que nous ne sommes plus ensemble.

Josh hausse les épaules.

– Peut-être, mais au moins je ne suis pas célibataire.

Ma main se porte en frémissant vers mon arme.

– Continue à le provoquer et il te tue.

Rhys me connaît trop bien. Il est resté silencieux la majeure partie de la soirée, mais l'humour pétille dans ses yeux quand il me regarde.

– Il y a quelque chose de drôle ?

Je lance une carte sans la regarder.

– En fait, oui. Christian Harper se morfond à cause d'une fille. Je n'aurais jamais pensé voir ça un jour.

Une migraine tambourine sous mes tempes.

– Je ne me morfonds pas.

Je déploie un effort de volonté considérable pour ne pas lui fracasser son sourire de faux-cul.

– Je ne suis pas un type qui se morfond.

Ce que je fais ces dernières semaines n'est pas de se morfondre. C'est… analyser.

– Ce n'est pas ce qu'Alex a dit. Il dit que tu t'étais présenté chez lui en larmes le jour où Stella a emménagé.

Comme d'habitude, il faut que Josh intervienne, même si la conversation n'a rien à voir avec lui.

– Je n'étais pas en larmes, putain !

Le silence se fait dans la salle et toutes les têtes pivotent vers moi. Du coin de l'œil, je vois Brock bouche bée et Kage interloqué.

Je ne crie jamais.

Ni quand j'ai découvert le vol de *Magda*, ni quand les choses ont mal tourné au travail. Mais ces deux semaines ont été infernales, et j'ai épuisé la base de données des gens que je peux détruire pour compenser une mauvaise journée.

Il n'y a qu'un nombre limité d'ordinateurs que je peux pirater avant que l'opération ne perde de son attrait.

J'aurais tenté de créer une nouvelle liste de noms si j'avais pensé que ça aiderait, mais ce n'est pas le cas.

Je n'ai pas besoin de plus de gens à détruire.

J'ai besoin de Stella.

– Oh. Il faut croire que je me rappelle mal, lâche Alex d'un ton léger.

Si je ne le connaissais pas mieux, je jurerais voir de l'amusement dans ses yeux.

– Tu te souviens quand tu m'as fait chier après mon problème avec Bridget ? dit Rhys qui semble presque éprouver une joie maligne, l'enfoiré. Tu m'as dit que l'amour était, je cite, « fastidieux, ennuyeux et totalement inutile ». Que « les gens amoureux étaient les plus insupportables de la planète. » Tu veux retirer ce que tu as dit ? ajoute-t-il avec un sourire encore plus large.

Je grince des dents, tellement je suis irrité.

– Il est inquiétant que tu puisses me citer mot pour mot. Trouve-toi un nouveau passe-temps, Larsen. Cette obsession pour moi est très malsaine.

Je repousse ma chaise, trop exaspéré pour rester assis plus longtemps.

– Où tu vas ? C'est ton tour ! proteste Josh. On est en plein milieu d'une partie !

Je l'ignore et je pars sous le rire de Rhys. La colère pulse dans mes veines.

J'ai bel et bien tenu les propos qu'il a cités. Maintenant, je suis un de ces idiots insupportables, qui se languit de la seule femme qui lui ait jamais brisé le cœur.

Le karma est encore plus un gros salaud que le destin.

J'entre dans la cuisine et je me sers un autre verre. Ce n'est que mon deuxième de la soirée. J'ai tendu le piège pour le traître, mais je dois garder les idées claires au cas où.

Quatre suspects. Quatre informations différentes que j'ai glissées avec désinvolture dans une conversation sur le nouvel appareil que j'ai mis au point et qui va faire passer Scylla pour un jeu pour enfant.

Le traître ne résistera pas à l'envie de divulguer ces informations à Sentinel. Une fois que ce sera fait, il me suffira d'examiner ce qui a fuité pour épingler le cafard.

Le piège est simple, mais il fonctionne systématiquement. J'ai juste besoin de réunir tous les suspects dans une pièce, histoire de pouvoir avoir des conversations sans éveiller les soupçons. Mes hommes savent tous que je ne discute pas de ce genre de choses au téléphone.

Et si le traître est celui que je crois…

Je vide mon verre.

Ma vie part en couille, et l'alcool est la seule chose qui me permet de me sentir mieux ces jours-ci.

Ça et les lettres.

Mon esprit se dirige vers le tiroir de mon bureau.

– Eh, ça va ?

La voix bourrue de Rhys me ramène dans la cuisine.

– Je n'ai jamais été mieux.

La morsure acerbe de mes mots tend l'atmosphère.

Il s'appuie sur le comptoir et croise les bras. Ses yeux passent de ma mâchoire serrée à mon verre vide, puis reviennent à mon visage.

Son rire de tout à l'heure a disparu, remplacé par de la compassion.

– Tu es méchamment mordu. Tu as merdé comment ?

Je ne réponds pas.

– Ah oui, tu as merdé grave… conclut-il, étonné de mon silence.

– C'est compliqué.

– Ces choses-là le sont toujours, réplique Rhys en soupirant. Quoi que tu aies fait, ce n'est probablement pas aussi grave que tu le penses. Stella est l'une des personnes les plus gentilles que je connaisse. Elle te pardonnera. Elle a juste besoin de temps.

Peut-être. Mais son intimité est l'une des choses les plus importantes à ses yeux, et j'ai allégrement franchi cette limite…

Son harceleur la terrorise depuis des mois, et moi, je n'ai rien trouvé de mieux que de lui faire penser, même un instant, à ce salaud.

L'alcool fait des remous dans mon ventre.

– Rhys Larsen en train de donner des conseils en matière de relations amoureuses. Il doit geler en enfer.

Je préfère balayer sa déclaration d'un revers de la main pour me retrouver sur un terrain plus sûr, celui de l'ironie. Rhys ricane, se redresse et me gratifie d'une petite tape dans le dos.

– Il y a gelé le jour où tu as prononcé le mot « amour » sans intonation méprisante. Si Volkov a pu récupérer sa copine au bout d'un an, il y a de l'espoir pour toi. Il suffit de ne pas tout foutre en l'air une nouvelle fois.

Je me sers un autre verre après son départ et je le vide seul dans la cuisine de mon entreprise.

Ma vie part vraiment en couille.

45

CHRISTIAN

Je ne rentre chez moi qu'à 2 h du matin.

Mes pas résonnent sur le marbre du couloir jusqu'à mon bureau. J'en suis venu à détester le trajet depuis la porte d'entrée. Je passe devant trop de pièces silencieuses et trop de fantômes de nos souvenirs.

Stella n'a vécu avec moi que quelques mois. J'ai vécu seul pendant des années sans elle et je m'en sortais bien. Mais maintenant qu'elle est partie, l'appartement me semble vide, comme si tout son cœur et son âme en avaient été aspirés, pour ne plus laisser qu'une coquille vide.

J'ouvre la porte de mon bureau sans bruit, et je m'enfonce dans mon siège sans allumer la lumière.

J'ai déchiqueté tous les dossiers que j'avais sur Stella le lendemain du jour où elle les a trouvés, mais leur présence fantôme souille ce qui était un sanctuaire.

Pourtant, je préfère encore le bureau à ma chambre, où son parfum suave persiste sur les draps et les oreillers malgré les semaines qui se sont écoulées. Parfois, je l'entends rire. D'autres fois, je me retourne et je jurerais qu'elle était à côté de moi, me taquinant comme elle le faisait toujours.

Je renverse la tête en arrière.

Le scotch et l'adrénaline du tournoi de poker s'attardent dans mon sang.

C'est Brock qui a gagné. Il n'était pas en service puisque Stella ne sortait pas hier soir, mais je ne l'ai pas félicité. J'ai du mal à le regarder, car il me fait penser à elle.

J'ai encore plus de mal à ne pas l'interroger sur elle.

Je lui ai demandé de m'alerter immédiatement si elle était en danger, mais sinon, sa vie actuelle reste un mystère.

J'ai aussi été tenté d'appeler Jules pour obtenir des informations. Elle m'est redevable, car j'ai réussi à la sortir d'un mauvais pas l'année dernière, et elle est l'une des meilleures amies de Stella. Si quelqu'un sait ce qu'elle pense et ressent, c'est bien elle.

La dernière requête de Stella est la seule chose qui me retient. C'est une laisse que je pourrais facilement briser, mais qui m'enchaîne plus efficacement que des entraves en acier. Je me sens stupide de souffrir autant de son absence et encore plus stupide du stratagème que j'ai mis au point pour le supporter depuis qu'elle est partie.

Je lève la tête et ouvre le tiroir secret qui contenait les maudits dossiers. Maintenant, il est rempli de lettres que je n'ai jamais envoyées.

Une pour chaque jour depuis notre séparation.

C'est le genre de comportement pathétique que j'ai tourné en dérision par le passé. Si le Christian d'autrefois me voyait maintenant, il me tirerait une balle et mettrait fin à mes souffrances.

Je m'en moque. Ces lettres sont le seul moyen que j'ai à ma disposition pour lui parler ces jours-ci, et leur rédaction est presque thérapeutique.

Elles couvrent un large éventail de sujets, depuis des aperçus de ma vie d'enfant jusqu'à mes livres préférés, en passant par mon mépris pour les clowns (je suis convaincu qu'ils sont le diable sous forme humaine, en moins drôle). Les lettres sont comme des chapitres de livres distincts, rassemblés dans le chaos qui constitue ma vie.

La seule chose qu'ils ont en commun, c'est qu'ils lui sont tous destinés.

Stella m'a reproché de rien savoir sur moi, alors j'ai tout déversé à son intention.

Je prends un stylo et j'entame la lettre de cette nuit. Lorsque je termine, je suis si épuisé que je vois trouble, mais je range soigneusement la missive dans le tiroir avec les autres.

Au lieu de me retirer dans ma chambre, je reste dans mon bureau et je regarde le ciel nocturne par la fenêtre.

Ma collection de plantes, alignée sur le rebord, se découpe contre le clair de lune.

« *Elles ont juste besoin d'un peu d'amour et d'attention pour s'épanouir.* »

Je les ai arrosées et entretenues religieusement depuis le départ de Stella. Elle adorait ces plantes.

Mais quels que soient les soins que je leur donne, elles ont toujours l'air tristes et tombantes, comme si elles savaient que leur jardinière habituelle est partie et ne reviendra jamais.

– Je sais. Elle me manque aussi.

Je n'arrive pas à croire que je sois tombé assez bas pour parler avec des plantes, mais on en est là.

30 juillet

Stella,

J'ai une confession à te faire : je n'ai jamais voulu d'animal de compagnie, même quand j'étais enfant. Mes parents m'ont demandé un jour si je voulais un chiot, et je leur ai répondu sans hésiter que non.

Ce n'est pas que je déteste les animaux. J'ai simplement toujours pensé qu'ils représentaient trop de travail pour trop peu de récompense. Je ne comprenais pas pourquoi quelqu'un faisait entrer un chien ou un chat chez lui, le traitait comme son enfant et l'aimait pendant des années tout en sachant que la durée de vie de cet animal est beaucoup plus courte que la sienne.

C'était comme s'ils demandaient qu'on leur brise le cœur.

Maintenant, je comprends.

C'est parce que le temps qu'ils passent ensemble vaut bien les déchirements.

Avant que tu ne te fâches, non, je ne te compare pas à un animal. Mais si j'avais la possibilité de remonter le temps et de quitter le café une minute avant ton passage ou de rester dans mon bureau au lieu de passer à l'appartement le jour où tu as signé le bail, je ne le ferais pas.

Même en sachant ce qu'il en résulterait.

Même en sachant que je finirais par avoir le cœur brisé.

Parce que les plus beaux jours de ma vie, c'est à tes côtés que je les ai vécus, et je ne les échangerais pour rien au monde.

Je préfère être malheureux maintenant après que tu m'as aimé qu'heureux sans t'avoir jamais connue.

6 août

Stella,

Tu te souviens quand on s'est croisés dans le hall d'entrée, le soir où on a signé notre accord ? Tu as déclaré qu'un rendez-vous devait inclure un dîner, des sorties et se tenir par la main. Ou, comme alternative, des câlins sur un banc surplombant la rivière, suivis de mots doux chuchotés et d'un baiser pour se souhaiter une bonne nuit.

À l'époque, c'était la chose la plus atroce que j'aie jamais entendue, mais si jamais tu reviens vers moi… j'ai prévu tout ça.

Nous irons dîner dans mon restaurant italien préféré à Columbia Heights. C'est un minuscule endroit, à peine assez grand pour accueillir une dizaine de convives à la fois, mais ils servent les deuxièmes meilleurs gnocchis du monde (après ceux de ma grand-mère).

Elle n'est plus là, mais quand j'étais petit, j'allais chez elle après l'école et elle passait des heures à m'apprendre à cuisiner. À part le temps passé avec toi, ces jours-là ont été les plus heureux de ma vie. On rigolait dans sa cuisine, on roulait la pâte et on se mettait de la farine partout pendant qu'en arrière-plan passait la vieille musique qu'elle aimait, celle des années 1960.

Ses gnocchis étaient mon plat préféré. Malheureusement, sa recette s'est perdue après sa mort. Pourtant, quand j'ai goûté le plat dans ce restaurant… c'est ce que j'ai trouvé de plus proche de ce qu'elle faisait.

Je sais que je prends des chemins détournés, mais je voulais partager cette histoire avec toi. Je n'ai jamais raconté à personne comment j'ai appris à cuisiner.

Quoi qu'il en soit, je pense que tu adorerais ce restaurant. Après, nous irons boire un verre dans un bar à proximité, puis nous promener sur les quais de Georgetown et nous nous assiérons sur un banc au bord du fleuve. Nous pourrons nous embrasser, nous tenir la main et nous chuchoter tous les mots doux que tu voudras.

Parce que si ce rendez-vous a lieu, ça signifiera que tu m'auras pardonné. Et si je réussis à te faire revenir dans ma vie, je ne te donnerai plus jamais de raison de partir.

12 août

Stella,

Il est 2 h 30 du matin quand j'écris ces lignes.

Je n'ai pas dormi depuis près de vingt-quatre heures. Mais je ne peux pas m'endormir sans te dire ceci...

J'essaie, Papillon. J'essaie vraiment fort, putain.

De rester loin de toi. De ne pas penser à toi. De ne pas t'aimer.

Ma vie serait tellement plus facile si je pouvais passer à autre chose, mais je sais que j'en suis incapable.

Même si tu ne me pardonnes jamais.

Même si tu ne me parles plus jamais.

Même si tu passes à autre chose.

Moi, je t'aimerai toujours.

Tu seras toujours mon premier, mon dernier et mon unique amour.

46

STELLA

Ce week-end, ma famille et moi nous retrouvons dans un café en Virginie.

Nous nous sommes assis dans un box près de la sortie. C'est le coin le plus calme du restaurant, qui grouille de monde pour le brunch du dimanche.

Mon père porte son polo bleu préféré, ma mère ses éternelles perles et ma sœur des talons mortels et une expression légèrement agacée, comme toujours lors de nos repas mensuels.

On dirait que notre dîner de famille s'est transplanté dans un box tapissé de cuir vert à la place de la précieuse table en acajou de mes parents.

Les seules différences sont les fenêtres ensoleillées et le silence gênant qui règne autour de la table après que nous avons épuisé les banalités.

– Alors… reprend ma mère après s'être éclairci la gorge. Comment va Maura ?

Je tique devant son choix de sujet, mais je réponds sans hésiter.

– Ça va. Elle a son jardin et ses puzzles à Greenfield, donc elle est heureuse.

Ma mère opine.

– Bien.

Nouveau silence.

Nous évitons l'éléphant dans la pièce depuis le début de l'après-midi. À ce rythme, nous sommes ici jusqu'à la fermeture.

Je referme les mains autour de ma tasse et je prends courage grâce à la chaleur qui s'infiltre dans mes paumes.

– À propos de ce qui s'est passé au dîner… (Tout le monde se raidit de façon visible.) Je suis désolée si je t'ai blessée, maman. Ce n'était pas mon intention. Mais tu dois comprendre pourquoi j'ai payé les soins de Maura. Elle a toujours été là quand j'ai eu besoin d'elle. Maintenant, c'est elle qui a besoin de moi, et je ne peux pas la laisser tomber. Elle n'a personne d'autre.

– Je comprends.

Stupéfaite, je sursaute, ce qui me vaut un petit sourire de sa part, puis elle reprend :

– J'ai eu le temps d'y réfléchir au cours des derniers mois. La vérité, c'est que j'ai toujours été un peu jalouse de ta relation avec Maura. C'est ma faute, bien sûr. J'étais trop occupée par ma carrière pour passer beaucoup de temps avec vous, les filles. Le temps que je me rende compte de tout ce que j'avais manqué, vous étiez adultes. Vous ne vouliez plus rester avec nous. Nous devons presque vous forcer à participer à nos dîners de famille.

– Ce n'est pas que je ne veux pas passer de temps avec vous. C'est… c'est ce jeu des réalisations que chacun doit partager.

Mes joues s'échauffent. Ça sonne si bête, quand je l'énonce à voix haute, mais chaque fois que je songe à ce « jeu amusant », l'anxiété rampe sous ma peau et me ronge les nerfs.

– Ça transforme tout en compétition, je termine. Papa, Natalia et toi, vous avez des emplois de haut niveau, et je suis… eh bien, vous savez. J'aime la mode et je n'en ai pas honte. Mais chaque fois qu'on s'adonne à ce petit jeu, j'ai l'impression d'être une déception, autour de la table.

– Stella, me coupe ma mère, l'air peinée. Tu n'es pas une déception. J'admets que nous ne comprenons pas toujours tes choix, et que, oui, nous aurions aimé que tu choisisses une carrière plus stable financièrement que la mode. Mais tu ne pourras jamais nous décevoir. Tu es notre fille.

– Nous voulons ce qu'il y a de mieux pour toi, ajoute mon père d'un ton bourru. Nous n'avons jamais essayé de t'empêcher de faire ce que tu aimais, Stella. Nous ne voulions simplement pas que tu te réveilles un jour en réalisant que tu avais commis une erreur alors qu'il est trop tard.

Je ne doute pas que mes parents veulent ce qu'il y a de mieux pour moi. C'est la façon dont ils s'y prennent qui pose problème.

– Je sais. Mais je ne suis plus une enfant. Vous devez me laisser prendre mes propres décisions et commettre mes propres erreurs. Si ma ligne de vêtements décolle, tant mieux. Si ce n'est pas le cas, j'aurai appris des leçons importantes et je m'améliorerai la prochaine fois. Je sais que c'est ce que j'ai envie de faire. Je ne peux pas retourner travailler pour quelqu'un d'autre.

Mes parents échangent un regard pendant qu'à côté de moi, Natalia gigote.

– Je reçois pas mal d'argent grâce aux contrats que j'ai signés avec de grandes marques et je… je termine ma première collection, j'ajoute après un temps d'hésitation. Une boutique locale a accepté de la présenter, donc j'espère que ça me rapportera aussi plus d'argent.

J'ai également prévu de faire un lancement officiel en ligne, mais je veux commencer par tâter le terrain.

Ma mère ouvre de grands yeux.

– Vraiment ? Oh, Stella, c'est incroyable !

Je suis la poignée de ma tasse avec mon pouce.

– Merci, dis-je timidement. Alors vous n'êtes pas fâchés que je ne cherche pas un autre emploi de bureau ?

Nouvel échange de regards.

– De toute évidence, tu te débrouilles question partenariats, et la ligne de vêtements démarre bien, dit mon père avant de toussoter. Il n'y a aucune raison pour que tu prennes un emploi de bureau si ce n'est pas ce que tu veux. Mais, ajoute-t-il devant le sourire qui s'épanouit sur mon visage, si jamais tu as des soucis, il faut que tu nous le dises. Ne nous les cache pas comme tu l'as fait lors de la débâcle de *DC Style*.

– D'accord, je promets.

– Bien. Alors, il est où ton petit ami à la langue bien pendue ? grommelle-t-il. La façon dont il m'a parlé dans ma propre maison manquait de respect, mais je crois qu'il n'avait pas tout à fait tort.

Mon sourire faiblit. Je tente de ravaler la boule qui s'est soudain formée dans ma gorge.

– On, hum… On a rompu.

Trois paires d'yeux surpris se tournent vers moi.

Vu la façon dont Christian et moi nous sommes défendus mutuellement lors du dîner, ils en avaient sans doute conclu que notre histoire durerait plus de quelques mois.

Moi aussi.

– Je suis désolée, compatit ma mère. Comment tu le vis ?

Je m'oblige à sourire.

– Ça va aller.

– Tu trouveras quelqu'un de mieux, déclare mon père d'un ton vif. Je ne l'ai jamais aimé. Si tu savais les rumeurs…

Il s'interrompt quand ma mère lui flanque un coup de coude dans les côtes.

– Mais je suppose que ça n'a plus d'importance maintenant, achève-t-il avec un autre grognement.

Je change de sujet et la conversation prend un tour plus léger jusqu'à ce que mon père sorte pour prendre un appel et que ma mère aille aux toilettes.

Natalia a été remarquablement silencieuse tout l'après-midi, mais elle se tourne vers moi dès l'instant où ils sont hors de portée de voix.

Je me raidis, redoutant un énième commentaire critique ou sarcastique.

Au lieu de ça, elle prend un air presque penaud en me jetant un coup d'œil.

– Je ne voulais pas en reparler devant papa et maman, dit-elle, mais je suis désolée de la façon dont je t'ai dénoncée à propos de *DC Style*. Je ne voulais pas être malveillante.

– Ah oui ?

Elle a l'air surprise, puis le rouge lui monte aux joues.

– Peut-être un peu, murmure-t-elle. Tu avais raison quand tu as dit que tout ressemble à une compétition.

– Ça n'est pas nécessairement une fatalité.

– En effet, concède Natalia qui me dévisage, intriguée. Tu as changé. Tu es…

– Plus audacieuse ? je suggère avec un petit sourire.

Son sourire reflète le mien.

– Oui.

C'est l'un des plus grands cadeaux que Christian m'ait faits. Pas les bijoux coûteux ou les voyages de luxe, mais le courage de faire valoir mon point de vue.

Ma sœur et moi sommes retombées dans le silence quand nos parents reviennent.

Je me sens étrangement fatiguée tout à coup, mais c'est peut-être l'émotion qui m'épuise.

– Nous devons partir à un événement, mais on se revoit bientôt pour un dîner en famille ? demande ma mère d'une voix pleine d'espoir. Même si nous devrions peut-être sauter la partie « réalisations » et simplement profiter du repas.

Je laisse échapper un petit rire.

– C'est probablement une bonne idée.

J'inhale son parfum si familier quand elle me serre dans ses bras.

Ma famille s'étreint toujours en public, mais c'est surtout pour la forme. Nous jouons notre rôle de famille parfaite.

Cette fois, cela dit, ça semble réel.

Brock attend que ma famille soit partie avant de se montrer. Il a renoncé à se fondre dans le paysage, depuis ma rupture avec Christian. Je ne sais pas si c'est sur ordre de son patron ou s'il est plus inquiet, maintenant que je ne vis plus chez son patron.

Quoi qu'il en soit, j'apprécie tout en étant agacée.

J'apprécie, parce que j'aime le sentiment de sécurité qu'il me procure. Je suis irritée, parce qu'il me rappelle Christian et que chacun de ces rappels me transperce le cœur d'un coup de poignard.

– Vous êtes prête à partir, ou vous voulez rester plus longtemps ? demande-t-il. On peut…

C'est peut-être l'éclairage, mais il a l'air plus pâle que lorsqu'il est entré. Il vacille.

Je fronce les sourcils, en proie à une vive inquiétude.

– Vous avez besoin de vous asseoir ? Vous n'avez pas l'air bien.

En fait, je ne me sens pas très bien non plus. La léthargie que j'ai ressentie tantôt s'intensifie et tire sur mes membres et mes paupières. Le visage de Brock flotte devant moi jusqu'à ce que je lui redonne sa netteté en clignant des yeux.

– Oui, je… je…

Il se cramponne au bord de la table. Son visage devient d'un blanc fantomatique avant de virer au pourpre.

– Restez ici, ordonne-t-il. Je reviens tout de suite.

Il se précipite vers les toilettes. La porte se referme. Une seconde plus tard, j'entends le bruit étouffé mais caractéristique d'un vomissement.

Mon propre ventre se tord.

Pourvu qu'il ne s'agisse pas d'une intoxication alimentaire, cependant à l'évidence quelque chose cloche.

Ma vision se brouille à nouveau. Cette fois, cligner des yeux ne sert à rien. Je me lève, espérant que le changement de position m'éclaircira les idées, mais des vertiges m'obligent aussitôt à me rasseoir.

Que se passe-t-il ?

Je n'ai pris que du thé et une pâtisserie. Est-ce qu'on peut faire une intoxication alimentaire en avalant du thé et des pâtisseries ?

Des points noirs dansent devant mes yeux, et la panique me comprime les poumons.

De l'air. J'ai besoin d'air.

Je sors du box d'un pas chancelant pour me diriger vers l'entrée. Brock m'a dit de rester et de l'attendre, mais le bruit autour de moi se transforme en un poids qui pèse lourdement dans ma poitrine. J'ai beau inspirer profondément, je n'arrive pas à le repousser.

Mais...

J'ai presque atteint la porte quand une idée me frappe. Et si quelqu'un nous avait drogués, Brock et moi, et attendait que je quitte l'établissement ? Ça paraît tiré par les cheveux, mais des choses plus étranges se sont déjà produites.

Je m'arrête devant la sortie et je tente de démêler mes pensées de plus en plus embrouillées. Si je reste, je risque d'étouffer. Si je pars, je risque de faire le jeu d'un hypothétique agresseur.

Réfléchis, Stella.

Est-ce que je suis paranoïaque ? Prendre une petite bouffée d'air frais ne peut pas me faire de mal, si ? Je pourrais rester à côté de...

Quelqu'un s'approche dans mon dos, assez près pour me toucher, et je réalise que je bloque la porte.

– Désolée, je marmonne en bredouillant. Je vous libère le passage.

– Ne sois pas désolée, réplique la silhouette. Tu me facilites au contraire grandement la tâche.

Quelque chose de froid et de dur se presse contre mon dos.

Je suis tellement dans les vapes que mon cerveau met plusieurs instants à enregistrer ce que c'est.

Un pistolet.

Ma panique explose en un cri qui reste à jamais piégé dans ma gorge.

Je n'étais pas si paranoïaque après tout. Je suis tellement stupéfaite d'avoir eu raison que je n'arrive pas à réaliser ce qui se passe. J'ai l'impression d'avoir été lâchée au milieu d'un thriller d'action sans aucun avertissement préalable.

Le pistolet appuie plus fort dans mon dos.

– Ne crie pas. Ou ça va être un vrai merdier pour toutes les personnes impliquées.

Comment peut-il faire cela en public ? Personne n'a donc remarqué ce qui se passe ?

Mais c'est l'heure du déjeuner, et mon corps fait écran au sien, et…

Mes pensées s'embrouillent. Je n'ai pas l'énergie nécessaire pour faire le tri dans ce qui se passe… et je n'ai pas non plus le choix.

J'obéis donc à mon agresseur et quitte le restaurant avec lui. J'aurais trébuché et je serais tombée s'il ne m'avait pas retenue. Le monde est une brume kaléidoscopique de béton et de lointains klaxons de voitures.

Les bruits finissent par s'estomper et il n'y a plus que le crissement du gravier sous nos pieds.

– Mes excuses par avance. Ça va faire mal.

Maintenant que nous sommes dans un endroit calme, la voix semble plus claire. Plus familière. Je l'ai déjà entendue. *Où ?*

Je n'ai pas le temps d'assimiler ses paroles que quelque chose de dur me frappe à la tête et l'obscurité m'engloutit.

47

CHRISTIAN

Le mail du P.-D.G. de Sentinel à son meilleur cyber développeur s'affiche sur l'écran de mon ordinateur.

C'est un poste que Kurtz a copié sur moi – qui d'autre ? –, puisque la plupart des entreprises de sécurité ne développent pas de logiciels ou de matériel, mais ce n'est pas le problème.

Le problème, c'est le contenu du mail.

Comme prévu, le traître a couru directement vers Sentinel avec les informations que je lui ai transmises au tournoi de poker. Cela dit, il a agi plus vite que je ne le pensais ; ça ne fait que deux jours.

Je lis et relis la dernière ligne du message, qui comprend des détails que j'ai modifiés pour chaque suspect, afin de déterminer qui est à l'origine de la fuite.

Maintenant, je sais.

De la glace coule dans mes veines quand je ferme la messagerie et que je consulte les images de surveillance de la façade de son immeuble. J'attends qu'il monte dans sa voiture pour me lever, enfiler ma veste et me diriger calmement vers le parking du Mirage.

Au lieu de ma McLaren, je choisis la berline grise que j'utilise lorsque je file quelqu'un. Elle est tout à fait banale et se confond avec tous les autres véhicules sur la route.

J'ai placé des traceurs sur les voitures de tous les suspects il y a plusieurs semaines, il ne me faut donc pas longtemps pour pister le traître jusqu'à une casse abandonnée en périphérie de la ville.

Kurtz attend déjà, un sourire narquois aux lèvres.

J'ai envie de lui arracher toutes les dents et de les lui enfoncer dans sa putain de gorge, mais je me force à inspirer malgré la brume cramoisie qui m'envahit l'esprit.

Patience. Je m'occuperai de lui plus tard.

Je me gare hors de leur champ de vision, mais en veillant à garder une vue indirecte sur eux grâce à l'un des rétroviseurs des vieilles voitures de la casse.

C'est là que je vois Kage sortir de sa voiture et saluer Kurtz. Ma main se resserre sur le volant.

Des quatre suspects, Kage était à la fois le plus et le moins probable.

Le plus, parce que c'est lui qui est le mieux placé pour accéder aux informations de haut niveau qui ont fuité.

Le moins, car il est ce qui se rapproche le plus d'un frère, chez Harper Security, depuis le départ de Rhys.

La rage déferle dans mon sang en une vague glacée et impitoyable. Elle me supplie de la libérer, de détruire non seulement les types qui se trouvent dans la casse mais aussi tout ce qu'ils aiment.

L'entreprise de Kurtz. La réputation de Kage. Leur argent, leurs familles…

Je repousse cette impulsion. *Plus tard.*

– Tu as le plan ? demande Kurtz.

Il se trouve trop loin pour que je l'entende, mais j'ai équipé toutes mes voitures de micros spéciaux capables de capter les sons éloignés.

On n'est jamais trop préparé.

Kage passe une main sur ses cheveux en brosse.

– Pas encore. C'est un tout nouvel appareil. Je n'ai pas encore les détails, et je ne peux pas les faire fuiter trop tôt, sinon il aura des soupçons. Il est déjà en alerte à cause de Scylla.

Le sourire de Kurtz se transforme en grimace.

– Dans ce cas, pourquoi tu lui as parlé de la copie, bordel ? Maintenant, il sait qu'il a un problème.

– Il fallait qu'il me lâche la grappe, grogne Kage. Que je garde sa confiance. Il commence à se demander pourquoi je mets tant de temps à comprendre ce qui s'est passé. C'est cette fichue gonzesse qu'il fréquente.

Son ton s'assombrit encore.

Je n'ai dit à personne, sauf à Brock, que Stella et moi avions rompu. Ça ne regarde que moi, putain.

– Ne t'inquiète pas, il ne va jamais comprendre que la fuite vient de toi. Il est tellement distrait par ce plan cul qu'il a de la chance que sa société fonctionne encore. Il a pris un mois de congé en Italie pour jouer les guides touristiques avec elle, bordel de merde.

– Ah, oui. Stella. Je l'ai rencontrée. Au moins, elle est baisable, s'esclaffe Kurtz.

Ma rage augmente encore pour devenir un nuage teinté d'écarlate.

– Tu connais Harper. Il est tellement aveuglé par son orgueil qu'il pense pouvoir tout gérer et que personne n'oserait le trahir. J'aurais adoré voir sa tête quand il a découvert pour Axel.

Kage ricane.

– Cet enfoiré me tapait sur les nerfs. Il essayait toujours de lui lécher les bottes pour me passer devant. Heureusement qu'on a mis une cible sur son dos et que Harper est tombé dans le panneau. Un problème de moins à gérer.

J'ai bien pensé qu'Axel n'était peut-être pas responsable du vol de *Magda* lorsque j'ai découvert une autre fuite, il y a quelques mois. Cette confirmation me donne un pincement au cœur, comme je n'en ai pas souvent, mais je ne peux pas changer le passé, inutile de se lamenter sur ces événements.

La meilleure chose que je peux faire, c'est de rendre au véritable traître la justice qu'il mérite.

– Oui, eh bien, il fallait le faire. Dommage qu'on n'ait jamais compris ce que ce tableau hideux avait de si spécial.

On s'était donné beaucoup de mal pour mettre la main dessus et on a dû le vendre avant que Harper remonte jusqu'à nous, grommelle Kurtz.

– C'est une chose qu'il n'a jamais révélée à personne, pas même à moi, réplique Kage en haussant les épaules. Si je découvre le fin mot de l'histoire, je te le ferai savoir.

Le sourire de Kurtz n'est pas sans rappeler celui d'un requin grimaçant devant sa proie.

– N'y manque pas. En attendant, ajoute-t-il en récupérant une mallette dans le coffre de sa voiture, voici la deuxième moitié de la somme promise pour les informations sur Scylla. En liquide uniquement, comme tu as demandé.

Une mallette ? Vraiment ?

Je n'arrive pas à décider ce qui m'énerve le plus : le visage de Kurtz, la trahison de Kage ou le fait qu'ils se comportent comme les méchants d'une mauvaise série policière à la télévision.

– Tu dois vraiment le détester pour l'enfler comme ça, commente Kurtz pendant que Kage compte l'argent. Je pensais que Harper et toi étiez frères d'armes jusqu'à ce que tu viennes me trouver, il y a quelques années.

– On l'était, réplique froidement Kage, qui referme la mallette d'un coup sec. Les choses changent. Personne ne veut vivre éternellement dans l'ombre de quelqu'un.

– De l'ambition. J'aime ça, déclare Kurtz en lui donnant une tape sur l'épaule.

Kage grimace, mais le P.-D.G. de Sentinel ne semble pas le remarquer.

– Tu sais, quand tu nous as contactés la première fois, j'ai cru que tu me tendais un piège, mais tu t'es révélé un allié utile. Ça fait des années que je meurs d'envie de voir Harper se faire rabattre le caquet. C'est un plaisir de faire affaire avec toi, comme toujours.

Sur cette conclusion, Kurtz monte dans sa voiture, lui adresse un clin d'œil et démarre.

Je m'occuperai de lui plus tard. Maintenant que j'ai la preuve du rôle de Sentinel derrière la contrefaçon de Scylla, je sais que ce sont aussi eux qui ont fourni l'appareil au harceleur de Stella. Ce seul fait leur vaudra plus qu'un petit plantage de leur système.

Kage jette la mallette dans son coffre et se dirige vers le siège du conducteur pendant que je sors de ma voiture, pour m'approcher sans bruit sur le sol de terre meuble.

– Quoi qu'il t'ait payé, ce n'est pas assez.

Mon constat désinvolte rebondit sur les monticules de métal tordu qui nous entourent. Je m'arrête à quelques mètres de l'endroit où il s'est garé.

À sa décharge, Kage ne se fige que deux secondes avant de se ressaisir. Il se redresse et me fait face, sa bouche dessine un sourire facile.

– Christian, qu'est-ce que tu fabriques ici ?

Malgré sa décontraction, je vois les émotions qui traversent ses yeux.

Surprise. Panique. Peur.

– J'avais un peu de temps libre, j'ai décidé de prendre des nouvelles de mon meilleur employé.

Mon sourire se calque sur le sien.

Son œil tressaille au mot « employé ».

Nous nous regardons fixement, dans une atmosphère tendue où flottent des odeurs de fer rouillé et de violence en gestation. Maintenant que nous sommes face à face, je laisse libre cours à mes émotions pour la première fois depuis que j'ai lu le mail de Kurtz.

Kage est mon plus ancien employé. Mon bras droit.

À une époque, il m'a sauvé la vie, et il était l'une des rares personnes en qui j'avais confiance.

Sa trahison s'enroule autour de mes entrailles comme du fil barbelé et fait couler des gouttes de sang. Une goutte pour chaque repas que nous avons partagé, chaque conversation que nous avons eue, chaque problème que nous avons abordé ensemble et chaque situation difficile que nous avons surmontée aux côtés l'un de l'autre.

La flaque cramoisie remplit mon ventre d'acide et ronge mon armure jusqu'à ce que surgissent le chagrin et un autre pincement de regret pour ce qu'il va m'obliger à faire.

J'inspire à pleins poumons.

L'armure se reconstruit et emprisonne mes émotions dans leur cage.

Cinq secondes. Je n'autorise pas mon côté sentimental à s'attarder davantage.

– C'était quoi, le problème ? je demande, rompant le silence. Tu voulais un salaire plus élevé ? Plus de reconnaissance ? Un putain de frisson parce que tu t'ennuyais à mort ?

Kage décide de cesser de faire l'imbécile. Le ressentiment transparaît aussitôt dans ses mots.

– Il ne s'agit pas d'argent. Il s'agit de toi. Si je n'avais pas été là, l'entreprise n'en serait pas où elle en est aujourd'hui. C'est moi qui gère les opérations au jour le jour pendant que tu fais le tour du monde dans ton putain d'avion privé et tes hôtels de luxe. C'est ton nom qui figure sur la porte. C'est toi que tout le monde admire. Tu es le P.-D.G., et je suis un putain d'employé. Je ne suis pas ton partenaire. Je ne suis qu'un soldat sous tes ordres. Chaque fois que je vais quelque part, les gens ne me posent des questions que sur toi. J'en ai marre.

Oh, putain de merde ! Je suis presque déçu que la raison de sa trahison soit aussi convenue. L'envie et le ressentiment sont aussi banals que je le pensais de l'amour.

Mais c'est le problème avec les humains. Leurs émotions les plus élémentaires sont les plus dangereuses.

– Plus de reconnaissance alors, je dis doucement. Assez pour que tu te précipites chez notre plus gros concurrent et que tu foutes en l'air notre amitié et ce que tu as contribué à construire. Tu aurais pu me parler, mais tu ne l'as pas fait. Ça ne fait pas de toi un héros, Kage. Ça fait de toi un putain de lâche.

Kage m'a en effet aidé à la naissance de l'entreprise et il jouait un rôle essentiel dans son fonctionnement. Je l'ai très bien rémunéré pour tout ça au fil des ans. Cependant, si Harper Security a prospéré, ce n'est pas grâce à ses opérations mais grâce à mes contacts et au cyber-armement que j'ai mis en place. Kage ne s'intéresse guère aux réseaux et s'y connaît encore moins en développement cyber.

Le seul point sur lequel il a raison, c'est ma distraction. J'aurais flairé plus tôt sa trahison s'il n'y avait pas eu Stella.

J'en ai eu l'intuition depuis le départ des comptes Deacon et Beatrix, avec qui il travaillait en étroite collaboration, mais j'ai repoussé la question pour m'occuper d'affaires plus importantes.

– Au moins, Sentinel apprécie ce que je fais pour eux, et je t'ai vu baisser d'un ton. C'est amusant de jouer les espions, de te saboter de l'intérieur, et tu ne t'en es même pas rendu compte parce que tu es ensorcelé par ta putain de petite amie pendant que je fais tourner la société. (Le sourire de Kage se glace.) Ça fait longtemps que tu ne me traites plus comme un ami, Christian, mais comme un laquais débile à qui tu peux donner des ordres. Tu sembles avoir oublié que tu serais mort, une balle dans la tête, si je ne t'avais pas sauvé la mise.

Le souvenir passe devant mes yeux.

Colombie, il y a dix ans. Les choses s'étaient gâtées avec un trafiquant d'armes et je me suis retrouvé en plein milieu d'une fusillade. Je me souviens encore de la chaleur étouffante, des échanges de coups de feu, des cris et de la force de Kage qui m'avait écarté de la trajectoire quelques millisecondes avant qu'une balle ne me transperce l'arrière du crâne.

Il protégeait un homme d'affaires local corrompu, et nous avions tiré pour nous sortir d'une situation impossible.

Et nous voilà, une décennie plus tard, au bord d'un nouvel échange de tirs.

Mes yeux sont rivés sur ceux de Kage, mais mon attention est focalisée sur le renflement à sa ceinture et la pression de mon arme entre ma hanche et le creux de mes reins.

– Le personnel est personnel, les affaires sont les affaires, je rétorque froidement. Quand on travaille, tu es un employé.

L'œil de Kage tressaille de nouveau.

– Je suppose que le départ des comptes Deacon et Beatrix sont aussi de ton fait.

– J'ai fait ce qu'il fallait. Sentinel commençait à s'impatienter après le flop de *Magda*. À ce propos, je suppose que tu n'as toujours aucune intention de me dire ce qu'il y a de si spécial dans ce tableau ? ajoute-t-il en haussant un sourcil.

– Autant garder le mystère. Ça rend la vie plus intéressante. La question, maintenant, je continue d'une voix radoucie, c'est de savoir ce qu'on va faire de toi.

Je ne supporte pas les traîtres. Peu m'importe qu'ils soient des amis, des membres de la famille ou quelqu'un qui m'a sauvé la vie.

Une fois qu'ils ont franchi cette ligne, je dois leur régler leur compte.

Le silence se prolonge quelques secondes supplémentaires avant que Kage et moi ne sortions nos armes et tirions en même temps. Des coups de feu claquent, suivis du fracas du métal contre le métal.

Je plonge derrière la carcasse rouillée d'une voiture, le cœur tambourinant, le pouls chargé d'adrénaline.

Je pourrais facilement l'achever d'un seul coup. Il vise bien, mais je vise mieux.

Une balle, cependant, c'est trop doux pour une si grande trahison. Je veux qu'il souffre.

– Tu ne vas pas me tuer, lance Kage dont je vois le reflet dans les vitres de la voiture en face de moi.

Il s'est abrité derrière un camion, près de l'endroit où il se tenait, mais son arme et un bout de son jean dépassent de la vieille carcasse métallique.

– Tu ne vas pas me tuer ici, je te connais, reprend-il. Tu es probablement en train de réfléchir aux moyens de me torturer en ce moment même.

Je ne mords pas à l'hameçon. Je ne vais pas hurler à travers une casse comme un acteur de série B dans un film d'action.

Mon téléphone vibre sur l'arrivée d'un nouveau texto. Je l'aurais ignoré, vu que je suis… occupé, mais mon instinct me met en alerte.

Quelque chose ne va pas.

Je baisse les yeux sur l'écran, l'espace d'une milliseconde.

Brock : 23, District Café

Compte tenu du contexte, mon cerveau traduit automatiquement le code propre à l'entreprise en un message complet.

Frappé d'incapacité, quelqu'un pour surveiller Stella au plus vite. Sommes au District Café.

Une panique comme je n'en ai jamais connu s'enroule autour de ma colonne vertébrale et se répand dans mon sang.

Il est arrivé quelque chose à Stella.

Il ne l'a pas dit, mais je le sens. Le même instinct qui m'a poussé à consulter ce texto au milieu d'un putain d'échange de tirs fait retentir les alarmes si fort qu'elles noient presque la voix de Kage.

– Il est hors de question que ça se passe comme ça, poursuit-il d'un ton dur, empreint d'excitation et d'une pointe de regret. Un seul d'entre nous sortira d'ici vivant, et ce ne sera pas toi.

Je prends ma décision en un instant.

– C'est là que tu te trompes.

Je sors de derrière la voiture.

Kage quitte sa cachette lui aussi, pistolet braqué sur moi, mais j'appuie sur la gâchette avant qu'il ne puisse tirer. Le coup de feu résonne dans la casse vide, suivi de trois autres. Une balle dans la poitrine, une dans la tête et une dans chaque rotule au cas où il survivrait et déciderait bêtement de poursuivre le combat.

Il titube, puis s'écroule à terre.

Je garde mon arme pointée sur lui tout en m'approchant. Le bruissement de l'herbe fait place au crissement du gravier jusqu'à ce que je me tienne au-dessus de lui.

Il a les yeux vides et grands ouverts, la bouche béante. Le sang se répand sous lui en une flaque qui ne cesse de s'étaler et tache le sol de rouge foncé.

Je n'ai pas besoin de lui prendre le pouls pour savoir qu'il est mort.

La décennie que nous avons passée ensemble s'est évanouie en quelques minutes, tout ça parce qu'il m'en voulait de ses choix.

J'enjambe le cadavre de Kage et je retourne à ma voiture. Je n'ai ni le temps ni la capacité d'autres effusions sentimentales. Quiconque me trahit est mort pour moi, au sens propre comme au sens figuré.

Le temps que quelqu'un découvre Kage – à supposer que ça arrive –, son corps aura été déchiqueté par des animaux sauvages.

Kurtz est la seule personne qui pourrait poser problème, mais il ne dira rien du tout. Kage mort ne lui sert à rien, et il ne risquera pas ses fesses pour mettre la police sur la bonne piste.

Puisque je suis l'employeur de Kage, il va falloir que je mette au point une bonne histoire à raconter aux autorités et au reste de l'entreprise, mais ça ne me prendra pas bien longtemps. Je peaufinerai les détails plus tard.

23.

Le message de Brock se répète en boucle dans mon cerveau alors que je quitte la casse. Ma panique ressurgit de plus belle, mélangée à une bonne dose de peur.

Quand je regagne la route principale, j'ai déjà oublié Kage. La seule chose qui compte, c'est Stella.

48

CHRISTIAN

Plus j'approche du café, plus mon instinct s'affole. Il se transforme en crainte lorsque je trouve Brock en train de vomir ses tripes dans les toilettes.

Et pas de Stella en vue.

Il réussit à m'exposer dans les grandes lignes ce qui se passe, avant de retourner se vider l'estomac dans les toilettes. Je ne l'interroge pas davantage. Chaque seconde compte, il n'est pas en état de rester debout et encore moins de parler.

Je fonce au bar, le sang réduit à un filet glacé dans mes veines. J'exige de voir les images de sécurité des deux dernières heures. Cinq minutes de bafouillages et de protestations exaspérantes plus tard, le gérant du café sort lesdites séquences dans son bureau exigu.

Mon cœur tambourine pendant que je regarde les scènes granuleuses se dérouler à l'écran.

Stella et Brock entrent. Ils passent commande au comptoir et s'installent à des tables séparées avant que la famille de Stella n'arrive.

Malgré la gravité de la situation, je ressens une pointe de fierté en la voyant prendre le contrôle de la conversation. Je ne peux pas entendre ce qu'ils disent, mais je déchiffre leur langage corporel.

Après le départ de sa famille, Brock s'approche de nouveau, mais ses pas sont moins assurés que lorsqu'il est entré. Stella et lui ont un échange rapide avant qu'il ne se précipite vers les toilettes. Une minute plus tard, elle se lève et tangue, puis se rassied. Son visage est pâle et on dirait qu'elle a du mal à respirer.

Mes phalanges blanchissent sur le dossier de la chaise du directeur.

Quelqu'un a dû la droguer. C'est l'explication la plus simple et la plus plausible.

L'envie d'entrer dans l'écran et de la réconforter, puis de pulvériser le salaud qui lui a fait ça me submerge.

Stella se lève à nouveau et se dirige en titubant vers la porte. Elle était placée non loin de la sortie, et elle ne fait que quelques mètres avant que quelqu'un ne vienne se poster derrière elle.

Mes sens sont en alerte.

Je fixe la silhouette. Grand, casquette de base-ball, veste sombre. Ils font une pause près de la porte, puis partent en même temps.

Je ne peux pas voir toute la scène, à cause de l'angle de la caméra, mais la façon dont les épaules du personnage se déplacent, la veste en plein été, le soin qu'il met à détourner son visage de la caméra…

Il a une arme. J'en suis sûr.

Je suis sûr aussi d'avoir déjà vu cette veste. Mon pouls se met à rugir alors qu'une certitude mortelle m'envahit.

– Rembobinez la cassette, j'ordonne. Stop.

L'image s'immobilise sur le moment où Stella et Brock passent leur commande. Le même personnage se tient à côté d'eux au comptoir. Il paie sa boisson en liquide et pianote sur le comptoir jusqu'à ce que Brock lui tourne le dos pour dire quelque chose à Stella.

Ce qui se passe ensuite ne prend que quelques secondes.

Il plonge la main dans sa veste, un geste tout ce qu'il y a de banal, verse rapidement ce qui ressemble à deux petits sachets dans les tasses de Stella et de Brock, et se remet à boire son café.

Il est rapide.

Il a aussi commis une erreur.

Lorsqu'il tourne la tête pour leur faire à nouveau face, j'entrevois son profil. Je l'ai déjà vu lors de deux vérifications distinctes de ses antécédents.

Le fils de pute !

Toutes les pièces du puzzle s'assemblent.

Comment il parvient à entrer dans le Mirage. Pourquoi on ne le voit jamais quitter le bâtiment. Son lien avec Stella.

Je ne prends pas la peine de remercier le gérant ou d'aller récupérer Brock, toujours hors service dans les toilettes. Au lieu de ça, j'envoie un Code noir à l'entreprise avec le nom du harceleur et les instructions pour les trouver, Stella et lui, dès que possible.

Réservée aux cas d'extrême urgence, l'alerte « Code noir » rappelle tous les agents sur zone pour une nouvelle affectation.

Je ne l'ai jamais utilisée jusqu'à présent.

Si le harceleur a été assez intelligent pour échapper à ma détection aussi longtemps, il l'est aussi assez pour couper son téléphone portable ou utiliser sa voiture personnelle.

N'empêche, nous avons les informations nécessaires pour le retrouver.

J'espère seulement qu'il ne sera pas trop tard.

49

STELLA

Des picotements me tirent des puits sombres et troubles de l'inconscience.

Ça commence par des fourmis dans les doigts et les orteils. Puis je sens la dure pression du bois sous mes cuisses. Enfin, le frottement irritant des cordes autour de mes poignets et une douleur lancinante derrière les yeux.

Les seules fois où j'ai été attachée, c'est avec Christian, mais sur la base d'un commun accord. Ça… je ne connais pas.

Tout ce que je sais, c'est que j'ai mal, que ma gorge est sèche et que ma tête m'élance comme si quelqu'un y travaillait avec un marteau-piqueur ou même dix. Des ancres de béton pèsent sur mes paupières. L'obscurité n'est pas douce et tendre comme lorsqu'on dérive graduellement vers le sommeil. Elle est sans fin et menaçante, comme des mètres cubes de terre après qu'on a été enterré vivant.

Je me force à respirer pour endiguer la panique qui enfle.

Respire. Réfléchis. Qu'est-ce qui s'est passé ?

J'ai du mal à faire le tri dans les événements de la journée.

Je me rappelle avoir retrouvé ma famille au café. Brock qui court aux toilettes. La nausée, le vertige, ma sortie d'un pas chancelant pour respirer un peu d'air… et la pression froide d'une arme contre ma cage thoracique. Une voix, puis le noir.

Oh, mon Dieu !

J'ai été kidnappée.

La prise de conscience enfonce ses griffes froides et acérées dans mon cerveau.

L'envie de céder à la panique me consume, mais je serre les dents et me force à rester dans le présent.

Je ne vais pas mourir comme ça. Je ne vais pas mourir du tout. Pas avant très, très longtemps.

J'ouvre les yeux, au prix d'un immense effort de volonté. Ma vision est d'abord déformée par le vertige avant que mon environnement ne prenne forme. Je me trouve dans une sorte de cabane délabrée faite de tôle ondulée et de bois. Une épaisse couche de crasse obscurcit les fenêtres et filtre les rayons du soleil sur le sol. Il n'y a pas d'autres meubles que la chaise sur laquelle je suis attachée et une table bancale où se trouvent une longue corde et, détail presque risible, une boîte de nourriture à emporter.

La bile me remonte dans la gorge.

Où suis-je ? À en juger par la lumière, ça ne fait pas longtemps que j'ai été assommée, ce qui signifie que nous ne sommes pas allés trop loin.

– Tu es réveillée.

Ma tête pivote vers l'endroit d'où est montée cette voix que je connais bien. Et je suis prise d'un second vertige.

Lorsqu'il se dissipe, la bile se fait plus insistante.

Je sais pourquoi cette voix m'est si familière.

– Non, je croasse d'une voix pathétiquement faible.

Julian sourit.

– Surprise ?

Le plus célèbre journaliste de Washington, le roi des colonnes *lifestyle*, a l'air différent, en dehors du cadre en papier glacé de sa photo dans le *Washington Weekly* et de la seule fois où nous nous sommes rencontrés en personne.

Pour le shooting de mon portrait, et il a été gentil. Sans prétention.

Il s'est montré encore plus aimable la dizaine de fois où nous nous sommes parlé au téléphone.

Mais maintenant que je regarde de plus près, je note une lueur de folie dans ses yeux et le caractère artificiel de son sourire.

C'est le sourire d'un psychopathe.

Mon pouls grimpe en flèche.

– Tu es en droit de l'être, fait Julian, qui lisse le devant de sa chemise. Tu ne te souviens pas de moi ?

– Vous êtes rédacteur au *Washington Weekly.*

J'ai la langue pâteuse.

Il a dû glisser quelque chose dans mon verre, au café. En tout cas, les effets du produit perdurent et brouillent les bords de ma conscience.

Il lève les yeux au ciel… ou je rêve ?

– En effet. Mais avant ça, Stella. On avait un cours ensemble à Thayer. Théorie de la communication avec le Professeur Pittman. Tu étais assise deux rangs devant moi, à ma droite, précise-t-il en souriant à ce souvenir. J'aimais bien ce cours. C'est là que je t'ai vue pour la première fois.

Thayer. Théorie de la communication.

Quelques images rapides d'un garçon blond assis sans rien dire au fond de la classe me reviennent à l'esprit, mais j'ai suivi ce cours il y a des années. Je me souviens à peine du physique du professeur, et encore moins de mes camarades de classe.

– Je ne te l'ai pas dit pendant nos nombreuses et charmantes discussions. Je voulais voir si tu t'en souvenais. (Son sourire se transforme en froncement de sourcils.) Ça ne te rappelle rien, mais ce n'est pas grave. J'étais quelqu'un de différent à l'époque. Moins performant, moins digne de toi. Je t'ai dit ce que je ressentais dans mes lettres, mais je devais faire quelque chose de moi-même avant de savoir que tu m'accepterais. C'est pourquoi je ne t'ai pas recontactée plus tôt. Mais maintenant… on peut enfin être ensemble, conclut-il en écartant les bras.

– Être ensemble ? Vous m'avez kidnappée !

Je n'arrive pas à comprendre ce qu'il raconte. La situation est trop surréaliste.

– À ce propos, je suis désolé d'avoir dû t'assommer, ça me facilitait la tâche. Je te détacherais bien aussi, mais je ne peux pas le faire tant que je ne t'ai pas réparée.

J'entends une forme d'excuse dans sa voix. La scène devient de plus en plus surréaliste à chaque seconde.

– De quoi parlez-vous ?

– De Christian Harper. (Il y a tant d'acide dans la façon dont il prononce son nom que ça me brûle le fond de la gorge.) Tu penses être toujours amoureuse de lui. Je le vois dans tes yeux.

Oh, mon Dieu. Christian.

Je prends conscience de l'importance de ce qui se passe.

Julian est à l'évidence complètement cinglé, et il m'a ligotée au milieu de Dieu sait où. Je peux essayer de m'échapper, mais je n'ai pas de voiture et je suis encore dans les vapes après le coup qu'il m'a porté à la tête.

Il y a de fortes chances que je ne revoie jamais Christian, mes amis ou ma famille.

La panique enfle dans ma poitrine, mais je l'oblige à refluer.

Je vais trouver un plan. Il le faut.

En attendant, je dois continuer à faire parler Julian, au moins pendant ce temps il ne fait pas… ce qu'il a prévu pour moi.

Mon ventre se noue.

– Je ne sors plus avec Christian.

Comme je le regrette !

J'aimerais être dans son appartement en ce moment, en train de préparer des tacos pendant qu'il me taquinerait parce que je mets trop de fromage sur les miens, puis qu'il râlerait en me voyant répondre à mes messages sur les réseaux sociaux au lieu de lui prêter attention.

Des larmes brûlantes me montent aux yeux.

– Je n'ai pas dit que tu sortais encore avec lui, s'emporte Julian. J'ai dit que tu avais encore l'illusion d'être amoureuse de lui !

Sa voix monte d'un cran, avant qu'il ne prenne une profonde inspiration et ne lisse à nouveau sa chemise.

– C'est bon. Ce n'est pas ta faute, reprend-il d'un ton apaisant. Il t'a trompée. Il t'a trompée en te faisant tomber dans le piège de l'apparence et de l'argent. Mais c'est nous qui sommes censés être ensemble. Je le sais depuis que je t'ai vue pour la première fois. J'ai rêvé de toi après notre premier jour de cours, tu sais. (Un autre sourire se dessine sur ses lèvres.) J'ai rêvé qu'on était mariés et qu'on vivait dans un petit chalet au fond des bois. On avait deux enfants. Je travaillais toute la journée, et quand je rentrais à la maison, tu m'attendais. C'était magnifique. Je n'avais jamais rêvé d'une fille avant. Si ce n'est pas un signe de Dieu, qu'est-ce que c'est ?

Un rêve ? Je traverse l'enfer à cause d'un putain de rêve ?

Respire.

L'air vicié m'irrite les poumons.

– Aucune femme n'est plus belle que toi, Stella. Tu as toujours été calme et gentille avec moi, même quand tous les autres m'ignoraient ou se moquaient de moi. Tu as les qualités que je recherche chez une épouse. Tu es parfaite pour moi.

Je ne suis pas la même personne qu'à l'université, mais il est clair qu'il ne me voit pas comme une personne à part entière. Il ne voit en moi qu'un trophée, quelque chose à posséder.

– Comment avez-vous eu toutes ces photos de moi ?

Je remue mes mains derrière moi autant que j'ose, à la recherche de quelque chose, n'importe quoi, que je pourrais utiliser pour couper la corde.

– Comment êtes-vous entré dans mon appartement ?

Mon souffle s'accélère lorsque je touche ce qui ressemble à une protubérance dure et pointue sur le dossier de la chaise. On dirait un clou. La chaise est si vieille que ça ne m'étonnerait pas. Honnêtement, je me fiche de ce que c'est. Tout ce qui m'importe, c'est de savoir si ça me permettra d'effilocher suffisamment mes liens pour pouvoir me libérer.

Je ne quitte pas Julian des yeux tout en frottant la corde sur le clou, le plus discrètement possible.

– J'ai toujours été doué pour faire des recherches sur les gens. J'ai un diplôme de journalisme, figure-toi. En plus, je me fonds dans le décor. Ce qui facilite la tâche quand on veut suivre quelqu'un sans qu'il s'en rende compte. Quant à ton appartement, continue Julian avec un grand sourire, c'est ça, le meilleur ! J'ai aussi un appartement au Mirage. Ma grand-mère me l'a légué après sa mort. Je n'y vis pas à plein temps, mais j'ai les clés. Nous sommes pratiquement voisins. J'ai été très contrarié que tu ne me remarques pas, la fois où on a pris l'ascenseur ensemble, mais tu ne quittais pas ton téléphone des yeux.

Il laisse échapper un petit grognement, mais je garde le silence, trop concentrée sur ma tâche.

Heureusement, Julian aime mettre son histoire en scène, il fait les cent pas et gesticule tout en me racontant ce qu'il a fait. Chaque fois qu'il me tourne le dos, j'accélère mes frottements sur le clou, puis je ralentis lorsqu'il me fait à nouveau face.

Je transpire sous l'effort, mais la corde s'est suffisamment relâchée pour ne plus me cisailler la peau.

Juste un peu plus…

– J'ai eu un peu plus de mal à pirater le système de surveillance, mais j'ai eu de l'aide. J'ai engagé Sentinel Security. C'est le plus gros concurrent de Harper, et je me suis dit qu'ils sauteraient sur la moindre occasion pour lui nuire. J'avais raison. Ils m'ont fourni un appareil hi-tech et la suite, eh bien, tu la connais.

Il s'arrête devant moi.

Je me fige, priant pour qu'il ne regarde pas par-dessus ma tête et dans mon dos.

– J'ai fait tout ça pour toi, Stella. Parce que je t'aime. Je regrette seulement d'avoir dû te quitter pendant deux ans. Malheureusement, j'ai dû rentrer chez moi et m'occuper de ma grand-mère, m'explique-t-il, l'air ennuyé. C'est elle qui m'a laissé l'appartement et tout l'argent dont on pourra avoir besoin. Elle était très portée sur l'immobilier, et comme mes parents sont morts, j'ai hérité de tout. Tu as commencé à sortir avec Harper pendant mon absence, ce qui n'est pas très gentil. (Il plisse le front, réprobateur.) Mais je suis de retour, et tu ne vis plus chez ce connard. J'ai dû faire profil bas pendant un moment après mon retour, tu sais. Je ne pouvais pas courir le risque que Harper me retrouve. Ce qui est bien, c'est que du coup, j'ai eu le temps de planifier tout ça. On va enfin pouvoir être ensemble… après qu'on t'aura réparée. Je ne pense pas que cela prenne beaucoup de temps. Quelques semaines avec moi et tu verras. On est faits pour être ensemble.

Julian s'agenouille et lisse mes cheveux, pour les repousser de mon visage.

Il rayonne.

J'ai la nausée. Il délire. Il est au-delà du délire.

Il prétend m'aimer, mais ce qu'il fait n'est pas de l'amour.

Aimer, c'est m'accepter telle que je suis, avec mes défauts et tout le reste.

Aimer, c'est croire en moi quand je ne crois pas en moi.

Aimer, c'est des moments calmes et des baisers doux, une exaltation à vous couper le souffle et des mains rugueuses, tout à la fois.

Aimer, c'est ce que Christian me donne.

Il franchit des limites et garde des secrets, mais il ne ferait jamais fait ça. Jamais il ne me droguerait ou ne me blesserait intentionnellement.

Je sais que je dois jouer le jeu jusqu'à ce que je puisse m'échapper, mais la seule idée de faire semblant de vouloir être avec lui me donne envie de vomir.

– Julian…

Je le regarde dans les yeux. Il sourit, le visage rayonnant d'une impatience maladive.

– Je préférerais mourir plutôt que d'être avec toi.

J'enchaîne avec un coup de tête aussi fort que possible. Son hurlement de douleur ricoche à travers le chalet.

Des étoiles fusent dans mon champ de vision sous la force de l'impact, mais je n'ai pas de temps à perdre. J'abaisse mes poignets aussi fort que possible derrière moi jusqu'à ce que la corde effilochée se casse sur la protubérance.

Heureusement que Julian ne m'a pas attaché les jambes. Je me dirige d'un pas chancelant vers la porte. J'y suis presque arrivée quand des mains puissantes me tirent en arrière.

Je heurte le sol dans un bruit sourd. Julian m'y plaque et me menotte les poignets au-dessus de la tête.

– Lâche-moi !

Je me débats contre son emprise.

– Tu es à moi, déclare-t-il calmement, comme si nous étions à un pique-nique au parc et pas dans cet endroit sordide où il me retient en otage. Ce sera bien plus facile si tu cèdes, Stella. Je ne veux pas te faire de mal.

Je ne peux pas continuer à lutter indéfiniment. Mon énergie faiblit déjà, mes muscles sont endoloris et mes pensées embrouillées par la panique.

Je tourne légèrement la tête sur la droite, et mon souffle se bloque quand j'aperçois mon sac à main gisant à quelques mètres de moi.

Mon Taser.

Je le garde toujours sur moi. Si seulement je pouvais l'atteindre…

Julian suit mon regard et rigole.

– Oh, ne t'inquiète pas pour ton Taser. J'ai enlevé les piles. Je…

Il s'interrompt sur un hurlement, plus animal, lorsque je profite de sa distraction pour enfoncer mes dents dans son cou et arracher la chair. Le bruit humide et écœurant de la peau qui se rompt déchire la pièce.

Il me relâche. J'en profite pour le repousser et ramper jusqu'à l'entrée du chalet.

Je ne regarde pas derrière moi. Mon ventre se retourne au goût métallique du sang dans ma bouche, mais je n'ai pas le temps de m'attarder sur mon dégoût.

J'attrape la poignée de porte, je m'en sers pour me hisser…

Un cri de frustration me traverse la gorge quand Julian m'entraîne de nouveau en arrière. Il me pousse, tête la première, contre le mur à côté de la porte. La douleur explose dans mon front. Ma vision crépite et grésille comme les parasites d'une vieille télévision.

– Tu me déçois, Stella.

Il y a dans sa voix une menace qui transforme son grognement en quelque chose de sombre et sinistre. Le sang de sa blessure au cou coule sur ma peau et me brûle comme de l'acide.

– J'essayais d'être gentil. Je pensais que tu comprenais. Si je ne peux pas t'avoir… personne ne t'aura.

La pression de son arme sous mon menton envoie un flot de peur glacée le long de mon dos. Je laisse échapper un petit cri lorsqu'il me tire sèchement la tête en arrière. Le pistolet est froid, mais ses respirations dans mon cou sont brûlantes et sinistres.

– Peut-être que tu ne peux plus être sauvée. Tu as été endommagée. Mais ce n'est pas grave. On pourra être ensemble dans notre prochaine vie. Nous sommes des âmes sœurs. Et les âmes sœurs trouvent toujours le moyen de revenir l'une vers l'autre.

Il m'embrasse dans le cou. Un frisson de dégoût me parcourt.

Il arme le pistolet.

Douleur et terreur se dissolvent dans mon engourdissement. Je ferme les yeux. Non, ce chalet ne sera pas la dernière chose que je verrai avant de mourir.

Mes respirations ralentissent. Je me retire mentalement dans mon endroit le plus sûr.

Des yeux couleur whisky. Des murmures torrides. Cuir et épices.

Des larmes silencieuses coulent sur mes joues.

Le temps ralentit tandis que des bribes de ma vie défilent dans mon esprit. Je me déguise en poupée Bratz avec mes amies pour Halloween, je fais des puzzles avec Maura, je passe des vacances en famille à la plage, je publie mon premier article de blog, je téléphone à Brady, je passe des après-midi dans des cafés, je fais des séances photos au bord de l'eau… et puis Christian.

Parmi toutes les personnes qui me manqueront le plus, c'est lui qui occupe la première place.

Je t'aime.

Un coup de feu retentissant ébranle mes tympans.

Je tressaille et j'attends l'explosion de douleur, mais elle ne vient pas.

Au lieu de quoi, j'entends le claquement d'une porte, suivi par des cris et un violent souffle d'air quand le corps de Julian est arraché du mien.

J'ouvre les yeux et je regarde, stupéfaite, une demi-douzaine d'hommes envahir le chalet, armes à la main.

L'un d'eux maîtrise facilement Julian tandis que les autres balaient l'espace. Tout se passe si vite que je suis encore debout près de la porte lorsqu'une présence chaude et familière me touche le cou.

Ce n'est pas possible.

Pourtant, quand je me retourne, il est là.

Cheveux bruns. Yeux brillants. Visage sculpté par une rage froide et impitoyable.

Christian.

Le sanglot que je gardais prisonnier se libère enfin.

Autant j'ai été en colère quand j'ai trouvé les fichiers, parce qu'il avait trahi ma confiance, autant il n'y a personne d'autre que j'aurais préféré voir en cet instant.

– Stella.

Le soulagement adoucit les bords tranchants de sa fureur.

Il prononce mon nom comme une prière, un murmure si primal et sincère qu'il efface les ultimes résistances que j'aurais pu avoir.

Je ne réfléchis pas. Je ne parle pas.

Je traverse juste la pièce et je m'effondre dans ses bras.

50

CHRISTIAN

Elle est là. Elle est en sécurité.

Je me répète les mots dans ma tête en serrant Stella contre moi.

De minuscules frissons secouent son corps et, même si elle est presque aussi grande que moi, elle paraît fragile. Cassable.

Une émotion féroce flambe dans ma poitrine : la protéger.

– Tout va bien, ma chérie, je murmure. Tu vas bien. Tu es en sécurité.

Elle enfouit son visage plus profondément dans mon cou, ses doux sanglots tordent mon cœur comme un chiffon essoré.

Je la tiens dans mes bras pour la première fois depuis des semaines, mais pas comme je l'aurais voulu. Pas quand elle est meurtrie, blessée et terrifiée.

Le soulagement que j'ai ressenti en la voyant en vie fait place à une rage renouvelée.

Mon regard froid trouve Julian par-dessus l'épaule de Stella.

Il me lance un regard haineux, mais il ne profère pas un mot pendant que Steele et Mason le ligotent.

J'ai reconnu le visage de Julian grâce à sa biographie dans le *Washington Weekly*. Je l'ai également reconnu grâce à la vérification des antécédents de sa grand-mère, lorsqu'elle a acheté son appartement au Mirage. Après son décès, c'est lui qui a hérité du bien immobilier.

Je ne m'implique pas dans la gestion des occupants des appartements au quotidien, si bien que je n'ai pas fait le lien.

Pas étonnant qu'on ne l'ait pas vu sortir du Mirage après son intrusion dans l'appartement de Stella. Il était à l'intérieur depuis le début.

– Gardez-le en vie, j'ordonne. Je m'occuperai de lui personnellement.

Je veux avoir le plaisir de mettre ce salaud en pièces moi-même.

Cependant, une lueur de fierté jaillit dans ma poitrine quand je vois la vilaine blessure à son cou. Stella a dû lui en faire voir de toutes les couleurs avant notre arrivée.

Une fille selon mon cœur.

Steele acquiesce.

– Ça marche.

Nous avons retrouvé Julian grâce à la carte de crédit qu'il a utilisée pour louer sa voiture, puis nous avons suivi le véhicule jusqu'à ce chalet pourri dans les bois de Virginie. Le GPS intégré à la voiture nous a bien facilité les choses.

Ne voulant pas prendre de risques, j'ai appelé quelques hommes pour m'accompagner et j'en ai envoyé un autre chercher Brock.

Julian a dû droguer Stella et Brock avec des substances différentes : l'une pour neutraliser ce dernier et l'obliger à quitter la pièce, l'autre pour désorienter Stella.

Je brûle de l'écorcher vif, mais Stella a la priorité. Je passe une main dans son dos.

– On va te prendre une chambre dans un hôtel et te nettoyer, je murmure. Un médecin nous rejoindra là-bas pour jeter un coup d'œil à tes blessures.

Je déteste les hôpitaux. Toute cette putain de paperasse, et ce manque de sécurité. C'est plus facile si c'est moi qui m'occupe d'elle.

Lorsqu'elle m'adresse un petit signe de tête silencieux, je laisse mes hommes régler la pagaille dans le chalet et je la guide doucement jusqu'à ma voiture.

Ma colère s'enflamme à nouveau à la vue de ses coupures et de ses ecchymoses en pleine lumière, mais je la contiens. *Plus tard.* Une fois que je me serai assuré qu'elle va bien, je pourrai prendre tout mon temps pour démembrer Julian.

Stella n'ouvre pas la bouche pendant que je l'éloigne du chalet.

J'aimerais la ramener à mon appartement, mais je ne veux pas violer les limites qu'elle a établies pendant notre rupture.

Cependant, quand nous arrivons à l'hôtel correct le plus proche, elle ne bouge pas de la voiture. Elle regarde fixement l'entrée, les mains crispées sur les genoux au point que ses jointures ont blanchi.

– Est-ce qu'on pourrait plutôt aller chez toi ? murmure-t-elle. Je voudrais être dans un endroit sûr.

Malgré mon cœur qui rugit, je réussis à garder une voix égale.

– Bien sûr.

Le Docteur Abelson nous attend déjà lorsque nous arrivons au Mirage. En fait, il est à la retraite, mais l'un de mes clients m'a orienté vers lui il y a des années, lorsque j'ai laissé entendre que j'avais besoin d'un médecin discret. Apparemment, le golf et la télévision ne suffisent pas à occuper le temps dont jouit Abelson maintenant qu'il est à la retraite.

Comme je n'ai pas besoin que les autres résidents de l'immeuble posent des questions, je nous ai fait gagner mon penthouse par l'entrée de derrière.

J'ai réservé une pièce de mon appartement pour les soins médicaux, et c'est avec impatience que je regarde Abelson se présenter à Stella et examiner ses blessures.

– Elle va bien ? je finis par demander d'une voix impérieuse.

L'examen m'a paru interminable, alors qu'il a en réalité duré moins de trente minutes.

– Elle a quelques coupures et contusions, plus une légère commotion cérébrale, mais ça va aller, déclare le médecin. Rien que le temps et le repos ne puissent guérir.

Le diagnostic devrait me rassurer, pourtant je ne me focalise que sur « commotion cérébrale ».

J'ajoute mentalement un quart d'heure à ma séance avec Julian.

– Je m'en occupe, je déclare quand il s'apprête à panser une de ses entailles. Vous pouvez partir. Merci.

Un petit haussement de sourcils mis à part, Abelson ne manifeste aucune réaction.

– Est-ce que je peux savoir ce qui s'est passé ? demande-t-il en remballant son sac.

Il a parlé à voix basse.

Stella est installée à l'autre bout de la pièce. Si elle est restée silencieuse pendant son examen, ça ne veut pas dire qu'elle ne peut pas nous entendre.

– Non.

Il est là pour gérer les problèmes médicaux, mais je ne l'informe pas de la façon dont ces problèmes sont survenus.

– C'est bien ce que je pensais, lâche-t-il en secouant la tête. Appelez-moi si des complications surviennent. Je ne pense pas que ce sera le cas, mais vous avez mon numéro.

Voilà pourquoi j'apprécie Abelson. Il est discret et compétent, et ne pose pas de questions superflues.

Après son départ, je finis de bander les coupures de Stella. J'effleure sa peau en appliquant les pansements le plus délicatement possible sur ses blessures. Le ronronnement régulier du climatiseur se mêle à nos respirations paisibles, et un courant électrique s'est enroulé autour de mes muscles avant que je termine mes soins.

– Si tu as faim, je peux nous préparer à manger.

Elle secoue la tête.

– Je veux juste prendre une douche et dormir.

Je ne discute pas. Je préfère la conduire dans le couloir et m'arrêter entre la chambre d'amis et ma chambre à coucher.

Je ne devrais pas lui demander. Je sais que ce serait franchir à nouveau les limites et qu'elle n'est peut-être pas prête. Mais je dois essayer. Je tâche de prendre un ton doux afin de formuler une demande, pas un ordre.

– Reste avec moi. Juste pour ce soir. S'il te plaît.

Nous sommes dans la sécurité de mon penthouse, mais ce n'est pas suffisant. J'ai failli la perdre, et j'ai besoin d'elle près de moi. J'ai besoin de la voir, de la toucher, de la réconforter. De me rassurer en me disant qu'elle est bien là et qu'elle n'est pas le fruit de mon imagination.

C'est seulement ainsi que je pourrai respirer.

L'éternité d'une seconde s'écoule, suivie d'un petit hochement de tête, d'un doux soulagement et du « clic » de la porte de ma chambre qui se referme derrière nous.

Stella et moi prenons une douche à tour de rôle.

Comme elle a déménagé toutes ses affaires chez Ava, je lui donne un de mes vieux tee-shirts.

La voir dans mes vêtements me réchauffe le cœur. Ça ne veut pas dire qu'elle me pardonne ou que nous sommes de nouveau ensemble. Elle a vécu une expérience traumatisante et ses actions présentes ne sont pas représentatives de son comportement habituel.

Mais c'est un progrès, et je prends tout ce qu'elle veut bien me donner.

– Comment tu m'as trouvée ? demande-t-elle alors que je me glisse dans le lit à côté d'elle.

Un autre picotement de soulagement apaise la tension qui m'anime. Elle a retrouvé un peu de ses couleurs après la douche, et elle parle à nouveau.

Encore un progrès.

– Brock m'a envoyé un texto et je l'ai vu sur la vidéo de surveillance du café.

Je lui fais un rapide résumé de ce qui s'est passé, en omettant la partie concernant Kage et la casse.

– Est-ce qu'il va bien ?

Évidemment, Stella s'inquiète pour quelqu'un d'autre alors que c'est elle qui a été enlevée.

Je souris.

– Oui. Il ira bien avec un peu de repos.

– Bien.

Elle me fait à moitié face, une main repliée sous sa joue.

Malgré ce qu'elle a dit sur son envie de dormir, elle semble réticente à sombrer.

– Parle-moi, Papillon. Qu'est-ce qui te tracasse ?

– Eh bien, j'ai eu une journée passionnante.

Un autre sourire naît sur mes lèvres. Les plaisanteries, aussi pince-sans-rire soient-elles, sont toujours bon signe.

Elle se déplace pour me faire face complètement.

– Mais je ne veux pas parler maintenant de ce qui s'est passé. Raconte-moi plutôt une histoire.

– Un conte de fées ? je la taquine.

Elle secoue la tête.

– Quelque chose de réel.

Je réfléchis avant que mon sourire ne s'efface progressivement.

– À quel point tu veux que ce soit réel, Stella ?

– Aussi vrai que possible, répond-elle d'une voix apaisée. Raconte-moi une histoire sur toi.

Je reste silencieux un moment avant de reprendre la parole.

– Je t'ai parlé de mon père et de la façon dont mes parents sont morts. Ce que je ne t'ai pas dit, c'est ce que ma mère a laissé derrière elle.

Les mots sont ternes, comme des meubles pris dans une toile de poussière, après avoir été cachés si longtemps.

– Un message d'adieu.

La police l'avait trouvé sur les lieux. Ma tante ne voulait pas que je le voie, mais j'avais insisté.

Je me souviens encore de son odeur, celle de l'encre et du parfum préféré de ma mère. Ma peau était encore chaude à cause du soleil de l'après-midi, mais je n'avais pas pu étouffer un frisson en lisant son message.

– Elle me disait qu'elle m'aimait profondément et ne voulait pas partir, mais qu'elle n'avait pas le choix. Qu'elle ne pouvait pas vivre sans mon père et que sa sœur s'occuperait de moi. (Un sourire amer se dessine sur mes lèvres.) Imagine-toi dire à ton enfant que tu l'aimes avant de le laisser seul au monde. Tu le prives du seul parent qui lui reste, parce que tu refuses de rester assez longtemps pour essayer. Ça faisait deux jours qu'il était mort. C'est tout. Je n'ai pas été triste en lisant cette lettre, Stella. J'ai été en colère, et tant mieux, parce que la colère est plus facile à vivre que le sentiment d'abandon. Mais ma mère a aussi laissé quelque chose d'autre derrière elle. Sa seule tentative en tant que peintre. Elle aimait l'art, mais s'est avérée une très mauvaise artiste, et même mon père n'a pas pu lui mentir en lui disant que c'était bien. Nous l'avions reléguée à la cave, mais après sa mort, je l'en ai tirée et je l'ai gardée. Je ne sais pas pourquoi. Peut-être parce que j'étais furieux de ce que l'art avait fait à ma famille, et que j'aimais voir sa laideur et son chaos immortalisés sur la toile. J'ai aussi gardé son message, et quand j'ai été plus grand, j'ai refait encadrer la toile pour glisser ce message à l'intérieur. Le plus tordu, c'est que j'ai donné son nom au tableau. *Magda*.

Les yeux de Stella s'écarquillent.

– Eh oui. La fameuse *Magda* dont tu m'as entendu parler avec Dante. J'aurais dû jeter le tableau et le message il y a longtemps, mais je ne peux pas me résoudre à le faire. Ce ne sont pas les objets eux-mêmes. C'est ce qu'ils symbolisent, ce que mes parents ont fait et comment ils m'ont abandonné. Je détestais *Magda*, et pourtant elle est la chose la plus importante de ma vie. À tel point que je la conserve sous bonne garde. J'ai même falsifié des documents disant qu'il s'agissait d'une œuvre d'art inestimable pour que personne ne se demande pourquoi j'y consacre tant de ressources, j'explique sur un rire rauque. Ça semble une ruse d'une complexité ridicule, pour quelque chose d'aussi simple, mais ce tableau m'a toujours foutu dans la merde. Je n'ai jamais pu m'en défaire. Cette œuvre d'art hideuse symbolisait tout ce qu'elle aimait plus que moi. Chaque fois que je vois ce tableau, je la vois, elle. Je la vois s'asseoir, écrire ce message, puis se faire sauter la cervelle.

Stella tressaille devant l'image que je viens d'évoquer, mais je suis allé trop loin pour m'arrêter.

– Je me vois assis dans ma classe quand le directeur m'a appelé dans son bureau. Je vois le visage de ma tante, l'enterrement et les regards de pitié que tout le monde me lançait après sa mort. La ville ne connaissait pas la vérité sur mon père ; l'homme d'affaires qu'il avait cambriolé ne voulait pas de publicité supplémentaire et il avait payé les autorités pour que toute l'affaire reste discrète. L'amour d'une mère pour son enfant est censé être le plus grand des amours, je poursuis, la gorge nouée. Pourtant, le sien n'a pas suffi pour qu'elle reste avec moi.

Stella, qui est restée silencieuse tout au long de mon histoire, me regarde maintenant avec un millier de mots dans les yeux.

– Christian, souffle-t-elle, la voix chargée de larmes qu'elle retient.

Je lui glisse une mèche de cheveux derrière l'oreille.

– Ce n'est pas une histoire destinée à te tirer des larmes, Papillon, je marmonne d'un ton bourru. Ne te sens pas mal pour moi. Je m'en suis remis il y a longtemps.

C'est une histoire pénible à raconter, compte tenu de la journée qu'elle a eue, mais elle voulait du concret. Et on ne fait pas plus réel que mon histoire avec *Magda*.

– Je ne pense pas que tu t'en sois remis, réplique-t-elle doucement. Pas si tu t'accroches encore à ce tableau.

– Techniquement, c'est Dante qui s'y accroche, j'objecte.

– Comment il l'a obtenu ?

– Le tableau a été volé, puis vendu lors d'une vente immobilière.

Je n'entre pas dans les détails les plus obscurs concernant Kage, Sentinel et la manière dont, par la plus grande des coïncidences, il a atterri dans les mains de Josh. Je l'avais trouvé avant que Josh l'achète et j'avais retiré le message, mais j'ai laissé la vente suivre son cours afin de remonter la piste de la personne qui l'avait volée. J'avais eu raison pour Sentinel et tort concernant Axel.

– Dante a agi pour moi en tant que mandataire et a racheté la toile, car je ne voulais pas que personne d'autre soit au courant de mon lien avec elle. Il garde *Magda* chez lui pendant que je réfléchis à ce que je vais en faire.

– Et alors, ça y est ? demande Stella. Tu as décidé ?

– Pas encore. Mais ça ne va pas tarder.

Nous restons allongés. Nos respirations s'entremêlent dans l'espace comprimé entre nous.

Stella a raison. Je n'ai pas oublié *Magda*. Je l'ai repoussée au fond de mon esprit à cause de tout ce qui s'est passé ces derniers mois, mais je sens encore son emprise de squelette sur moi.

Je peux détruire ce tableau, ou vivre éternellement sous son emprise. Mais c'est une décision que je ne vais pas prendre maintenant.

– Je peux te confier un secret ? chuchote Stella. Quand j'étais dans le chalet et que je me croyais sur le point de mourir… la personne à qui j'ai le plus pensé, c'était toi.

Ses mots m'ouvrent le cœur et s'y enfoncent, à la fois la partie où elle a failli mourir et celle où elle a pensé à moi.

– Je ne dis pas que j'ai digéré à cent pour cent ce que tu as fait, ce serait mentir, reprend-elle. Mais je comprends qu'on puisse avoir des secrets qu'on ne sait pas comment révéler. J'ai aussi compris que j'ai eu tort de te comparer à Julian. Tu ne me ferais jamais de mal comme il l'a fait. Et pour être honnête, je… Tu m'as manqué, achève-t-elle, la gorge nouée.

L'oppression dans ma poitrine se relâche, et ma bouche dessine un sourire sincère.

– Je peux partir de ça.

– Et puis… (Elle rougit.) Je digérerais peut-être mieux cette histoire si tu me donnais un baiser pour me souhaiter bonne nuit.

J'éclate de rire.

– Je peux tout à fait partir de ça, je lâche en la rapprochant de moi. Tu m'as manqué, toi aussi, je murmure avant de déposer un doux baiser sur ses lèvres.

Je pourrais l'embrasser sans plus jamais m'arrêter, mais je me force à m'écarter après avoir compté jusqu'à trois. Ce n'est pas le moment pour une séance de réconciliation intense.

– C'est tout ce que tu auras pour l'instant. Tu as besoin de te reposer.

Stella soupire.

– Espèce d'allumeur !

Malgré ses grognements, elle s'éteint comme une traînée de poudre quelques minutes plus tard.

Je la blottis contre mon torse et, après des semaines de nuits agitées, je laisse le rythme apaisant de ses respirations me bercer enfin jusqu'au sommeil.

51

STELLA

Le lendemain, je dors jusqu'à midi. Je ne me suis jamais réveillée aussi tard, mais les événements de la veille se font ressentir. Même après seize bonnes heures de repos, le brouillard obscurcit encore mon cerveau alors que je me dirige vers la cuisine.

J'ai été droguée et kidnappée. J'ai découvert qu'un ancien camarade de classe, le journaliste qui a écrit cet incroyable portrait de moi, était mon harceleur. J'ai failli mourir, puis j'ai été sauvée par Christian, chez qui j'ai passé la nuit, et disons que… je me suis réconciliée avec lui.

J'ai eu le temps de réfléchir, il est donc plus facile de comprendre ce qui s'est passé, mais la journée d'hier a été tellement surréaliste que j'ai encore l'impression de marcher aux frontières d'un rêve.

Comme on est lundi, je m'attends à ce que Christian soit au travail. Au lieu de quoi, quand j'entre dans la cuisine baignée de soleil, je le trouve debout près de la machine à expresso, vêtu d'un tee-shirt et d'un pantalon noirs au lieu de son costume habituel.

Je cille, surprise.

– Tu es là.

Il désigne d'un signe de tête la rangée d'assiettes couvertes sur l'îlot de cuisine.

– C'est ma maison, réplique-t-il. Nina est là et elle a préparé le petit déjeuner. Des crêpes au citron et à la ricotta, tes préférées.

Mon ventre gargouille à la mention du petit déjeuner. J'ai mangé une pâtisserie au déjeuner et sauté le dîner, hier, je suis donc prête à dévorer n'importe quoi.

– Comment tu te sens ? demande-t-il en me regardant planter les dents dans une crêpe.

Oh, bon sang, ce qu'elles sont bonnes ! Peut-être les meilleures que j'aie jamais goûtées.

Mes muscles sont douloureux et ma tête me fait encore un peu souffrir, mais rien de grave.

– Je survivrai. Tu n'es pas censé être au travail ?

– Je pars bientôt, répond Christian qui pose sa tasse de café dans l'évier. J'ai dû raconter à Ava ce qui s'est passé, car elle s'est inquiétée de ne pas te voir rentrer hier soir. Elle a deviné, à juste titre, que tu étais avec moi.

Je grimace. J'ai complètement oublié de prévenir Ava que j'allais bien.

– Elle l'a dit à Jules, ajoute-t-il d'un ton sec. Elles ne devraient pas tarder. Elles vont te tenir compagnie pendant que je m'occuperai de Julian.

– Tu les laisses entrer chez toi ? Je croyais que tu n'aimais pas recevoir des invités.

Le froncement de sourcils de Christian s'accentue.

– Je me suis dit que tu ne voudrais pas être seule. Si je me suis trompé, je peux leur dire de ne pas venir.

– Non, c'est bon. Ça me fera du bien de les voir.

Il a raison, je ne veux pas être seule. Voir mes amies me redonnera un sentiment de normalité, même si je sais qu'elles doivent flipper à mort.

– Qu'est-ce que tu vas faire de Julian ? je demande, sûre de ne pas vouloir connaître la réponse mais trop curieuse pour me taire.

S'il s'agissait de quelqu'un d'autre, j'insisterais pour qu'il laisse la police s'en occuper. Cependant, inutile d'essayer de convaincre Christian de confier une affaire aux flics, et je n'ai pas eu la meilleure expérience qui soit avec la police.

Avec la chance qui est la mienne, Julian échappera à une lourde peine et sera de nouveau dans la rue dans quelques mois.

Les yeux de Christian s'assombrissent.

– Rien qu'il ne mérite pas.

Un frisson me court le long de l'échine devant le calme mortel de sa réponse. Je me demande soudain, à un niveau plus viscéral, pourquoi il porte une tenue décontractée entièrement noire au lieu d'un costume.

Christian m'a donné la preuve qu'il était un homme meilleur que je ne l'avais imaginé. Mais je réalise avec une clarté soudaine et aveuglante qu'il est aussi capable de choses pires que ce que je peux imaginer.

Nos regards se croisent. Les battements de mon cœur ralentissent sous le poids de son évaluation. Il sait que je sais ou du moins que je m'en doute. Et il veut voir si je le condamne. Si je vais essayer de l'en empêcher.

Ma fourchette devient froide dans ma main. Mais je ne dis pas un mot.

Le carillon de la sonnette rompt le charme, et je jette instinctivement un coup d'œil vers le salon.

Nina a dû aller ouvrir parce que j'entends le son étouffé des voix de mes amies, suivi du bruit de leur pas.

– Si tu as du temps aujourd'hui, reprend Christian d'une voix calme qui attire à nouveau mon attention sur lui, regarde dans le tiroir où tu as trouvé les dossiers. Il y a quelque chose pour toi.

Il y a dans son ton une incertitude qui ne lui ressemble pas et fait germer une graine de curiosité ainsi que quelque chose de plus chaud qui coule en moi comme du miel en fusion.

Les voix de mes amies s'amplifient.

Christian s'apprête à partir, mais je l'arrête avant qu'il n'atteigne le seuil.

– Christian.

Il se retourne pour me regarder.

– Surtout ne lui donne pas un seul morceau de ton âme, je chuchote.

Julian a fait son lit, et il est temps pour lui de s'y coucher. Mais Christian… je ne veux pas qu'il fasse quelque chose qui reviendra le hanter, surtout pas pour moi.

Surtout pas si ça doit briser une partie de lui.

– L'une des choses que je préfère chez toi, c'est que tu penses qu'il reste des morceaux de mon âme.

Sa voix ressemble au plus sombre des velours.

Je reste plantée dans la cuisine après son départ. Il a laissé un courant d'air frais dans son sillage. Je n'ai que quelques secondes pour respirer dans le silence avant que mes amies déboulent dans la pièce et m'enveloppent dans un cocon de câlins et de sollicitude.

– Je suis désolée de ne pas avoir appelé hier, dis-je en serrant Ava dans mes bras. Il s'est passé tellement de choses que ça m'est complètement sorti de la tête.

– Je comprends, me rassure-t-elle. Je suis juste contente que tu ailles bien.

– Ce que je ne comprends pas, en revanche, enchaîne Jules, c'est pourquoi tu es chez Christian. Je croyais que vous aviez rompu. Qu'est-ce qui s'est passé ?

Qu'est-ce qui ne s'est pas passé ?

– C'est une longue histoire, je réponds. Vous devriez peut-être vous asseoir d'abord…

Deux heures et le récit exhaustif de mon enlèvement et de ses conséquences plus tard, je me retrouve à fixer trois statues à la bouche béante. Deux statues en personne et une sur FaceTime, puisque Bridget est à Eldorra mais qu'elle m'aurait assassinée si je l'avais laissée en dehors du coup.

Apparemment, Christian a simplement dit à Ava que j'avais eu une « altercation » avec mon harceleur. Autrement dit, quatre-vingt-quinze pour cent de mon histoire les ont complètement prises de court.

Jules est la première à recouvrer ses esprits.

– Primo, Julian mérite la prison, lâche-t-elle en tremblant de fureur. Secundo, je vais aller en prison pour ce que je ferai si jamais je le croise. Je lui coupe les couilles, tu m'entends ? Je les lui débite à la machette et je les lui enfonce dans la gorge pour qu'il s'étouffe…

– OK, je pense qu'on a eu assez de violence pour la semaine, la coupe Ava, le front plissé par l'inquiétude. Stel, tu es sûre qu'on est en train de s'occuper de lui ? Qu'il ne va pas s'échapper ou quoi que ce soit d'autre ?

Je secoue la tête.

– J'en doute. Il est détenu par Harper Security.

– Et Christian ? demande Bridget.

Elle est dans ce qui ressemble à son bureau. Un portrait géant d'un ancien monarque d'Eldorra me fixe derrière elle.

– Ça veut dire que vous vous êtes remis ensemble ? insiste-t-elle.

– On est… je réponds d'une voix hésitante. On est en train de mettre les choses à plat.

– C'est génial !

De toutes mes amies, c'est Jules qui est la plus enthousiaste à propos de Christian. Sans doute parce qu'il a beaucoup baissé notre loyer quand nous avons emménagé au Mirage.

– Il n'est pas si mauvais que ça. Bon, d'accord, parfois, il fait des choses pas bien. Les dossiers qu'il a montés sur toi n'étaient absolument pas réglo, et tu avais tout à fait le droit de rompre avec lui. Mais… il t'aime vraiment, conclut-elle d'une voix douce.

Je déglutis malgré l'émotion qui me noue la gorge.

– Je sais.

Heureusement, la conversation repart vite sur un terrain plus sûr : Jules détaille toutes les façons créatives dont elle assassinera Julian, au grand dam d'Ava.

La compagnie de mes amies me ramène à la réalité.

Cependant, une fois l'heure du déjeuner passée, j'insiste gentiment mais fermement pour qu'elles aillent vaquer à leurs occupations, je n'ai pas besoin de baby-sitters. Et puis, si j'apprécie leur compagnie et leur sollicitude, je n'ai plus envie d'interactions sociales aujourd'hui. J'ai besoin de temps seule pour me ressourcer.

Ma porte se referme derrière elles et j'inspire une bouffée de silence.

Nina est également partie, il n'y a donc que moi et le penthouse vide.

Lorsque j'y ai emménagé la première fois, je trouvais l'endroit aussi froid et impersonnel qu'un showroom vide. Maintenant, j'ai l'impression de rentrer chez moi.

Ici, le canapé où j'ai créé ma collection. Là, les plantes que j'ai entretenues avec amour pendant des mois…

Et là, dans ce bureau, j'ai trouvé les dossiers qui ont tout fait voler en éclats.

Je m'arrête devant l'entrée. Pour une fois, Christian a laissé la porte ouverte.

« *Si tu as du temps aujourd'hui, regarde dans le tiroir où tu as trouvé les dossiers. Il y a quelque chose pour toi.* »

Impossible de ne pas céder à la tentation.

Les battements de mon cœur se bousculent quand je vais jusqu'à son bureau et que je déclenche le mécanisme du tiroir secret. Le compartiment coulisse sans bruit.

Son contenu me pince le cœur. Au lieu des classeurs noirs, le tiroir est rempli de lettres. Il y en a au moins une dizaine, écrites à la main sur du simple papier à lettres crème.

Je reconnais immédiatement l'écriture épaisse et élégante de Christian.

Je les feuillette et mon rythme cardiaque grimpe à chaque feuillet que je découvre.

Elles me sont toutes adressées et débutent le jour de notre rupture.

Une lettre pour chaque jour de séparation.

L'émotion enfle dans ma gorge à l'idée de Christian assis ici, nuit après nuit, à m'écrire des lettres que je n'aurais peut-être jamais lues.

Sauf que je suis ici maintenant, à sa demande, et que rien ne saurait m'empêcher de les lire.

Je m'enfonce dans son fauteuil, prends la première missive et je commence à lire.

52

CHRISTIAN/STELLA

CHRISTIAN

– Bonjour, Julian.

J'examine le harceleur de Stella, attaché au moyen de lourdes menottes qui lui bloquent bras et jambes en croix. Des clous fixent ses paumes de main au mur derrière lui, tandis que des ecchymoses noires et bleues marbrent son corps comme une œuvre d'art abstrait obscène.

Nous sommes dans l'entrepôt que j'ai acheté pour ce genre de choses. Loin de tout, insonorisé et suffisamment surveillé pour qu'une fourmi ne puisse s'y introduire sans que je le sache.

Tous mes employés ne sont pas partants pour la sale besogne, ce qui est très bien. Je n'ai besoin que de quelques gars disposés à le faire, et ils m'ont préparé ce salaud. Pas question qu'il attende trop confortablement pendant que je m'occupe de Stella.

Je porte les yeux au sol.

Une petite flaque de sang tache la surface lisse du béton. Ce n'est pas grave non plus.

Elle ne va pas tarder à grossir, de toute façon.

Le visage de Julian est tellement abîmé qu'il est méconnaissable, mais la chaleur de son regard noir me fait sourire.

Il a encore un peu de courage. *Tant mieux.*

Notre séance n'en sera que plus amusante.

– Je suis désolé de te dire ça, mais tu risques d'avoir du mal à écrire d'autres messages à l'avenir, je lâche, décontracté.

J'enfile une paire de gants et j'examine la panoplie d'outils à ma disposition sur une table voisine.

Une dizaine de lames différentes. Des poings américains.

Des tournevis, des fouets, des clous, des crochets…

Hmm. L'embarras du choix…

– Va te faire foutre ! crache Julian.

Mes hommes ont été relativement doux avec lui. Ce qui a dû lui donner une illusion de sécurité, comme s'il avait traversé le pire de ce qui l'attend.

Je souris. *Si tu savais.*

– Surveillez votre langage, Monsieur Kensler. Honnêtement. Votre mamie ne vous a pas appris les bonnes manières ?

Je choisis l'une de mes lames. J'ai un faible pour les couteaux. Ils sont mortels, précis, polyvalents. Tout ce que j'aime dans une arme.

Je pose la pointe du couteau contre son sternum.

– Alors voilà. Je n'aime pas me salir les mains. Le sang ne se marie bien avec aucun de mes vêtements. Mais parfois… quelqu'un m'énerve assez pour que je fasse une exception.

Je fais glisser le couteau le long de son torse. Le sang coule et serpente sur son corps en minces ruisseaux rouges. Je m'arrête sur la chair tendre de son ventre, puis j'enfonce la lame si fort qu'il se serait effondré s'il n'a pas été suspendu.

Un cri inhumain s'échappe de sa gorge, suivi d'un second lorsque j'arrache le couteau. Je continue comme si de rien n'était.

– Ton problème, Julian, je continue comme s'il ne s'était rien passé, c'est qu'elle ne sera jamais à toi. Elle a toujours été à moi. Et ta plus grande erreur… c'est d'avoir fait du mal à ce qui m'appartient.

Je laisse tomber le couteau ensanglanté sur la table et choisis un hachoir à viande. Je ne prononce pas le nom de Stella. Elle ne mérite pas de vivre dans un endroit où règnent la douleur et la mort, mais nous savons tous les deux de qui je parle.

Taches de sang. Peau meurtrie. Yeux terrifiés.

Mon pouls s'accélère à ce souvenir.

En général, je reste maître de la situation pendant ces séances. Tranquille, calme, et même badin pendant que je travaille sur un sujet. Mais chaque fois que je revois l'expression hantée de ses yeux ou le violet et le noir qui marbrent sa peau magnifique, quelque chose de sombre et de glacial s'enracine dans mes poumons.

La rage et le besoin primitif de déchirer membre par membre toute personne qui a ne serait-ce que pensé lui faire du mal.

Si j'étais arrivé une minute plus tard, elle serait morte. Sa lumière se serait éteinte, juste comme ça.

La rage s'enroule et explose via la lame tranchante du couperet, qui défonce la chair et les os jusqu'à ce qu'un hurlement d'agonie animale fende l'air.

– Tu vois ce que je te disais ? Tu vas avoir du mal à écrire à nouveau. Ou à taper un article.

Ma poitrine se soulève sous la force de mon élan : la main droite de Julian atterrit par terre dans un bruit sourd. Il n'en faut pas plus pour que son courage fonde comme une crème glacée sur du béton chaud, ce qui est bien décevant.

Les briser est tellement plus satisfaisant lorsqu'ils résistent avant de plier.

– S'il vous plaît, souffle Julian, dont les larmes ruissellent et dégoulinent sur son menton. Je suis désolé. Je…

– Qu'est-ce que tu aurais fait si je n'étais pas intervenu ? Tu l'aurais violée ? Tuée ?

– Non, bredouille-t-il. Je… je ne voulais pas lui faire de mal. Je…

Il tremble en me voyant changer encore de lame.

Il est trop tard.

Une image de Stella coincée sous lui, en larmes et ensanglantée, éclate dans ma tête.

Je lui perfore la poitrine, indifférent à ses cris.

Le simple fait qu'il ait posé les mains sur elle et ait causé ne serait-ce qu'une seconde de douleur…

Quand j'étais dans le chalet et que j'ai cru mourir… J'ai cru mourir… Mourir…

Ma vision se trouble.

Un grognement se libère de ma gorge lorsque je décolle un carré de chair à son harceleur. L'écorchure est féroce.

Un autre hurlement fait trembler l'ampoule nue qui éclaire l'espace.

Je ne me livre pas souvent à ces séances dans l'entrepôt. Les personnes qui m'énervent doivent avoir commis des péchés suffisamment graves pour mériter un tel traitement, et comme je l'ai dit, je n'aime pas avoir du sang sur mes vêtements.

Mais faire du mal à Stella ? À mes yeux, il n'y a pas de crime plus grave.

Les cris et les suppliques de Julian sont noyés par le raz-de-marée de ma colère. Mon monde se réduit au métal, au sang et à la souffrance. Craquement d'os, bruit humide de la chair qui se déchire, glissement visqueux des éléments qui se déversent d'un homme éviscéré comme une vieille poupée dont on arrache le rembourrage.

Je pourrais passer toute la journée à travailler sur Julian. Vingt-quatre heures, ce n'est rien comparé aux mois d'enfer qu'il a fait vivre à Stella.

Je l'aurais peut-être fait si je n'étais retourné à la table pour échanger mon couteau émoussé et surmené contre un nouveau et si je n'avais pas vu le message qui m'attendait sur mon téléphone, que j'ai laissé à côté des lames. Le texto à l'écran semble déplacé, rappel brutal que la vie existe en dehors de ces murs.

Stella : Rentre à la maison, je t'attends.

Ma respiration ralentit.

Je suis trempé de sueur et éclaboussé de sang. Ma retenue habituelle a cédé sous le poids de la blessure de Stella, mais ses mots me ramènent sur terre.

Une image d'elle, me regardant de ces yeux verts pleins de douceur et de complicité ce matin, se substitue à l'entrepôt.

« *Ne lui donne pas un seul morceau de ton âme.* »

Je pensais qu'il ne m'en restait plus, mais j'avais tort. Il en subsiste un morceau, et il lui appartient.

Le pourpre se retire peu à peu de ma vision.

Je laisse tomber le couteau et je fixe l'homme brisé, à peine conscient, cloué au mur.

L'envie de le faire souffrir plus longtemps est toujours là, lovée comme un serpent vicieux dans mes tripes. Mais le désir de retourner auprès Stella est plus fort.

« *Rentre à la maison.* »

– Tu as de la chance, je lâche en ramassant mon arme.

Trois balles stratégiquement logées plus tard, le harceleur de Stella n'est plus qu'un amas de chair ensanglanté et sans vie.

Pour elle, j'ai accordé à ce type la plus grande miséricorde dont je sois capable : une mort plus rapide.

Je quitte le sous-sol pendant que Steele et Mason viennent nettoyer. La torture ne les dérange pas, ils sont même plus à l'aise que moi pour les séances à l'entrepôt.

Contrairement à Kage, ils n'ont pas non plus d'autre ambition que d'exceller dans la fonction qu'ils occupent déjà. C'est pour cette raison que je leur ai confié la supervision de la détention de Julian.

N'empêche, je vais devoir réviser certains modus operandi de l'entreprise quand je reviendrai au bureau. Changer les codes d'accès, restructurer les équipes. Je ne veux pas risquer que le cas Kage se reproduise.

Mais en attendant…

J'entre dans la salle de bains de l'entrepôt, je nettoie le sang, change de vêtements et rentre retrouver Stella.

STELLA

– Tu es à la maison.

Mon cœur manque un battement lorsque la porte s'ouvre et que Christian entre. À première vue, il a la même apparence que lorsqu'il est parti : tee-shirt noir, pantalon noir, visage d'une beauté obsédante, mais en y regardant de plus près, je me rends compte de la tempête silencieuse qui couve dans ses yeux.

– Tu m'as demandé de rentrer. Alors me voilà.

Il me contemple, immobile, mais le regard allumé de flammes incandescentes, pendant que je réduis la distance entre nous.

Sa voix rauque et veloutée m'enjoint à la prudence.

Ça fait cinq heures qu'il est parti, et nous savons tous les deux qu'il n'était pas au bureau.

– Est-ce que…

Je m'interromps, rechignant à prononcer le nom de Julian.

– Tu n'as plus à t'inquiéter à son sujet.

– D'accord.

Je ravale les cent questions qui se bousculent dans ma gorge et je choisis une voie plus sûre.

– J'ai lu tes lettres.

Les vingt. Chacune m'a tordu le cœur en un nœud bien serré, car je sais que Christian a beaucoup de mal à partager quoi que ce soit sur sa vie personnelle.

Ces lettres ne sont pas seulement des lettres, ce sont des morceaux de lui, sortis de son âme et tatoués de noir.

Et j'ai aimé chacun de ces morceaux, même s'il se trouve imparfait ou cassé.

La tempête dans les yeux de Christian menace de m'aspirer dans son tourbillon.

– Je pensais ce que j'ai écrit, murmure-t-il. Chaque mot.

– Je sais.

Je presse mes lèvres sur sa mâchoire. Il s'immobilise, les muscles tendus. Sa respiration s'accélère. J'embrasse sa joue jusqu'à la commissure de ses lèvres.

– Bienvenue à la maison, je chuchote.

Un petit frisson le parcourt, puis il tourne la tête et nos bouches se rencontrent. Un courant d'électricité statique me traverse quand il prend mon visage dans une main et enroule son autre main dans ma nuque.

Notre baiser d'hier soir a été doux, délicat. Un soulagement après notre séparation et un réconfort après une journée infernale.

Celui-ci n'est que passion et désespoir, la revendication totale de ce que nous avons été et la naissance de ce que nous pourrions être.

Pas de mensonges, pas de secrets, juste nous.

Je savoure le glissement familier de la langue de Christian sur la mienne et la chaleur de sa main dans ma nuque.

Je ne l'interroge pas sur ce qu'il a fait pendant ses cinq heures d'absence.

Le monde n'est pas noir ou blanc, même si j'aimerais qu'il le soit.

Et parfois, nous trouvons notre bonheur dans les nuances de gris.

53

STELLA/CHRISTIAN

STELLA

– Alors ? Qu'est-ce que tu en penses ?

Christian m'observe avec une impatience puérile alors que je porte une bouchée de gnocchis à ma bouche.

Je fais semblant de réfléchir avant de déclarer :

– Les meilleurs que j'aie jamais mangés.

Son sourire réveille les papillons dans mon ventre.

– Je te l'avais bien dit, confirme-t-il, débordant d'une autosatisfaction amusée.

Nous sommes en train de dîner dans un minuscule restaurant italien, niché au cœur de Columbia Heights. C'est celui que Christian a mentionné dans ses lettres, et il est tout aussi charmant que je l'avais imaginé.

Au lieu de tables individuelles, une table rustique en bois s'étend en son centre, juste assez grande pour accueillir une dizaine de personnes. Un lustre garni de bougies baigne la pièce d'une lueur ambrée vacillante, et une batterie de casseroles et de poêles en cuivre est accrochée au mur de briques apparentes.

On a l'impression de manger chez quelqu'un, d'autant que, Christian ayant réservé le restaurant, il n'y a donc que le serveur et nous.

– Ne sois pas trop arrogant, je lâche en pointant ma fourchette vers lui. On n'est qu'à la moitié du rendez-vous. Je dois encore te noter sur ta capacité à me tenir la main, à me faire des câlins et toutes sortes de petites attentions.

– Bien sûr. Toutes mes excuses. Je ne veux pas brûler les étapes.

– Excuses acceptées.

J'engloutis le reste de mon repas avec fierté et j'ai toutes les peines du monde à étouffer un sourire devant son expression rieuse.

Ça fait un mois que nous nous sommes remis ensemble, et nous avons passé ce temps à explorer les contours de notre nouvelle relation.

Pas de fausse relation, pas de harceleur qui nous forcent à être ensemble, pas de dissimulation derrière des gestes tape-à-l'œil et des cadeaux coûteux.

Juste nous, nos défauts et tout le reste, qui partageons des rendez-vous normaux et vivons des vies normales.

En tout cas, aussi normale qu'elle peut l'être avec Christian.

D'une manière perverse, mon kidnapping a réinitialisé notre relation en mieux. Rien n'aide davantage à y voir clair que de frôler la mort.

La plupart du temps, je relègue cette épreuve aux oubliettes, même s'il m'arrive encore de faire des cauchemars où je découvre ses messages et me retrouve dans un chalet délabré au fond des bois. Mais je réussirai à surmonter tout ça. Il me faut juste du temps.

J'ai aussi réintégré l'appartement de Christian il y a deux semaines. Je ne voulais plus m'imposer à Alex et Ava, surtout avec leur mariage prévu dans quelques semaines. J'aurais pu retourner dans mon ancien appartement, maintenant que je ne suis plus menacée, mais honnêtement, je n'ai pas envie de vivre ailleurs.

Son appartement est ma maison.

– Au fait, tu as entendu ce qui est arrivé au P.-D.G. de Sentinel ? je demande. C'est fou.

Je suis sûre qu'il est au courant, mais il fallait que j'aborde le sujet.

La chute de Sentinel a fait la une des journaux le mois dernier. Apparemment, ils travaillaient sur un nouveau code qui, ne me demandez pas comment, s'est autodétruit et a détruit leur infrastructure tellement en profondeur qu'il était impossible de la reconstruire. Des informations confidentielles sur leurs clients ont également fuité, provoquant un tollé, étant donné la notoriété de certains d'entre eux et la sensibilité de certaines de ces données.

Comme si ça ne suffisait pas, ce matin les autorités ont arrêté Mike Kurtz, le P.-D.G. de Sentinel, pour détournement de fonds et fraude fiscale. Un immense gâchis.

– Oui. Je ne suis pas surpris que ça finisse comme ça, lâche doucement Christian. Les entreprises devraient s'en tenir à leur secteur d'activité. Sentinel est une société de sécurité. Ils n'avaient pas à s'aventurer dans le développement cyber alors que ce n'est pas leur domaine d'expertise.

– Alors que toi, Monsieur le P.-D.G. de Security, tu es aussi un cyber expert, je le taquine.

Son sourire se déverse en moi telle une cuillerée de miel réchauffé par le soleil.

– Exactement.

– Je suppose que tu ne sais rien du code sur lequel ils travaillaient, j'ajoute avec désinvolture.

Haussement d'épaules nonchalant.

– Rien du tout.

Je laisse tomber. Il est rancunier et j'ai accepté ce trait de caractère chez lui. Par ailleurs, comme la destruction de Sentinel s'est faite de l'intérieur, personne ne peut incriminer Christian pour une erreur qui n'est pas de son fait.

La conversation porte ensuite sur Stella Alonso, la marque officiellement lancée la semaine dernière. Ce n'est pas un nom original, mais les marques éponymes sont de rigueur. J'ai d'abord vérifié auprès de Delamonte, mais ils sont d'accord avec le lancement, du moment qu'il n'interfère pas avec mes fonctions d'ambassadrice. De toute façon, nous n'avons pas le même public cible. Le leur est l'ultra-haut de gamme alors que le mien penche vers le milieu de la gamme du luxe.

À la fin du dîner, le vin et le vertige qu'il me procure m'ont fait rosir les joues. La soirée de rendez-vous parfaite. Simple, décontractée, réelle.

– Pas encore, dit Christian quand j'esquisse un geste pour partir. Viens ici, Stella.

Il s'est adossé à sa chaise, l'image même de la masculinité sensuelle et du contentement paresseux.

Un courant électrique glisse dans l'air et vient se loger entre mes cuisses.

– Pourquoi ?

Pour seule réponse, Christian hausse les sourcils.

Bien.

Je me lève et contourne la table, ne sachant pas si je dois mon pas instable au vin ou à l'humidité qui glisse le long de mes cuisses.

La simple anticipation de ce qui pourrait arriver m'excite autant qu'une véritable caresse.

Lorsque j'atteins Christian, il se lève, repousse son assiette et, d'un mouvement souple, me soulève sur la table. Mon pouls s'accélère, mais je garde des bribes de raison malgré mon excitation croissante.

– Christian, je siffle, on va avoir des problèmes !

Les rideaux sont tirés et des tentures obstruent la porte d'entrée pour nous protéger des passants. Notre serveur est absent, mais ça ne veut pas dire qu'il ne peut pas surgir d'une minute à l'autre.

– Il n'y a personne ici, Papillon, réplique Christian. J'ai payé le serveur pour qu'il parte jusqu'à ce que je lui donne le feu vert. Les cuisiniers sont partis. Il n'y a que nous.

Il remonte ma robe autour de ma taille et passe les doigts sous l'élastique de ma culotte.

L'air devient une substance volatile et infiniment inflammable.

– Qu'est-ce que tu fais ?

– Je prends mon dessert.

Christian soulève mon bassin pour pouvoir baisser ma culotte avant de retourner s'asseoir.

– Tu n'aimes pas les desserts.

Ma voix part en fumée, aussi évanescente que les restes de ma résistance.

Christian me répond par un lent sourire qui me fait palpiter le sang.

– J'ai changé d'avis.

CHRISTIAN

– Oh, mon Dieu !

Le gémissement essoufflé de Stella fait fuser des étincelles dans mes veines, comme une flamme qu'on approcherait d'une flaque d'essence.

Elle plonge les mains dans mes cheveux pendant que je place ses jambes sur mes épaules et que je donne à son clitoris un autre long coup de langue sensuel.

– On vient juste de commencer, chérie, je lâche. Ça va être de longue haleine.

Je prends son bourgeon gonflé dans ma bouche et je suce, me délectant de la façon dont elle frissonne et halète.

J'adore lécher la chatte de Stella. Son goût, son odeur, la façon dont elle se resserre autour de mes doigts quand je les fais aller et venir en elle et que je touche le fameux point.

C'est le festin le plus enivrant du monde.

Ses cris de plaisir me stimulent et je lèche, suce et lape cette petite chatte toute douce jusqu'à ce qu'elle dégouline sur moi. Soumis à mes attentions, son joli clitoris est gonflé et ses fluides ruissellent sur ma langue.

Au bout d'un moment, je recule, hors d'haleine, pour admirer le spectacle qui s'offre à moi. Si humide et si parfaitement préparée pour l'événement principal.

– Maintenant, je suis prêt pour mon dessert.

J'écarte plus largement ses cuisses, je plonge la tête et je la dévore.

Les couinements et les gémissements de Stella se transforment en cris inélégants tandis que j'alterne les douces tortures : parfois je la travaille avec mes doigts, parfois j'adore son clitoris, parfois je la baise avec ma langue. Plus fort, plus intense que la première fois, comme si je mourais de soif en plein désert et qu'elle était ma seule source de salut.

– Christian !

Mon nom sort dans un sanglot. Elle m'agrippe les cheveux, les muscles tendus par le désir.

– J'aime tellement ton goût.

J'enfouis le nez en elle et j'inspire. Sa chatte est le plus doux des nectars, un nectar dont je suis affamé. Je veux en boire chaque putain de goutte et revenir pour une deuxième tournée. Une troisième. Une quatrième. Jusqu'à la fin des putains de temps.

Je ne me lasserai jamais d'elle.

– Tu veux savoir quel goût tu as ?

Je glisse deux doigts en elle et je lève la tête pour la voir.

Stella me regarde, les paupières à demi closes par le désir, les prunelles étincelant d'une confiance claire et pure.

Ce qui cause ma perte.

Ma queue est si dure qu'elle semble vouloir éclater sous la pression, mais les murs qui entourent mon cœur se sont effondrés, exposant l'organe en train de battre à ses moindres caprices et désirs.

– Tu as un goût de miel et d'épices. La douceur et le péché.

J'enfonce les doigts plus profondément. Elle est si serrée que je la sens s'étirer autour de moi, centimètre par centimètre, jusqu'à ce que j'aie les doigts fichés en elle.

Je fais entrer et sortir mes doigts. Lentement et minutieusement, pour qu'elle sente chaque friction.

Son corps est secoué d'un frisson. Je retire mes doigts et je baisse la tête.

– Ton goût m'indique... que tu es à moi.

Un cri strident retentit dans la pièce lorsque le corps de Stella se cambre sur la table. Ses muscles se tendent, vibrant sous la violence de son orgasme, et elle jouit sur ma langue.

Le désir enflamme le carburant dans mes veines, mais je prends mon temps, je savoure tranquillement chaque goutte sous les vagues qui la traversent, l'une après l'autre.

Finalement, ses cris refluent pour n'être plus un gémissement hébété, et elle retombe, bras ballants et repue, sur la table.

– Ma partie préférée du repas, je lâche paresseusement. Tu avais raison. Il suffisait de trouver le bon dessert.

Et je donne à son clitoris un dernier coup de langue sensuel.

54

STELLA

Le mariage d'Alex et Ava a lieu début octobre dans un magnifique vignoble du Vermont. Les splendides feuillages rouges, orange et jaunes transforment le cadre en un conte de fées automnal, et un ciel somptueux nous enveloppe comme un drap de soie azur chauffé par le soleil.

Bridget, Jules et moi nous tenons d'un côté de l'extravagante arche florale dans des robes de demoiselle d'honneur assorties, tandis qu'Alex, Josh, Rhys et Christian sont de l'autre côté.

À l'origine, Alex ne voulait qu'un seul témoin, mais Ava l'a convaincu de revoir ses plans.

Un bruissement de feuilles se fait entendre avant que les accents familiers de la marche nuptiale emplissent l'air et qu'Ava n'apparaisse.

Je ne pleure pas souvent en public, mais je sens les larmes me monter aux yeux en la voyant remonter l'allée au bras de Ralph. C'est l'ancien instructeur de Krav Maga d'Alex et ce qu'Alex et Ava ont de plus proche d'un père ces derniers temps. Ils lui rendent visite à chaque Thanksgiving, et son visage rayonne d'émotion comme s'il mariait sa propre fille.

– Est-ce que je pleure ? chuchote Jules à côté de moi. Je n'arrive pas à savoir si c'est le vent ou non.

– Non, je réplique à travers mon sourire, sans l'avoir regardée, de peur que tout mouvement ne libère le puits contenant mes larmes. Et moi ?

– Non… enfin, un peu. Mais notre mascara est censé résister à l'eau, donc ça va.

– Chut, siffle Bridget. Personne ne pleure.

Elle essuie discrètement une larme sur sa joue.

Ava se rapproche.

La jupe de sa magnifique robe de sirène traîne derrière elle dans un nuage vaporeux de tulle, de dentelle et de soie, qui rappelle les vagues de l'océan.

Son visage est radieux, ses yeux brillants et son sourire encore plus éclatant.

Elle est si belle et si heureuse que ma poitrine se réchauffe au point que je ne sens plus le froid de l'automne.

Bridget a été la première de mes amies à se marier, mais le mariage d'Ava a un impact différent. Alex et elle ont peut-être le passé le plus sombre et ont dû parcourir le chemin le plus rocailleux pour mériter leur bonheur. Les voir surmonter tout ça pour être enfin ensemble est incroyable.

En face de nous, Alex ressemble à une statue par son immobilité. Il est toujours à l'écoute d'Ava, mais en cet instant, il la regarde comme si le monde était un ciel nocturne et elle, la seule étoile existante.

Pour une fois, ses yeux ne se dissimulent pas sous une couche de glace. L'amour transparaît, si clair et si lumineux qu'il éclipse le soleil. Il s'intensifie lorsqu'Ava atteint l'autel et qu'il lui murmure quelque chose qui lui fait rosir les joues de plaisir.

Leurs yeux ne se lâchent plus avant de se tourner vers le pasteur, qui commence la cérémonie officielle.

– Chers amis, nous sommes réunis ici aujourd'hui pour unir Alex Volkov et Ava Chen par les liens sacrés du mariage…

Pendant qu'il poursuit son discours, mes yeux se connectent à ceux de Christian.

Un sourire se dessine sur nos lèvres et nos regards s'attardent avant que nous reportions notre attention sur le mariage.

L'ancienne moi, peu sûre d'elle, aurait continué à vérifier qu'il est toujours là et qu'il n'est pas un fantasme né de mon imagination.

Le moi actuel sait qu'il n'a rien d'un fantasme.
Il est réel, et quoi qu'il arrive, il sera toujours là.

La réception a lieu dans le restaurant du vignoble, qui a été vidé pour faire place à une piste de danse, deux longues tables de banquet et une scène où joueront des musiciens. Le plafond est sillonné de poutres de bois apparentes qui lui donnent un charme rustique, mais il n'y a rien de rustique dans les assiettes en porcelaine gravées pour l'occasion, les luxueux arrangements floraux d'une valeur de cinquante mille dollars ou la chanteuse de renommée mondiale qui se produit sur scène.

Comme prévu, Alex n'a pas lésiné sur les moyens.

– Tu aurais dû lui demander une baignoire de diamants, glisse Jules à Ava. Il se serait débrouillé pour que tu l'obtiennes.

Ava a besoin de souffler un peu après s'être pliée à toutes les obligations imposées à une mariée. Bridget, Jules et moi l'avons donc entraînée à l'écart pendant que le reste des invités boit et danse.

– Jules, réplique patiemment Ava, qu'est-ce que je ferais d'une baignoire de diamants à mon mariage ?

Les yeux de Jules étincellent de malice.

– Tu te ferais trimballer partout dedans, comme la riche garce que tu es. Et je te le dis de la façon la plus affectueuse qui soit. Ou tu pourrais les distribuer à tes invités, en particulier à tes merveilleuses demoiselles d'honneur, qui ne t'ont vraiment pas du tout causé d'ennuis à Barcelone.

Je hoquette au rappel de l'enterrement de vie de jeune fille d'Ava.

– Jules.

– Quoi ? C'était un amusement inoffensif. Qui aurait cru qu'Alex trouverait à redire à des strip-teaseurs ? C'était un enterrement de vie de jeune fille.

– Je pense que c'est moins la partie strip-tease que la partie réveil dans un hôtel inconnu à Ibiza, nuance sèchement Bridget.

– À mon avis, c'est les deux, je déclare.

Nous en sommes sorties indemnes, mais les gars n'ont pas été très contents quand ils ont découvert tout ce qui s'est passé. Honnêtement, ils feraient mieux de se taire après ce qui leur est arrivé à eux et au flotteur banane.

– Les filles, s'il vous plaît, nous interrompt Ava qui lève la main, l'air peinée. Pas de diamants, pas de discussions sur Barcelone.

– Très bien, grommelle Jules. Mais moi, j'ai trouvé le voyage amusant. Comme si on était revenues à l'université.

– Qu'est-ce qui vous rappelle l'université ?

Alex s'est approché avec Josh, Rhys et Christian. Il embrasse Ava sur le front, et elle se blottit contre lui, le sourire si radieux qu'elle me fait sourire à mon tour.

– La soirée d'hier, répond doucement Bridget avant que Jules ne puisse provoquer une rupture d'anévrisme chez Alex en mentionnant l'enterrement de vie de jeune fille. Notre soirée entre filles. Comme à l'université.

– Vous parliez de l'Espagne, c'est ça ? me murmure Christian quand la conversation dérive vers un autre sujet.

Planté dans mon dos, il m'enveloppe de ses bras, de sa chaleur et de son odeur d'épices.

– Je suis convaincue que tu sais lire dans les pensées.

Son rire se répercute dans ma colonne vertébrale.

– Ton air coupable te trahit à chaque fois. Tu es magnifique, Papillon.

Il m'embrasse dans le cou. Des picotements partent de ma nuque, que ses lèvres effleurent, pour parcourir le reste de mon corps.

– Toi aussi. Le rôle de témoin te va bien, je le taquine.

– Ne t'y habitue pas. Je fais ça uniquement parce que je dois une faveur à Volkov, réplique-t-il sèchement.

D'après ce que j'ai compris, Alex s'est occupé de ses affaires ou quelque chose comme ça pendant notre voyage en Italie.

– Tu n'imagines pas ce que ça fait d'avoir affaire aussi souvent à Josh. Tu aurais dû le voir avec ce fichu flotteur banane, à l'enterrement de vie de garçon d'Alex.

J'étouffe un rire.

– Tu as intérêt à prendre soin d'Ava, est en train de dire l'intéressé. S'il lui arrive quoi que ce soit, si elle se fait manger par un animal sauvage ou un truc du genre, je te traquerai et j'utiliserai un scalpel d'une manière que le conseil médical n'a pas approuvée.

Rhys ricane tandis qu'Alex jette un regard ironique à son témoin.

– Parce qu'à ton avis, qu'est-ce qu'on va faire exactement pendant notre lune de miel ?

– Regarder des lions et faire d'autres choses que je préfère ne pas imaginer entre mon meilleur ami et ma sœur, répond Josh en frissonnant de dégoût. Peut-être que je devrais vous accompagner dans votre safari pour garder un œil sur vous, juste au cas où.

Alex et Ava partent demain pour leur lune de miel safari/plage au Kenya et aux Seychelles.

Il fut un temps où l'aquaphobie d'Ava l'empêchait même de s'approcher de l'eau, mais elle l'a surmontée au fil des ans, grâce à Alex.

Jules lève les yeux au ciel.

– Laisse-les tranquilles. Tu ne les accompagneras pas pour leur lune de miel.

– Ce serait dérangeant à bien des égards, ajoute Bridget.

– Personne n'apprécie ma bonne volonté, marmonne Josh qui regarde Rhys avec espoir. Larsen ?

– Laisse-moi te dire un truc, répond Rhys. Si tu avais essayé de nous suivre, Bridget et moi, pendant notre lune de miel, je t'aurais jeté hors de l'avion après le décollage. Sans parachute.

J'éclate de rire, mais j'ignore la suite des chamailleries de mes amis lorsque Christian me fait pivoter et pose ses mains sur mes hanches.

– Tes amis, c'est quelque chose, dit-il l'air mi-amusé, mi-consterné, même si Alex et Rhys sont aussi ses amis.

– Ils sont… uniques, j'admets en riant. Mais je les adore.

Sans que je sache trop comment, quatre inconnues assignées par le hasard dans la même chambre pendant leur première année d'université ont évolué pour devenir ce que nous sommes maintenant : une famille magnifiquement désordonnée et parfaitement imparfaite qui a connu sa part de hauts et de bas, mais qui a réussi à franchir le gué.

Il y a eu une période, après la remise des diplômes, où je craignais que notre amitié ne s'effiloche, en dehors des limites du campus et de la structure de nos vies universitaires. Les années ont prouvé que j'avais tort. En fait, notre amitié s'est renforcée après avoir été mise à l'épreuve par la vie réelle.

Natalia est ma sœur par le sang, mais Ava, Bridget et Jules seront toujours mes sœurs de cœur.

– Si tu n'as rien contre, j'ai envie de t'emmener quelque part après la réception, dit Christian qui me tire de mes pensées. Un petit voyage rapide. Deux jours maximum.

– Où ? je demande, intriguée

– C'est une surprise, répond-il en m'embrassant. Fais-moi confiance.

Je lui fais confiance.

– Je devrais prendre une photo de ce moment, nous glisse Rhys alors qu'il passe devant nous avec Bridget.

Mes amies ont rejoint leur conjoint pour danser après que la musique est passée à un slow et que Farrah, la cousine d'Ava, et son mari, Blake, l'ont entraînée avec Alex.

– Un Christian Harper enamouré. Quel spectacle ! Je devrais le diffuser sur le réseau des anciens de Harper Security. Les gars adoreraient ça.

Christian lui jette un regard menaçant.

– Tu parles beaucoup, Larsen. Mais il me semble bien avoir vu des photos de toi assistant à un goûter royal, l'autre semaine ? Avec rien de moins qu'un chat sur les genoux.

Le rouge monte aux joues de Rhys.

– Ce n'était pas un goûter, grogne-t-il. C'est un déjeuner de cérémonie, et Meadows s'énerve quand on la laisse seule trop longtemps. Au moins, moi, je n'ai pas vidé les stocks de l'épicerie en herbe de blé, putain…

Bridget croise mon regard et secoue la tête.

– Les hommes, murmure-t-elle sans bruit, avec une expression d'affection exaspérée.

J'étouffe un rire.

Les gars ne l'admettraient jamais, mais leurs insultes et leurs disputes sont le moyen qu'ils ont trouvé pour se manifester leur affection.

Et pendant que je me balance au son de la musique dans les bras de Christian, que j'écoute le grondement réconfortant de sa voix et la chaleur familière des rires de mes amis, je ressens quelque chose qui m'a échappé pendant une grande partie de ma vie.

Le bonheur, sous sa forme la plus pure et la plus complète.

55

CHRISTIAN

Le lendemain du mariage des Volkov, Stella et moi prenons l'avion pour ma ville natale.

Je n'ai pas remis les pieds à Santa Luisa, en Californie, depuis la mort de mes parents. Ça fait vingt ans, et pourtant la petite ville balnéaire située le long de la côte Nord est restée la même. Des rues tranquilles, un centre-ville pittoresque, des bâtiments en stuc colorés.

Revenir ici, c'est comme remonter le temps. J'ai changé, mais tout le reste est figé, à l'identique.

Stella ne dit rien lorsque nous nous arrêtons devant un entrepôt dans le quartier industriel en déshérence de la ville. Notre voiture est la seule dans la rue. De nombreuses portes métalliques ont rouillé car ces entrepôts sont désaffectés, y compris celui qui se trouve devant nous.

Je n'ai pas expliqué à Stella le but de notre visite, mais elle sait que j'ai grandi ici et se doute que la visite a donc un rapport avec mes parents.

Elle a raison.

J'appuie sur un bouton et la porte de l'entrepôt s'ouvre en grinçant. Un nuage d'air vicié s'échappe avant de se dissoudre dans un soleil oublié depuis longtemps.

– Oh, mon Dieu !

Le murmure stupéfait de Stella résonne dans le box lorsque nous entrons et qu'elle découvre ce qu'il contient.

Des dizaines d'œuvres d'art remplissent le petit espace, des peintures à l'huile d'une valeur inestimable aux petites sculptures modernes. Nombre de peintures ont perdu de leurs couleurs après ces vingt années de négligence, mais quelques pièces sont intactes.

– Bienvenue dans mon héritage, le trésor volé de mon père, j'annonce. C'est ma mère qui m'en a indiqué l'emplacement dans son message.

Mes mots sonnent à la fois creux et pleins d'autodérision. Le message était codé – elle savait combien j'aimais les énigmes, même enfant –, mais il m'a fallu moins d'une minute pour le déchiffrer. Comme le stipulait le testament de ma mère, ma tante a payé la location de l'entrepôt avec l'argent de mon héritage jusqu'à ce qu'elle meure et que je prenne la relève.

Heureusement pour moi, ma tante avait trop à faire pour s'interroger sur le contenu du garde-meuble. Elle a supposé qu'il s'agissait de meubles et d'antiquités normales, pas d'œuvres d'art volées.

– Tu es déjà venu ici ? demande doucement Stella.

– Non.

Il m'est arrivé de prendre des dispositions via Internet, notamment avant notre arrivée, mais c'est la première fois que je le vois de mes propres yeux.

Je pensais que découvrir l'héritage de mon père me mettrait en colère. Voilà à quoi il a consacré son temps et son énergie au lieu de s'occuper de son fils unique. C'est ce qui l'a tué et, par extension, ma mère et notre famille.

Je devrais ressentir la même rage que devant le message d'adieu de ma mère.

Au lieu de quoi, je ne ressens rien, si ce n'est l'envie irrésistible de le réduire en cendres, non par méchanceté mais par épuisement.

Je suis fatigué d'entendre les murmures des fantômes de mon passé.

Stella effleure une sculpture qui se trouve près d'elle. Ses doigts ont ramassé une fine pellicule de poussière.

– Qu'est-ce que tu vas faire de tout ça ?

– Si ces œuvres s'avèrent impossibles à sauver, je les détruirai. Sinon, je les donnerai ou les rendrai à leurs propriétaires d'origine.

De manière anonyme, bien entendu.

– À l'exception de… ce tableau-là.

Je m'arrête devant une toile que je connais bien. Son cadre doré brille dans la faible lumière, pourtour d'éclaboussures marron et vertes qui proposent une hideuse tentative d'imiter l'art.

– *Magda*, devine Stella. Je la reconnais, je l'ai vue dans la galerie de Dante.

– Oui.

J'ai remis le message de ma mère dans son cadre, puis j'ai finalement demandé à Dante de la renvoyer là où est sa place.

Je contemple les tourbillons de couleurs jusqu'à ce qu'ils se brouillent pour devenir un sombre kaléidoscope.

Avec le recul, je la trouve complètement anodine. Un problème compliqué que j'ai moi-même conçu, fabriqué pour me protéger de mon passé. Tout le monde la croyait importante parce qu'elle recelait un important secret commercial ou une révélation choc, alors que la vérité est beaucoup plus simple.

Elle représente la partie de mon passé dont je n'ai jamais pu me défaire. Une blessure que j'ai recouverte de bandages temporaires pour cacher les suppurations qui me rongent de l'intérieur depuis des décennies.

Nous ne reparlons pas jusqu'à ce que j'emporte le tableau sur un terrain vague près des entrepôts. À part les bâtiments, il n'y a rien d'autre autour que du métal et du béton. Un oiseau tournoie au-dessus de nous, poussant un cri qui résonne dans l'espace ouvert. Le soleil brûlant cogne avec une intensité inhabituelle.

C'est la dernière fois que je mets les pieds à Santa Luisa.

Autant que ce soit un départ en beauté.

Je sors un briquet de ma poche, que j'ouvre d'une pichenette.

– Tu as peur du feu, Papillon ?

Stella secoue la tête et glisse de nouveau sa main dans la mienne.

– Non.

– Tant mieux.

J'approche le briquet du tableau. Les huiles sont si inflammables que des flammes dévorent presque aussitôt le tableau et la lettre qu'il contient.

Je regarde sans passion aucune le feu transformer l'héritage de ma mère en un tas noirci méconnaissable, et quand Stella exerce une pression sur ma main, je lui rends cette petite marque de soutien.

J'aurais pu le faire seul, mais je tenais à ce qu'elle soit à mes côtés. Si elle n'avait pas été là, je serais toujours accroché à ce tableau, à le détester tout en étant incapable de m'en séparer.

Maintenant que j'ai enfin un avenir qui vaut la peine d'être vécu, il est temps de laisser tomber le passé, une bonne fois pour toutes.

56

STELLA

Un an plus tard

Dissimulée en coulisses, je regarde Ayana, la plus sexy des top models du moment, défiler sur le podium. Sa peau sombre et sans défaut brille sous les projecteurs, en contraste parfait avec la pièce maîtresse de ma collection : une robe violette saisissante qui peut être portée de jour comme en soirée, selon la façon dont elle est accessoirisée.

Les autres mannequins suivent pour la clôture du défilé, jusqu'à ce qu'elles soient toutes sorties de la piste.

Christy, ma nouvelle assistante, me donne un coup de coude.

– Stella, vas-y ! C'est le moment de briller !

Bien. Je peux le faire.

Je prends une profonde inspiration et monte sur le podium, d'abord timidement, puis avec plus d'assurance à mesure que les applaudissements s'intensifient.

J'esquisse une révérence, rose de plaisir. Mon premier défilé de mode à Milan.

Après des dizaines de nuits blanches, de crises de panique et de doute, c'est enfin terminé et, d'après les acclamations autour de moi, le succès est retentissant.

Je n'arrive pas à y croire.

Je l'ai fait. Un sourire se dessine sur mes lèvres. *J'ai réussi !*

Difficile d'imaginer qu'un an seulement s'est écoulé depuis le lancement officiel de la marque Stella Alonso. Grâce au soutien de Bridget, qui porte chaque fois que c'est possible une de mes créations lors de ses sorties publiques, ma notoriété a grimpé en flèche en un temps étonnamment court. C'est d'elle que sont parties les rumeurs sur la marque qui ont gagné les quatre coins de l'Europe, puis Hollywood où, dans un moment surréaliste, j'ai vu Kris Carrera-Reynolds déambuler sur le tapis rouge avec l'une de mes créations.

Son mari, Nate Reynolds, star de films d'action, a remporté son premier Oscar ce soir-là.

Depuis, mon ascension est constante.

Brady n'est plus mon manager depuis que j'ai pris du recul par rapport à mes réseaux sociaux pour me concentrer sur la marque, mais je m'entretiens encore souvent avec lui. Je suis aussi devenue très amie avec Lilah. Elle ne peut pas venir ce soir à cause de son propre défilé, mais elle m'a aidée à me lancer.

Je ne suis pas naïve au point de penser que la grande vague qui me porte va durer éternellement, mais je vais en profiter au maximum tant qu'elle durera.

Une voix familière ne tarde pas à s'élever au-dessus du vacarme.

– Bravo, Stella ! Tu as tout déchiré, bébé !

Je fouille la foule du regard jusqu'à ce que mes yeux se posent sur un groupe de visages familiers au premier rang. Mon sourire s'élargit.

La salle est remplie de férus de mode et de célébrités, mais les personnes auxquelles je tiens le plus se trouvent juste devant moi. Alex et Ava, radieuse dans sa grossesse. Elle est enceinte de quatre mois et son petit ventre commence à peine à se voir. Rhys et Bridget, royale comme toujours dans la robe bleue Stella Alonso dont elle a fait une pièce culte. Josh et Jules, selon qui j'ai « tout déchiré », donc, et qui semble sur le point de courir sur scène si Josh ne la retenait pas.

Et ma famille, dont la fierté irradie jusque dans ma poitrine et s'y installe comme une couverture chaude. Ma mère, mon père, ma sœur… ils sont tous là. Notre relation a beaucoup évolué au cours de l'année écoulée. Ma famille n'est pas parfaite, mais quelle famille l'est ?

Ce qui compte, c'est qu'ils soient venus.

Enfin, mon regard se porte sur la personne la plus importante de la salle.

Il est installé sur sa chaise dans un déversement de laine et de soie italiennes, si beau qu'il aurait pu défiler sur le podium si j'avais créé des vêtements pour hommes.

Christian ne crie pas et n'applaudit pas comme tout le monde, mais la courbe de ses lèvres et la chaleur de ses yeux m'en disent plus que les mots.

Mon cœur enfle dans ma poitrine.

– Je t'aime, je murmure en silence.

Les mares couleur whisky étincellent et dansent sous les lumières tamisées.

Il n'a pas besoin de le dire pour que je l'entende.

Je t'aime aussi.

Après mon défilé, Christian et moi restons deux nuits de plus à Milan avant qu'il ne m'emmène à Positano.

Je proteste à demi-mot, tente d'arguer que j'ai trop de travail pour partir en vacances, mais honnêtement, il n'a pas grand mal à me convaincre. J'étais tombée amoureuse de la côte amalfitaine avant même de m'y rendre et mon amour n'a fait que se renforcer après ma première visite.

L'odeur du sel et de l'eau me monte au nez pendant que nous marchons le long de la plage. Je ne me lasserai jamais de cet endroit. Non seulement à cause de sa beauté mais en raison de ce qu'il représente pour Christian et moi.

Ce n'est pas la graine de notre amour. Elle a été plantée bien avant que nous ne mettions les pieds en Italie. Mais c'est l'endroit où il s'est épanoui, déployé sous le ciel méditerranéen comme sur la plus belle toile du monde.

– Un penny pour tes pensées.

Christian marche à mes côtés. Il a troqué son costume contre une chemise et un pantalon décontractés en lin.

– Juste un penny ? Je croyais que tu étais milliardaire.

– Un dollar alors. C'est ma dernière offre, réplique-t-il avec le sérieux de quelqu'un qui négocie un contrat à plusieurs millions de dollars.

Je ris.

Les yeux vers l'océan, je réponds d'une voix que le souvenir rend douce.

– Très bien, je prends, mais mes pensées risquent d'être trop nostalgiques à ton goût. Je pense à notre premier voyage ici et à mon amour pour cet endroit. On a visité des tas de lieux ensemble, mais l'Italie… l'Italie sera toujours spéciale.

– Je suis heureux de te l'entendre dire.

Le velours de la voix de Christian effleure ma peau. Il s'y mêle une étrange rugosité, que je ne lui ai jamais entendue auparavant.

– Je n'arrivais pas à décider si je devais faire ça à Hawaï ou en Italie, mais il semble que j'ai fait le bon choix.

– Le choix de quoi ?

Je me retourne, et soudain je n'ai plus d'air dans les poumons.

Parce que devant moi, encadré par les collines aux teintes pastel, dans les nuances dorées du crépuscule, se déroule un spectacle que je n'aurais jamais anticipé.

Christian Harper à genoux, un boîtier de velours ouvert à la main pour révéler une éblouissante bague en diamant sertie d'émeraudes.

La vue brouillée par les larmes, je presse une main sur ma bouche.

Lorsqu'il reprend la parole, l'étrange rugosité est toujours là, mais elle est empreinte de tant d'amour et d'espoir que mon monde se réduit à cet instant avec cet homme.

– Stella, veux-tu m'épouser ?

Épilogue

CHRISTIAN/STELLA

STELLA

Quatre ans plus tard

– Prends ton vendredi, je lance à mon assistante. Je peux survivre à un après-midi toute seule.

Christy et moi nous arrêtons devant mon bureau.

– Tu es sûre ? Je peux…

– Oui. Vas-y. Profite de la météo. Il fait un temps magnifique.

Je la pousse vers la sortie.

– D'accord, consent-elle à contrecœur. Envoie-moi un texto ou appelle si tu as besoin de quoi que ce soit. Tiens, au fait, j'ai oublié de te dire…

Un sourire narquois remplace l'anxiété qu'elle ressent à l'idée de quitter le travail plus tôt, même si ça fait partie de la politique de vacances de l'entreprise.

– Tu as un visiteur.

Je fronce les sourcils, intriguée à la fois par cet ajout inattendu à mon emploi du temps et par la lueur espiègle dans ses yeux.

– Qui…

Ma question reste coincée dans ma gorge quand j'ouvre la porte et que je vois celui qui se tient dans mon bureau.

Costume sombre. Yeux couleur whisky. Et un bouquet des plus belles roses que j'aie jamais vues.

Un sourire lent et dévastateur se dessine sur ses lèvres lorsqu'il me voit.

À côté de moi, Christy soupire et se pâme.

Elle n'est pas la seule.

Même après trois ans de mariage, ce sourire ne manque jamais de faire palpiter mon cœur.

– Bonjour, Papillon.

Le timbre paresseux de sa voix fait naître une bouffée de chaleur dans mon ventre.

– Qu'est-ce que tu fais là ? je demande, le souffle coupé. Je croyais que tu étais en voyage d'affaires.

Il est parti pour Londres il y a deux jours et n'était censé revenir que dimanche.

– Je suis rentré plus tôt, réplique-t-il en haussant les épaules avec désinvolture. Tu me manquais.

C'est une bonne chose que je tienne encore la poignée de la porte. Sinon, j'aurais directement fondu sur le sol.

– Hmm, fait Christy en se raclant la gorge. Je vais donc prendre mon vendredi. Passez un bon week-end.

Elle me lance un clin d'œil avant de partir.

Je serais mortifiée par l'insinuation dans sa voix si je n'étais pas aussi distraite par le magnifique spécimen masculin qui se tient à moins de deux mètres de moi.

– Cela fait cinq minutes, Madame Harper, lâche Christian. Allez-vous faire encore attendre votre mari pour son baiser ?

– Toi… Tu es incroyable.

Puis je cours lui jeter mes bras autour du cou. Mon cœur se gonfle quand son rire emplit la pièce. Je l'embrasse, savourant son goût et son odeur comme si nous avions été séparés pendant des mois et non quelques jours.

– Je ne pouvais pas laisser passer l'occasion de rendre visite à ma talentueuse épouse à son bureau, dit-il lorsque nous nous écartons enfin.

Il enroule ses bras autour de ma taille pendant que j'enfouis mon visage contre son torse pour inhaler son parfum capiteux familier. C'est le parfum de l'amour, du réconfort et de la sécurité. Mon odeur préférée entre toutes.

– Des bureaux à SoHo. Tu as officiellement réussi, Stella Alonso Harper.

La marque Stella Alonso s'est rapidement développée au cours des dernières années pour inclure des vêtements, des accessoires et des parfums. Mes bureaux se sont agrandis en conséquence.

Je souris de la taquinerie de Christian, mais une soudaine mélancolie me frappe.

Nous avons déménagé à New York après notre mariage, et nos deux entreprises ont désormais leur siège à Manhattan. Jules et Ava sont restées à Washington, mais toutes les trois, ainsi que Bridget, nous nous voyons au moins deux fois par an : une fois pour notre voyage annuel entre filles et une fois pour les vacances.

Ma famille me rend visite plusieurs fois par an et vice versa.

C'est une vie merveilleuse, mais une personne me manque beaucoup.

– J'aurais aimé que Maura soit là pour le voir, je murmure. Elle aurait adoré.

Maura a assisté à notre mariage, où elle a été plus lucide que depuis bien longtemps. Un mois plus tard, juste après que Christian et moi sommes rentrés de notre lune de miel, elle s'est éteinte dans son sommeil.

J'ai été dévastée, mais je sais qu'elle était prête à partir et qu'elle est plus heureuse maintenant. Même si elle ne me reconnaissait plus les dernières années de sa vie, je ne peux m'empêcher de me demander si elle n'a pas attendu que je trouve un foyer avant de passer à autre chose.

– Elle sait.

Christian a l'air si sûr de lui que je le crois.

– Depuis quand c'est toi l'optimiste de nous deux ?

Il passe une main dans mon dos.

– Depuis que je t'ai épousée. Je mets ça sur le compte des smoothies à l'herbe de blé que tu me fais boire tous les matins. Tu dois ajouter quelque chose à la mixture.

Mon éclat de rire dissipe ce qui restait de ma mélancolie.

– Ils prolongeront votre vie, Monsieur Harper. Je veux vivre beaucoup, beaucoup d'années avec vous.

Christian m'oblige à relever le menton et mon cœur se met à palpiter de nouveau.

– Pas des années, ma chérie. L'éternité. Mais au cas où, on devrait tirer le meilleur parti de ce qu'on a.

Un soupir, puis un rire s'échappent de ma gorge quand il balaie les papiers de mon bureau et m'installe dessus.

– Christian… je le réprimande sans conviction. C'est le travail d'une semaine !

– Je rangerai plus tard, réplique-t-il sans s'émouvoir. D'ici-là, j'ai en tête quelques moyens de me faire pardonner.

Puis il s'agenouille devant moi et m'écarte les jambes. Alors soudain, le travail est la dernière chose à laquelle je pense.

CHRISTIAN

Une chose que personne ne m'a jamais dite à propos du mariage, c'est la fréquence à laquelle je dois voir les amis de ma femme.

Vacances, anniversaires, dîners lorsqu'ils sont en ville… Mon calendrier, autrefois axé sur les affaires, déborde maintenant d'événements comme les putains de soirées à Broadway et le Noël chez les von Ascheberg.

Nous organisons alternativement les vacances, donc cette année, nous sommes dans la villa de Rhys et Bridget au Costa Rica. Plus précisément, nous sommes dans leur salon pour notre soirée annuelle autour des jeux de société, la veillée de Noël.

Je sirote mon vin et attends leurs inévitables jérémiades. C'est ce qui se passe chaque année.

– Il est impossible que tu ne triches pas. Autrement, comment tu fais pour gagner à chaque fois ?

Josh fixe le plateau de Monopoly avec incrédulité.

Qu'est-ce que je disais ? Réglé comme une horloge.

– Que veux-tu que je te dise ? Je travaille dans l'immobilier, réplique Alex. Peut-être que si on jouait à un jeu de société médical, tu aurais une chance.

Josh se rassied.

– Je refuse d'y croire. Chaque Noël…

– Du calme, du calme, fait Jules en lui tapotant le bras. Ce n'est qu'un jeu.

Sa bague en diamant scintille sous les lumières à chacun de ses mouvements. Josh et elle se sont finalement fiancés l'été dernier, bien qu'ils n'aient pas encore fixé la date du mariage.

– Ce n'est pas seulement un jeu, Red. C'est ma fierté. Ma dignité, mon…

– Ton argent factice ? achève Ava en haussant un sourcil. Tu répètes la même chose tous les ans.

– Oui, eh bien, ce n'est pas moins vrai pour autant, grommelle Josh, qui se penche pour être au niveau des yeux de sa nièce et de son neveu de trois ans et demi. Votre père est un tricheur.

Aucun des deux enfants ne semble convaincu par son accusation.

– C'est papa qui a gagné ! insiste Sofia.

– Très vrai, mon petit rayon de soleil.

Alex jette un regard suffisant en direction de Josh avant de prendre la fillette dans ses bras et de déposer un gros baiser sur sa joue. La petite glousse de plaisir.

– Tonton Josh est un mauvais perdant, ajoute-t-il.

Assis par terre, Niko, le frère jumeau de Sofia, martèle le plateau de jeu de ses petits poings.

– Tonton est un perdant ! Papa est un gagnant !

Les pièces du Monopoly volent.

Je maudis silencieusement celle qui atterrit dans mon vin. Il est hors de question que je boive le reste alors qu'il a été souillé par une pièce de jeu dégoûtante.

Pendant ce temps, Josh s'amuse à plaquer Niko au sol, qui hurle de rire lorsque son oncle entreprend de le chatouiller.

– Je n'arrive pas à croire que tu me trahisses comme ça, toi, grogne Josh, hilare. On est censés faire équipe.

À côté d'eux, la fille de Bridget et Rhys, bien trop mature pour son âge, regarde leur bagarre avec une expression mystifiée. Avec ses cheveux blonds et ses yeux gris, la petite Camilla von Ascheberg est le clone miniature de ses parents. Elle a aussi l'air étonnamment royale pour une enfant de deux ans, avec sa robe bleue et son nœud assorti dans les cheveux.

Elle fronce les sourcils lorsque Josh et Niko renversent accidentellement un verre d'eau.

– Papa.

Elle tire sur la manche de son père et pointe le verre renversé du doigt. Je jurerais entendre une note de désapprobation dans sa voix.

– Ne t'inquiète pas pour ça, mon cœur, soupire Rhys. Ça arrive tous les ans.

– Je n'aurais jamais pensé dire ça un jour, mais l'enfant de Rhys est la seule qui ne soit pas une petite terreur, je marmonne à Stella.

Au moins Camilla a-t-elle la décence de rester assise. Je regarde, consterné, Sofia jouer avec les cheveux d'Alex.

– Papa ! Des tresses ! Regarde !

Elle tord les mèches pour en faire quelque chose qui ne ressemble en rien à une tresse.

– Elles sont superbes, commente-t-il avec indulgence tandis qu'elle continue à ruiner sa coiffure parfaitement ordonnée.

Je suis convaincue qu'un imposteur s'est faufilé dans le corps d'Alex, normalement froid comme la glace, le jour où il est devenu père. Tout ça n'a aucun sens.

Stella éclate de rire.

– Les jumeaux sont adorables, et tu le sais.

– Absolument pas, je rétorque, même si, pour des enfants, Sofia et Niko sont plutôt mignons.

Je jette un coup d'œil à Rhys.

– Quand je t'ai vu en pincer pour une fille, je t'ai plaint, je lance alors que Bridget et lui roucoulent autour d'une Camilla qui glousse à présent. Mais pour deux, c'est encore pire.

Maintenant que notre partie de Monopoly est terminée, on se sépare pour vaquer chacun à nos occupations jusqu'au dîner.

Josh essaie encore (en vain) de faire dire à Niko que « tonton Josh est un gagnant ».

Ava prend des photos d'Alex et de Sofia, qui cherche à présent à escalader son père comme s'il s'agissait d'une cage à poules.

Assise à côté de moi, Stella observe notre conversation avec amusement. Elle est habituée à mon étrange amitié avec Rhys. Une fois, elle a tenté de la qualifier de « bromance », ce que j'ai immédiatement rejeté.

Pas question, putain. Je ne suis pas du genre bromance, et Rhys non plus, qui ne semble pas le moins du monde perturbé par mon dernier commentaire.

– Tu dis beaucoup de co… de bla-bla-bla, pour quelqu'un qui a déjà ravalé ses mots une fois.

Il s'est repris sous le regard d'avertissement que lui a lancé Bridget.

– Viens, ma chérie. On va aller regarder les jolies fleurs pendant que ton père, euh… discute avec tonton Christian.

Elle prend Camilla dans ses bras et l'emmène dans le jardin, redoutant sans doute de nous entendre proférer des insanités à tout bout de champ.

– Je reviens moi aussi, s'empresse de déclarer Stella. Je vais chercher de l'eau.

J'attends qu'elle soit partie avant de hausser un sourcil à l'intention de Rhys.

– Je n'ai aucune idée de ce dont tu parles.

– Bien sûr que non, Monsieur Je-ne-crois-pas-en-l'amour.

Ça m'irrite.

– Tu reviens encore là-dessus ? Ça fait cinq… (Je baisse la voix pour que Sofia et Niko ne puissent pas m'entendre.) Cinq putains d'années.

– Oh, je vais te faire chier avec ça jusqu'à la fin de notre vie, alors habitue-toi, réplique Rhys. Et quand vous aurez des enfants, tu ravaleras encore tes paroles. Et il y a de fortes chances pour que ça se produise.

Il s'adosse à son siège et croise les mains derrière sa tête avec un sourire suffisant.

Il me pousse à bout, là.

Avant que je puisse répondre, Stella sort la tête de la cuisine.

– Christian ? Tu peux venir ? J'ai besoin de ton aide pour quelque chose.

Je me lève.

– J'arrive tout de suite. Et toi, j'ajoute à l'intention d'un Rhys hilare que je fixe d'un regard froid, pendant que j'aide ma femme, pense au moment où Camilla grandira et commencera à sortir avec des garçons. Amuse-toi bien.

J'ai la satisfaction de voir illico le sourire disparaître de son visage. Et l'entends pousser un grognement pour parachever ma petite vengeance.

Quand j'entre dans la cuisine, je trouve Stella en train de boire ce qui doit être son cinquième verre d'eau de la soirée.

– Tu es sûre que tu ne veux pas de vin ? C'est un grand millésime.

Elle n'est pas une grande buveuse, mais elle s'accorde généralement un verre ou deux.

Elle repose son verre et me regarde avec une expression étrangement nerveuse.

– Oui, j'en suis sûre. Je ne peux pas boire d'alcool pour l'instant.

Elle l'a dit avec un sous-entendu que je suis censé piger. Quel sens caché pourrait avoir son abstinence ? Certes, c'est un peu bizarre qu'elle…

« *Je ne peux pas boire d'alcool pour l'instant.* »

Je me repasse ses paroles.

« Je ne *peux* pas » et pas « je ne *veux* pas ».

Elle ne peut pas boire d'alcool, ce qui signifie probablement…

Mon pouls ralentit en un long battement incrédule.

– Je ne voulais pas te l'annoncer devant les autres, mais je ne peux pas non plus attendre plus longtemps, reprend Stella en baissant la voix. Christian, je suis enceinte.

– Tu es enceinte, je répète.

Les mots résonnent dans ma tête, trop dorés par le choc pour que je puisse pleinement les assimiler.

Stella confirme d'un signe de tête. Son visage rayonne à parts égales d'excitation et de nervosité.

Enceinte. Bébé. Notre bébé.

Je n'ai plus d'air dans les poumons tout à coup.

Je comble la distance qui nous sépare en deux grandes enjambées et je l'embrasse fougueusement, le cœur cognant assez fort pour se meurtrir.

Oubliées, toutes mes pensées peu charitables à propos des enfants.

Nous allons être parents. Je vais être père, et je vais voir le ventre de Stella s'arrondir de notre enfant à naître. Un petit garçon, peut-être, avec des cheveux bouclés et la peau brune. Ou une petite fille avec les yeux verts et le doux sourire de sa mère.

Un féroce sentiment de protection me serre la poitrine. Le bébé n'est même pas né que je veux déjà le protéger au péril de ma vie.

Garçon ou fille, ça n'a pas d'importance. Tout ce qui compte, c'est qu'il soit à nous.

– Ça veut dire que tu es heureux ? demande Stella d'une voix teintée d'espoir lorsque nous nous écartons.

L'émotion donne des notes rauques à mon rire.

– Bien sûr que je suis heureux, ma chérie. Comment veux-tu qu'il en aille autrement ?

Je dois trouver le meilleur obstétricien du pays et le plus rapidement possible, refaire l'appartement (qui n'est pas adapté pour des enfants), emmener Stella acheter des vêtements de grossesse, réserver notre lune de miel de grossesse…

– Eh bien, tu viens de traiter les enfants de nos amis de petites terreurs, alors…

Sa voix contient une note taquine.

– Oui, mais ce ne sont pas nos enfants.

Notre enfant ne fera jamais à mes cheveux ce que ceux d'Alex font aux siens.

Stella me jette un regard ironique.

– Même si j'aimerais croire que notre bébé sera le premier bébé au monde qui ne crie pas et ne pleure pas, il se peut que ça ne fonctionne pas. Je veux que tu y sois préparé.

– Je m'en fiche. Ils pourront crier et pleurer autant qu'ils voudront, ils seront toujours comme leur mère, c'est-à-dire parfaits, je conclus en effleurant ses lèvres des miennes.

Un petit frisson de plaisir parcourt son corps.

– J'avais raison toutes ces années, murmure-t-elle. Tu es un tendre, Christian Harper.

Je ris doucement.

– Seulement avec toi, Papillon.

J'embrasse une nouvelle fois ma femme et je laisse sa chaleur m'envelopper, les rires de nos amis nous parviennent depuis le salon.

La scène est tellement ringarde et douillette que mon ancien moi, celui d'avant Stella, l'aurait méprisée par principe. Mais telle est la différence entre hier et aujourd'hui.

Il fut un temps où je ne croyais pas en l'amour.

Maintenant, j'ai compris que l'amour est la dernière pièce qui manquait au puzzle de ma vie.

Grâce à elle, je suis enfin complet.

Scène Bonus

STELLA/CHRISTIAN

STELLA

– Qu'est-ce que tu en penses ? je demande en faisant glisser les rideaux de la cabine d'essayage. Est-ce que la couleur nuit à mon teint ?

Christian est assis dans la salle d'attente de la boutique, l'air pas du tout à sa place parmi tout le velours rose et les dorures. Une énorme pile de sacs de courses repose à ses pieds, et mon matcha latte à moitié vide est posé sur la table d'appoint à côté de lui.

Nous faisons du shopping depuis des heures, mais comme d'habitude, il a l'air aussi frais et bien habillé que lorsque nous avons quitté la maison.

Son regard effleure ma longue robe jaune à imprimé floral.

– Non. Tu es magnifique.

– Christian, tu as dit ça de tous les articles que j'ai essayés aujourd'hui.

Exaspération et affection se mêlent dans ma voix.

Un haussement d'épaules décontracté me répond.

– C'est vrai. Tu es belle, quelle que soit la tenue.

– Mais je ne peux pas tout acheter.

– Pourquoi pas ?

Je cherche une bonne réponse. À strictement parler, nous pouvons nous le permettre, et nous avons assez d'espace pour tout ranger.

– Parce que. C'est trop.

– Ça n'existe pas, ça.

– Tu dis toujours ça aussi.

La bouche de Christian dessine un sourire paresseux et arrogant qui me donne des papillons dans le ventre. *Qu'il soit maudit.* Il sait que je ne peux pas résister à ce sourire.

– Alors tu devrais savoir qu'il ne faut pas discuter, Papillon. Si tu veux la robe, prends la robe.

Je mordille ma lèvre inférieure. J'aime bien cette robe, et j'ai besoin d'une nouvelle garde-robe maintenant que mon ventre n'est plus contenu par les pantalons de yoga extensibles et les tuniques fluides.

– Très bien, je concède avec une réticence en demi-teinte. Si tu insistes.

Son rire me poursuit jusque dans la cabine, même après que j'ai fermé les rideaux et collé un sourire sur mon visage.

Nous avons passé la journée à faire du shopping et nous nous trouvons dans une boutique de vêtements de maternité de luxe à SoHo. Seulement sur rendez-vous. Nous sommes donc les seules personnes dans la boutique, à l'exception de la directrice et de son assistante.

Christian s'inquiète de me voir debout si longtemps, mais j'ai besoin de sortir de chez moi après y avoir travaillé toute la semaine. Mon atelier de design se situe au-dessus d'une pizzeria, et des odeurs de restaurant montent parfois jusqu'à l'étage. Mon moi normal adore l'odeur de la pizza fraîchement cuite ; la femme enceinte de cinq mois que je suis a envie de vomir chaque fois qu'elle sent des effluves de sauce tomate.

Donc, jusqu'à ce que cette phase de ma grossesse soit terminée, je travaille à la maison.

Après que je me suis changée et que nous avons payé mon ridicule butin – je vois pratiquement des dollars façon dessins animés apparaître dans les yeux de la gérante lorsqu'elle nous annonce la somme –, nous montons dans la berline qui nous attend à l'extérieur.

– Tu as toujours envie de tacos ? demande Christian alors que le chauffeur démarre.

La boutique était notre dernier arrêt de la journée. C'est presque l'heure du dîner, et comme nous sommes mardi, nous nous apprêtons à manger des tacos, conformément à la tradition du Mardi Tacos que j'ai instaurée il y a des années.

Cependant, comme mes goûts alimentaires ont beaucoup fluctué pendant ma grossesse – un jour, j'avais envie de cornichons, le lendemain, je les détestais –, il craint toujours que je me réveille un jour avec un profond dégoût pour les tacos.

Christian ne l'admettra jamais, mais en secret, il aime notre tradition hebdomadaire. Jusqu'à présent, j'ai manqué une soirée tacos depuis le début de notre mariage, parce que Jules était en ville pour quelques jours, et il a boudé pendant une semaine.

J'entrelace mes doigts aux siens.

– Oui. Je te promets que si je ne veux pas manger quelque chose, tu le sauras.

– Hmm. Comme la fois où tu m'as réveillé à 2 h du matin parce que tu voulais de la glace et du thon et que tu as éclaté en sanglots quand j'ai fini par t'en apporter ? me taquine-t-il.

Le rouge me monte aux joues.

– Ce n'était pas la bonne variété de thon, je réplique d'un ton aussi digne que possible. Je voulais du thon rouge et tu avais rapporté de l'albacore.

Christian sourit et ses yeux se plissent. Si je n'étais pas assise, je me serais pâmée sur-le-champ.

On aurait pu croire que mon attirance pour lui allait s'atténuer après presque quatre ans de mariage, mais elle ne fait que se renforcer. Plus j'apprends à le connaître, plus je tombe amoureuse de lui, et je découvre chaque jour quelque chose de nouveau sur Christian Harper.

Hier, j'ai appris qu'il savait construire une carte de circuit informatique à partir de rien et le regarder faire pouvait donner lieu à une soirée intéressante, surtout si l'on est constamment excitée par les hormones de grossesse.

Aujourd'hui, je découvre qu'il s'est pris d'un goût pour le matcha après avoir déclaré pendant des années que ça ne valait pas le café noir. (Je l'ai surpris un peu plus tôt en train de boire en cachette une gorgée de ma boisson malgré sa tasse d'expresso bien remplie.)

Ce sont de petites choses, mais de celles qui comptent.

– Eh bien, maintenant nous avons un congélateur entier de toutes les sortes de thon que tu peux désirer.

Christian se penche pour embrasser le renflement de mon ventre et s'adresser directement au bébé.

– Encore quatre mois, mon cœur. Espérons que d'ici là, je ne me ruinerai pas pour satisfaire les caprices alimentaires de ta maman.

Un rire monte dans ma gorge alors même que mon cœur fond à la vue de Christian, déjà si paternel.

J'ai eu un bref moment d'inquiétude en lui annonçant ma grossesse, non parce que je craignais une contrariété de sa part ou doutais du père qu'il pourrait être mais parce que je redoutais de le voir douter de lui-même. Il n'a pas eu les meilleurs modèles parentaux qui soient dans son enfance, et malgré son assurance, je sais qu'une partie de lui est nerveuse à l'idée d'être père pour la première fois.

Moi aussi, la maternité m'inquiète, mais la présence de Christian à mes côtés rend les choses beaucoup moins angoissantes. Quoi qu'il arrive, nous trouverons une solution ensemble.

– Si tu ne veux pas te ruiner, tu n'aurais peut-être pas dû dépenser vingt mille dollars pour le système de surveillance du bébé, je lance malicieusement.

– Ce n'est qu'une ébauche de système. Je dois l'améliorer à l'approche de la date prévue pour ton accouchement. (Il rit en entendant mon profond soupir.) Je dirige une société de sécurité, Papillon. Tu ne pensais pas que je serais détendu concernant la sécurité de notre enfant, si ?

– Je n'en aurais même pas rêvé, je réplique.

Je plonge les doigts dans ses cheveux pendant qu'il embrasse à nouveau mon ventre, puis relève la tête pour déposer un vrai baiser sur mes lèvres.

Un soupir de plaisir passe de ma bouche à la sienne.

Je ne me lasserai jamais de l'embrasser. C'est mieux que le yoga, la tenue d'un journal et tous les massages du monde réunis.

Bon, peut-être pas les massages, mais ça s'en rapproche.

Malheureusement, notre baiser est écourté lorsque nous arrivons à notre appartement. Notre penthouse new-yorkais occupe les deux derniers étages d'un immeuble d'avant-guerre situé dans l'Upper East Side et offre une vue imprenable sur Central Park. Une montée en gamme par rapport à l'ancien appartement de Christian dans cette ville, même s'il se trouve dans le même quartier.

Nous déposons mes achats dans la chambre d'amis transformée en dressing débordant, nous nous douchons et nous changeons avant de préparer le bar à tacos ensemble dans la cuisine. En réalité, nous n'avons pas besoin de nous donner la peine de préparer tout un assortiment puisque nous ne sommes que deux, mais j'adore accomplir ce rituel si domestique avec Christian. C'est mon moment préféré de la semaine.

– J'ai réfléchi à des prénoms de bébé, lâche-t-il nonchalamment en remplissant l'un des bols de sauce. Et j'ai une suggestion.

Je hausse les sourcils.

– Tu n'es plus partant pour Dahlia et Adrian ?

Après avoir longuement débattu, nous avons décidé de garder la surprise quant au sexe de notre bébé, et nous avons fait en sorte que tous nos préparatifs soient neutres. Avec l'aide de Ferra, cousine d'Ava et célèbre décoratrice d'intérieur, nous avons décoré la chambre d'enfant dans un vert pâle apaisant et réfléchi aux prénoms pendant des mois, avant de fixer notre choix sur Dahlia si c'est une fille et Adrian si c'est un garçon.

Des picotements anxieux me courent sur la peau à la perspective de repasser par tout le processus d'attribution des prénoms.

– Non, ces prénoms sont parfaits. Mais, ajoute Christian en revissant le couvercle du pot de salsa, je me suis dit que si nous avons une fille, son deuxième prénom pourrait être Maura.

Je me fige, un pincement au cœur à la mention de mon ancienne nounou. Elle est partie depuis des années, mais elle me manque toujours autant. J'espère seulement pouvoir élever mon enfant aussi bien qu'elle m'a élevée.

– Qu'est-ce que tu en penses ? Je me disais que ce serait un bel hommage, mais on n'est pas obligés si tu n'es pas d'accord.

Christian m'observe attentivement, le front légèrement plissé.

– Non. Je pense… je commence, avant de marquer une pause, tant ma gorge est nouée. Je pense que ce serait parfait.

L'émotion a épaissi ma voix au point de la rendre presque méconnaissable. Pas nécessairement à cause de la mention de Maura, mais pour cette proposition de Christian.

Tout le monde pense qu'il est une sorte de monstre impitoyable, et c'est peut-être le cas en affaires. Mais c'est aussi l'une des personnes les plus réfléchies et les plus prévenantes que j'aie jamais rencontrées.

Son visage s'adoucit avant qu'une lueur malicieuse n'éclaire ses yeux.

– Bien. Et si nous avons un garçon, son deuxième prénom pourrait être Christian, comme le meilleur mari du monde.

Je ris à travers les larmes qui baignent mes yeux. Maudites hormones, je pleure à tout bout de champ ces jours-ci.

– Ou peut-être Rhys, comme son parrain…

Ma plaisanterie s'interrompt sur un cri car Christian me tire vers lui, en enroulant mes cheveux dans sa main.

– Tu me provoques toujours, grogne-t-il, mais son visage est illuminé par l'amusement. Un de ces jours…

– Vos menaces n'ont plus d'effet sur moi depuis longtemps, Monsieur Harper. En plus, tu aimes la provocation.

Je chasse l'humidité qui menace de couler sur mes joues et je noue les bras autour de son cou.

– Je t'aime, corrige-t-il. Nuance.

– Et nuance identique de mon côté, je t'aime aussi. Même si tu es parfois grincheux.

Je presse mes lèvres sur les siennes dans un doux baiser. Je ravale un autre rire quand j'entends son grognement, mais il finit par se résorber lorsque Christian approfondit le baiser et relâche mes cheveux pour enrouler sa main autour de ma nuque.

Je me laisse aller à son étreinte, sans plus songer à nos tacos.

Il n'y a pas de caméras, pas d'invités, pas de distractions. Juste nous.

C'est pour ça que j'aime tant ces soirées. Nos dîners ne sont pas chics ou tape-à-l'œil, mais ils n'ont pas besoin de l'être.

Parfois, les moments les plus simples sont les plus beaux.

CHRISTIAN

Quatre mois plus tard

– Arrête de paniquer. Ça devient gênant.

Alex me regarde arpenter le couloir devant la salle d'accouchement d'un air blasé.

– Je ne suis pas en train de paniquer, je réplique en serrant les dents.

Le rythme de mes pas s'accélère, tout comme mon rythme cardiaque.

Pourquoi ça prend autant de temps ? Stella est là-dedans depuis plus de huit heures. Est-ce bon ou mauvais signe pour un accouchement ? Tout ce que j'ai lu à ce sujet au cours des neuf derniers mois s'est évaporé sous le poids de la panique qui creuse un tunnel dans mes veines.

J'aurais voulu être dans la salle d'accouchement avec Stella, mais après un long débat pendant notre course effrénée vers l'hôpital, lorsqu'elle a perdu les eaux, c'est sa mère qui a pris ma place. Je me serais battu davantage si je n'avais pas craint que mon stress n'aggrave celui de Stella.

Je tire sur le col de ma chemise.

Je déteste me sentir aussi impuissant. Ne pas pouvoir la voir et ignorer comment elle se porte ne fait qu'empirer les choses.

– Si, tu es en train de paniquer. Respire un bon coup. Sors prendre l'air.

C'est Rhys qui coupe court à mes pensées chaotiques. Il est assis à côté d'Alex, jambes tendues. Il est si grand que ses chaussures touchent presque l'autre côté du couloir.

L'irritation m'envahit.

Bon sang, un homme n'a-t-il pas le droit d'être inquiet en paix ? Je ne comprends pas pourquoi tous les amis de Stella se pointent maintenant que le travail a commencé. Sa famille aussi est là, mais au moins son père et sa sœur sont allés chercher le dîner au lieu de me harceler.

Alex, Ava, Josh, Jules… même Rhys et Bridget sont là. Ils seront le parrain et la marraine de notre bébé, mais quand même. Ils n'ont pas un pays à diriger ?

– Tout ira bien, me glisse Bridget d'un ton apaisant. Tu l'as dit toi-même. Le Docteur Moon est le meilleur, et il a fait un excellent boulot avec Sofia et Niko. Tu n'as pas à t'inquiéter.

Le Docteur Moon est le meilleur obstétricien du pays. Il vit à Chicago, mais le mois dernier, je l'ai fait venir à New York en jet privé pour qu'il soit prêt à intervenir quand Stella commencerait le travail. Je paie une somme exorbitante pour ce luxe, mais ça en vaut la peine.

Cependant, ce n'est pas parce qu'il est le meilleur qu'il est infaillible.

Des gouttes de sueur froide perlent à mon front tandis que défilent sous mon crâne les statistiques concernant les complications potentielles d'un accouchement et les taux de mortalité maternelle.

Si quelque chose arrive à Stella ou au bébé…

– J'ai des cookies, lance Ava. Ça t'aidera à te calmer, et tu n'as pas mangé de la journée. Tu préfères les Rouge velours, les pépites de chocolat, les raisins avoine ou les doubles chocolat ?

Pour l'amour du ciel !

– Je ne veux pas d'un putain de…

Je ravale la fin de ma phrase devant le regard d'avertissement que me jette Alex. En temps normal, je me fiche de savoir s'il est contrarié ou non, mais Ava essayait sincèrement de m'aider, et j'ai déjà assez à gérer sans me disputer avec Alex.

– Non, merci, je reprends plus calmement. Je ne veux pas de cookies.

– On n'a qu'à faire une revanche aux échecs, intervient Josh qui n'a pas abandonné l'idée de nous battre, Alex ou moi, au moins une fois aux échecs. J'ai téléchargé une app pour deux joueurs sur mon téléphone. J'ai battu Red deux fois hier soir.

– Et moi, je t'ai battu trois fois, nuance Jules avec douceur. C'est drôle que tu aies oublié ça.

Une veine palpite dans ma tempe.

– Je ne vais pas faire une putain de partie d'échecs sur une app. Ces algorithmes sont tellement prévisibles que c'en est insultant…

Le gémissement, étouffé mais caractéristique d'un nouveau-né, traverse l'espace.

Tout le monde se tait. Sept têtes pivotent vers la porte de la salle d'accouchement, dont la mienne, et mon cœur fait un bond dans ma poitrine lorsqu'elle s'ouvre enfin sur la mère de Stella.

Elle a compris ma question la plus pressante avant que je la pose.

– Stella et le bébé se portent bien, me rassure-t-elle, l'air fatiguée mais heureuse. Tout s'est bien passé.

Mes relations avec les parents de Stella ont beaucoup évolué au fil des ans. J'ai appris à respecter Mika et Jarvis Alonso, même si je ne leur pardonnerai jamais complètement la façon dont ils l'ont traitée pendant son enfance. Pourtant, ils font des efforts, et ils ont pris l'avion pour New York la semaine dernière afin d'être à ses côtés lorsqu'elle accoucherait.

– Je vais vous laisser un peu de temps seuls tous les deux, ajoute Mika dont le visage s'adoucit. Félicitations, Christian.

Sur quoi elle s'écarte, grand sourire aux lèvres.

Je réussis à lui adresser un bref signe de tête en guise de remerciement, puis j'entre et referme la porte derrière moi. Les amis de Stella restent respectueusement là où ils sont, même si je sais que les femmes parmi eux meurent d'envie d'aller la voir.

Le Docteur Moon et les infirmières sont en train de nettoyer les lieux après l'intervention, mais je les remarque à peine. Je suis trop concentré sur Stella, qui est assise sur le lit d'hôpital, en sueur, épuisée et si belle que j'en ai le cœur serré. Elle sourit à la forme emmaillotée qu'elle tient dans ses bras, mais elle lève les yeux en m'entendant entrer.

Nos regards se croisent, et une pression étrange me comprime la poitrine au point que je redoute d'exploser.

– Tu es prêt à la rencontrer ? demande-t-elle d'une voix douce.

Un petit sourire se dessine sur ses lèvres quand je me trouve frappé d'incapacité de parler, chose inhabituelle pour moi.

« La *rencontrer.* »

Une fille.

J'ai une fille.

Mon sang rugit dans mes oreilles. Faute de réussir à faire fonctionner ma voix, je me contente de hocher la tête en m'approchant. Je dépose un baiser sur le front de Stella et je laisse mes lèvres s'y attarder un instant avant de me retirer.

Elle va bien. Le bébé va bien. Elles sont toutes les deux en vie et en bonne santé.

– Je te présente Dahlia Maura Harper.

Des larmes brillent dans les yeux de Stella, mais son sourire est si large que j'en sens la chaleur jusque dans mes os quand je lui prends la précieuse petite forme des bras.

Je regarde fixement le bébé endormi dans mes bras. Elle est si petite et si délicate que j'ai peur de l'écraser en la tenant trop fort. Comme elle est emmaillotée, je ne peux voir que son doux visage rose, mais cela n'empêche pas un amour féroce et irrésistible de monter dans ma poitrine.

Je la tiens une seconde dans mes bras. C'est tout ce qu'il me faut pour tomber amoureux d'elle et savoir, avec une certitude inébranlable, que je ferai tout pour la protéger.

Quand je trouve enfin mes mots, ils sortent d'une voix rauque et épaisse d'émotion.

– Elle est parfaite.

Comme sa mère.

Je berce Dahlia pendant que Stella nous observe avec son magnifique sourire, plein de douceur. Le silence règne dans la chambre, et tout ce que j'entends, c'est le battement de mon cœur tandis que je porte ma fille pour la première fois.

Nous devrons finir par partager ce moment avec ses amis et sa famille, mais pour l'instant, je me délecte de cette paix qui n'appartient qu'à nous.

À Stella, Dahlia et moi.

À la famille que je n'aurais jamais pensé avoir, et la seule dont j'aurai jamais besoin.

Remerciements

À mes lecteurs : merci pour l'amour que vous avez témoigné à Christian, à Stella et à toute la famille *Twisted*. Vous êtes la meilleure partie de ma vie d'autrice, et vos gentils messages, vos critiques, vos posts et vos remarques me font toujours plaisir. Je vous adore.

À Becca : merci d'avoir été mon roc et ma pom-pom girl tout au long de ce processus. Il a fallu beaucoup de nuits sans sommeil, de longs appels et de messages frénétiques, mais on a réussi !

À Amy et Britt : merci pour votre œil aiguisé et votre patience à l'égard de mes délais serrés. Vous êtes des rockstars !

À Brittney, Sarah et Rebecca : nous avons commencé avec Rhys et Bridget et nous voilà ici. Merci d'être mes alphas. Vous faites briller mes histoires, et je n'aurais jamais pu y arriver sans vous.

À Salma : tes vidéos et tes réactions sont primordiales ! Tes commentaires m'ont été d'une immense utilité. Tu es vraiment une perle dans le monde du livre.

À Aishah : tu es là depuis le tout début, et je suis extrêmement reconnaissante de t'avoir non seulement comme lectrice mais aussi comme amie. Depuis tes suggestions de chansons jusqu'à l'agenda cuisine *Twisted* (je te jure que je le ferai si je peux), jusqu'à ta profonde affection pour Leather le perroquet, tu illumines toujours ma journée.

À Amber et Michelle : merci de me garder saine d'esprit et de prendre à bras-le-corps les questions aléatoires que je dépose sans prévenir dans notre groupe de discussion. Ce Poisson indécis ne saurait pas quoi faire sans vous.

À Trinity : merci d'avoir répondu à toutes mes demandes de dernière minute. Tu es la meilleure !

À Amanda : merci comme toujours pour la magnifique couverture.

À Christa Désir et à l'équipe de Bloom Books : merci du plaisir toujours aussi incroyable que j'ai à vous côtoyer.

À Kimberly Brower : merci pour tout ce que tu fais. Je suis infiniment heureuse de t'avoir comme agente.

Enfin, aux merveilleuses dames de chez Valentine PR : merci pour votre travail acharné et pour avoir rendu cette publication possible. Je vous suis très reconnaissante !

Bisous,
Ana

Restez en contact avec Ana Huang

Groupe de lecteurs : facebook.com/groups/anastwistedsquad
Site web : anahuang.com
BookBub : bookbub.com/profile/ana-huang
Instagram : instagram.com/authoranahuang
TikTok : tiktok.com/@authoranahuang
Goodreads : goodreads.com/anahuang

À propos de l'autrice

Ana Huang est autrice de romances contemporaines et New Adult, souvent torrides, avec un faible pour les alphas tourmentés. Ses livres vont du léger au sombre, mais conduisent tous au *happy end* (saupoudrés de beaucoup de badinage et de piquant).

Outre la lecture et l'écriture, Ana aime voyager, elle est obsédée par le chocolat chaud et entretient de multiples relations avec des petits amis de fiction.

Imprimé en France par CPI
en avril 2024

Composition réalisée par Nord Compo à Villeneuve-d'Ascq

N° d'impression : 3056520